Retrato de una corte

Retrato de una corte

Clara Mendívil

Papel certificado por el Forest Stewardship Council®

Primera edición: marzo de 2025

© 2025, Clara Mendívil
Los derechos sobre esta obra han sido cedidos a través de Bookbank Agencia Literaria
© 2025, Penguin Random House Grupo Editorial, S. A. U.
Travessera de Gràcia, 47-49. 08021 Barcelona

Penguin Random House Grupo Editorial apoya la protección de la propiedad intelectual. La propiedad intelectual estimula la creatividad, defiende la diversidad en el ámbito de las ideas y el conocimiento, promueve la libre expresión y favorece una cultura viva. Gracias por comprar una edición autorizada de este libro y por respetar las leyes de propiedad intelectual al no reproducir ni distribuir ninguna parte de esta obra por ningún medio sin permiso. Al hacerlo está respaldando a los autores y permitiendo que PRHGE continúe publicando libros para todos los lectores. De conformidad con lo dispuesto en el artículo 67.3 del Real Decreto Ley 24/2021, de 2 de noviembre, PRHGE se reserva expresamente los derechos de reproducción y de uso de esta obra y de todos sus elementos mediante medios de lectura mecánica y otros medios adecuados a tal fin. Diríjase a CEDRO (Centro Español de Derechos Reprográficos, http://www.cedro.org) si necesita reproducir algún fragmento de esta obra.

Printed in Spain – Impreso en España

ISBN: 978-84-666-7677-9
Depósito legal: B-2.782-2025

Compuesto en Llibresimes

Impreso en Rotoprint By Domingo, S. L.
Castellar del Vallès (Barcelona)

BS 7 6 7 7 A

*A mis padres, por creer siempre en mí,
aunque me saliera del camino marcado.*

A Silvia, por estos oncecasidoce
maravillosos años.

*A Nando, por apoyarme incluso cuando
piensa que mis proyectos son una locura,
que es cuando más mérito tiene*

Sevilla, septiembre de 1611

—¡Juana, no corras!

La chiquilla pareció no haber oído a su madre, pero se detuvo en seco cuando se estampó contra el joven que acababa de doblar la esquina.

Dio un paso atrás, aturdida. Se retiró de la cara unos mechones de oscuros rizos, entrecerró los ojos y miró a la figura que tenía delante. El muchacho intentaba recuperar el aliento que aquella cabeza le había quitado al chocar contra su estómago y levantó las manos en un acto de excusa. Iba a decir algo, pero la jovencita se le adelantó.

—Y tú ¿quién eres? —preguntó con desconfianza.

—¡Juana, deja de correr por los pasillos! ¡Mira que te lo he dicho veces!

La mujer apareció por una puerta con el ceño fruncido. Se limpió las manos en el delantal y observó la escena.

—Diego, la comida está servida, siéntate a la mesa. Y tú, señorita, le debes una disculpa a este caballero.

—¿Yo? ¿Y por qué, si puede saberse? ¡Es él el que está en mi casa, en medio del pasillo, estorbando! —Volvió la cara con suspicacia—. ¿Y quién es?

María, la madre de la salvaje Juana, miró al muchacho, que todavía no se había movido. Atendía a cuanto sucedía con sumo interés y en su cara blanca y lampiña asomaba una leve sonrisa.

—Se llama Diego, es el nuevo aprendiz de tu padre y más te vale pedirle perdón.

—Pero si yo no he hecho nada —protestó Juana.

—Tienes ocho años ya, jovencita. No intentes engañarme. He oído el golpe desde la cocina.

María se quedó de brazos cruzados, esperando.

Juana hizo un mohín y volvió a observar a Diego. En este segundo vistazo le gustó algo más. Era alto y delgado y su expresión le resultó muy agradable. No tendría más de doce años, la edad habitual para comenzar como aprendiz en casa de un maestro. Y su padre era uno de los mejores. Algo habría visto en aquel chico si lo había aceptado. Finalmente, se pasó las manos por el vestido y se recolocó la rebelde melena detrás de la oreja. Miró a Diego a la cara.

—Lamento haber chocado con vos. Mi madre siempre dice que soy una atolondrada y tal vez tenga algo de razón.

Diego mostró una sonrisa ancha y sincera que gustó a Juana.

—Soy yo quien lamenta haberse puesto en vuestro camino, señora. Mi nombre es Diego Rodríguez de Silva y Velázquez, y creo que nos vamos a ver muy a menudo.

Diego se llevó al pecho una mano fina, blanca y larga, con manchas de pintura en la punta de los dedos, y se inclinó. Juana, a su vez, hizo una pequeña reverencia, inclinó la cabeza y sonrió al recién llegado.

—Bienvenido al taller de mi padre y a nuestra casa, Diego. Espero que os encontréis bien aquí.

María dio dos palmadas.

—¡Ea, solucionado! Todos a la mesa, que padre y los demás ya están sentados.

1

Sevilla, 1615

Gaspar de Guzmán, conde de Olivares, no creció pensando en heredar el título y el patrimonio de su padre. Tras la muerte prematura del primogénito, él pasó a ser el hijo segundo y, por lo tanto, estaba destinado a la carrera eclesiástica. Y durante mucho tiempo fue feliz con esa idea.

Gaspar recordaba con nostalgia sus años en Salamanca, donde estudió Derecho canónico y civil y salía con sus compañeros a recorrer las tabernas de la ciudad. Aún le burbujeaba en las venas el orgullo de haber sido elegido rector con apenas dieciséis años.

Pero su vida cambió cuando su hermano Jerónimo murió, dejándolo a él en primera línea, y aún cambió más cuando, en 1607, su padre también partió a conocer al Creador y, con veinte años, heredó su título y una cantidad de poder considerable.

A la muerte de su padre, apenas hacía tres años que Gaspar había dejado la universidad. Sin embargo, era listo y trabajador, y tenía una voluntad de hierro, así que en ese escaso tiempo se había puesto al día con enorme soltura de los entresijos de la corte y de lo que se esperaba de él.

Aunque nadie contaba con que Enrique de Guzmán, su padre, un hombre de sesenta y siete años pero fuerte como un roble, falleciera repentinamente, dejándolo solo en un ambiente hostil.

Gaspar se mostró a la altura y aceptó el título de conde de Olivares con un solemne juramento de fidelidad al rey, Felipe III. Y aquí estaba, ocho años después de haber recibido el mayorazgo, un paso más cerca de lo que ambicionaba con todas sus fuerzas.

—Rodrigo me acaba de escribir —le dijo a su esposa Inés.

Ambos desayunaban sentados a la mesa, disfrutando del sol que entraba por la ventana abierta. Inés mordió con delicadeza una corteza de naranja con miel y miró con curiosidad la carta que su marido tenía frente a él.

—¿Qué Rodrigo?

El conde se revolvió en su silla.

—Rodrigo Calderón —respondió emocionado.

Las cejas de Inés se arquearon.

—¿El favorito del duque de Lerma, valido de Su Majestad, te ha escrito? Eso sí que es buena señal. ¿Y qué dice?

Gaspar se mantuvo en silencio mientras terminaba de leer la misiva. Luego se levantó y comenzó a pasear por la sala, como si el simple hecho de estar sentado le resultara insoportable.

—¡Oh, vamos! Dime de una vez qué te ha dicho, ¡o tendré que leer yo esa carta!

Gaspar se la tendió. Conforme Inés avanzaba en la lectura, una sonrisa se iba dibujando en su cara. Empezó con una mueca tímida y acabó ocupando todo su rostro. Levantó los ojos hacia su marido.

—Este es el momento que llevábamos esperando todos estos años. ¿Cuándo nos mudamos a Madrid?

Gaspar recordaba cada uno de los pasos que dio para conquistar a la que en el presente ostentaba el título de condesa de Olivares: Inés de Zúñiga y Velasco, su prima y una mujer excepcional. No habían transcurrido ni dos meses desde que se convirtió en conde y ya le había enviado numerosos regalos a Inés para dejarle claro su interés en ella. Gaspar parpadeó y miró por la ventana, rememorando el día que tuvo una de las conversaciones más importantes de su vida, hacía ya tantos años.

Esperaba la salida de las damas de la reina subido a un impetuoso caballo español que caracoleaba impaciente. Cuando vio aparecer a Inés, se acercó a ella, desmontó de un salto y le hizo una reverencia con el sombrero en la mano, de modo que la pluma que lo adornaba rozó el suelo.

—Buenas tardes nos dé Dios, primo —dijo la dama, y abrió el abanico para cubrirse la cara y disimular una sonrisa.

—Buenas tardes, señora. ¿Recibisteis el collar que os mandé?

—Y los pendientes, y el brazalete —dijo ella con ironía—. He recibido todos vuestros regalos, y os doy las gracias por ellos, tanto yo como la corte entera, que los ve llegar y se entretiene con vuestra generosidad y la vistosidad de vuestros presentes.

—¿Os gustaron?

—Me gustaron, aunque con la carroza tal vez os excedisteis un poco.

Gaspar se rio. Inés de Zúñiga era su prima hermana, sí, y también dama principal de la reina Margarita de Austria. De todos era sabido que el rey solía agasajar a las damas de la reina con la grandeza de España por su matrimonio, y no iba a negar que él ansiaba la grandeza, pero no solo era eso. Inés era una mujer despierta, inteligente, divertida y, aunque no destacaba por su belleza, era atractiva y agradable de mirar. Poseía un brillante y bonito pelo castaño, ojos oscuros que parecían ver el interior de las personas y una sonrisa deslumbrante. Tenía ya veintitrés años, una edad que sobrepasaba lo habitual en las jóvenes casaderas, pero en opinión de Gaspar eso solo la hacía más interesante.

—¿Me permitís que os acompañe?

Inés asintió y caminaron uno junto al otro. A su caballo no le gustaba ir tan despacio y piafaba para mostrar su descontento, pero Gaspar mantenía las riendas firmes en su mano. Ofreció el otro brazo a su prima, que lo tomó sin pensar.

—Esto es poco apropiado —observó ella—. No nos acompaña la dueña.

—Solo acompaño a mi querida prima hasta su residencia —respondió él—. No creo que nadie encuentre nada de escandaloso en eso.

Recorrieron la calle Mayor, disfrutando del sol del atardecer de ese bonito día de primavera, hablando de todo y nada.

—¿Os gusta más Madrid o Valladolid?

—Aprecio más que la capital esté en Madrid —confesó Inés—, pero lo que el rey decida será lo que me guste.

—¿Nunca os cansáis de hacer y decir lo correcto?

Inés sonrió abiertamente y le dio un golpecito en el brazo con el abanico.

—Hacer lo correcto no debería cansar. Pero supongo que es una de las cosas por las que me pretendéis, ¿no es así?

Su pregunta, tan directa, dejó sin palabras al conde, que carraspeó.

—¡Oh, vamos, conde! No os hagáis el sorprendido. Ya no soy una cría y prefiero llamar a las cosas por su nombre. ¿Acaso no me estáis pretendiendo?

«Qué mujer», pensó Gaspar, que decidió que con ella era mejor ir de frente.

—Sí, lo hago. Y lo seguiré haciendo hasta que me digáis que sí.

—¿Que os diga que sí a qué?

—A casaros conmigo.

—Si la memoria no me falla, primo, y todo el mundo afirma que mi memoria es excepcional, todavía no me habéis hecho una propuesta formal.

Gaspar volvió a quedarse sin palabras. Esa mujer no se parecía a ninguna de las que había conocido hasta el momento. Era incisiva y, siempre dentro de los límites del buen gusto y la educación, resultaba obvio que no tenía pelos en la lengua. No era de extrañar que la reina la quisiera tanto y que el rey confiara en su buen criterio. Lamentó no haber comenzado a tratarla antes.

—No lo he hecho aún, no.

—¿Y a qué esperáis? —preguntó Inés mirándole con curiosidad—. ¿Acaso queréis arruinaros con caros y extravagantes regalos? Como bien sabéis, mi padre dejó a la familia endeudada, así que no contéis con mi patrimonio para recuperar la inversión.

Gaspar rio a carcajadas y algunos transeúntes se giraron para mirarlos.

—Lo siento, prima —se disculpó. No podía parar de reír y tuvo que respirar hondo para calmarse—. ¿Debo entender que me diríais que sí?

—¿Tantas ganas le tenéis a la grandeza de España?

—Me gusta la idea, sí... —Gaspar decidió que no podía mentir, no a ella—. Pero no es eso. Tengo planes para el futuro, planes muy ambiciosos, y quiero una compañera a mi lado que esté a la altura.

—Una compañera —repitió Inés en voz baja, casi un susurro—. Eso es muy inusual, desde luego. Aunque no me desagrada.

Llegaron a la puerta de la residencia de su hermano, el conde de Monterrey, donde Inés vivía.

—¿Entonces? —preguntó Gaspar—. ¿Cuál es vuestra respuesta?

—Tal vez deberíais hablar con mi hermano, primo —dijo ella. Hizo una pequeña reverencia de despedida y se marchó, aunque se volvió al llegar a la puerta—. Le diré que contáis con mi aprobación.

Luego entró en el palacio y el mayordomo cerró la puerta tras ella.

—Gaspar. ¡Gaspar!

La voz de su esposa lo devolvió al presente. Ella le miraba con los ojos entornados.

—¿Dónde se te ha ido la mente?

—Al pasado, querida —le dijo. Volvió a ocupar su silla y tendió la mano hacia ella. Entonces tiró hasta que Inés se incorporó, se le acercó y se sentó en sus rodillas—. Al día en que me declaré.

—Llamar declaración a una propuesta de negocios es muy

presuntuoso por tu parte —rio ella, y el beso que le dio desmintió la dureza de sus palabras—. Aunque ya sabías que a mí no se me ganaba con declaraciones de amor. Quererme como compañera y socia se adecua más a mi carácter.

—Y sin embargo heme aquí, perdidamente enamorado de ti, condesa.

El suyo era, desde luego, un matrimonio inusual. No solo porque se amaban, cosa extraña y con la que ninguno de los dos contaba en el momento de casarse, sino porque Gaspar había cumplido su promesa y siempre la había tratado como a una igual. Respetaba su inteligencia y su perspicacia, y le pedía consejo ante cada decisión que debían tomar. Y, paso a paso, estaban llegando a donde querían.

Los condes de Olivares se mudarían a Madrid en breve, pero, antes de que eso sucediera, Gaspar tenía visitas que hacer.

—¿Acudes a la tertulia otra vez? —preguntó Inés, que se encontró a su esposo frente al espejo, vistiéndose para una visita de cortesía.

Gaspar asintió con la cabeza.

—Quiero despedirme de Pacheco. Además, es lo más interesante que hay aquí en Sevilla.

Inés se le acercó, mandó salir al ayuda de cámara y asistió ella a su marido mientras terminaba de arreglarse.

—Debería sentirme ofendida por el comentario, esposo mío. Por no hablar de lo que acabas de decir sobre Sevilla, que es la luz del mayor imperio del mundo.

Gaspar besó a su mujer en la mejilla.

—Sabes que no me refería a eso. Pero Francisco Pacheco reúne a los intelectuales más destacados de la ciudad en sus tertulias y es agradable tener conversaciones con mentes privilegiadas.

Inés torció el gesto, pero sus ojos no dejaron de sonreír ni un momento.

—Y tú deberías venir conmigo, condesa —añadió el conde.

—¿Yo? —Inés se echó a reír—. ¡Qué se me ha perdido a mí ahí, entre todos esos pintores, intelectuales y poetas!

—Eres más lista que muchos de ellos, y más leída también, sin ningún atisbo de duda.

Inés negó con la cabeza.

—Que en Francia las mujeres acostumbren a acudir a las tertulias y a mezclarse con los hombres no significa que aquí lo hagamos también. Y aunque sé que puedo hacerlo si es mi deseo, sin que nadie me diga nada, prefiero quedarme en casa esta noche. —Miró hacia la enorme y redonda luna cuya luz se filtraba a través de los ventanales—. Es una noche propicia para contemplar el cielo y rezar.

Gaspar creía firmemente en el poder de la adivinación y la lectura de los astros. Consultaba a videntes, al igual que el padre de Su Majestad, el rey Felipe II, que siempre había estado rodeado de astrólogos, cabalgando en la fina línea entre ciencia y herejía durante todo su reinado. No tenía muy clara la opinión de Inés al respecto. Mujer recta y piadosa, no solían hablar sobre esta cuestión, aunque a veces Gaspar creía que poseía una intuición fuera de lo común. Desde luego, sus consejos valían oro.

—Aquella mujer me dijo que mi fortuna cambiaría una noche de luna. Y hoy he recibido la carta.

La condesa sacudió la mano en el aire, como desechando esa idea.

—Bobadas. Aquella mujer leyó en las líneas de tu mano lo que tú querías oír. Tu suerte cambiará, sí, pero no tengas prisa. Será cuando deba ser, no antes. Ahora estás en Sevilla, la ciudad más viva, cambiante y rebosante de maravillas, con tu esposa y tu hija y con el único deber de administrar todo tu patrimonio. Y pronto nos iremos a la corte, y ahí también habrás de esperar para ascender, pero todo llegará. No desesperes.

—No lo haré mientras tú estés a mi lado.

Se miró en el espejo. Se atusó el negro bigote, besó la mano de su esposa, aceptó la capa que le ofreció un criado y salió por la puerta.

El conde de Olivares accedió al patio de la casa de Pacheco acompañado de su buen amigo Francisco de Rioja, a quien se había encontrado en la puerta. Algunos de los tertulianos ya estaban allí y el vino corría al tiempo que la conversación iba adquiriendo profundidad. Francisco Pacheco se acercó a él y le estrechó la mano con efusividad. En las tertulias, y más si eras el anfitrión, los límites sociales podían expandirse un poco más de lo normal.

—Conde, ¡cuánto me alegro de veros! Francisco, dichosos los ojos. Pasad, por favor. ¡Mirad, mirad a quién tenemos hoy de visita con nosotros!

Los asistentes a la tertulia lo saludaron con una inclinación de cabeza, y María, la esposa de Pacheco, que se encontraba por allí repartiendo jarras de vino macerado con frutas, lo recibió con cariño.

—Bienvenido, conde. Siempre es una alegría veros por aquí.

Le ofreció un vaso de vino y desapareció en el interior de la vivienda.

A Gaspar le gustaba la sensación de ser uno más entre aquellos hombres. Tenía la impresión de que allí se le apreciaba por su conversación y no por su título o por su abultada bolsa. Aunque nunca había tenido problemas en abrirla si consideraba que un artista merecía su apoyo, como había hecho en numerosas ocasiones durante aquellos años en Sevilla.

En las tertulias no todo el mundo estaba a la vez en el mismo sitio y, en un momento dado, el conde se encontró en el taller de Pacheco escuchando cómo este le mostraba la nueva producción.

—Esto es un encargo del monasterio de San Clemente.

—Es grandioso —dijo Gaspar observando los trazos en el inmenso lienzo.

—*Cristo servido por los ángeles en el desierto*, ese es el título de la obra, conde, y es un tema muy apropiado, dado que adornará el refectorio del monasterio.

El conde de Olivares se acercó más al lienzo, al que aún le

quedaba bastante trabajo por delante, y admiró las viandas expuestas en la mesa ante Jesús, ya terminadas. El pan, las uvas, hasta la jarra y el vaso poseían un brillo poco habitual. Francisco Pacheco se dio cuenta.

—El joven Diego Velázquez es quien ha trabajado en el bodegón del banquete.

—¿Diego? Recuerdo a vuestro aprendiz, pero no he visto obras suyas. ¿Podríais enseñarme alguna?

El pintor hinchó el pecho, orgulloso por el interés que su discípulo despertaba en el conde.

—Desde luego. ¡Diego! —gritó con la cara vuelta hacia el patio—. ¡Ven rápido, muchacho!

Un joven pálido, alto y delgado, con una sombra de bigote y ojos curiosos, apareció en el taller.

—Diego, el conde quiere ver tus obras.

El aprendiz enrojeció. Pacheco se acercó a unos cuadros de pequeño tamaño que estaban en un rincón y los giró para que el conde de Olivares los viera.

—Diego lleva tiempo estudiando las expresiones humanas. —El maestro le enseñó una serie de esbozos de una cabeza, la de un chico muy joven que aparecía riendo en unos, llorando en otros, pensativo en algunos—. Este pequeño aldeano es su modelo. Si cien expresiones tiene el rostro humano, cien expresiones que Diego capta a la perfección. Además —giró otros lienzos, estos más grandes—, los bodegones no tienen secretos para él. Por eso dejé que interviniera en la obra que acabáis de ver.

—Joven —dijo el conde volviéndose hacia un Diego azorado pero orgulloso, que aguardaba paciente—, hacía mucho tiempo que no veía un talento semejante. Seguiré vuestros pasos con interés.

Él se inclinó y su maestro comenzó a hablar.

—Os aseguro, conde, que a Diego le espera algo grande. Sus habilidades innatas, bajo mi tutela y...

—¡Diego, Diego! ¿Dónde te escondes?

Una sombra apareció en el umbral y, acto seguido, una chiquilla de no más de doce años, alta y espigada, entró en el taller.

—¡Diego! —repitió, sin prestar atención a los dos hombres—. Madre te reclama, necesita tu ayuda para no sé qué que yo no puedo hacer.

Pacheco carraspeó.

—Querida.

La niña se giró.

—Perdonad, padre, no os había visto.

—Juana, este de aquí es Gaspar de Guzmán y Pimentel, conde de Olivares. Muestra modales delante de él.

Ella enrojeció, pero se mantuvo erguida. Hizo una reverencia perfecta ante el conde.

—Disculpad, señor, no sabía quién erais. Vuestro porte y vuestras ropas bien podían haberme dado una pista, pero, sin duda, vuestra ilustrísima no pretenderá que os reconozca cuando nunca antes os había visto.

Gaspar se echó a reír.

—¡Menuda fiera tienes por hija, Pacheco! —Luego se dirigió a ella—: Encantado de conocerte, jovencita. Déjame decirte que tienes mucha razón. A partir de ahora ya sabes quién soy, y yo quién eres tú.

A continuación, el conde de Olivares se volvió hacia el pintor.

—Ahora debo irme.

—¿Ya? Espero volver a contar con el placer de vuestra compañía muy pronto.

El conde negó con la cabeza.

—Me marcho a Madrid. He sido nombrado gentilhombre de cámara del príncipe Felipe y debo acudir a su encuentro.

—Me alegro mucho por vos, conde —dijo Francisco llevándose una mano al pecho—. Echaré en falta vuestra compañía, pero espero que nos regaléis vuestra presencia cuando vengáis de visita a Sevilla.

—Quién sabe —dijo Gaspar—. Tal vez nos veamos en Madrid. Partimos en dos días. A mi esposa le hará bien el cambio, además. Tras la muerte de dos de nuestros hijos —la voz se le quebró levemente—, solo nuestra pequeña María le da alegría en su día a día. Tal vez regresar a la corte la distraiga.

Gaspar se despidió con efusividad de aquel hombre, a quien hubiera llamado «amigo» de ser posible la amistad entre dos personas tan dispares, y salió de allí con la sensación de que volverían a verse más pronto que tarde.

Cuando llegó a su casa, se detuvo ante la habitación de su esposa. La puerta estaba abierta y la luz de la luna iluminaba la estancia. Ella dormía boca arriba, con el cabello esparcido por la almohada. Flotaba en el aire un olor extraño, como a humo y hierbas, que no supo distinguir. Pensó por un momento en meterse en su cama, pero no quiso molestarla y se encaminó a sus habitaciones.

2

Sevilla, abril de 1617

Juana terminó de mezclar el pigmento y se secó la frente con la manga. Se retiró el pelo de la cara, sin tocarlo con las manos manchadas de pintura, y miró muy concentrada el brillante azul que tenía delante: era perfecto. Se encontraba en el taller de su padre, ubicado en la planta baja de la casa familiar, al que acudía a menudo para ayudar con tareas sencillas como aquella.

Adoraba el ambiente efervescente y un poco caótico del taller. Siempre había ayudantes que tensaban lienzos o preparaban óleos, y que creaban obras de arte bajo la atenta mirada de Francisco Pacheco. También él pintaba y escribía, y aprovechaba cada oportunidad para trasladar a sus discípulos sus vastos conocimientos sobre pintura.

Además, Juana apreciaba lo informal del trato allí, sin tantas normas ni etiquetas como en el mundo real. Le gustaba sentirse casi una más, acabar con el delantal repleto de manchas de colores y el pelo despeinado, y le encantaba el sutil olor a cola que impregnaba todo aquel recinto, dividido en estancias según su uso.

—Pregunta vuestro padre si tenéis listo el azul pavo real.

La voz, casi encima de su hombro izquierdo, la sobresaltó. Se giró con una sonrisa.

—¡Diego! Menudo susto me has dado, ¿Cuántas veces te he dicho que no te acerques de forma tan silenciosa?

Diego se quedó mirando a la jovencita que tenía delante: habían pasado seis años desde que entró a trabajar en el taller de Pacheco y la había visto crecer; la niña que chocó con él el primer día se había transformado en esa joven de casi quince años que le miraba con cierta timidez, y cuya sonrisa hacía que dos adorables hoyuelos se hundieran en sus redondas mejillas.

El sol que entraba por un ventanuco iluminaba su figura a contraluz. A Diego le recordó a una de las madonas de las que tanto hablaba su maestro y que él ya había osado representar. Durante un segundo su corazón dejó de latir. Se quedó mirándola. En algún momento de aquellos años, Juana se había convertido en una belleza de piel blanca y ojos oscuros; unos ojos que se veían divertidos, dulces, pícaros o, incluso, maliciosos, con una transparencia que su dueña no conseguía ocultar.

Juana le dio un pequeño golpe en el hombro.

—¡Despierta! ¿Qué te pasa? Te has quedado mirándome como si hubieras visto un fantasma.

Diego parpadeó y sonrió.

—Disculpad, Juana, preguntaba por el azul.

La joven señaló el recipiente sobre la mesa.

—Listo para usar. Todo tuyo.

Diego fue a coger el pigmento, pero no rodeó a Juana, sino que se quedó muy cerca de su cuerpo y alargó la mano. Al inclinarse, su aliento rozó el hombro de la joven, que, sin saber por qué, sintió un escalofrío, pero no se retiró. Y ella cayó entonces en la cuenta de que Diego, a sus diecisiete años ya, se había convertido en un joven alto y bien proporcionado, y se sorprendió pensando en lo bonitos que eran sus ojos oscuros y lo agradable que era su sonrisa. En ese instante llegó hasta ellos la voz de su padre.

—¡Diego, el azul! ¿Está o no está?

Ambos dieron un respingo y se separaron al ver lo cerca que estaban el uno del otro.

—¡Voy, maestro! —contestó Diego sin apartar la mirada de Juana.

Al final fue ella la que desvió la suya, un tanto intimidada, y carraspeó. Luego volvió a mirarle, ambos se sonrieron y Diego se marchó, como si aquella situación tan extraña nunca hubiera ocurrido.

Juana siguió con el trabajo, ayudando a preparar el lienzo que más tarde utilizaría su padre, y, cuando terminó, se sentó en un taburete a escuchar cómo enseñaba a Diego.

Francisco Pacheco era un hombre corpulento y de semblante alargado y serio, aunque con un carácter mucho más cálido de lo que su fisonomía daba a entender. Vivía por y para el Arte, con mayúscula, y esa pasión se la había inculcado a su pequeña Juana desde la más tierna infancia. Era, además de un notable pintor, un aún más notable profesor. Su taller estaba muy solicitado, pero desde hacía unos años se había centrado en el joven Diego, en quien vislumbraba un talento excepcional que estaba seguro de que le llevaría más lejos de lo que nadie podía imaginar.

—Observa cómo incide la luz en esta parte del cuadro. ¿Lo ves?

Diego asintió sin parpadear.

—Cuando estés representando santos, asegúrate de que la luz intensifica esa idea de santidad. Ya perteneces al gremio, Diego, ya eres pintor. Pero aún eres muy joven y debes seguir aprendiendo.

—Sí, maestro —respondió Diego—. Lo tengo muy en cuenta.

Hacía ya años que Diego ayudaba en el taller, y solo un par de meses que había aprobado el examen para conseguir la licencia. Juana sabía que él era, sin duda alguna, el alumno del que más orgulloso se sentía su padre, aunque no le había escatimado ni un poquito de la dureza del aprendizaje en todo ese tiempo. Diego siempre estaba moliendo pigmento, calentando colas, montando lienzos y haciendo cualquiera de las tareas que su mentor le encomendaba, similares en su sencillez a las que realizaba ella misma.

Pero además le enseñaba técnicas, proporciones, detalles que a ella no le había transmitido. Así que, cuando no estaba trabajando u observando a su maestro, podía uno encontrarse a Diego en cualquier rincón del taller bosquejando, pintando retratos a lápiz o haciendo estudios de ángulos, rostros, cuerpos y bodegones. Juana había perdido la cuenta de los bosquejos que había recogido del taller por las tardes.

Una vez encontró uno de su rostro. La había dibujado muy concentrada en a saber qué. Le gustó verse representada por los ojos de Diego, aunque solo se tratase de unos trazos simples en un papel. Sin embargo, no solo se la reconocía, sino que ese sencillo dibujo transmitía paz, serenidad y una belleza que Juana no estaba segura de poseer. Ese no lo había tirado. Lo tenía guardado en la pequeña caja de los tesoros que escondía debajo de la cama, en la que también había un fajo de papeles en los que ella dibujaba cuando nadie la veía, poniendo en práctica las enseñanzas que su padre transmitía a otros.

Su madre apareció por la puerta del taller y la reclamó con un gesto. Ella acudió a su llamada. Era tarde y había que prepararse para la cena, quitarse aquellos ropajes manchados y ponerse un vestido más acorde a su posición, el de hija del artista más importante de la ciudad. Además, esa noche había tertulia y a ella le gustaba estar cerca y escuchar hablar a la gente culta e inteligente que su padre invitaba.

—No digo que no tengáis razón. —Juan de Mal Lara, uno de los mayores humanistas de Sevilla, organizador de su propia tertulia, era un habitual en las reuniones que Pacheco celebraba semanalmente en su casa—. Solo señalo el hecho de que España tiene una corriente propia y debería, por tanto, crear sus propias normas.

Francisco Pacheco dio un trago a la copa de vino y cogió aire antes de hablar.

—Mi querido Juan, nadie niega el carácter propio del arte español, y yo, como podéis imaginar, menos aún. Pero no hay que perder de vista que seguir el modelo de los más grandes contribuye a la propia grandeza, y en esto nadie supera a los italianos. Son nuestro modelo a seguir.

El licenciado Pacheco, un hombre alto de prominente barriga, tío del anfitrión y asiduo a aquellas tertulias, tomó la palabra.

—Pero sobrino, el Greco abandonó el modelo italiano y ya hace años que tiene un estilo propio, alejado de cualquier influencia.

Francisco hizo amago de contestarle, pero calló y volvió la cabeza con una sonrisa.

—Diego, tal vez tú quieras refutar esta idea de mi muy querido tío.

El joven Diego se adelantó, carraspeó y tiró un poco de su cuello de lechuguilla, como si le molestase.

—El Greco ha desarrollado un estilo propio, así es, pero es innegable la tremenda influencia en su arte de los maestros italianos. Su estilo y su uso del color son, en esencia, los de Tiziano, si bien la forma y la técnica han bebido en gran medida de Miguel Ángel también. Ha evolucionado, es cierto, y ahora el Greco solo se parece al Greco, pero sin esa base tan asimilada de los italianos no hubiera llegado a lo que es.

—Doménicos es producto de su aprendizaje en Italia —continuó Francisco—. Y ojo, ya sabéis que siempre he defendido que en lo que hace bien es el mejor y en lo que hace mal, el peor. Pero lo aprecio, lo considero un maestro y lo he estudiado a fondo. Nadie podrá convencerme de que su estilo no es la evolución natural de un gran talento expuesto a la escuela italiana. A la veneciana, si nos ponemos exquisitos, de la cual él siempre se ha considerado parte.

—Y a ti, Diego —cambió de tercio el licenciado—, ¿te gustaría viajar a Italia y estudiar allí a los grandes maestros?

Diego volvió a carraspear. Su postura, un poco envarada, y las manos agarradas la una a la otra demostraban cierta incomodidad por ser el centro de atención, pero no dejó traslucir esa sensación.

—Desde luego. Tengo el mejor maestro que hubiera podido imaginar, pero ver de cerca el trabajo de algunos de los más grandes pintores que la historia ha dado, observar su técnica, aprender de ellos... Creo que nadie en su sano juicio negaría que es el mayor deseo de un pintor.

Apartada de aquel círculo de eruditos, Juana observaba la escena sentada en una silla, tras el biombo que separaba aquella estancia de otra de uso familiar. Esos hombres vestidos de negro, con sus blancos cuellos almidonados, no la intimidaban lo más mínimo, pero era consciente de su juventud y de lo poco apropiado que sería estar presente en sus conversaciones en aquel momento. Aunque algunas nobles y mujeres acomodadas, mecenas y entendidas en artes se permitían departir con los hombres en las tertulias, era algo poco común y no estaba bien visto ni por la Iglesia ni por la sociedad. Además, ¿qué podría aportar? Ella, que apenas había comenzado a vivir y que a duras penas manejaba un pincel. Por el momento, se contentaba con escuchar y aprender.

—Sin duda vuestro afán de saber es mayor que el de muchos ayudantes del taller.

Juana salió de sus pensamientos de forma abrupta y sonrió al ver la cabeza de Diego asomar por detrás del biombo.

—Eres tan sigiloso como un ratón, no hay duda. ¿Algún día dejarás de sobresaltarme?

—Me gusta sobresaltaros. El rubor sube a vuestras mejillas y los ojos os brillan con tal intensidad que desearía plasmarlos en un lienzo.

El silencio se instaló entre ellos y la sonrisa se le borró a Diego del rostro. Pensó que tal vez había ido demasiado lejos, que igual ella no quería escuchar esas cosas. Pero entonces reparó en que Juana había bajado la cabeza, que contemplaba sus propias manos entrelazadas sobre el regazo y que, por lo que podía ver, ocultaba una sonrisa azorada.

3

Madrid, noviembre de 1617

Gaspar de Guzmán, conde de Olivares, llevaba dos años en la corte como gentilhombre del príncipe heredero, Felipe. Dos años en los que había tenido que aguantar las continuas chanzas del joven príncipe y las humillaciones de los gentilhombres que llevaban más tiempo y se consideraban superiores al recién llegado. Tenía ya treinta años, pero sabía que aún le quedaba mucho trabajo por delante.

El heredero al trono había cumplido los doce años y era muy influenciable. Estaba siempre rodeado de nobles mayores que él que trataban de moldearlo a su antojo para conseguir poder e influencia. Pero Gaspar de Guzmán sabía que la forma de obtener esas dos cosas no era manipular al futuro rey, sino lograr que este te tuviera por tan imprescindible, por tan confiable que dejara en tus manos todas las decisiones importantes. Y el conde estaba decidido a ser esa persona, aunque para ello primero debía ganarse sus simpatías, cosa que no parecía sencilla.

Una de las tareas que Gaspar tenía encomendadas era vaciar el orinal real. Suponía un gran honor, aunque él creía que transportar los desechos principescos de una bacinilla de metal a las letrinas de palacio no tenía mucha dignidad. Sin embargo, era una forma de estar cerca del heredero.

Su escatológica misión había provocado más de un comentario malintencionado, pero Gaspar siempre conseguía volver la situación a su favor, una y otra vez. Como el día en que el príncipe torció el morro al verle aparecer y dijo, con cara de fastidio:

—¿Otra vez estáis aquí, conde? Dios sabe lo que me cansa ver vuestro rostro día tras día, no sois tan hermoso.

Felipe estaba de pie en sus aposentos mientras el duque de Uceda, el duque de Híjar y unos cuantos nobles presuntuosos más le ayudaban a vestirse y le reían las gracias. Todos cacarearon como gallinas cluecas tras el comentario.

—¡Qué ingenioso sois, alteza! —dijo el duque de Uceda, hijo del valido, a quien Gaspar odiaba con pasión—. Es cierto, siempre está ahí como un perrillo faldero.

—¡Es el perro de Su Alteza! —añadió el duque de Híjar, riendo de forma muy poco respetuosa.

Gaspar, que no sabía a cuál de los dos duques odiaba más, los miró sin expresión en la cara para demostrar que sus rebuznos no le afectaban lo más mínimo. Luego miró al príncipe, que le estaba observando con una media sonrisa de suficiencia, y a continuación inclinó la cabeza en señal de respeto y besó el borde del orinal. La media sonrisa se borró del rostro de Felipe, que, pensativo, contempló al conde. Este no dijo nada, no era necesario. Tras ese gesto de absoluta devoción al heredero, salió de la estancia camino a las letrinas.

Habían pasado meses desde aquello y, poco a poco, el conde de Olivares había ido apreciando un cambio en la actitud del heredero hacia él.

Esa noche, Gaspar se encontraba en la cámara del príncipe. Ya le habían desvestido, estaba con la camisa y el gorro de dormir, y el conde percibió la competencia interna entre los nobles para ser quien arropara a Su Alteza y le tapara bien con la manta. Felipe miraba al cielo de la cama, sin prestar atención a esos detalles. Dentro de un tiempo, cuando fuera rey, cada movimiento, cada paso estaría reglado, y el encargado de acostarle sabría que él, y solo él, disponía de ese privilegio.

Sin embargo, en ese momento las normas no estaban tan claras. Gaspar dio un paso hacia delante. Solo quería establecer contacto visual con el príncipe, pero los otros asumieron que trataba de entrar en la liza para arroparlo.

—Mirad —dijo el duque de Uceda con sorna—, por aquí hay un perrillo faldero que quiere que le demos un hueso.

Las carcajadas sacaron al príncipe de su ensimismamiento. El duque de Híjar tomó la palabra.

—¿No os basta con el honor de vaciar el orinal real? No deberíais ser tan avaricioso, conde.

Felipe desvió la vista hacia el conde de Olivares, que le sonrió y le guiñó un ojo. Entonces el príncipe miró a los nobles, arremolinados alrededor de su cama, y dijo con hastío:

—¡Oh, por el amor de Dios, me aburrís con vuestras estúpidas pullas! Arropadme de una vez y dejadme descansar.

Un silencio incómodo se extendió por la estancia. Los nobles parecían cohibidos por el rapapolvo recibido. Uno de ellos se acercó, tapó al príncipe y todos retrocedieron hasta que Felipe les dio permiso para retirarse. Al salir, Gaspar se las arregló para ser el último.

—Os deseo un buen descanso, alteza —dijo, y cerró la puerta de la cámara.

—¡No entiendo por qué les consientes esas cosas! —Inés, indignada, recorría la estancia de un lado a otro—. ¡Son un atajo de mocosos presuntuosos que solo quieren ganarse el favor del futuro rey! ¡Tú, y nadie más que tú, deberías ser quien estuviera a su lado!

El conde de Olivares olisqueó el ambiente.

—Huele un poco raro aquí, querida. ¿Has quemado algo oloroso?

Ella se encogió de hombros.

—Nada fuera de lo normal. Pero no me cambies de tema, Gaspar.

—Son un atajo de inútiles, sí. Pero les dejo hacer porque tengo un plan.

—Te escucho.

Inés se tranquilizó y se sentó, echando el cuerpo hacia delante para prestar atención.

—No es nada del otro mundo, pero es algo en lo que todos esos mequetrefes no han pensado. —El conde se acarició la perilla—. Todos se mueren por caerle en gracia al príncipe como forma de conseguir el favor del rey. El duque de Uceda lo tiene fácil: es hijo del duque de Lerma, valido y favorito de Su Majestad, y lo que quiere es tener influencia sobre el príncipe para que su suerte no acabe. Y el duque de Híjar, ese presuntuoso, es demasiado joven para conseguir nada, pero su ambición desmedida lo empuja a abrirse camino hasta Su Majestad por medio de su hijo.

—Lo que pretendes decir es que lo usan como medio para llegar al rey, no como una finalidad en sí misma —dijo Inés.

—¡Exacto! —El conde se levantó y comenzó a pasearse mientras hablaba—. Yo veo a Felipe como el futuro Felipe IV, no como el hijo de Felipe III. Su Majestad nunca me ha mostrado un favor especial. ¡Si ni siquiera me ha concedido la grandeza! En cambio, su hijo… Ahora es un niño, solo tiene doce años, pero crecerá y será rey. Y si la única constante en su entorno, más allá de las adulaciones, es que me tiene a mí cada vez que necesite algo, cada vez que desee algo…

Una sonrisa se extendió por el rostro de la condesa.

—Entiendo. Estás sembrando para cosechar en el futuro.

—Así es. —Gaspar se acercó a su esposa y tomó sus manos, blancas y finas—. ¿Tengo tu apoyo, querida?

Ella asintió.

—Total y absoluto. Te ayudaré en todo lo que esté a mi alcance.

Él acarició las manos de Inés. Las observó de cerca y frunció el ceño.

—¿Has estado trabajando en el jardín, esposa? No es muy apropiado.

Ella las retiró.

—¡Pues claro que no! ¿A santo de qué voy a ponerme yo a trabajar en el jardín?

—Tienes tierra debajo de las uñas.

Inés se miró las manos.

—Eres muy observador. No he estado en el jardín, pero sí me he entretenido haciendo unos arreglos florales.

Gaspar la miró, sin entender. Ella se echó a reír.

—¡Deja de mirarme así, esposo mío! Permite que mantenga alguna pequeña parcela de misterio. No soy del todo convencional, pero eso ya lo sabías cuando decidiste cortejarme. ¡Tenía veintitrés años, por Dios bendito! Estaba esperando al hombre adecuado para apoyarle con todos mis medios. Y es lo que pienso hacer, siempre que no te opongas. Y si eso incluye algo de tierra bajo las uñas..., bueno, son cosas de mujeres.

Gaspar negó con la cabeza.

—Tienes razón, sabía que no eras como las demás. Pero tampoco yo soy como el resto de los hombres. Sí, puedo tolerar una pequeña parte de misterio. ¡Haz lo que desees! Confío en ti.

—Haces bien —dijo ella. Se puso en pie, tomó las manos del conde y le miró a los ojos—. Juntos conseguiremos que la Casa de Olivares llegue a lo más alto. Te lo prometo.

El conde se llevó una mano a la frente.

—¿Otra vez esos terribles dolores de cabeza?

Él asintió.

—Túmbate. Mandaré que te traigan una infusión. Tú descansa.

4

Sevilla, marzo de 1618

Diego salió de la casa de su maestro con los cuadros enrollados y bien sujetos bajo el brazo. Rafik, el esclavo turco de Francisco Pacheco, iba a su lado.

—Yo puedo llevar todos esos rollos, señor Diego.

—Los llevo yo, Rafik, no te molestes.

Lo cierto era que el turco le aventajaba en altura y fortaleza, pero Diego se sentía más tranquilo notando el peso de aquellos lienzos contra sus ropajes.

Se dirigían a la Casa de la Contratación de Indias y caminaban sin prisa, disfrutando del cálido sol de esa mañana de primavera. Como siempre, la ciudad bullía de vida. Centenares de personas iban y venían por las atestadas calles, los mercaderes ofrecían a gritos sus productos y los pilluelos pululaban entre el gentío en busca de un alma despistada a quien sisar la bolsa.

Rafik disuadía a los picaruelos y mantenía a Diego a salvo, pues sabía que el joven era presa fácil para los tunantes. Una mocosa chocó contra Diego.

—¡Disculpadme, señor! —exclamó con gesto asustado. Llevaba un vestido pardo ya un poco andrajoso y la cara sucia.

Se apartó para dejarlos pasar y entonces Rafik la agarró por el pescuezo.

—Devuélvele al señor lo que le has cogido.

La cría pataleó y miró a Diego.

—¡Yo no he hecho nada, señor! ¡Decidle a vuestro perro que me suelte!

—Rafik no es mi perro, y debo decir que rara vez se equivoca.

El turco metió la mano en el zurrón de la niña y sacó la bolsa, que le lanzó a Diego. Luego miró a la ladronzuela.

—¿Y bien? ¿Qué hacemos con ella?

Diego también se la quedó mirando. Ella, consciente de su situación, puso la cara más angelical de la que fue capaz. Diego suspiró.

—Suéltala, bastante tiene con vivir en la calle.

La niña desapareció entre el gentío en un visto y no visto y ellos continuaron su camino. Llegaron al Alcázar, entraron en la Casa de la Contratación y aguardaron su turno.

—Cuadros para la casa del virrey en Cartagena de Indias —explicó Diego.

El hombre que le atendía buscó en los archivos, le dio un nombre, apuntó algo y gritó:

—¡Siguiente!

Diego y Rafik abandonaron la Casa de la Contratación, salieron por la puerta de Triana y llegaron al Arenal. Si Sevilla estaba plagada de gente, de voces y olores, allí, en aquella explanada frente al río, todo cobraba otra dimensión: las gentes se afanaban descargando mercancías o subiéndolas a bordo. Los inspectores caminaban entre las tripulaciones sudorosas, tomando nota de todo. Las voces se mezclaban en distintos idiomas y a los olores habituales se sumaban los del pescado, el hedor fangoso del agua del Guadalquivir y el aroma de las especias traídas del Nuevo Mundo, que se cotizaban, a veces, más caras que el oro. Diego se acercó a uno de los barcos que había en el astillero e hizo unas preguntas. Volvió enseguida.

—Tenemos que ir hasta el puerto, la nave que buscamos es muy grande y no fondea aquí.

Rafik asintió una sola vez y retomaron la marcha. Pasaron por delante de la Hermandad de la Santa Caridad, que se dedicaba a trasladar al hospital a los enfermos que no podían ir por su propio pie y a asistir a los reos condenados a muerte, así como a darles sepultura. También recogían los cadáveres que dejaba el Guadalquivir cuando crecía y causaba estragos. Diego sintió un escalofrío y aceleró el paso hasta dejarla atrás. Entonces volvió a caminar despacio, disfrutando del paseo.

Por el río iban y venían naves en dirección al mar o al puerto, según llegaran o partieran. Las Indias eran un vasto territorio del imperio que consumía grandes recursos en cuanto a organización e infraestructuras, pero que generaba muchos más beneficios que gastos. Diego se detuvo para contemplar aquellos barcos, imaginando las maravillas que transportarían en sus tripas.

—Señor Diego, debemos continuar.

Las palabras de Rafik le trajeron de nuevo a la realidad y prosiguieron su camino. Sevilla era una ciudad cada vez más poblada que crecía por días, aunque estaba sumida en una crisis económica, al igual que el resto del reino, lo que la hacía también cada vez más insegura. En una esquina, dos hombres sujetaban a otro por los brazos mientras un cuarto le hundía el puño en el estómago. Un borracho vomitaba apoyado en la muralla, y algunas prostitutas iban y veían tratando de llamar la atención de potenciales clientes. Una hizo ademán de acercarse a ellos, pero una simple mirada de Rafik fue suficiente para que titubeara y acabara yéndose para otro lado.

Llegaron al puerto. También bullicioso, también caótico, allí atracaban los galeones que hacían la travesía hasta el otro lado de la Mar Océana. Preguntaron y se encaminaron hacia una nao que estaba descargando su mercancía.

Diego se acercó a un hombre bien vestido que dirigía la operación.

—¿Sois el capitán? —preguntó en voz alta para que se le oyese entre el jaleo a su alrededor.

Aquel hombre se giró y lo miró de arriba abajo.

—¿Quién lo pregunta?

—Soy Diego Velázquez, aprendiz de Francisco Pacheco.
Al oír el nombre de su maestro, su cara cambió.
—¡Pacheco! Pues claro que soy el capitán. ¿Qué tal se encuentra el maestro?
—No ha podido venir en persona y me ha mandado a mí a entregaros estos lienzos.
—¿Son los que ha pedido el virrey? —quiso saber aquel hombre mirando los rollos que llevaba Diego.
El joven asintió.
—Los que han pedido de Cartagena de Indias, señor. Una preciosidad. En el Nuevo Mundo son afortunados de poder contar con el arte de mi maestro.
El capitán se mesó la perilla.
—Hoy en día, con la cantidad de naves haciendo la ruta en uno y otro sentido, quien no ha conseguido construirse un hogar en aquel rincón del mundo lo más parecido al que tenía aquí es porque no quiere.

Tal vez otro, en el lugar de Diego, se hubiera interesado por saber cómo era aquello. Qué misterios albergaba ese mundo que apenas un siglo antes no era más que una mancha en blanco en los mapas, a lo sumo poblada por dragones y monstruos mitológicos de todo tipo y condición. O hubiera preguntado cómo eran las gentes allí: el color de su piel, la lengua que hablaban, el arte con el que se expresaban..., pero no dijo nada. No era de natural curioso ni dado a entrometerse. Se limitó a entregarle los fardos al capitán, que ordenó a uno de sus hombres que los depositara con cuidado en su propio camarote, esperó hasta que este firmara el recibo de entrega y se despidió, volviéndose por donde había venido.

Rafik tardó un poco en seguirle. Se había rezagado observando los barcos, con ojos hambrientos. Diego aguardó sin decir nada y, cuando emprendieron el regreso, le miró de reojo.
—¿Piensas en tu patria?
El turco guardó silencio, pero al cabo de un rato, cuando Diego ya casi se había olvidado, contestó:
—A veces sí.

—Nunca te lo he preguntado, ¿cómo llegaste a esta situación?

—¿A ser esclavo, se refiere, señor Diego?

Diego asintió.

—Cosas que pasan. —Rafik levantó la barbilla, orgulloso—. Yo era un pirata, capitán de mi propio barco. Un día abordamos el barco equivocado, eso es todo.

—Os hicieron prisioneros y acabaste aquí.

Rafik asintió.

—Podría haber sido peor. Yo comerciaba con esclavos cristianos, ya veis. Hasta en el norte de Europa llegué a capturarlos. Pero el destino es caprichoso y hoy me toca a mí. Si Alá lo quiere, así ha de ser. No es mala vida la de servir al maestro. Mejor que la que les esperaba a los cautivos que yo compraba y vendía.

—¿Tienes familia?

Un asentimiento seco vino a decir que el esclavo prefería no hablar de ese tema.

—¿Crees que volverás algún día a tu tierra, Rafik?

El turco suspiró.

—*Inshallah*.

Cuando entraron en el taller, Juana estaba tensando un lienzo. Los miró de reojo.

—Menos mal que ya habéis vuelto. Ayúdame con esto, Diego, que no me queda como yo quiero.

El joven se acercó y se situó a su lado. Juana se puso nerviosa y le tembló la mano.

Rafik ocultó una sonrisa y comenzó a preparar la cola.

—¿Las obras de Cartagena ya están entregadas? —preguntó Juana.

Su intento de mostrar normalidad no le salió del todo bien, pero tanto Diego como el turco disimularon.

—Ya están a bordo —dijo Rafik—. En unos meses adornarán alguna casa rica al otro lado del mundo.

Juana miró a Diego.

—Son los tres lienzos en los que has participado, ¿no?

—Sí, ya sabes, la calidad de los cuadros que van al Nuevo Mundo no se mira tanto.

Juana rio.

—Esa falsa modestia no es propia de ti. Tal vez antes de aprobar el examen del gremio te *dejara* meter mano en esos cuadros, pero ahora creo que tu pincel los convierte en algo mejor. Y creo que mi padre es de la misma opinión.

Los labios de Diego se curvaron en una sonrisa satisfecha. No le gustaba alardear ni se consideraba un presuntuoso, pero poseía la capacidad de saber si lo que había hecho era bueno o si podía hacerlo mejor. Y sabía que se había perfeccionado mucho, que ya había igualado a su maestro y que, con un poco de trabajo, superaría a la mayoría de los pintores que conocía.

Juana volvió a cambiar de tema.

—¿Has hablado ya con mi padre?

Diego negó con la cabeza.

—No he encontrado el momento adecuado.

Juana resopló y su cara se contrajo en un gesto entre el disgusto y la impaciencia.

—¡Porque nunca te parece el momento adecuado! —Cuando Juana vio que Rafik giraba la cabeza hacia ellos, bajó el tono—. ¿No será que te da miedo hablar con mi padre sobre este tema?

Diego lo pensó y luego la miró.

—Tal vez. Para mí es como un padre y no querría disgustarle o, peor aún, que se sintiera ofendido.

—Diego… —añadió Juana suavizando el tono, como si hablara con un niño—. Hay que coger al toro por los cuernos y no dejarlo para más tarde. Si es que sigues queriendo lo mismo, claro —dijo bajando la mirada.

—Pues claro que sí. Es lo que más deseo.

Ambos se incorporaron ante el lienzo perfecto, tenso y liso, que ya solo esperaba ser encolado e imprimado para que se pudiera pintar sobre él. Juana se frotó las manos, satisfecha, y se dirigió a la mesa, donde tomó sus propios pinceles y una paleta de colores ya preparada. Se situó ante otro cuadro que estaba empezado. Una silla desvencijada se mantenía en pie al lado de la mesa.

—¿Qué vas a hacer ahora? —preguntó Diego.

—Esbozar los muebles de este cuadro. Padre me ha pedido que haga lo posible por adelantar la producción; los encargos no hacen más que llegar y toda ayuda viene bien.

De un tiempo a esta parte, su padre había descubierto que se le daba muy bien pintar y la dejaba participar en algunas obras menores del taller.

Juana se puso a trabajar y no volvió a mirar a Diego. Sin embargo, antes de que él se retirase, dijo:

—Está en la sala contigua, con una Inmaculada. Mi padre, digo. Creo que está solo.

Diego miró de reojo la puerta que comunicaba con la sala adyacente, que también pertenecía al taller. Se armó de valor y se dirigió hacia allí. No vio la sonrisa de Juana tras él.

5

—Me da que si Juana no te empuja, hubieras tardado bastante más en hablar conmigo, muchacho.

—Bueno, yo... Esto... Quiero decir, yo desde luego deseaba... —Diego se dio por vencido y desplomó los hombros en un gesto que hizo que su mentor se echara a reír—. Estáis en lo cierto, maestro. Ya me conocéis, no me gusta importunar.

Francisco Pacheco y Diego hablaban frente a una jarra de vino, sentados a una mesa en una esquina del taller. Francisco se había llevado una alegría ante la proposición de Diego. Era muy habitual que la hija de un pintor se casara con el aprendiz del padre. El roce hace el cariño, decían, y además así el futuro del taller quedaba asegurado con un nuevo artista al frente.

Y Francisco le tenía mucho cariño a ese muchacho que había llegado a su casa hacía seis años y que tan bien se había adaptado. También veía en él una habilidad fuera de lo común, un talento que su instinto, avalado por décadas de estudio y maestría en la materia, le decía que sería el más grande que sus ojos vieran.

—Sabes que no hay cosa que me haga más feliz que pensar en mi taller funcionando aun después de mi muerte.

—Todavía falta mucho para eso, maestro.

—Déjame terminar, Diego. Lo que quiero decirte es que me alegro de que mi hija y tú hayáis congeniado. Creo que seréis muy felices. No hace falta que te recuerde que Juana es una auténtica joya: educada, inteligente, diestra con el pincel y de ingenio vivo.

—Lo sé, maestro —dijo Diego con una sonrisa orgullosa—. Soy consciente de la suerte que tengo de que se haya fijado en mí.

—No es solo eso, muchacho. —Francisco se puso serio, dio un trago a su vaso de vino y se dispuso a decir algo más, pero entonces negó con la cabeza—. No importa, creo que ya divago. ¡Bien! —Se puso en pie y apuró el vaso de vino—. Sigamos trabajando.

María, la madre de Juana, apareció en el taller. Tenía que comentar con Francisco algo sobre el pago de una de las obras y, cuando vio que estaba con Diego, se acercó a su hija.

—¿De qué hablarán esos dos tan serios?

Se detuvo tras el hombro de Juana para observar el avance de su trabajo. Entonces vio el rubor que se extendía por su cara y su sonrisa ilusionada.

—Entiendo. Ya iba siendo hora —dijo riéndose, y levantó las manos a modo de disculpa—. No me mires así, hija, tengo ojos en la cara. Hace ya semanas que me di cuenta de cómo os miráis. Me hubiera gustado que esperaras un poco más, pero supongo que así es el amor.

Fue hasta donde estaban los dos hombres y apretó el brazo de Diego en un gesto cariñoso. Luego comenzó a hablar con Francisco.

Diego se giró hacia Juana. Se acercó a ella y quedaron el uno frente al otro.

—Ya está. —Diego sonrió.

Juana le devolvió la sonrisa.

—¡Qué va! Esto no ha hecho más que empezar —dijo segura de sí misma.

Dos semanas después, Diego se afanaba en un nuevo cuadro. Se trataba de una Inmaculada y le había pedido a Juana que fuera su modelo. Diego seguía a rajatabla el camino que había marcado su maestro. Francisco Pacheco era agente de la Inquisición en Sevilla y dictaminaba las pautas para las obras sacras, y Diego no discutía ni una sola de esas normas.

Juana era perfecta para ser la imagen de su Virgen: su cara era preciosa, todavía con las redondeces de la infancia en las mejillas, sus ojos miraban hacia abajo y tenía las manos juntas en el regazo. Diego la había pintado rubia, como debía ser, aunque creía que era una pena aclarar el oscuro y brillante pelo de su modelo.

Francisco apareció por detrás.

—Maravilloso, Diego. Me encanta cómo muestras la luz que la ilumina desde arriba.

—Gracias, maestro.

—¿Cuánto lleváis aquí? —preguntó.

Juana resopló.

—Horas. ¡Días! Me gustaría descansar un poco.

—Está bien —dijo su padre—. Diego, deja los pinceles. Necesito que me hagas una gestión en la Casa de la Contratación. Juana, ve con él. Hace un día fantástico y es bueno que os dé el aire.

—Nos llevamos a Rafik, supongo.

Ni Diego ni Juana salían sin su protección, por eso se quedaron sorprendidos cuando Francisco negó con la cabeza.

—Rafik tiene que quedarse aquí. Id los dos solos. Confío en vosotros —dijo cuando vio la mirada de ambos—, no hagáis que me arrepienta.

Una vez en la calle, Juana se sentía extraña paseando a solas con Diego, sin la fornida presencia del turco detrás de ellos. Diego lo notó.

—Si estás incómoda, puedo ir yo solo.

Juana negó con la cabeza.

—¡No! Me gusta tu compañía. Pero no tengo muy claro cómo comportarme.

—Pues yo tampoco, pero deberíamos ir acostumbrándonos. Dentro de poco pasaremos mucho tiempo juntos.

Los dos rieron. Qué extraño era pensar eso. Sin embargo,

Juana sintió un pequeño pellizco en el vientre cuando se imaginó casada.

—Tengo ganas de que llegue el día.

Diego miró a su alrededor y cogió a Juana de la mano, tiró de ella y se metieron en un callejón por donde no pasaba gente. Sus caras estaban muy cerca. Le sujetó la barbilla con la mano y la miró a los ojos.

—Yo tengo muchas muchas ganas de ser tu marido, Juana. Y como lo más probable es que no podamos pasar tiempo a solas hasta entonces, quiero tener algo con lo que soñar.

Y entonces la besó.

Fue un beso suave, inocente. Los labios de Diego tantearon los de Juana y los encontró dulces y dispuestos. Duró muy poco, tan poco que, al separarse, se quedaron con las frentes unidas, respirando con agitación, hasta que Juana tomó conciencia de la situación y lo empujó con delicadeza para apartarlo de ella.

—Diego, no deben vernos así.

—Tienes razón, es solo que... —No terminó la frase. Se acercó a sus labios y la besó de nuevo, esta vez más rápido y urgente—. Ya. Creo que con esto tendré algo a lo que agarrarme mientras pasan las semanas que quedan hasta nuestra boda.

—Venga, vamos.

Volvieron al bullicio de la ciudad, inmersa en las actividades de un día cualquiera antes del mediodía. Al salir del Alcázar, terminado el encargo, Juana le pidió dar un rodeo extramuros y pasar por el río. Diego dudó: no era lo más seguro, pero se sentía incapaz de negarle nada a esa muchacha.

Ese día partía una flota hacia las Indias. Era un espectáculo ver las grandes naos y los galeones bajar por el río con las velas desplegadas, camino al mar y más allá, hasta cruzar un océano entero y llegar a su destino muchas semanas después.

—Menuda aventura tienen por delante —dijo Juana, con la admiración pintada en el rostro.

—¡Mira, allí! —Diego señaló una nao que avanzaba lenta y

majestuosa—. Ese es el barco en el que viajan los lienzos del maestro.

Cuando una flota llegaba a Sevilla, lo hacía cargada de mercancías, entre las que solía haber madera, azúcar, tabaco, cacao, perlas, plata y oro. Pero no acababa ahí la cosa. Después de haber dejado pasar unos días para que la tripulación descansara y se gastara el jornal en mujeres y alcohol, la flota volvía a partir en dirección a las Indias. Y nunca regresaba de vacío: había muchos en aquella lejana parte del mundo que extrañaban los productos y la forma de vida europeos, y que tenían dinero para que les hicieran llegar un rinconcito de su hogar a la tierra a la que habían emigrado.

Los emisarios de Su Majestad, virreyes, adelantados y altos clérigos, sobre todo, gastaban pequeñas fortunas en comodidades y lujos venidos de la metrópolis. Así pues, las entrañas de aquellos enormes barcos regresaban repletas de vino, aguardiente, paños finos, telas, armas, grano, papel, libros y obras de arte que se vendían allí a precios desorbitados. Francisco Pacheco no era el único que enviaba cuadros a las Indias: casi todos los pintores de Sevilla lo hacían, aunque ninguno tenía el prestigio de Pacheco.

Esos lienzos también suponían una oportunidad para los aprendices de participar en cuadros de grandes dimensiones destinados a ser exhibidos, aunque no fueran obras maestras. Al ser en las Indias el arte menos abundante, y por ello más apreciado, en los talleres se cuidaba menos la calidad de esas pinturas, que eran perfectas para hacerse la mano antes de acometer encargos destinados a la propia Sevilla.

Juana veía los barcos pasar con la boca entreabierta y una expresión soñadora en los ojos.

—¿No te gustaría vivir alguna vez una aventura, Diego? ¿Surcar los mares, sortear tempestades, enfrentarte a peligros y salir victorioso?

El joven la miró con sorpresa.

—Pues la verdad es que no. Pienso en la incomodidad, en las

pulgas y las chinches, en comer a diario galletas secas, en los días y días y días sin ver nada más que una extensión infinita de agua, y me doy cuenta de lo bien que se está en casa. No aspiro a una vida de aventuras. Tal y como yo lo veo, la vida ya es en sí misma una aventura. ¿No opinas igual?

Juana se encogió de hombros y apartó la mirada del río.

—¡Qué más da lo que yo opine! Las cosas son como son, y no merece la pena anhelar nada que no esté a nuestro alcance. Se está bien en casa, sí, con un hogar que te proporcione calor y un marido que te haga feliz.

Echó a andar de nuevo y Diego hubo de apresurarse para alcanzarla. Tuvo la sensación de que siempre sería así, que ella siempre iría un pie por delante y él tendría que esforzarse para seguirle el paso, pero también sabía que un joven como él necesitaba una mujer como ella a su lado, y le pareció bien.

6

Sevilla, 21 de abril de 1618

—Es admirable, Diego.

Francisco Pacheco contemplaba la obra de su futuro yerno con la boca abierta. En el lienzo, muy avanzado, una vieja freía huevos en una olla de barro sobre un hornillo. La mujer levantaba la vista hacia un muchacho que sostenía un melón.

El mozo en cuestión estaba allí, posando. Diego se afanaba en captar su expresión y su maestro miraba el movimiento de los pinceles absorto. Joselito, que permanecía inmóvil frente a los pintores, vestido de negro y agarrando un melón, era parte de la casa. Hacía recados y estaba para lo que le mandasen, pero también le había servido a Diego en multitud de ocasiones para retratar expresiones humanas. Joselito tenía algo de actor: si Francisco le pedía que riese, se carcajeaba a mandíbula batiente. Si le pedía que llorase, pareciera que se hubiera muerto su madre. Si necesitaba una preocupación contenida, Joselito ensombrecía el rostro y ladeaba la mirada. Y de cada una de aquellas expresiones con que Francisco lo retaba, Diego salía no solo airoso, sino claramente victorioso.

Pacheco se lo ponía cada vez más difícil y Diego cada vez se superaba a sí mismo, dejando en su maestro el firme convencimiento de que su camino lo llevaría lejos de Sevilla, mucho más lejos, hasta el olimpo de los pintores. Francisco empezaba a darse cuenta de que su taller no tendría en el que pronto sería su yerno un continuador.

—Sin embargo, la perspectiva de los objetos no es perfecta.

Diego asintió, sin dejar de pintar.

—Soy consciente, maestro. Lo corregiré cuando haya terminado con Joselito.

Francisco se aproximó tanto al lienzo que Diego tuvo que apartarse para dejarle sitio. Cuando el maestro se incorporó, negó con la cabeza.

—No corrijas nada, Diego. La calidad de los materiales es exquisita, no los toques.

—¿Estáis satisfecho?

—Más que eso. Mira el brillo de este latón. Puede que las sombras no sean iguales en todo el cuadro, pero solo por cómo has pintado estos materiales se puede considerar una obra de gran maestría.

Diego sonrió e hinchó el pecho. Se había esforzado mucho y, aunque sabía que tenía que mejorar en cuanto a perspectiva, era consciente de su talento innato para imitar la naturaleza de las cosas. Pacheco pareció haberle leído la mente.

—Ya sabes que hay dos formas de entender la pintura, dos tipos contrapuestos de pintor. La doctrina, que también defiende el idealismo, y el naturalismo. Los pintores idealistas o clasicistas suelen renegar de los que prefieren la *imitatio*, la representación fiel de la realidad, pero yo puedo asegurar, sin duda alguna, que eres el mejor imitador del natural que he visto jamás. ¡Mira estas texturas! ¡Mira la expresión de la vieja! ¿Y cómo puedes captar siempre a Joselito con esa perfección? ¡Si solo hace un año de tu examen como pintor!

—Exageráis, maestro, la perfección aún me queda lejos.

Francisco asintió.

—Me pregunto hasta dónde serás capaz de llegar. —Entonces tomó una determinación—. Joselito, descansa. Diego, deja eso, tú y yo nos vamos. ¡Ven!

Maestro y discípulo abandonaron la casa y caminaron por las

calles de Sevilla hasta salir de las murallas por la puerta de Triana y divisar el puente de barcas que comunicaba la ciudad con el arrabal. Entonces Francisco Pacheco se dirigió hacia allí con paso firme y Diego le siguió con el corazón en un puño.

Triana era un barrio peligroso. Hogar de marineros, delincuentes y gente de escasos recursos, tenía fama de ser un lugar conflictivo y poco seguro. Sin embargo, eso no pareció importarle al pintor, que hizo un gesto a Diego y comenzó a cruzar el puente, conformado por barcazas unidas entre sí con cadenas.

La estructura flotante no era la más estable. Diego saltó de una embarcación a otra sin dificultad, pero cuando llegaron al otro lado y el suelo se volvió firme de nuevo, dio un traspiés. Francisco lo sujetó por el antebrazo con una carcajada. Miraron a su alrededor y Pacheco reemprendió la marcha. Aquella era una zona poco recomendable, pero tuvieron buen cuidado de no adentrarse demasiado.

Diego estaba nervioso, aunque trataba de disimularlo. En ese momento se sentía de todo menos cómodo y a salvo. Su maestro, sin embargo, parecía que había nacido allí. Se movía por los suburbios con seguridad y la cabeza alta, como si no tuvieran al menos a cinco malhechores siguiendo sus movimientos.

Francisco le señaló a Diego un corrillo de picaruelos que se estaban enseñando el botín del día. Uno de ellos, el mayor, giró la cabeza hacia ellos y los miró, tal vez sopesando si merecía la pena ir a por sus bolsas. Francisco lo llamó con un gesto. El muchacho frunció el ceño, pero luego acudió, con las manos en la cinturilla del pantalón.

—¿Ves esto? —le dijo Pacheco mostrándole una moneda. Los ojos del ladrón se abrieron con codicia—. Es tuya si te aseguras de que no nos pasa nada durante nuestra estancia aquí. No llevamos bolsa, no vas a sacar nada más si intentas asaltarnos.

—¿Y qué me impide quedarme esa moneda, daros una paliza y lanzar vuestros cuerpos al río?

Diego se estremeció, pero Francisco se limitó a sonreír.

—No debes matar a la gallina de los huevos de oro, muchacho. Toma la moneda, asegúrate de que estemos a salvo y mañana vendré con otra moneda.

—¿Y si no volvéis?

El maestro se encogió de hombros.

—En cualquier caso, esta moneda será tuya. Lo peor que puede pasar es que te quedes con una, y lo mejor, que mañana tengas dos.

El truhan se lo pensó un momento y luego asintió. Estiró la mano para recibir la moneda y se la guardó en la faja. Pareció valorar la posibilidad de echar a correr, pero se quedó allí, como si no fuera con él, y los siguió cuando reanudaron la marcha.

En aquellas calles quedaba claro que la vida era, si cabía, más dura aún que en el resto de la ciudad. Las tabernas eran más cochambrosas, las prostitutas más viejas, los tenderos tenían menos dientes, los niños estaban más flacos y las miradas se veían más desesperadas.

—¿Qué hacemos aquí, maestro? —Diego sentía crecer su inquietud en aquel entorno, pero Francisco parecía cómodo.

—Diego, si vas a ser el mejor imitador del natural que haya existido, debes ver cómo es la vida real. Observa las expresiones, los gestos. Mira la inmundicia que abarrota las calles. Fíjate en cómo nos miran esos dos hombres de la esquina, cómo uno de ellos echa mano al cuchillo. Escucha el pequeño silbido a nuestra espalda, que es la señal para decir que no somos presas, que ya estamos pillados. ¿Lo percibes?

Diego se detuvo y miró a su alrededor, absorbiendo toda aquella información, grabándose en lo más profundo de la mente lo que su maestro le decía. Miró de reojo a los dos hombres de la esquina. Uno compuso una mueca de frustración al escuchar el silbido de su guardaespaldas, pero a continuación ambos se relajaron y siguieron charlando.

Después cerró los ojos un momento, confortado por la presencia de su maestro. El olor era nauseabundo: madera podrida, pescado, orines, vino rancio y sudor se mezclaban en una amalgama que le provocó un encogimiento de estómago.

Abrió los ojos de nuevo. Aquellas gentes no parecían percibir el hedor. Tal vez se habían acostumbrado y ya no lo notaban. Una mujer muy morena, de pelo ensortijado, se asomó a una ventana y gritó «¡Agua va!», y lanzó los residuos malolientes a la calle. A esas horas no estaba permitido, pero nadie se sorprendió. Se apartaron y luego continuaron su camino.

Vio a un aguador en otra esquina. No era joven ni viejo. Tenía una edad indeterminada y sus hombros encorvados parecían soportar el peso del mundo. Sin embargo, había en él una dignidad, un orgullo que le sobrecogió. Asintió.

—Entiendo, maestro.

—Para ser excepcional, para ser mejor que bueno, tienes que captar el sentimiento. Mira más allá de lo que se ve a simple vista. Ya dominas el arte de plasmar exactamente lo que ves, ahora debes transmitir lo que no se ve.

Salieron de aquel nudo de calles y, de repente, el sol brillaba más, el aire era más claro y la brisa olía mejor. Incluso pareció que la temperatura aumentaba un poco. Diego se frotó los brazos.

—¿Cómo te llamas, muchacho? —preguntó Pacheco al ladronzuelo.

—Tomás, señor.

—Tomás, te agradezco mucho el servicio que nos has prestado hoy. Es posible que necesitemos volver, y me gustará contar contigo de nuevo. Si quieres, claro.

Tomás entornó los ojos, desconfiado.

—¿Y la moneda que me habéis prometido traer mañana?

Pacheco se sacó una pequeña bolsa de debajo de la camisa y le entregó la moneda. El muchacho se indignó.

—¡Me habíais dicho que no llevabais bolsa!

—Tengo unos años ya —le contestó sonriendo—. No nací ayer y no es la primera vez que vengo por aquí. Es una locura entrar con la bolsa llena. Sabes tan bien como yo que no hubiéramos salido ilesos.

Tomás dio por buena la explicación, se encogió de hombros y señaló la esquina donde lo habían visto por primera vez.

—Bien, si volvéis a necesitar mis servicios, ahí podéis encontrarme. —Miró a un lado y a otro—. Si no estoy y os veis en problemas, preguntad por Tomasín. Decid que sois mis protegidos.

Pacheco le hizo una inclinación de cabeza.

—Así lo haremos. Con Dios.

Se dio la vuelta y se encaminó hacia el puente de barcas. Diego iba muy pegado a él, con miedo de ser atracado si abandonaba la seguridad del aura de su maestro.

Ya de vuelta en el taller, mientras Diego colocaba los objetos para seguir con el bodegón, su maestro se acercó a él.

—¿A qué aspiras en la vida, Diego?

Él meditó la respuesta mientras ordenaba la composición sobre la mesa.

—Quiero pintar buenos cuadros. Quiero sentirme orgulloso de mi trabajo. Además, llevo tiempo pensando que no entiendo por qué los pintores no somos considerados al mismo nivel que otros artistas. Me gustaría que se nos considerara artistas y no trabajadores manuales; que se respetara la pintura y fuese vista como el arte que es.

—Las cosas se pueden cambiar, Diego. Pocas cosas son inmutables, y el concepto que la gente tiene de los pintores se irá elevando conforme las mentes importantes vean que, más allá de plasmar figuras sobre un lienzo, se trata de transmitir una emoción y trabajar una idea. Eso es lo que nos hace crear arte. En Italia se respeta mucho más la pintura y no veo que no pueda lograrse aquí, pero, si es lo que quieres, tendrás que ser el mejor.

—Pues seré el mejor.

No había asomo de duda en la voz de Diego, ni tampoco

emoción. Lo dijo como si fuera un hecho incontestable, como si aquello fuese a suceder al margen de sus propios deseos.

—Diego, sabes que todo eso no podrás conseguirlo si te quedas en Sevilla, ¿verdad?

—Imagino que será más difícil, sí, pero...

—Aquí no hay peros que valgan —lo interrumpió Pacheco—. Conozco tus méritos e intuyo en lo que eres capaz de convertirte, pero no puedes quedarte aquí. Debes ir a Madrid, hacerte un hueco en la corte, estudiar a los mejores... Para obtener reconocimiento, debes estar donde se otorgan las prebendas y los honores.

—Ese no es mi mundo, maestro. No sabría manejarme allí.

—¡Por supuesto que sabrás! Todo a su tiempo. —Pacheco cambió de tercio al percibir la incomodidad de Diego. Su mandíbula se había tensado y tenía los hombros envarados—. Tú solo piensa en lo que te he dicho. Y apóyate en Juana. Ella es fuerte, podrá sostenerte.

Juana entró en la sala donde su madre se afanaba con el libro de cuentas. Como era habitual en las familias de pintores, las tareas se dividían. María Ruiz de Páramo llevaba el libro de cuentas con celo, no dejaba nada por apuntar, y ¡ay del que osara meter mano en esas hojas sin su consentimiento! Ella manejaba cada real que entraba en esa casa y apremiaba a Francisco cuando las entregas se retrasaban o cuando, como entonces, eran los pagos los que no llegaban.

Juana vio el ceño fruncido de su madre.

—¿Ocurre algo, madre?

María se mordió el labio.

—Los nobles actúan como si fueran merecedores de todo lo que se les da, como si no hubiera que pagarlo. ¡Tu padre se deja los ojos pintando a la luz de las velas para ellos y los muy desagradecidos no abren la bolsa si no se lo pide como mínimo tres veces!

—Pero siempre acaban pagando.

Su madre asintió.

—Sí, aunque no resulta agradable tener que perseguirlos. Pero esto puede esperar. —Retiró el libro de cuentas, el ábaco y la pluma y miró a Juana con una media sonrisa—. Quieres preguntarme algo, ¿verdad? Conozco esa mirada.

Juana asintió y bajó los ojos.

—¡Venga, pues habla, criatura! ¿Ahora le vas a venir con vergüenzas a tu madre?

La joven se sentó frente a ella y carraspeó dos veces antes de hablar.

—Es sobre la boda, madre.

María aguardó, sin presionar a su hija para que continuara. Aunque habían pasado ya más de veinte años desde su propio casamiento, no olvidaba lo difícil que era para las mujeres no saber a qué se enfrentaban. Por fin, Juana se decidió.

—Es que no sé qué esperar.

María suspiró.

—Eres muy joven, hija mía. Apenas has comenzado a vivir, ¡pues claro que no sabes qué esperar! Pero Diego es un buen hombre y tú eres muy lista. Os llevaréis bien y tendréis un matrimonio feliz, estoy segura. —La miró con fijeza, intentando adivinar en su expresión si estaba asustada o triste, o si eran solo los nervios previos a la boda. Aunque, si tenía que ser sincera, lo que veía en el rostro de Juana era más impaciencia y ganas de saber que otra cosa—. Por otra parte, nadie os pide que os independicéis ya mismo. Cuento con que estéis al menos un par de años viviendo con nosotros. Así podré cuidarte y enseñarte a ser una buena esposa.

Francisco entró en la estancia justo cuando Juana iba a seguir preguntando, pero no se dio cuenta de nada y fue él quien habló:

—¿Estás nerviosa, hija?

Juana asintió.

—Un poco. ¿Qué tal ha ido la excursión que ha hecho con Diego, padre?

—Interesante —contestó él—. Has de saber que el talento de Diego es excepcional. Nunca había visto nada igual, y no ha hecho más que empezar.

—Sé lo bueno que es, padre. Recuerde que soy su hija.

Francisco sonrió.

—Lo sé, yo mismo te he enseñado. Pero debes tener en cuenta lo siguiente: Diego ha sido bendecido con un don, pero su carácter no es el más ambicioso.

—Me gusta que sea humilde —replicó Juana.

—No se trata de eso. —Pacheco se sentó a su lado y giró la silla de ella para que quedaran frente a frente—. No es humilde, lo que le ocurre es que valora demasiado la comodidad. No aspira a la grandeza. Y ahí, hija mía, es donde entras tú.

Juana se le quedó mirando. María también. El maestro se sintió obligado a explicarse.

—Tú eres lista, ingeniosa, y en ese pequeño cuerpo tuyo tienes más ganas de progresar de las que tendrá Diego en toda su vida. Si no le empujas, no se moverá. Y su destino no está en Sevilla, hija mía. Para desarrollar una carrera que deje huella, para que su nombre se recuerde, deberá ir a Madrid. Tú tendrás que ir detrás, deberás apoyarlo, lograr que crea en sí mismo y empujarlo a tomar las decisiones correctas.

—Lo haré, padre. Seré su fuerza cuando a él le falte.

Francisco y María miraron con orgullo a su pequeña Juana, que en dos días sería una mujer casada y descubriría, más pronto que tarde, que el mundo era mucho más grande de lo que podía imaginar.

—Mañana estaremos casados —dijo Diego mientras contemplaba el sol del atardecer.

Juana sintió que un escalofrío recorría su espalda. Lo miró de reojo.

—Sí, ya no queda nada.

Se acercó a él solo un poco, pero el carraspeo de Rafik tras ellos la obligó a mantener la distancia entre sus cuerpos. Diego fue consciente y le hizo un pequeño guiño.

—Mañana ya podremos estar a solas sin compañía.

Era el día previo a la boda, pero en el taller de Pacheco eso no significaba gran cosa. Habían trabajado como cualquier otro día, aunque por la tarde Francisco le había dado tiempo libre a Diego para que salieran a dar un paseo, bajo la mirada atenta del turco.

Hacía una tarde magnífica. Los naranjos ya habían florecido y el azahar desprendía su fragante aroma por las calles. La temperatura era perfecta y los dos jóvenes se miraban como si no hubiera nadie a su alrededor. Pasearon por un pequeño parque al que solían ir los nobles a ver y ser vistos y se sentaron al lado de un estanque. Rafik se quedó de pie a varios pasos de ellos, concediéndoles intimidad para hablar, pero sin que olvidaran su imponente presencia.

—El maestro ha hablado conmigo —dijo Diego.

Juana asintió.

—Conmigo también.

Diego sonrió.

—Me lo puedo imaginar. Creo que no confía mucho en mi empuje y mi ambición.

—Y tiene demasiada fe en los míos.

Los dos rieron y Juana se tapó la boca con la mano. Luego se puso seria.

—Pero lo que importa de verdad, Diego, es qué quieres hacer tú. ¿Quieres ir a Madrid? ¿Quieres ser uno de los grandes?

Diego lo meditó antes de responder.

—Por supuesto que sí —dijo encogiendo los hombros—. ¿Quién no querría ser el mejor? En cuanto a lo de Madrid... No lo sé, Juana. Aquí vivo bien, en Sevilla podríamos ser felices y formar una familia, llevar el taller de tu padre en su momento. Madrid está lleno de desconocidos...

—Lo entiendo. —Juana se arriesgó a rozar una mano con la de Diego—. Pero mi padre tiene razón. Todo lo importante se mueve en Madrid. Aquí podrías ser el mejor pintor de Sevilla, pero nada más. En Madrid, si consigues entrar en la corte y pintar para el rey, habrás triunfado. Como pintor real, los límites solo los pondrás tú, con tu talento y tus ganas de trabajar.

—¿Y tú, Juana, serías feliz en Madrid, lejos de tu familia y de todo lo que conoces?

Juana asintió, sin asomo de duda.

—Yo seré feliz donde tú estés.

Diego suspiró.

—Entonces me lo plantearé. Quién sabe, tal vez incluso me guste.

—Tienes demasiado talento para esconderlo aquí. No es justo privar al mundo de él. —Juana rio para tratar de quitarle importancia—. Pero un pasito detrás de otro. Lo primero, Diego —le advirtió al tiempo que se levantaba y le hacía un gesto de apremio con la cabeza—, lo primero es que me conviertas en tu esposa. Y después, Dios dirá.

Continuaron el paseo. Un cómodo silencio se instaló entre ellos, cada uno inmerso en sus pensamientos. Tal vez Juana soñando con una familia que crecía en la capital, tal vez Diego anhelando respeto y honores.

Al día siguiente, la mañana amaneció clara y fresca. Pronto, en cuanto el sol se alzó un poco, la temperatura aumentó y Juana miró el cielo, limpio y de un azul radiante.

—No podrías haber deseado un día mejor para tu boda, hija —dijo María.

Observó a su pequeña. Hacía quince años que la había parido entre tremendos dolores y parecía que fuese ayer. Y estaba a punto de casarse y formar su propia familia. Una lágrima escapó de sus ojos y se la enjugó. Juana le dio un abrazo.

—No me vas a perder, madre. ¡Si vamos a seguir viviendo aquí!

—Ya lo sé, pero no puedo evitar emocionarme.

Las capitulaciones se firmaron por la mañana y se organizó una comida en la casa para los testigos y la familia. Francisco de Rioja, gran amigo de Pacheco y uno de los padrinos, animó la sobremesa con sus poemas.

Poco a poco fueron llegando nuevos convidados. Hombres y mujeres disfrutaban de la fiesta por igual, y los ojos de Juana brillaban tanto que hubo quien escribió unos versos inspirados en ellos.

—¡Te llevas una joya, Diego! —exclamó Sebastián, el otro padrino, un clérigo amigo de su padre a quien ella consideraba casi como un tío—. No hay en Sevilla jovencita más hermosa, viva y dulce que nuestra Juana.

—Ya lo sé —dijo Diego, con la cara deslumbrante por la alegría—. He tenido mucha suerte de que me eligiera.

—¡No cantes victoria tan pronto! —exclamó Juana, provocando las carcajadas de los presentes—. Más te vale hacerme feliz o me encargaré de que lo lamentes.

La mirada que le dirigió a su ya marido desmentía sus palabras y las risas arreciaron.

—Créeme, muchacho —intervino Francisco de Rioja—. Te daré un consejo que me agradecerás: esposa contenta, matrimonio feliz.

Francisco Pacheco y su mujer se tomaron de la mano y miraron a la joven pareja. Juana estaba exultante, reía, cantaba y hablaba con todos. Diego solo tenía ojos para su esposa, a la que contemplaba con una sonrisa perenne.

—¿Recuerdas el día de nuestra boda? —preguntó María.

Francisco dudó.

—Pues no muy bien, la verdad.

Como respuesta recibió una mirada indignada de su esposa y un manotazo en el brazo. Pacheco la atrajo hacia él.

—Pues claro que lo recuerdo. Fue el día más feliz de mi vida.

—Fue la noche más feliz de tu vida —bromeó ella.

—Eso también —dijo el pintor, y la besó.

Uno de los asistentes sacó una guitarra y pronto todos se

pusieron a dar palmas. El patio de Pacheco bullía de vida y alegría, y Juana, en un arrebato, tiró del brazo de Diego.

—¡Venga, vamos a bailar!

Al ver que se resistía, ella no se lo pensó: se remangó la falda, se subió a un cajón y comenzó a taconear.

7

La fiesta continuó durante toda la tarde. Cuando el sol se ponía, los padres de Juana hicieron entrega al joven matrimonio del regalo que más exclamaciones arrancó: una casa, no muy lejos de la suya, para que formaran su propia familia. Tardarían en mudarse, vivirían con ellos aún un tiempo hasta que la carrera de Diego despegara y Juana fuese algo más mayor, pero, en cuanto se sintieran preparados para ser independientes, tener un lugar al que llamar hogar no sería un problema.

La jarana se alargó hasta la noche, y Juana empezó a esconder la cara para bostezar, cada vez más a menudo. Diego y ella se retiraron a la nueva habitación que María les había arreglado en el piso superior. Ya eran un matrimonio y Francisco y María querían brindarles un espacio donde tener privacidad.

Diego ayudó a Juana a quitarse el vestido y se quedaron uno frente al otro, en camisa. Juana no tenía experiencia alguna con los hombres y tampoco Diego había estado con una mujer. Estaban nerviosos, pero Juana avanzó un paso. Diego le tomó la barbilla con la mano y acercó la cara a la de ella, se besaron y ahí terminaron los nervios. Juana notó un fuego en su interior que nunca antes había sentido y se apretó contra Diego. Este recorrió la espalda de Juana con las manos, las bajó más, hasta apoyarlas en sus glúteos y, cuando vio que no era rechazado, se atrevió a ir más allá.

Pronto las camisas estaban en el suelo, arrugadas e igual de entrelazadas que ellos dos, que se fundieron el uno con el otro hasta que se quedaron dormidos, abrazados.

Cuando salió el sol, Juana abrió los ojos y se encontró con los de Diego fijos en ella. Sonrió.

—¿Has dormido bien? —preguntó él.

—Como un leño.

—¿Te duele?

—No —dijo Juana—. Ayer fue un poco molesto..., pero solo al principio.

Se estiró y entonces fue consciente de que estaba desnuda. Se cubrió con la sábana, un tanto cohibida.

—Es una lástima que te tapes —dijo Diego con una sonrisa—. Me estaban dando ganas de dibujarte.

—¡Calla!

Se puso colorada y se ocultó la cara con las manos, pero entonces la sábana se escurrió dejándole al descubierto los pechos, pequeños y firmes. Diego sonrió y alargó la mano para colocársela de nuevo mientras ella le miraba ruborizada por entre los dedos.

—No sé por qué me da vergüenza que me veas.

Diego le dio un beso en la mejilla.

—Pues espero que se te pase pronto, porque me gustaría verte desnuda muchas muchas veces.

—¡Diego, no seas obsceno!

Juana fue a darle un manotazo en el hombro, pero él le capturó la mano y la atrajo hacia sí.

—Solo es obscenidad si no estamos casados, querida.

Y volvió a besarla, esta vez con más intensidad, hasta que el fuego se desató de nuevo.

Para cuando bajaron las escaleras y entraron en la cocina, todos habían terminado de desayunar. Francisco seguía sentado a la mesa, con la cabeza apoyada en la mano. Al alzar la vista, tardó un poco en enfocar los ojos. Estaba pálido y mostraba unas profundas ojeras.

—¿Qué tal estáis?

Diego y Juana sonrieron por toda respuesta, no hacía falta decir nada más. Entonces ella vio la cara de su padre.

—¡Padre! ¿Se encuentra bien?

En ese momento entró su madre.

—¡Pues claro que no está bien! ¡No sé los litros de vino y aguardiente que se bebió anoche, el muy granuja!

Francisco entrecerró los ojos.

—María, por Dios bendito, no grites, te lo suplico.

Juana se echó a reír.

—Veo que la fiesta siguió sin nosotros.

—Siguió, siguió. —María miró a su marido con ojos sonrientes—. Y hoy el señor no se siente con fuerzas para trabajar en el taller, faltaría más. Ni para coger un pincel le queda energía.

Francisco hundió los hombros.

—¿Qué puedo decir? Tu madre tiene razón.

Juana se sentó ante un tazón de chocolate.

—¿Chocolate para desayunar?

Su madre sonrió.

—Pero no te acostumbres, es para celebrar vuestro primer día de casados.

En la mesa había queso, empanadillas de cerdo y empanadas de cuajada, además de jamón y cortezas de naranja con miel. Diego comenzó a comer para reponer fuerzas, lo cual probablemente necesitaba. Juana se dio cuenta en ese momento de que también estaba hambrienta. Francisco y María los observaron mientras comían y se lanzaban frecuentes miradas cómplices. Daba gusto ver con cuánto amor se cruzaban los ojos de los dos jóvenes y los gestos de cariño que tenían entre ellos. María se sintió muy orgullosa de la familia que había creado.

Para Juana la vida seguía siendo muy similar a como era antes: ayudaba en el taller, llevaba la contabilidad con su madre para aprender a hacerlo bien, acudía a misa y tenía largas conversaciones con Diego. Solo que entonces ya podía agarrarle del brazo si le apetecía, o incluso darle un beso furtivo sin miedo a que los descubrieran. Eso sin contar con lo que sucedía tras la puerta de su dormitorio. Se sonrojó solo de pensarlo. ¿Cuándo iba a dejar de pasarle eso?

Y otra de las cosas que había cambiado era que podía asistir a las tertulias de su padre sin tener que quedarse detrás del biombo. No participaba. De hecho, apenas hablaba, salvo que le preguntaran algo, pero escuchaba y aprendía, y eso le gustaba.

Esa tarde aparecieron varios amigos de su padre. Juana les llevó bebida y estuvo un rato con ellos, pero luego comenzaron a hablar de política y ella se retiró, aunque siguió pendiente de lo que decían. En la cocina, María estaba organizando con la cocinera los menús de los próximos días, y al verla se calló y se acercó con disimulo a la puerta del patio. Juana se quedó a su lado y las dos escucharon.

—El duque de Lerma está acabado. Es un hecho —dijo alguien.

Pacheco intervino.

—No soy dado a hablar mal de otras personas, eso ya lo sabéis, pero debo decir que el duque de Lerma no era bueno para el reino. Su codicia es legendaria.

—Nadie va a negar que es codicioso, como todos los nobles, pero también ha llevado a cabo acciones positivas para el reino. Sus enemigos han sido diligentes al esparcir rumores y maledicencias sobre él —dijo otra voz que no reconocieron.

—Disiento. Si España no estaba ya bastante mal, él ha terminado de darle la puntilla.

—Esperemos que ahora las cosas mejoren.

Una risa atronó el patio.

—Tengo poca fe en el duque de Uceda, si he de seros sincero. Dudo que las cosas cambien mucho.

—Hay que tener valor para enfrentarte a tu propio padre, como ha hecho él.

—Valor o una ambición desmedida.

María vio la cara de confusión de su hija.

—El duque de Lerma era el valido de Su Majestad, su primer

ministro, quien toma las decisiones, y el duque de Uceda, su hijo, se ha rebelado contra él —le susurró a Juana—. Dicen que ha conspirado para echar a su padre de la corte y ahora él es el nuevo valido.

—El conde de Olivares ha estado implicado, según dicen —afirmó otro de los invitados.

Las voces llegaban mezcladas desde el patio, pero entre todas ellas destacó la de Pacheco, fuerte y clara.

—Tengo muy buena opinión del conde de Olivares —dijo con rotundidad—. Sabéis que, mientras residió en Sevilla, fue asiduo de esta tertulia, y muchos habéis tenido el placer de disfrutar de su compañía.

Los murmullos de asentimiento llegaron hasta la cocina.

—Es un hombre que siempre ha buscado el bien del pueblo —continuó su padre—. No le he visto una ambición personal desmedida, más allá de lo que cualquiera querría medrar. Y su tío es un buen hombre. Si ellos han apoyado al duque de Uceda, es que la situación era insostenible.

—Dicen que no se soportan —dijo otro, Juana no distinguió quién—. El conde de Olivares y el duque de Uceda son enemigos, así que esta es una alianza muy inusual.

—Se sabrá más adelante —respondió Francisco—. Pero cambiemos de tema. ¿Qué opináis de las nuevas corrientes que llegan de Italia respecto a la perspectiva en el arte?

En ese punto, María se incorporó y regresó a la mesa de la cocina. Juana la siguió. Su madre la miró a los ojos y se acercó a ella.

—Ten esto muy presente, hija mía —le dijo en voz baja—: nosotras tal vez no podamos participar en política, pero podemos estar enteradas de todo. Estate siempre pendiente de lo que ocurre a tu alrededor y nunca serás una víctima. Además, no se sabe quién podría seguir tus consejos si tus opiniones son meditadas, serenas y fundadas.

Juana miró a su madre con otros ojos. Desde que se había casado, un nuevo tipo de relación había surgido entre ellas. María la trataba como a una mujer adulta, como a una igual, y sus recomendaciones demostraban una inteligencia, una agudeza y una comprensión del mundo de las que Juana no había sido consciente hasta entonces. Le gustaba la mujer que era su madre y le parecía un buen espejo en el que mirarse. Decidió tomar buena nota de su consejo.

8

Madrid, octubre de 1618

—Me alegro de que estéis aquí, tío.
—Yo también. Todo está saliendo tal y como imaginamos.

El conde de Olivares jugaba a las cartas con Baltasar de Zúñiga, que había vuelto a la corte a petición de su sobrino el año anterior. Baltasar no era un recién llegado: había sido gentilhombre de Felipe II y embajador de Su Majestad Felipe III, que siempre lo había tenido en alta estima. Por eso, cuando Gaspar sugirió que podría hacer un buen papel en la corte, el rey dio de inmediato su conformidad.

El que no se mostró tan contento fue el valido, el duque de Lerma, tal vez porque sabía que se pondría en su contra en cuanto pisara la corte. En cambio, lo que el valido no pudo anticipar, por ser algo a todas luces incomprensible, era que la oposición le viniera por parte de su propio hijo.

El duque de Uceda, a quien Gaspar había sufrido en múltiples ocasiones, era un noble caprichoso y pagado de sí mismo, pero no era tonto. Esperaba a que llegase su momento, y quería que llegase ya. Vio que la opinión pública, e incluso la corte, se estaba poniendo en contra de su padre, y no estaba dispuesto a que aquello manchara el nombre de su familia y afectara a sus propias aspiraciones. Así que decidió remar a favor de la corriente, aunque eso significara traicionar a su propia sangre.

Y se daba el caso de que el duque de Uceda admiraba y respetaba a Baltasar como no hacía con su sobrino Gaspar. Se acercó a él tan pronto llegó a la corte y aceptó de mala gana la participación del conde de Olivares en el complot cuando Baltasar dijo que, sin Gaspar, él tampoco participaría.

Gaspar y el duque de Uceda se trataban entonces con cordialidad, aunque el conde no olvidaba la clase de hombre que era el duque y se la tenía jurada. Si de algo podía presumir Gaspar era de buena memoria.

Fray Luis de Aliaga, confesor de Su Majestad, había sido el cuarto hombre en esa telaraña que habían urdido alrededor del duque de Lerma y que había dado tan buenos frutos.

Agobiado por las presiones y viendo peligrar su propia vida, el duque de Lerma consiguió ser nombrado cardenal por el papa, lo cual le cubría las espaldas, y solicitó el retiro de la corte a sus posesiones, que el rey le concedió gustoso, ya predispuesto en su contra por todo su entorno.

—Solo lamento que ese presuntuoso del duque de Uceda sea ahora el valido —dijo Gaspar descartando su mano—. No lo soporto.

Su tío asintió y miró las cartas que tenía. Robó una.

—El duque de Lerma no ha sido, ni de lejos, tan malvado como todo el mundo se empeña en afirmar ahora. De hecho, no es un mal espejo en el que mirarse. Tenlo en cuenta. Otra cosa es que no conviniera a nuestros intereses. El duque de Uceda, sin embargo, no le llega a su padre a la suela de los zapatos. No durará. Confía en mí, sobrino, todo a su tiempo.

El duque de Uceda había conseguido el puesto tras la destitución de su padre, pero no podía ni soñar con llegar a poseer las cotas de poder que atesoró su antecesor. Felipe III, más interesado en el gobierno de lo que el pueblo percibía, confiaba en su anterior valido y tenía en consideración sus opiniones, que habían demostrado ser acertadas en muchas ocasiones.

Sin embargo, animado por Aliaga, su confesor, el rey examinaba entonces con detalle cada tema tratado en el Consejo, y el nuevo valido tenía que consultar con él todas las decisiones y justificar su posición.

En esos días, el duque de Uceda tenía encima un buen problema: reformistas y contrarreformistas seguían manteniendo enfrentamientos violentos en Europa y, por si fuera poco, acababa de llegar la noticia de la revuelta de Bohemia, provocada por la defenestración de tres enviados imperiales católicos por parte de los calvinistas. El estallido de otra guerra era inminente y, con España a la cabeza del continente, Francia esperaba el momento oportuno para sacar las garras.

Hubo una reunión del Consejo al respecto y, por supuesto, Su Majestad acudió. También asistió el joven príncipe Felipe. A sus trece años, ya era alto y apuesto. Estaba tan poco interesado en los asuntos de gobierno como el rey a su edad, aunque su padre insistía en que debía comenzar a prepararse para lo que se esperaba de él. Le acompañaban Baltasar de Zúñiga y el conde de Olivares.

El duque de Uceda frunció el ceño al verlos, pues no le gustaba que el conde aprovechara siempre que podía para posicionarse cerca del príncipe. Era demasiado evidente y lo consideraba hasta ridículo. Bien es cierto que el príncipe ya no se reía de él como antes y que, incluso, a veces parecía escucharle, pero esa obsesión por estar pendiente de todos sus deseos se le hacía desagradable al valido, como si Gaspar no le concediera importancia alguna al orgullo o al amor propio.

Aun así, se saludaron respetuosamente. Al fin y al cabo, eran aliados. Gaspar llegó a detectar la mueca de desprecio en sus labios, pero no dijo nada; en cambio, el duque de Uceda no atisbó el fugaz relámpago de odio que cruzó por los ojos del conde.

Durante el Consejo, el príncipe se mostró distraído y absorto, pero Gaspar escuchó atentamente todo lo que se propuso y las medidas que Su Majestad autorizó. Esa guerra no parecía que fuera a terminar en breve y Gaspar presentía que su momento llegaría más pronto que tarde. Debía estar informado.

Poco a poco, conforme pasaban los meses, fue evidente que la táctica del conde de Olivares iba haciendo efecto. Comenzaba el año 1619. Felipe pronto cumpliría catorce años y cada vez era más enérgico y curioso. Se comía la vida a bocados, sabiendo que, una vez fuese rey, estaría sometido a un protocolo tan estricto que no podría actuar con la impetuosidad que le era tan propia..., al menos en público.

Una mañana, estando en sus dependencias, se puso en pie y se dirigió a la puerta. Todos los nobles se arremolinaron a su alrededor.

—¿Deseáis salir a que os dé el aire, alteza? —preguntó uno.

—¿Aviso a vuestro caballerizo para que prepare una montura, señor? —dijo otro.

Felipe miró a un lado y a otro, algo aturdido.

—Solo quiero dar un paseo. ¡Olivares! ¿Dónde está el conde?

Los nobles se miraron unos a otros, molestos por el desaire, pero incapaces de hacer frente al heredero. Gaspar apareció enseguida.

—Estoy aquí, alteza, ¿qué se os ofrece?

—Quiero dar un paseo y me agrada vuestra compañía.

Salieron al patio del Alcázar y Gaspar tuvo una ocurrencia.

—Alteza, tengo una propiedad que linda con el monasterio de los Jerónimos, justo al lado del Cuarto Real, fuera de las murallas. Los árboles dan allí una sombra muy agradable y se escucha el trinar de los pájaros. ¿Queréis que vayamos a cazar? No hay gran cosa, pero unas aves y algunos conejos son buenos para afinar la puntería.

El joven asintió. Una carroza los llevó hasta allí, cruzando por la Puerta del Sol, y cazaron hasta que el príncipe se aburrió. Después pasearon, hablando de todo y de nada.

Gaspar aprovechaba aquellos momentos para ir inculcando en el joven algunas de sus ideas, como las necesidades del reino o lo oportuno de una revisión moral.

—Un día seréis rey, alteza, y para cualquier monarca siempre es conveniente saber qué necesita su pueblo, qué anhela.

—¿Deberé entonces reinar para que ellos estén satisfechos?

Gaspar negó con la cabeza.

—Eso no es exactamente así. Sois como un padre para ellos. Debéis intentar que tengan un buen futuro, aunque en ocasiones les cause dolor. Por ejemplo, esta guerra. Harán falta más impuestos para reunir dinero, habrá muertes, pero todo esto se hace porque el nombre de España es más importante que ningún otro. Debemos conservar nuestra influencia y nuestros territorios, aunque eso signifique que el pueblo deba pasar hambre. ¿Entendéis la diferencia?

Felipe se distrajo observando un pájaro que cantaba en una rama. Luego volvió la vista hacia el conde.

—Entiendo, aunque debo decir que todo eso no me interesa demasiado. Creo que, para gobernar bien, lo más conveniente es rodearse de las personas adecuadas.

«Como vos», completó la frase en su cabeza el conde. Estaba claro que al príncipe no le interesaba la parte trabajosa de reinar, pero, si esto era así, dejaría más manga ancha a Gaspar para que hiciera y deshiciera a su gusto. Intentó contener el ansia y la ambición en su pecho. Ni el príncipe era rey aún, ni él era su valido. Todavía.

—Deseo ir al teatro esta tarde, conde. He oído que la obra que se está representando es realmente divertida.

Gaspar sonrió.

—Me encargaré de que el palco real esté dispuesto. También se comenta que la actriz principal es una joven de gran hermosura.

Los ojos de Felipe se abrieron un poco y miró de reojo al conde.

—Ah, ¿sí?

—Tal vez vuestra alteza desee visitarla en privado, cuando la obra haya terminado.

Felipe dio unos cuantos pasos en silencio. Luego sonrió.

—Sí, eso me gustaría.

Esa misma mañana, el conde de Olivares hizo todos los requerimientos necesarios. Habló con el padre de la joven actriz, que era el director de la obra. Después le entregó una bolsa de monedas, y a su hija, un collar. Se aseguró de que ni el rey ni la reina iban a acudir esa tarde al teatro y preparó el palco para que el príncipe estuviera cómodo.

Gaspar había entrado como gentilhombre de Felipe cuando este era un niño y llevaba ya algo más de un año siendo uno de sus más cercanos. Nunca había oído ningún rumor de que hubiera tenido contacto carnal con nadie, salvo algún magreo con alguna criada. El conde creía que esta iba a ser la primera vez del príncipe con una mujer, así que se cercioró de que la joven tenía cierta experiencia y de que había entendido que debía desflorar al futuro rey. Ella se sintió orgullosa de la tarea encomendada y el padre, de la bolsa que había ganado por sus servicios.

Por la tarde, todo salió a la perfección. Acudieron al teatro solos, con apenas un par de criados, embozados para no ser reconocidos, aunque pronto corrió la voz de que el príncipe se había dejado ver y muchos rostros alternaban la vista entre el escenario y el balcón, intentando captar algo de interés. La obra fue, en efecto, divertida y amena. Ambos rieron a carcajadas.

Cuando la pieza llegó a su fin, mientras los cómicos hacían unos números cantando y bailando, la joven subió al palco donde aguardaba el príncipe. Gaspar salió y se apostó delante de la puerta, para que nadie los molestara. No pudo evitar escuchar ciertos sonidos, la cercanía lo hacía inevitable. Algo así como una hora después, cuando la función ya había terminado, la actriz salió de la estancia con el corsé mal ajustado y el pelo despeinado. Se echó por encima un mantón.

—¿Qué tal ha ido? —quiso saber el conde.

—Preguntádselo a él, señor. Es un joven muy fogoso —respondió, y con una risita desapareció escaleras abajo.

Gaspar llamó con discreción a la puerta.

—Alteza, ¿os encontráis bien?

—¡Olivares, pasa!

Cuando Gaspar entró, el príncipe estaba recostado entre almohadones, vestía solo la camisa y los calzones y mostraba cara de satisfacción. Le hizo un gesto al conde.

—Me vais a tener que ayudar a vestirme.

Gaspar sonrió y el príncipe hizo lo mismo.

—Creo que he desperdiciado mi vida entera hasta este momento —dijo el príncipe mientras Gaspar le ajustaba la ropa—. ¡Quiero regresar mañana!

El conde carraspeó.

—¿Deseáis volver a ver a la misma moza, señor? Tal vez podría sugeriros otra con mejores artes en estos menesteres. No dudo de la pericia de vuestra acompañante, pero quizá otra con más experiencia…

—¿Otra? —Felipe asintió—. ¡Claro! ¿Por qué no? En la variedad está el gusto, dicen.

Los dos hombres volvieron a reír, y Gaspar se apuntó un tanto en su cuenta mental.

A las pocas semanas, quedó claro que Felipe tenía un fuego dentro que controlaba a duras penas. Todas las noches Gaspar debía encontrarle un entretenimiento nuevo. Pasaba los días de caza, y al ponerse el sol disfrutaba del cuerpo de una mujer. Las hubo de todas las clases sociales: criadas, actrices, nobles, hijas de las damas de compañía de su madre. Hasta las taberneras servían para el propósito de aplacar sus instintos. Por Madrid comenzó a correrse la voz de que no había mujer a salvo cuando el príncipe hacía su aparición. Las gentes honradas escondían a sus hijas a su paso, y los que esperaban conseguir favores mostraban a sus esposas, hermanas e hijas como si de una mercancía se tratasen. Sin embargo, por el momento, ninguna le impactó lo suficiente como para convertirla en amante oficial.

El conde de Olivares sabía que el joven Felipe amaba a su esposa desde su boda, hacía más de tres años, y que lo único que estaba haciendo era aliviar el cuerpo, porque su mente ya estaba ocupada. Debido a su juventud, aún no habían consumado el matrimonio, aunque Isabel tenía dieciséis años y a la vista estaba que Felipe, que ya había cumplido los catorce, estaba más que preparado.

Por lo general era el conde quien se encargaba de todo. Felipe le hacía saber en qué damita o criada se había fijado y él hacía que esta se presentara de buena gana en su alcoba por la noche. A veces ni siquiera hacía falta que el príncipe se lo mostrara; si Gaspar veía que alguna moza le había llamado la atención, arreglaba un pago y ella aparecía con cualquier excusa en las habitaciones del heredero cuando este ya se había retirado.

Tras convertirse en su facilitador de amantes, la conexión y la cercanía entre ambos crecieron de forma exponencial. Felipe ya no salía de su cámara sin el conde al lado y, en ocasiones, dentro de su propio dormitorio era también el cortesano más requerido.

—No estoy segura de que me gusten los medios que estás utilizando, querido —le dijo Inés a su marido una noche—. Al fin y al cabo, lo que hace es pecado, y tú también eres un pecador, por facilitar sus escarceos.

Gaspar rio y se sentó a los pies de su mujer. Cogió una de sus blancas manos y la besó.

—No te preocupes por mí, condesa. Estoy seguro de que, con tu bondad y tus rezos, los dos tenemos ganada la salvación de nuestra alma.

Ella retiró la mano.

—¡No blasfemes, Gaspar!

Él volvió a capturar su mano.

—Lo digo con el mayor de los respetos hacia el Altísimo, querida, y hacia tu infinita devoción. Estoy seguro de que tu bondad me alcanza.

—Bueno, rezaré por ti —dijo pensativa—, pero no deberías confiarte tanto.

—Dios es clemente. Seguro que entiende que lo hago por el bien del reino.

Inés se levantó y le tendió la mano al conde.

—Está bien, esposo mío. Haz lo que tengas que hacer para ganarte el favor del príncipe. Yo me dedicaré a la salvación de tu alma.

9

Sevilla, junio de 1619

—Diego, la pequeña no aguanta más aquí, vamos a dejarlo.

Diego hizo un gesto de frustración, pero no discutió la decisión de su mujer y soltó los pinceles. Rodeó el gran lienzo en el que estaba trabajando y se acercó al sencillo escenario que tenía montado frente a él. Juana iba vestida con una túnica rosa y una pañoleta azul y estaba preciosa, con su cara de mejillas arreboladas. Cogió al Niño Jesús, que berreaba en su regazo envuelto en un paño, y se puso a mecerlo. Su hija Francisca había nacido hacía pocas semanas y ambos solo tenían ojos para ella.

Diego, por lo general tan contenido y serio, comenzó a hacerle carantoñas a la pequeña a la vez que bizqueaba. La bebé lo miraba atentamente con los ojos cuajados de lágrimas. Hizo un puchero y alargó la manita hacia la cara de su padre, que le hacía cosquillas con la nariz. Y entonces frunció el ceño, arrugó la boquita y comenzó a llorar de nuevo de forma desconsolada. Juana suspiró y se miró el atuendo.

—Fantástico, tiene hambre y yo estoy sepultada bajo veinte capas de tela.

—Estás preciosa —dijo Diego, sonriendo a su esposa.

Juana le devolvió la sonrisa y se acarició la barriga.

—Sí, claro, recién parida voy a estar preciosa.

Diego se acercó a ella y la besó en los labios.

—Para mí siempre lo estarás.

Juana bajó la mirada y enrojeció.

—Calla, zalamero. Bueno, voy a darle de comer a tu hija.

Se levantó y cogió a Francisca en brazos antes de salir del taller.

Diego volvió al lienzo y se puso a hacer unos arreglos frente a un espejo. Al fin y al cabo, él representaba a Melchor y no podía fallar con su autorretrato.

Francisco y María aparecieron por detrás. Su suegra arrugó la nariz nada más entrar.

—¿Pero a qué huele aquí? —dijo.

Diego señaló con la cabeza una mesa situada un poco más allá. En ella había dispuestos varios elementos para pintar un bodegón: frutas, vino y un pescado que reposaba sobre una fuente de barro.

—¡Ay, por Dios, Diego! Pero ¿cuánto lleva ese pescado ahí?

Él se encogió de hombros.

—Pues no lo tengo claro. Esta mañana he empezado con ese bodegón, pero, como Francisca estaba tranquila después de la comida y la luz era buena, decidí seguir con esta obra. Se me había olvidado.

—Pues es la cena de hoy —dijo María con los brazos en jarras—, así que más te vale que no se haya echado a perder o tendremos que comer pan y cebolla.

—Deja a Diego, María —terció Francisco, que se acercó a ver el progreso del cuadro—. Está muy concentrado en su trabajo.

María suspiró.

—Qué sería de vosotros sin mí. Anda, si no vas a pintarlo más, que se lo lleven para que la cocinera deje de buscarlo y se ponga a prepararlo. ¡Joselito!

El muchacho acudió corriendo y se llevó el pescado. Francisco, entretanto, se había situado de perfil detrás del cuadro y Diego había comenzado a pintar la figura de Gaspar. María se puso detrás de su yerno.

—Esta es, sin duda, una de tus mejores obras, Diego.

—Gracias, madre.

—El conjunto resulta muy escultórico. Me gusta cómo enfocas las figuras, tan de cerca. Eso le añade complejidad. Los jesuitas de San Luis son muy afortunados de ser los destinatarios.

—A veces tengo ganas de modificar la perspectiva —confesó Diego—. Juana me anima, pero no me siento aún preparado para romper las normas.

Francisco habló sin girar la cabeza.

—No tengas prisa. Debes dominar las bases para poder ir más allá.

María suspiró de nuevo.

—Y por eso esta obsesión por los bodegones, que me saqueáis la cocina cada vez que me despisto.

El maestro dejó escapar un soplido que bien podía ser una risa, bien un quejido, pero no mudó la expresión del rostro.

—Sabes tan bien como yo que Diego es excepcional en los bodegones. Además, le vienen bien para practicar.

—¡Ah de la casa!

Un cada vez más orondo conde de Olivares apareció por el taller.

—Lamento la intromisión —dijo con cara de no lamentarlo en absoluto—, pero la puerta estaba abierta y no he podido contener las ganas de haceros una visita.

Pacheco se levantó de un salto y corrió a saludar a Gaspar.

—¡Ilustrísima, qué agradable sorpresa! No os esperaba.

María también lo recibió con una cálida sonrisa y una reverencia impoluta.

—Siempre es un placer veros, conde.

—Tenía unos asuntos que arreglar en Sevilla y quería pasar a saludar. Veo que sigues avanzando, Diego. ¿Esta adoración es tuya en exclusiva?

—Lo es, ilustrísima —dijo Diego—. Ya hace tiempo que no intervengo en los cuadros de mi maestro.

Francisco Pacheco se echó a reír.

—El alumno ha superado al maestro. Es mejor que pinte sus propias obras o me pondrá en evidencia. Llegáis temprano para la tertulia. Pero pasad, por favor.

Francisco se disponía a conducir al conde hacia el patio interior cuando apareció Juana, vestida con sus ropas y sosteniendo a su hija en brazos.

—Ya estamos satisfechas, ¿verdad, Francisca?

Se detuvo en seco al ver al conde e hizo una rápida reverencia.

—No os había visto, ilustrísima, disculpad.

El conde hizo un gesto al aire con la mano para quitarle importancia.

—He entrado sin avisar. ¡Enhorabuena! Veo que habéis sido bendecidos.

—Así es, ilustrísima —dijo la joven mostrándole a su bebé—. Se llama Francisca, nació hace apenas un mes.

—La suerte te sonríe, Diego —dijo el conde de Olivares, y después siguió a Pacheco al patio—. ¿Huele a pescado? —preguntó mientras salían.

María negó con la cabeza y puso los ojos en blanco.

Los habituales de la tertulia no tardaron en llegar. La conversación adquirió enseguida un tinte político cuando alguien comentó las tonadillas que habían surgido por la capital con motivo de la marcha del duque de Lerma.

—«Para no morir ahorcado, el mayor ladrón de España se vistió de colorado» —recitó Francisco de Rioja, lo que provocó las risas de los demás.

Solo el conde de Olivares se mantuvo sereno, con apenas un esbozo de sonrisa en los labios, y Francisco Pacheco frunció el ceño.

—¡Caballeros, por favor! Ya sabéis que no me gusta que estas tertulias deriven en política. Aquí tratamos del arte, no nos rebajemos con temas tan mundanos.

—¡Ah, Pacheco y su intachable moral! —bromeó el otro Francisco—. Hace apenas dos semanas que Lope de Vega acudió a vuestra tertulia y entonces sí que salió el tema. De hecho —dijo llevándose la mano a la barba—, tengo mis dudas de que no fuera él quien escribió esos versos meses atrás.

—¿Lope de Vega estuvo aquí? —preguntó Gaspar.

—Así es, ilustrísima —respondió Pacheco—. Pasó unos días en la ciudad y nos hizo una visita.

—Es un hombre muy agradable —intervino Diego, que había encontrado al escritor de lo más amigable—. Y muy inteligente.

—Sí, lo es —corroboró el conde—. Me alegro de que hayas hecho buenas migas con él, Diego, puede ser un amigo muy útil si alguna vez acudes a Madrid.

—Tengo aquí otro poema que puede ser de vuestro interés —dijo otro de los asistentes.

La tarde avanzaba entre lecturas, debates y copas de vino. Diego anunció que se retiraba, pues quería continuar trabajando un rato antes de la cena.

—Cuida esos ojos, muchacho —le dijo el conde—. No es bueno estar a la luz de las velas demasiado tiempo.

—Diego no suele pintar de noche —aclaró su maestro—. Es un artista del natural, así que aprovecha la luz del día todo lo que puede. Antes habéis visto su último cuadro, conde. Decidme, ¿qué opináis?

—Aún es joven, pero ya tiene un talento que pocas veces he visto aquí en España —dijo Gaspar—. Le auguro un gran futuro, siempre que sepa jugar sus cartas.

—¿Y habéis tenido ocasión de ver la nueva escultura de Montañés? —preguntó un clérigo, también asiduo a la tertulia.

El conde negó con la cabeza.

—Todavía no, llegué hace apenas dos días. Sin embargo, debo decir que la escultura no me conmueve tanto como la pintura.

—Eso es porque la escultura es, sin duda, un arte inferior a la pintura en todos los aspectos, pese a lo que digan los eruditos. —Francisco de Rioja nunca temía dar su opinión, aunque fuera un tanto polémica.

—La escultura es un arte superior —terció el clérigo.

—Lo es, pero también la pintura —asintió Pacheco—. No me atrevería a poner a esta por delante de aquella, pero desde luego tampoco la coloco detrás, como viene siendo habitual. La pintura es un arte en el que reside una gran nobleza, aunque no sea noble la mano que la ejecuta.

Los ánimos se fueron calentando entre quienes defendían la predominancia de un arte sobre el otro, pero entonces entró María, que siempre era bienvenida en esas reuniones, aunque la presencia femenina aún fuera escasa, y dio dos palmadas.

—Os ruego que dejéis a un lado vuestras disputas, señores. Tengo un acertijo que proponeros.

Nada gustaba más a aquellos hombres que competir por ser los primeros en hallar la solución a un enigma. Así pues, la discusión acabó antes de pasar a mayores.

10

Madrid, 1620

—Gaspar de Guzmán, he de hablar con vos.

El tono serio del príncipe alertó al conde, que se acercó presuroso. El resto de los acompañantes se quedaron atrás. Poco a poco iban asumiendo que la relación del conde con el príncipe era demasiado estrecha y la confianza demasiado fuerte como para intentar separarlos. Por fortuna, el duque de Uceda, el hombre que siempre estaba en contra del conde de Olivares, se hallaba demasiado ocupado con su cargo de valido para pasar tiempo en compañía del heredero.

—Decidme, alteza.

El príncipe dudó.

—Me gustaría comentaros algo en privado.

Gaspar asintió. Ambos salieron por la puerta que el ujier mantenía abierta para el príncipe y abandonaron el Alcázar. Una carroza los condujo hacia la Puerta del Sol y siguió por la carrera de San Jerónimo hasta llevarlos a las tierras del conde, al lado del monasterio de los Jerónimos. El príncipe se encontraba muy a gusto allí y acudía a dar largos paseos en solitario cuando quería librarse de la pompa de la corte. El conde de Olivares tenía plantados campos y campos de frutales que daban sombra, olor y color a aquella extensión de tierra. Puesto que era tan del agrado de Su Alteza, lo llevó allí.

En el trayecto hablaron de cosas sin importancia. El príncipe estaba nervioso y el conde lo percibía, pero no quería ser él quien iniciase la conversación.

Se apearon de la carroza y empezaron a caminar. Los naranjos estaban en flor y su olor flotaba en el ambiente. Felipe le hizo algunas preguntas sobre el curso de la guerra cuyas respuestas ya conocía, ya que acudía a los despachos con su padre, que se había volcado con gran interés en el gobierno del reino tras la marcha del duque de Lerma.

Agotaron esa conversación y siguieron caminando en silencio. Gaspar iba a decir algo cuando Felipe carraspeó y comenzó a hablar:

—Conde, de todos es sabido que, en estos años, os habéis convertido en un gran apoyo para mí.

—Todos los días agradezco a Dios la oportunidad de poder serviros, alteza.

—Dejadme terminar —dijo el príncipe, y cogió aire—. Cuando comenzaron a aflorar ciertas... necesidades en mí, os ocupasteis de buscar quien las satisficiera.

Gaspar supo a qué se refería.

—Así es, señor. ¿Hay alguna dama en quien os hayáis fijado? ¿Algo en lo que os pueda ayudar?

Felipe afirmó con la cabeza. El sol se reflejaba en su rubio cabello y enrojecía su blanca piel. El conde de Olivares se reprendió por no haber traído consigo un parasol con el que protegerlo, pues el sombrero que portaba no era suficiente.

—Hace casi cinco años de mi matrimonio, conde.

Gaspar ahogó un suspiro. Sabía que, más temprano que tarde, llegaría este momento.

Felipe e Isabel de Francia contrajeron matrimonio cuando la novia contaba trece años y el novio, solo diez. La princesa vivía en la corte y gozaba de respeto y honores, pero nadie consideraba todavía que fuera procedente que se consumara esa unión. Gaspar pensó con rapidez. Era obvio que, desde el instante en que la vio, Felipe se había enamorado de ella con la inocencia de un niño.

Sin embargo, ese amor había evolucionado en un ardor que Gaspar sabía que tendría que aplacar porque las criaditas, actrices y cantantes con quienes surtía la cama de Su Alteza no parecían colmarle. Felipe respetaba mucho a su esposa, pero era obvio que no se podía posponer más el paso a la intimidad física.

—¿Deseáis consumar el matrimonio, alteza?

Felipe volvió a afirmar. El conde casi hubiera jurado que se sonrojó. Esos años de tenerla tan cerca sin poder tocarla habían aumentado de forma notable ese deseo y el conde sintió una repentina ternura hacia el príncipe. Aunque su cara estaba adornada con el típico mentón de los Austrias, era alto y bien parecido. La genética había sido benévola con él y, con quince años, quedaba claro que ya no era un niño.

—Está bien. Creo que tenéis razón, ya es hora de que os convirtáis en esposos de verdad. Además, según tengo entendido, la princesa suspira por vos igual que vos por ella.

—¿Eso creéis?

Una amplia sonrisa se extendió por el rostro del príncipe.

—¡Estoy seguro! ¿Qué mujer no os amaría? Dejádmelo a mí, hablaré con vuestro padre.

La conversación con Su Majestad fue mejor de lo que Gaspar esperaba. El rey lo recibió en cuanto supo que solicitaba una audiencia y escuchó con atención lo que el conde de Olivares tenía que decir.

—¿Consideráis que están listos para compartir el lecho, conde?

—Sin duda alguna, majestad. Vuestro hijo ya no es un niño, sino que se ha convertido en un joven tan fuerte y enérgico que creo que ha llegado el momento. La princesa, por su parte, ya tiene diecisiete años y está en una edad perfecta para alumbrar un nuevo heredero.

—Una vez consumado ese matrimonio —señaló el rey—, ya

no podremos cambiar de opinión. Ni el papa aceptaría la nulidad.

—Entiendo que siempre hayáis previsto todas las variables, majestad —concedió el conde de Olivares—, pero sabéis tan bien como yo que esa alianza es la más conveniente para la Corona.

Felipe III miró al conde con serenidad, hasta que este casi sintió una punzada de nervios.

—¿Y cómo sugerís que se haga?

—Son jóvenes y llevan años esperando este momento, majestad. Me inclinaría por concederles privacidad, una cierta intimidad, al menos durante un tiempo. Tal vez cederles un pabellón en El Pardo solo para ellos, durante unas semanas, podría ser el comienzo perfecto para ese matrimonio.

El rey pareció pensar, pero pronto levantó la mirada y sonrió.

—¡Pues claro! Es una gran idea. Se hará como decís.

Y así fue como Felipe e Isabel se trasladaron a unas estancias en el palacio de El Pardo. Allí pasaron su primera noche como marido y mujer, allí consumaron el matrimonio y allí transcurrieron, en palabras del propio príncipe a Gaspar semanas después, algunos de los días más felices de su vida.

La princesa Isabel se encontró con Gaspar por los pasillos del Alcázar cuando el joven matrimonio regresó a la corte. El conde le hizo una reverencia.

—Alteza, cuánto me alegro de veros.

Isabel sonrió a Gaspar y le saludó con una inclinación de cabeza.

—Conde, debo agradeceros la deferencia que habéis tenido conmigo y con mi esposo al sugerir el retiro de El Pardo.

—No me corresponde el mérito, alteza. Su Majestad pensó que os gustaría tener un poco de intimidad.

Isabel se rio.

—Agradezco al rey su gentileza y a vos haberle sugerido algunas ideas.

La princesa continuó su camino y el conde de Olivares, el suyo. Gaspar se sonrió. Bueno era que el heredero lo considerase imprescindible, pero que la futura reina le tuviera gratitud era aún mejor.

11

Sevilla, 1620

Diego dejó los pinceles y se quedó mirando el cuadro en el que estaba trabajando. Frunció el ceño.

—¡Dieguín!

El muchacho de doce años, que llevaba apenas unos meses como su aprendiz, apareció rápidamente.

—Decidme, maestro.

—Necesito el amarillo con más pigmento, más potente.

—¡Lo tengo yo!

La voz de Juana llegó hasta él alta y clara. Se giró y vio asomar a su mujer, con el delantal manchado de pintura y una línea amarilla en la mejilla. Llevaba un recipiente en las manos.

—Me he fijado en que el tono era demasiado claro y estaba añadiendo más pigmento. Creo que este es perfecto.

Diego pasó un dedo por la mejilla de su esposa, pero solo consiguió extender la mancha. Le dio un beso.

—Es perfecto, sin duda. No sé qué haría yo sin ti.

—Yo tampoco —dijo ella sonriendo—. Dieguín —se dirigió al joven—, anda, ven, que, de no ser por ti y por mí, mi marido iba a tener un poco más difícil lo de ser un genio de la pintura. ¡Mira, ayúdame con este lienzo! Necesito que esté bien estirado; mi padre va a empezar a trabajar en breve y hay que montarlo y encolarlo, eso por no hablar de…

Juana se interrumpió y se apoyó en la esquina de la mesa. Diego se giró a la velocidad del rayo y acudió a su lado.

—¿Te encuentras bien?

Ella asintió.

—No es nada, un mareo.

El pintor puso la mano sobre la barriga de Juana y le susurró al oído con cariño:

—Debes descansar, no estás tú sola.

Ella esbozó una sonrisa, asintió y se sentó en la silla que le acercó Dieguín. Hacía apenas un par de días que se había enterado de que se hallaba encinta de nuevo y los dos jóvenes estaban locos de alegría por darle un hermanito a la pequeña Francisca. Aún no se lo habían comunicado al resto de la familia porque querían esperar un poco, pero Juana había interceptado algunas miradas de su madre que le hacían suponer que ya estaba al tanto de su embarazo. Tal vez hasta lo hubiera sabido antes que ella.

Y justo entonces, María, su madre, entró con Francisca de la mano. Al ver a Juana, su hija echó a correr hasta ella y se apoyó en sus rodillas. Juana le hizo una carantoña y la cogió en brazos. María la miró entrecerrando los ojos.

—¿Te encuentras bien, Juana?

—Estoy bien, madre.

—¿Y qué haces sentada?

—Estaba cansada, pero ya se me ha pasado.

Diego seguía a su lado.

—Ten cuidado, no hagas esfuerzos.

María no hizo preguntas. No tenía ninguna duda; había oído vomitar a Juana un par de mañanas y se había fijado en la hinchazón de sus pechos. Pero ya lo contarían ellos cuando considerasen que era el momento. Se acercó al lienzo a medio montar.

—Juana, a descansar. Vigila a tu hija un rato, si no quieres estar sin hacer nada —ordenó—. Dieguín, ven aquí y ayúdame con esto.

Diego sonrió. Juana era muy parecida a su madre, no solo en el físico sino en la forma de encarar los problemas, uno detrás de otro, solucionando lo que se podía solucionar y haciendo la vida más fácil al resto. Dio gracias al cielo por el día en que cayó en aquella casa para aprender el oficio de pintor.

Un par de horas después, Juana se encontraba restablecida y ayudaba a su madre con las cuentas. Llevaba ya tiempo pensando que ella y su marido deberían mudarse a la casa que sus padres les regalaron el día de su boda y, de paso, que Diego tuviera su propio taller. Pero él parecía muy cómodo allí y su padre agradecía mucho tenerlo tan cerca; así podía supervisar sus trabajos, aunque cada vez le daba menos consejos y lo que veía le causaba más admiración. Y justo entonces... Bueno, con otra criatura en camino le vendría bien la ayuda de su madre. Decidió que podría esperar un poco más antes de sugerir una mudanza.

Su padre entró en el patio acompañado de su amigo Juan de Fonseca, sumiller de cortina de Su Majestad. Antiguo canónigo de la catedral de Sevilla, tras su marcha a Madrid regresaba a su ciudad cuando el rey le daba permiso, y siempre recalaba en casa de Francisco, donde disfrutaba de su compañía y su conversación.

—Hola, Juana, querida —dijo Juan.

Juana lo saludó con una sonrisa. Le caía bien ese hombre. Era generoso, inteligente y muy predispuesto a ayudar a los demás. Juan sonrió e hizo cosquillas a la pequeña Francisca, que jugaba al lado de su madre, y luego se giró hacia Francisco, que observaba la escena con una sonrisa pintada en la cara.

—Y bien —dijo el clérigo—, ¿qué novedades hay de vuestro yerno?

—No os creeríais cómo está pintando, Juan —dijo Francisco, orgulloso—. Venid, os mostraré sus últimos cuadros. Juana, ¿sigue en el taller?

Ella asintió.

—Acompáñanos, querida —pidió Juan.

Ella se levantó y fue con ellos, con Francisca pegada a sus

faldas. La tarde ya caía y Diego estaba frente al mismo lienzo. Dieguín había encendido algunas velas, pero la luz empezaba a ser escasa. Trabajaba con mucha concentración en un cántaro de barro. El cuadro estaba bastante avanzado: el cántaro era casi lo último, aparte de retocar pequeños detalles. Diego saludó a Juan, y este le palmeó la espalda con efusividad.

—¡Muchacho, es admirable! —dijo mientras contemplaba la obra que tenía delante—. Ese hombre tiene un porte, una dignidad que he visto en poca gente. ¡Y es solo un aguador! Y mirad a Joselito, con esa cara de pillo. De verdad que parecen estar presentes en carne y hueso. Me maravilla la facilidad que tienes para los bodegones, Diego, con o sin figuras, cuando en la capital se los considera un arte menor.

—No es un arte menor cuando se pintan como los pinta Diego, amigo —interrumpió Pacheco—. Acercaos más, observad la copa de cristal.

Juan se tomó su tiempo. Después se incorporó y miró a Diego.

—Dios sabe que tu talento está a la altura de los mejores de Madrid. Allí deberías ir, Diego, y no quedarte aquí, por mucho que te guste.

Francisco Pacheco asintió.

—Eso le vengo diciendo yo desde hace algunos años. Ya tengo asumido que mi taller no quedará en sus manos después de mi muerte. —Francisco se dirigió a una de las esquinas del taller y cogió un cuadro que estaba contra la pared—. Mirad, esta obra tiene más de un año y me gusta tanto que no le permito venderla. —Sonrió—. Se titula *Vieja friendo huevos*. Es otro bodegón, pero decidme si alguna vez habéis visto bodegón igual.

Francisco giró el cuadro y Juan se acercó para observarlo mejor. Cuando se volvió hacia Diego, sus ojos mostraban una expresión de respeto renovada.

—Es una obra de gran maestría, Diego. Poco habitual en alguien de tu edad, y diría que supera a más de un maestro experimentado. —Miró de nuevo el cuadro con detenimiento.

Alargó la mano, como si quisiera rozar el lienzo, pero luego la retiró—. No puedo negar que estoy impresionado. Respeto que no queráis deshaceros de ella, pero, si alguna vez os lo planteáis, en mí encontrará un dueño que sabrá admirarla como es debido.

Diego se lo agradeció con una inclinación de cabeza.

—Me siento halagado —añadió.

Pareció que iba a decir algo más, pero Francisco lo interrumpió.

—Valoro mucho vuestra opinión, Juan. Venid, os enseñaré lo nuevo de mi producción.

—¿Quién más creéis que vendrá hoy a la tertulia?

—No lo sé —dijo Francisco mientras se alejaban—. Rioja, Alonso y algunos de los habituales. Uno o dos de paso, como siempre. Y tal vez se acerque el conde de Olivares. Está en la ciudad y le gusta venir a visitarnos.

Se fueron hacia otra de las salas del taller y Diego se quedó atrás con Juana.

—Se lo iba a regalar —dijo él—. Como agradecimiento por sus palabras.

—Creo que mi padre lo ha adivinado —contestó Juana—. Si ha evitado que lo hicieras, por algo será.

A la mañana siguiente, Juana quiso tomar el aire. María se quedó cuidando de Francisca y ella acompañó a una de las criadas al mercado. El sol y el aire fresco le sentaron bien; últimamente tenía el estómago muy revuelto, más que en su primer embarazo. Levantó el rostro y se detuvo al ver pasar una bandada de pájaros.

—Señora, ¿vamos? —dijo la criadita.

Siguieron su camino, escoltadas por Rafik, que disuadía a cualquiera que tuviese malas intenciones de acercarse a ellas.

El mercado era un auténtico caos. Telas, vestidos, cueros, especias, carne y pescado se mezclaban en un batiburrillo no apto para estómagos sensibles. Los vendedores gritaban las virtudes de sus productos; las bestias, caballos, burros y mulos que transportaban la mercancía de los tenderetes se cruzaban con los viandantes, y famélicos perros callejeros buscaban su sustento en los montones de basura que se esparcían aquí y allá. A Juana le encantaba todo ese trasiego, aunque esa mañana la mezcla de olores hizo que sintiera náuseas. Tuvo que pararse a tomar aire.

Una mujer se acercó a ella.

—¿Os encontráis bien? —dijo—. Tomad, poneos esto debajo de la nariz.

Le tendió un frasquito y, cuando Juana lo olió, el perfume que emanaba de él le asentó el estómago. Miró a su benefactora. Le calculó unos treinta años, atractiva y bien vestida. Demasiado bien vestida para aquel lugar. Mujeres como ella no solían verse en los mercados.

—Muchas gracias, señora. Sois muy amable.

Aquella mujer le sonrió y Juana vio que era una sonrisa sincera.

—Sois Juana, la hija del maestro Pacheco, ¿no es cierto?

Juana se extrañó, pero asintió.

—¿Cómo sabéis...?

La mujer la interrumpió.

—¿Cómo sé quién sois? —Su mirada se dirigió a Rafik—. El turco de vuestro padre es famoso —dijo entre risas—. Perdonad, no me he presentado. Mi esposo es un habitual de las tertulias de vuestro padre. Soy Inés, condesa de Olivares.

—¡Condesa! —Juana irguió la espalda e hizo una reverencia—. Disculpad, ilustrísima, no os había reconocido.

Inés puso su mano en el brazo de Juana.

—Es normal, nunca nos habíamos visto. Pero mi esposo me ha hablado de vuestro marido y de vos. ¿Os encontráis mejor?

Las mujeres empezaron a caminar entre el gentío, escoltadas por Rafik y por un esclavo de los condes. Mientras tanto, las jóvenes al servicio de las dos casas iban comprando el género que necesitaban y entregaban los pesados fardos a sus acompañantes.

—¿Soléis venir al mercado, señora? —preguntó Juana—. No es frecuente ver aquí a personas de vuestra alcurnia.

—Me gusta salir al mundo de vez en cuando —respondió ella—. Saber cómo son las cosas, conocer el género, ver con qué criterio se elige la comida que luego se sirve en mi mesa. Para llevar una casa hay que conocer bien los cimientos. Además —añadió, sin darle importancia—, aquí se encuentran mercancías traídas directamente de las Indias. Despierta mi curiosidad ver qué hay, qué maravillas llegan desde el Nuevo Mundo. Es mucho más entretenido que Madrid.

Cuando hubieron acabado las compras, Juana se despidió de Inés, que a su vez se mostró muy cariñosa con la joven. Juana pensó que hacía buena pareja con el conde, los dos tan educados y cultos. Tomaron distintas direcciones y, cuando Juana se giró un momento, vio a la condesa detenerse frente a un puesto de hierbas y ungüentos, algunos de los cuales no reconoció. Fue la propia Inés, y no su criada, quien se puso a hablar con la anciana que regentaba aquel puesto. Juana volvió a mirar al frente y regresó a casa.

12

Madrid, 1621

—¡Juan, ven, rápido!

El muchacho dejó lo que estaba haciendo y acudió a la llamada de su amo. Caminó deprisa, pero no corrió. No estaba contento con su destino y lo demostraba no con desobediencia, lo que podría acarrearle consecuencias desastrosas, sino manteniendo un orgullo que nadie le podía arrebatar.

—¡Juan!

Su dueño volvió a reclamarle y Juan se mantuvo firme en el paso. No era un perro que saliera corriendo al silbido del amo. Ya tenía catorce años y había nacido esclavo, pero en su corazón se sentía libre.

Su madre era una esclava africana de la que no sabía nada desde que lo vendieron con diez años, y su padre, a saber… Un blanco, en eso no había duda, visto el color de su piel. Casi seguro que se trataba del propietario de su madre, que se deshizo de él en cuanto tuvo edad para trabajar.

Juan recordaba los gritos de su madre cuando lo vendieron a otra familia. Él tampoco quería separarse de ella, pero no tuvo opción. Tal vez su padre no soportaba ver en aquel niño de sangre mestiza el recordatorio de su falta, o tal vez era la esposa de ese hombre la que deseaba perderlo de vista. Sea como fuere, esclava la madre, esclavo el hijo.

Nunca volvió a verla. La familia que lo compró, al menos, le dio una educación. Aprendió a leer y a escribir, puesto que lo querían emplear como esclavo doméstico, y le enseñaron modales y algo de protocolo. Llevaba cuatro años con ellos y no llevaba una mala vida, si podía considerarse así el tener las necesidades básicas cubiertas, pero no ser dueño de su destino, de sus deseos, ni siquiera de su cuerpo.

—Juan, tienes que empezar a hacer las maletas.

Él asintió.

—¿Vuestro viaje durará mucho tiempo?

El señor se rio.

—No se trata de eso. Nos mudamos a México, muchacho. Toda la familia.

La cara de sorpresa del joven mulato debió de ser todo un poema, porque la esposa del señor, que entraba en la estancia en aquel instante, lo miró, luego miró a su marido y después se echó a reír.

—Ya se lo has dicho, ¿verdad, querido? Juan, no pongas esa cara. ¡Va a ser toda una aventura! ¡Oliver! —Un esclavo ya mayor apareció enseguida por la puerta—. Oliver va a dirigir la mudanza —le dijo a Juan—. Él te dirá cómo hacer las maletas, qué tienes que meter en ellas y cómo organizarlo todo. Haz lo que te diga.

—Sí, señora.

Juan aún no se había recuperado de la sorpresa, pero sabía que lo mejor era decir a todo que sí y no mostrar su confusión. El señor dio unas palmadas.

—¡Muy bien! En una semana salimos hacia Sevilla, de ahí a Canarias y a continuación hacia Veracruz. ¡A trabajar!

Cogió a su esposa del brazo y Juan se quedó allí, viendo cómo desaparecían de su vista, sin decir ni una palabra.

—No pienses en ello, muchacho. —La voz de Oliver, el viejo esclavo, le sobresaltó. Se había acercado sin que pudiera notarlo—. Es mejor no plantearse nada, no conjeturar. Solo deja que las cosas pasen, haz tu trabajo y sigue adelante. Llevo décadas en esta familia, Juan, y siempre me han tratado bien. Puedes prosperar con ellos y vivir la vida, casi, de un hombre libre, siempre que les des lo que desean.

—Pero no eres libre. Aunque creas que vives como uno, no lo eres. Ni siquiera has podido pagar tu libertad.

El viejo esclavo se echó a reír con una risa similar a un rebuzno.

—¡Yo era libre de joven, muchacho! Vivía con mi madre y mis hermanos en una aldea remota. Pero fíjate que la vida era muy dura: mi padre murió por la picadura de una serpiente y mi madre, cuando yo tenía diez años, en el parto de su décimo hijo con su segundo marido. Mi padrastro nos trataba a palos y apenas teníamos qué comer. Me capturaron con catorce años, y fueron mis propios vecinos quienes nos vendieron. —Oliver respiró profundo y parpadeó—. No he comprado mi libertad, no. ¿Para qué? Estoy mejor aquí que ahí fuera.

Juan negó con la cabeza.

—Engáñate si quieres, si eso hace más fácil que aceptes tu destino. Pero yo no nací para ser esclavo y no moriré siéndolo.

—Cuidado, hijo —le dijo Oliver, y su voz se volvió un poco más amenazante—. También he visto cómo tratan a aquellos que no se adaptan, y no es agradable. Da gracias por que estás aquí, con una buena familia, y no deslomándote en las plantaciones del Nuevo Mundo.

Juan no dijo nada.

—Eres tú quien se engaña —añadió Oliver—. Eres mestizo y seguro que crees que tu sangre blanca te hace merecedor de algún privilegio. Eso no sirve de nada aquí, ya lo verás. Cuando tengas algunos años más, aceptarás lo que la vida te depare. ¡Ahora ven! Tenemos una casa entera que empacar y muy poco tiempo.

Una semana después partieron de Madrid en dirección a Sevilla. Los criados que habían querido acompañarlos y los esclavos de los que no se habían deshecho iban en una carreta, con sus escasas pertenencias en un hatillo. Juan apenas hablaba. No sentía ninguna emoción en su interior. No estaba nervioso por el viaje ni expectante por conocer aquellas tierras extrañas. No participaba del parloteo del resto del servicio y estos, después de algunos intentos por integrarlo, decidieron dejarlo a su aire.

Embarcaron en Sevilla en medio de un alegre caos. Aquellos que se mudaban al Nuevo Mundo estaban ilusionados. Iban a cruzar la Mar Océana y el destino era una tierra casi inexplorada, llena de oportunidades, de peligros, de posibilidades. Se veían ricos y poderosos, regresando a sus hogares con la bolsa llena y un montón de buenas historias que contar a sus nietos. Incluso los esclavos estaban en un estado de alerta inusual. Según oyó en alguna conversación entre los pasillos de sus hamacas en la bodega, donde los habían relegado, había quien pensaba escapar en cuanto pusiese un pie en tierra firme. No prestó mucha atención. Ya se enteraría a su debido tiempo.

Tras unos días llegaron a las islas Canarias. Allí se abastecieron y se unieron a una flota de naos y galeones fuertemente custodiada y armada para defenderse de los piratas que quisieran hacerse con su cargamento.

Los días de navegación se le hacían eternos a Juan. Atendía a la familia, aseaba al señor y a su hijo, cumplía los caprichos de las hijas de la señora y estaba atento a su llamada, pero disponía de mucho tiempo libre, que pasaba, en gran medida, en la cubierta, mirando aquella masa infinita de agua que le atraía sin remedio.

—Sobrecoge el corazón, ¿verdad?

Juan se sobresaltó. A su lado había una joven de unos quince años, de tez morena y pelo negro. Vestía pantalones bombachos y camisa. Tenía unos enormes y preciosos ojos negros.

—También eres esclavo, ¿no es cierto?

Juan asintió. La joven se apoyó en la borda.

—De donde yo vengo, los esclavos cristianos tienen destinos mucho más duros.

—Estoy rodeado de esclavos agradecidos, por lo que veo.

—Bueno, no tengo muchas opciones. Además, el señor no se mete en mi cama y mi señora hasta me paga un jornal.

—Qué más da que te pague si no puedes hacer lo que quieras con ese dinero —dijo él con amargura.

Ella se encogió de hombros.

—Tampoco si fuese una criada y, salvo que tú seas un duque esclavizado a la fuerza, dudo que tu destino fuera muy diferente. Puedo ir y venir, podría incluso casarme si lo deseara.

—Tendrían que darte permiso, y, además, que tú vivas bien no significa que todos estén en las mismas condiciones.

—Sí, bueno. Yo qué sé. Más vale aceptar lo que Alá nos manda.

—¿Eres mora? —preguntó Juan.

Ella se echó a reír.

—Sí, lo soy. Me llamo Yasmine. ¿Y tú quién eres?

—Yo soy Juan. También me dicen moro, pero no lo soy.

—Es un placer conocerte, Juan el no moro.

Desde ese momento, Yasmine y Juan comenzaron a pasar mucho tiempo juntos. Resultó que ella, a quien Juan había tomado por una esclava satisfecha de serlo, tenía un fuego dentro que le hacía anhelar la libertad. Pero, al contrario que Juan, había dejado de lamentarse por su futuro y estaba tomando medidas. Ahorraba cada centavo que recibía para comprar su libertad y sabía cómo conseguir propinas de su señora. Su ocupación era cuidar al hijo de la familia, que tenía tres años. Llevaba dos con ellos, desde que fue capturada, y gracias a que el señor no la miraba con lujuria, vivía bastante tranquila.

Con ella Juan aprendió a tomar decisiones, a tener una meta y perseguirla, y también lo que era el amor. Con el paso de los días, se dio cuenta de que su corazón se aceleraba cuando la tenía delante, de que no paraba de pensar en ella si no la veía, de que repasaba una y mil veces las cosas que ella le había dicho, buscando significados ocultos.

Una noche, cuando los amos ya se habían dormido y ellos estaban de nuevo en cubierta contemplando las estrellas, Yasmine alargó la mano y tomó la de él. Entonces Juan se giró y se quedó frente a ella. Juan no recordaba después quién había dado el primer paso, quién había besado a quién, pero lo que quedó grabado en su memoria fue aquel primer beso. Fue tierno, tímido, y también fue la puerta abierta a muchos otros besos, cada vez más profundos y apasionados.

Juan y Yasmine aprovechaban cada rato que tenían sin supervisión para encontrarse. Hablaban, se besaban y se acariciaban, y una noche se escondieron en un rincón de una bodega de carga en la que, en teoría, no podían estar.

—¿Qué será de nosotros cuando termine este viaje? —le preguntó Juan.

Yasmine suspiró.

—Quién sabe. Puede que no nos volvamos a ver. Y por si eso ocurre, quiero llevarme tu recuerdo conmigo.

Entonces le besó, pero esa vez fue diferente. Las manos de Juan recorrieron el cuerpo de Yasmine y su propio cuerpo respondió. Ella detuvo el beso, cogió la cara de él entre sus manos y lo miró directamente a los ojos, como si pudiera ver su alma. Luego le besó de nuevo, y con ese beso llegó el frenesí. La ropa de ambos acabó tirada a su alrededor y ya no les preocupó que alguien pudiera descubrirlos. Juan se colocó sobre Yasmine y ella le acogió. Él fue despacio, pues había oído a otros criados hablar de que la primera vez podía ser dolorosa para una mujer.

Yasmine emitió un quejido, pero, cuando él se detuvo, ella le agarró por las caderas y le animó a continuar.

—¿Te duele? —preguntó.

Ella negó con la cabeza.

—Ya no —dijo, y le volvió a besar.

Juan siguió moviéndose, guiado por un saber ancestral, cada vez más rápido, hasta que ella gritó debajo de él, se encorvó y alzó las caderas. Él se derramó dentro de ella.

Entonces Juan se dejó caer y apoyó su frente en la de Yasmine.

—¿Estás bien? —le preguntó.

—Mejor que bien —respondió ella, y le rodeó en un abrazo.

Permanecieron así hasta que sus respiraciones acompasadas se calmaron. Entonces se incorporaron y se vistieron. Juan parecía pensativo.

—¿Qué ocurriría si…, si te quedaras encinta?

Ella frunció el ceño.

—No creo que eso pase, no es el momento.

—Pero ¿y si ocurre?

Ella bajó la cabeza.

—En ese caso, el niño sería propiedad de mi señor.

Los dos guardaron silencio, como si lo definitivo de esa sentencia estuviera calando en ellos, hasta que Juan habló:

—No engendraré un esclavo.

Y le tendió la mano a Yasmine para salir de allí.

Continuaron viéndose siempre que tenían ocasión. Un día, un alboroto hizo que los señores de Juan corrieran a cubierta, y él fue tras ellos.

—¡Tierra! ¡Hemos llegado!

Los amos de Yasmine aparecieron justo después, acompañados de la joven esclava. Ambos se miraron de reojo: sabían lo que eso significaba.

Esa noche se escabulleron de la vigilancia de amos y criados mayores. Oliver miró para otro lado, pues hacía semanas que sabía de la relación de Juan con aquella muchacha. Se encontraron en un rincón oscuro y solitario de la bodega y allí se amaron con desesperación. Como siempre hacía después de aquella primera vez, Juan salió de ella antes de terminar. Yasmine protestó.

—No engendraré un esclavo —repitió él.

Se abrazaron y se juraron amor eterno, sabiendo que nada podían hacer contra el destino que les aguardaba. Lloraron y se volvieron a besar, y les costó un mundo separarse poco antes del amanecer y regresar a las hamacas donde dormían, ella en la zona asignada a las mujeres, él con el resto de los hombres.

Esa mañana desembarcaron y cada uno tomó su camino. Se

miraron al partir, pero no pudieron volver a despedirse. Oliver se acercó al joven y le puso una mano en el hombro.

—El primer amor nunca se olvida. Lo superarás, muchacho, hazme caso, aunque ahora creas que no. Vamos, hay bultos que descargar.

Juan lo siguió con el corazón roto.

13

Bermeo, 1621

María se sentó en una roca, al filo del acantilado. Tenía mucho que asimilar. Frente a ella, el islote que llamaban Gaztelugatxe, con el monasterio consagrado a san Juan en lo alto, se erguía orgulloso resistiendo los embates de las furiosas olas del Cantábrico. María suspiró. Deseó ser como ese promontorio rocoso: fuerte y duro, sin que nada pudiera hacerle mella. Recordó que, apenas un siglo antes, el pirata Drake había saqueado el monasterio para hacerse con sus tesoros. La idea de que incluso aquel pedazo de tierra pudiera sucumbir, en lugar de entristecerla, le dio consuelo.

María tenía trece años y era hija de un hidalgo sin más patrimonio que su orgullo y su apellido. Nacer en una familia hidalga venida a menos era una de las peores cosas que te podía suceder. Al fin y al cabo, los nobles no trabajaban con las manos, pues el trabajo físico era una deshonra. Los hidalgos eran el escalafón más bajo de la nobleza y, sin patrimonio que les proporcionara rentas, estaban abocados a una vida de pobreza, a aparentar de puertas para afuera y a sufrir hambre y escasez de puertas para adentro.

Mateo, el padre de María, había llegado a un punto en el que ya no podía mantener a sus hijos. La mayor tenía quince años y habría que pagarle una dote pronto. El pequeño había entrado en la Iglesia con cinco años y al menos tenía asegurada una educación. El tercer hijo, también varón, era aún joven para tomar las armas, y María sabía que para ella no quedaba nada. Así que su padre decidió hacer valer una vieja relación familiar para buscarle un futuro.

Pero ese futuro pasaba por irse lejos de Bermeo, lejos de todo lo que conocía. María volvió a mirar hacia el monasterio de San Juan y vio, más allá, casi en el horizonte, un ballenero que regresaba. Si habían tenido suerte, sería un día grande en el pueblo. La carne, la grasa, hasta los huesos del animal significaban riqueza y abundancia para todos. Para casi todos. Volvió a suspirar.

Se levantó, alisó su vestido y regresó a casa. Debía preparar su partida.

María bajó del coche de caballos cuando llegaron a Madrid. Había viajado sola desde el norte y era la primera vez que pisaba la capital. Llevaba un hatillo con una muda de ropa, algo de comida que le había dado su madre, una muñeca que tenía desde pequeña y que le recordaba a su hogar y una carta que había escrito su padre. Se sintió abrumada por el trajín de la capital.

Enfiló la calle Mayor, donde multitud de personas iban y venían de forma apresurada, se cruzaban unas con otras y apenas levantaban la vista. Hombres y mujeres vestidos con sencillez se mezclaban con grupos de soldados pertenecientes, con toda seguridad, a los tercios. El griterío era casi insoportable para alguien que venía de la paz de una aldea, y el olor, ofensivo para quien estaba acostumbrado al salitre y al viento del Cantábrico. Los tenderetes montados en la acera y las tiendas en los bajos de las casas competían a voces por captar la atención de los transeúntes. María vio a un trilero a unos pasos de ella; un pequeño grupo lo rodeaba y, por sus caras de frustración, estaban perdiendo lo que habían apostado.

Arrugó el papel que llevaba en la mano con la dirección a la que debía acudir. Afortunadamente, María sabía leer y escribir.

No con fluidez, pero era más de lo que la mayoría podía decir. Volvió a leer la nota, escrita con la pulcra letra de su padre. Levantó la vista.

María era consciente de que debía tener cuidado o daría con alguien dispuesto a engañarla, y a saber dónde acababa entonces. Sus padres le habían insistido en que fuese muy prudente. Vio a una vieja aguadora en una esquina y decidió preguntarle a ella. Esquivó las atenciones de un malabarista y saltó por encima de un charco de inmundicia. Llegó al lado de la anciana con el corazón acelerado. Trató de parecer mayor de lo que era en realidad, como si eso le diera más seguridad. La vieja la miró con los ojos velados por una telilla blanca.

—Lamento importunarla —dijo la joven con el mayor de los respetos—. Pero debo acudir a un sitio y soy nueva en la ciudad.

—¿Dónde vas, niña? —quiso saber la anciana.

—Al Alcázar.

La vieja la miró de arriba abajo.

—A servir, supongo. No pareces una señora.

Ante el silencio de María, cuyo orgullo le impedía admitir esa realidad, le indicó con la barbilla el camino a seguir, calle abajo.

—Ve por allí, no tiene pérdida. Te toparás con él enseguida.

María le dio las gracias y continuó en aquella dirección. Aunque todo lo que veía la impresionaba, trataba de no mirar a su alrededor con los ojos y la boca abiertos: eso la delataba como forastera y acabaría siendo pasto de los truhanes que abundaban por las calles de Madrid. Así que aceleró el paso y trató de actuar como las gentes con las que se cruzaba.

No había avanzado ni cien metros cuando el Alcázar apareció ante sus ojos, imponente: una mole de piedra que abarcaba toda su vista, un cuadrado cuajado de ventanas y con torres en las esquinas. María siguió caminando hasta llegar a la puerta principal. Se detuvo a admirar la torre que había a su izquierda. Uno de los guardias de la puerta llamó su atención.

—¿Quieres algo, moza? —le preguntó.

Ella dio un respingo y se acercó.

—Tengo que hablar con Inés de Zúñiga y Velasco, condesa de Olivares.

Los guardias se echaron a reír.

—¿Y por qué ella querría verte a ti?

—Es prima de mi padre, él me envía.

Los guardias se miraron entre sí y uno de ellos abandonó su puesto para ir a preguntar. Regresó al cabo del rato, con una actitud distinta, y le dijo:

—Pasad, la condesa os está esperando. —Al ver la mirada confusa de María, le dio más indicaciones—. Cuando accedáis al patio, girad a la derecha. Su residencia está en la primera planta.

María fue hasta allí y le dio su nombre al mayordomo de la entrada. Este la hizo pasar a un pequeño salón, muy bien decorado, y le señaló un sofá en el que acomodarse. Le preguntó si quería algo de beber y se marchó cuando María negó con la cabeza. La verdad es que tenía sed, y hambre también. El viaje había sido largo, además de triste. No imaginaba que tendría que marcharse de su hogar tan pronto y sin la compañía de alguien conocido. Le hubiera gustado pedirle a aquel hombre un vaso de agua, leche tal vez, y un poco de consuelo. Pero le pudo el orgullo que le había inculcado su padre. «Nunca dejes que vean que tienes necesidad de nada», le había repetido sin cesar desde que era una niña.

Así que allí se quedó, sentada con la espalda erguida y las manos entrelazadas en el regazo, hasta que entró la condesa. Caminaba muy tiesa, con el pelo recogido en un moño trenzado, del que salían tirabuzones, y la cara seria, aunque sus ojos eran amables. Vestía un traje de un azul profundo. María nunca había visto de cerca una tela tan rica; daban ganas de tocarla. Se levantó de un salto e hizo una reverencia.

—Así que eres hija de un primo mío, según dices.

María asintió y habló sin dejar de mirar al suelo.

—Así es, señora. Mi padre, Mateo de Zúñiga, guarda parentesco con vos. Viene de su tío abuelo, que creo que era abuelo de vuestra ilustrísima.

Inés observó con detenimiento a aquella jovencita. No recordaba a ningún Mateo, ni por la rama materna ni por la paterna.

—¿De dónde vienes?

—De Bermeo, señora.

—No tengo constancia de que parte de mi familia resida allí —dijo ella.

—Solo puedo deciros que mi padre siempre habla de vos como su prima, señora.

Inés suspiró.

—¿Y para qué te ha mandado aquí?

María rebuscó en su morral y le tendió la carta que tan secretamente había escrito su padre. Inés se sentó y le dijo que hiciera lo mismo. Leyó con atención. Cuando terminó, dejó la carta entre sus manos y miró a María.

—¿Sabes leer?

Ella asintió.

—¿Y escribir?

—Sí, señora.

—Tu padre quiere que me haga cargo de tu manutención a cambio de asistirme. ¿Estás de acuerdo en ello?

La muchacha asintió con energía.

—Entonces serás mi acompañante. No sé si tu padre es en verdad familiar mío o no, pero has viajado desde el norte tú sola y has llegado hasta aquí. Bien puedo darte una oportunidad.

—Haré lo que sea menester, señora. Sé cocinar y fregar, y no me asusta el trabajo duro.

Inés sonrió.

—No pienso meter a una prima en las cocinas. No te pediré tanto. Pero tendrás que hacerme compañía, acudir conmigo a misa, leerme si te lo pido, darme conversación… Habrá que mejorar tu educación, pero creo que podremos entendernos bien.

Gaspar entró a la sala y se quedó parado al ver a María.

—Perdona, querida, no sabía que tenías visita.

Inés se levantó y se acercó a él.

—Esta es María. Al parecer, somos familia, según su padre. Sea como fuere, se quedará aquí como mi acompañante. Si te parece bien, desde luego.

El conde miró a María, que le hizo una reverencia. Frunció el ceño, tal vez pensando en lo improbable de que ese parentesco fuese real, pero si su esposa había decidido que la quería en casa, no iba a ser él quien le llevara la contraria.

—Por supuesto que me parece bien, condesa. Tus decisiones siempre son, por lo que a mí respecta, correctas. —Hizo una inclinación de cabeza a la joven—. Será un placer tenerte aquí con nosotros.

Y así, de esa manera tan sencilla, entró María en la familia de los condes de Olivares.

14

Madrid, marzo de 1621

Su Majestad había regresado hacía meses ya de un viaje a Portugal con el fin de que reconocieran al joven Felipe como heredero y le juraran lealtad. Todo había salido a pedir de boca y regresaban triunfantes a Madrid cuando, apenas dos días después de partir, el rey empezó a quejarse de fuertes dolores de cabeza. Se acostó temprano, después de ver a su capellán y rezar en privado, y por la mañana amaneció empapado en sudor. El príncipe Felipe se cambió de coche para dejar espacio en la carroza real y que su padre pudiera viajar tumbado.

Se recuperó de aquella afección, a la que nadie pudo poner nombre, pero nunca llegó a restablecerse del todo y su salud, que ya de por sí no era buena, quedó maltrecha y más débil de lo normal. Frecuentes accesos de fiebre le dejaban postrado en cama durante días de forma cada vez más habitual, y los médicos no sabían qué hacer para mejorar esa situación.

Le aplicaban remedios y le purgaban para eliminar la mala sangre, pero nada parecía surtir efecto. Hacía ya unos días que había vuelto a caer enfermo, pero esta vez algo era diferente. Un día amaneció con las piernas cubiertas de placas rojizas y fiebre muy alta. El propio rey sintió que no le quedaba mucho tiempo en esta tierra y se preparó para abandonar este mundo.

María Ana de Austria, su hija menor, no se movió de su lado en los días que estuvo encamado. El príncipe, mientras tanto, trataba de distraer la mente cazando y acostándose con mujeres, las dos cosas que mejor se le daban. El conde de Olivares le acompañaba en lo primero y le proveía de lo segundo.

—Mi señor —dijo Gaspar midiendo sus palabras—, bien sé que estos entretenimientos no son sino una forma de aliviar vuestra mente del sufrimiento por el estado de vuestro padre, pero ¿no creéis que deberíais mostraros más compungido?

El joven Felipe apuntó con su arma, disparó a la perdiz y dejó que los perros corrieran hacia la presa abatida. Entregó el rifle a un mozo y se giró hacia el conde.

—Estoy abatido —dijo, y abrió los brazos para mostrar la enormidad de su dolor—. No hago más que pensar en mi padre el rey, pero entrar en esa alcoba tan oscura y lúgubre, irrespirable por el humo de los incensarios y con los constantes rezos de todos los religiosos de palacio, me pone triste.

—Tenéis ya dieciséis años y si, por lo que parece, esa es la voluntad de Dios —terció Baltasar de Zúñiga, que estaba con ellos—, muy pronto seréis proclamado rey. Debéis afrontar los eventos tristes con la misma entereza que los alegres. Templanza, contención y decoro están llamados a ser vuestros compañeros, alteza.

Felipe agachó la cabeza, pensativo. Luego asintió.

—Tenéis razón. Debo estar al lado de mi padre.

Más tarde, cuando Felipe entró en la alcoba, la encontró tal y como había predicho: cargada de humo, repleta de gente rezando y de médicos que sangraban al rey. Su hermana estaba al lado del lecho, sentada en una butaca, y participaba en la plegaria con un rosario en las manos. Levantó la vista y enfocó los ojos a través de la luz de los cirios y las nubes de humo. Le dedicó una mirada triste y tendió una mano hacia él.

Felipe se acercó y la besó en la mejilla. Después miró a su padre, que respiraba con dificultad. Estaba muy pálido, mostraba unas profundas ojeras y unas extrañas manchas rojas que le cubrían la cara y las manos, como pudo observar cuando alargó una hacia él y le agarró la muñeca.

—Hijo mío, mi heredero.

Felipe ocultó el desagrado que le producía el olor a sudor y enfermedad que emanaba de él y le sonrió.

—Me alegro de veros, padre. No tenéis tan mal aspecto.

El comentario provocó la risa del rey, que acabó en un ataque de tos que solo se calmó cuando la infanta le ofreció un poco de vino aguado. Luego volvió a hablar, con voz ronca.

—Creo haber sido lo bastante piadoso en este mi reino para que ahora Dios acoja mi alma en el suyo. No temo a la muerte. Me queda poco tiempo en este mundo, hijo mío.

—No digáis eso. Aún sois joven.

El rey alzó una mano con esfuerzo.

—Qué más da la edad cuando el Altísimo nos reclama. Ya he pedido perdón por mis pecados —dijo, y señaló al confesor real, sentado al otro lado de la cama—. He llevado la palabra de Dios a lo largo y ancho del orbe, hasta más allá de los mares, a tierras que no podíamos ni siquiera imaginar. Estoy en paz con el Creador.

El príncipe no dijo nada, aunque agachó la frente y acercó la mano de su padre a ella.

—Eres aún muy joven, pero estás bien asesorado —continuó el rey—. Créeme, hijo, tener buenos consejeros es más valioso que el oro. —Tosió de nuevo y se reclinó sobre la almohada. Un médico fue a atenderle, pero él lo detuvo con un gesto—. No más sangrías. Estoy harto de esos bichos y nada pueden hacer ya por mí. —Volvió a mirar a su heredero—. Apóyate en quienes te quieren y en quienes desean el bien para nuestro imperio. No te dejo un legado fácil, pero confío en que estarás a la altura.

—Os lo prometo, padre.

—Ve a buscar a tus hermanos y diles que vengan. Quiero despedirme de ellos.

Felipe asintió con la cabeza y se levantó.

—Los traeré enseguida, padre.

El rey negó con la cabeza.

—No. No vuelvas. —Su voz sonaba agotada—. Eres el futuro de España, sería un desastre que te contagiaras. Recuérdame como era antes, fuerte y valiente. Adiós, hijo, que Dios te bendiga.

La pena embargó al príncipe, que fue consciente de que aquello era una despedida definitiva. Su padre no iba a sanar. Ya no se levantaría de aquella cama. Pronto todos se dirigirían a él como «Su Majestad» y su vida cambiaría para siempre. Una lágrima rodó por su mejilla. Inclinó la cabeza en una reverencia.

—Adiós, majestad. Lo haré lo mejor que pueda.

Felipe III murió dos días después, el 31 de marzo, a los cuarenta y dos años.

El príncipe recibió la noticia en sus aposentos. El ya rey Felipe IV estaba acompañado del conde de Olivares y de Baltasar de Zúñiga. No había querido la presencia de nadie más. En cuanto supieron que Felipe III había dejado este mundo, el conde y su tío se arrodillaron y le rindieron pleitesía. El nuevo rey les hizo una seña para que se pusieran en pie. Se dirigió a Gaspar.

—Conde, fuisteis una valiosa ayuda para mí cuando solo era el heredero, y espero que lo sigáis siendo durante mi reinado.

—Lo seré, majestad. Siempre podréis contar con mi amistad y mi lealtad.

El rey se giró hacia Baltasar.

—Y a vos, comendador, os debo el mayor de los respetos. Fuisteis embajador de mi padre en su juventud y acudisteis a mí en la mía. Por todos esos méritos, os nombro mi valido.

Baltasar de Zúñiga no cambió el gesto, sino que se llevó una mano al corazón y se inclinó para darle las gracias por el nombramiento. Gaspar no dijo nada. Si en su interior hubo una brizna de decepción por no recibir ese cargo, lo ocultó tras lo que parecía una sincera alegría por su tío y la promesa de ayudarle en todo lo que necesitara.

El conde y la condesa de Olivares acudieron a todas las misas y ceremonias en honor del rey fallecido, y a todos los eventos, fiestas y solemnes discursos por la entronización de Felipe IV.

Cuando apenas habían pasado un par de semanas desde que el joven rey había ascendido al trono, este mandó llamar al conde de Olivares temprano. Lo aguardaba en su cámara y, al verlo entrar, ordenó a todo el mundo que los dejaran solos. Entonces lo miró.

—Siempre habéis sido un buen amigo para mí, conde —comenzó.

Él hizo una reverencia.

—Nada me hace más feliz que procurar la felicidad de vuestra majestad —respondió.

El rey se mantuvo en silencio y Gaspar se preguntó a dónde llevaría todo aquello. Entonces Felipe sonrió.

—Sé que hay algo que lleváis mucho tiempo aguardando. Algo que por matrimonio y tradición os corresponde.

El corazón de Gaspar comenzó a palpitar más rápido. ¿Sería posible que...?

—Nunca me atrevería a reclamar nada a vuestra majestad —dijo, e inclinó la cabeza.

El rey volvió a sonreír.

—Lo sé. Siempre habéis sido fiel y paciente, pero ya es hora de que seáis grande de España.

Gaspar levantó la cabeza.

—¡Majestad! Es un maravilloso regalo, os lo agradezco.

El rey sonrió.

—Me alegro de haberos hecho feliz esta mañana, conde. Id a darle la noticia a la condesa y después acudid de nuevo a mi lado. Tenemos despacho y haré oficial el nombramiento.

Gaspar se disponía a salir, pero entonces el rey añadió algo más:

—Excelentísimo señor —dijo, empleando el tratamiento con el que a partir de ahora se dirigirían a él—. Cubríos.

El conde miró el sombrero que llevaba en la mano. Como

grande de España, era su privilegio permanecer cubierto en presencia de Su Majestad. Con un nudo en la garganta, se lo puso e hizo la reverencia más sincera, profunda y emocionada de su vida.

Después fue a comunicarle la buena nueva a su esposa.

—Grande de España.

Inés comenzó a pasearse por la sala. Se llevó las manos al cuello y acarició el collar de perlas y diamantes que lucía aquella mañana. La reina la había convocado después del desayuno y ya sabía por qué.

—Vas a tomar almohada delante de la reina, condesa —dijo Gaspar, feliz al ver la ancha sonrisa que inundó la cara de su esposa.

«Tomar almohada» era como se llamaba a la ceremonia en la que una grande de España, por derecho propio o por matrimonio, se sentaba delante de la reina. Porque si el privilegio de un grande era poder permanecer con el sombrero puesto delante del rey, el de una grande era permanecer sentada en presencia de la reina. La grandeza era la dignidad más elevada del reino, solo por debajo del príncipe de Asturias y los infantes de España.

Esa misma noche, Gaspar hablaba con su esposa, que estaba en camisa de dormir frente al espejo. María, ya integrada en el día a día de la condesa, le cepillaba el pelo y trataba de pasar desapercibida.

—Me ha costado años, pero por fin tengo lo que ansiaba.

Inés respondió sin dejar de mirar su reflejo.

—¿Esto es todo lo que ansiabas, esposo mío? ¿De verdad?

Él sonrió.

—Ya sabes que no. Pero es el primer paso.

—El primero de muchos, conde. Tu tío será un magnífico valido. Y tú serás su mano derecha y grande de España. Gracias a los dos, el reinado de Felipe IV será memorable, sin duda.

—Mi tío y yo nos entendemos bien. Empezaremos por dejar atrás algo en lo que Su Majestad nos apoya sin reservas, la opulencia que ha caracterizado el reinado de su padre, para volver a la austeridad de la corte de su abuelo, Felipe II.

Inés giró la cabeza y María se acomodó para seguir peinándole el cabello.

—Me parece una magnífica idea. No me gustaba la exuberancia de los últimos tiempos. El exceso de lujo suele acarrear la falta de moral.

—Ojalá todos fueran tan rectos de espíritu como tú, Inés. Pero no es así, y los corruptos y los aprovechados han crecido como setas en estos últimos años. Queremos librarnos de esas sanguijuelas y comenzar un nuevo periodo que traiga prosperidad al reino.

—¿Su Majestad está de acuerdo?

El conde asintió.

—Lo está. Y la reina lo apoya sin dudar.

Inés miró hacia el espejo de nuevo.

—Tendré que renovar mis vestidos con otros más austeros.

—Me parece bien, hay que predicar con el ejemplo.

Los honores no se detuvieron ahí. El conde de Olivares fue nombrado por el rey, a instancia de su tío, sumiller de corps y caballerizo mayor. Con esos dos nombramientos se había convertido en el hombre más poderoso de la corte, solo por detrás del rey y el valido. El duque de Uceda, valido del anterior rey, se sintió humillado y ofendido al ser dejado de lado, pero hubo de disimularlo, pues ya no era tan influyente como antes. Al morir Felipe III, su papel quedó en nada, ya que su cargo pasó a ocuparlo Baltasar de Zúñiga.

Cuando Su Majestad ordenó que ya no le asistiera al vestirse y que entregara las llaves, supo que estaba acabado. Abandonó la corte y puso rumbo a sus tierras de Lerma, pero poco después fue arrestado por corrupción y encerrado en el castillo de Torrejón de Velasco. Cuando partió de la corte, el conde vio marchar su coche desde una ventana del primer piso. Su mujer se acercó a él por detrás y apoyó la barbilla en su hombro.

—Te lo dije, querido, nadie podrá oponerse a ti sin pagar las consecuencias.

15

Sevilla, abril de 1621

El parto de Ignacia fue muy difícil. Juana perdió mucha sangre y la comadrona no daba abasto poniéndole compresas para tratar de detener la hemorragia. En un momento dado, Diego se levantó de un salto de la silla en la que esperaba en la antecámara y entró en la habitación de su mujer, incapaz de escuchar más gritos sin saber si ella estaba bien.

El aire cargado y el olor a sangre que impregnaba la estancia lo conmocionaron. María, que asistía al parto de su hija con la experiencia que dan los años, lo cogió por el brazo y trató de sacarlo de allí con delicadeza, pero él sacudió el codo, se liberó y avanzó hasta su mujer. Tenía su precioso pelo negro pegado a la frente por el sudor y estaba casi tan blanca como la camisa que llevaba, solo que esta, a la altura de las caderas, se teñía del rojo de la sangre.

Juana le miró, exhausta. Sonrió y a Diego se le partió el corazón al ver esa sonrisa tan triste.

—Mi vida, ya queda poco —le dijo, y le agarró la mano.

—¡Empuja ahora! —gritó la comadrona.

Juana soltó otro alarido y empujó con todas sus fuerzas, y Diego sintió que iba a quebrarle los huesos de la mano. Luego Juana se derrumbó, con la respiración agitada.

—No puedo más —dijo con un hilo de voz, y volvió sus ojos hacia Diego—. No puedo más, no lo conseguiré.

Diego miró de reojo a la comadrona y lo que vio lo asustó. Estaba claro que algo no iba bien.

—El bebé no sale, y vuestra esposa está a punto de quedarse sin fuerzas.

Diego sabía qué significaba aquello. Tenía conocimiento de cuántas mujeres habían muerto en el barrio durante el parto. Su esposa no podía ser una de esas mujeres. Juana no.

Se inclinó hacia ella y le retiró un mechón de la frente.

—No puedes rendirte, Juana, ¿me oyes? Vas a conseguirlo.

—Estoy agotada, Diego. No me siento capaz de continuar.

—Juana, mírame. Escucha. No tienes opción. Francisca te necesita. Yo te necesito. No soy nadie sin ti, no puedo vivir si no estás a mi lado. Tienes que seguir, tienes que intentarlo.

Juana cerró los ojos y pareció que no los iba a abrir. Diego le puso la mano en la mejilla.

—¡Juana!

Ella abrió los ojos.

—Mi vida, ¿me has oído? No puedes rendirte, no soy nadie sin ti.

Juana levantó una mano y le acarició la cara.

—Haré lo que pueda, te lo prometo.

Entonces tuvo otra contracción y la aprendiza de la comadrona la ayudó a incorporarse.

—¡Empuja! —gritó la mujer de nuevo.

Juana cogió aire y, sacando fuerzas de Dios sabe dónde, apretó los dientes y volvió a empujar. El gemido que emitió fue lo más desgarrador que Diego había oído en su vida.

—¡Ya veo la cabeza! ¡Juana, sigue empujando, ya sale!

María cogió a Diego por el brazo. Cuando este miró a su suegra, vio lágrimas en sus ojos, aunque también esperanza.

—Espera fuera, Diego. Es mejor que nos ocupemos las mujeres.

Él se dejó guiar, aunque negó con la cabeza.

—No, tengo que estar aquí.

María se detuvo y lo miró.

—Hace un rato, no sabía si mi hija saldría adelante. Ahora creo que sí, porque tú le has dado fuerzas, y por eso tendrás mi agradecimiento eterno. —Se secó una lágrima—. Pero ahora que el bebé ya viene, deja que seamos nosotras quienes nos ocupemos. Estoy segura de que todo va a salir bien.

Diego permitió que María lo sacara del cuarto y se quedó al otro lado de la puerta, mirando la madera maciza como si pudiera traspasarla con los ojos. Al rato, estuvo a punto de echarla abajo cuando oyó gritar de nuevo a Juana, pero se contuvo.

Después, el silencio.

Diego oyó que la puerta se abría y se giró con lentitud, temiendo la noticia que saldría del otro lado. María estaba en el umbral con un bebé y su cara mostraba una sonrisa. Diego sintió que el enorme peso que le presionaba el pecho desaparecía.

—Juana está bien —le dijo ella, y extendió los brazos—. Aquí tienes a tu hija.

Diego estiró el cuello para mirar dentro de la habitación. Juana estaba tumbada y la comadrona tapaba gran parte de su visión.

—Está agotada, Diego. Ha perdido mucha sangre. Se pondrá bien, pero debe descansar.

Él desvió la vista hacia el bulto que su suegra llevaba en brazos.

—¿Está sana?

María titubeó.

—Ha tardado mucho en nacer. Está entera, sí, pero hasta que no pasen los días no veremos si es una niña fuerte o no.

Diego la tomó en brazos. Parecía tan pequeña, tan frágil.

—Ignacia —dijo acercando la cara a la pequeña—. Eres muy querida. Debes coger fuerzas para hacernos felices a tu madre y a mí.

Juana tardó semanas en recuperarse. El alumbramiento le robó gran parte de su energía y mucha sangre. No pudo levantarse de la cama en días y, como por fin se habían mudado a su propia casa hacía meses, su madre se trasladó con ellos para poder atenderla.

Diego pasaba todos los ratos libres con su mujer. Leyendo para ella, cogiéndole la mano o charlando. Dos semanas después del parto, el médico la visitó y, con cara de circunstancias, le dijo a Diego que no tendría más hijos, al menos con ella. Juana obligó al médico a mirarla a la cara y repetirle el diagnóstico.

—Soy yo la que no volverá a parir, no mi marido. Merezco que os dirijáis a mí cuando deis vuestra opinión.

Al día siguiente, Juana se levantó y retomó su vida diaria. Francisca había echado mucho de menos a su madre. Aunque la veía con frecuencia, no podía jugar con ella como de costumbre y debía conformarse con acompañar a su abuela y seguir a su padre al taller. Por eso pareció revivir cuando Juana pasó con ella el día entero.

La pequeña Ignacia, sin embargo, no cogía fuerzas como lo hizo su madre. Apenas comía y se pasaba el día aletargada. No abría casi los ojitos y no parecía reconocer a nadie, aunque, cuando Juana la sostenía en brazos, sus pequeños labios se curvaban en una media sonrisa, como si supiera que en aquel regazo estaba a salvo.

Todo aquello no sirvió de nada. Cuando aún no había cumplido el mes, Ignacia falleció.

Juana lloró mares enteros y Diego, también con el corazón destrozado, dedicaba sus esfuerzos a tratar de consolarla. Hasta la pequeña Francisca lloró lo suyo, y eso que sus abuelos se la llevaron con ellos para que los dolientes padres pudieran descansar.

—Ya no sirvo de nada —dijo un día Juana enjugándose los ojos con un pañuelo empapado.

Diego la cogió de las manos.

—No digas eso, mi amor. No ha sido culpa tuya.

Ella negó con la cabeza, sin dejar de llorar.

—Ya sé que no ha sido culpa mía, pero no tendremos más hijos. Ya no podré llevar otro niño en mi vientre y darte un heredero.

—Tenemos a Francisca —dijo él—. Para mí, es más que suficiente.

—Pero...

Diego no la dejó continuar.

—Para mí Francisca es suficiente. ¿Podrás conformarte tú?

—Qué remedio —dijo Juana con amargura.

Poco tiempo después, Francisco Pacheco recibió una carta del conde de Olivares, ya grande de España. Diego, Juana y la pequeña estaban comiendo con María y con él, así que lo miraron con curiosidad cuando se levantó de un salto tras leer la carta.

—¿Qué ocurre? —preguntó María, alarmada.

Francisco exhibió una sonrisa tan amplia que no le cabía en la cara.

—El conde de Olivares me ha escrito. ¡A mí! Dice que él y su tío están trabajando con energía en la renovación del reino y que quieren atraer talento sevillano a la corte. Dice que considera que Diego debe acudir a Madrid y que, si conseguimos que su arte capte la atención de Su Majestad, seguro que será nombrado pintor real.

Juana y María comenzaron a aplaudir; incluso Francisca, que estaba sentada a la mesa con ellos y no entendía nada, aplaudió por imitación. Dejaron de hacerlo cuando se fijaron en que Diego tenía el ceño fruncido.

—Pero ¿qué te pasa? —le preguntó su esposa—. ¡Es una gran noticia!

—No sé si es el mejor momento —dijo el pintor—. Acabo de alquilar la casa vecina como taller y, si no produzco, no podremos pagarla.

—Si te nombran pintor real, podrás pagar las casas que te plazca, Diego —le dijo su suegro muy serio—. Por supuesto, es tu decisión, pero sería una pena que desperdiciaras tu talento en Sevilla.

—Maestro, vos habéis desarrollado toda vuestra carrera aquí y no os ha hecho falta Madrid para nada.

—¡Ay, hijo! —Francisco se echó a reír—. Soy yo el que no le

he hecho falta a Madrid. En el país de los ciegos, el tuerto es el rey. Pero tú... Tu talento es excepcional.

—Soy feliz aquí —se resistió Diego—. Me gusta la idea de continuar vuestra labor, de hacerme cargo del taller cuando sea menester, Dios quiera que dentro de muchos años.

—No te quedes porque creas que me debes nada. Ya hace tiempo que he aceptado que mi taller no tendrá continuación. Yo me siento en paz, hijo.

—Pero...

Francisco levantó la mano para hacerle callar.

—Piensa en lo que podrías aprender, en lo que podrías avanzar, si estuvieras en la corte. Tendrías acceso a los grandes pintores italianos, a los flamencos, a los mejores de España. ¿Te imaginas? ¡Y a un paseo a pie de tu casa!

María recordó algo que les hizo cambiar de tema.

—Hay rumores de que el conde de Olivares hace uso de la magia negra y que consulta a adivinas.

Francisco se encogió de hombros.

—Todos los poderosos consultan a oráculos y adivinos. Es algo habitual. Incluso Felipe II, que Dios lo tenga en su gloria, tenía a varios a sueldo en la corte.

—Se comenta que lo aconseja una tal Leonor. Dicen que es una bruja, una hechicera que le prepara bebedizos con los que maneja la voluntad del rey —insistió María.

—Tonterías. —Francisco desechó esos rumores con un gesto de la mano—. Siempre que alguien destaca, sacan la magia a relucir. El conde solo ha sabido jugar bien sus cartas y estar donde debía en los momentos oportunos. Y ahora él y su tío, el valido, nos ayudan a jugar las nuestras. Esta familia le debe gratitud y lealtad, que no se os olvide.

Juana le dio un empujón amistoso en el hombro a Diego, que se había quedado como alelado.

—¡Pero no seas tan parado! Es una oportunidad increíble. Quién sabe, puede que hasta conozcas al rey.

—¿A ti te haría ilusión? —le preguntó Diego.

Ella asintió.

—Pues claro. Pero eso ya lo sabes, te lo he dicho varias veces.

Diego se permitió sonreír.

—Veremos cuando llegue la invitación. De momento no me han dicho nada.

16

Sevilla, abril de 1622

La invitación no se hizo esperar. A primeros de año, Juan de Fonseca escribió a Pacheco para decirle que esperaba a su yerno en Madrid, con la idea primera de que visitara las colecciones reales de arte. Todos sabían que esa invitación llevaba aparejada la promesa de intentar retratar al rey, con el objetivo de impresionarle.

Diego hizo el equipaje, viajaría a Madrid acompañado de Francisco de Rioja y de Dieguín.

La noche anterior estuvo hablando con Juana.

—Lo hago por ti —insistió él.

Juana rio.

—Pues hazlo por ti. Tú eres el genio, tú deberías desear ver más allá de los muros de tu ciudad. Tú vas a correr aventuras mientras yo me quedo aquí, cuidando de tu hija y esperando tu regreso.

Diego intuyó cierta pena en su voz y la besó.

—¿Sabes qué? Tu padre me ha sugerido que lleve la *Vieja friendo huevos* como obsequio para Juan de Fonseca.

Juana soltó una carcajada.

—¡Ya sabía yo que mi padre tenía un plan! Cuando no dejó que se la regalases aquí fue porque esperaba un momento más propicio, que le recordara quién eres.

—Escucha, Juana. Confío en ti para que el taller siga en marcha.

—Pues claro. Además, tu hermano Juan va a quedarse. Él seguirá produciendo mientras estás de viaje.

Juan, el hermano menor de Diego, llevaba ya un tiempo en Sevilla trabajando con él codo con codo.

—Confío en él, pero tú tienes más ojo. Acepta solo los encargos que consideres, vigila lo que hace y, ya sabes, corrige lo que veas que puedes mejorar.

—Vamos, que yo pinte lo que quiera, siempre que seas tú quien firme a la vuelta.

Diego bajó la vista.

—Ya sabes cómo funcionan las cosas.

Juana alzó su barbilla con la mano.

—Claro que lo sé. Nunca me he quejado, ¿no es cierto? No voy a empezar a protestar ahora. Al menos puedo aportar algo.

A la mañana siguiente, Diego partió con un emocionado Dieguín, que iba a salir de Sevilla por primera vez en su vida, y un Francisco de Rioja que prometió solemnemente escribir y contar cada detalle de lo que ocurriera en la capital. El camino discurrió sin contratiempos y los viajeros disfrutaron de la primavera en todo su esplendor. Cuando llegaron a Madrid, fue Juan de Fonseca, capellán de la Casa del Rey, quien los recibió. El lienzo que Diego le entregó como obsequio fue un acierto, pues Juan iba detrás de la *Vieja* desde que lo contempló en Sevilla. Diego había llevado consigo más cuadros para presentar en la corte, pero Juan le dijo que era mejor esperar el momento propicio.

Después acudieron a visitar al conde de Olivares. Francisco de Rioja, intelectual y poeta, era muy querido por la mayoría de quienes tenían ocasión de conocerlo, y el conde no era una excepción. Lo consideraba un buen amigo desde hacía tiempo.

Los recibió junto a la condesa y les sirvieron una bebida.

—Espero que el viaje haya sido agradable.

—Lo ha sido, conde —respondió Francisco—. Hemos tenido buen tiempo y poco polvo en los caminos. Ha sido un regalo.

—¿Fonseca os ha tratado bien?

—¡Desde luego! —respondió Diego—. Ha sido muy amable.

La condesa lo miraba tan fijamente que comenzó a ponerse nervioso. Por fin, ella habló.

—Tuve el placer de conocer a vuestra esposa en Sevilla. Decidme, ¿cómo se encuentra?

—Ella está bien, señora, gracias por vuestro interés.

—Ahora mismo el rey está ocupado en otros asuntos. —El conde de Olivares abordó el tema que los había llevado hasta allí—. No creo que esté receptivo a una reunión y, creedme, es mejor esperar. Diego, te recomiendo que aproveches para visitar las colecciones de El Escorial. Estoy seguro de que puedes sacar mucho provecho de ellas.

Una jovencita cubierta con mantilla de encaje entró en el salón y se detuvo al ver la reunión.

—Os pido disculpas, no quería interrumpir.

Inés se levantó y los tres señores la imitaron.

—Ahora mismo voy, María. —Se volvió hacia el resto—. Espero que sepáis perdonarme, debo acudir al oficio religioso y se hace tarde.

Tal y como el conde de Olivares sugirió, Francisco de Rioja y Diego acudieron a El Escorial a admirar las obras de arte que atesoraban sus muros. Juan de Fonseca les tramitó los permisos, pero rehusó acompañarlos, pues debía estar pendiente de Su Majestad.

Diego pasó días contemplando aquellas colecciones. Francisco se reía de sus ojos, tan abiertos que parecían más grandes de lo normal, y de su boca, que apenas se cerraba del asombro que le provocaban las obras de arte que tenía ante él.

—Todo esto es más de lo que hubiera podido imaginar —dijo en un susurro la primera vez que pusieron un pie en aquel lugar.

Francisco asintió.

—Entre Carlos I y Felipe II, que Dios los colme de bendiciones, reunieron una colección que es la envidia de Europa.

Felipe III no les fue a la zaga y, por lo que dicen, nuestro joven rey ha heredado el gusto por el arte de sus antepasados.

—Fíjate —dijo Diego, extasiado—. Todos estos lienzos de aquí son de Tiziano. ¡Mira! ¡Qué maravilla de color! —Se llevó las manos a la cabeza—. ¡Nunca seré capaz de hacer algo así!

Francisco se echó a reír.

—¡No seas dramático, Diego! Aún eres muy joven, tienes veintidós años. ¡Criatura, te queda toda la vida por delante! Aprende de los maestros y tal vez, en un futuro, digan eso mismo de ti.

—Me siento tan burdo, tan básico al lado de todo esto que veo...

—Y así es como debes sentirte si quieres ser el mejor. Nunca se deja de aprender, Diego, y es importante estudiar a aquellos que llegaron a donde nosotros queremos llegar, para saber cómo lo hicieron.

El Escorial estaba repleto de estímulos para él. No solo Tiziano: Tintoretto, el Veronés, los Bassano... Diego pidió permiso para copiar algunos de esos lienzos y pasó días trabajando para tratar de acercarse a esa maestría. Estudió sus trazos, sus composiciones, las estructuras que presentaban y el uso del color. Y aunque él era un virtuoso imitador del natural, vio más allá de todo eso. Como dijo en una carta que escribió a su suegro, por insistencia de Francisco de Rioja, encontró que había una poesía en la pintura y una belleza en la entonación de las que no había sido consciente hasta entonces.

A Juana no pudo enviarle unas líneas hasta meses después. Pensaba en su mujer de continuo, tenía conversaciones mentales con ella. «Tenías razón, esto es increíble», decía él. Y ella se reía y le contestaba: «Pues claro que tenía razón, parece mentira que no me conozcas». Recibía sus cartas y las leía y releía, pero a él no le salía del alma escribir. Se expresaba con los pinceles, no con la pluma. Por eso solo se comunicó con su suegro cuando Francisco le insistió. Pero tuvo que contestar a Juana cuando ella le advirtió que, si no recibía respuesta, dejaría de escribirle.

Diego le dijo que la echaba de menos, que Madrid le encantaría y que estaba aprendiendo mucho. También le explicó por qué no respondía a sus cartas y le pidió que no se lo tuviera en cuenta, que se lo contaría todo a la vuelta.

Llevaban ya unos meses en Madrid cuando, en octubre, Baltasar de Zúñiga y Velasco falleció. Inmediatamente después, Felipe IV nombró nuevo valido a su más estrecho colaborador y confidente, el conde de Olivares.

A los pocos días de este cambio, que provocó no pocas envidias y maledicencias en la corte, Francisco de Rioja y Diego salieron a dar una vuelta por los mentideros de la ciudad y luego acudieron a su taberna preferida para beber vino. En la plazuela del León, el ambiente estaba caldeado y oyeron a varios tertulianos despotricar contra el conde de Olivares.

—¡Tiene subyugado al rey! Todo el mundo lo sabe.

—¡Qué va! —respondió otro—. Es inteligente y le da lo que desea, nada más.

Un hombre de unos setenta años se acercó cojeando.

—Pues dicen que es más que inteligencia lo que le ha hecho medrar. ¡Si era un don nadie en la corte! Y ahora, miradlo, tan pagado de sí mismo. Los bebedizos que le entrega Leonor son, sin duda, una buena ayuda.

—¿Quién es Leonor?

Diego le hizo la pregunta a Francisco, pero su tono fue más elevado de lo que pretendía y el anciano se giró hacia él.

—Debes de ser nuevo en la ciudad, muchacho. Leonor es la adivina sin la que el conde de Olivares no da ni un paso. Le asesora en todo. La ciudad entera lo sabe: media entre Su Excelencia y una bruja hechicera que le prepara bebedizos con los que convierte al rey en un ser carente de voluntad, en un muñeco en sus manos.

A Diego le enfadó que se hablara así de mal de alguien que siempre había sido amable con él.

—No creo que sea el caso. De ser así, el rey ya se hubiera enterado por boca de los opositores al conde y habría dejado de tomar lo que quiera que le dé a beber.

El cojo lo miró frunciendo el ceño, como si no le gustara que lo contrariaran.

—Eres un crío, ¡qué vas a saber tú de cómo funcionan los poderosos! —Se giró hacia el resto de la audiencia—. Yo sé bien lo que digo, ¡vaya que sí! La cuñada del primo de mi esposa es vecina de la tal Leonor y ha visto el carruaje del conde esperando a la adivina para trasladarla al Alcázar. Y eso por no hablar del diablo que tiene como familiar.

—Eso, ¡el diablo! Todo el mundo sabe lo de su familiar.

Francisco agarró con discreción a Diego por el brazo y tiró de él. El joven estaba muy indignado.

—Pero ¿qué historia es esa de un demonio?

Cuando salieron de allí y ya no había oídos indiscretos, Francisco habló:

—Las mentes ignorantes buscan magia negra en todo lo que no comprenden. Y el conde es un hombre con mucho poder. Eso no les gusta. Dicen que los favores se los concede un diablo que tiene atrapado en la muleta que siempre lleva con él, y que obliga a ese diablo a concederle todos sus deseos.

—¡Qué absurdo!

—Lo es, y peligroso también. Nunca lleves la contraria a una muchedumbre indignada, Diego.

Cuando llegaron a las gradas de San Felipe, junto al convento del mismo nombre, se hablaba del reciente nombramiento del conde en términos parecidos.

—No es muy agradable ser alguien con tanto poder —comentó después Diego frente a un jarro de vino—. Estar siempre expuesto a las habladurías y los rumores, sin que vean lo bueno que intentas hacer por ellos.

—Son pocos los que hacen algo bueno por el vulgo, Diego —respondió Francisco—. El mundo está hecho por y para los poderosos y, aunque dicen actuar siempre por amor al pueblo, este es un concepto demasiado general que no suele tener nombre propio ni rostro reconocible. ¿Crees que a cualquiera de los hombres que hemos visto hoy le importa lo más mínimo una guerra en la otra punta de Europa? ¿Crees que alguno está impaciente por que la Corona gaste su dinero en armas y envíe a sus hijos a morir al frente?

—No sé qué pensar de todo esto. La grandeza de una nación está por encima de lo que opine una sola persona.

—Es cierto —concedió el poeta—, pero a eso me refiero. El pueblo llano no suele emocionarse con conceptos como «gloria» y «honor». Esas palabras no se pueden comer ni sacan adelante a sus hijos. Por eso los políticos no son populares, en general.

Diego recibió una petición de su suegro para que pintase un retrato mientras estaba en la capital. Luis de Góngora, poeta, escritor y capellán de Su Majestad, se prestó a ello cuando Pacheco le dijo que quería incluirlo en el tratado que estaba escribiendo sobre hombres ilustres.

Cuando Diego llegó a los aposentos de Góngora, se encontró a un hombre de sesenta años con el rostro alargado y el semblante serio. No le ofreció nada de beber, aunque fue amable y educado. Durante la conversación previa, mientras Diego preparaba, ayudado por Dieguín, todo lo que necesitaba, el pintor descubrió que Góngora ocultaba una profunda amargura tras esa fachada habladora y sociable. Hombre muy culto, y por ello referente de la escuela culteranista, su rivalidad con Quevedo lo mantenía en el candelero.

Sin embargo, el escritor tenía la sensación de que, fuera de aquello, sus lectores eran escasos y su arte no era reconocido como se merecía. Además, desde su llegada a la corte, cinco años atrás, casi se había arruinado comprando cargos y prebendas para todos sus familiares. Todo eso le había agriado el carácter, antes jovial y divertido.

Diego plasmó esas impresiones en su retrato, sin dulcificar nada ni guardarse nada para sí. Cuando acabó el trabajo, días después, Góngora admitió, satisfecho:

—Sois bueno, Diego. Pero si conseguís un puesto en la corte algún día, escuchad mis palabras: no os dejéis coaccionar por la gente de vuestro alrededor. Preocupaos solo de vos y viviréis una vida mucho más feliz.

El retrato que hizo Diego cosechó halagos en la corte. Los nobles hablaban de ese joven sevillano de talento descomunal, pero la ansiada oportunidad de retratar al monarca no llegaba. Parecía que Felipe IV estaba demasiado ocupado y el conde de Olivares aconsejaba no presionar. Al final, se decidió su regreso a Sevilla.

Diego se puso en camino de inmediato.

—No te desanimes, hijo —le dijo su suegro en cuanto lo vio aparecer por la puerta, dándole fuertes palmadas en la espalda—. Es tu primer viaje. Seguro que le has sacado provecho.

Juana se acercó a él y se abrazaron.

—Más te vale compensarme por haberme tenido tan desatendida —le murmuró ella al oído, aunque en su tono Diego adivinó alegría.

—¡Papá!

Francisca corrió a sus brazos y él la aupó, contento de estar entre los suyos y de regresar a su rutina habitual.

—Ya estoy en casa.

17

Sevilla, enero de 1623

—¡Estaba tan equivocado, pero tan equivocado! —le dijo Diego a Juana, que lo escuchaba con una sonrisa en los labios y su hija en el regazo—. Ojalá hubieras podido ver con tus propios ojos lo que yo he visto. Los colores, la técnica. Solo observando, en estos meses he aprendido más que en años.

—Cuánto me alegro, Diego —contestó ella sin perder la sonrisa—. Sabía que era buena idea que fueras a Madrid. He visto lo nuevo que estás pintando y es lo mejor que has hecho hasta el momento. El uso del color que haces ahora, los azules transparentes, los grises plata y esos tonos tan luminosos dan otra vida a tus cuadros.

Diego se levantó y cogió a Francisca en brazos. Juana cruzó las manos sobre el regazo y miró a su marido. Al principio le molestó la falta de noticias, que él no hubiera cogido pluma y papel para contarle sus aventuras en la capital. Pero se dio cuenta de que aquello no tenía nada que ver con lo que Diego sentía por ella, sino con que nunca encontraba el momento de dejar de estudiar, de practicar, de pensar para dedicar un rato a la escritura. Cuando estaban juntos, Diego hacía vida familiar, pero, cuando no, su trabajo le absorbía de tal manera que no quedaba espacio para nada más.

Ella lo miraba con los ojos brillantes y la expresión emocionada, y sabía que no merecía la pena frustrarse por algo que no podía evitar.

—Siempre he sido un firme defensor de la imitación del natural —dijo él—. Así me lo enseñó tu padre, y sigo pensando que es lo correcto, es solo que ahora aprecio una poesía que antes no veía. Ahora entiendo muchas cosas. He comprendido que la pintura es un arte.

—Siempre has sabido que la pintura es un arte, esposo mío. Tú eres un artista.

—¡Sí, pero es más que eso! —Diego se desesperaba intentando encontrar las palabras—. Con la pintura se puede transmitir tanto..., conmover hasta tal punto a quien te vea, ¡hacerle incluso llorar! O sentir una paz infinita. No me había percatado del extraordinario poder que tiene un pintor en sus pinceles.

Juana se levantó y tomó a la pequeña, a la que bajó al suelo para que jugara.

—Es un arte elevado, sí. Es lo que siempre ha defendido mi padre, aunque tú no lo entendieras del todo. Pero ahora que lo has comprendido, ¿en qué te ha cambiado eso?

Diego la miró lleno de emoción.

—Quiero que todo el mundo lo vea con la misma claridad que yo. Siempre he dicho que quería que los pintores fueran respetados como artistas, no como trabajadores manuales, pero era más algo que sabía que agradaba a tu padre y con lo que yo estaba de acuerdo. Ahora es más que eso, lo noto en las entrañas. Se ha convertido en mi meta, lo siento de verdad.

Juana se acercó a él. Sabía que estaba ante un momento crucial, una decisión que podía cambiar por completo sus vidas. Tomó la cara de su marido entre las manos y lo miró a los ojos.

—¿Y qué vas a hacer?

—Lo que tú ya sabías que haría. Conseguiré entrar en la corte y seré un pintor tan grande que no tendrán más remedio que cambiar de opinión.

Juana sonrió y le besó. Era bueno que él fuera consciente de su potencial y del poder que tenía entre las manos, y no solo que aceptara lo que los demás le decían.

—Serás el más grande, esposo mío. Y no lo digo porque te quiera. Conozco tu trabajo, he visto su evolución. Nadie te hará sombra cuando alcances la cumbre. Tu nombre se recordará en los siglos venideros y serás maestro de cientos de discípulos. Ya lo verás.

Se quedaron en silencio, digiriendo esas palabras, dejando que penetraran en sus conciencias, porque esa sería para los dos, a partir de entonces, la misión de su vida.

—¡Papá, mira lo que he dibujado!

La vocecita de Francisca rompió la solemnidad del momento y no volvieron a hablar del asunto. Ambos sabían ya que remaban en la misma dirección.

Madrid, marzo de 1623

Gaspar entró en su gabinete del Alcázar con grandes zancadas. Lo hizo justo cuando Inés salía de su cuarto personal, aquel al que nadie más tenía acceso. Ella cerró la puerta con llave. Se giró hacia su marido mientras se guardaba la llave en el escote.

—¿Te encuentras bien, querido? Tienes mala cara.

—Siento como si cien caballos me estuvieran pateando la cabeza —dijo él, y se llevó la mano a la frente—. El despacho con el rey ha sido complicado: la guerra consume unos recursos que no tenemos, hay que tomar decisiones impopulares, mis detractores no me dejan en paz y Su Majestad solo quiere divertirse.

—Pobre, lamento que te encuentres tan mal. —La condesa tomó la mano de su esposo y lo condujo a un diván, donde le hizo sentarse. Un criado llegó a la carrera por si lo necesitaban, pero ella lo despachó con un gesto—. Pero, según lo veo yo, si el rey está a otras cosas, más campo libre te deja a ti, ¿no es así?

El conde asintió.

—Sí, pero en días como hoy no sé si merece la pena.

Inés se arrodilló frente a él para situarse a su altura.

—¡Por supuesto que merece la pena! Eres el conde de Olivares, grande de España, valido de Su Majestad. Y mi esposo. Todo lo que esté por debajo del poder absoluto no ha de afectarte, ni a ti ni a mí.

—No me gusta lo que dicen de mí, Inés.

Ella se levantó y comenzó a caminar por la estancia con las manos entrelazadas.

—Cualquiera que esté en una posición como la nuestra es objeto, tarde o temprano, de cotilleos, calumnias y maledicencias. Las mentes ignorantes no nos entienden y las mentes inteligentes nos quieren suplantar. Pero tú eres fuerte, esposo, y yo me encargaré de que sigas siéndolo. Confía en Dios y en el rey, y no des crédito a esas viejas cotillas que hablan de hechicería y del demonio y qué sé yo qué más. —Inés se santiguó al nombrar al maligno—. Y vigila a Leonor. Si algún día se va de la lengua, puedes tener que dar explicaciones.

—Leonor no hablará —aseguró él.

Inés observó las profundas ojeras de su esposo. Desde que fue nombrado valido, se había tomado aún más en serio su papel y pasaba las horas tratando de organizar el imperio. Había días que no volvía ni siquiera para dormir; se quedaba en un jergón incómodo y pequeño en su despacho, tras acostar al rey, en el que descansaba un par de horas antes de seguir trabajando. Era normal que su salud se resintiera y que le atacaran aquellos terribles dolores de cabeza. Menos mal que ella sabía cómo aplacarlos.

—Túmbate un rato. Voy a prepararte una tisana.

—Ordena a la cocinera que lo haga, no te vayas.

Inés negó con la cabeza.

—Ella no sabe, dos flores de manzanilla no te van a aliviar. Tú déjame a mí.

Regresó poco después con una taza de porcelana. Gaspar bebió su contenido y se reclinó. Cerró los ojos y murmuró:

—Tal vez pueda descansar un rato. No creo que me necesiten en un par de horas.

Pero no había pasado una hora cuando un emisario real llamó a la puerta. Felipe IV necesitaba de su valido. El mayordomo acudió a su señora, que estaba escuchando a María leer las *Meditaciones* de santa Teresa de Jesús. Levantó la vista hacia su sirviente y luego suspiró.

—Si Su Majestad lo necesita, el conde acude.

Quiso ser ella quien lo despertara. Gaspar abrió los ojos, un poco confuso. Sin embargo, el dolor de cabeza había remitido y acudió con presteza al lado del rey.

El monarca estaba sentado a su escritorio, muy concentrado en lo que tenía delante. Su pluma se movía rasgando el papel y la punta de la lengua le asomaba entre los labios. Levantó la vista cuando Gaspar entró y le dedicó una reverencia.

—¡Por fin, conde! Pero ¿dónde os habíais metido? Quiero enseñaros algo.

Gaspar se acercó a la mesa y esperó.

Felipe terminó, sacudió el papel para que se secara y se lo tendió. Gaspar lo leyó con atención. Era un poema, y era un poema muy bueno. Levantó los ojos.

—Es excepcional, majestad.

Tal vez «excepcional» no era la palabra, si lo comparaba con las obras de los grandes poetas de la corte, pero desde luego era muy notable que su joven rey tuviera esa facilidad para las artes. Le gustaban el teatro, la música y la poesía, sí, y desde luego también era un entendido en pintura, como lo fueron su padre y su abuelo. Pero tener la pulsión de escribir era algo novedoso.

—¿De verdad lo creéis?

Felipe se sonrojó como un niño y Gaspar recordó que, por mucho que fuera el monarca del reino más poderoso del mundo, no dejaba de ser un joven con una experiencia muy limitada de la vida. Asintió.

—Lo creo, majestad. Tenéis talento para las artes, igual que lo tenéis para la caza y el baile. Sin duda, sois un dechado de virtudes.

Gaspar dominaba el delicado equilibrio entre decirle la verdad y halagar su ego. Se calló, temiendo hablar de más. Entonces el ujier anunció a la reina, que solicitaba ver a su esposo. Felipe asintió y se levantó cuando ella entró, dejando fuera a sus damas.

—¡Pasad, querida! —La besó en la mejilla y se volvió hacia Gaspar, que hizo una profunda reverencia ante la reina Isabel—. Precisamente le estaba enseñando al conde un poema que había compuesto para vos.

La reina rio, halagada, y luego miró a Gaspar. Al conde no se le escapó la gélida mirada que ella escondió bajo una máscara de absoluta educación.

—Conde, me alegro de veros —dijo, aunque todo en su lenguaje corporal gritaba lo contrario.

Gaspar se preguntó en qué momento comenzó la animadversión de la reina hacia él. Cuando intervino para que ambos pudieran comenzar su vida conyugal, se mostró agradecida, pero duró poco. Si lo pensaba bien, ese desagrado que notaba vino a raíz de la pérdida de su primogénita, Margarita de Austria, el año anterior. Murió al día siguiente de nacer y tanto el rey como la reina quedaron devastados. Organizaron misas y responsos por el alma de la pequeña, pero Felipe también halló consuelo en otras mujeres que no eran su esposa.

Por supuesto, ella se enteró y culpó al conde de arrojarlo a los brazos de amantes ocasionales que lo alejaban de su lecho. El conde sabía que Felipe seguía amando a su esposa, pero el fuego de la pasión que ardió al principio de su convivencia se había apagado, y él sentía atracción por otras mujeres. El valido solo actuaba para procurar la felicidad y el bienestar de su rey, y ni una reina podía competir con eso.

Un pequeño e incómodo silencio se instaló entre los tres, hasta que el conde de Olivares lo rompió.

—Majestad, me gustaría tratar con vos el asunto de la recaudación de impuestos para financiar la guerra.

Felipe suspiró.

—¡Me aburren tanto estas cuestiones! Sabéis que me fío de vuestro criterio.

El conde insistió, aunque sin muchas ganas.

—Pero es importante que decidáis algunas cosas.

—Creo que vuestro valido tiene razón —intervino la reina—. No podéis dar la espalda a vuestras obligaciones. Al fin y al cabo, es la voluntad de Dios que gobernéis.

Felipe suspiró y se sentó. Le hizo una señal a su esposa para que tomara asiento también. Sin embargo, eso molestó a Gaspar, aunque se cuidó mucho de demostrarlo. No había nada más peligroso para un valido que una reina con ganas de participar en el gobierno; constituía una amenaza para su posición.

—La reina es muy inteligente, majestad. No hay que dar la espalda a los dones que Dios escogió para cada uno de nosotros. Un rey debe reinar, siempre aconsejado por sus más leales ministros, al igual que el papel de un cura es rezar y el de una mujer, parir. No debemos olvidarlo.

La cara de Isabel se ensombreció. Había captado la velada insinuación del conde, aunque era obvio que el rey no, puesto que se rio con ganas ante la broma.

—Y entiendo que el papel de una reina es, entonces, parir herederos —dijo ella con tono gélido—. Nada más.

El conde se volvió hacia ella e hizo una nueva reverencia.

—No solo eso, majestad, por supuesto. Vos aportáis belleza a la corte, paz al corazón del rey y amor a vuestros súbditos. ¿Se os ocurre una misión más importante? Sin la reina, el rey sería un hombre mucho más triste.

Felipe se levantó y acudió al lado de su mujer, a la que tendió una mano para que se levantara también.

—Sois la luz que guía mis pasos, esposa mía, mi reina. —Se dirigió hacia la puerta llevando de la mano a Isabel—. No dudéis de mi amor, pero ahora dejadnos atender los asuntos de gobierno a nosotros. ¿Había algo más que quisierais decirme?

La reina negó con la cabeza.

—Esta noche cenaré con vos, si os parece bien —añadió Felipe.

Isabel asintió con una sonrisa forzada y nadie, ni el rey, ni el valido, ni el ujier que le abrió la puerta, ni siquiera sus damas, que la esperaban fuera, fue capaz de percibir la furia que hervía en su interior.

18

Juana y Diego estaban en el patio de su casa con Francisca, que ya había cumplido cuatro años, y su cuidadora. La pareja bebía limonada y escuchaba el refrescante correr del agua de la fuente que había en el centro del patio. Caía ya la tarde de ese día de agosto en el que el calor hacía arder los adoquines de la calle y no se podía salir salvo en las primeras horas de la mañana o ya de noche cerrada.

Diego había trabajado por la mañana, pero hasta los pigmentos se comportaban de forma extraña con ese bochorno, así que decidió tomarse el resto del día libre. Después de una larga siesta en la penumbra de su cuarto, habían salido al patio, el único sitio de la casa donde se podía estar. Las plantas que lo poblaban, el terrazo que recubría las superficies y el agua daban un respiro de las altas temperaturas de la canícula.

Habían jugado a las cartas y habían visto bailar a Francisca, y en ese momento Diego estaba en silencio, con los ojos entrecerrados, escuchando cantar a las chicharras. Entonces oyeron el portón abrirse.

—¡Diego, Juana!

Francisco Pacheco apareció en el patio. La niña corrió a sus brazos en cuanto lo vio: el pintor era un abuelo muy cariñoso y siempre tenía tiempo para su niña.

—¡Abuelo!

La cogió en brazos. Juana se incorporó.

—Pero, padre, ¿cómo sale a la calle con este calor? ¡Le puede dar algo!

Francisco hizo caso omiso de sus palabras mientras hacía volar a su nieta en el aire.

—Vivimos a una calle de distancia, hija mía. ¿Qué me va a pasar?

Pero enseguida dejó a la pequeña en el suelo y se sentó. Se enjugó el sudor de la frente con el pañuelo y aceptó agradecido el vaso de limonada fría que le ofreció Juana.

—Algo muy importante os ha traído aquí, sin duda —dijo Diego.

Francisco asintió. Cuando recuperó un poco el aliento, habló:

—Qué bien me conoces, yerno. Sí, he recibido una carta de Juan de Fonseca.

Diego y Juana se inclinaron hacia delante. Francisco disfrutó de la expectación que había creado y los dejó sufrir un poco, pero enseguida cedió.

—¡Ha escrito a requerimiento del conde de Olivares para pedirle a Diego que vuelva a Madrid! Diego, esta vez presiento que sí vas a lograr retratar al rey. El conde está muy interesado en tenerte en la corte y sabes que Fonseca es un gran admirador tuyo. Me han dicho que enseña tus cuadros a todas sus visitas con gran orgullo.

—Es verdad, compró *El aguador* después de que le regalaras la *Vieja friendo huevos* —dijo Juana. Dio dos palmadas—. ¡Ea, pues ya está hecho! Vas a Madrid, pintas al rey, él te pide que te quedes y nos mudamos allí.

Los dos hombres se echaron a reír.

—No creo que sea tan fácil, Juana —dijo Diego—. Aunque admito que la situación es favorable.

—Muy favorable —apostilló Francisco—. Según me dice Juan, te alojarás en su casa y está previsto que pintes un retrato que, me garantiza, Su Majestad verá con sus propios ojos. Deberás esforzarte al máximo, pero no dudo de que tu trabajo le interesará lo suficiente como para pedirte que lo retrates a él.

Diego no dijo nada, aunque le brillaban los ojos y no podía disimular que, esta vez sí, estaba impaciente por ir a la corte, por ponerse delante de su destino y no dejarlo escapar.

—¿Cuándo salgo para Madrid? —preguntó.

—En dos días, no hay que dejar enfriar el entusiasmo.

Diego asintió.

—¿Con quién vas a ir en esta ocasión? —intervino Juana.

Francisco se puso en pie y colocó los brazos en jarras.

—Seré yo quien te acompañe, Diego. No pienso dejar nada al azar. No volveremos a Sevilla hasta que no haya conseguido que los nobles de la corte, los artistas y hasta la familia real se hayan grabado tu nombre en la cabeza. «Diego de Velázquez», así te presentaremos.

El día de la partida, al amanecer, Diego y Juana se despidieron. El sol aún no había salido, pero había que aprovechar el frescor de esas horas para ponerse en marcha.

—Prométeme que me escribirás —dijo ella.

Diego titubeó.

—Podría prometértelo, pero es posible que no lo cumpla, esposa mía, ya me conoces. Aunque pensaré en ti todo el tiempo y seguro que tu padre sí que te escribe a menudo.

Juana suspiró. Ese marido suyo era imposible en algunas cosas. Pero no servía de nada enfadarse, así que se aseguró de que su padre sí le prometiera mantenerla al día. Su madre, que estaba con ellos, cogió a Francisca en brazos y la acercó para que los dos hombres pudieran despedirse de ella.

—¿Por qué os tenéis que ir? —dijo la niña.

Fue Diego quien contestó.

—Porque han llamado a papá a la corte para un trabajo importante, mi vida. Si todo sale bien, igual en poco tiempo tenemos que irnos todos a vivir a Madrid.

Juana sonrió.

—Iré haciendo el equipaje para ese momento.

Cuando Diego y Francisco se marcharon, las mujeres se quedaron en la puerta hasta que el sol asomó en el horizonte.

—Venga —le dijo Juana a su madre—, vamos dentro antes de que el sol caliente.

Cuando Diego y su suegro llegaron a Madrid, acudieron directamente a casa de Juan de Fonseca. Él mismo salió a recibirlos, sonriente y muy contento.

—Esta vez sí, Francisco —dijo mientras los acompañaba dentro—. El conde de Olivares está muy volcado con Diego y siento que en esta ocasión podrá retratar al rey.

Tuvieron poco tiempo para asearse y descansar, pues ya casi era la hora de la cena, y, tras ella, Juan dijo:

—Sería interesante, Diego, que pintaras un retrato que trasladar al Alcázar para que Su Majestad pudiera apreciarlo.

—¡Claro! —dijo él—. ¿Cuándo?

Juan se rio.

—Mañana. Y según me han comentado, si eres capaz de acabarlo en un día, la familia real lo vería antes de acostarse.

—Un día es muy poco tiempo —dijo Francisco.

Diego sonrió.

—Sí, pero puedo hacerlo. Si me disculpáis, me retiro a descansar ya, puesto que mañana al amanecer quiero estar ya pintando. ¿Quién será mi modelo?

—Yo mismo —dijo Juan—. Soy quien más a mano está y admito que me gustaría verme a través de tus pinceles. Está bien, retirémonos todos; mañana será un día largo y decisivo.

Otra persona tal vez hubiera estado dando vueltas en la cama, sin poder conciliar el sueño ante la importancia de lo que le esperaba al día siguiente. Francisco, de hecho, apenas pegó ojo y estuvo escribiendo para entretener la mente. Juana, a buen seguro, hubiera analizado el desafío desde todos los ángulos y habría previsto soluciones para cada uno de los contratiempos que pudieran surgir. Diego, sin embargo, se metió en la cama, cerró los ojos y se durmió. No soñó nada y nada le inquietó.

Cuando un sirviente le despertó al amanecer, se levantó descansado, fresco y concentrado.

Dieguín se había quedado en Sevilla, ya experimentado, para servir a su hermano y ayudar en el taller, pero el aprendiz que habían llevado con ellos había dejado el lienzo preparado y los pigmentos a punto.

Tomaron un desayuno rápido con aguardiente y torreznos y pasaron al improvisado taller que Juan había ordenado acondicionar. Él se sentó en un taburete y Diego comenzó a trabajar. Francisco daba vueltas sin poder estarse quieto, pero no corregía a Diego: ya hacía tiempo que no tenía nada que enseñarle, más bien al contrario. Lo único que le podía ofrecer era su apoyo absoluto y su red de contactos, algo que sin duda su yerno merecía.

Diego hizo pequeñas paradas a lo largo del día para comer un poco, beber y que le diera el aire. Por supuesto, todos estos descansos fueron sugeridos por Francisco, porque él no se hubiera detenido. Una vez se sumergía en un lienzo, solo se interrumpía si alguien le recordaba que debía hacerlo.

Cuando Juan estaba demasiado cansado de permanecer en la misma postura, Diego aprovechaba para trabajar el tejido y el cuello que se habían puesto de moda en la corte. La lechuguilla ya no se llevaba porque se consideraba el símbolo de una España más desordenada y de moral más escasa, y el nuevo y austero cuello, llamado golilla, algo más cómodo que el anterior, era ya omnipresente. Diego se dedicó a pintar el tejido con la ropa colocada sobre un maniquí hasta que Juan hubo comido, reposado y regresado al taller para continuar con la tarea.

Fue un esfuerzo titánico. Pintar un retrato en un solo día era algo al alcance de muy pocos. Hasta para Diego supuso un reto. A media tarde apareció por el taller Gaspar de Bracamonte, hijo del conde de Peñaranda. Fue anunciado por un sirviente y Juan pidió que lo condujeran allí sin ceremonias.

Bracamonte no alcanzaba la treintena y, sin embargo, mostraba ya amplias entradas en un rostro alargado y adornado con un mostacho que compensaba la falta de pelo en la parte superior de la cabeza. Entró erguido y serio, pero enseguida una gran sonrisa desmintió esa aparente frialdad.

—¡Juan, querido amigo! Qué sorpresa encontraros aquí, posando tan quieto. ¿Lleváis mucho rato?

—Desde el punto de la mañana —dijo Juan con resignación.

Un suave silbido de admiración surgió de los labios de Bracamonte tras ver el retrato.

—¿Y esto se ha hecho en solo unas horas? Es excepcional, sin duda. —Miró a Diego—. ¡Pues claro! Tú debes de ser Diego de Velázquez, el pintor del que tanto oigo hablar a Fonseca y al conde de Olivares últimamente.

Diego saludó con una inclinación de cabeza. No quería parecer descortés, pero no podía perder ni un instante si quería terminar a tiempo.

—Es él, sí —respondió Juan—. Os pido disculpas en su nombre, trabajamos a contrarreloj. En cuanto termine, estoy seguro de que compartirá con nosotros una jarra de vino y departirá sin prisas.

—Con sumo gusto —dijo Diego sin apartar la vista del lienzo.

—Y este es Francisco Pacheco, de quien sin duda habréis oído hablar.

—¡Por supuesto! El más grande pintor de Sevilla, maestro de maestros y erudito de la pintura. Es todo un honor.

—El honor es mío —respondió Francisco—. No merezco tantos halagos.

—Ya está.

La conversación se cortó en seco cuando Diego anunció que había acabado. Todos se acercaron al lienzo y observaron la obra con respeto. Diego giró el cuello a ambos lados para desentumecerse. Tantas horas de trabajo ininterrumpido pasaban factura.

—Es muy bueno, Diego —admitió Francisco en voz baja, como si temiera romper algún hechizo.

—Este cuadro te va a abrir todas las puertas, joven Velázquez —susurró también Fonseca.

—¿Y ahora? —preguntó Bracamonte mirando ora al cuadro, ora a sus contertulios—. ¿Qué vais a hacer con él?

—Lo llevaremos a palacio para que Su Majestad lo vea.

—Primero tiene que secar bien —dijo Diego.

Bracamonte meneó la cabeza.

—No sé si eso será posible. Vengo del Alcázar. El rey madruga mañana para ir de caza y se quedará unas noches en su pabellón de El Pardo. Ya sabéis que allí no le gusta que le molesten.

Se miraron unos a otros.

—Debemos darnos prisa —dijo Juan.

—Debe secar bien —repitió Diego.

En ese momento, alguien llamó a la puerta de la casa. Cuando el sirviente acudió a abrir, oyeron unos murmullos y después unos pasos apresurados que se acercaban al taller. Tras dar unos golpecitos, el sirviente entró:

—Un enviado del conde de Olivares, señor.

Un paje entró e hizo una reverencia. Respiraba con dificultad y sus mejillas estaban sonrosadas, se notaba que se había dado prisa. Se acercó a Juan y le tendió una nota. Él le despidió, leyó la misiva y luego miró a Diego.

—¿Cuánto tiempo necesitará?

Dos criadas estuvieron durante una hora abanicando el cuadro para que la pintura estuviera lo suficientemente seca antes de trasladarlo. Mientras tanto, los cuatro hombres bebían vino, nerviosos. El conde había confirmado lo que Bracamonte les acababa de contar: el rey quería acostarse temprano porque tenía previsto salir a cazar al día siguiente. Él mismo le acompañaría, como siempre, pero estarían incomunicados. Entre la cena y el rezo de antes de dormir, iba a tratar de mantenerle ocupado con unos juegos de cartas, pero debían darse prisa. Y, por lo que habían calculado, tenían menos de dos horas para llegar al Alcázar antes de que el rey se acostase.

Transcurrida la hora de secado, Diego dio el visto bueno. El lienzo no podía envolverse o corría peligro de emborronarse, así que había que transportarlo con sumo cuidado en coche de caballos por las calles de Madrid. Ya se había puesto el sol, así que, para añadir más dificultad, no se podía ir demasiado rápido, a riesgo de acabar con algún transeúnte atropellado. Gaspar de Bracamonte se ofreció a llevarlo él.

—No es tarea del capellán del rey andar corriendo por los pasillos del Alcázar de noche, y a vosotros dos, aunque estoy seguro de que eso va a cambiar en breve, no os conoce nadie. Yo podré entrar sin perder tiempo y llegar hasta la cámara del rey.

Todos se mostraron de acuerdo y Diego acompañó al noble hasta la puerta, rogándole que tuviera mucho cuidado. Le indicó cómo colocarlo en el coche, cómo protegerlo de los baches y dónde no tocar. El aristócrata le puso una mano en el hombro y lo miró a los ojos.

—Soy consciente de la importancia que tiene presentarlo en perfecto estado. Descuida, llegará a tiempo.

Gaspar de Bracamonte se puso el sombrero y subió al carruaje. El cochero se lanzó calle abajo y Diego se quedó mirando hasta que desapareció al doblar una esquina. Un grito indignado le indicó que un peatón se había tenido que apartar de un salto.

El coche llegó al Alcázar como si lo persiguieran bandidos. Se detuvo ante los guardias de la puerta, que permitieron el paso cuando vieron a su ocupante. Una vez en el patio, Bracamonte se apeó, cogió el cuadro con toda la delicadeza de la que fue capaz y se apresuró a entrar.

Las campanas de la torre dorada repicaron. Sabía lo que eso significaba: el rey ya estaría a punto de irse a dormir. Apretó el paso, atravesó las distintas dependencias reales y llegó casi sin aliento a la antecámara del rey. El sirviente que guardaba la puerta entró a dar el aviso. El conde de Olivares salió a recibirle.

—¿Traéis el retrato?

Gaspar de Bracamonte asintió.

—Así es, conde. La pintura aún está fresca, Diego ha suplicado que tengamos cuidado.

El conde hizo un ruido de aprobación cuando lo vio.

—Pasad a la cámara.

Tuvo que esperar allí. Entrar a las habitaciones privadas del monarca era un honor del que pocos podían disfrutar. Olivares cogió el cuadro y fue quien cruzó la puerta. El ujier le franqueó el paso. El conde le murmuró algo al oído para que dejara la puerta entreabierta, de forma que Bracamonte pudo escuchar de forma entrecortada lo que hablaban.

—Conde, es tarde y quiero acostarme ya. Recordad que mañana madrugamos —oyó que decía el rey.

La voz del conde de Olivares, suave y persuasiva, llegó hasta él.

—Por supuesto, majestad. Pero sé cuánto os gusta el arte y el buen ojo que tenéis para descubrir nuevos talentos. Me he fijado en un joven que, casualmente, se encuentra en Madrid. Le pedí que me mandase una de sus obras y acaba de llegar. No os hubiera molestado con esto, pero me ha impresionado tanto que no he querido esperar a mañana. Creo que os alegraréis de verla.

—Está bien, mostrádmela.

Siguió un silencio y luego, unos murmullos. Después, más silencio.

—Que durmáis bien, majestad. Mañana os espera un día emocionante.

El conde de Olivares salió con las manos vacías, cerró la puerta y le hizo un gesto a Gaspar de Bracamonte para que le siguiera. Este no se pudo resistir; en cuanto estuvieron en los pasillos, le preguntó:

—¿Qué le ha parecido el cuadro al rey, excelencia?

—Le ha parecido magnífico —respondió sonriendo—. De hecho, le ha gustado tanto que, cuando vuelva de la partida de caza, en cuatro días, quiere que Diego le pinte un retrato. Marchaos a casa, Gaspar, y gracias por vuestros servicios. Voy a escribir de inmediato a Pacheco.

En casa de Juan de Fonseca nadie se había ido a dormir. Había demasiada tensión en el ambiente, demasiada adrenalina en las venas de todos los presentes. Habían cenado con frugalidad y estaban hablando en el patio, intentando no volver una y otra vez al tema que les rondaba por la cabeza. Cuando llamaron a la puerta, a Francisco le costó un mundo no salir a abrir él mismo la puerta de esa casa que ni siquiera era suya. Incluso Juan, que, aunque parte interesada, no estaba tan implicado, se envaró. En cuanto el sirviente apareció en el patio y solicitó permiso para pasar, respondió con urgencia:

—¡Pues claro! Venga, acércate, que estamos esperando.

—Es una carta para el señor Pacheco.

Francisco tomó la carta lacrada y la abrió con manos temblorosas. Sus ojos se desplazaron por la misiva a toda velocidad y, cuando acabó de leerla, se levantó de un salto.

—¡¿Qué?! —preguntaron al unísono Diego y Juan.

—¡Le ha gustado! ¡Quiere que lo retrates en cuanto vuelva de la cacería!

Diego no era muy dado a los sentimientos explosivos, pero dejó toda su flema y su decoro a un lado y se rio a carcajadas.

—¡Ay, por Dios santo! —dijo—. ¡No me lo puedo creer!

Francisco abrazó a su yerno y Juan palmeó la espalda de ambos. Había sido un gran triunfo. Era una puerta enorme la que se abría, pero aún quedaba lo más difícil: cruzarla y llegar al corazón del rey para que este le hiciera un hueco en la corte.

19

La mañana de su prueba de fuego, Diego amaneció menos descansado que de costumbre. No quería admitirlo en voz alta, puesto que se enorgullecía de su templanza y sus nervios de acero, pero saber que en unas horas estaría pintando al rey de España hacía que le temblasen un poco las manos.

Respiró hondo, procuró calmarse y bajó a desayunar. Si él estaba nervioso, Francisco lo estaba más aún, aunque trataba de disimularlo. Diego lo encontró en el despacho que le había cedido Juan de Fonseca, escribiendo una carta que se adivinaba larga.

—¿Es para casa? —preguntó Diego.

Francisco asintió.

—María es capaz de matarme a la vuelta si no la tengo al tanto. Y como me da que tú no vas a escribir a Juana, al menos que le lleguen las noticias por mí.

Tras despedirse de él, Diego montó en el coche junto con Juan, que debía acudir a la corte a desempeñar sus funciones. Gaspar de Guzmán, conde de Olivares, los esperaba en la entrada.

Saludó con efusividad a Juan y apretó el hombro de Diego.

—¿Cómo te encuentras, muchacho? ¿Listo para el reto?

—Lo estoy, excelencia —afirmó el joven pintor.

Acudieron a los talleres reales. Por el camino, Diego vio otras salas abiertas y a otros pintores trabajando. Algo le pellizcó en la boca del estómago, un ansia que rara vez sentía: ese era su lugar, pertenecía a aquel ambiente. Debía asegurarse de encontrar un hueco en él.

—¡Ah, Carducho! ¡Venid aquí un momento, por favor!

Un hombre alto y enjuto, con la cara alargada y la expresión severa, se acercó a ellos. Hizo una ligera reverencia ante el conde y miró a Diego de arriba abajo.

—Buenos días, excelencia.

—Os presento a Diego de Velázquez. Me da que oiréis hablar de él. Diego, él es Vicente Carducho, pintor de cámara desde Felipe II. Como sabrás, es el artista más importante de la escuela madrileña.

Diego saludó con una inclinación de cabeza.

—¡Por supuesto! Es un honor conoceros, señor. Espero que en breve tengamos el placer de trabajar juntos.

Carducho habló con un leve acento italiano y la voz tan altiva como su barbilla.

—¡Ah, os conozco! Retratasteis a Luis de Góngora el año pasado, ¿no es cierto? Era un buen cuadro, lo admito. Es bueno tener ambiciones, joven, pero hay que ser realista con las expectativas. ¿Os interesa visitar los talleres reales por algún motivo especial?

El conde rio.

—Diego va a retratar a Su Majestad ya mismo. Deseadle suerte.

Diego observó la cara de estupefacción del otro pintor. Supo que su simple presencia no era de su agrado y que el anuncio del conde de Olivares lo convertía, de inmediato, en un rival directo. Le dedicó una inclinación de cabeza tan brusca que la perilla le chocó con el pecho, alegó que tenía una tremenda carga de trabajo, se dio la vuelta y regresó a su taller.

—Pero ¿qué le he hecho yo? —preguntó.

—Existir —respondió el conde—. Carducho lleva décadas siendo considerado el pintor más preeminente de la corte. Fue protegido del duque de Lerma y sobrevivió a su caída. Es un buen pintor y ni el rey ni yo queremos castigar antiguas lealtades y perder su talento. Pero es perro viejo y sabe que más pronto que tarde llegará alguien más joven que le desafíe y se coloque en lo más alto. Rechaza a todo aquel que considere una amenaza y me temo que tú entras en esa categoría.

Diego se encogió de hombros.

—Sinceramente, eso es lo que menos me preocupa en este momento.

Llegaron al taller asignado, donde ya se encontraba el aprendiz de Diego terminando de preparar los pigmentos. La imprimación estaba a punto y el lienzo, dispuesto. Diego comprobó que contaba con todo lo necesario. Le gustaba la luz que entraba por la ventana: tenía buenas condiciones para trabajar y deseaba empezar cuanto antes. Solo faltaba el modelo.

Entonces se oyeron unos pasos fuera y un lacayo entró y anunció a Su Majestad.

El conde de Olivares se adelantó y saludó al rey con una reverencia. Diego se quedó más atrás y lo observó. El monarca era más joven de lo que había supuesto. Tenía dieciocho años y aparentaba menos con esos ojos claros, el pelo rubio y la piel blanca tan propia de los Austrias. Saludó al conde y de inmediato se volvió hacia Diego. Su cara se mantuvo seria y regia, pero sus ojos sonrieron.

—Y tú eres el joven pintor del que últimamente todo el mundo me habla sin parar —dijo.

Diego hizo una profunda reverencia.

—Majestad, es un gran honor el que me hacéis.

—Ya veremos —dijo él, y se dirigió al aparador que habían dispuesto. Se apoyó en él y miró a Diego—. Primero debes demostrarme tu valía, aunque el retrato que vi hace unos días es magnífico.

—Gracias, majestad.

Las siguientes horas pasaron rápido. El rey era un modelo aplicado: se mantenía quieto y sabía colocarse tal y como Diego requería. Aprovechó para despachar algunos asuntos con el conde, aunque parecía poco interesado en general y contestaba a su valido con monosílabos.

También le hizo preguntas a Diego. Se interesó por su vida

en Sevilla y por sus obras anteriores. Fue educado y amable, y a Diego le sorprendió que alguien de su posición quisiera saber sobre la vida de los demás, aunque tampoco tenía mucho más con lo que entretenerse. Llevaban un par de horas trabajando cuando anunciaron la visita de la reina. Felipe se levantó y Diego dejó los pinceles y se inclinó.

Isabel estaba deslumbrante. Era una preciosa joven en la que se apreciaba un embarazo ya avanzado. El rey acudió a saludarla y le puso la mano de forma cariñosa en el vientre. A Diego ese gesto tan íntimo le pareció muy bonito. Era una pareja joven siempre rodeada de gente, y se preguntó cómo harían para mantener una cierta intimidad cuando hasta el hecho de meterse en la cama se hacía en compañía. Pero tal vez a ellos les diera igual quién hubiera delante.

La sonrisa de la reina se congeló un instante al mirar a Gaspar, un gesto fugaz que Diego captó, aunque ella enseguida recuperó el control de sus emociones y lo saludó con educación.

Fue el propio rey el encargado de explicar a su esposa quién era Diego. La reina le sonrió con amabilidad y dijo un par de palabras afables acerca de su trabajo, tras lo cual anunció su intención de ir a dar un paseo por la zona de las fuentes, la más fresca de palacio. El rey quiso acompañarla y le preguntó a Diego si podía continuar sin él.

—Por supuesto, majestad. Si dispusiera de una casaca como la que lleváis para trabajar sobre ella, podría avanzar más.

—Yo me ocupo —se adelantó el conde—. Os deseo que disfrutéis de esta agradable mañana, majestades.

Cuando Diego pintaba, se concentraba tanto que podría haber bajado un coro de ángeles del cielo y cantarle alabanzas que lo más probable es que él los hubiera mandado callar. Así pues, en cuanto trajeron la casaca y la colocaron en un maniquí con las medidas del rey, se volcó en el cuadro y solo paró cuando Gaspar le dio unos toquecitos en el hombro.

—¡Diego! Muchacho, baja a la tierra. Su Majestad ha regresado.

Diego dio un respingo y se volvió. El rey lo observaba con una sonrisa y, al ver su expresión confusa y su reverencia apresurada, se echó a reír, cosa harto extraña. El rey trataba de mantener siempre la compostura, salvo delante de determinadas personas, y el propio conde de Olivares lo miró con la sorpresa reflejada en la cara, aunque trató de disimularlo.

—Disculpadme, majestad —dijo Diego, aún azorado—. Estaba tan absorto que no me he percatado de vuestra presencia.

—Estás disculpado —dijo el rey entre risas—. Solo por ver tu cara ha merecido la pena. —Se puso serio de nuevo y volvió al lado del aparador—. Bien, ya podemos continuar.

Diego trabajó sin descanso durante días. Su Majestad no tuvo que posar todo ese tiempo: Diego trabajaba sobre el maniquí los detalles del vestuario y pintó el aparador al final. No era un retrato complicado: no había joyas ni cortinajes ni perritos ni elementos superfluos de ningún tipo que pudieran desviar la atención, solo el rey vestido de negro color ala de cuervo, que era moda y al mismo tiempo obligación en la corte.

Ese negro profundo que parecía vulgar de tanto verlo y que, sin embargo, era exquisito y carísimo de conseguir, puesto que para elaborarlo se necesitaba palo de Campeche y cochinilla, los cuales se traían del Nuevo Mundo. Solo los muy ricos podían acceder a las telas de este color que, irónicamente, era símbolo de austeridad y rectitud moral.

Diego supo arrancar todos los matices y destellos al tejido y toda la majestad al rey. Ni siquiera intentó disimular el prognatismo característico de los Austrias. Él pretendía hacer grande al retratado sin camuflarlo o idealizarlo. El naturalismo descarnado era su seña y, por mucho que quisiera ocupar un lugar en la corte, no iba a renunciar a su estilo. Como dijo Juana, debía seguir su instinto.

Cuando acabó, se acercó a la ventana: atardecía, pero aún entraba el sol por los cristales del Alcázar. El cambio de luz complicaba en cierta manera el retrato, pero él había sabido manejarlo. Aunque pintaba lo que veía, no podía limitarse a los pocos minutos al día en que el sol incidía sobre Su Majestad exactamente igual que el día anterior. Volvió a contemplar su obra a la dorada luz del sol poniente. Suspiró. Era bueno. Se dirigió al sirviente que permanecía en la puerta.

—Avisa al conde, he terminado. Y, por favor, tráeme una jarra de vino, tengo la boca reseca.

Gaspar lo encontró bebiendo una copa de vino y sin apartar la vista del cuadro. Él mismo se giró para verlo y se quedó sin palabras. Se acercó, luego se alejó y, por último, se sentó al lado de Diego y se sirvió también de la jarra.

—Es magnífico —sentenció.

Diego no dijo nada. Ambos guardaron silencio. Aunque aún había luz, los sirvientes entraron y encendieron los hachones y los candelabros que ya estaban preparados. Pronto oyeron un revuelo en el pasillo y apareció el rey, acompañado de Juan de Fonseca y algunos nobles. El conde y Diego ya estaban en pie.

—¡Bien! —dijo el rey frotándose la palma de las manos—. Veamos ese retrato.

Diego se acercó al cuadro y lo giró para que Su Majestad pudiera verlo. El rostro del rey se iluminó.

—Es de mi agrado. ¿Cuál es vuestra opinión, conde?

Gaspar avanzó unos pasos.

—Tras haber observado esta obra, declaro que nunca antes os había retratado nadie, majestad.

El rey asintió. Juan de Fonseca también se adelantó.

—Majestad, el conde de Olivares tiene mucha razón. Apenas sé a quién dirigirme al hablar, si a vos o al monarca que contemplo en el retrato.

Los murmullos por detrás del rey distrajeron a Diego. Afinó el oído, pero solo escuchó palabras de admiración. Sabía que su trabajo era bueno, pero no esperaba una recepción tan entusiasta. Contuvo la emoción en su pecho: nada era seguro todavía. Pero entonces Felipe IV exhibió una sonrisa tan ancha que casi no cabía en su cara y sus ojos brillaron.

—¡Es verdad! Y no podemos dejar que este talento se aleje de nosotros, ¿no es cierto? —Se acercó solemne hasta quedar enfrente de Diego—. Conde, preparadlo todo. Quiero que el joven Velázquez sea mi nuevo pintor real.

Entonces sí, entonces Diego se permitió sentir el dulce beso del éxito. Hizo una profunda reverencia.

—Majestad, será un honor serviros.

El rey abandonó el taller, el conde de Olivares se fue con él después de hacerle un guiño y Diego permaneció solo en aquella sala, mirando por la ventana el patio del Alcázar. Su nueva vida estaba a punto de comenzar.

20

—¡Madre, madre! ¡Hay noticias de padre!

Juana entró en la casa con una carta de varias hojas y se encontró a María en la mesa de la sala. Ella levantó la mirada, vio la misiva que su hija sostenía en la mano y sonrió.

—¡Qué alegría!

Juana se sentó frente a ella.

—Menos mal que ha escrito él, porque si llego a esperar noticias de Diego…

—Ay, hija —respondió María—, tu marido tiene muchas virtudes, habrá que perdonarle algún defecto. Ya sabemos cómo es para estas cosas. Al menos tu padre está con él, y ya ves que igual le da escribir dos cartas que una. ¿La has leído ya?

Juana negó con la cabeza.

—He venido corriendo para leerla juntas, pero veo que de lo que uno carece al otro le sobra.

Su madre soltó una carcajada.

—Pues lee, que creo que te va a gustar.

Querida hija:

Madrid es increíble. Tu marido ha tenido que esforzarse y pintó un retrato en solo un día, pero ha causado el efecto esperado y por fin, hace ya días, tuvo oportunidad de retratar a Su Majestad. Podría alargar esta carta antes de llegar a la conclusión, pero no te haré sufrir. ¡Su retrato ha triunfado y el rey lo ha nombrado su pintor! ¡Pintor real! ¿Te imaginas? Nadie lo había conseguido a su edad. Además, el conde de Olivares, haciendo alarde de su gran generosidad, se ha encargado de que el sueldo sea acorde al nombramiento, aunque es posible que esto levante ampollas, puesto que es superior al de otros pintores reales, que sé de buena tinta que llevan años cobrando bastante menos.

Pero bueno, no hablemos de algo tan prosaico como el dinero. De momento estamos organizando todo. Seguimos residiendo en casa de Juan de Fonseca, a quien estaré eternamente agradecido, Dios lo bendiga, mientras se soluciona el asunto de la residencia.

No puedo concretar nada más por ahora, salvo que imagino que en breve tendrás que hacer el equipaje para trasladarte aquí con la pequeña Francisca.

Bien, una vez dada la noticia, te voy a contar...

Juana se incorporó de un salto y levantó la mirada. Su madre, que era evidente que ya conocía la noticia, la abrazó.

—Enhorabuena, hija mía. Diego llegará muy lejos.

—El mérito es suyo, madre. ¡Cuánto me alegro! Sé que puede prosperar en la corte.

—Pues claro que sí. Eso seguro, pero solo porque tú lo guías y lo animas, no te desmerezcas. Así pues, enhorabuena también a ti. Estoy muy orgullosa.

—¿Qué estará haciendo ahora? Hace apenas una semana que padre escribió la carta. ¿Estará ya retratando a la familia real? —preguntó Juana.

Gaspar se miró al espejo. Estaba muy elegante con su traje de gala, de un negro profundo y brillante, con la golilla almidonada y la banda brocada que le cubría el pecho. Cogió el bastón que le tendía su ayuda de cámara y sonrió a la imagen reflejada frente a él. Puede que estuviera más gordo y cojo que antes, pero su presencia seguía siendo imponente. Salió de su cuarto privado y se reunió con su mujer, que estaba espléndida con un pomposo vestido, también negro, cubierto de bordados y de cuello alto. El guardainfante era amplio y hacía ver la cintura de la condesa más fina de lo habitual. Llevaba el pelo recogido de forma austera y un sombrerito le ceñía la cabeza. Un broche con una maravillosa esmeralda resaltaba sobre el cierre del cuello y su cara, con apenas un toque de colorete, era seria y elegante a pesar de la marca que iban dejando los años.

Gaspar se acercó y la besó en la mejilla.

—Estás espléndida, condesa.

Ella hizo un gesto con la mano.

—Estoy mayor, pero si a Dios no le importan mis arrugas, tampoco me importarán a mí. Vamos.

Tomó el brazo del conde y recorrieron los pasillos del Alcázar para llegar al lugar de la fiesta.

—¿Realmente ese compromiso va a llevarse a término?

—¿Te refieres al del príncipe de Gales y la infanta María Ana? —preguntó el conde.

—No te hagas el despistado, Gaspar. ¿A qué otro podría referirme?

El conde de Olivares sonrió.

—Eso dicen. Aunque no tienen toda la información. El príncipe conoce nuestras condiciones y el amor le hace creer que podrá cumplirlas, pero todos sabemos que es imposible. Ese compromiso está condenado al fracaso, pero no dejemos que eso nos estropee la diversión.

El príncipe al que se referían era Carlos Estuardo, heredero de Jacobo I de Inglaterra, que había llegado hacía unos meses a Madrid para pedir la mano de la infanta María Ana, hermana de Su Majestad. Estas negociaciones se habían iniciado, de forma más o menos regular, unos diez años atrás, y nunca habían llegado a concretarse, sobre todo por el escollo de la religión. El príncipe era, por supuesto, anglicano, y la infanta, católica, y esto era un grave contratiempo que no tenía visos de resolverse. Unos meses antes se había presentado en Madrid acompañado por el duque de Buckingham y apenas tres sirvientes, y, aunque viajó de incógnito, fue sin duda motivo de escándalo.

—Todavía no entiendo cómo fueron capaces de llegar aquí sin ningún percance.

El conde de Olivares miró a los lados antes de contestar.

—Luis XIII no estaba nada contento, desde luego. A Jacobo todo este asunto no le ha traído más que disgustos. Primero, porque Carlos y el duque de Buckingham partieron sin su aprobación. Luego cruzan a Francia, van a París, coinciden con el rey y la reina, pero no les dicen nada, y, para más inri, dejan que la chusma los reconozca a ellos. ¡El rey de Francia tuvo que enterarse de que estaban allí por la gente del pueblo! No se dijo nada, pero ya sabes que mis fuentes en París informaron del enfado de Su Majestad y de la carta que Jacobo tuvo que escribir para salir del paso.

A la condesa se le escapó una sonrisa.

—El príncipe es joven e impetuoso. Estoy segura de que creyó que con esta gesta demostraría su amor y se ganaría el corazón de la infanta. Me temo que no ha sido exactamente así.

—El príncipe está mal asesorado. Ese mequetrefe del duque de Buckingham no ha hecho bien su trabajo. ¡Qué ganas tengo de quitármelo de encima! Por suerte ya se marchan, esta fiesta de despedida es una de las veladas a las que más a gusto asisto en años.

El príncipe de Gales, desesperado porque la férrea etiqueta borgoñona no le permitía pasar tiempo a solas con la infanta, tuvo el atrevimiento de saltar la valla del jardín por donde paseaba María Ana para declararle su amor. Supuso que así caería rendida a sus encantos y, si ella abogaba por el matrimonio, el acuerdo sería más fácil de alcanzar. Pero la infanta no le hizo caso; continuó su paseo y lo ignoró.

Aparte de la humillación que eso supuso, lo que el ingenuo Carlos no sabía era que ni Felipe IV ni su valido tenían intención de aceptar ese matrimonio. Las largas negociaciones no eran sino una forma de tener a Inglaterra a la espera y no como enemiga. Pero, una vez el príncipe se presentó allí, se replantearon los beneficios que esa unión podría acarrear. Con algunas condiciones indispensables, claro.

—¿No creerás de verdad que Carlos se convertirá?

—¡Por supuesto que no! —Gaspar bajó la voz—. El rey Jacobo jamás consentirá que su hijo sea bautizado. ¿Imaginas lo que supondría otro monarca católico en el trono inglés? Sería un gran triunfo, pero una posibilidad del todo remota. Además, la dispensa papal, aunque contempla el matrimonio con un hereje, exige tantas concesiones a los católicos de Inglaterra que sé de buena tinta que no llegará a buen puerto.

España decidió continuar con las negociaciones, pero exigiendo cada vez más compromisos a Carlos. Además, se excusaba en que no llevaría la contraria al papa en todo ese asunto. Entre unas cosas y otras, el príncipe de Gales, a esas alturas enamorado perdidamente de María, había cedido en todo, hasta en cosas que sabía inadmisibles.

—Es obvio que el rey Jacobo no aceptará esas condiciones, aunque por carta haya dicho que sí. Sin duda ha sido una maniobra para mantener a salvo a su heredero. Al fin y al cabo, está solo en Madrid, en nuestras manos como quien dice —dijo la condesa.

—¡Ojalá estuviera solo en Madrid! —resopló Gaspar—. Su comitiva ha causado tantos problemas como un ejército entero. Han conseguido ponerse en contra a la corte y al pueblo en pocos meses, ya nadie los soporta ni apoya esta unión. Y me da la sensación de que en Inglaterra no están sentando bien nuestras exigencias. Eres muy lista, querida. Sí, Carlos no pone ninguna traba por no verse en la humillación de volver a su patria sin esposa, y Jacobo da a entender que accede para mantener a salvo a su heredero.

—Pero ya está, se ha acabado todo. —Inés miró a su alrededor—. Carlos regresa a Inglaterra y me da a mí que no se volcará como ha dicho para que se cumplan todas las condiciones y que la infanta viaje allí en primavera.

El conde volvió a sonreír.

—¡Puedes apostar a que no! Y el matrimonio por poderes tampoco podrá llevarse a cabo. Inglaterra no tendrá una reina española y, si por la gracia de Dios llega a tenerla, será porque han cedido en tantas cosas que se considerará un gran triunfo de Felipe.

—Ya hemos llegado.

El conde y la condesa de Olivares fueron anunciados y entraron a la sala tomados del brazo. Era una fiesta espléndida. Su Majestad no había reparado en gastos para agasajar al príncipe durante esos meses y no iba a empezar a hacerlo entonces, justo en la despedida de ese molesto invitado al que tantas ganas tenían de perder de vista.

Cuando el rey y la reina llegaron, Felipe se acercó enseguida a Gaspar. Inés tuvo una breve conversación con la reina. Era una de sus damas, pero no requería su presencia de continuo. Su relación era buena, a pesar de la aversión que sentía la reina Isabel hacia el marido de Inés. En cambio, a la condesa la tenía en alta estima y confiaba en ella por su buen juicio, su reputación sin tacha y su piadoso carácter.

—¿Cómo os encontráis, majestad?

La reina se llevó la mano a la barriga, que las capas de tela hacían ver aún más voluminosa.

—Estoy bien, gracias a Dios.

La condesa miró a su alrededor. El príncipe Carlos estaba cerca, hablando con el duque de Buckingham. El rey se les unió y los tres se pusieron a departir. Gaspar llegó un segundo después que Su Majestad. Por su postura corporal, Inés percibió que estaba muy incómodo, cosa que también notó en el duque inglés. Su antipatía mutua era visible desde la distancia.

De hecho, en el ambiente de la fiesta había cierta tensión, aunque todos hacían esfuerzos por disimular. Inés hablaba con su marido y otras personas cuando el príncipe de Gales se acercó a Gaspar.

—Conde, ¿podría preguntaros algo?

—¡Claro! Vayamos a un sitio más discreto.

A la mañana siguiente, muy temprano, llamaron a la puerta de la casa de Fonseca. Diego estaba desayunando cuando el sirviente entró y le entregó una misiva. Era un recado del conde de Olivares.

—¿Qué quiere? —preguntó Francisco.

Diego levantó la vista.

—Que pinte al príncipe de Gales.

Acudió a la cita lo más rápido que pudo. El príncipe ya lo esperaba. Era un joven de veintitrés años bien parecido, aunque tenía ojeras, cara de cansancio y cierto aire de fracaso. Diego no conocía los detalles, pero sí sabía que había llegado a España para conseguir la mano de la infanta María Ana y que se marchaba con las manos vacías.

Carlos fue muy educado y, por medio de un intérprete, le explicó lo que quería. El príncipe de Gales volvía a su tierra en dos días y además tenía otros compromisos, así que no había tiempo para pintar un retrato completo, pero Diego se ofreció a hacerle un esbozo al menos. Gran mecenas de las artes y conocedor de la pintura, visitó a Diego en el taller que le habían adjudicado en el Alcázar, acompañado del duque de Buckingham, y posó para él. Le pagó cien ducados por su esbozo y se lo llevó a Inglaterra como si fuera un tesoro.

Durante las horas que Diego estuvo con el príncipe inglés, hablaron muy poco y siempre lo hicieron por medio del intérprete; en cambio, Carlos y el duque de Buckingham no pararon de conversar entre ellos en su endemoniado idioma. El duque le pareció a Diego soberbio y orgulloso, pues apenas se dignó a dedicarle una mirada, y el pintor entendió entonces por qué se había ganado tantas antipatías en la corte española y el motivo por el que nadie lo aguantaba. El príncipe, sin embargo, le dio lástima. Si era verdad lo que se contaba, que estaba enamorado hasta el tuétano de la infanta, que había accedido a todos los requerimientos de Felipe IV, aun sabiendo que eran imposibles de cumplir, y que volvía a su tierra con la esperanza de que su prometida lo siguiera en primavera, ese joven saborearía una amarga decepción.

El príncipe de Gales se despidió de su amada y al día siguiente del rey. Se vieron en El Escorial y Felipe le entregó presentes y le deseó un buen viaje y una satisfactoria solución para la brecha que impedía el matrimonio.

Cuando el caballo del príncipe Carlos se alejó, el rey se volvió hacia el conde de Olivares, que estaba a su lado.

—Nos ocuparemos de que este matrimonio nunca se formalice, ¿verdad, conde?

Este sonrió. Esa misma mañana había tenido un encontronazo más con el duque de Buckingham, quien, tras un cruce de reproches y acusaciones, había partido sin esperar al príncipe Carlos con la idea, según dijo, de ir supervisando los alojamientos del huésped real.

—Por supuesto, majestad.

Por su parte, la infanta María Ana leía en sus habitaciones junto a una ventana sin un asomo de pena por la partida de su pretendiente. Tal vez le hubiera gustado ser soberana consorte de un reino tan importante como Inglaterra, pero no deseaba vivir en una tierra de herejes. El compromiso se mantenía, pero todos sabían que jamás saldría adelante.

Para cuando Carlos Estuardo llegó a Santander, tenía tantas ganas de abandonar España que se empeñó en embarcar en medio de una tormenta y casi pierde la vida. Aunque aún hubo un paripé de boda a finales de año, ambas partes se las arreglaron para encontrar ofensas suficientes como para cancelar el compromiso. Así pues, el esbozo de Diego de Velázquez tal vez fuera uno de los recuerdos más preciados que el futuro rey de Inglaterra se llevó de vuelta de su infructuoso viaje a España.

21

México, 1623

Siempre hacía calor y humedad en la hacienda de la familia por su cercanía al mar. Juan se secó el sudor con un pañuelo y espantó a unos mosquitos del tamaño de gorriones que pululaban a su alrededor. Entró en la casa y se detuvo en la entrada, disfrutando un poco del frescor que los gruesos muros proporcionaban a la estancia. Las paredes estaban encaladas y la sala permanecía en penumbra, por lo que la temperatura se mantenía agradable. Juan continuó hasta la cocina, donde volvió a sentir el calor: los fuegos a pleno rendimiento competían con el sol del exterior.

Los esclavos que estaban allí lo miraron.

—El señor quiere que se le prepare un baño —dijo.

Una mulata recién llegada pasó a su lado.

—Yo me ocupo.

Otra esclava le ofreció a Juan un vaso de agua. Se miraron y se sonrieron, y la mano de Juan rozó la de ella cuando le entregó el vaso.

—Gracias, Isabel. No sabes qué calor hace ahí fuera.

La joven ensanchó la sonrisa y mostró sus blancos dientes. Era mestiza, como él, y también había nacido de una esclava negra y un hombre blanco desconocido, en aquellas mismas tierras, hacía quince o dieciséis años. Fue una de las primeras sirvientas que se incorporaron a la familia cuando llegaron y había ayudado a Juan a comprender muchas de las cosas de allí que él veía tan distintas.

Una de ellas era cómo entendían la esclavitud. En aquellas tierras, la forma en que los amos trataban a Juan, en tanto esclavo doméstico que los había acompañado desde España, no era lo común. Lo tenían en alta consideración y trabajaba codo con codo con el señor en lo que pudiera necesitar. El señor no usaba el látigo, porque no le gustaba y porque eso no estaba bien visto en España, pero los terratenientes que habían nacido allí tenían otra forma de comportarse y lo hacían chascar tanto para castigar como para aumentar la producción. Los esclavos dedicados al campo dormían hacinados en cabañas y trabajaban de sol a sol. Algunos incluso morían de agotamiento.

Los esclavos domésticos vivían mejor, aunque también debían hacer frente a la ira de sus patrones si las cosas no estaban tal y como ellos querían. Por no hablar de lo que las esclavas tenían que soportar si el señor o cualquier miembro varón de la familia se encaprichaba de ellas. Por todo eso, Juan sabía que la hacienda de sus señores era un remanso de paz en comparación con otras.

La señora, de vez en cuando, aparecía por las cabañas de los esclavos repartiendo comida sabrosa que había sobrado de las cocinas, así como jabón o la ropa que ya no le servía. No era una gran vida, pero era mejor de lo que se podía esperar en otras haciendas. La mayoría de los esclavos trabajaban con ahínco para quedarse allí y no correr el riesgo de acabar en otra propiedad más violenta.

Isabel le acarició el brazo y sacó a Juan de sus pensamientos.

—¿Nos veremos después? —susurró.

Él asintió. Hacía meses que Isabel y él se veían a escondidas. Su relación no tenía por qué ser un secreto, pero preferían ser discretos. A Juan le gustaba mucho esa chica, aunque no había llegado a su corazón como lo hizo Yasmine un par de años antes. Pasaban juntos todo el tiempo que podían y aprovechaban que Juan dormía dentro de la casa y tenía una habitación propia al lado de la de Oliver, en la planta superior.

—Debo marcharme, seguro que el señor me necesita.

Ella miró a los lados y le plantó un beso furtivo en los labios. Luego, meneando las caderas, volvió a lo que estaba haciendo.

Juan suspiró y salió de nuevo. En aquella hacienda trabajaba mucha gente y todos le saludaban. La mayoría eran negros, pero también había una gran cantidad de mestizos que hacían que Juan se sintiera menos diferente. Le agradaba esa sensación de pertenencia, aunque pocas cosas más tenían en común.

—¡Juan, muchacho! Apresúrate, ven aquí.

Juan se acercó a su señor, quien le dio las instrucciones que debía transmitir a Oliver para una visita de negocios que llegaría esa tarde.

—¡Qué calor hace aquí! —dijo el hombre, y agitó el pañuelo que llevaba en la mano para espantar las moscas. Luego se volvió hacia Juan—. No te necesitaré más hasta la tarde, pero luego la reunión se puede alargar hasta bien entrada la noche y tendrás que estar pendiente. Aprovecha para descansar o para pasar el rato con esa preciosidad con la que te vi el otro día.

Juan bajó la vista, avergonzado, pero su señor se rio.

—Disfruta de la vida, muchacho. No seré yo quien te diga con quién puedes encamarte y con quién no.

Juan agradeció el gesto, pero la rabia le inundó por dentro. Pues claro que a su amo no le importaba que se encamase con otra esclava. Si se quedaba embarazada, el niño sería un nuevo esclavo de su propiedad. Apretó los dientes, hizo una inclinación de cabeza y fue a buscar a Oliver para transmitirle las órdenes de su señor.

Después de aquello, se retiró a descansar hasta que unos suaves golpes en la puerta le hicieron levantarse. Isabel estaba al otro lado.

—Los señores están durmiendo la siesta y la cocinera me ha dicho que no me necesita.

—Pasa.

Juan cerró la puerta tras ella y la agarró por la cintura. La besó hasta que ella le puso una mano en el pecho y se separó.

—Tengo que respirar —dijo entre risas.

Él le tomó la barbilla con la mano.

—A mí me vale con respirar tu aliento.

Un rato después, ambos yacían desnudos en la cama.

—¿Por qué nunca terminas dentro de mí? —preguntó ella.

Él frunció el ceño.

—Porque no pienso engendrar un esclavo. Pero no se lo cuentes a nadie o puede que ya no les convenga que nos veamos, si saben que con esto no sacarán ningún beneficio.

Isabel y él habían hablado de su anhelo de libertad más de una vez. Sin embargo, ella, al igual que el viejo Oliver, aceptaba su situación y creía que sería más feliz si no soñaba con una manumisión que estaba fuera de su alcance. Además, a diferencia de Juan, no recibía un salario por su trabajo, así que no veía de qué manera podría comprar su libertad ella sola. Hacía tiempo que Juan había dejado de hablarle de ese tema. No estaba dispuesto a que nadie le cortara las alas y sabía que sería libre algún día, lo creyeran o no los demás.

—No me importaría sentir una nueva vida en mi interior —dijo ella, y acarició su barriga con mirada soñadora.

—No será conmigo, Isabel. —Juan le habló con cariño para suavizar sus palabras, pero no se dejaría convencer y quería dejarlo claro—. Si alguna vez tengo hijos, serán hombres libres.

—Entonces no los tendremos juntos. —La tristeza se coló en la voz de Isabel, como cada vez que se daba cuenta de que Juan y ella esperaban cosas distintas de la vida.

Juan le acarició la cadera y la besó.

—Dime, ¿de verdad traerías un hijo al mundo para que trabajara desde que pudiera caminar? Siempre supeditado al control de otra persona, deslomándose desde niño para cumplir las órdenes de su dueño…

—Pero estaría conmigo, y aquí tratan bien a los esclavos.

Juan la miró muy serio.

—Siempre sería un esclavo. Y si por cualquier motivo acabara en otro sitio, con otro dueño, probaría el látigo y la crueldad.

¿Y si lo mandasen a los campos? ¿Eso te gustaría? ¿Que trabajara de sol a sol para parecer un anciano a los treinta años, con los huesos hechos polvo del duro trabajo y los ojos ciegos de mirar al sol?

Juan calló, porque se dio cuenta de que terminarían discutiendo y era lo último que le apetecía. Se acomodó en la cama y ella se acurrucó en su pecho. Le acarició el pelo con los ojos entrecerrados.

—No pienses más en eso, corazón. Vamos a descansar un poco, hoy trabajaré hasta tarde.

Pero él no se durmió. Se quedó mirando al techo, pensando en su futuro, calculando el tiempo que necesitaría para ahorrar lo suficiente y qué haría cuando fuese libre.

22

Divisaron Madrid desde el carro en el que viajaban entre traqueteos. Juana y Francisca habían salido de Sevilla con temperaturas muy altas, pero en la capital ya hacía fresco, así que llevaban un mantón por encima.

Juana tenía el equipaje medio preparado cuando recibió la carta de Diego. En ella le decía que, puesto que ya se había instalado, esperaba que su familia se reuniese con él. Rodrigo de Villandrando, pintor del rey, había fallecido y Diego había sido nombrado su sustituto. Ser pintor del rey era un honor que no se alcanzaba con facilidad, estaba por encima de un pintor real e implicaba la exclusividad de retratar a la familia real. El sueldo no era muy alto, según le explicaba Diego en su carta, pero a cambio le habían conseguido una casa en la calle Concepción Jerónima, cuando por posición no le correspondía ninguna. Era una muestra más del afecto que tanto el conde de Olivares como el rey le profesaban, aunque también mantenía el derecho a pintar otros cuadros ajenos a la familia real y cobrar por ellos. Y aparte del sueldo, se le pagaría una cantidad por los retratos reales. No era un mal plan, aunque todavía no hubieran alcanzado una gran posición.

Cuando entraron en la capital, madre e hija no se dejaron sorprender por los grandes edificios y las calles abarrotadas de gente. Por aquella época, Sevilla era una ciudad más poblada y llena de vida que Madrid, aunque esta fuera la capital del reino y del imperio.

El carro se internó por las estrechas vías del centro y por fin llegaron a su destino. Rafik las esperaba delante del portón para darles la bienvenida y ayudarlas con el equipaje. Lo acompañaban dos sirvientes a quienes Juana no había visto nunca.

—¡Bienvenida, señora! ¿Habéis tenido buen viaje?

Juana asintió y miró a su alrededor.

—Sí, gracias. ¿Y Diego?

En ese momento apareció su padre y la abrazó. Luego cogió en brazos a su nieta.

—Venga, vamos para dentro. Tu marido espera, aunque no se encuentra muy bien.

La que desde ese momento sería su casa tenía varias plantas y no era demasiado amplia. Subieron al segundo piso, donde estaban las habitaciones, y Juana entró en la estancia, un tanto oscura, que le indicó su padre. Diego estaba tumbado en la cama, entre almohadones, y no tenía buen aspecto. Sonrió cuando la vio.

—¡Juana! Te he echado de menos.

Ella se llevó las manos a la boca para ahogar un grito.

—Pero ¿qué te ha pasado? ¿Qué tienes?

Se sentó en el borde de la cama y tomó su mano.

—He tenido fiebres, pero ya estoy mejor. Tu padre me ha cuidado muy bien. —Miró por encima del hombro de su esposa—. ¿Dónde está Francisca?

—¡Papá!

La niña llegó corriendo y se lanzó a la cama de un salto. Juana fue a sujetarla, pero Diego extendió los brazos y la abrazó.

—Descuida —le dijo a Juana—, no es contagioso.

Francisco entró en la habitación.

—El rey envió a su propio médico cuando se enteró de que Diego estaba indispuesto.

—¿En serio? —Juana miró a su esposo y a su padre de forma alterna.

—Ya lo creo. —Francisco hinchó el pecho, orgulloso—. Imagina cuánto lo aprecia que quería verlo restablecido cuanto antes.

Diego le quitó importancia con un gesto de la mano.

—Digamos que el conde le convenció de que cuanto antes me restableciera, antes cogería los pinceles de nuevo.

—¿Has visto al rey en persona? —preguntó Juana—. ¿Cómo es?

Diego acarició la mano de su esposa. Estaba débil, pero no veía el momento de que los dejaran a solas para demostrarle cuánto la había echado de menos. Ella debió de percibirlo, porque se puso colorada.

—Es joven y bastante agradable. Es muy respetuoso con mi trabajo y entiende de arte más de lo que esperaba.

Entonces Francisco cayó en la cuenta de que hacía más de dos meses que no se veían. Le dio la mano a Francisca.

—Ven —le dijo—, te enseñaré el resto de la casa. Dejemos que tus padres se pongan al día.

Cerró la puerta al salir. Juana se lanzó sobre Diego y lo besó con ganas. Él la estrechó entre sus brazos, pero pronto tuvo que empujarla con suavidad.

—Lo siento —dijo jadeando—, me temo que el aire todavía no llega a mis pulmones con normalidad.

Ella sonrió y se acurrucó a su lado.

—No importa. Estamos juntos de nuevo, ya habrá oportunidad de recuperar el tiempo perdido.

Juana se adaptó a la vida en la capital sin ninguna dificultad. Al principio echó en falta su casa en Sevilla, más grande y luminosa que aquella, pero era consciente del privilegio que suponía que el rey les hubiera procurado una residencia, puesto que la vivienda no era una prebenda que acompañara al nombramiento de pintor del rey.

Pronto se enteró de que esa concesión había costado no pocas discusiones al conde de Olivares y al monarca, que acabó imponiendo su voluntad y recordando a todo el mundo que él era el soberano y que, por tanto, si decidía concederle una casa al pintor, así debía hacerse, aunque no le correspondiera por su cargo.

También se enteró enseguida de que la mayoría de las casas de la gente de nivel seguían el mismo patrón: estrechas y altas, con habitaciones y salas distribuidas de forma caprichosa, con las estancias para las visitas, el taller y la zona pública claramente diferenciadas de las de uso privado, para la familia.

El domicilio disponía, además, de grandes muebles de madera oscura labrada donde guardar todo lo que Juana había traído de Sevilla y todo aquello que fuera comprando allí. Contaban con una asignación para vestuario y Juana, por recomendación de su padre, se mandó confeccionar una serie de vestidos que dejaran clara su posición en aquel entorno.

También buscó nuevos sirvientes; los que tenían en Sevilla habían decidido quedarse con sus familias y entonces debían empezar de cero. Una cocinera y dos criadas eran todo lo que necesitaban de momento.

A la semana siguiente de su llegada, su padre regresó a Sevilla. Tenía ganas de volver a su hogar, abrazar a su esposa y retomar el trabajo en su taller. Ya había cumplido su labor: Diego estaba bien situado en la corte y no le cabía duda de que sabría ascender y hacer que sus méritos fuesen reconocidos.

Por supuesto, eso significaba que su yerno nunca se haría cargo de su taller cuando él muriese, pero, como les había dicho antes de partir hacia Madrid, ya lo tenía asumido. Al principio sí que contaba con que Juana y Diego fueran felices en Sevilla, les cuidaran en su vejez y sacaran adelante los encargos que llegaban sin parar. Pero cuando se dio cuenta de que tenía en sus manos una joya, un diamante que no podía quedarse para él, sino que debía compartir con el mundo, supo que las cosas no serían así. Estaba muy orgulloso de su yerno. Quién sabe qué pasaría a su muerte con el taller; eso había dejado de preocuparle. Prefería que lo recordaran por haber sido el maestro de un genio.

Al cabo de dos semanas, Diego se había restablecido del todo. El propio conde de Olivares fue a visitarlos y se alegró de verlo ya con las fuerzas recuperadas.

—Te hacía falta que Juana estuviera aquí —dijo después de

saludarlo—. Está claro que te ha cuidado mejor que cualquier médico.

Diego se rio y Juana se ruborizó.

—Me cuida muy bien, sí —dijo él—. No sabría qué hacer sin ella.

—¡Bueno, menos lisonjas! —dijo Juana, azorada—. El conde no ha venido aquí para hablar de mis cuidados. Pasad al taller, os lo suplico: mandaré que os lleven un refrigerio y podréis hablar más tranquilos.

Diego retomó los pinceles con fuerzas renovadas. El rey quería una serie de retratos, que se pusieron en marcha enseguida, y pasaba gran parte del día en el Alcázar pintando a la familia real. Además, como pintor del rey, se encargaba también de organizar la colección de los Sitios Reales y de copiar y restaurar las obras que se le indicaban. Por las tardes, en su taller personal, recibía a muchos nobles y personajes ilustres que querían tener un retrato con su firma. Estaba muy ocupado y Juana apenas lo veía, salvo un rato por las noches.

Ella se entretenía leyendo, bordando, jugando con Francisca y echando una mano en el taller familiar. Participaba en algunas de las obras de su esposo: ayudaba con los bocetos y en algunos detalles, como las telas y los colores, cuando Diego se lo pedía. A Juana le encantaba estar ocupada y sentirse útil, aunque nadie fuera a reconocerle el mérito.

Habían existido pintoras famosas, era cierto, pero sus circunstancias eran distintas. Ella no aspiraba a eso. Solo quería sentirse satisfecha del trabajo realizado y disfrutar de una vida tranquila y sencilla.

Pero algo ensombrecía su, por otro lado, casi completa felicidad. Que Diego estuviera en la corte y tratara a diario a Sus Majestades no lo convertía en alguien importante. El trabajo de pintor era considerado manual y, por tanto, propio de gentes sin nobleza alguna. Un criado del rey, aun siendo del escalafón más bajo, estaba más arriba en la jerarquía palaciega que el pintor más reconocido. Eso frustraba al joven matrimonio. Diego creía que sus obras eran arte y que el arte debía ser reconocido y los artistas bien considerados por la sociedad. Juana, que había crecido rodeada de lienzos y pigmentos, era aún más consciente de la injusticia de esa norma social. Pero sabía que las cosas podían cambiar y que la posición de su marido era crucial para conseguirlo.

Tampoco eran ricos, a pesar de codearse con las gentes más adineradas del reino. Aunque no debían pagar por el alojamiento y tenían una asignación para dietas y vestimenta, el sueldo que Diego recibía no era muy alto, veinte ducados al mes, que se sumaban al pago por las pinturas. Sin embargo, en un lugar como Madrid, eso no cubría todas sus necesidades.

—No llegamos, Diego —dijo una tarde Juana a su marido.

Él acababa de volver del taller y ella estaba sentada a la mesa de la cocina, a la luz de un candil, repasando las cuentas. Él se sentó a su lado.

—No vivimos mal. Ni siquiera tenemos que pagar una casa.

—No, pero tampoco bien. Hay muchos gastos y el sueldo es muy bajo.

—Me pagan por cuadro.

Juana asintió.

—Lo sé, pero los pagos suelen retrasarse. Sea como sea, no es suficiente. No para vivir como lo hacíamos en Sevilla.

—¿Y qué hacemos? —preguntó Diego, que no solía reparar en esas cosas.

Juana cogió aire.

—Ya pensaré en algo.

Diego aceptó más encargos privados y, para sacar adelante ese trabajo extra, Juana cogió los pinceles y se puso a ayudar a su marido con más ahínco. Diego tenía un estilo muy particular que ella no se sentía capaz de imitar, pero era muy buena con los colores y la perspectiva, así que iba adelantando los esbozos y los detalles de pequeña importancia, en los que luego él añadía su impronta con dos pinceladas.

Aun así, el dinero se quedaba corto. Y no es que fueran muy gastadores, pero Diego era pintor del rey y su forma de vida debía reflejar su posición. Eso era una obligación social de la que no podían escapar, porque así funcionaban las cosas. No podían pedir el respeto que merecían si su nivel de vida estaba por debajo del que se les presuponía.

A Juana le encantaba que su marido le contara cosas de la corte. Tal vez ella no pusiera nunca un pie allí, pero había algo que la hacía sentir especial en el hecho de que Diego se codeara con Sus Majestades y con los grandes de España.

—La reina ha dado a luz hoy —dijo una noche a finales de noviembre.

Juana asintió. Estaban metiéndose en la cama ya y apagó la vela de su mesilla de un soplido.

—Lo sé, las campanas han estado repicando. Es una niña, ¿no?

—Sí, Margarita María Catalina de Austria. La reina se encuentra bien, pero la niña es pequeñita y está bastante débil.

—¿Te lo ha dicho Su Majestad?

Se oyó la suave risa de Diego en la oscuridad.

—No, él no ha venido a verme hoy. Me lo ha contado el conde de Olivares, y se le notaba preocupado. Creo que tiene dudas de que la pequeña sobreviva.

Juana se persignó.

—Pobrecita, rezaré por ella.

23

Pero los rezos de Juana no sirvieron de nada. El 22 de diciembre de 1623, la recién nacida murió, dejando a sus padres destrozados y al palacio, paralizado. Las actividades festivas previstas para Navidad se suspendieron y solo se mantuvieron las misas, a las que se añadieron responsos, sermones y más servicios religiosos en los que se pedía por el alma de la infanta. Juana y Diego no asistieron a la solemne misa en memoria de la pequeña en la capilla real; por su condición, no podían participar en ese tipo de actos, aunque fueron a los responsos en una iglesia cercana.

Aquellos días, Diego no tuvo que desplazarse al Alcázar y Juana y Francisca pudieron disfrutar de su presencia en la casa. Acudieron juntos a los servicios religiosos y pasearon por las calles, dejándose llevar por el ambiente navideño sin saber cómo se estaría sobrellevando en palacio la muerte de la hija de los reyes.

El conde de Olivares, sin embargo, sí que estaba al tanto de todo. Fue quien le dio la noticia del fallecimiento de la infanta al rey, puesto que se encontraba con el médico y con la reina cuando se certificó la muerte. Ella quedó tan afectada que delegó la tarea de mensajero en Gaspar.

El rey no se giró cuando el conde entró en la estancia. Estaba rezando, arrodillado en el reclinatorio frente al capellán, y, al terminar, tomó la comunión, se persignó y se incorporó. Cuando el capellán los dejó a solas, se volvió hacia Gaspar. Felipe IV tenía unas profundas ojeras y la piel cerúlea de no descansar bien.

Su pequeña había dejado este mundo con apenas un mes de vida; era el segundo retoño que perdían y la Corona española seguía sin heredero. El dolor personal se unía a la frustración de no poder concebir un hijo sano y a la amargura que sentía la reina, que se culpaba por ello.

El conde opinaba para sus adentros que no podía ser saludable que primos cercanos se casaran entre ellos durante generaciones. Era bien sabido que con los caballos y los perros eso daba lugar a crías débiles, enclenques, torpes y poco inteligentes que morían, en su gran mayoría, antes de llegar a adultas. Dios le librara de comparar a la estirpe de los Austrias con animales, pero creía que la naturaleza era sabia y lo que valía para unos quizá valiera para otros.

—¿Cómo se encuentra la reina? —preguntó el conde con voz suave y cara de circunstancias.

Su Majestad respondió como ido, también a media voz, como dictaba el protocolo borgoñón para el luto.

—Mal. No ha salido de sus aposentos desde la muerte de la infanta y no consigo convencerla ni siquiera para que acuda a la capilla real a escuchar misa. ¡Y debe hacer acto de presencia! Es la reina y como tal debe estar a mi lado en este trance.

—Entiendo, majestad. Pero debéis tener en cuenta, como seguro que ya habéis hecho, que para la mujer es harto más difícil que para el hombre enfrentarse a la pérdida de un hijo. Al fin y al cabo, lo ha llevado en su vientre y es su responsabilidad.

—¿Podríais hablar con ella, conde? Vos siempre sabéis qué decir en cada circunstancia. Seguro que le procuráis consuelo.

Gaspar se acarició la perilla, algo molesto, y carraspeó.

—Dudo que sea la persona más adecuada, señor. De todos es sabido que la reina no me tiene en gran aprecio y, además, creo que a quien le gustaría tener a su lado en este momento es a su marido.

Felipe se quedó pensativo y, al cabo, asintió.

—Tenéis razón, aunque temo enfrentarme a sus lágrimas. Me duele el pecho cuando la veo así.

El rey seguía muy enamorado de la reina, a pesar de todas las veces que le había sido infiel. Gaspar intentó actuar con tacto.

—¿Queréis que os acompañe hasta sus aposentos?

El conde de Olivares esperó a que el rey golpeara la puerta de la cámara de su esposa. Los guardias apostados a ambos lados se pusieron firmes y no dijeron ni una palabra. La camarera de la reina, la duquesa de Gandía, abrió y, al ver a Su Majestad, hizo una reverencia.

—Señor, avisaré a la reina. Se encuentra descansando.

Felipe negó con la cabeza.

—No hace falta, duquesa. Dejadnos solos.

Aunque la misión de la camarera mayor era velar en todo momento por la comodidad de la soberana, además de organizar la Casa de la Reina, no podía llevarle la contraria al rey. Así que la duquesa salió, volvió a hacer una reverencia y enfiló el pasillo, el mismo que el conde de Olivares recorrió cuando Felipe entró en los aposentos de la reina.

La cámara era una estancia concebida para las recepciones privadas de Isabel. Estaba ricamente decorada y los cortinajes, los muebles tallados y los elementos dorados se extendían por todo el espacio. Solía ser una sala llena de vida, donde esperaban el capellán, el confesor y las damas antes de que Isabel solicitara su presencia. También era donde bordaba o leía acompañada de sus damas. Entonces, sin embargo, tenía las cortinas echadas y un solo hachón prendido, por lo que las sombras se alargaban y serpenteaban dando un aspecto inquietante al ambiente.

El rey avanzó con paso rápido y golpeó con los nudillos la puerta del dormitorio.

—¿Isabel? Isabel, soy yo, voy a entrar.

Su esposa no respondió, así que Felipe abrió la puerta decorada y entró en la alcoba de la reina. Al igual que la cámara, se encontraba casi a oscuras. Los postigos estaban cerrados, los cortinajes cubrían las ventanas y unos pocos candelabros repartidos por aquí y por allá daban la luz justa.

Felipe distinguió su figura tendida en la cama. El dosel estaba recogido y el rey pudo apreciar que sus hombros se sacudían.

—¿Isabel? ¿Estás bien?

Entonces escuchó los sollozos y comprendió que su esposa estaba llorando. El dolor de la reina le laceró el pecho. Era tan joven, tan hermosa y la amaba tanto que no soportaba que sufriera. Se acercó hasta la cama y se tumbó junto a ella; pegó el pecho a su espalda y la rodeó con los brazos. Isabel siguió llorando, pero no le rechazó. Cuando se calmó, la estancia quedó en silencio hasta que ella lo rompió.

—No sirvo para nada —dijo con voz ronca y todavía temblorosa.

Felipe la apretó aún más entre sus brazos.

—No digas eso, corazón mío. Nos queda mucha vida por delante, tendremos más hijos. Parirás muchos herederos fuertes y sanos para el trono de España y muchas infantas para alegrar todos los rincones de este palacio, ya lo verás.

—Mi pequeña, Felipe, mi pequeña se ha ido y yo no soy capaz de parir un niño que sobreviva.

—Nuestra hija está con Dios, Isabel. Ahora es un ángel y seguro que, en el cielo, todos sonríen al escucharla reír.

Ella se giró y lo miró de frente. Tenía los ojos enrojecidos y la nariz colorada, el pelo despeinado y rastros de lágrimas en las mejillas, pero Felipe nunca la había amado tanto. La besó en la mejilla.

—No solo eres una madre destrozada o una esposa triste, mi amor. Eres la reina de España, y el reino entero llora tu pérdida. Necesitan verte. Hay protocolos que cumplir, normas que seguir. Nuestro deber está por encima de nuestros sentimientos.

Las lágrimas asomaron de nuevo a los ojos de la reina, pero en esta ocasión no las dejó salir. Tragó saliva y asintió.

—Tienes razón, Felipe. Lo lamento. Me prepararé enseguida.

Felipe abrió los postigos y salió en busca de la camarera de la reina, que había regresado y esperaba en la antecámara para cuando la pudieran necesitar. Cuando supo que Su Majestad había accedido a levantarse, asearse y volver a la vida, puso en marcha todos los mecanismos con rapidez. La antecámara comenzó a llenarse de gente con cometidos variados, la reina pasó al tocador y el rey se marchó.

Los reyes acudieron al funeral por el alma de su hija juntos, de luto, callados y serios, hieráticos incluso, pero apoyándose el uno en el otro. El conde y la condesa de Olivares estaban justo detrás de la real cortina desde la que los monarcas escuchaban la misa. Al acabar el responso, los reyes salieron de la cortina e Inés se acercó a Isabel.

—Majestad —dijo con una reverencia—, no sabéis cuánto lo lamento. No debéis pasar por esto sola. Lo sabéis, ¿verdad?

—Condesa, sé que habéis vivido lo mismo que yo. Decidme, ¿se pasa este dolor?

La reina estaba muy triste, pero sus palabras sonaron serenas. Inés respiró hondo antes de contestar.

—Nunca se va del todo, pero se mitiga. Señora, el tiempo todo lo cura, aunque ahora no podáis creerlo.

Las dos mujeres abandonaron la capilla real juntas, seguidas por las damas de compañía de guardia y la camarera mayor. El rey, precedido por un paje y custodiado por cuatro guardias, salió antes que su esposa, con el conde de Olivares al lado. Luego los reyes pasaron la tarde por separado, cada uno rezando y meditando en sus aposentos. Antes de la hora de cenar, Felipe ya se sentía inquieto y aburrido. Llamó al conde, que, como era habitual, estaba a unos pasos de distancia.

—Conde, no me apetece rezar más. Quiero ir a dar un paseo.

Gaspar miró por la ventana.

—Es de noche hace rato, majestad, y hace mucho frío. No creo que un paseo os procure ahora mismo gran alivio. ¿Queréis que juguemos a las cartas?

El rey resopló.

—Sabéis tan bien como yo que los juegos están prohibidos durante el luto.

—Hay tantas cosas prohibidas que no tienen sentido... —dijo Gaspar.

Felipe alzó la cabeza.

—¿Qué queréis decir, conde? ¿Tal vez que el protocolo borgoñón está obsoleto?

—No me refería a eso, señor —dijo Gaspar, y eligió con cuidado sus palabras—. A lo que me refiero es que las normas están bien para el vulgo, para el pueblo llano, incluso para los nobles. Pero vos estáis por encima de todo eso. Sois el rey y podéis hacer lo que queráis.

—Pero Dios todo lo ve.

Parecía estar pensando en algo concreto y, sin duda, Gaspar sabía qué era.

—Dios todo lo sabe, pero en su infinita misericordia todo lo perdona. Y más a vos, que tantas almas habéis conseguido para él y que seguís peleando en su nombre.

—Tiene sentido. —El rey se pasó la mano por la barbilla—. Sí, sin duda es como decís, conde. ¡Por supuesto! —Sonrió y los ojos le brillaron—. Dios tendrá en cuenta todo lo que nos y nuestro padre y nuestro abuelo hemos hecho por la auténtica fe. —Volvió a ponerse serio—. Pero eso no quita que me aburra, y no me apetece jugar. Estoy triste por la pérdida de mi hija, eso no cambia porque sea el rey.

—Enseguida será la hora de la cena, majestad. Permitidme sugeriros que cenéis con la reina, le vendrá bien vuestra compañía. Y luego, cuando ella se retire, yo me encargaré de llevaros un entretenimiento a vuestros aposentos.

Felipe le mandó enseguida a informar a la reina de que cenarían juntos. El encuentro fue todo lo informal y privado que podía ser en la corte española. Más de quince personas los atendieron durante la cena, que consistió en siete platos, dado que, al estar de luto, los excesos no estaban bien vistos. Apenas algunos cortesanos asistieron como espectadores y se retiraron pronto.

Cuando terminaron de cenar, los reyes estuvieron un rato hablando y leyendo. Isabel había recobrado la compostura y se mostraba serena y dulce. Felipe estuvo a punto de preguntarle si podía pasar la noche con ella, pero luego lo pensó mejor. Sabía que la pondría en un compromiso, atrapada entre su deber hacia él y su más que evidente tristeza, y quiso evitarle ese trago. Se incorporó de su asiento.

—Querida, se está haciendo tarde y me retiro ya. Me ha gustado cenar contigo.

Isabel levantó la vista del libro que tenía entre las manos.

—¿Ya te vas? Había pensado que podríamos estar un poco más de tiempo juntos.

Felipe negó con la cabeza.

—Nada me agradaría más, pero le prometí al conde que miraría unos documentos importantes antes de acostarme y no quiero hacerle esperar.

El rostro de la reina se ensombreció. Sabía muy bien a qué se refería con «documentos importantes» y no daba crédito. ¿Con su niña recién enterrada? Se dispuso a decir algo, pero se contuvo. Al fin y al cabo, su marido era el rey y podía hacer lo que quisiera. Pero eso no significaba que ella tuviera que aceptarlo de buen grado. Así que calló, recibió con los dientes apretados el beso que él le dio en la mejilla como despedida y siguió leyendo, haciendo caso omiso del nudo que tenía en la garganta.

Cuando Felipe regresó a sus aposentos, encontró al conde esperando en la cámara, y en la alcoba, sentada en la cama con un fino camisón, a una joven más o menos de su misma edad. Tenía el pelo largo y rubio; lo llevaba suelto y su mirada era entre tímida y provocadora. Alzó sus espesas pestañas antes de mirar al rey y sonrió.

—Buenas noches, majestad.

Felipe se acercó a ella. Su cara le resultaba familiar.

—¿Te conozco de algo? —le preguntó.

Ella bajó la mirada.

—No creo que Su Majestad se haya fijado en mí. Pero trabajo aquí en el palacio, en las cocinas.

En realidad, al rey le daba igual si conocía a esa mujer o no, si era noble o una simple fregona. Aquello era justo lo que necesitaba para distraerse y no pensar en todo lo acontecido durante los últimos días.

El conde se quedó haciendo guardia en la cámara del rey para estar disponible en lo que pudiera necesitar. Oyó un pequeño revuelo que provenía del pasillo y miró alarmado en esa dirección. La reina entró a toda prisa en la antecámara, precedida de un guardia y dos damas. Su cara no auguraba nada bueno.

—¿En qué puedo serviros, majestad? —preguntó Gaspar, tras hacer una profunda reverencia en señal de respeto cuando la reina llegó hasta él.

La reina miró por encima de su hombro.

—Quiero ver a mi esposo.

El conde habló con voz serena pero firme.

—¡Lo lamento tanto! El rey se ha retirado a descansar y ha pedido que nadie le moleste.

—Acabamos de enterrar a nuestra hija y él ya está fornicando con meretrices de baja estofa, sin ningún tipo de decoro. Al menos podríais elegírselas con más clase —dijo con frustración y odio.

—Su Majestad está descansando. Nadie puede molestarlo —repitió Gaspar.

La reina resopló.

—¡Por supuesto! Y os ha dejado a vos aquí vigilando como un cancerbero. ¡Apartaos, os digo! Quiero hablar con mi esposo.

El conde de Olivares echó los hombros hacia atrás y se mantuvo firme.

—No puedo hacer eso, señora. Sabéis que daría la vida por vos de ser necesario, pero el rey ha sido muy claro: nadie debe molestarlo, y nadie es nadie. Mi deber es velar por que sus disposiciones se cumplan, incluso a pesar de sí mismo.

—¡Ah, conde! Sois en verdad tan malvado como os describen en las tonadillas y los teatros. Malvado, cruel y codicioso. Seguro que el diablo que, según cuentan, mora en vuestra muleta os hace tener ese corazón de piedra para no compadeceros de mi sufrimiento.

El conde la miró sin decir nada. Estaba al tanto de los rumores, sabía que decían que practicaba magia negra, que comerciaba con favores a cambio de almas, que hablaba con los muertos y que un diablillo familiar vivía dentro de la muleta que utilizaba para caminar con rectitud. A nada hacía caso y no iba a comenzar entonces a dar explicaciones. Se mantuvo impasible.

Isabel de Borbón dedicó al valido una mirada tan fría y despectiva que hasta le hizo titubear. Pero aguantó y ella acabó por dar media vuelta y volver por donde había venido. Gaspar la vio marchar. Allí iba la reina más hermosa de Europa, o al menos eso decían, quien a pesar de su belleza, inteligencia y buen carácter no podía evitar que su esposo le fuera infiel una y otra vez.

24

—Pasad, conde, por favor.

Juana se había adaptado a la vida en Madrid, aunque el invierno, mucho más frío que en Sevilla, había sido difícil. Tenían hogares en las habitaciones, pero cuando Juana se quejaba de que el dinero no llegaba lo decía en serio, y tuvieron que economizar en madera para la chimenea, entre otras cosas. No lo había pasado bien, nada que ver con los inviernos templados y luminosos de Sevilla. Pero, quitando el clima y que veía menos a su marido que antes, en general se sentía satisfecha.

Esa mañana, el conde de Olivares les hizo una visita, como era frecuente. Si Diego no estaba en el Alcázar, solía encontrarse en el taller de su casa pintando encargos particulares o lo que a él le apetecía. Gaspar lo sabía y le gustaba acompañarlo en esos momentos, siempre que el rey no lo reclamara. Le daba paz, según decía.

También apreciaba mucho a Juana. Discreta, amable, ingeniosa y, según sospechaba el conde, con una voluntad de hierro que arrastraba a la de su marido. Sonrió a la joven.

—Me alegro mucho de verte, Juana. Estás radiante; debo decir que Madrid te sienta estupendamente.

Juana se sonrojó.

—Tonterías, conde, no desperdiciéis halagos conmigo. ¿Deseáis ver a Diego?

Gaspar asintió.

—Sí, pero antes quería hablar contigo. Ambos conocemos a

tu marido, es feliz con un pincel en la mano y no presta atención a las cosas más básicas. Así que, dime, ¿qué tal va todo? ¿Tenéis lo que necesitáis?

Juana titubeó y el conde lo notó.

—¡Oh, vamos, Juana! Conmigo no hace falta que disimules. Dime en qué os puedo ayudar.

Iban caminando hacia el taller y Juana tardó un poco en hablar. Le daba vergüenza confesar su situación, pero si no decía nada, nunca mejoraría.

—Sí que hay algo en lo que nos podéis ayudar. Agradecemos muchísimo contar con esta casa; sé que no es habitual que los pintores del rey tengan domicilio asignado. También sé que el sueldo no solo es adecuado, sino más alto que el de otros pintores con más experiencia y antigüedad. Pero no llegamos, Gaspar. —Lo llamó por su nombre sin darse cuenta, solo debido a la confianza que ese hombre le inspiraba—. Quiero decir que mantener este nivel de vida es difícil, y yo trato de ahorrar, pero estamos sin personal de servicio y apenas nos llega para calentar en invierno esta casa tan grande.

El conde de Olivares levantó la mano como si no quisiera seguir escuchando.

—No es necesario que digas más, Juana. Soy consciente de lo difícil que es para ti confesarme esto. Déjalo en mis manos, alguna forma encontraré de aumentar vuestros ingresos.

Llegaron al taller y Juana se iba a retirar, pero el conde le pidió que se quedara. Diego estaba concentrado en un retrato. No había persona alguna delante de él, sino un maniquí con unas ropas que delataban una alta posición.

—Vaya, vaya —dijo Gaspar, lo que provocó que Diego se sobresaltara—. Veo que alguna condesa ha solicitado tus servicios.

Diego le saludó con una inclinación de cabeza y siguió trabajando.

—Duquesa —puntualizó—, pero demasiado ocupada para posar para mí durante todo el tiempo requerido. Así que debo conformarme con sus ropas. Es de esperar que para la cabeza y las manos la señora consienta en quedarse quieta un par de horas.

Diego de Velázquez se volvía un poco gruñón cuando no le dejaban trabajar como él quería, y tanto a Juana como a Gaspar eso les hacía mucha gracia.

—Bueno, querido, al menos ha mandado traer su ropa para que puedas avanzar.

El pintor resopló.

—Todo un detalle. Imprescindible si quería que aceptase el encargo, diría yo.

—¡Deja ya de quejarte! El conde no ha venido hasta aquí para oír nuestras cuitas —dijo Juana con los brazos en jarras.

Diego se volvió e hizo otra reverencia.

—Como siempre, mi esposa tiene razón. Lo lamento, excelencia. ¿Qué os trae por aquí?

El conde de Olivares se encogió de hombros.

—Me gusta tu compañía. La vuestra. Es refrescante salir de la etiqueta de la corte, aunque sea por breves periodos de tiempo, y observar cómo toman forma tus retratos.

Se acercó al lienzo que Diego tenía delante.

—Es impresionante cómo captas la luz sobre el tejido. Parece que estoy viendo el traje real en el cuadro.

—Hago lo que puedo —dijo Diego—. Ya sabéis que lo mío es la *imitatio*, no me apetece indagar en las otras corrientes.

—Hay gente que no está de acuerdo con que a los pintores imitadores del natural se os tenga en tanta estima.

—Soy consciente —dijo Diego—. Tengo no pocos enemigos en la corte.

—Pues estamos buenos. ¡Pero si acabas de llegar!

Juana interrumpió la conversación entre los dos hombres.

—¿Con quién te has enemistado ahora? Mira que te digo que tienes que ser más amable.

Gaspar estalló en carcajadas.

—Querida, en este caso no hubiera importado lo más mínimo que Diego fuera con el lomo doblado en una reverencia hasta el suelo. Es joven, tiene talento y, sobre todo, el rey le ha distinguido con su amistad y sus privilegios.

—La protección del conde tampoco me granjea muchos amigos —dijo Diego con una sonrisa, como si no le preocupase no ser especialmente popular en palacio—. La envidia es mala consejera.

—Si los que se atreven a despreciarte tuvieran una fracción de tu talento, se dedicarían a trabajar más y a cuchichear menos. ¿Quiénes son?

Juana estaba indignada. Tenía el ceño fruncido y las manos apoyadas en las caderas.

El conde le explicó a Juana la situación.

—Vicente Carducho es uno de ellos. Ya era pintor de Felipe III y protegido del duque de Lerma. Consiguió mantener su puesto tras la caída del duque y también tras la subida al trono de Felipe IV. Creo que ve a Diego como una amenaza.

—Es un viejo intrigante que desprecia a los pintores que trasladamos el natural al lienzo —añadió Diego—. Tiene la desfachatez de ir llamándome por ahí «pintor de cabezas». ¿Te lo imaginas? Pintor de cabezas, como si no supiera hacer otra cosa.

—Bueno, nadie en su sano juicio diría tal cosa de ti —dijo Juana en un intento de calmar los ánimos—. Así que, o habla por envidia y miedo, o está mayor y ya no rige.

Se llevó el dedo índice a la sien y lo movió en círculos. Su gesto hizo que los dos hombres se rieran, pero pronto Diego se puso serio de nuevo.

—No me gusta. No acostumbro a tener desencuentros con la gente y no me agrada que alguien que lleva tantos años en la corte y que está tan bien considerado se posicione en mi contra. Y menos que haya puesto en mi contra a otros.

Gaspar le quitó importancia.

—Bueno, a Juana no le falta razón en lo que ha dicho. Todos saben que Carducho está ya mayor, no hacen mucho caso a sus diatribas.

—¡Lope de Vega ni me mira!

—¿Lope de Vega? —se sorprendió Juana—. Lo conozco. Cuando venía a Sevilla acudía a las tertulias de mi padre. ¡Pero si tú también lo conoces! Es un hombre muy simpático, os llevabais bien.

Diego asintió.

—Eso pensaba yo, y creía que podría contar con él una vez estuviera en Madrid, pero resulta que es amigo de Carducho y ahora me gira la cara cuando me ve. Se niega incluso a saludarme, excepto si no tiene más remedio.

—Qué extraño. De verdad, nunca hubiera pensado que existieran estas rivalidades absurdas entre hombres ya adultos.

Gaspar volvió a reír.

—La corte es un hervidero de conjuras, calumnias, alianzas por interés y puñaladas por la espalda, querida Juana. No es un ambiente amable.

Ella movió las manos en el aire y a Diego le recordó muchísimo a María, su madre.

—Bueno, en la corte sí, está claro. Entre nobles y poderosos lo entiendo. Pero entre pintores... ¡Si hay trabajo para todos! Además, ya pueden llamarle como quieran o patalear hasta cansarse, que Diego ha llegado para quedarse y ser el primero entre todos los pintores del rey. Que se vayan acostumbrando.

Juana se puso colorada cuando terminó de hablar. Tal vez se había exaltado un poco y por eso entonces su marido y su benefactor la miraban con una sonrisa en los labios, sin decir ni una palabra. Murmuró una excusa ininteligible, hizo una reverencia al conde y abandonó el taller.

A sus espaldas, mientras salía, escuchó a Gaspar preguntar en voz alta:

—¿Eres consciente de la suerte que tienes de contar con Juana a tu lado?

—Desde luego —respondió Diego con la voz llena de orgullo.

Juana negó con la cabeza antes de coger en brazos a Francisca, que se soltó de manos de la niñera y corrió hacia ella en cuanto la vio.

No había pasado mucho tiempo de aquella visita del conde de Olivares cuando Diego llegó a casa con una gran noticia.

—Juana, no sé qué le dijiste al conde, pero hoy ha venido a verme al taller del Alcázar.

Ella levantó la vista de la labor que estaba tejiendo y miró a Diego con el ceño fruncido.

—¿Qué ha pasado?

—Me ha pedido que te diga que ha hablado con el papa Urbano y ha conseguido un beneficio eclesiástico en las Canarias.

—¿Y eso qué significa? ¡Canarias está muy lejos!

Diego se echó a reír y Juana dejó la labor a un lado.

—Eso le he dicho yo. Creo que es un nombramiento honorífico, pero viene con un sueldo de trescientos ducados al año.

Juana se levantó.

—¡Eso es mucho dinero! Es más que tu sueldo.

Diego le dio un abrazo.

—No nos dará para vivir rodeados de lujos, pero será suficiente para no pasar estrecheces. No me gustaba nada la idea de pedir favores, pero está claro que ha resultado ser la mejor opción.

—Los hombres y vuestro orgullo. ¡Pues claro que hay que pedir cuando no se llega con lo que se tiene! Solo hay que saber a quién y cuándo hacerlo. Pero ¿me estás diciendo en serio que se lo ha solicitado al papa? Debe de creer mucho en ti.

En cualquier caso, desde aquel momento vivieron sin tener que preocuparse por el dinero.

Una mañana, Juana fue al mercado con la cocinera. Se entretenía observando las diferencias entre las mercancías de Madrid y las de Sevilla. Además, su vida era un poco solitaria. Aparte de Francisca, Diego y el servicio, apenas tenía contacto con nadie, y ese ambiente bullicioso la distraía. La cocinera estaba buscando un buen corte de carne para el puchero y Juana desconectó de la conversación. Miro a su alrededor y una joven que caminaba unos pasos por detrás atrajo su mirada. Parecía un poco perdida. Iba bien vestida, sus ropas se veían de buena calidad y la capa con que se cubría, también. Cuando la joven llegó a su altura, se detuvo a mirar el género del puesto de hierbas que tenían justo enfrente. Al girarse para continuar su camino se chocó con Juana, que se echó para atrás.

—¡Dios mío, disculpadme! —exclamó la muchacha, con cara de lamentarlo de verdad—. No os había visto.

—No pasa nada.

Juana sonrió. Vio que era más joven que ella. No pasaría de los diecisiete años y tenía la cara redonda, con rasgos todavía un poco infantiles, y un cuerpo menudo y delicado. Se retiró un mechón de pelo oscuro de la frente y se la quedó mirando.

—¿Sois de aquí? —preguntó Juana.

La joven negó.

—¡Qué va! Pero ahora vivo aquí, así que este es mi hogar. Llevo tres años con mi patrona, la condesa de Olivares.

—¿Trabajáis para la condesa? —Juana no salía de su asombro.

La joven asintió.

—Más o menos. Soy su acompañante, es prima de mi padre.

Juana no dijo nada. No sabía demasiado sobre la nobleza, pero sí que los aristócratas con más medios solían acoger a parientes pobres bajo su tutela.

—Coincidí una vez con la condesa, y el conde es un buen amigo de mi familia. Soy Juana, mi esposo es el pintor del rey Diego de Velázquez.

—¡Pues claro! —dijo la joven—. Sé quién es vuestro marido, el conde lo tiene en muy alta estima. Me llamo María —dijo.

Hubo una corriente de simpatía mutua entre las dos mujeres. Tal vez se sentían solas en la capital, o simplemente se cayeron bien, pero comenzaron a caminar por el mercado hablando de unas cosas y otras y, para cuando se dieron cuenta, el tiempo había pasado y la cocinera acudió a decirle a Juana que había terminado.

—Debería marcharme ya a casa —dijo Juana—. Además, os estoy entreteniendo.

María se echó a reír.

—No os preocupéis por eso, solo tengo un recado que hacer. Además, ¿veis? Aquí está el puesto al que venía.

Juana vio que se vendían maravillas de las Américas. María saludó al tendero, que parecía conocerla. Sacó de debajo del mostrador una brazada de hierbas secas y se las tendió. Juana no pudo contener la curiosidad.

—¿Qué hierbas son esas? Nunca las había visto.

María se encogió de hombros y se echó a reír.

—Lo cierto es que no lo sé. Las traen del Nuevo Mundo, es todo lo que puedo decir. Son para la condesa. Sé que hace infusiones con ellas que alejan el dolor de cabeza, con ayuda de Dios.

—Nunca me hubiera imaginado a la condesa interesada en estas cosas —dijo Juana.

No era habitual que las nobles supieran hacer gran cosa por ellas mismas, mucho menos algo que implicara habilidad manual, exceptuando el bordado.

—Mi prima es una mujer de mundo —respondió María sonriendo—. Su padre fue virrey de Perú y después de México, quién sabe.

Las dos jóvenes tomaron la misma dirección. La risa de aquella jovencita era contagiosa y transmitía una alegría vital que a Juana le resultó muy agradable.

—La condesa es dama de la reina, ¿no es verdad? —preguntó.

—Así es. Aunque no siempre está de servicio. La reina aprecia mucho su compañía, pero tiene otras damas que también reclaman ese honor. Estos meses atrás, Su Majestad estaba muy triste por la pérdida de la pequeña infanta y la condesa ha estado a su lado más tiempo de lo acostumbrado. Ella pasó por un trance similar hace algunos años.

—Lo recuerdo —dijo Juana, cabizbaja—. Entonces vivíamos en Sevilla y ellos también, y el conde visitaba a mi padre a menudo en sus tertulias. Qué pena. Y sé lo que es porque pasé por lo mismo.

—Oh, ¡cuánto lo lamento!

Los ojos de María se abrieron con lástima y Juana esbozó una sonrisa triste.

—Fue hace tiempo. Al final, una se acostumbra a vivir con el dolor. Rara es la madre que no tiene que llorar a uno o más de sus retoños. La reina se repondrá. Tendrá más hijos, le dará un heredero al rey y recuperará la alegría.

—Seguro —dijo María—, aunque he oído a mi prima decir que dos muertes tan seguidas parecen cosa de magia.

—¿Brujería? ¿Para qué, para que los hijos del rey mueran?

—Para que el imperio no tenga un heredero. Se oyen muchos rumores.

Juana bajó la voz.

—Según tengo entendido, los reyes son primos por ambos lados. Sin duda son pruebas que Dios les envía, más que cosa de hechicería, pero quién sabe.

—La condesa no es amiga de cotilleos, me pregunto si habrá visto algo que le haga pensar así.

Llegaron a casa de Juana. Antes de separarse, como se habían caído bien y las dos estaban un poco solas en la capital, quedaron en verse a la mañana siguiente para dar un paseo por la zona que había entre el Alcázar y la calle Mayor, aprovechando que la condesa estaría con la reina.

25

Gaspar bajó del carruaje con el sombrero calado hasta los ojos y bien embozado. No tendría que ser él quien acudiese allí; su dignidad le permitía ordenar a cualquiera que se personase en su puerta, pero se trataba de una emergencia y era más fácil pasar desapercibido de ese modo que tratar de ocultar a la mujer a la que iba a visitar en caso de ser ella quien se presentara en su residencia.

Cuando fue a golpear la puerta, esta cedió. Gaspar miró a su acompañante, un hombre malencarado, alto y fuerte.

—Espera aquí —le dijo al guardaespaldas.

Miró hacia el interior, donde apenas se veía nada, suspiró y entró.

La vista se le fue acostumbrando a la penumbra y comenzó a distinguir ramilletes de hierbas colgados del techo y otros elementos que casi prefería no saber qué eran. Un gato se le acercó y se frotó en sus botas. El conde lo dejó hacer.

Oyó un ruido procedente de la habitación al otro lado del recibidor.

—¿Conde, sois vos? Qué agradable sorpresa veros aquí, en mi humilde morada. ¡Pasad, pasad, mi buen amigo!

De entre las sombras surgió una mujer. No era ni joven ni vieja, ni alta ni baja, ni gorda ni flaca. Tampoco era rubia, ni morena, sino que su pelo tenía un desvaído color castaño que no llamaba en nada la atención. Su piel no era clara, pero tampoco demasiado oscura. A decir verdad, a Gaspar le costaba recordar su cara una vez la perdía de vista. Una cara que tampoco poseía nada destacable, pues no era ni hermosa ni fea, aunque sus ojos sí le parecían bonitos, de un color avellana brillante y rodeados de espesas pestañas. La sonrisa, sin embargo, como la que le estaba dedicando en ese momento, tenía algo de inquietante que Gaspar no sabía definir.

Sea como fuere, hacía ya años que asistía al conde y respondía a sus dudas. También se encargaba de otro tipo de cosas más... comprometidas.

—¿Qué puedo hacer por vos? —preguntó la mujer, que ladeaba la cabeza y miraba al conde de reojo, como si estuviera calibrando la situación—. Muy importante ha de ser para que os presentéis en mi casa.

Gaspar carraspeó.

—Es un asunto urgente, y he preferido venir yo para no esperar a que os avisaran y os trajeran de vuelta. Además, así los ojos indiscretos del Alcázar no verán nada.

Ella asintió y se puso en marcha.

—Está bien. Acompañadme.

Entraron en una sala donde se veían herramientas del oficio de partera. Leonor, su anfitriona, era comadrona, al menos de forma oficial. De ahí las hierbas y las cataplasmas que colgaban del techo y abarrotaban los rincones. No era tonta y sus planes no incluían una visita de los inquisidores. Se aseguraba de tener una ocupación respetable de cara a la galería y de granjearse los menos enemigos posibles.

Pero Leonor era mucho más. Se acercó a la pared del fondo, levantó una cortina y se metió por un hueco de la pared. Gaspar la siguió, aunque tuvo que agacharse para pasar. Si sus ojos se habían acostumbrado a la penumbra, no fue suficiente para la oscuridad de ese espacio. Gaspar se quedó quieto y oyó el sonido de una yesca. Pronto, un hachón de cera y luego otro, y después otro más, se encendieron y bañaron la sala de luz amarillenta.

Gaspar parpadeó. Ya había estado antes en ese cuarto, pero le impresionó tanto como la primera vez. Leonor almacenaba allí plantas de otras variedades y distintos tipos de botes cuyo contenido era tan inquietante que Gaspar prefería no averiguar qué eran. Sobre una mesa redonda cubierta por una tela estampada, vio cartas, hierbas, un sahumerio y algo redondo tapado por un paño de suave terciopelo negro. También, advirtió Gaspar, había una daga con el filo manchado de algo oscuro.

—Sentaos, conde —dijo Leonor, y él obedeció—. ¿A qué habéis venido?

Gaspar titubeó. Pero ¿cuándo había callado él delante de aquella mujer? Así que no se anduvo con rodeos.

—Me preocupan los rumores sobre mí. No me gustaría que el rey les hiciera caso y comenzara a verme de forma menos amable.

Leonor no habló. Retiró el paño que cubría la figura redonda del centro de la mesa, que resultó ser una bola de cristal. Se concentró en su interior un largo rato. Luego extendió la mano y el conde de Olivares puso la suya encima, con la palma vuelta hacia arriba. Ella estudió también las líneas de su mano. Hizo un ruidito como de aprobación y miró al conde a la cara.

—Es normal que estéis preocupado, excelencia. Pero deberíais saber que el rey quiere diferenciaros con un privilegio para demostraros su apoyo y su amistad. Es la reina quien no quiere que se os conceda, pero ¿quién manda en palacio? Pronto será vuestro. Muy pronto. El rey os considera un amigo y os lo demostrará como corresponde. Además, debéis saber que su favor durará años. Seréis el hombre más poderoso del reino, tal y como sois ahora, pero elevado.

—¿Y qué ocurre con la sucesión? La reina no consigue parir un heredero. Hasta ahora van dos hembras, y las dos muertas. El reino necesita un varón.

La bruja agachó la cabeza sin decir una palabra. Apoyó la barbilla en el pecho y casi pareció que se había quedado dormida. Pero entonces levantó la vista y sus ojos, muy abiertos, brillaron a la luz de las velas.

—Esperad aquí un segundo —dijo.

Desapareció en la sala contigua y volvió al momento con un saquito entre las manos.

—Estos polvos los ha preparado Josefa, excelencia. Sabéis que es la mejor en estos menesteres. Aseguraos de que la reina ingiera un poco en su copa de vino y que el rey haga otro tanto.

—¿No les hará daño?

Leonor lo miró y levantó una ceja.

—¿Por quién me tomáis? No soy una malvada hechicera. Soy una buena cristiana a quien Dios concedió el don de la visión. Jamás haría daño a Sus Majestades, ni muchísimo menos a vos, que siempre habéis sido tan generoso conmigo.

Gaspar asintió.

—De acuerdo. Dadme el bebedizo.

Se sacó una bolsa de la que extrajo unas monedas. Puso una encima de la mesa.

—Esto para Josefa —dijo, y añadió otras tres—. Y esto por vuestros servicios.

Leonor se inclinó en una reverencia.

—Sois muy generoso, señor. Muchas gracias.

El conde salió, embozado de nuevo, y se montó con presteza en el carruaje seguido de su guardaespaldas, que no se había movido de la puerta. Cuando el coche partió, una sombra que los observaba desde la esquina se dio la vuelta y se marchó con sigilo. También iba embozada.

A la mañana siguiente, cuando el conde de Olivares entró en la cámara del rey para acompañarle en su desayuno, Su Majestad lo recibió con una sonrisa.

—Tengo una sorpresa para vos, conde. —Dejó en el plato el pedazo de queso que estaba comiendo y se limpió la boca con la servilleta de hilo fino—. Un pequeño agradecimiento por vuestra lealtad.

Gaspar intentó disimular su sorpresa. «¿De verdad Leonor había podido ver aquello en su bola de cristal?». Hizo una reverencia impecable.

—Serviros a vos y a España es recompensa más que suficiente, majestad —dijo con modestia.

El monarca hizo un gesto al aire con la mano.

—Ya lo sé, pero eso no significa que no pueda tener un detalle con vos. Sé el cariño que le tenéis al condado de Olivares, pero quiero añadir a vuestro título los de duque de Sanlúcar la Mayor y duque de Medina de las Torres.

Gaspar volvió a inclinar la cabeza, abrumado.

—Es más de lo que podría desear, majestad. Sois tan generoso como amable con vuestro más leal siervo.

A partir de ese momento se le conoció, tanto en la corte como fuera de ella, como el conde-duque de Olivares.

Al día siguiente, tras terminar el despacho, Gaspar encontró a Su Majestad posando para Diego en uno de los talleres. Velázquez tenía ante sí un enorme lienzo porque había proyectado un retrato a caballo. Así pues, trabajaría en el rey, en el caballo y luego en el rey montado en la bestia. Felipe IV estaba subido en un poyete con una silla de montar, para que la postura fuera la correcta. Permanecía hierático, como era habitual en él. Cuando Gaspar entró, el rey dio muestras de querer hacer un descanso.

Mientras Diego avanzaba en otros detalles, Felipe y el conde-duque salieron al pasillo.

—¿Visteis ayer en la recepción a Catalina, la joven hija del conde de Chirel?

El conde-duque hizo memoria. Recordaba a una jovencita preciosa, sí.

—Sí, creo que sí.

—Es muy hermosa. Y tiene una sonrisa muy bonita; fue muy agradable.

Gaspar suspiró para sus adentros.

—Entiendo, majestad. Tantearé la situación.

Esa misma noche, tras haber sido informado todo el mundo

de la nueva dignidad de los ya entonces conde-duques de Olivares, hubo una fiesta en el Alcázar. La gente tenía la idea de que la corte española era beata y seria y que no sabían divertirse, y era cierto que las misas, los sermones y los rezos ocupaban gran parte del día, como también lo era que se tenía un concepto de la moral muy distinto al de la vecina Francia, donde el adulterio y las aventuras apenas se ocultaban. Pero era una corte en la que no faltaban festejos, bailes y amoríos, sobre todo por parte del rey, aunque siempre se hablaba de ellos de forma oficiosa y en voz baja.

El caso era que esa noche todos se habían engalanado y, por supuesto, Catalina estaba allí. Apenas tenía dieciséis años y destacaba por su belleza, con las mejillas redondas como manzanas y ojos de gacela. El vestido resaltaba sus rasgos, ya que era de un azul pálido e inocente. El rey se acercó y estuvo hablando con ella. La reina se dio cuenta y, puesto que no podía hacer nada por impedirlo, se retiró temprano para no tener que soportar esa humillación. Eso dio vía libre a Felipe para seguir pretendiendo a la joven.

Gaspar, que nunca perdía detalle de todo lo que atañía al rey, se percató de que el padre de Catalina frunció el ceño al ver la escena y se disponía a interrumpir el intercambio, así que fue él quien se adelantó y trabó conversación. El conde de Chirel estaba claramente molesto con la jugada, pero no podía rechazar al conde-duque sin parecer descortés.

—Conde, no os enfadéis —dijo Gaspar con una sonrisa—. Su Majestad solo desea disfrutar de la compañía de vuestra encantadora hija esta noche.

Los ojos del conde de Chirel se entrecerraron, furiosos.

—Es mi hija y tengo planes para su futuro. No esperéis que consienta que sea desflorada antes del matrimonio, por muy monarca que sea quien lo pretenda.

Gaspar rio.

—¡No debéis ser tan malpensado! Solo están conversando. —Miró hacia ellos y vio que Catalina se reía de algo que el rey había dicho—. Además, hay cosas mucho peores que el que vuestra hija acabe encamada con el rey. Eso siempre trae a cambio honores y prebendas.

El conde de Chirel lo miró a los ojos.

—Escuchadme, excelencia —dijo muy serio—. No pienso aceptar que mi hija sea la amante de nadie, sea rey o mozo de cuadras. Buscadle otro divertimento a Su Majestad.

Gaspar suspiró, hizo una inclinación de cabeza y se apartó cojeando, apoyado en su muleta. Miró a su alrededor. Su esposa era una de las damas de guardia ese día y se había retirado con la reina. Le hubiera gustado que Inés estuviera allí. Tenía un carácter que a todo el mundo agradaba y era divertido conversar con ella. Si había que estar rodeado de hienas, mejor que fuese en su compañía.

Y hablando de hienas, vio que el duque de Híjar se acercaba a él con una falsa sonrisa en los labios.

—¡Conde-duque, qué alegría veros! —dijo abriendo los brazos—. Hacía mucho tiempo que no coincidíamos. Enhorabuena por vuestra distinción, por fin habéis conseguido no uno sino dos ducados. Os habrá sabido dulce como la miel.

El conde-duque de Olivares no se dejó retar por esa frase tan desafortunada.

—Duque —saludó Gaspar—. ¿Hace mucho que estáis en la capital?

Este se encogió de hombros, altivo.

—Ya tendréis ocasión de comprobarlo por vos mismo, un ducado da mucho trabajo. Mis obligaciones me retienen en Aragón más de lo que me gustaría, pero siempre que puedo vengo a la corte. Su Majestad me requiere en virtud de nuestra gran amistad.

Gaspar levantó una ceja. El duque no era amigo del rey ni lo había sido nunca. Era un advenedizo, un mequetrefe que hizo un buen matrimonio y se creía con derecho a ser el valido. Odiaba al conde-duque y, desde luego, la antipatía era mutua. Cuando el rey manifestó su deseo de tomar una copa de vino, todos los gentilhombres se pusieron en marcha para que el monarca la tuviera en la mano lo antes posible.

El duque fue corriendo a revolotear a su alrededor para entretenerle mientras el vino llegaba. El estricto protocolo borgoñón no permitía que el duque se lo sirviera, o incluso que Gaspar acudiera en su rescate. Aunque a veces, cuando no había muchos testigos, el rey y el conde-duque se saltaban esa formalidad y hacían las cosas más sencillas.

Gaspar suspiró por enésima vez aquella noche. Entonces vio cómo el conde de Chirel aprovechaba el revuelo para llegar hasta su hija y sacarla de entre las garras del rey. El conde-duque de Olivares se acercó a él.

—Majestad, me temo que el conde no está muy de acuerdo con que pretendáis a su hija.

Felipe hizo un mohín.

—Me gusta mucho, conde-duque. La quiero y la tendré, cueste lo que cueste.

Gaspar sabía que no convenía ofender a los nobles. Un rey debía tener de su parte a la mayoría de la corte si no deseaba vivir un reinado incómodo o, peor aún, muy corto. Así que buscó una criadita que se pareciese a la joven Catalina y la mandó a las habitaciones del rey. Él aceptó el ofrecimiento, pero no dejó de pensar en Catalina.

A la mañana siguiente, Gaspar se encontraba vistiendo al rey cuando este habló.

—Os agradezco el detalle de anoche, pero esta vez no es un capricho lo que siento. Quiero a Catalina y la tendré, aunque su padre esté en contra.

Gaspar intentó por activa y por pasiva quitarle esa idea de la cabeza. Le consiguió amantes de todo tipo y condición, desde las más parecidas a la joven hasta las más diferentes. Trató de convencer a su padre con promesas de prebendas y privilegios e incluso hizo uso de amenazas, pero el conde de Chirel se mantenía insobornable. Para él, la virtud de su hija estaba muy por encima de contentar a su propio monarca.

El conde de Chirel tenía a su hija poco menos que encerrada en casa para evitar que coincidiera con Felipe, pero una tarde, cuando acudían al servicio religioso en la capilla del Alcázar, el conde-duque de Olivares y el rey los abordaron. Gaspar distrajo al conde con alguna tontería para que Felipe pudiera hablar unos minutos con Catalina. Entonces vio que ella se ponía colorada y sonreía mientras miraba al rey con arrobamiento, por lo que entendió que estaba más que dispuesta a caer en las redes del monarca. El único obstáculo era su padre, que, como un cancerbero, no dejaba salir a su hija de su campo de visión. En ese momento, al conde-duque se le ocurrió una idea, aunque tal vez fuese una decisión arriesgada.

Más tarde, cuanto tuvo ocasión de hablar a solas con el rey, le propuso su plan.

—¿Enviarlo fuera, decís? —Su Majestad miró a Gaspar sin terminar de entender.

El conde-duque asintió.

—Así es, majestad. Es la única manera de evitar un conflicto mayor, si estáis en verdad decidido a conseguir que la joven Catalina caiga rendida a vuestros encantos.

El rey abrió mucho los ojos, brillantes de pasión.

—¡Lo estoy! Lo que siento por Catalina es más fuerte que todo lo que he sentido anteriormente. No puedo dejar de pensar en ella, por mucho que metáis a otras mujeres en mi cama. Mi mente la tiene presente día y noche. No descansaré hasta que sea mía.

Gaspar suspiró. Se temía algo así.

—Entonces dadle una misión fuera de la corte. En el extranjero, incluso. Haced que se marche para tener vía libre.

Y así se hizo. El conde de Chirel, como ya imaginaban, no aceptó de buen grado, pero negarse implicaba desobedecer una orden directa del monarca y eso era inconcebible.

El mismo día que el conde abandonó Madrid, el conde-duque de Olivares hizo llegar una invitación directa a la joven Catalina. Un coche la recogió en su domicilio y la llevó a la hacienda que Gaspar poseía junto al convento de los Jerónimos. Allí, el rey y Catalina pasearon y después se sentaron bajo un naranjo. Gaspar aguardaba, discreto, varios metros más atrás, al igual que los guardias que siempre acompañaban al rey, salvo cuando se escabullía de palacio con su valido en busca de aventuras. Parecían dos jóvenes novios carentes de responsabilidades, ajenos al trono y al deber. Gaspar frunció el ceño y su mente comenzó a funcionar: si la reina era incapaz de concebir un heredero, tal vez un bastardo real de sangre noble pudiera ser un buen plan de reserva.

Sea como fuere, al poco tiempo el rey hizo una señal, con la que su valido entendió que Catalina ya había caído rendida. El Cuarto Real, que lindaba con el convento, estaba listo para ellos. Tenía una mesa bien surtida, vino, limonada, un hogar encendido, pese a que el día era agradable, y la cama preparada. También aguardaba una vieja doncella por si Catalina necesitaba ayuda con su vestuario. Entraron allí y no salieron hasta que se hizo de noche.

Esa rutina se repitió durante semanas, en las que el rey buscaba cualquier ocasión para estar un rato con su enamorada. Guardaban la discreción que la dignidad de ella reclamaba, pero toda la corte sabía lo que sucedía. Incluida, por supuesto, la reina, que estaba acostumbrada a las amantes pasajeras, pero que en esa ocasión sufría viendo que su esposo parecía encandilado de verdad por esa joven.

26

Madrid, 1926

—¡Oh, mira! ¡Qué maravilla!

Juana y María paseaban por la calle Mayor, disfrutando de la buena temperatura de aquella mañana bulliciosa. Diego estaba, como de costumbre, en el Alcázar. Francisca recibía clases con la niñera y María disponía de ratos libres, puesto que esos días Inés pasaba mucho tiempo con la reina. Las dos mujeres habían estrechado su amistad y les gustaba salir a pasear por las calles con la compañía de una criada y un sirviente que velaba por su seguridad, ambos varios pasos por detrás para dejarles intimidad. Y allí, en plena calle Mayor, al resguardo de un soportal, Su Majestad había decidido exponer el último retrato que le había hecho Diego de Velázquez, del que estaba tan satisfecho que quería que el pueblo entero lo viera y lo disfrutara.

El pintor había hecho un trabajo magnífico. El retrato ecuestre de Felipe IV, que aparecía con coraza y banda, mostraba al rey con una dignidad y una apostura que cautivaban al espectador; destilaba tal maestría en sus líneas y color que, desde el momento en que se dio a conocer, en la corte primero y al pueblo después, había generado apasionados elogios, e incluso versos de alabanza.

Juana se sentía muy orgullosa de lo que su esposo había conseguido. También de su participación en aquel retrato, pues le sugirió que la perspectiva del paisaje se tomara desde un ángulo determinado. Juana sabía que no era mala pintora; de hecho, era mejor que muchos de los que se ganaban la vida con ello. Pero su marido tenía un don casi divino, y no podía estar más contenta de que todo el mundo fuera consciente de ello.

El cuadro, cuyo elaborado marco dorado lo resaltaba aún más, estaba colocado entre dos muretes y bajo una techumbre que lo protegían de las inclemencias del tiempo. También había dos guardias a ambos lados del lienzo, y una muchedumbre lo observaba admirada.

—Nunca había visto una similitud semejante, ¡parece que está ahí mismo! —dijo María, que miraba el cuadro boquiabierta.

Juana sonrió.

—Lo sé. Conforme el trabajo iba avanzando, me di cuenta de que este es el mejor cuadro de su carrera. No sé hasta dónde será capaz de llegar Diego, pero creo que todavía nadie, ni siquiera él, es consciente de lo que puede conseguir.

Se quedaron en silencio y Juana aprovechó para escuchar los comentarios de los allí reunidos. La mayoría eran elogios, aunque hubo una conversación que captó su interés. Por la forma en que iban vestidos aquellos hombres, pensó que también eran pintores.

—No me parece para tanto —dijo uno.

El otro se atusó el bigote.

—Como bien dice Vicente Carducho, es un gran retratista. El rostro es impresionante, pero el resto... digamos que no acompaña.

Juana sintió que le hervía la sangre de pura indignación. Se acercó un poco más.

—Está muy sobrevalorado. Es cierto que el rey lo tiene bajo su ala, y él es un gran conocedor de las artes, pero en este caso...

—Tal vez... —La maledicencia se filtraba en la voz de aquel hombre—. Tal vez las artes oscuras de las que el conde-duque de Olivares hace uso hayan ayudado a esa predilección de Su Majestad por Diego.

Ambos se rieron.

—De todos es sabido que Velázquez es el protegido del valido. Puede que ese demonio que porta en su muleta le haya prometido el favor del rey.

—No veo a Diego de Velázquez metiéndose en esos asuntos. Es serio y se dedica a trabajar —opinó un tercero que se unió al grupo, también con aspecto de pintor.

El primero lo miró.

—Puede. Pero que no es entendible la pasión de la familia real por un pintor de cabezas como este, tampoco me lo puedes negar.

Juana se sulfuró. No iba a permitir que esa panda de gañanes incultos y envidiosos hablaran así de su marido. Faltaría más. Se acercó a ellos con ánimo de enfrentarlos, pero María, que lo había oído todo, le puso una mano en el brazo y la detuvo.

—No merece la pena, Juana, créeme.

—No van a faltarle al respeto a mi marido en mi presencia, María.

La joven vasca era más tímida y pacífica por naturaleza que la arrolladora sevillana, pero también era muy lista.

—Solo vas a conseguir que añadan una esposa endemoniada a su retahíla de insultos. No les hagas caso, su trabajo habla por sí mismo.

Juana cerró los ojos y trató de serenarse. Su amiga estaba en lo cierto, montar un escándalo no serviría de nada. Pero tampoco se iba a quedar callada.

—Tienes razón —asintió—. No merece la pena. Qué lástima que haya pintores tan patéticos y poco habilidosos —dijo levantando la voz para que la oyeran aquellos bribones y al menos una docena de personas más— que necesitan tirar por tierra el trabajo de un maestro para sentirse mejor en su mediocridad.

Tras lo cual, dio media vuelta y se marchó.

Poco rato después, el disgusto había remitido. Juana era en verdad explosiva, pero, como María le hizo comprender, no debía dar a los envidiosos la satisfacción de amargarle el día.

—¿Cómo se encuentra tu prima?

María sonrió. Con Inés tenía un vínculo familiar, pero también era su señora. Las damas de compañía estaban en una posición delicada. No eran sirvientas, pero tampoco tenían poder de decisión, al menos mientras vivieran bajo el techo de sus benefactoras. En su caso, la condesa-duquesa era una mujer amable, agradable y generosa, se llevaba bien con todo el mundo y, aunque tenía sus secretos, era una cristiana devota que no se prestaba a cotilleos.

—Ella está bien. Pasa mucho tiempo con la reina y también con Luisa Enríquez, la mejor amiga de la reina, que es otra de sus damas. A Su Majestad le hace bien la compañía, está muy disgustada por...

María se calló, como si estuviera siendo indiscreta, pero Juana sabía de qué estaba hablando. Era un secreto a voces y ya corría por todos los mentideros de la ciudad, aunque Diego le había dado poca información de primera mano al respecto.

—¿Te refieres al nacimiento de Francisco Fernando Isidro?

María asintió. El nacimiento del bastardo real había sido todo un escándalo. Nadie ignoraba las muchas amantes que el rey había tenido hasta ese momento, y la que menos la reina. Si de aquellas aventuras había habido fruto o no, era un misterio. Pero, en esta ocasión, se trataba de Catalina, hija del conde de Chirel. Su apasionada relación había sido menos discreta de lo que pretendían. Ella estaba muy enamorada del monarca y, si había que dar pábulo a las historias, el rey también lo estaba de ella. Como era de esperar, al final la joven quedó embarazada. Y allí donde los partos de la reina habían terminado en desgracias, Catalina había tenido un hijo varón sano y fuerte.

—Pobre Isabel, le ha debido de doler mucho —comentó Juana, llena de compasión.

La joven vasca volvió a asentir.

—Eso dicen. Mi prima Inés está muy apenada por ella. La reina se culpa por no darle un heredero a la Corona aunque haya conseguido por fin tener una hija viva; y, para más humillación, esa joven da a luz al primer hijo varón del rey

—Es un bastardo, no puede ser una amenaza —dijo Juana.

—No para un hijo legítimo, claro. Pero dicen que el rey lo va a reconocer, así que, si no hay heredero legítimo...

Juana suspiró. La situación era compleja: un primogénito varón, aunque bastardo, podía tener mayor ascendencia sobre los nobles y el pueblo que, tal vez, un varón legítimo. Ahí entrarían en juego el carácter y la ambición del bastardo real; no era la primera vez que se desataba una guerra entre dos hermanos, aunque es verdad que de eso hacía mucho. Las cosas eran entonces más ordenadas y civilizadas.

—¿Hablan mucho sobre el tema? El conde-duque y tu prima, quiero decir.

—Bueno... —María calló apenas unos instantes. No quería hablar más de la cuenta, pero su amiga era de toda confianza—. Lo cierto es que sí hablan entre ellos. Odian discutir y siempre suelen llegar a un entendimiento, aunque en esto no están de acuerdo. Inés siente lástima por la reina, e incluso por la joven Catalina, a quien no le han permitido quedarse con su pequeño.

—¿No? —preguntó Juana—. Eso sí que no lo sabía.

María negó con la cabeza.

—En cuanto nació, se lo arrebataron de los brazos y está a cargo de Barrientos.

—¿El ministro de Hacienda?

—El mismo. Tenían una nodriza ya preparada —continuó María—. El conde-duque tiene muchas esperanzas depositadas en ese niño y eso tiene a la reina muy deprimida, lo que despierta la compasión de mi prima.

—Pobre Catalina, también.

—Sin duda. Es muy joven y hay quien se pregunta si entrará en un convento, porque el rey ya ha dado muestras de no estar tan apegado a ella como antes. Desde que le arrebataron a su hijo parece que no hace más que llorar, y eso no le gusta a Felipe.

Juana sintió una pequeña indignación en su interior. Un rey

podía hacer y deshacer, tomar las amantes que quisiera, pues ni la hija de un noble podía rechazar sus favores eternamente, y luego deshacerse de ellas sin contemplaciones, dejando un daño difícil de reparar.

—Estoy bastante de acuerdo con tu prima. Pero ¿qué opina el conde-duque?

—Él ha sido quien ha puesto a la criatura a buen recaudo. Es un estratega y considera que ese niño es una garantía para la Corona. Según le ha dicho a mi prima, alguien debe tomar las decisiones desagradables para asegurar el futuro de la monarquía, y en eso no le falta razón.

Juana asintió. Así era, algunas medidas eran útiles aunque poco populares, y hacía falta una figura que las llevara a cabo sin empañar el buen nombre de la familia real. El valido era esa figura, quien recogía las iras que los nobles y el pueblo no podían dirigir al rey.

—Entiendo.

María echó una mirada hacia atrás para comprobar que sus acompañantes estaban a la suficiente distancia como para no escuchar nada.

—Gaspar solo piensa que por fin hay un hijo varón del rey, lo que asegura el futuro de los Austrias en caso de que..., de que...

—De que la reina no logre concebir y parir un hijo varón sano —terminó Juana.

—En efecto. Él solo ve eso. Además —bajó aún más la voz—, le dijo a mi prima que, mientras Su Majestad está ocupado con los placeres de la carne y la caza, que ya sabes lo mucho que le gustan, muestra poco interés por el gobierno y le deja a él vía libre.

—Sonaría interesado si no fuera porque en verdad dudo de que el rey tomara las mejores decisiones para el reino —dijo Juana.

Se negaba a pensar mal de quien les había mostrado tanto afecto a lo largo de los años, de quien tanto había hecho por ellos. Y Felipe era un crío. Tenía ya veintiún años, pero en su mente el gobierno era algo aburrido que dejar en manos de otros, y seguía actuando como cuando tenía quince. Al imperio le convenía que un hombre de ideas claras, inteligente y con voluntad firme tomara las riendas. El peligro radicaba en que lo hiciera alguien de ambición desmedida y carente de escrúpulos, sin ningún interés en mantener la grandeza del reino, como se rumoreaba que era el caso del valido de Felipe III, el duque de Lerma. Pero el conde-duque, a pesar de que también despertaba muchas antipatías, como cualquiera en su posición, no había demostrado hasta entonces otra cosa que un gran interés en que la administración funcionara, aunque eso implicara tomar medidas impopulares.

—En eso ambos están de acuerdo. Así que Inés calla, no discute con su esposo y, a su manera, cuida y protege a la reina. Está deseando que dé a luz a un hijo varón para que sienta que ha recuperado su posición de guardiana de la descendencia de la Corona, como debe ser.

Siguieron caminando en silencio, cada una sumida en sus pensamientos. Eran testigos privilegiados de hechos que podían cambiar el rumbo del reino, pero, al mismo tiempo, solo podían observarlos desde fuera. La discreción era algo muy valorado en quienes servían a los nobles y sus familias, y ambas eran conscientes de que solo podrían hablar entre ellas de la mayoría de esos temas. Era una suerte contar con la amistad sincera de alguien en la misma posición. Juana se volvió hacia María.

—Te agradezco la confianza, sé lo duro que es tener que callarse todo lo que oyes y ves. Te prometo que nunca traicionaré tu amistad.

María sonrió de forma deslumbrante.

—Lo sé —dijo, y continuaron el paseo cogidas del brazo, como dos buenas amigas.

27

Madrid, 1627

Diego apoyó la cabeza en las manos y suspiró.
—No sé cómo abordar este tema.
Juana dejó el bordado a un lado y miró a su marido. Hacía ya nueve años que estaban casados y su vida había cambiado mucho. De Sevilla a Madrid, del taller familiar a la corte. Vivían bien, aunque ambos sabían que aún les quedaba mucho para conseguir su propósito. Y justo entonces eso. Era una gran oportunidad, pero también implicaba una enorme cantidad de trabajo y una gran competencia.
—Está bien, vuelve a explicarme de qué se trata.
—El rey ha convocado un concurso.
—Sí. —Juana se inclinó hacia delante—. Esto ya me ha quedado claro. ¿Y qué más?
—El ganador pintará el lienzo principal de la sala grande del Real Alcázar.
—¿Y por qué no elige el rey al pintor que quiere que lleve a cabo esta obra?
Diego se encogió de hombros. En esos años, había madurado y su ambición había crecido con él. Ya no era el joven al que todo le daba igual mientras viviera con comodidad. Era un hombre que quería dejar huella, que se recordase su nombre, y haría lo que fuera necesario para conseguirlo.
—No lo sé. Imagino que un concurso le da dinamismo al

asunto. Participamos varios de los pintores del rey: Eugenio Cajés, Angelo Nardi... y Vicente Carducho.

Juana suspiró.

—Tu enfrentamiento con él es inevitable.

—Lo es. No me gustan las discusiones, pero no permitiré que me avasallen. Carducho sigue siendo el pintor más importante de la corte, pero su técnica está anticuada y su estilo es flojo. Soy mejor que él; lo sabe y me odia por ello. No voy a disculparme por ser el mejor.

En aquel momento, Juana se sintió muy orgullosa de su marido. Se levantó, rodeó la silla que ocupaba Diego y le puso las manos sobre los hombros.

—Esa es la actitud. El tema es la expulsión de los moriscos, ¿no es así?

—Sí, hay que mostrar a los Habsburgo como defensores de la fe.

—Pues a trabajar, cariño.

Dos semanas más tarde del inicio del concurso, Juana visitó a Diego en su taller del Alcázar. Tenía permiso para acceder a esas dependencias y solía ir a menudo. Recorrió el pasillo en el que estaban los talleres y percibió la intensa actividad que había en ellos. En el de Diego, el bullicio no era menor.

Él sonrió cuando la vio aparecer.

—¿Qué opinas?

Miró hacia el gran lienzo en el que estaba trabajando. Apenas se apreciaba un esbozo, y se dirigió a la mesa de al lado, donde un dibujo a lápiz mostraba la composición que su marido iba a seguir.

—Es muy clásico, ¿no?

Diego asintió.

—No me parece el momento de innovar.

—No estoy de acuerdo. —A Juana nunca le preocupó llevar la contraria a su esposo. Además, ya no era una niña y quería hacerse oír—. Lo que te hace diferente es que tu estilo no es el arcaico que hasta ahora imperaba. Y mira tu retrato ecuestre.

¡Causó sensación! Y no solo porque el parecido era increíble. Esos trazos y esa ligereza que está cada vez más presente son lo que te diferencia.

—Pero aquí compito contra los mejores.

Juana se acercó a su marido y le acarició la mejilla.

—Tú eres el mejor. Y en parte es porque eres distinto. Ensalza esa diferencia; es lo que te permitirá destacar.

Diego se acercó al esbozo y se quedó pensativo. Su mujer tenía razón. Había decidido seguir un estilo más clásico y notaba que su creatividad no fluía igual, que no se sentía cómodo. De hecho, debería ir bastante más avanzado en la pintura, pero alguna cosa le retenía. Cogió un carboncillo y se puso a hacer modificaciones en el esbozo mientras Juana lo observaba desde atrás con una sonrisa en la cara. Cambió la perspectiva, aligeró el cuadro y puso en primer plano a quien no era la elección obvia. Cuando terminó, se volvió con los ojos brillantes.

—¡Lo tengo! —Cogió a Juana de la cintura y le dio un beso en los labios. No era muy decoroso, pero los ayudantes y los criados que había por ahí pululando no les prestaron atención—. No sé qué haría sin ti, amor mío, gracias por la confianza.

Durante las siguientes semanas, Juana casi no vio a Diego. Él se pasaba el día en el taller; en ocasiones, incluso dormía allí. Ella le visitaba de tanto en cuanto, y a veces se llevaba a Francisca para que Diego viera a su hija, que corría de un lado a otro extasiada entre pinceles y pinturas. Él procuraba estar a la hora de la cena para compartir un rato en familia, aunque fallaba bastantes días. Juana nunca se lo echó en cara; sabía lo que estaba en juego.

Llegó la fecha de la resolución del concurso y el jurado fue unánime. Diego ganó, para disgusto del resto de los pintores y con el consecuente enfado de Carducho, que se dedicó a difamarle repitiendo aquello de que lo único que sabía pintar eran cabezas. Pero Juana entendía que solo eran las palabras de un viejo pintor que se negaba a dejar pasar sus días de gloria.

Lo cierto era que aquel concurso cambió la concepción del arte y el gusto de la corte, lo que equivalía a decir que cambió el gusto del reino entero en materia de pintura. A partir de entonces, se fue abandonando el viejo estilo, encabezado por Carducho y los otros pintores, y se impuso una nueva corriente de la que Diego de Velázquez era el máximo exponente, si no el creador.

A las pocas semanas de recibir el encargo de pintar el lienzo principal del salón, Diego llegó a casa con una nueva y maravillosa noticia.

—¿Ujier de cámara? Pero eso es un puesto al servicio del rey.
Diego asintió, sin que la sonrisa abandonara su rostro.

—Así es. Significa entrar en la jerarquía palaciega y una muestra enorme del afecto de Su Majestad hacia mí.

Un ujier de cámara era en realidad un criado, pero quienes estaban en contacto directo con el rey eran mucho más que eso. En muchos casos, esos cargos los ocupaban nobles y, en otros, gente a la que se quería distinguir. Era, sin duda, un nombramiento muy generoso que situaba a Diego en el escalafón de la corte y le daba una respetabilidad que el oficio de pintor nunca le podría proporcionar.

—¿Y qué significa a efectos prácticos? —preguntó Juana, siempre tan pragmática.

—Entre otras cosas, que nadie puede discutir nuestro derecho a esta casa, porque el cargo lleva aparejado derecho de aposento.

Un pintor del rey no tenía ese privilegio. Eso había hecho que durante esos años tuvieran que soportar comentarios y cejas levantadas por ocupar una vivienda cedida por la corona, tantos que hasta el rey tuvo que intervenir. Pero entonces sería suya por derecho propio y nadie podría decir nada más.

—Además, nuestros gastos médicos y farmacéuticos quedarán cubiertos —continuó Diego, que se guardaba lo mejor para el final—. Y otro pequeño detalle es que el puesto conlleva un sueldo de trescientos cincuenta ducados anuales.

—¡¿Qué?!

Juana se levantó de un salto. Su estómago acababa de dar un vuelco, eso era mucho dinero.

Diego se acercó a ella.

—Como lo oyes. Vamos a ser ricos.

Juana comenzó a reír. Un sueldo así les cambiaría la vida. No vivían mal, no desde que el conde-duque de Olivares había conseguido para Diego el beneficio eclesiástico, pero ya podrían despreocuparse del todo. Se abrazaron llenos de alegría.

El ujier de cámara del rey tenía unas obligaciones muy específicas. Debía vigilar las puertas de la antecámara real, por la mañana hasta después de su almuerzo y por la tarde hasta que hubiera cenado, y cerrarlas cuando el monarca hubiera salido. También debía vigilar que solo entrasen aquellas personas autorizadas, como embajadores, gentilhombres, grandes de España... Y, por supuesto, supervisar que criados y mayordomos hicieran buen uso y servicio a las órdenes de Su Majestad. Era un puesto de gran prestigio, que le posibilitaría conocer a gente importante, a los diplomáticos y la alta nobleza que frecuentaban la antecámara del rey. Sin embargo, había algo que preocupaba a Juana.

—Pero... —dijo con el ceño fruncido—. Si tienes todas las ocupaciones que corresponden a un ujier de cámara, ¿de dónde vas a sacar el tiempo para pintar?

Diego se echó a reír.

—Apenas tendré que llevar a cabo mis tareas. Hay varios ujieres de cámara y nos vamos turnando. Es más un puesto honorífico, aunque me permitirá estar ya dentro del ambiente cortesano.

—Mamá, papá, ¿qué ocurre?

Francisca apareció por la puerta. Las risas y los gritos le habían llamado la atención. La niñera entró justo detrás de ella.

—Disculpad, señor, señora, se me ha escapado.

Diego le quitó importancia con un gesto y sonrió a su hija.

—Ocurre, cariño, que lo hemos conseguido.

28

—Esta noche iremos al teatro, conde-duque.

Gaspar suspiró. El rey se había encaprichado de la actriz que llamaban «la Calderona» y bebía los vientos por ella. No dejaba de pensar en esa mujer y ya habían acudido tres veces al teatro para verla actuar. De hecho, esa paciencia a la hora de exigirle que se metiera en su cama le indicó a Gaspar que el afecto era más profundo de lo que pensaba.

Pero sabía también que la Calderona, para quien el matrimonio no era un sacramento sagrado y cuyo marido no daba señales de vida, tenía en esos momentos un amante al cual, según decían las malas lenguas, amaba tanto o más que él a ella. Y ese amante era, para complicarle más las cosas a Gaspar, el viudo de su querida hija.

El conde-duque no se lo tenía en cuenta. Hacía ya tiempo que su añorada María había dejado este mundo y era normal que su marido siguiera con su vida. Fue un buen esposo para su hija y sufrió mucho cuando ella murió. Perdió a la mujer a la que amaba y al bebé que esperaba, todo a la vez. Fue un golpe muy duro y le costó levantar cabeza.

El duque de Medina de las Torres, que ostentaba diversos títulos porque Gaspar se los había concedido como regalo de bodas e incluso después de la muerte de María, había sido un gran apoyo para él. Cuando su hija los abandonó, Gaspar se sumió en una profunda depresión. Inés, su esposa, había sufrido mucho, pero para él fue como si la luz de sus ojos se hubiera apagado y, con ella, sus esperanzas de crear un poderoso linaje al que legar todo lo que había conseguido.

El conde-duque tenía ojos y oídos en todas partes y conocía la relación con la actriz, aunque su yerno no le había dicho nada. Se merecía un poco de felicidad después de todo lo que había pasado. Y justo entonces tendría que pedirle que se retirara para dejar paso al rey. Difícil posición. Pero él se debía al monarca, y haría lo que hubiera que hacer.

Esa noche acudieron al Corral de la Cruz. Solos el rey y Gaspar, de incógnito. Salieron de palacio y caminaron por las calles de Madrid hasta el teatro donde la Calderona representaba su función. Felipe disfrutaba mucho de esas escapadas, que le permitían huir del rígido protocolo que encorsetaba sus días. Vestido de forma menos regia de lo habitual, con el gorro calado y la capa subida, se sentía más libre que nunca.

Gaspar era consciente de que no pasaban tan desapercibidos como el rey pensaba. Las dos figuras que recorrían Madrid embozadas, una alta, delgada y aún joven, y la otra grande, ancha y con una cojera que disimulaba apoyándose en una muleta, resultaban demasiado familiares para muchos. Sin embargo, las buenas gentes de la ciudad respetaban el deseo de anonimato del monarca y nunca daban muestras de haberlos reconocido. Así pues, Felipe IV disfrutaba de lo que él creía una libertad perfectamente anónima y el resto del mundo le seguía el juego.

Una vez en el teatro, Gaspar percibió las miradas y los cuchicheos en el patio de butacas y cómo la mayoría de los espectadores giraban la cabeza de vez en cuando para mirar hacia su palco.

La función se desarrolló con normalidad. No se podía negar que aquella muchacha resultaba encantadora. Era muy joven, tendría dieciséis años, pero de su forma de actuar y de sus gestos se desprendía una experiencia muy superior a la que por edad le correspondía. Lucía una preciosa melena pelirroja, muy larga, y la piel, blanca y sin mácula, se adivinaba muy suave. Los ojos eran redondos y oscuros, o al menos eso parecía desde la distancia, y su voz al declamar era dulce e hipnótica. Gaspar miró al rey de reojo: seguía la actuación con la boca entreabierta y la mirada fija en la figura de su amada. Tenía las pupilas dilatadas y la respiración agitada. Así que decidió no perder el tiempo y solucionar de una vez aquella situación.

En cuanto la representación llegó a su fin, dejó al rey en el palco y acudió al camerino de la protagonista. Llamó a la puerta y se identificó. Quien abrió no fue la Calderona, sino su yerno, que lo miró, sonrió con cierta inquietud y lo dejó pasar. Ella estaba sentada frente a un tocador y se retiraba el maquillaje. De cerca era aún más hermosa, incluso con la espesa capa de afeites y los colores que le adornaban las mejillas y los ojos. Era un maquillaje apto para la escena, pero que creaba el extraño aspecto de una máscara en las distancias cortas.

La Calderona se levantó y le hizo una reverencia, y después volvió a sentarse y siguió con lo que estaba haciendo, como si el conde-duque de Olivares no se encontrara presente. Fue su yerno quien inició la conversación.

—Y bien, suegro, ¿qué os trae por aquí? —dijo, aunque sin duda ya conocía la respuesta.

Gaspar tragó saliva.

—Ramiro, mi hijo querido, sabes el aprecio que te tengo. —Hizo una pequeña pausa y dio unos pasos por el camerino—. Nada me duele más, sabiendo por lo que has pasado, que pedirte que te retires de esta liza y renuncies a esta mujer para que Su Majestad tenga el camino libre para conquistar sus afectos.

La Calderona había terminado ya de desmaquillarse. Se levantó y se acercó a ellos. Miró al conde-duque con la barbilla levantada y el orgullo reflejado en los ojos.

—¿Soy acaso una yegua que se compra y se vende? ¿No puedo decidir por mí misma con quién me relaciono?

Gaspar la miró.

—No cuando se trata del rey, señora. Vuestra actual relación es un inconveniente y puede provocar actuaciones dañinas hacia este hombre.

Los dos amantes se miraron y Gaspar reconoció el dolor en los ojos de ambos.

—¿Y qué ocurre si me niego? —dijo ella—. ¿No tengo ese derecho?

Tras un breve silencio, Gaspar volvió a hablar:

—Podéis negaros, sin duda. Pero pensad un momento: es Ramiro quien no puede ignorar una orden directa del rey, sería un suicidio. Una vez él deje de ser vuestro protector, ¿vais a rechazar la protección y el amor de Su Majestad? ¿Del monarca más poderoso de la cristiandad?

Ella apretó los labios y su cara de concentración indicaba que estaba valorando sus opciones. Una mujer como ella no tenía el privilegio de dejarse aconsejar por el corazón, y ser la amante del rey, durase lo que durase, podía reportarle muchos beneficios. Su marido no diría nada, como era habitual. Apenas lo veía, de hecho. Y ella… Los ojos le brillaron al pensar en todo lo que, si era lista, podía conseguir.

Pero, contra toda prudencia, amaba a Ramiro. Lo que empezó como una relación de conveniencia, en la que ella se dejaba querer, se había convertido en un amor apasionado, y entonces no sabía cómo actuar. Miró a su amante. Ramiro mantenía la cabeza gacha, pues sabía que solo se podía hacer una cosa. La actriz se acercó a él y le agarró del brazo.

—No me dejes, Ramiro. Quédate conmigo, te lo ruego.

Los ojos angustiados del hombre enfrentaron su mirada. Negó con la cabeza.

—Ojalá hubiera otra opción, María, pero así son las cosas. Tengo que ofrecer a Su Majestad un bien que no estoy en condiciones de disputar.

La Calderona soltó el brazo de su amante. No insistió, había detectado la determinación en su voz. Notó que las lágrimas asomaban a sus ojos, pero no derramó ni una sola. Miró a Gaspar.

—Entonces decidle a mi señor el rey que estoy dispuesta a ser suya.

—¿En serio esa mujer quiso huir con el duque de Medina de las Torres? —Juana no daba crédito a lo que María le contaba. Esta asintió.

—Eso le ha dicho el conde-duque a mi prima. La actriz aceptó convertirse en amante del rey y este se presentó en su camerino. Siguieron viéndose, pero al parecer el yerno de los conde-duques no dejó de visitarla, pues hay rumores de una incómoda escena en la que, estando ella con el rey, el duque llamó a su puerta.

Juana se tapó la boca con una mano.

—¡Ay, Virgen santa! ¿Y qué ocurrió?

María se rio entre dientes. Ambas caminaban cogidas del brazo, escoltadas, como era habitual, por una criada y un lacayo. Últimamente, Inés pasaba casi todo el día con la reina y María tenía más tiempo libre. Sin embargo, ni ella ni Gaspar le habían dicho nada, sino que seguían cuidando de ella. Su habitación se encontraba en uno de los pisos superiores del Alcázar. Ni tan arriba como los criados, ni tan abajo como los nobles. Como siempre, en tierra de nadie. Pero tenía alojamiento y comida y recibía una asignación para vestuario y lo que pudiera necesitar. Se sentía muy agradecida. Además, seguía acompañando a Inés cuando regresaba a casa por las tardes, o tras dejar a la reina ya lista para acostarse. Leían un rato, la peinaba y la ayudaba a desvestirse. Charlaban y, a veces, era testigo de conversaciones jugosas entre Inés y Gaspar que le proporcionaban valiosa información. María era muy discreta y nunca diría nada, excepto a Juana, pues sabía que jamás divulgaría lo que ella le contara.

—Pues que le pidió al rey que se escondiera en un armario. El duque entró y Su Majestad tuvo que escuchar todo el galanteo.

María se echó a reír al ver la cara escandalizada de su amiga. Encerrar al rey de las Españas en un armario no era un asunto baladí.

—No me lo puedo creer —dijo Juana, que no salía de su asombro—. ¿Cómo va esa mujer a tener escondido al rey mientras se ve con su otro amante?

—Pues así sucedió, al parecer. Eso sí, antes de que los amantes consumaran, Su Majestad salió hecho una furia del armario. Se ve que solo las súplicas de la Calderona evitaron que matara al duque, que ha sido desterrado a Andalucía para que no dé más problemas.

—Me parece un poco cruel separar a dos amantes por un capricho —dijo Juana con el ceño fruncido.

María se encogió de hombros.

—Es el rey. No tiene que mirar por los sentimientos de los demás.

—Y por lo visto, ella ha tenido que dejar de actuar, con lo famosa que era.

Juana sentía la indignación en la boca del estómago. No estaba en su naturaleza meterse en vidas ajenas, pero, aunque sabía que debía callar, tenía sus propias opiniones sobre lo que veía y oía, y en aquel momento le pareció que la vida estaba siendo muy injusta con aquella joven actriz, por muy amante real que fuese. Al igual que con la hija del conde de Chirel, los caprichos del rey a veces se cobraban víctimas que ni siquiera eran conscientes de serlo. Negó con la cabeza. No eran pensamientos apropiados y no llevaban a ningún sitio.

Siguieron hablando de todo y nada, y después María acompañó a Juana a casa, donde la pequeña Francisca corrió a su encuentro. Enseguida les sirvieron una taza de chocolate caliente que les templó el cuerpo y los ánimos.

—Bueno, y tú ¿sigues pintando? —preguntó María.

—Pues claro —afirmó Juana—. No es algo que pueda decidir hacer o dejar de hacer. A veces solo necesito coger los pinceles y ponerme delante de un lienzo. El mundo se desdibuja y solo estamos los colores y yo.

—Venga, enséñame tus nuevas obras.

Las dos mujeres y la niña se levantaron y se dirigieron al

pequeño taller que había en la casa. Diego lo usaba para realizar bocetos y retoques, y también para pintar las obras privadas. Eso hacía que esa estancia estuviera más desorganizada, pero era más íntima. Allí, Juana se sentía con libertad para expresarse a través del arte. Hacía sobre todo bodegones y retratos, y participaba en muchas de las obras de Diego, como era habitual en los miembros de un taller, ya fuese en los esbozos, ya en detalles secundarios.

Le enseñó a María un retrato bastante avanzado de Francisca.

—¡Es muy bueno!

Juana se rio.

—Según con qué lo compares. Pinto porque me lo pide el cuerpo, no busco reconocimiento.

—Pues a mí me gusta —dijo Francisca cruzando los brazos—. Es divertido posar y verte luego en el lienzo.

—Nos ha salido presumida, la princesa —dijo Juana entre risas, y revolvió el pelo de su hija en un gesto cariñoso.

—¡Carducho se ha puesto hecho una furia!

Juana no tenía claro si Diego lo decía indignado o divertido. Acababa de firmar el cargo de ujier de cámara y eso había sido una nueva humillación en el estricto código del pintor italiano.

—Me preocupa un poco ese hombre. María dice que nos quiere mal, ¿no hará ninguna tontería?

Diego se echó a reír.

—¡Por supuesto que no! Nunca se atrevería a hacerle nada malo al favorito de Su Majestad. Se conforma con ir soltando veneno sobre mí que solo escuchan cuatro envidiosos.

—Pero ¿por qué le ofende tanto? Él lleva décadas en la corte, es normal que tarde o temprano aparezca alguien que destaque más.

—Tiene una envidia enfermiza, eso es todo.

Diego dio un trago al vaso de vino que tenía delante. Cuando regresaba del Alcázar, el matrimonio solía sentarse a conversar antes de cenar. Así recuperaban el tiempo que estaban separados, porque él se pasaba la mayor parte del día en palacio.

—Está anclado en técnicas del pasado. No entiende lo que hago y ni siquiera lo respeta —añadió.

—Me da un poco de miedo ver a alguien con tanto odio en su interior. Pero creo que, en el fondo, no dejáis de buscar lo mismo, aunque sea por caminos distintos.

Diego se quedó mirando a su mujer. Apreciaba mucho su opinión. En general, tenía una visión más completa de las situaciones y su comprensión de la naturaleza humana superaba con creces la de él. Diego solo quería pintar y estar con su familia, o al menos así había sido al principio. Su única misión era que el oficio de pintor fuera reconocido y respetado, que se les considerara artistas. Aunque no podía negar que se encontraba cómodo en la corte.

Nunca lo hubiera dicho, pero, sin poder afirmar que lo que el rey sentía por él fuese una amistad, estaba claro que lo notaba a gusto en su compañía. Hablaban de forma distendida, le preguntaba su parecer sobre algunos temas y se reía con él. Tal vez, precisamente por no tener orígenes nobles, se permitía ser más él mismo con Diego que con sus gentilhombres y su corte.

Y el conde-duque alentaba esa confianza. En lugar de tenerle celos por disputarle el afecto del rey, disfrutaba al ver la armonía que reinaba entre ellos, dos hombres tan diferentes pero tan queridos para él. Sus mejores momentos sucedían en los talleres del Alcázar, cuando Diego retrataba a Su Majestad y Gaspar pasaba por allí a observarlos.

Diego había descubierto dentro de sí un alma de cortesano que no sabía que tenía, un pequeño fuego que le hacía aspirar a más. Hasta la luna.

—¿Qué es lo que quieres?

La pregunta de Juana lo trajo de nuevo a la tierra. Parpadeó. A veces se preguntaba si de verdad era tan importante medrar, si no le bastaba con pintar y proporcionar a su familia una buena vida, con ser reconocido por su arte. Y si era sincero consigo mismo, debía admitir que no.

—Quiero ser respetado, Juana. No solo ser admirado por mis pinturas y requerido por los más grandes. Ni siquiera me vale ya con codearme con ellos. Quiero ser alguien.

Juana guardó silencio y miró a su esposo. Pensó en el joven tímido y sin ambición con quien se casó, en aquel muchacho que aceptó cumplir ese empeño de su esposa y su suegro por acabar en la corte como una forma de contentarlos, como un camino para, tal vez, conseguir la dignidad del oficio de pintor.

Habían pasado muchos años de aquello y Juana, con esa perspicacia natural de la que siempre había hecho gala, era consciente de que Diego había cambiado. Seguía queriendo dignificar la pintura, seguía queriendo que su nombre se recordara, pero había algo más. Su esposo era ya un cortesano. Como ujier de cámara, había entrado a formar parte de la jerarquía palaciega. Y percibía en él un orgullo que antes no estaba ahí, una conciencia de su valía que se había despertado desde que gozaba de la confianza del rey, algo de lo que Juana se alegraba, aunque a ella los honores le daban igual.

Ella solo quería seguir teniendo una vida cómoda, estable y feliz. Cuidar de su hija, llevar su casa, charlar con su marido, pasear con María, pintar de vez en cuando. Leer los nuevos versos y las obras de sus autores predilectos, recibir visitas y mantener conversaciones ingeniosas y divertidas, como las de las tertulias que organizaba su padre en Sevilla y que tanto echaba de menos. Placeres sencillos que la hacían feliz. Sabía cómo eran las cosas, y sabía que aspirar a más solo la hubiera hecho desgraciada. Y le preocupaba que ese cambio en Diego, esa ambición, le trajera más penas que alegrías, porque no tenían un origen noble y a la gente como ellos les permitían algunas cosas mientras hicieran gracia, pero nunca los tratarían como a iguales.

—Vicente Carducho también quiere que la profesión tenga una dignidad. Siempre ha renegado de que se considere a los pintores trabajadores manuales, unos meros artesanos. ¿No consiguió eliminar aquel impuesto a las pinturas que tantos quebraderos de cabeza te trajo?

Diego asintió con los labios apretados, y eso solo lo hacía cuando estaba de mal humor.

—¿No lleva años predicando la superioridad de la pintura sobre otras artes? ¿Pidiendo que se os considere tan artistas como a los poetas o los dramaturgos?

Otro asentimiento.

—¿Lo ves, mi amor? Más allá de vuestras disputas personales, ambos buscáis lo mismo.

—No busco lo mismo que Carducho, ni remotamente. Él tiene una estrechez de miras pasmosa. Está caduco, y su desprecio hacia mí y todo lo que represento, sus afrentas, sus patéticos intentos de ofenderme no hacen sino destacar sus limitaciones.

—Pero...

—No quiero hablar más del tema.

Diego se bebió de un trago el vaso de vino, se levantó y se marchó.

Juana, estupefacta, se quedó mirando la puerta por donde había salido. Era la primera vez que discutían, que ella recordara. Por un lado, creía que Diego estaba siendo irracional, pero, por el otro, entendía su odio hacia quien tan claramente había mostrado su peor cara con él. Y no es que Juana le tuviera cariño al viejo pintor, ¿cómo podría?, más bien le tenía miedo. Ella creía que si no hablaban, si Diego no intentaba un acercamiento, ese odio iría creciendo hasta convertirse en una rivalidad difícil de manejar. Y ellos nunca habían odiado ni habían sido odiados.

Se levantó y siguió a Diego, pensando que habría acudido al taller. En efecto, allí estaba, frente a un lienzo que le había encargado la duquesa de no sabía dónde. Miraba el vestido colocado en un maniquí y tenía un pincel en la mano, pero no se movía. Juana se acercó por detrás, pasó las manos por su cintura y apoyó la cabeza en su espalda.

—No quiero que discutamos —dijo. Notó como los músculos de la espalda de Diego se destensaban—. Pero no me gusta la idea de tener un enemigo. Me da miedo.

Diego suspiró. Entonces dejó el pincel, se dio la vuelta y apretó a María contra su pecho.

—Yo tampoco quiero discutir. —Besó el pelo de su esposa—. Pero las cosas aquí no son tan sencillas como cuando estábamos en Sevilla. Cuanto más alto subes, más enemistades encuentras, aunque no las busques.

—Entiendo. ¿Pero de verdad es inevitable?

Hubo un tenso silencio.

—No voy a suplicarle a Carducho que me acepte, porque eso sería rebajarme. Si él ha decidido odiarme, que no espere de mí otra cosa. Lo lamento.

La voz de Juana salió temblorosa.

—Pero tú nunca has odiado a nadie. No va con tu carácter.

—Y ahora tampoco odio a ese hombre —explicó Diego—. Es un anciano detestable y cascarrabias al que no soporto, pero no le deseo ningún mal..., excepto el de tener que tragarse la bilis al ver cómo cada vez tengo más reconocimiento y honores.

Los dos rieron con un cierto alivio. Juana separó la cabeza del pecho de su marido y lo miró a los ojos.

—Me alegra saberlo. Pensaba que estaba perdiendo al muchachito con el que me casé.

Él la besó.

—Nunca lo perderás. Sigue ahí, en algún sitio, pero es mejor que viva escondido y solo asome la cabeza contigo. Será todo mucho más fácil.

29

El rey decidió acudir a la fiesta en casa de Juan de Espina a última hora. Al conde-duque le caía bien y se preciaba de tenerlo entre sus amigos. Era todo un personaje: le interesaban la magia, la adivinación y los sofisticados ingenios que ofrecía la ciencia. La Inquisición lo vigilaba desde hacía tiempo, pero, a pesar de su extravagancia, no habían podido hallar nada en su contra. Era un hombre que a todos caía bien, un filósofo, alguien sin enemigos que vivía en una casa que era un auténtico museo de los prodigios.

Y allí era donde había decidido convocar a sus invitados. Felipe no solía confirmar con antelación su asistencia a ese tipo de celebraciones, pero, a instancias de Gaspar, acudieron ambos. Era una fiesta informal, todo lo informal que podía resultar un divertimento que contaba con la presencia de la corte entera, incluido el soberano. Pero sí era colorida y divertida, y un poco menos encorsetada. Además, solo había hombres. Era más una reunión de amigos de alto nivel, aunque, al entrar, Gaspar reconoció algunas caras que podría calificar de muchas formas, pero no de amistosas.

El duque de Híjar se acercó a saludar en cuanto fueron anunciados. Apenas dejó al anfitrión presentar sus respetos, y se abrió paso entre los que pajareaban alrededor del rey.

—¡Majestad, qué inesperado honor! —dijo con afectación.

Gaspar contuvo una mueca de disgusto.

—Duque, me alegro de veros —lo saludó Felipe.

El duque miró de arriba abajo al conde-duque de Olivares y enarcó una ceja cuando llegó a la muleta en la que se apoyaba, que tantas suspicacias había levantado y tantos rumores de brujería había provocado.

—No echará a correr, ¿verdad, excelencia? Estamos en un lugar muy propicio para la magia, según tengo entendido.

Gaspar suspiró y puso los ojos en blanco, sin preocuparse de resultar descortés. Estaba ya por encima de esas cosas.

—No dudo de que, si mi muleta echa a correr, vos estaréis atento para narrarlo después por todos los rincones de nuestro gran imperio.

Felipe se echó a reír, negó con la cabeza como si fuera una riña entre críos y se dio la vuelta para hablar con otro asistente a la fiesta. Gaspar le hizo al duque de Híjar una seca inclinación de cabeza y se alejó. Aquel aragonés iba a acabar con su paciencia. Se había referido, con muy mal gusto, por cierto, a un pasquín de autor desconocido que circulaba por las calles de Madrid. Al parecer, al pueblo le encantaba creer que un diablo, que afirmaban que era un familiar suyo, habitaba en esa muleta. Un día, en presencia de no recordaba quién, la muleta, que descansaba apoyada en un rincón, se habría enderezado de golpe y se habría puesto a correr impulsada por el espíritu del demonio que se alojaba en su interior.

Un bulo tan absurdo que ni siquiera había intentado atajarlo.

La fiesta continuaba. El vino corría y el anfitrión saltaba de un grupo a otro atendiendo a todo el mundo. Explicaba en qué consistían los artilugios que tenía en la casa, excepto uno que estaba expuesto en el patio interior como una promesa, muy voluminoso y tapado con una sábana.

—¡Conde-duque, cuánto me alegro de veros!

Gaspar sonrió. A este invitado sí le complacía encontrárselo.

—¡Jerónimo, es un placer coincidir con vos de nuevo! ¿Habéis venido de visita?

Jerónimo de Villanueva, protonotario de Aragón, era un

gran aficionado a la astrología, como él mismo. Era también amigo de fray Luis de Aliaga, confesor del rey, y un hombre cabal, leal y muy entretenido. Hizo un gesto al aire con la mano.

—Mis obligaciones me tienen atado a Aragón, ya lo sabéis, pero me gusta escaparme de vez en cuando a la capital para divertirme un poco. ¿Dónde está Su Majestad? ¡Ah, sí! Allá lo veo.

Gaspar giró la cabeza y vio al rey hablando con el insufrible duque de Híjar. Seguro que le estaba contando chismes acerca de él. Por suerte, el rey miraba hacia otro lado con cara de aburrimiento. El conde-duque y Jerónimo fueron hasta donde se encontraba el rey, que se alegró de que lo liberaran de las garras del duque. En ese momento, Juan de Espina, el anfitrión, se acercó también. La fiesta se encontraba en su apogeo y todo el mundo se divertía. El ambiente estaba cargado de risas y hasta el volumen de las voces había subido, a consecuencia, sin duda, del alcohol que los lacayos iban ofreciendo a los invitados sin cesar.

—Espero que vuestra majestad esté disfrutando —dijo Juan de Espina con una sonrisa.

—Así es —respondió el monarca—. Una fiesta muy entretenida.

Juan de Espina volvió a sonreír, y entonces le desveló un secreto.

—Os tengo una sorpresa reservada. Me gustaría mostraros algo. Si vuestra majestad fuese tan amable de acompañarme... Por aquí, por favor.

Una comitiva de invitados, con el rey, el anfitrión y el conde-duque a la cabeza, siguió a Juan de Espina hasta el patio. Allí se reunieron en torno al objeto camuflado que había en el centro.

El anfitrión se adelantó.

—Hoy vais a ser testigos, majestad, apreciados invitados, de un prodigio que os hará mirar al cosmos de forma diferente. Un ingenio creado por el hombre para mayor gloria de Dios y su obra.

Se acercó al objeto y tiró de la tela de forma teatral. Las exclamaciones se sucedieron y el anfitrión sonrió, satisfecho; esa era la reacción que buscaba. Abrió los brazos.

—¡Os presento la silla celestial!

Los asombrados ojos de los asistentes contemplaban una silla harto extraña. Era una butaca tapizada de terciopelo rojo, pero cubierta completamente con una serie de placas, dispositivos y tubos metálicos que hacían que quien se sentase allí quedara solo con las piernas a la vista.

—Gracias a un sofisticado sistema, desde esta silla se puede observar en toda su gloria el esplendor de la bóveda celeste. —Juan de Espina miró al firmamento, y el resto de los invitados lo imitaron. El cielo estaba claro y las estrellas brillaban con fuerza—. Y esta es una noche magnífica para ello. Majestad, ¿querríais hacerme el honor de ser el primero en probarla?

Gaspar frunció el ceño. Juan de Espina era entusiasta y, en cierto modo, inocente como un niño, pero a veces no se daba cuenta de las cosas. Si bien era cierto que ofrecer la primicia al rey parecía lo correcto, por otra parte no era apropiado que el monarca se arriesgara a ser el primero en probar un artilugio desconocido. El conde-duque vio en el rostro del soberano la misma duda y tomó la iniciativa.

—Juan, sabéis sin duda cómo entretener a vuestros invitados. Permitidme que sea yo quien experimente primero este ingenio vuestro. Ardo en deseos de probarlo y no dudo de que Su Majestad, en su infinita benevolencia, me cederá el honor.

El rey no pudo ocultar la cara de alivio y asintió.

—Adelante, arriesgaos vos.

Hubo risas nerviosas entre el público y la sonrisa de Juan de Espina tembló un momento, como si temiera haber hecho o dicho algo inadecuado. Sin embargo, la expresión del conde-duque era amistosa, incluso expectante, así que recuperó con rapidez la compostura.

Gaspar siguió sus indicaciones y se sentó. El anfitrión procedió a ajustar el mecanismo en torno a la parte superior del cuerpo del conde-duque, quien, antes de perder de vista el patio, se fijó en que el duque de Híjar desaparecía por una de las puertas que conducían al interior.

Cuando Juan de Espina terminó de colocarlo todo, Gaspar abrió la boca, estupefacto. Ante sus ojos se extendía el cielo nocturno de Madrid en primavera. Veía la bóveda celeste como si estuviera tumbado boca arriba en una montaña tan alta que lo acercara a las estrellas. La luna refulgía en todo su esplendor y Gaspar parpadeó, casi incapaz de absorber tanta belleza.

—Decidme, excelencia —oyó que decía Juan—. ¿Qué veis?

—Todo —respondió con un hilo de voz, como si a esta le costara salir de la garganta—. Veo el cielo al completo. Es maravilloso.

Entonces escuchó la voz del rey.

—¡Está bien, quiero probar! Enseñadme esta maravilla.

Juan de Espina se apresuró a liberar al conde-duque. Cuando dejó el asiento, fue Felipe quien se acomodó. Una vez el dispositivo estuvo listo, el rey abrió los ojos y soltó una exclamación de asombro. El público entero aplaudió.

Pero en ese instante sucedió algo inesperado.

Una estrella fugaz cruzó el firmamento. Quienes estaban mirando hacia arriba llegaron a divisarla, aunque fue solo un momento. Sin embargo, el rey la vio justo delante de sus ojos, a buen tamaño y con nitidez. Pegó un salto en la butaca y soltó una exclamación ahogada. Juan de Espina se acercó a toda velocidad.

—¿Os encontráis bien, majestad?

Felipe braceó, inquieto.

—¡Quitadme esto! ¡Quitádmelo ahora mismo!

Al pobre hombre le temblaban las manos, pero con la ayuda de Gaspar pudo liberar al rey enseguida. Felipe se levantó pálido como un muerto.

—¿Qué os ocurre, majestad?

—¡Magia, ha sido magia! —dijo bastante alterado.

Juan de Espina tragó saliva y notó que le sudaban la palma de las manos.

—Os aseguro, majestad, que nada de lo que hayáis visto se debe a la magia. Solo es ciencia, nada más que eso.

Ese fue el momento que eligió el duque de Híjar para entrar en el patio a la carrera, llevándose las manos a la cabeza.

—¡Brujería! ¡Nigromancia!

Todos se volvieron hacia él. El duque señaló con mano temblorosa al anfitrión.

—¡Tiene un ataúd en su dormitorio! Decidme, ¿acaso no es esa una prueba de brujería?

Juan de Espina sintió que se mareaba y se apoyó en el brazo de la silla. No daba crédito a lo que estaba sucediendo. Gaspar intervino:

—¡Señores, por favor, un poco de decoro! Don Juan siempre ha sido un buen amigo para todos nosotros. ¡Cómo va a ser un nigromante!

—¡El conde-duque dice eso porque es como él!

Gaspar giró la cabeza como un felino hacia el duque de Híjar, que en ese instante se dio cuenta del tremendo error que había cometido acusando sin pruebas al valido de Su Majestad. Gaspar se acercó a él, apoyado en su muleta. Se acercó tanto que pudo oler su aliento y le habló en voz baja, sin necesidad de alzar el tono para imprimir una terrible amenaza en sus palabras.

—El rey os tolera porque es magnánimo, señor, pero yo no tengo ni su paciencia ni su bondad. Haced una alusión más a prácticas indignas por mi parte, una sola, y tendréis problemas de los que ni siquiera vuestros más altos amigos podrán libraros.

El duque de Híjar no respondió. Odiaba al conde-duque de Olivares con todas sus fuerzas, porque ocupaba el puesto que él consideraba que le correspondía, pero no era tonto. Enfrentarse al hombre más poderoso del reino, solo por detrás del rey, era un suicidio, y si algo tenía el duque era paciencia. Levantó las manos en señal de rendición y su boca compuso una sonrisa más falsa que el alma de Judas.

—Disculpad, excelencia. Sin duda ha sido un malentendido.

Nunca se me hubiera ocurrido sugerir que un grande de España hiciera uso de artes oscuras para medrar. Sin embargo, vuestro amigo... Ay, Señor, mi conciencia cristiana no me permite dejar pasar una evidencia semejante.

Gaspar iba a contestar, pero entonces el rey se dirigió a él.

—Vámonos, conde-duque. Quiero regresar al Alcázar ahora mismo.

Su tono no dejaba lugar a dudas. Gaspar retiró la mirada del infame duque e hizo una reverencia al rey. Pero no pensaba dejar solo a Juan de Espina con aquellas hienas.

—Por supuesto, majestad. —Dio unas palmadas al aire—. ¡Bien, la fiesta ha terminado! El rey se retira. ¡Todos a su casa!

Al marcharse, pasó al lado de Juan, que estaba callado, serio y con la mirada baja. Le puso una mano en el hombro.

—No os preocupéis —le dijo—, todo esto se solucionará muy pronto.

—Os digo que lo que vi fue brujería.

En el taller de la planta baja del Alcázar, el rey conversaba con Diego y con Gaspar mientras el pintor hacía algunos retoques a uno de sus retratos.

—Majestad, conozco a don Juan de Espina y vos también —replicó el conde-duque—. Nunca ha hecho daño a una mosca. Lo que visteis fue una estrella fugaz, pero, al estar en el sillón, se os apareció más cercana y grande.

Felipe se rascó la barbilla.

—¿Y cómo explicáis eso? ¿Que un sillón pueda hacer ver el cielo ante los propios ojos?

—El cómo no lo tengo claro, majestad —dijo Gaspar—, aunque algo me explicó Juan sobre unos espejos.

Diego carraspeó. El rey lo miró y soltó una carcajada.

—¡Por Dios, Diego, habla sin miedo! No es necesario que esperes mi permiso cada vez que quieras dar tu opinión. No en privado, al menos.

Diego tenía una nutrida biblioteca en su casa, y los ejemplares que encontraban hueco en sus estanterías no solo eran sobre pintura. Tratados sobre matemáticas, arquitectura e incluso ciencia le ayudaban a entender la perspectiva, la estructura y otros elementos que consideraba imprescindibles para su oficio.

—El caso es que he leído algo sobre esto. Es un juego de espejos. Un espejo capta la imagen y luego otros espejos, colocados en distintos ángulos, reflejando una y otra vez esa figura, hacen que pueda llegar a los ojos del espectador. Parecido a como lo hacen los catalejos que usan los marinos para ver en la lejanía.

El rey y el conde-duque se quedaron en silencio.

—Entonces ¿no es brujería?

—No, majestad —afirmó el pintor—. Es ciencia.

Felipe se giró hacia Gaspar.

—Pero todos sabemos que ese hombre se jacta de adivinar el futuro y leer las estrellas.

—Majestad, os lo ruego —interrumpió Diego—. Necesito que permanezcáis quieto. Estoy con la golilla y, si la perspectiva no es la adecuada, podría echarse todo a perder.

El rey resopló, pero hizo lo que el pintor le pedía. Tenía una confianza con Diego de Velázquez que no había desarrollado con nadie más, excepción hecha, por supuesto, del conde-duque de Olivares, su esposa la reina y su confesor. Y María Calderón, su amante. Sonrió cuando pensó en ella y recordó que la vería esa misma tarde.

Gaspar tomó la palabra.

—La astrología no es brujería, majestad. Sin ir más lejos, vuestro abuelo, el gran Felipe II, que tanto hizo por este reino y por la fe católica, tenía a su servicio a toda una caterva de adivinos y astrólogos que le ayudaban a interpretar los designios divinos basándose en las estrellas y los planetas.

Felipe asintió despacio.

—Eso es cierto.

Diego se concentró en un pliegue del tejido bajo la golilla, pero sin perder palabra de la conversación.

—Don Juan de Espina es un fiel servidor de Su Majestad y un buen hombre. Es curioso por naturaleza, tiene un cerebro prodigioso, y es normal que se interese por temas quizá controvertidos. Pero es del todo inofensivo y, desde luego, no es un brujo.

—¿Es cierto que tenía un ataúd en el dormitorio? —preguntó Diego.

Gaspar hizo un gesto al aire con la mano.

—Sí, pero ya os lo he dicho, es alguien especial. Un filósofo. Me comentó que lo tenía como un recordatorio constante de la brevedad de la vida y la inevitabilidad de la muerte. Para no olvidar ser un buen cristiano.

Los tres guardaron silencio y el pintor siguió trabajando. Lo que todos preveían había sucedido. La Inquisición decidió intervenir y Juan de Espina fue detenido. Lo habían interrogado, pero no pudieron probar ni una sola acusación de brujería. Entre eso, su buen nombre y la discreta intervención de Gaspar haciendo valer su autoridad, había salido libre y con su reputación intacta.

El duque de Híjar, según se decía por los mentideros de la ciudad, había vuelto a Aragón dejando un rastro de rabia y bilis por el camino.

Por la tarde, Gaspar acudió de nuevo a ver a Leonor. Había un tema que le inquietaba.

—El rey está cansado. Su nueva amante lo consume y sus obligaciones no hacen más que crecer. Necesito algo que mantenga el vigor del rey intacto, no sé si me explico.

Leonor asintió. El rey pasaba cada segundo que tenía libre con la Calderona, y a veces incluso robaba tiempo a sus obligaciones para estar con ella. Gaspar lo veía feliz, pero también cansado, porque dormía menos de lo que tenía por costumbre;

además, la guerra era una fuente de preocupaciones, aunque fuese el conde-duque quien tomara las decisiones.

Se habían sentado a la mesa de siempre, pero la bola de cristal no estaba, como si Leonor hubiera sabido de antemano que no iba a ser necesaria. La adivina se levantó.

—Entiendo. Os daré un tónico que mantendrá a Su Majestad activo y vigoroso.

Desapareció por la portezuela del fondo y regresó al cabo de unos minutos con un saquito en las manos. Se lo tendió al conde-duque.

—Cuando notéis que está decaído, preparadle un brebaje con esto. Solo hay que añadir agua hirviendo, esperar unos minutos y colarlo.

Gaspar entreabrió el saquito y lo olisqueó. Le recordaba a algo, no sabía qué, pero a su mente acudieron recuerdos de su juventud en Italia.

Leonor leyó la interrogación en sus ojos.

—Es café. No es habitual verlo en nuestro gran reino, pero tiene un potente efecto estimulante. No lo desperdiciéis, me cuesta mucho conseguirlo.

El conde-duque asintió, sacó una moneda y la dejó sobre la mesa.

—Hay algo más —dijo—. La reina está encinta de nuevo, ¿podéis decirme si saldrá todo bien?

La adivina sacó una baraja de cartas de debajo de la mesa. Las mezcló, las lanzó, estuvo unos minutos meditando y miró al conde-duque. Titubeó.

—Hay algo oscuro alrededor de la reina. No puedo ver al bebé. No sé qué pasará. Lo lamento, a veces el futuro no se deja escudriñar.

Gaspar frunció el ceño. Lo que acababa de escuchar no era de su agrado, pero sabía que no podía forzar una respuesta. Se levantó para marcharse.

Cuando Leonor regresó tras despedir a su ilustre cliente, volvió a sentarse. Miró al frente. Pasados unos minutos apareció una figura vestida de negro y encapuchada. La adivina alzó la mirada, con la cara inexpresiva.

—Bien —dijo una voz grave, masculina, que salió de debajo del embozo—. Cuéntame todo lo que te ha dicho el conde-duque.

30

Madrid, septiembre de 1627

El cariño que Inés le tenía a la reina era tan grande como la pena que sentía por ella, pues la mala suerte no la soltaba de la mano. Hacía casi dos años, dio a luz a una niña que parecía sana, María Eugenia de Austria, pero coincidió por poco con la llegada al mundo del varón bastardo del rey. Eso empañó la alegría de Su Majestad por haber conseguido parir una hija viva. Además, a finales del año pasado tuvo otra niña que nació muerta, y, para mayor desgracia, María Eugenia, que era el orgullo de su madre, había fallecido hacía poco más de un mes a causa de unas fiebres repentinas. Isabel volvía entonces a estar embarazada. Su tripa estaba abultada, sus pechos más llenos y ella se encontraba más cansada, y de nuevo tenían por delante unas semanas de incierta espera.

La reina Isabel no tenía la alegría de los primeros embarazos. Había parido cuatro veces, cuatro niñas, y ninguna había salido adelante. Parecía que eso la había hecho fuerte, pero le dolían amargamente cada una de esas pérdidas y procuraba no hacerse ilusiones con ese nuevo embarazo, además de que seguía de luto por la muerte de su pequeña María Eugenia. Contaba con el amor del rey y este la visitaba con frecuencia, pero eso no impedía a Felipe tener una amante tras otra. Su proceder en ese aspecto era legendario. Isabel sufría por sus infidelidades, aunque nada le echaba en cara siempre que fuese discreto. De haber tenido un varón, un heredero a quien criar, seguro que eso le habría procurado más felicidad y hubiera distraído su mente. Pero no había tenido esa suerte, así que representaba el papel para el que la habían criado con una dignidad y un orgullo asombrosos.

Inés sabía que la reina odiaba a su esposo, el conde-duque. No se lo tenía en cuenta: al fin y al cabo, sus intereses eran contrarios. Gaspar gobernaba en nombre de Felipe e Isabel tenía ideas propias, en opinión de Inés bastante afortunadas, sobre cómo dirigir el imperio. Sin embargo, era una mujer y esos asuntos le estaban vedados, salvo en circunstancias extraordinarias o si su marido, el rey, se interesaba por el gobierno y tenía sus consejos en cuenta.

Inés no envidiaba a la reina. Era amada y contemplada por todos, pero la condesa-duquesa prefería su posición. Estaba en lo más alto de la jerarquía, solo por debajo de los hijos de los reyes cuando los hubiera, así que su fortuna y su poder eran enormes, pero, al mismo tiempo, era más dueña de su vida de lo que Su Majestad, que aún no había cumplido los treinta años, sería jamás. Todo lo dueña de su vida que una mujer podía ser.

O todo lo que su marido le permitiera, aunque en ese aspecto no tenía queja de Gaspar. Siempre había confiado en ella y le había dejado su propio espacio, sin indagar en lo que hacía cuando necesitaba estar sola. Ambos tenían un propósito en común. Entre los dos habían conseguido situar la Casa de Olivares en lo más alto del escalafón social desde una posición de partida no muy ventajosa. Ya no eran jóvenes y no les quedaban hijos vivos, pues su querida María, la única de sus tres bebés que superó la niñez, había muerto hacía más de un año.

Inés suspiró y siguió bordando, haciendo caso omiso del nudo en la garganta y de la humedad que notaba en los ojos. No tenía sentido llorar más por algo que había sucedido tiempo atrás. Todo el mundo moría, todo el mundo perdía hijos, incluso la reina.

Pero el destino había sido cruel dejándoles disfrutar de María, permitiendo que creciera y se convirtiera en adulta para que después, recién casada y embarazada, una infección se las llevara a ella y a la niña que albergaba en su vientre.

¡Pobre Gaspar! No había vuelto a ser el mismo desde aquel día. Quería a su hija con furia, la adoraba, y su muerte lo hundió. Siempre había sido de carácter sosegado y tendente a la tristeza, pero, desde aquello, los ataques de melancolía y los dolores de cabeza se habían multiplicado.

Y trabajaba mucho, trabajaba tanto intentando mantener unido el imperio que había costado sangre, sudor y lágrimas construir... A Inés le daba rabia que la gente la tomara con él, que murmurasen a sus espaldas, que aseguraran que recurría a la magia negra, que tenía trato con demonios, que hacía ceremonias secretas. Se persignó. ¡Dios castigaría a los calumniadores! Pero, mientras tanto, muchos en el pueblo decían aquello de «Cuando el río suena, agua lleva», y se quedaban tan anchos.

—Inés, ¿os encontráis bien?

La voz de la reina la sacó de su ensimismamiento. Isabel bordaba al lado de una ventana, flanqueada por Inés y su amiga Luisa Enríquez, también con sendos bordados.

La condesa-duquesa sonrió.

—Disculpadme, majestad, pensaba en mi María.

Las otras dos mujeres se pusieron serias y asintieron. La reina entendía su dolor, aunque todas sus hijas habían muerto de recién nacidas o con pocos meses de vida. No había tenido la dicha de verlas crecer, y tal vez por eso había conseguido sobreponerse. Respecto a María, ella la conocía casi desde que llegó a la corte. Fue su menina y, más tarde, su dama de compañía. Sintió mucho su pérdida, siempre fue una buena amiga. Alargó una mano y la puso sobre la de Inés, compasiva.

—María era muy querida. Se fue rodeada de amor y ahora está con Dios.

Inés esbozó una sonrisa triste.

—Lo sé, majestad, gracias. Seguro que en el paraíso cuida y entretiene a las infantas.

Luisa Enríquez también sonrió.

—Y es normal estar triste a veces, Inés. No debéis sentiros culpable por eso.

—No quiero importunaros con mis cuitas. Contadnos algo alegre, Luisa.

Hacía años que la reina y Luisa Enríquez eran inseparables y, como estaba soltera, a pesar de tener ya veinticuatro años, pasaba todo el día con ella. Era muy buena mujer, piadosa, pero también inteligente y divertida. A Inés le agradaba mucho su compañía y pensaba que le hacía bien a Isabel. Luisa comenzó a contar una historia y las otras dos la escucharon, la reina con la mano sobre la tripa e Inés con las manos en el regazo.

La reina tenía que dejarse acompañar por cada una de sus damas en alguna ocasión. No podía mostrar un favoritismo muy descarado, aunque todas sabían que Luisa siempre estaba presente, ya que las damas eran nobles de alto rango en su mayoría a las que no convenía ofender. Así pues, poco antes del almuerzo, Isabel dejó el bordado y se levantó. Debía prepararse para la comida, pero en esa ocasión serían otras damas, y no Inés, quienes la acompañarían. Luisa se incorporó y fue a hablar con la encargada del vestuario de la reina y la guardiana de las joyas, para decidir qué vestido debía llevar. Isabel e Inés, que también se puso en pie, se quedaron a solas.

—Inés, sabéis que os tengo en gran aprecio.

La condesa-duquesa hizo una inclinación de cabeza.

—Lo sé, majestad, y os lo agradezco. Mi aprecio por vos no es menos grande.

Isabel sonrió antes de seguir hablando.

—También sabéis la enemistad que siento por vuestro esposo, con el que sostengo fuertes diferencias en muchos aspectos.

Ella intentó que la preocupación no se reflejase en su rostro, aunque su corazón se saltó un latido. ¿Qué pretendía decirle la reina?

—Sé que no siempre coincidís en vuestras opiniones, pero él os ama y os respeta profundamente, señora.

Isabel hizo un gesto al aire con la mano.

—No es así, pero no es mi intención haceros responsable de las palabras y los actos de vuestro esposo cuando vos me habéis demostrado con creces lo contrario. Así pues, me gustaría ofreceros algo.

Inés la miró en silencio, esperando a que continuara cuando lo considerase oportuno. Ella dejó pasar un tiempo, como si quisiera darle emoción. Y lo consiguió, porque Inés parpadeó, impaciente. Entonces Isabel juntó las manos a la altura del pecho.

—Quiero premiar vuestros servicios, vuestra amistad y vuestra compañía. Desde hoy seréis mi camarera mayor.

No es que fuera una sorpresa para Inés. Su rango era superior al de las otras damas y también fue dama de la anterior reina, Margarita de Austria, quien le entregó su afecto. Además, siempre había mostrado rectitud y generosidad. Pero sabía que la enemistad de la reina con su marido podría haberla predispuesto en su contra y era un alivio y un regalo ver que no había sido así. Hizo una profunda reverencia.

—Majestad, me hacéis un gran honor que no estoy segura de merecer.

—¡Tonterías! Lo merecéis más que nadie —dijo la reina—. Huelga decir que, con este puesto, ahora sois la mujer con más poder de la Casa de la Reina. Espero que hagáis uso de él para servirme.

Inés estaba comiendo en su gabinete con su prima María. La salita comunicaba su alcoba con una estancia que hacía las veces de sala de estar y también de sala de reuniones de su esposo, la cual, al otro lado, daba paso al gabinete, vestidor y comedor del conde-duque, antesala de su dormitorio. La puerta que había entre la sala y el gabinete de Inés estaba abierta y por eso vio entrar a Gaspar con paso apresurado, apoyado en su muleta, para sentarse en uno de los divanes. Parecía agotado. Cuando vio que su mujer estaba allí, hizo ademán de incorporarse.

—No te levantes, querido.

Inés se puso en pie y fue hasta él. Su rictus mostraba no solo cansancio, sino también dolor.

—¿Otra vez la ciática?

Él asintió. Inés mandó a María a por agua hirviendo mientras ella sacaba de un baúl de su gabinete unos polvos que echó en una taza. Añadió el agua que María le trajo y se la acercó a Gaspar.

—Es corteza de sauce, te ayudará con el dolor.

Inés se dirigió a María.

—Avisa a la sirvienta para que retire la mesa y vete a descansar. Vuelve en un par de horas, daremos un paseo si la reina no me requiere.

Cuando la joven vasca se marchó, Inés acarició la frente de su marido.

—¿Has tenido tú algo que ver en mi nombramiento?

No dijo más, pero tampoco hizo falta. Gaspar esbozó una sonrisa cansada.

—Enhorabuena, querida. Ser camarera mayor de la reina es como ser mayordomo mayor del rey, como es mi caso. Estás al frente de la Casa de la Reina, espero que hagas buen uso de ese papel.

—La reina también cuenta con un mayordomo mayor, por si lo has olvidado. No puedo hacer y deshacer a mi gusto. Pero no has contestado a mi pregunta. Dime, ¿has tenido algo que ver?

—Le comenté a Su Majestad que desempeñarías muy bien ese puesto, sí, y supongo que Felipe habló con la reina. Pero ya la conoces; si ella no hubiera querido nombrarte, ni el mismo rey la habría convencido.

Inés asintió.

—Lo suponía. Pero has de saber que me debo a la reina y que no usaré mi posición para espiarla para ti, ni para interferir en tu beneficio.

Gaspar sonrió e hizo un gesto de queja.

—No esperaba menos de ti. Haz lo que tengas que hacer. Tu

misión en esta vida no es conseguirme información, sino rezar por la salvación de mi alma.

Inés se rio. Ayudó a su marido a levantarse y lo acompañó a su cama. Despidió con un gesto a los dos ayudantes de cámara que pululaban por allí, y ella misma lo descalzó y le quitó la golilla, la ropilla y el jubón, dejándolo en camisa y calzas.

—Túmbate, querido.

Gaspar cerró los ojos.

—Quédate conmigo —dijo cuando Inés se disponía a marcharse.

Ella se tumbó como pudo, pues su vestido estaba pensado para permanecer de pie, con el verdugado que abultaba sus faldas, la saya, el jubón y el cartón de pecho. Era imposible estar cómoda así, pero tomó la mano de Gaspar y también cerró los ojos.

Por la tarde, la reina la reclamó para dar un paseo. Las acompañaban Luisa, como siempre, y otras damas repartidas en grupitos. Como cada vez que salían del Alcázar, una cuadrilla de guardias escoltaba la comitiva. Inés, en calidad de dama principal, iba a un lado de la reina y Luisa, al otro. Se adelantaron un poco al resto de las mujeres. El embarazo avanzaba tal y como debía, aunque a Isabel se la veía muy cansada.

—¿Os encontráis bien, majestad?

—Estoy bien, Inés. Gracias por preocuparos.

La reina siempre trataba a Inés de acuerdo con su rango cuando estaban en público, pero en privado mostraba con ella una familiaridad que no tenía con otras damas. Se detuvo al tiempo que se llevaba una mano a la tripa con gesto de dolor. Luisa la sujetó por el brazo.

—¿Qué ocurre, sentís dolor?

Isabel asintió con los ojos cerrados y el rictus contraído. Se había puesto muy pálida. Pronto pasó, abrió los ojos, les dedicó una sonrisa cansada y reanudó el paseo.

—No es nada. Creo que este bebé va a ser movido.

—Estoy segura de que será un varón sano, majestad —dijo Luisa con una sonrisa en la boca.

Isabel no correspondió a su entusiasmo.

—Quién sabe. Está en manos de Dios. A estas alturas, solo pido que sobreviva.

Inés apretó los labios. Ya hacía tiempo que estaba convencida de que la muerte de tantos herederos era cosa de magia. Un bebé, dos, podía entenderse, pero ¿cuatro? Que ninguno hubiera sobrevivido no era natural. Esperaba de corazón que este creciera sano. Estaría vigilante.

—He prometido a Dios Nuestro Señor que, si me concede un heredero, le pondré el nombre de uno de los Reyes Magos. Tal vez eso le predisponga a mi favor, después de negármelo tantos años.

—¡No digáis eso, señora! —exclamó Inés—. Estoy segura de que Dios os ama como hacemos todos.

—Entonces —dijo la reina con un rictus de amargura dibujado en el rostro— ¿por qué esa chiquilla, esa Catalina, dio a luz a un niño sano, un varón para el rey, si no es porque Dios quiere restregarme por la cara que yo aún no lo he conseguido? ¿Acaso quiere castigarme por algún pecado que ignoro haber cometido?

—Si pone a prueba vuestra paciencia y vuestra fe, señora —intervino Luisa Enríquez—, es porque sabe que podéis soportarlo. Todo se arreglará.

—No mientras todos mis vástagos mueran al poco de nacer.

El dolor se filtraba en la voz de la reina y causaba en Inés una gran tristeza. Ella había perdido a todos sus hijos, sí, pero al menos pudo disfrutar de ellos. La posición de la soberana era harto más difícil. Su misión principal era proporcionar un heredero al reino y, pese a todos sus intentos, no lo estaba consiguiendo. Era como si alguien quisiese evitar que eso sucediera.

—Parece cosa de brujería —dijo sin darse cuenta.

La reina y Luisa la miraron, alarmadas. Ambas habían pensado en ello en alguna ocasión, era inevitable. Pero no se habían atrevido a expresarlo en voz alta.

—Les pongo todas las protecciones que son menester —admitió la reina—. Llevan amuletos y talismanes para alejar hechizos y el mal de ojo: figas de azabache, campanillas de oro, corales guarnecidos de oro, relicarios... ¿Creéis de verdad que son aojados?

Luisa titubeó, algo poco habitual en ella, pues solía hablar frente a la reina sin cortapisas.

—Bueno —dijo al fin—. Es cierto que es raro. Y está ese saquito que llevaba la infanta María Eugenia encima y que se descubrió al amortajarla tras su muerte.

—Así es —asintió la reina—. Lo llevaba prendido por dentro del faldón, y en su interior había pelo, hierbas y uñas. Siempre pensé que era un maleficio, solo para arrebatarme a la única hija que tenía viva y a la que podía abrazar... Fue muy cruel.

Inés levantó la vista.

—¿No se castigó a una de sus nodrizas por ello?

—¡Pues claro! —dijo Luisa—. Una gallega, ya se sabe que las meigas son unas traidoras. Ella juró y perjuró que no había tenido nada que ver, pero ¿qué iba a decir?

—Castigamos a la bruja, sí. —En el tono de Su Majestad no solo había tristeza, sino también rabia. ¿Por qué alguien deseaba el mal a sus bebés?—. Pero eso no impidió que el año pasado mi pequeña naciera muerta, como tampoco explica que mi primogénita Margarita muriese al día siguiente de nacer ni que Margarita María, la segunda, estuviese en este mundo apenas un mes.

—Aquella nodriza, ¿no lo fue también de la infanta Margarita María? —preguntó Inés.

Luisa asintió.

—Lo fue. Vuestro bebé estará a salvo cuando nazca, majestad, no sufráis.

Isabel no contestó, pero se llevó la mano a la tripa y la dejó allí, protectora. Luego hizo una mueca.

—Y por lo visto, al rey todas mis cuitas le traen sin cuidado. Solo quiere un varón legítimo, y ni eso parece inquietarle demasiado ya, sabiendo que tiene al bastardo en la recámara. Y ahora está esa actriz.

—¿Qué actriz? —Inés se encontró un poco despistada, aunque estaba claro que Luisa sabía de qué hablaba.

—Esa a la que llaman la Calderona —escupió la reina con desprecio—. Una actriz que se ha hecho muy famosa en los últimos meses. Aunque está casada, se dice que tenía varios amantes. Una meretriz. Y, por supuesto, mi esposo se ha metido en su cama. ¿De verdad no os habíais enterado, Inés? ¿Cómo es eso posible?

Inés cayó entonces en la cuenta de a quién se refería.

—La Calderona no es rival para vos, señora —dijo para animarla.

Isabel levantó una mano para hacerla callar. Sus ojos relucían de furia, aunque sus palabras intentaron no desvelarla.

—No es más que una actriz. No me preocupa con quién se encame el rey si su devoción sigue estando conmigo. Solo la hija del conde de Chirel me inquietó, y ya se vio que fue una preocupación vana. Una vez consiguió lo que quiso, en pocos meses se olvidó de ella. Pero la humillación… que la persiga de forma tan pública es lo que me altera. Casi espero que sus visitas se conviertan en algo habitual, para que pierda el atractivo de la novedad y las habladurías se ocupen de otra cosa.

Inés sabía el papel que su marido jugaba en las conquistas del rey y eso la mortificaba. Entendía que Gaspar hacía lo que hacía porque consideraba que era necesario. Con eso buscaba también proteger a la reina en sus embarazos, puesto que temía que la fogosidad del rey dañara al bebé y así frenaba los requerimientos a su esposa. Para Gaspar, la consecución de un heredero era prioritaria. Además, de esa forma tenía entretenido al soberano y no le daba por dirigir un reino que no entendía. Pero aquello no dejaba de ser adulterio. Por muy rey que fuese, era pecado. Y hacía sufrir a la reina, a quien Inés quería. Se encontraba en una posición difícil, así que optó por callar.

Poco más de un mes después, el 31 de octubre, Isabel se puso de parto. Fue un alumbramiento difícil y largo. Inés permaneció junto a la reina y la alivió con compresas frías sobre la frente mientras Luisa Enríquez rezaba junto a otras damas en el oratorio real. Isabel apretaba los dientes y trataba de no gritar, pues se consideraba que ese era su campo de batalla y que debía sufrir con dignidad y sin exteriorizar el dolor. Una sábana la ocultaba de miradas indiscretas y el ambiente era irrespirable, opresivo y denso, con los postigos echados y varios incensarios repartidos por la alcoba.

De la garganta de Isabel surgió un gemido largo y desgarrado, que trató de contener juntando los labios con fuerza, y se incorporó para empujar. Inés le apretó la mano y le acarició la frente. Los susurros ahogados y los pasos apresurados al otro lado de la sábana le indicaron que el bebé ya había nacido.

—¿Por qué no llora? —preguntó la reina con la cara sudorosa—. ¿Es un niño? —Agarró la muñeca de Inés y la estrechó con fuerza—. Inés, ¿por qué no llora?

Luisa, que había acudido para informarse de cómo iba el parto, se acercó al borde de la cama y su mirada le indicó a Inés que las cosas no iban bien.

—Es una niña, majestad. Una niña preciosa. Está débil, pero vive.

Inés rodeó la cama y se acercó a la nodriza y sus ayudantes. Vio a la criatura, muy pequeñita y arrugada. Lloraba con un gemido tan tenue que no habían llegado a oírlo. La cogió en brazos y le susurró algo al oído, como para darle fuerzas.

Isabel María Teresa de Austria, quinta hija de Sus Majestades, murió al día siguiente de nacer, en el día de Todos los Santos.

31

Madrid, agosto de 1628

Pedro Pablo Rubens entró en Madrid con una comitiva discreta. Procedente de Flandes, llegaba con la misión de informar a Felipe IV del avance de las negociaciones para conseguir un tratado de paz con Inglaterra que acabara con las hostilidades entre los Países Bajos españoles y las Provincias Unidas, las siete provincias del norte de los Países Bajos que se habían desligado de los Habsburgo y estaban recibiendo el apoyo militar de los ingleses.

Tras más de un mes de viaje, recorrió las calles de Madrid en un carruaje. Aun siendo un enviado político, un embajador de los Países Bajos, su comitiva no tenía ni de lejos el lujo que se esperaba en alguien de su categoría. De hecho, la gente que se había congregado para verlo pasar se estaba dispersando, decepcionada.

—¿Y dices que al rey no le ha hecho gracia que su tía haya enviado a un pintor como embajador?

Juana y María habían salido a dar un paseo. Francisca, que tenía ya nueve años y era una muchacha viva y curiosa, había suplicado ir con ellas, pero Juana sabía que no era buena idea. A veces se preguntaba qué hubiera sido de ella sin su gran amiga en una gran ciudad, sin conocidos y con un marido todo el día ausente. Se habría aburrido mucho, sin duda.

No era habitual que las mujeres decentes salieran a la calle salvo, tal vez, para ir al mercado o a la iglesia. Era de buena cristiana centrarse en una vida que transcurriera entre los muros del hogar, aislada del mundo exterior, sin vislumbrarlo apenas, ni siquiera a través de las ventanas, no fuese que se la tachara de ser una «mujer ventanera». Pero Diego no prestaba atención a esas convenciones y Juana necesitaba sentir la vida a su alrededor, y María no tenía un hombre al que dar explicaciones, por lo que podían proceder como quisieran, siempre dentro de los límites de la moral.

Así que caminaban cogidas del brazo bajo la atenta vigilancia del lacayo que siempre las protegía y, en ocasiones, de una criada. Y ellas se cuidaban de taparse bien e ir con el mantón echado por la cabeza, para que nadie las acusara de mostrarse con descaro.

—Juana, pero ¿dónde tienes la cabeza?

Ella enfocó la mirada y se encontró a María haciéndole gestos a un palmo de la cara.

—¡Vaya, has vuelto! ¿Todo bien por ahí dentro? —añadió entre risas.

Entonces fue Juana la que rio y negó con la cabeza, alejando esos pensamientos de ella.

—Lo siento. Solo pensaba que es una suerte tener libertad para movernos.

La joven vasca asintió.

—Eso es cierto. Qué aburrimiento de vida si no nos tuviéramos la una a la otra.

—Perdona —dijo Juana—, ¿qué me estabas diciendo?

—Digo que, según el conde-duque, Felipe está molesto con su tía Isabel Clara Eugenia, gobernadora de los Países Bajos, por haber enviado como embajador extraordinario a un hombre de tan poca dignidad, aunque lo haya hecho noble antes de mandarlo aquí. —María se tapó la boca, colorada como un tomate—. ¡Ay, discúlpame!

Juana había entendido a la perfección a qué se refería el rey cuando habló de la poca dignidad de Rubens: era un pintor y, por tanto, alguien indigno para parlamentar con el rey de España. Se encogió de hombros.

—Las cosas son como son, al menos de momento. El rey tiene en gran estima a mi esposo, pero solo es un pintor. Hasta que no cambiemos la consideración que se tiene de los artistas, esa será la tónica habitual.

—Por favor, discúlpame, no quería decir que estuviera de acuerdo, ya me conoces. Es lo que se comenta en la corte.

—Lo sé, descuida.

Juana sentía bullir la indignación. Era un pensamiento tan injusto, tan atrasado..., pero María no tenía la culpa y no quería que se sintiera mal por el comentario. Le apretó el brazo y sonrió.

—No tiene sentido protestar por que las cosas no son como nos gustarían. Lo que hay que hacer es trabajar para cambiarlas.

De vuelta a casa, pasaron por una calle secundaria. Al doblar una esquina tuvieron el tiempo justo de dar un salto hacia atrás cuando alguien, al grito de «¡Agua va!», vació un cubo de desechos en la acera justo delante de ellas.

Juana miró hacia arriba.

—¡No puedes hacer eso a estas horas! ¡Hay normas, vándalo!

—¡Y vosotras no deberíais estar por la calle, golfas! ¡Qué vergüenza me daría si fuera vuestro esposo! —gritó una voz masculina desde la ventana.

Juana iba a contestar, pero María tiró de ella y se la llevó, esquivando el charco maloliente de la acera. El sirviente que iba detrás apretó los puños y las siguió. La gente que había en esa calle no tenía buena pinta. Las miraban con fijeza y las hacían sentir muy incómodas. Juana se ajustó el mantón para que no se le viera apenas la cara. En cuanto pudieron, salieron a una calle principal y continuaron sin detenerse hasta llegar a su casa. Una vez allí, María se dispuso a volver al Alcázar y Juana insistió en que fuese acompañada.

Esa misma tarde, Juana se encontraba pintando en el taller cuando regresó Diego y fue a saludarla.

—¿Has conocido a Rubens? —le preguntó llena de curiosidad.

Diego asintió. Llevaba ya tiempo carteándose con él y tenían una buena relación. De hecho, era el único pintor español con el que el flamenco había trabado algo parecido a una amistad.

—Es más, me ha pedido que lo acompañe a visitar las colecciones de El Escorial.

Juana sonrió y siguió pintando. Diego se acercó. Era bastante buena, cosa nada extraña. Se había criado entre pinceles y había pasado del taller de su padre al suyo. Y lo que más admiraba de ella era que tenía era un ojo exquisito para descubrir cómo mejorar cada lienzo.

Juana estaba concentrada, con los labios entreabiertos. Dio la última pincelada a una naranja y se volvió.

—¿Y cómo es?

Diego negó con la cabeza, despistado.

—¿Qué?

Ella se puso en jarras.

—¡Cómo que qué! Rubens, ¿cómo es?

—Pues no te sabría decir. Es un hombre serio, pero con un gran sentido del humor una vez lo llegas a conocer. Y sabe desenvolverse en cualquier ámbito, de ahí que sea tan requerido como diplomático. Tiene un talento inmenso, pero eso ya lo sabes. Y hace unos meses le dieron título de nobleza para facilitarle el trabajo en las distintas cortes europeas.

Juana se fijó en que a Diego le brillaron los ojos al decir eso.

—El que un pintor haya recibido un título es una gran noticia.

—No ha sido fácil —contestó él, acariciándose la perilla—. La carta de nobleza viene del rey, aunque fuese su tía, Isabel Clara Eugenia, quien lo solicitó. Muchos lo han aceptado, pero otros insisten en que es un insulto que alguien que realiza trabajos manuales entre a formar parte de la nobleza.

Juana suspiró y se pasó la mano por la mejilla para quitarse una mota de pintura que notaba allí, aunque lo único que hizo fue extenderla.

—Esa mentalidad está anticuada. María me ha dicho que el rey está que trina con su tía por haberlo enviado a él como embajador, pero si fue Su Majestad quien le concedió el título, ¿cuál es el problema?

Diego cogió un paño y le frotó con delicadeza la cara para quitarle la mancha.

—En realidad no está tan enfadado. Rubens le gusta, es su pintor favorito. —Se echó a reír al ver la expresión de su mujer—. ¡Sí, Juana! Incluso por delante de mí. Pero no puede recibirle con los brazos abiertos sin protestar un poco. Ofendería a demasiada gente.

—Qué complicado —resopló Juana.

—Un poco sí, pero así es la corte española.

—Bueno —dijo sacudiendo las manos—. Yo me quedo con que han hecho noble a un pintor. ¡Venga! Vamos a cenar, Francisca está deseando verte.

En las semanas siguientes, Juana vio a Diego aún menos que de costumbre. Se pasaba el día con el pintor flamenco, excepto cuando Rubens ejercía sus labores diplomáticas, en las que Diego no tenía cabida. Una mañana, Juana acudió al taller del Alcázar. Saludó a los guardias, que ya la conocían, y al entrar vio que Diego no estaba. Dos ayudantes le dijeron que se encontraba en el salón nuevo. Juana no podía deambular por el Alcázar como le placiera; ni siquiera María, que vivía allí, podía hacerlo. Las estancias a las que cada persona podía acceder variaban según su rango, ocupación o privilegios.

Juana abandonó el taller y en el patio se encontró al conde-duque de Olivares, que la saludó con efusividad.

—¡Juana! Cuánto me alegro de verte, hacía meses que no sabía nada de ti.

Ella le saludó con una reverencia.

—Excelencia, es un placer veros. ¿Cómo se encuentra vuestra esposa?

El conde-duque rio a carcajadas.

—Mejor que yo, me temo. Se pasa el día con la reina, así que no nos vemos mucho.

—Lamento oír eso —dijo Juana—, aunque acompañar a Sus Majestades es un honor que bien vale ese pequeño sacrificio.

—Querida, no verse demasiado es el secreto de un matrimonio exitoso —le respondió guiñándole un ojo—. Pero me temo que eso ya lo sabes. —Se puso serio—. Lamento acaparar a tu marido, pero aquí ya no sabemos pasar sin él.

—Estamos muy orgullosos de la labor que Diego lleva a cabo, excelencia. No hay nada de lo que lamentarse, es un honor.

Gaspar miró hacia los talleres.

—¿Está dentro? Tengo una cosa que comentarle.

Juana negó con la cabeza.

—No. Según me han dicho, está en el salón nuevo, así que yo ya me marchaba.

El conde-duque agitó la mano en el aire.

—¡Tonterías! Ven conmigo.

Juana titubeó.

—Pero yo... No quiero ofender a nadie, no sé si...

—Juana, ¿crees que alguien se va a oponer a tu presencia en palacio si vas a mi lado?

—Tenéis razón —dijo sonriendo—. Me encantará acompañaros.

Juana iba un paso por detrás del conde-duque de Olivares, cruzando puertas, atravesando salones, cada cual más magnífico que el anterior, y si a alguien le sorprendía su presencia allí, nadie se atrevió a decir nada. Cuando llegaron a su destino, Juana se quedó con la boca abierta. El también llamado salón de los

Espejos estaba presidido por tres enormes lienzos de Tiziano, y a uno de los lados vio el retrato ecuestre del rey que había pintado su marido. Otras obras maravillosas colgaban de las paredes de aquella estancia y Juana giró sobre sí misma, abrumada.

Entonces, en una de las esquinas, frente a uno de los Tizianos, descubrió dos caballetes. En uno se afanaba su marido. Delante del otro había un hombre alto, delgado, vestido de negro, de cabello largo y barba pelirroja. Ambos estaban tan concentrados que no se dieron cuenta de la llegada de los visitantes.

Gaspar rio entre dientes y carraspeó. Entonces Diego se volvió.

—¡Excelencia! ¿Juana? ¿Qué haces aquí?

El conde-duque respondió por ella.

—Me la encontré en el taller y quise que admirara esta sala.

El hombre pelirrojo se giró.

—Pedro Pablo, os presento a mi esposa, Juana Pacheco.

Juana le hizo una reverencia y él respondió con una inclinación de cabeza. Habló en español, con un fuerte acento.

—Es un placer conoceros, Juana. Vuestro marido me ha hablado de vos.

Ella levantó la ceja y agradeció las palabras de Rubens, aunque miró de reojo a su marido.

—¿En serio? ¡Eso sí que es toda una sorpresa!

Gaspar se acercó a los lienzos colocados en los caballetes. Estaban copiando el cuadro de Tiziano, una costumbre muy habitual entre los pintores, pues permitía interiorizar la técnica de los maestros y poner a prueba la propia habilidad.

—Vuestro marido posee un talento difícil de encontrar —continuó el flamenco—. Además, lo tengo por un hombre con una agradable conversación y de buen trato.

Juana sonrió.

—No me descubrís nada que yo no sepa, señor.

Las carcajadas que siguieron vinieron provocadas tanto por la respuesta de Juana como por los colores que le subieron a Diego a la cara. Este parpadeó y miró al original.

—Tiziano era un genio. Copiar sus obras es una manera de aprender su estilo y su trazo.

Rubens asintió con energía.

—Lo considero mi maestro, por encima de todos los demás. Fue el más grande. —Miró al conde-duque—. Pero no hay que olvidar al resto de los renacentistas y todo el arte de la Roma clásica. Ningún pintor que quiera evolucionar debe negarse a conocerlos. Diego debería visitar Italia.

Gaspar miró a Diego.

—¿Ese es tu deseo?

Él asintió.

—Por supuesto. ¿A quién no le gustaría poder estudiar y admirar las grandes obras en su estado natural?

—No hay aprendizaje más importante para un pintor. No se está completo hasta que se ha estado en Italia —añadió Rubens—. ¿Creéis que Su Majestad aprobaría el viaje?

Gaspar se quedó pensativo.

—Tal vez. Quién sabe. Si Diego de Velázquez siente que necesita ir a Italia, intercederé por él ante el rey.

Esa misma tarde, Juana estaba sentada junto a una ventana revisando las cuentas. Entonces les iba muy bien, pero no por ello dejaba de controlar los ingresos y los gastos de forma concienzuda, tal y como le había enseñado su madre y llevaba haciendo toda su vida.

—¿Te irás a Italia?

Diego se puso detrás de ella, le colocó las manos en los hombros y le besó el cabello.

—Si el rey financia mi viaje, lo haré. Es una oportunidad única. ¿Te parece mal?

Ella negó con la cabeza.

—Por supuesto que no. Muchos de los grandes pintores hicieron ese viaje y a ti también te conviene hacerlo. Sé que volverás habiendo mejorado tu arte. Ojalá Su Majestad dé su consentimiento.

Diego masajeó los hombros de Juana.

—Entonces ¿por qué noto resistencia en tu voz?

Juana tomó aire. Era difícil explicar lo que sentía y no sabía cómo expresarlo.

—Soy muy feliz, Diego. Me gusta mi vida y deseo apoyarte en tu camino para ser el pintor más grande que estas tierras hayan dado. No quiero que pienses que soy una desagradecida, todos los días doy gracias a Dios por la familia que me ha regalado.

Se detuvo un instante y Diego esperó. Sabía que no había que presionarla cuando trataba de encontrar las palabras.

—Me da envidia —soltó de golpe, sin poder contenerse—. No me gusta sentirme así; no soy una persona que anhele cosas que están fuera de su alcance. Pero ¡qué difícil es a veces ceñirse a lo que se espera de una! Me gustaría tanto viajar contigo, ver mundo, recorrer las colecciones de arte de Italia… Tú te codeas con reyes y duques, hablas con pintores de todo el orbe, pero yo… Yo apenas saldría de casa si no fuera por María. Últimamente me siento atrapada.

Diego acercó una silla y se sentó a su lado. Una lágrima pugnaba por salir del ojo de Juana y él la retiró con el pulgar. La tomó de la mano y la miró a los ojos.

—Lo entiendo. De verdad que sí. Y sabes que, si por mí fuera, vendrías conmigo. Si dependiera de mí, trabajarías en el taller del Alcázar, a mi lado. Te respeto y valoro tu trabajo, pero no podemos cambiar las cosas.

—Pero Sofonisba lo hizo —dijo Juana con un hilo de voz—. Viajó y pintó, y Felipe II la tenía en gran estima.

Diego suspiró. Le partía el alma ver así a su esposa, por lo general tan alegre y vital.

—Sofonisba Anguissola era noble, mi vida. No son libres del todo, pero tienen más facilidades. Además de italiana, fue alumna de Miguel Ángel. Y te recuerdo que, cuando se casó, a punto de cumplir los cuarenta años, abandonó casi por completo la pintura.

Juana asintió.

—Lo entiendo.

—Ni siquiera somos capaces de conseguir que se respete el oficio de pintor —continuó Diego—, ¿cómo podríamos cambiar algo mucho más profundo? Pinta aquí, en el taller. Tómate el tiempo que necesites. Tenemos dinero, no necesitamos que lleves la casa como hasta ahora. Contrata más criados y dedícate a pintar. Sé lo feliz que te hace, aunque nadie pueda ver tu firma en un lienzo. Pero yo hablo de tus aportaciones a quien quiera escucharme. Incluso al rey.

Juana esbozó una sonrisa tímida.

—¿Le has hablado al rey de mí?

Diego rio.

—¡Pues claro! Y tienes su permiso para venir al taller a visitarme. Tal vez incluso puedas echarme una mano con algunas cosas. No es tan habitual en el Alcázar como en los talleres domésticos, pero nadie dirá nada. Ni siquiera Carducho tendría la desvergüenza de meterse contigo.

Juana suspiró. Se pasó las manos por los ojos y miró a través de la ventana, hacia la calle ya en penumbra por el atardecer. Sacudió la cabeza como para apartar esos oscuros pensamientos y se giró con una sonrisa en la boca.

—Ya estoy mejor, no me hagas caso. Y tú, ¿cómo es que estás tan pronto en casa?

Diego se encogió de hombros.

—Rubens está preparando todo para pintar a Su Majestad. Empieza mañana.

Juana se escandalizó.

—¡Pero tú tienes la exclusividad!

Él se echó a reír.

—Mujer, no le voy a prohibir al rey de las Españas que se retrate con quien le plazca. Además, se trata de Pedro Pablo Rubens, puede que el pintor vivo más importante ahora mismo. A mí, desde luego, no me ofende. Es un honor que me comparen con él.

Las cejas de Juana se juntaron. Le había caído bien el pintor, pero su marido era el único que por cargo podía retratar al rey. Decidió darle el beneficio de la duda.

—Está bien. Si a ti no te importa, no veo por qué habría de importarme a mí.

32

Madrid, 24 de diciembre de 1628

Juana y Diego habían invitado a Rubens a celebrar con ellos la Nochebuena. Estaba solo en Madrid y ningún noble le iba a ofrecer compartir su mesa, eso seguro. Así que el pintor se presentó en su casa acompañado de su sirviente, que se unió al servicio para festejar esa fecha tan señalada. Francisca cenaba con sus padres, aunque no era habitual que los niños se sentaran con los adultos.

Ya habían terminado los entrantes, entre los que el jamón había hecho las delicias del flamenco, y les sirvieron el pavo. Ese animal llegado de América se podía ver en las mesas españolas desde hacía solo unas décadas. Por su exotismo y su buen sabor, se había convertido en un plato muy codiciado en esas fiestas.

—Está todo buenísimo —dijo Rubens palmeándose el estómago tras dar un trago a su copa de vino—. Estoy a punto de reventar, hacía tiempo que no comía tanto.

Juana sonrió, satisfecha. Cuando era niña, todavía se alargaban el ayuno y la abstinencia hasta el día de Navidad, al menos en su casa, pero ya se había adoptado la costumbre de la cena de Nochebuena, en la que se resarcían de las privaciones anteriores con un gran banquete.

Rubens era un hombre muy agradable. Preguntaba sobre las costumbres de la ciudad, las obras de teatro, los toros…

Todo lo que le llamaba la atención merecía ser estudiado. Aunque, como era de esperar, la conversación acabó girando en torno a la pintura.

—De verdad confío en que el rey autorice tu viaje a Italia, Diego. —Hacía tiempo que habían comenzado a tutearse—. Tengo tantas ganas de que estudies a los clásicos... Miguel Ángel, sin ir más lejos, es el padre de la pintura. Su manejo del color es exquisito.

—¿Recuerdas lo que contaba mi padre de lo que decía el Greco sobre Miguel Ángel? —dijo Juana entre risas.

Diego también se rio. Habían bebido más que de costumbre y el ambiente era distendido y divertido.

—¡Por supuesto! Mi suegro es un hombre a quien te encantaría conocer. Es el mejor pintor de Sevilla y un auténtico erudito en este arte nuestro —le dijo a Pedro Pablo—. Hace ya muchos años, justo cuando yo acababa de entrar como aprendiz en su taller, vino a Madrid, donde visitó al Greco.

—Eran muy amigos —terció Juana—, pero en aquel entonces Doménicos ya era muy mayor y su carácter se había agriado. Además, había desarrollado ideas extrañas que casi nadie comprendía.

Rubens asintió, absorbiendo aquella historia sin perder la sonrisa.

—Recuerdo perfectamente cuando volvió de aquel viaje —siguió contando Diego—. Como bien dice Juana, era ya un viejo irascible, pero con las ideas muy claras. Insistió mucho en que Miguel Ángel era un buen hombre, pero que no sabía pintar.

Las risas crecieron y Francisca miró a los adultos con cara de no entender nada.

—Miguel Ángel es uno de los más grandes pintores que ha dado la historia —le explicó su madre—. Nadie en su sano juicio hablaría así de él, ni siquiera otro gran pintor. Cuando tu padre viaje a Italia, espero que tenga la oportunidad de copiar algunas de sus obras para que podamos disfrutarlas aquí en casa.

Francisca asintió y volvió a centrar su atención en el pavo. A su edad, el interés en las conversaciones se perdía con facilidad.

—¿En serio dijo eso? —preguntó Rubens—. No me lo esperaba.

—No se lo tengas en cuenta —le dijo Juana—. También hacía otras cosas raras. Según mi padre, se dedicaba a dar brochazos bastos de color sobre obras ya terminadas.

—A decir verdad —añadió Diego—, no creo que en eso estuviera del todo equivocado. Era una forma efectiva de transmitir lo que él quería: arrojo, valentía y determinación.

—Mi padre decía que eso era pintar para tratar de ser pobre.

—Me parece un concepto interesante —dijo el flamenco.

Diego asintió y dio otro trago a la copa de vino.

—Así es. Mi suegro siempre ha defendido que lo más importante en un cuadro es el dibujo; sin embargo, el Greco optó por destacar el color, que según él era lo más difícil.

—¿Qué opinas de eso? —preguntó Juana a su invitado.

El pintor se acarició la perilla antes de hablar. Luego se incorporó en la silla.

—Yo opino como tu padre: sin un buen dibujo no hay nada. Todo lo demás es importante, pero secundario.

Juana observó la cara de su marido.

—¿Y tú, Diego? Algo me dice que no estás de acuerdo.

Diego frunció el ceño. Juana casi veía cómo los pensamientos trataban de ordenarse dentro de su cabeza.

—No estoy seguro. Hace unos años hubiera dicho lo mismo que tu padre. Pero ahora... —Se quedó callado un momento y negó con la cabeza—. No lo sé. El color puede transmitir incluso más que un buen dibujo. Si integras bien los colores, si los trabajas como es debido, algo harto difícil, tal y como decía Doménicos, el dibujo puede pasar a un segundo plano. Siempre debe estar presente, pero puede quedar... difuminado. No sé si me explico.

Rubens asintió con energía. Todo indicaba que el fuerte vino español estaba haciendo efecto en su organismo.

—¡Es muy interesante! El color sobre el dibujo. No creo que tengas razón, pero eso abriría un mundo de posibilidades, desde luego.

Todos estaban saciados, pero nadie protestó cuando sacaron los postres. Y el que menos el extranjero, que no tenía la posibilidad de saborear aquellos manjares a diario. Se llevó el tercer trozo de dulce a la boca.

—¿Cómo decís que se llama esto?

Juana se carcajeó.

—Es turrón, Pedro Pablo. Lo hacen en un pueblo llamado Jijona y es muy famoso.

—La Navidad no es Navidad sin turrón —corroboró Diego, y alzó su copa en un nuevo brindis.

Entonces se oyeron las campanadas de la iglesia próxima y Juana se levantó de un salto.

—¡Dios santo, vamos a llegar tarde! ¡Venga, todo el mundo arriba!

Se echaron las capas encima, se embozaron bien para no pasar frío y todos los habitantes de la casa, señores y sirvientes, fueron a escuchar la misa del gallo.

La temporada de teatro navideña tenía muy buena aceptación en la ciudad. Todos, desde los más humildes hasta los aristócratas más elevados, reyes incluidos, disfrutaban de las obras de Lope de Vega y de Francisco de Quevedo, entre otros. Y eso podía generar conflictos, sobre todo si eras el soberano y al palco real acudían tanto tu esposa, la reina Isabel, como tu amante, María Calderón.

La reina decidió asistir a una de esas representaciones, pero, a su llegada al corral, le hicieron saber que la Calderona había ocupado el palco real. Isabel montó en cólera, algo poco habitual en ella, y ordenó que la echaran de allí con cajas destempladas. Aquello fue muy vergonzoso para la antes actriz, que se vio obligada a abandonar el palco y salir por la puerta de atrás como una cualquiera.

En cuanto Felipe se enteró del altercado, fue a visitar a su amante.

—¡Nunca me había sentido tan humillada!

María Calderón lloraba a gritos y paseaba por la estancia con la furia reflejada en la cara. Felipe, sentado en un sillón, pensaba en una forma de calmar a su temperamental amante.

—¡Me echaron como a un perro! ¡Como a un perro! Aún resuenan en mis oídos las risas de la gente, majestad. ¡Qué vergüenza, qué vergüenza!

El rey le tendió una mano y ella dejó de dar vueltas y lo miró. Por muy enamorados que estuvieran, él era el rey y ella no podía rechazarle. Se quitó con rabia las lágrimas de la cara, tomó la mano de Felipe y se sentó en su regazo. Él retiró con los pulgares las lágrimas que seguían brotando.

—La reina es mi esposa, mi vida. Por mucho que yo te quiera, ella siempre va a estar por encima.

María cerró los ojos, de nuevo humillada.

—Ella es vuestra esposa, pero no es capaz de daros lo que yo os doy —dijo, y puso las manos sobre su vientre abultado para remarcar su embarazo.

Felipe se quedó muy serio e hizo ademán de ponerse de pie, lo que obligó a la Calderona a incorporarse también. Se dio cuenta de que había ido demasiado lejos y fue a hablar, pero él levantó una mano y la hizo callar.

—Eso es muy cruel, María, hasta para ti.

Ella se arrodilló delante del rey.

—¡Disculpadme! Sé cuánto deseáis un heredero y no debería jactarme de haber quedado encinta. Pero sé que llevo un varón sano en el vientre, majestad, un varón con vuestra fuerza y vuestra sangre. Perdonadme por sentirme orgullosa, pero es porque os amo.

Alzó la mirada hacia él y Felipe se ablandó al ver esa preciosa cara cubierta de lágrimas. Le tendió la mano de nuevo y la ayudó a levantarse.

—Sé que no lo has dicho con maldad, tu corazón es bueno —dijo. La tomó de la barbilla con suavidad y depositó un beso en sus labios, húmedos de lágrimas—. Escúchame con atención: te has tomado una libertad que no te corresponde ocupando el palco real. La reina y tú no podéis coincidir. Ella tiene que poder simular que no sabe de tu existencia para salvaguardar su orgullo. No se lo pongas más difícil. En cuanto a ti...

María Calderón lo miró, inquieta.

—No serás mi reina, pero sí la dueña de mi corazón. Si no puedes tener el palco real, tendrás un balcón solo para ti. Nadie podrá echarte nunca de él porque será tuyo. ¿Te gusta la idea?

La antigua actriz sonrió encantada. Su disgusto remitió hasta quedar reducido a algo que ella podía olvidar. No era una amante cualquiera, era la favorita, la mujer que reinaba en el corazón de Su Majestad. Nadie podría quitarle eso nunca, aun cuando esa historia se acabase.

Y tal y como prometió, el rey encargó a Gaspar la reserva de un palco que el pueblo conocería como «el balcón de Marizápalos», en alusión al nombre de un famoso baile en el que la Calderona había sido muy diestra. La reina hizo como que no se enteraba de aquello y María pudo presumir de su estatus cada vez que acudía a una representación.

A finales del invierno, el conde-duque volvió a visitar a Leonor. Desde que vivía en el Alcázar, prefería ser él quien acudiera a su casa cuando la necesitaba para evitar ojos indiscretos. A veces la mandaba llamar, sí, pero para cosas de poca importancia. En esa ocasión, sentados en torno a la mesa donde la adivina leía el futuro, Gaspar trataba de no removerse en la silla mientras ella escudriñaba la bola de cristal.

—Ya veo —dijo al fin—. La Calderona tendrá un hijo sano. Un varón, sí. Será un gran hombre, el orgullo de su padre y la esperanza de la nación.

El conde-duque de Olivares entrecerró los ojos.

—¿Y la reina? Vuelve a estar encinta, necesito saber qué va a ocurrir.

Leonor consultó de nuevo los oráculos.

—La reina tendrá un hijo sano esta vez, pero solo si le dais un bebedizo que os voy a proporcionar.

—¿Será un varón? —preguntó Gaspar.

Ella negó con la cabeza.

—Eso no puedo asegurarlo, no se me está mostrando. Pero puede sobrevivir si hacéis lo que os digo.

Leonor se levantó y regresó al cabo con un pequeño frasco que contenía un líquido ambarino.

Pero Gaspar no estaba tranquilo.

—¿Y si da a luz un varón? Dios quiera que esté sano, porque lo que más necesita la Corona es un heredero. Pero si es un varón, y el de la Calderona también, ¿no será este nuevo infante una amenaza para su hermano, el heredero legítimo?

La hechicera sacó dos cartas del mazo que había junto a la bola de cristal.

—No será una amenaza, sino un apoyo. Cuando nazca, ponedlo a buen recaudo, igual que hicisteis con Francisco Fernando, el primer hijo varón de Su Majestad. El tiempo dirá cuál es su papel.

Cuando Gaspar salió de la casa de Leonor, iba tan concentrado en sus asuntos que no se fijó en la figura embozada que lo vigilaba desde una esquina. El encapuchado vio partir el carruaje del conde-duque y entró en la casa. Leonor le esperaba sentada a la mesa, con mirada de preocupación.

—¿Has hecho lo que te he dicho? —preguntó el hombre.

Ella asintió y miró al rostro que se vislumbraba entre las sombras de la capucha.

—No le causará ningún daño a la reina, ¿verdad?

—Por supuesto que no. Mi señor ama al rey y desea que tenga un heredero sano y legítimo.
—Entonces no lo entiendo.
—No tienes nada que entender, solo obedecer.

Ella no respondió, pero su mirada seguía siendo suspicaz. Un resoplido salió de debajo del embozo.

—Puedes tener la conciencia tranquila, adivina. Lo que le has dado al conde-duque no le provocará a la reina otra cosa que fuertes dolores de cabeza.

Leonor fue a contestar, pero el hombre se dio la vuelta y se marchó.

No fue hasta mucho rato después que la adivina se dio cuenta de lo que pretendía aquel hombre, o su señor. Si el médico real asociaba los repentinos dolores de cabeza de la reina con el reconstituyente que ella acababa de proporcionarle al conde-duque, este podía verse metido en un problema muy grande.

No era una buena persona, pero tampoco quería hundir a alguien que tanto había hecho por ella. Vivía holgadamente porque el conde-duque le pagaba muy bien por sus servicios. Aquel desconocido también le pagaba, pero, si se había prestado a eso, no había sido por el dinero, sino por las veladas amenazas de las que había sido objeto su hija, que vivía en Toledo. Leonor sabía que podía pasarle cualquier cosa a su pequeña si ella no colaboraba.

Se mordió los labios hasta hacerse sangre. Después, decidida, tomó papel y pluma y escribió, con su rudimentaria letra, un mensaje que hizo llegar a palacio junto con un paquete.

A Gaspar no le gustó nada aquella misiva. Leonor nunca fallaba, y justo entonces le decía que había cometido un error y que la poción que le había entregado no era la correcta. Gaspar reconocía su letra, pero no se terminaba de fiar. Probó las gotas él mismo y lo único que notó fue una relajación que no le vino nada mal. Suspiró, y las ganas de que la reina tuviera un hijo saludable inclinaron la balanza. Acudió al médico de Su Majestad y le dijo que el rey había encargado esa tintura para que su esposa se sintiera bien en su embarazo. El galeno no sospechó nada raro. Tomó el frasco y le aseguró que haría lo que le pedían.

Esa misma tarde, mientras el rey estaba con María Calderón, Gaspar se retiró a descansar un rato. Al enterarse de que su esposa se encontraba en su habitación, decidió entrar a verla.

María le estaba leyendo e Inés permanecía con la vista fija en la ventana, mirando el bullicioso patio a través de los cristales. Cuando giró la vista hacia su marido, no sonrió.

—María, por favor, déjanos un momento.

María se levantó e hizo una pequeña reverencia.

—Iré a buscar chocolate caliente, si os apetece.

Gaspar se sentó frente a su esposa.

—¿Qué te ocurre? —Olisqueó el aire de la habitación—. ¿A qué huele aquí? Las cocinas están lejos, aunque no es comida lo que percibo.

—Olvida eso, querido —dijo ella—. Estoy preocupada por la reina y por su bebé.

Él asintió.

—Yo también.

—Sé que has ido a ver a Leonor. No termino de fiarme de esa mujer, Gaspar.

—Siempre me ha servido bien.

Inés arrugó la nariz.

—O siempre se ha encargado de que pensaras eso. Ese bebedizo que te ha dado...

—¿Cómo lo sabes?

Inés puso los ojos en blanco.

—Te recuerdo, excelentísimo marido mío, que soy camarera mayor y dama principal de la reina. Después de comer, ha querido retirarse a descansar y el médico real le ha hecho llegar un reconstituyente para que el niño crezca sano.

—Pero...

—Ya sé que podría tratarse de un encargo del rey, pero también sé que has sido tú, con tu mejor voluntad.

—Muy bien —dijo Gaspar, a la defensiva—. ¿Qué tiene eso de malo? Solo busco lo mejor para ella y el bebé.

Inés asintió.

—No ocurre nada. Ni va a ocurrir. Ese bebedizo es inútil.

—¿Cómo lo sabes?

A Gaspar se le estaba escapando algo, cosa que no le gustaba en absoluto.

Su esposa no varió el gesto.

—Con la excusa de retirarle la taza, he tenido ocasión de observarlo y probarlo. No sé si Leonor ha intentado estafarte o en verdad cree que eso puede ayudar, pero lo único que va a conseguir es que la reina descanse más de lo normal.

Gaspar se levantó y miró por la ventana. En cuanto el carruaje del rey apareciera en el patio, debería volver a sus obligaciones.

—¿Y cómo sabes tú qué demonios llevaba esa tintura?

Inés mantuvo el rostro inexpresivo.

—Tengo mis recursos. Pero si de verdad quieres hacerle bien a la reina, utiliza esto. —Sacó un pequeño frasco de cristal de su escote y se lo tendió a Gaspar—. ¡No me mires así! Ya te lo he dicho, yo también tengo mis recursos. Y ahora ve a decirle al médico que cambie la medicina. La de la reina te la puedes tomar tú, que te ayudará con tus dolores de cabeza y de ciática.

Gaspar miró el frasco con suspicacia.

—¿Estás segura de que esto le hará bien?

—Absolutamente.

—¿Quién te lo ha dado?

—Alguien de más confianza que esa bruja tuya. —Se levantó y se acercó a Gaspar—. Confía en mí como has hecho hasta ahora. ¿Cuándo te he fallado?

El conde-duque tomó el frasquito.

—¿Y por qué no se lo das tú misma? Tienes acceso a todo lo que come y bebe.

Inés rio entre dientes.

—Porque si la reina o Luisa Enríquez me ven echando algo

en su bebida, me puedo crear problemas, ya lo sabes. Venga, ve en busca del galeno.

Tras unos instantes de duda, Gaspar decidió hacer caso a su mujer. Pocas veces se mostraba autoritaria, pero, cuando lo hacía, era porque tenía el pleno convencimiento de que lo que sugería era lo correcto. Asintió y salió en dirección al gabinete del médico de la reina.

33

Madrid, mayo de 1629

Juana se enjugó una lágrima. Diego acababa de llegar del Alcázar con la noticia de que el rey había autorizado su viaje a Italia. Ella se había alegrado mucho, aunque, tras tomar conciencia de que iban a estar más de un año sin verse, ya la embargaba la pena.

—Se pasará rápido, Juana, ya lo verás.

Juana sonrió compungida.

—Seguro que sí, pero te voy a echar mucho de menos.

—Y yo a vosotras.

A ella se le escapó una suave risa.

—Tú vas a estar muy ocupado con tus pintores italianos, no creo que tengas tiempo de echarnos de menos.

—¿A dónde te vas, papá? —Francisca entró en la habitación y percibió que algo pasaba, aunque no supo ponerle nombre.

Diego se agachó hasta quedar a su altura.

—El rey confía mucho en tu padre, cariño, y me envía a Italia para estudiar a los grandes pintores.

Francisca arrugó los labios en un mohín.

—Pero tú no necesitas estudiar, papá, ¡ya eres pintor!

Diego rio a carcajadas y revolvió el pelo de su hija.

—Un pintor nunca deja de aprender. Siempre hay alguien que lo hace mejor, siempre hay una técnica nueva que dominar.

—¿Y nos vamos contigo?

Juana se agachó también y le cogió la mano.

—Nosotras no podemos acompañarle, Francisca. Pero quizá vayamos a Sevilla a visitar a los abuelos una temporada, ¿te apetece?

Francisca comenzó a dar palmas y se olvidó de preguntar cuánto tiempo estaría sin ver a su padre. Ellos se incorporaron.

—Me parece una gran idea. Tus padres se alegrarán de tenerte cerca y de pasar tiempo con Francisca. Y tú estarás acompañada y entretenida. No tiene sentido que te quedes aquí.

—Además, el taller cerrará en tu ausencia.

Diego asintió.

—Así es. He pensado tomar un aprendiz, pero será a mi vuelta. Nada te retiene aquí. Habrá que supervisar la casa, pero eso no impide que puedas pasar temporadas allí.

Los preparativos aún se alargaron un poco, entre otras cosas porque el dinero no terminaba de llegar y porque, antes de partir, Diego quería finalizar algunos lienzos en los que estaba trabajando. Le habían concedido dos años de sueldo y cuatrocientos ducados aparte, como pago de las pinturas. Con eso podrían vivir sin problemas y cubrir el viaje, el alojamiento y lo que Diego necesitara en Italia. No comenzó ningún retrato real esa temporada. Y lo que tenía pendiente eran dos retratos de nobleza, una escena costumbrista para los conde-duques de Olivares y un encargo para el rey, una escena mitológica, poco habitual en él, que estaba a punto de acabar.

Un día, Juana acudió al taller del Alcázar. Diego se afanaba con los últimos detalles del cuadro.

—¿Qué te parece?

Juana lo había visto cuando era apenas un esbozo; lo observó con atención.

—No recuerdo haber contemplado esta mezcla de mitología y costumbrismo antes.

Diego asintió.

—Era la idea. Quería crear algo nuevo.

—Y me gusta el tratamiento del desnudo masculino. La composición está muy equilibrada, aunque resulta llamativo que estén Baco y el sátiro por un lado, los hombres borrachos por el otro y la figura de espaldas en primer plano. —Juana calló y, al ver que Diego seguía esperando, continuó—: No es una escena mitológica como tal lo que querías representar aquí, ¿verdad?

Diego sonrió y negó con la cabeza.

—No. Lo que quería representar era el espíritu del vino. Cómo afecta a los hombres, para bien y para mal. Baco y el sátiro son la alegoría del vino; los borrachos que beben alrededor de un mendigo representan la alegría, aunque falsa, que puede traer su consumo, y el joven al que Baco está coronando con hiedra es un poeta.

—¡Claro! La hiedra es el atributo de los poetas, muy bien pensado. El color me recuerda a tus obras de cuando vivíamos en Sevilla.

—Sí, lo he retomado. Me parecía que era adecuado para el tema.

El tiempo pasó mientras Diego terminaba sus encargos y llegó julio, y con él, los preparativos para el viaje. El día de la partida, el 22 de ese mes, amaneció soleado y caluroso.

—¡Papá, papá!

Francisca se colgó de su cuello y él la abrazó con fuerza. A pesar de toda la ilusión que sentía por hacer ese viaje, le dolía en el corazón separarse de su hija y de su esposa. Besó a la pequeña y luego la niñera se la llevó arriba, dejando al matrimonio a solas.

—Bueno —dijo ella, intentando aguantar las lágrimas.

—Bueno —dijo él, mirando al suelo.

—Diego, yo...

—Te prometo que te escribiré.

Hablaron a la vez de forma atropellada, y eso les provocó una risa que rebajó un poco la tensión del momento. Se tomaron de las manos.

—Juana, te voy a echar mucho de menos. De verdad, incluso aunque allí me esperen las mayores obras de arte de la humanidad. Estarás siempre en mis pensamientos.

—Tú estarás siempre en los míos. Es extraño, me siento tan rara al pensar que no nos veremos en tantos meses... Tú has sido una constante en mi vida, desde que era una niña y entraste en el taller de mi padre. Y desde que nos casamos, hace ya más de diez años, apenas nos hemos separado, excepto aquellos primeros meses que viniste a Madrid.

—¿Marcharás pronto a Sevilla?

Ella negó con la cabeza.

—Antes terminaré de organizarlo todo aquí, y quiero entregar tus últimas obras.

—Puedo enviar a alguien.

—No, quiero hacerlo yo. Así siento que soy útil. Pero no te preocupes de eso ahora. ¿Seguro que llevas todo lo necesario?

Diego sonrió.

—Tú me has ayudado a hacer el equipaje, seguro que no falta nada.

—¿Llegarás bien a Barcelona? —A Juana le preocupaba que fuese acompañado nada más que de un sirviente, y no le gustaba pensar en el largo camino que tenía por delante.

—Llegaré bien. Recuerda que voy como emisario real, estoy protegido. Y en Barcelona embarcaré con Spínola, que se dirige a Génova. En cuanto desembarque, te escribiré y le pediré al embajador que te envíen mi carta.

Se quedaron en silencio, mirándose a los ojos. Entonces Juana se lanzó hacia él y rodeó su cuello con los brazos. Él le estrechó la cintura y, por un momento, su resolución flaqueó. Hizo acopio de toda su fuerza de voluntad y se separó. Le dio un suave beso en los labios.

—Antes de que te des cuenta, habré regresado a ti.

El sirviente aguardaba, sujetando las riendas de los caballos. Diego montó y se marcharon antes de que se hiciera más tarde. Solo cuando lo vio desaparecer calle abajo, Juana se permitió derramar las lágrimas que había contenido.

Había pasado un mes de la marcha de Diego cuando Juana recibió una carta de sus padres. Estaban deseando tenerla con ellos en Sevilla y disfrutar de su compañía y la de su nieta, y le pedían que fuera cuanto antes. Juana se dio cuenta de lo mucho que los echaba de menos y decidió acelerar los preparativos para su partida.

Esa misma tarde acudió al Alcázar a entregar uno de los cuadros en las habitaciones de los conde-duques de Olivares. Era el rato tras la comida en el que Sus Majestades se retiraban a descansar hasta que bajara el calor, y los conde-duques se distraían jugando a las cartas en la sala común. Avisados de su llegada, ambos la saludaron con alegría y admiraron la obra de Diego.

—Juana también pinta —dijo Gaspar.

—¿Ah, sí? Qué interesante.

Inés se levantó y avanzó unos pasos hacia ella.

—¿Tal vez podamos ver alguna de tus obras?

Juana sintió que se ponía colorada.

—Lo lamento, excelencia, mis pinturas no salen del taller. No está bien visto que una mujer honrada haga trabajo alguno, como bien sabéis, y no deseo causar problemas a mi familia. Es algo que hago para mí, para entretenerme.

—Es muy injusto que no puedas mostrar tu talento al mundo.

—Pero en realidad eso no es del todo cierto, ¿verdad? —intervino el conde-duque entre risas. Se acercó al cuadro, que Juana había apoyado en un diván, y lo miró—. Dime, ¿hay algo tuyo aquí?

Juana sonrió.

—Tal vez. Todos los pintores tienen ayudantes y aprendices y dejan que intervengan en sus obras. No en un retrato de Su Majestad, como es lógico, pero, en según qué composiciones, participan en los esbozos, los fondos, los detalles del color o de figuras no protagónicas... Siempre hay más de un par de manos detrás de un lienzo. Y las mías están presentes en las obras de mi marido, por supuesto, al igual que las suyas lo estaban en las obras de mi padre cuando Diego era solo un aprendiz.

—Insisto en que me gustaría ver alguna obra tuya, Juana —dijo Inés, sonriendo.

—Quién sabe. Puede que algún día —respondió Juana.

María entró en ese momento en la sala.

—Prima, parece que el calor afloja, ¿deseáis que vayamos a dar un paseo?

Inés se giró hacia la joven.

—Gracias, María, pero la reina también tiene previsto salir a pasear. Voy a reunirme con ella en cuanto me mande aviso de que está lista. Pero puedes salir con Juana. Sé que sois grandes amigas y yo ahora no te necesito.

Juana y María no se lo pensaron. Cogieron un coche que las llevó al prado de los Jerónimos, un camino arbolado al que llegaron tras atravesar la Puerta del Sol y que era uno de los lugares predilectos de la ciudad para pasear y dejarse ver. Allí se mezclaban nobles y plebeyos y se disfrutaba del aire fresco.

—¿Te vas a marchar? —preguntó la joven vasca.

Juana asintió.

—Me siento sola aquí y Francisca se aburre. El taller está cerrado, ya he entregado los encargos pendientes y, si bordo una sola pieza más, me voy a volver loca. Quiero ver a mis padres.

—¡Pero ahora hará un calor insoportable en Sevilla!

Juana rio.

—Nada que no haya vivido antes. Las casas allí están más preparadas que aquí para el calor. Los patios, las fuentes... Créeme si te digo que no es tan malo. Y por las noches las tertulias se animan y puedes acabar bailando y cantando hasta el alba. —Se giró hacia su amiga con ojos soñadores—. Tengo ganas de participar en esas reuniones, de hablar con gente diferente. A la casa de mi padre acuden pintores, escritores, hombres doctos y cultos, y se tratan temas tan interesantes que te olvidas del calor. Además, ya casi es final de verano. No me parece mala idea un invierno en el sur.

—Te voy a echar mucho de menos —dijo María con voz temblorosa—. Sin ti, me voy a aburrir mucho. Mis primos cubren mis necesidades, no me falta de nada, pero Inés está todo el día con la reina y tú eres mi única amiga. No tengo marido ni hijos de los que ocuparme y no aguanto pasarme el día rezando.

—¿No puedes participar en las obras de teatro de la corte?

María negó con la cabeza.

—Son para nobles. Yo no soy nadie aquí, Juana.

—Deberías buscarte un esposo —la animó Juana, riéndose.

María también se rio, aunque su risa fue menos alegre.

—No diré que no eche en falta algo de compañía. Además, siento que soy de poca utilidad a mi prima en esta etapa de su vida. Pero no es tan fácil. ¿Quién se va a fijar en mí? No tengo título ni dinero. A mí me daría igual que mi esposo fuese alguien trabajador, no necesito un noble, pero eso no se considera adecuado para mi condición. Solo pido que sea sincero y honrado, y los únicos que me rondan lo hacen porque creen que a través de mí podrán acercarse a los conde-duques, y me niego a ser una pieza de cambio.

—Tienes razón, tu situación no es fácil —afirmó Juana.

—No, pero es mejor que la de la mayoría, así que no me voy a quejar. Además, cuando estás tú, no me aburro —dijo María, de nuevo contenta.

—Pídele a tu prima que te dé una ocupación. No me refiero a trabajar —dijo levantando las manos antes de que su amiga replicara que no se lo iban a permitir—, pero hay labores de caridad que serían muy bienvenidas.

María pareció pensarlo.

—Es buena idea. Pero tú no tardes mucho en volver, porque te seguiré echando de menos aunque pase mis días dando de comer a los vagabundos y remendando mantitas para los orfanatos.

Dos semanas más tarde, Juana partió hacia Sevilla en una mañana de septiembre todavía calurosa. Francisca y ella viajaban con una sirvienta y con la cuidadora de la niña en un coche alquilado, nada que ver con la carreta en la que llegaron a Madrid años antes. Durmieron en postas y entraron en Sevilla tres días después, cansadas y polvorientas. Hacía varios años ya que Juana no veía a sus padres y se abrazaron los tres, muy emocionados. María, su madre, se secó las lágrimas al separarse de su hija y luego se volvió hacia Francisca.

—Madre mía, mi pequeña, ¡cuánto has crecido! ¡Ven aquí y dale un abrazo a tu abuela!

Juana se instaló con ellos. No le apetecía estar sola en su propia casa y buscaba el jaleo y la alegría de la casa paterna. Y eso es lo que encontró. Francisca intentaba escaquearse de las clases de su aya para acudir al taller con su abuelo, y Juana pasaba largas horas hablando con su madre o asistiendo a su padre en sus pinturas. Se dio cuenta de la paz que le proporcionaba esa rutina y de lo bien que se sentía allí.

Llevaba algo más de diez días en Sevilla cuando recibió una carta de Diego. Juana sonrió, esta vez había cumplido.

Mi muy querida esposa:

Te escribo desde Venecia, donde me he asentado en primer lugar. La travesía fue bastante bien. La mar estuvo agradable y disfruté de la brisa marina y del viaje, después del mareo del primer día. El general Spínola es un hombre muy interesante y tiene grandes historias que contar. Estaba feliz de regresar a su patria después de servir a la Corona durante tantos años en el extranjero, aunque le noté triste porque puso todo su dinero al servicio de la guerra y no solo no se le ha restituido, sino que parece que hay interés en mantenerlo alejado de la corte.

Es bien conocida su enemistad con el conde-duque, que le

hace responsable de la pérdida de Groll, aun habiendo sido también el artífice de la rendición de Breda hace unos años. La verdad, me da un poco de lástima que no se le reconozca toda su labor, aunque tampoco puede quejarse: es duque, marqués, grande de España y, ahora mismo, gobernador del Milanesado, nombrado por Su Majestad. Seguro que, si es un poco listo, podrá restaurar su fortuna y recuperar su posición.

    Aproveché el viaje para hacerle algunos esbozos; tal vez pueda utilizarlos más adelante en algún retrato o lienzo más amplio.

    Después de desembarcar en Génova, nos dirigimos primero a Milán. Lo cierto es que no he tenido el recibimiento que esperaba. Ya sabes que la situación por aquí está bastante tensa, y muchos se preguntan si vengo exclusivamente en calidad de pintor o si, debido a mi cercanía al rey, he sido enviado como espía para conseguir información privilegiada. Eso hace que me traten con cautela y que no me sienta bien recibido casi en ningún sitio.

    De todas maneras, debo decir que, en cuanto hemos llegado a Venecia desde Milán, la cosa ha mejorado. El embajador español aquí, en Venecia, Cristóbal de Benavente, insistió en acogerme en la embajada, pero pedí alojarme en otro sitio debido a mis extraños horarios. Él lo aceptó y me agasaja todo lo que puede. Creo que también le gusta mi conversación, pues es un gran aficionado al arte.

    Aquí el ambiente es muy convulso. Hay revueltas en los alrededores y la propia Venecia es una ciudad insegura, llena de maleantes y delincuentes. Por ese motivo, el embajador me ha puesto protección permanente, de manera que no puedo ir a ningún sitio si no es acompañado de la escolta que me ha asignado y que tiene orden de no dejarme ni a sol ni a sombra cada vez que ponga un pie fuera de esta casa.

    Me pregunto si esta amabilidad no responderá también a la desconfianza y a la necesidad de saber por dónde me muevo, a dónde voy, con quién hablo. Bien, en cualquier caso, no me importa. No soy un espía, así que no tengo nada que ocultar.

Estoy visitando unas colecciones maravillosas, Juana. Esto te encantaría. No puedo alcanzar a contarte en esta carta cuánto estoy aprendiendo, cómo siento que mi espíritu se expande y mi conciencia se amplía en contacto con las obras de estos grandes maestros. Es como una conexión mística. ¡Cuánta razón tenía Pedro Pablo Rubens al decir que la formación de un pintor no está completa hasta que recorre Italia!

Y eso que acabo de empezar. Aquí me dedico a copiar cuadros de Tintoretto, sobre todo. También estoy conociendo a otros pintores, y a los que veo más capaces les encargo algunos cuadros para el rey, que recogeré a mi vuelta para embarcarlos conmigo rumbo a España.

En unos días iremos a Ferrara y, de ahí, a Cento. Cuando llegue a Roma, te escribiré de nuevo.

Os echo de menos, a ti y a Francisca, pero creo que esta oportunidad es única y nunca me hubiera perdonado no venir. Espero que estéis bien y que todo marche en gracia de Dios. No sé si esta carta te llegará a Madrid o estarás ya en Sevilla. Si es así, he dejado el encargo de que reenvíen la misiva a casa de tu padre. Dales a todos muchos recuerdos de mi parte. Dile a mi maestro que siempre lo llevo en el corazón. Os llevo a todos, pero sobre todo a ti, vida mía.

Tu esposo que te quiere,

Diego Rodríguez de Silva y Velázquez

Juana leyó la carta dos veces más, y después lo hizo en voz alta a sus padres y a su hija.

Sentía cerca a Diego, aunque estuviera tan lejos y la ausencia le doliera. Se alegraba mucho por él y deseaba que regresara con nuevas ideas, con nuevas técnicas a las que él podría dar su toque personal y transformar en algo único. Pero, mientras tanto, ella debía seguir con su vida. Se levantó, sacudió sus faldas y se dirigió al taller.

—Padre, dame algo que hacer.

Francisco señaló unos pigmentos.

—Ahí tienes. Prepárame el azul pavo real, nadie lo clava como tú.

Juana se remangó y se puso a trabajar.

34

—¡Isabel, por favor, empujad!
—¡Majestad, solo un poco más!
Cuando comenzó a notar los dolores que anunciaban que la criatura quería venir al mundo, la reina estaba con sus damas. Luisa Enríquez vio en su cara el miedo a pasar de nuevo por todo aquello, así que no se apartó de su lado.

Todo estaba preparado: como en las ocasiones anteriores, pero en mayor medida, habían traído reliquias sagradas desde distintos lugares de España, como la santa cinta de Tortosa, que entonces reposaba en el relicario de la capilla real del Alcázar. La comadrona daba órdenes y sus ayudantes se movían por la alcoba trayendo paños limpios y retirando los ya manchados. La comadrona era una mujer de edad indeterminada que había asistido a Su Majestad en sus otros partos. Delgada, nervuda, con las mangas del vestido remangadas, los dedos largos y el ingenio ágil, la reina confiaba en ella.

Y ella se lo tomaba muy en serio. Cuando vio que Isabel apenas podía respirar, de resultas de todo el incienso que inundaba el ambiente, ordenó que alejaran los cirios y los incensarios de la cama. Incluso abrió los postigos para que entrara algo de luz y aire, en contra de la costumbre general. Cajitas de plata, huevos de paloma, corales y amuletos varios se amontaban en aquella estancia, unos talismanes que trataban de conseguir lo que la naturaleza no quería entregar: un heredero varón o, en su defecto, una niña sana y una pronta recuperación de la soberana.

En el oratorio de la reina rezaban todas sus damas, guiadas por una Inés seria y concentrada. Deseaban con todas sus fuerzas que sus súplicas fueran escuchadas, para poner fin a una situación que empezaba a ser preocupante: la falta de heredero legítimo, y también para evitar más sufrimiento a una mujer que se había hecho querer por todas ellas.

Luisa se quedó junto al cabecero de la cama. Sujetaba la mano de Isabel y le sonreía cuando notaba que a ella le fallaban las fuerzas. El rey apareció por allí en un momento dado. No era tan extraño: en España los partos eran un poco más privados que en otras monarquías, pero Su Majestad podía hacer acto de presencia para acompañar a su esposa en aquel trance. Tras la muerte de su última hija, la reina se había quedado muy triste. Y este nuevo embarazo lo había vivido con una mezcla de temor, esperanza y mucho sufrimiento, porque hacía medio año que María Calderón le había dado al rey un varón sano, que entonces crecía bajo los cuidados de nodrizas y tutores, y esa nueva humillación fue una puñalada para Isabel, añadiendo más inseguridad a la que ya tenía.

Así que Felipe, que, aun siendo infiel por naturaleza, amaba y respetaba a su esposa, acudió a su lado para darle ánimos y mostrarle su devoción. Isabel trató de sonreír cuando lo vio y le tendió la mano que tenía libre. Él se inclinó para besarle la frente y trató de no mirar lo que sucedía al otro lado de la sábana que dividía en dos el cuerpo de su esposa. La actividad no se detenía porque el rey hubiera entrado en escena y la comadrona seguía dictando instrucciones y haciendo su trabajo.

Sobrevino una nueva contracción. Isabel apretó los dientes y gimió, con la cara contraída de dolor.

—¡Empujad, majestad! —dijo la comadrona, y la reina empujó.

El rey huyó de aquella alcoba en cuanto pudo recuperar su mano, no sin antes depositar otro beso en la frente de su esposa y decirle lo orgulloso que estaba de ella. Prefería la guerra a aquel campo de batalla: por lo menos, con una espada en la mano, uno sentía que tenía más control sobre su destino. Se persignó y buscó al conde-duque de Olivares, que lo acompañó a la capilla, donde se celebraba una misa para pedir por un parto rápido, sencillo y con feliz resultado.

Por fin, tras horas de sufrimiento, la reina dio a luz. Y esta vez, para alegría de todos, era un bebé sano. Un varón. Las campanas repicaron para celebrar su nacimiento, las damas lloraron de alegría e Isabel se recostó en el lecho, pálida y muy débil, pero orgullosa y satisfecha.

Baltasar Carlos resultó ser un niño fuerte: lloró con energía al tomar su primera bocanada de aire, comía con ganas y era muy despierto. En las semanas siguientes, tuvieron lugar misas y novenas para agradecer a Dios la llegada del ansiado heredero y, para cuando llegó la misa de la Purificación de la Virgen o «misa de parida», que marcaba el final de la cuarentena de la reina y su reincorporación a sus deberes públicos, ya estaba claro que el príncipe iba a sobrevivir.

De todo eso se enteró Juana por una misiva de María, con la que se escribía de forma regular. La mañana que llegó esa carta, estaba desayunando con su familia. En cuanto pudo, se retiró al patio y la abrió.

Queridísima Juana:

No sabes cuánto te echo de menos. Dedico parte de mi día a escribirte a fin de entretenerme, pero apenas sé qué hacer con mi tiempo aparte de estos momentos.

Habrá llegado hasta Sevilla la noticia de que ya tenemos un heredero. La corte entera es un hervidero de actividad desenfrenada. Hay mil celebraciones, obras de teatro, misas y corridas de toros para celebrar el acontecimiento.

La reina por fin ha cumplido con su deber, y eso se nota tanto en lo orgullosa que se muestra como en el cariño que le prodiga Su Majestad en público. Además, ahora que el rey ha terminado su relación con la Calderona y esta se ha retirado a un convento, se les ve más cercanos que nunca. Salen juntos a pasear, acompañados del bebé, que no hace más que crecer gracias a la leche de su nodriza gallega.

Mi prima Inés ha sido nombrada aya y tutora del príncipe, y siempre está cuidando de él. Lo adora y creo que sería capaz de matar a cualquiera que intentara hacerle daño. En su bautizo, este noviembre, fue ella quien lo llevó a la pila bautismal en brazos, colocado en una silla de cristal de roca que, créeme, era una auténtica maravilla. Nunca la había visto tan feliz.

La verdad es que es un niño muy bonito y simpático. He podido verlo en un par de ocasiones, en compañía de mi prima, y es muy risueño. Se ha ganado el corazón, ya no de la corte, sino de todo Madrid. Estoy segura de que el rey está deseando que vuelva tu esposo para que le haga un retrato.

Y dime, ¿qué tal las cosas por allí? Imagino que estarás feliz con tu familia. ¿Qué tal se encuentran tus padres? No los conozco en persona, pero creo que me caerían bien.

Por favor, escríbeme. Tus cartas me entretienen y alivian un poco el tedio de mi día a día.

Tu amiga que te quiere,

María

El conde-duque de Olivares no podía estar más contento con la situación. Aun así, incluso con la alegría de contar con un varón sano y legítimo, sentía una pequeña incertidumbre. Sus dos hermanos mayores, bastardos aunque educados como príncipes, ¿serían aliados o enemigos? Solo el tiempo lo diría, pero estaría atento.

También le gustaba ver feliz a Inés. Su esposa había sufrido mucho con la pérdida de todos sus vástagos, dos de ellos al poco de nacer, pero una, su preciosa María, ya adulta y casada. El príncipe no mitigaría todo su dolor, pero en él podría volcar su cariño y su afán de protección. Sabía que haría una labor magnífica como tutora de Baltasar Carlos y, además, debía admitirlo, no le venía mal tener a su esposa, la persona en la que más confiaba en el mundo, como responsable directa de la educación de aquel niño.

Una mañana fue a verla a las habitaciones infantiles. La nodriza acababa de terminar de alimentar a Baltasar Carlos e Inés lo sostenía en brazos mientras paseaba por la estancia. Lo acunaba sobre su hombro y le daba palmaditas en la espalda para que soltara el aire que había tragado al mamar. Gaspar se quedó en silencio, observando la escena y la paz reflejada en la cara de su esposa, hasta que esta reparó en su presencia, sonrió y se acercó. Él le hizo carantoñas al niño, que abrió la boca y mostró una sonrisa desdentada. Soltó un gorjeo y trató de alcanzar los enormes dedos del conde-duque con su mano regordeta.

Gaspar rio.

—Es precioso.

—Lo es —afirmó Inés—. En todos los aspectos.

La nodriza ya se había marchado y estaban solos en la sala. Se acercaron a la ventana, desde donde se podía ver el patio del rey del Alcázar.

—Parece sano, pero nunca se sabe —dijo Gaspar, preocupado—. Tal vez debería hablar con Leonor para que me consiga algún tónico, amuleto o remedio que lo mantenga a salvo.

Inés apretó un poco más al niño contra su cuerpo.

—No me fío de esa mujer. Yo me encargaré de mantenerlo a salvo, descuida. Además, ¿no ves lo cubierto de amuletos que va ya? —Le enseñó todas las campanillas de oro, figas, ramitas de coral y demás talismanes que el pequeño llevaba prendidos en su vestido—. El príncipe está bien cuidado.

Gaspar no insistió. Sin embargo, sí le pediría a Leonor que le leyera el futuro de ese pequeño. Solo por estar tranquilo. Se quedó sentado, disfrutando del sol que entraba por los ventanales mientras su esposa recorría la sala acunando al bebé. Ella se alejó hasta la esquina contraria.

Inés acarició la cabecita pelona del príncipe, que la miró sonriente.

—Esa bruja no te pondrá las manos encima, ni hablar. Yo te protegeré, mi niño, te lo prometo. Tengo mis armas. Conmigo estarás a salvo, ya lo verás.

El niño la miró a los ojos y soltó un eructo gigante. Después comenzó a adormilarse y sus ojos se cerraron. Lo iba a depositar en su cuna cuando aparecieron Sus Majestades, precedidos de los guardias de palacio.

Gaspar se levantó y ambos hicieron una reverencia. La reina se acercó y extendió los brazos para coger a su hijo.

—¿Qué tal se porta? —preguntó mientras lo miraba con arrobo.

—Come muy bien, majestad. Tiene buen apetito y una salud excelente. También duerme bien, así que ya podéis observar lo rápido que está creciendo.

Las damas que acompañaban a la reina la rodearon y comenzaron a hacerle carantoñas al pequeño. Felipe arrugó los labios, tal vez molesto por el repentino y poco habitual alboroto femenino.

El conde-duque de Olivares fue hasta él y se alejaron unos pasos de allí.

—¿No se supone que las damas deben ser silenciosas? —preguntó el rey.

El valido rio entre dientes.

—Sin duda alguna, vuestra majestad será comprensivo con la alegría de estas mujeres al ver al tan esperado príncipe.

El rey puso los ojos en blanco, pero una pequeña sonrisa de satisfacción apareció en sus labios. Gaspar volvió a hablar:

—El príncipe es en verdad un niño encantador, fuerte y sano, majestad. Os doy mi enhorabuena.

Felipe asintió. El orgullo y el alivio se percibían en su cara y en su expresión corporal. Gaspar quería hacerle un regalo, algo que dejara claro lo mucho que se alegraba por el soberano y que lo hiciera aún más cercano a su corazón.

Estaban frente a una de las ventanas, mirando cómo la reina y sus damas jugaban con Baltasar Carlos.

—Majestad —dijo el conde-duque girándose hacia el rey—. Me gustaría haceros un obsequio por el nacimiento de vuestro heredero. Algo que os agrade en verdad y que podáis legar a vuestro hijo dentro de muchos años.

Felipe mostró una sonrisa. Era normal que los cortesanos hicieran regalos para celebrar este tipo de acontecimientos, y no dudaba de que el conde-duque sería más espléndido que el resto.

—Si alguien puede sorprenderme en este mundo, ese sois vos —dijo el soberano.

—Siempre os ha gustado pasear por las tierras que poseo cerca del Cuarto Real, junto al monasterio de los Jerónimos.

Felipe asintió.

—Es una hacienda muy agradable, es cierto.

Gaspar sacó unos pliegos, se acercó a una mesita y los extendió. El rey lo siguió, lleno de curiosidad.

—Este es el proyecto para convertir mis tierras en una serie de pabellones, gabinetes y jardines que conformen lo que he dado en llamar, si a vuestra majestad le place, el palacio del Buen Retiro.

Felipe levantó la cabeza y lo miró.

—Es mi regalo para vos, majestad —insistió el valido al ver que el rey no terminaba de entender—. Esas tierras ahora son vuestras y de vuestra familia, para que tengáis un espacio de retiro y descanso cuando queráis abandonar el protocolo de la corte.

El rey amplió su sonrisa hasta que alcanzó todo su rostro y sus ojos brillaron. Puso una mano en el hombro del conde-duque.

—Gaspar, es un regalo maravilloso. Os lo agradezco. ¿Podéis explicarme el proyecto?

Y así, los dos hombres inclinaron la cabeza sobre el plano mientras las mujeres seguían prestando toda su atención al muy deseado bebé real.

35

Sevilla, octubre de 1630

Querido Diego:

Hace ya meses de tu última carta y no sé nada de ti. Te escribo a Roma, desde donde me mandaste la última misiva, y si ya no estás allí, en la embajada sabrán hacértela llegar.

Un año ha pasado desde que te marchaste y no me acostumbro a tu ausencia. Tampoco Francisca, que está creciendo tan rápido que asusta y muy pronto dejará de ser una niña. Disfruta mucho en el taller con su abuelo, y mi padre ya ha comenzado su formación para que pueda ayudarle como hacía yo. ¿Te acuerdas?

Estuve en Madrid unos meses, tal y como te dije, pero en primavera me volví de nuevo a Sevilla. Me gusta la idea de pasar tiempo con mis padres, ahora que van haciéndose mayores. Además, esta ciudad nuestra es tan hermosa y está tan llena de vida que me siento bien aquí, aunque ahora mi hogar esté en Madrid.

El trajín que hay en casa de mi padre es otro de los motivos por los que disfruto tanto de mi estancia aquí. Las tertulias siguen tan animadas y divertidas como siempre. Participo en ellas tanto como puedo, y debo decir que ya nadie alza la ceja porque una mujer dé su opinión. Madre también interviene a veces, e incluso algunas de las esposas de los invitados acuden en ocasiones y jugamos a las cartas y charlamos. No es tan habitual como cuentan que lo es en Francia, pero creo que algo está cambiando.

De hecho, la protagonista de la tertulia de hace unas semanas fue una mujer. Seguro que conoces a Catalina de Erauso, a la que llaman la Monja Alférez. Su historia es tan apasionante que una duda de que pueda ser cierta en su totalidad. El caso es que estuvo en Sevilla y pasó a visitarnos. Se quedó unas cuantas horas, hasta que la tertulia acabó, ya de madrugada, y debía de estar de buen humor, porque nos contó su historia y contestó a todas las preguntas que le hicimos.

¿Será verdad que ha matado a tantos hombres como dice? En la mayoría de los casos fue por problemas con el juego. Si es que apostar no trae nada bueno, ya te lo digo yo. Ha estado presa muchas veces e incluso la condenaron a muerte más de una vez, allá en Perú. Por cómo se libró de la horca, cualquiera diría que fue por intervención divina, aunque, en la última ocasión, tuvo que confesarle al obispo que en realidad era una mujer o no hubiera tenido un buen destino.

Me produce sentimientos encontrados, pues he oído historias acerca de su crueldad con los indios en el Nuevo Mundo, y por lo visto también se prometió con varias mujeres en ese tiempo sin desvelarles su verdadera identidad. No me gusta que jugara con sus ilusiones y acabara, en la mayoría de los casos, desapareciendo sin dar ninguna excusa y llevándose todos los regalos y presentes que le habían hecho. Pobres.

El caso es que apareció por aquí a media tarde, vestida como un hombre y comportándose como tal. Sus rasgos son, en efecto, toscos y masculinos; su porte, fuerte y aguerrido, y su voz, profunda. No me extraña que haya podido tener engañado a todo el mundo tanto tiempo. Había vuelto a España desde Nápoles y nos contó que va a regresar a Perú, pues solo allí es feliz. Parece que le gusta más el Nuevo Mundo, donde las normas no son tan estrictas y un hombre puede construir su destino de forma más sencilla que en la vieja Europa.

Además, ha conseguido una dispensa papal para poder

seguir vistiendo y comportándose como un hombre, así que, durante su visita, todo el mundo se dirigió a ella por el nombre de Antonio, tal y como es su voluntad. Debo decir que tiene un carisma enorme y que, a pesar de su tendencia a la violencia y al juego, es una persona muy divertida y entretenida, junto a la que las horas pasan volando. Incluso jugó un rato con Francisca y le enseñó a manejar una ramita como si fuera una espada.

Mi padre quiso retratarla. Quedaron en ello, pero luego tuvo que marcharse a Madrid para no sé qué gestiones relacionadas con su partida definitiva a las Américas y no pudo ser. Es una lástima, porque me hubiera gustado saber más sobre la vida de esta mujer. Aunque encuentre cuestionables muchas de las cosas que ha hecho, me parece muy loable que nunca dejara que nadie decidiera por ella su destino y que buscara su propia fortuna. También me pregunto qué se siente viviendo como un hombre. Supongo que yo no podría entenderlo.

El caso es que se marchó y yo me quedé con las ganas de saber más de su propia boca, porque en lo que hay escrito sobre ella, incluida la obra de Juan Pérez de Montalbán, me parece que prima más la imaginación que la realidad.

Cambiando de tema, María me escribe muy a menudo. Más a menudo que tú, querido, si me permites la pequeña pulla, y me tiene al tanto de lo que sucede en la capital. Imagino que el conde-duque también te habrá informado de que el joven Baltasar Carlos crece sano y fuerte. Va a cumplir un año ya y es la alegría de sus padres. Imagino que Su Majestad estará deseando que vuelvas para poder comenzar su retrato.

María me contó que hubo un pequeño escándalo en la corte hace poco. Descubrieron en el forro interior del vestido del príncipe un saquito. Al abrirlo, vieron que contenía hierbas, restos de pelo y más cosas extrañas. La nodriza, que fue quien lo encontró, comenzó a gritar como una loca. Según María, ya a una de las pequeñas infantas, a María Eugenia o a Isabel María, no lo recuerdo, se le encontró un hechizo semejante cuando fueron a amortajarla tras su muerte.

Pobres criaturas, ¿quién les deseará el mal? Solo son niños, y además muy deseados. De todas maneras, parece que los amuletos que porta Baltasar Carlos son efectivos, pues, a pesar de ese horror, sigue con una salud envidiable. Nadie sabe nada sobre el tema y el conde-duque debe de estar que trina. Esto no deja muy bien a la condesa-duquesa, que es su cuidadora, pero claro, la mujer tampoco puede estar todo el día encima del niño. Por si acaso, sé que han cambiado a todo el servicio que tenía acceso al pequeño, aunque aún no hay nadie acusado de brujería contra la familia real.

Cuéntame algo, Diego. En tu última carta me decías que habías rechazado el ofrecimiento de alojarte en el palacio del Vaticano que te hizo el cardenal Barberini, sobrino del papa. También le dijiste que no al embajador Manuel de Zúñiga, cuñado del conde-duque, y al final no sé si pudiste alojarte en Villa Médici y mantener así tu independencia. Por otro lado, me contabas que, además de copiar las colecciones que hay allí, trabajabas en un cuadro nuevo sobre Vulcano. ¿Puedes decirme cómo va? Estoy segura de que todo lo que estás aprendiendo ya se refleja en tu estilo. ¡Qué ganas tengo de ver tu evolución!

Me está quedando una carta muy larga y mi madre me llama para que vaya a tomar una limonada al patio. Espero recibir noticias tuyas muy pronto, mi vida.

Tu esposa que te quiere,

Juana

Roma, diciembre de 1630

Querida Juana:

Tienes toda la razón, me demoré demasiado en escribirte. Por eso hoy, tal y como he leído tu carta, me dispongo a contestarte. Así es, me alojo en Villa Médici porque me asegura la independencia y la libertad que busco, aunque puse como excusa la oportunidad de poder copiar todas sus obras a la hora del día o de la noche que me pareciera oportuno. No quería quedarme en el Vaticano, pero sí que me alojé en la embajada una temporada. Lo que ocurre es que finalmente conseguí el permiso para instalarme aquí, lo que no fue fácil, porque pertenece al embajador de Florencia, quien no se fía mucho de mi viaje y no me tiene gran simpatía.

Esto es algo que no te he contado, puesto que me fui enterando poco a poco. Al parecer, el embajador de Florencia en Madrid, Averardo de Médici, escribió al obispo de Pisa diciéndole que me tuviera vigilado y que no me tratara demasiado bien, no fuera a ser que olvidara que solo soy un pintor. ¿Te imaginas? Todavía me indigno al recordarlo. Por lo visto no querían que, a mi vuelta, fuese por ahí diciendo que había conseguido en Florencia cortesía mayor de la debida.

En fin, al menos me quedo con la amabilidad del cardenal Sacchetti, con el que, el día antes de marchar de Venecia, estuve departiendo más de tres horas, tiempo en el cual él me pidió que me sentara. ¡Sentarse en presencia de un cardenal! Debo decir que eso sí me hizo ilusión. También me enteré, tras mi marcha de Venecia, de que su embajador en Madrid había escrito al Consejo de los Diez. Decía que creía que yo viajaba solo por mi profesión, pero que, por si acaso, me tuvieran vigilado. No me enfado por esto, entiendo sus suspicacias y, a la postre, me trataron tan bien que me fui de allí con un muy buen sabor de boca.

Supongo que mi posición como protegido de nuestro querido conde-duque me coloca en la mira como posible espía. De todas maneras, en Roma nadie me ha tratado con sospechas; al contrario, han sido todos muy amables. También me encantaría contarte las obras de Guercino que vi en Cento. ¡Maravillosas! ¡Qué luz! Utiliza una iluminación muy blanca que da un aire al cuadro entero que es muy especial. Además, esa forma de tratar a los personajes religiosos como figuras corrientes... ¡Y qué paisajes! Es un gran paisajista. De hecho, sus paisajes me inspiraron para el trabajo que realizo ahora aquí, en Villa Médici.

Salgo a los jardines para recrear estas vistas del natural y eso ha provocado no pocos comentarios, e incluso, me atrevería a decir, algún escándalo. Ni siquiera los *bamboccianti*, esos holandeses que pintan aquí en Roma escenas de la vida cotidiana y de las clases bajas con humor y cierto toque grotesco, se han atrevido a sacar los lienzos a la naturaleza, y eso que ellos hacen lo que les apetece en cada momento.

Como te dije en mi anterior carta, he terminado ya un cuadro que he llamado *La túnica de José*, del que me siento bastante satisfecho, pero creo que el tema con el que estoy ahora va a ser más especial. Representa, tal y como te comenté, la fragua de Vulcano, y en él estoy volcando todos los conceptos nuevos que voy aprendiendo y las enseñanzas que aquí voy absorbiendo.

Esto es maravilloso, Juana, y siento que te encantaría estar aquí.

Es muy interesante lo que me cuentas en tu carta sobre la Monja Alférez. Es, sin duda, todo un personaje. Estoy seguro de que te agradará saber que he conocido también a una mujer muy importante. Se llama Artemisia Gentileschi. Es una pintora muy respetada aquí en Roma, aunque ella se queja de que solo le encargan retratos y escenas de heroínas bíblicas y la tienen vetada en el trabajo de frescos y grandes retablos. Es por eso por lo que este mismo mes se ha trasladado a Nápoles, para ver si allí no tienen los mismos prejuicios y consigue encargos más grandes y lucrativos.

Poco más tengo ya que contar, excepto que os echo de menos a ti y a Francisca, y también nuestra vida en Madrid, y que creo que regresaré más pronto que tarde.

Hasta entonces, llevo tu recuerdo en mi corazón.

Tu esposo que te quiere,

DIEGO

36

Enero de 1631

El conde-duque de Olivares estaba en su despacho, contiguo al del rey, repasando unos documentos que debían entregarse para que Su Majestad los firmase de inmediato. Unos golpes en la puerta interrumpieron su concentración. Frunció el ceño.

El lacayo abrió para ver quién era y recoger el mensaje. Luego se acercó a Gaspar, que esperó a que le entregara la misiva. Sin embargo, no fue una carta lo que recibió.

—Es un emisario enviado desde el penitencial de Cuenca, excelencia. Dice que trae un mensaje que solo puede entregaros a vos en persona.

Gaspar estuvo a punto de enviarlo de vuelta, no tenía tiempo para tonterías. Sin embargo, algo, tal vez la curiosidad, le hizo asentir al criado para que le permitiera la entrada.

El hombre que cruzó el umbral tenía pinta de llevar días a caballo. Su ropa, de corte sencillo, se veía polvorienta y estaba claro que no se había afeitado en algún tiempo. Se plantó delante del escritorio del conde-duque e hizo una tosca reverencia.

—Excelencia, traigo un mensaje urgente y muy importante del alcaide de la prisión de Cuenca. Dice que hay un preso que asegura tener información privilegiada sobre un complot contra Su Majestad y contra vos mismo.

Gaspar se levantó de la silla con un salto difícil de creer en un hombre de su envergadura y movilidad. Dio la vuelta al escritorio y se detuvo frente al emisario.

—¿Cómo decís?

El mensajero volvió a hacer una inclinación de cabeza.

—Hay un preso en la cárcel, señor, que se llama Jerónimo de Liébana y que jura que tiene información sobre una conjura que involucra a miembros de la nobleza y de la corte.

—¿Y es fiable? —preguntó el conde-duque de Olivares.

El emisario mantuvo el gesto inexpresivo.

—Nadie lo sabe. El alcaide no tiene claro si pretende conseguir un trato de favor o si tiene información real. Pero, ante la duda, ha preferido ponerlo en vuestro conocimiento para que vos obréis como consideréis conveniente.

El conde-duque asintió, despidió al emisario y se volvió a sentar, pensativo. Estaba casi seguro de que aquel hombre era un simple impostor, pero si había una, solo una posibilidad de que fuera cierto lo que decía... Quizá no debería hacer oídos sordos.

Dos días después, el conde-duque se encontraba en un carruaje camino a Cuenca. No tenía ninguna gana de separarse del rey unos días ni de alejarse de Madrid, pero necesitaba escuchar a ese hombre en persona. Notaba el corazón acelerado y los dolores de cabeza que le asediaban habían vuelto con más fuerza, si cabe, tanta que ni siquiera las infusiones de Inés habían conseguido aliviarlo. Y eso que estaba más tranquilo. Cuando habló con ella sobre el tema, se mostró despreocupada.

—¿Sigues llevando el amuleto que te encargué? —le preguntó.

Gaspar asintió, llevándose la mano al pecho. Bajo el jubón portaba el guardapelo de oro sellado que ella le había dado. Entonces su esposa sonrió.

—No tienes nada que temer. Ese Liébana es un embaucador, ya lo verás. Estás a salvo, nadie puede dañarte con el uso de la magia. Confía en mí.

Se había mostrado tan confiada, tan segura de sí misma que

el miedo de Gaspar cedió un tanto. Pero, aun así, debía asegurarse.

Al llegar a Cuenca, se encontró una ciudad muy fría y oscura, puesto que había anochecido y la temperatura, ya baja durante el día, se había desplomado tras la puesta de sol. Cuando descendió del coche, frente a la puerta de su posada, hubo de tener cuidado de no resbalar en el suelo helado. Como estaba agotado y era tarde, decidió dejar la visita a la prisión para el día siguiente. Se sentó delante de la chimenea encendida de su habitación y se puso a repasar documentos, pero enseguida decidió acostarse porque la cabeza no le respondía debido al cansancio.

La mañana siguiente amaneció clara y despejada. Aunque la escarcha cubría casi todas las superficies, el sol brillaba y el cielo mostraba un color azul que llenó de alegría y esperanza el alma del conde-duque. Luego desayunó de forma frugal, se abrigó bien y salieron rumbo a la prisión.

Era un lugar húmedo y lúgubre. Gaspar suspiró al divisar sus muros y su corazón se agitó, agobiado por las anchas paredes de piedra y la muerte de la luz una vez cruzado el umbral. El alcaide, que había salido a recibirle, andaba dando pasitos cortos y era de lo más servil, pues no paraba de hacerle reverencias. Tenía las manos cruzadas sobre el pecho, incluso mientras caminaba, y mostraba una sonrisa nerviosa.

—Pensé que avisaros era lo mejor que podía hacer, excelencia. Jerónimo de Liébana es un malandrín, un estafador, pero habló con tanto aplomo y seguridad que... Jamás me habría perdonado que el complot resultase ser cierto y yo no hubiera hecho nada.

Gaspar hizo un gesto al aire con la mano.

—Habéis obrado bien, descuidad.

—¿Dónde queréis que interroguemos a ese hombre, excelencia? ¿En su celda?

Durante el corto trayecto, habían pasado por delante de algunas celdas. Eran agujeros fríos, oscuros y húmedos que congelaban el cuerpo y el alma. Si lo podía evitar, Gaspar prefería no entrar en una de esas estancias. Se quedó mirando al alcaide hasta que este ensanchó más la sonrisa, que empezó a parecer histérica, y se dio un golpe en la frente.

—¡Disculpadme, señor! ¿Cómo se me ocurre? Lo haré llevar a mi despacho, claro. Es más acogedor y está caldeado. Por aquí, por favor.

Al poco rato, Gaspar estaba sentado en la butaca del despacho del alcaide, con una chimenea a su derecha, un vaso de vino caliente en la mano y el preso que había asegurado tener información confidencial de pie frente a él. El alcaide se había puesto al lado del conde-duque y dos guardias custodiaban la puerta.

Jerónimo de Liébana tenía el aspecto de un pícaro. Alto y delgado, aunque con buena planta, tenía profundas ojeras y la piel mortecina, producto de su encarcelamiento, y una tos persistente que mostraba que el encierro le estaba sentando mal a su salud. Gaspar le invitó a tomar asiento con un gesto.

—Me han dicho que tienes información para mí.

Jerónimo asintió y mostró una sonrisa confiada. Conservaba todos los dientes, lo que daba a entender que no había llevado mala vida.

—Así es, excelencia. Sé de muy buena tinta que hay gente importante conspirando contra el rey y contra vos.

—Y no puedes consentirlo.

Su sonrisa se ensanchó más.

—Así es. Amo a mi patria, al rey y a vuestra excelencia.

—Y el hecho de que hayas sido condenado a galeras por estafa no tiene nada que ver con esta repentina preocupación por nuestro bienestar.

—Por supuesto que no, señor. Pero estar encerrado me ha hecho reflexionar. No debo lealtad a quien no muestra lealtad a su rey. Quiero ayudar.

Gaspar lo miró en silencio. No se fiaba de ese hombre, pero quería oír lo que tenía que decir.

—Te escucho.

Jerónimo se recostó sobre el respaldo del asiento. Todo en

su lenguaje corporal destilaba confianza y Gaspar tuvo que recordarse que era un estafador y que debía poner en entredicho cada palabra que saliera de su boca.

—Como ya le dije a él —señaló con un movimiento de cabeza al alcaide, que apretó la mandíbula ante la falta de respeto—, tengo conocimiento de una red mágica cuya finalidad es subyugar al rey y acabar con vos.

—¿Una red mágica? —preguntó el conde-duque. No lo demostró, pero los pelos de la nuca se le erizaron: tenía fe absoluta en el poder de la magia, y que la estuvieran usando en su contra le ponía muy nervioso—. ¿A qué te refieres? Habla sin rodeos.

—Bueno... —Se incorporó y se rascó la barbilla, pensativo—. Estoy dispuesto a decir todo lo que sé, que no es poco. Pero entenderéis, excelencia, que quiero ciertas... garantías. No me gustaría acabar en unos días remando al ritmo del látigo en una galera.

—Pero ¡cómo te atreves! —El alcaide estalló e hizo amago de ir hacia él, pero Gaspar lo detuvo con un gesto de la mano.

—Por supuesto que conseguirás algunos beneficios —dijo el conde-duque—, pero solo si se demuestra que lo que cuentas es cierto. Tal vez, en función de la gravedad de lo que nos transmitas, pueda valorar incluso ponerte en libertad.

Al preso le brillaron los ojos. Asintió y volvió a hablar.

—Hay un complot. Gente muy importante conspira contra vos para sustituiros en el afecto de Su Majestad y después manipularlo a su antojo.

—Eso ya lo has dicho. Dame más.

—Sé los nombres de los conspiradores. —Jerónimo hizo una pausa dramática, pero se dio cuenta de que no era momento para juegos y prosiguió—: El marqués de Valenzuela encabeza el grupo, junto con otro noble, de mucha alcurnia, del que nunca supe el nombre. Don Marcos de Figueroa, Juan Bautista Quijada, el licenciado Gabriel García y Pedro Bautista son quienes les seguían y apoyaban.

Gaspar asintió. La información era buena. Conocía al marqués y a dos de los implicados, aunque tendría que investigar al resto, de los que no sabía nada.

—Continúa.

—Hace algunos años, en 1627 si no recuerdo mal, empezaron a preparar unos hechizos que tendrían efecto a partir de 1632.

—Muchos años para esperar ver algún resultado —comentó Gaspar.

Jerónimo asintió.

—Es cierto. Pero la recompensa que confiaban obtener era también muy grande. Como os digo, hace unos años esculpieron unas figuritas de barro que representaban a Su Majestad y a vos mismo. Sobre ellas hicieron unos hechizos, las metieron en un cofre y las enterraron. Esa brujería debía ir macerando y creciendo durante este tiempo, para desatar el año que viene todo su potencial y lograr su objetivo en cuestión de meses.

—Entiendo. ¿Y comentaron si hay forma de contrarrestar esos hechizos?

—Sí que la hay. —Jerónimo volvía a sentirse cómodo. Se notaba que disfrutaba contando historias y siendo el centro de atención—. Solo hay que encontrar el cofre, sacar las figuras y romperlas. Con esto se romperá el hechizo.

Volvió a callarse, aun sabiendo la pregunta que venía a continuación.

Gaspar suspiró, exasperado e impaciente.

—¿Y bien? ¿Sabes dónde se enterró ese cofre o me estás haciendo perder el tiempo?

—Lo sé, por supuesto. ¿Creéis que la información que os he dado hasta ahora vale mi libertad?

El conde-duque lo miró con el ceño fruncido.

—Si lo que dices es verdad, conmutaré la pena de galeras. ¿Libertad? Aún es pronto para decirlo. Confiesa dónde está enterrado el cofre y, si lo encontramos y contiene lo que aseguras, entonces sí, es posible que recuperes la libertad.

—Necesito garantías, excelencia, como sin duda imaginaréis.

—¡Oh, por Dios santo! De acuerdo, si hallamos el cofre y este contiene las figuras, quedarás en libertad sin cargos.

Entonces Jerónimo de Liébana sonrió y siguió hablando.

—El cofre se enterró en Málaga, en una zona fácil de localizar, pero a la que no accederéis sin las indicaciones precisas.

Así que les dio los datos necesarios para buscar el lugar del enterramiento y, a cambio, consiguió salir de la cárcel, al menos durante el tiempo que durara la búsqueda. Quedó a cargo del alcaide en una posada de la ciudad, bien alimentado, bien vestido y con acceso a vino y naipes. Su situación mejoró de forma considerable, pero era temporal; todo dependía de que se encontrase el cofre.

Dos días después de haber llegado a Cuenca, el duque y su séquito pusieron rumbo a Málaga. Gaspar tenía pocas ganas de hacer ese viaje y muchas de regresar a Madrid, así que, en cuanto entraron en Málaga, un mediodía de tiempo agradable y templado, muy diferente del frío helador de Cuenca, decidió no dejar su tarea para más tarde.

Fueron donde Jerónimo les había dicho. Localizaron el punto exacto y cavaron. Nada apareció. Cavaron unos pasos a la derecha, unos pasos a la izquierda, hasta que al final levantaron la tierra en un radio de más de un metro en torno al punto indicado.

Solo encontraron piedras y alguna lombriz despistada.

Gaspar no podía decir que le sorprendiese demasiado. Nunca había llegado a creerse del todo aquella historia, aunque tenía el deber de investigarla.

La comitiva abandonó el lugar con las manos vacías y, sin esperar más tiempo, iniciaron el regreso a casa. Antes de partir, no obstante, el conde-duque escribió una carta al alcaide con la orden de que Jerónimo volviera a prisión, sin privilegios de ningún tipo.

En el viaje de vuelta, Gaspar estuvo reflexionando. Aquel hombre solo había intentado conseguir un trato de favor y, en el mejor de los casos, su liberación. Había mentido con lo primero que le vino a la mente, pero él estaba convencido de que había en verdad una conspiración mágica contra él. Suspiró. A pesar de que Inés le había asegurado que estaba a salvo, no terminaba de creérselo.

Era agotador saberse rodeado de enemigos por todas partes. Debía mantenerse siempre vigilante, sin relajarse nunca. Cerró los ojos, cansado. Empezaba a sentirse mayor y echaba de menos una vida con menos sobresaltos.

37

Madrid, enero de 1631

Juana estaba de vuelta en Madrid. En su última carta, Diego le decía que estaba ultimando los preparativos para su regreso, y ella quería acondicionar la casa para que todo estuviera en orden a la llegada de su marido. Además, aunque esos meses había disfrutado mucho de sus padres y de la vida en Sevilla, echaba de menos el ajetreo de Madrid y, sobre todo, a María. Quién se lo iba a decir: al final, se había acostumbrado a la vida en la capital.

Al día siguiente, cuando todo el mundo estaba instalado y ya habían deshecho el equipaje, dejó a una llorosa Francisca, que quería acompañarla al Alcázar, con su cuidadora y se fue en busca de María para darle una sorpresa.

Los guardias la saludaron. Hacía meses que no la veían, así que le dieron la bienvenida y la dejaron pasar.

Se dirigió al patio de la reina y subió las escaleras hasta los pisos superiores, donde se alojaban los cortesanos que no tenían título, pero María no estaba en su habitación. Dudó, pero luego se encaminó a los aposentos de los conde-duques. Era muy posible que estuviera acompañando a su prima, si esta no se encontraba con la reina, y sabía que Inés le tenía aprecio. Quería saludar y, tal vez, quedar con María para más tarde.

Cuando llegó a la puerta de los aposentos de la condesa-duquesa, un guardia le cortó el paso, aunque ya la conocía. A Juana no le molestó, sabía cómo funcionaban allí las cosas. Preguntó al guardia si María se encontraba con la señora y él asintió. Luego la hizo pasar a la antesala que tenían en común Gaspar e Inés y la dejó allí sola, mientras avisaba al ujier de que debía anunciar una visita.

La antesala no era muy grande, pero estaba decorada con un gusto exquisito. Varias obras de su marido adornaban las paredes, el hogar crepitaba caldeando el ambiente y, junto a la puerta, dos grandes macetas con árboles de interior le daban un aire muy acogedor. Eran árboles muy verdes, frondosos y de hojas grandes, que Juana no reconoció. Se acercó a admirarlos cuando una cosa extraña llamó su atención. A los pies de uno de ellos, la tierra estaba removida y asomaba algo, no sabía qué. Miró a su alrededor. Seguía sola, así que se atrevió a rascar un poco la superficie de la tierra para averiguar de qué se trataba. Con muy poco esfuerzo, como si no se hubieran tomado la molestia de ocultarla bien o lo hubieran hecho con prisas, extrajo una figurita de madera vestida con trozos de tela. Juana frunció el ceño. La figura estaba tallada como si fuera un hombre orondo. Sus ropas eran de terciopelo caro y en la mano llevaba una astilla que, con un poco de imaginación, podía pasar por una muleta. No había que ser un genio para adivinar que se trataba del conde-duque.

—¿Juana?

La voz de su amiga hizo que se diera la vuelta. María avanzaba hacia ella con una sonrisa deslumbrante.

—¡Juana, qué alegría! Pero ¿cómo no me habías avisado de tu vuelta?

Las amigas se abrazaron.

—Quería darte una sorpresa.

Se separaron y se miraron. María había cumplido ya veintitrés años. Hacía ocho que se conocían y Juana la había visto convertirse en una mujer. Tenía una cara agradable que pasaba a ser bonita cuando sonreía, como estaba haciendo entonces.

—¡Y tanto que me has sorprendido! —María se calló y miró a su amiga—. ¿Por qué estás tan seria? ¿Ocurre algo?

Juana suspiró y le enseñó la figura.

—Mientras esperaba, me acerqué a admirar estos árboles y he encontrado esto en la base de uno de ellos. Me preocupa, cualquiera diría que es un hechizo contra Su Excelencia.

María se llevó las manos a la boca, ahogando un grito de sorpresa.

—¡Eso es brujería, sin duda! Debemos enseñárselo a mi prima ya mismo.

Se dirigió hacia la puerta por la que había salido.

—¿El conde-duque no está en el Alcázar?

María se detuvo y negó con la cabeza.

—Está en Cuenca. No —rectificó—, en Málaga, investigando no sé qué turbio asunto. Pero mi prima esta mañana no está de servicio. ¡Vamos! Tenemos que enseñarle esto.

Entraron en el gabinete de la condesa. Inés estaba leyendo al lado de la ventana. Otra chimenea hacía que la temperatura fuera muy agradable. Levantó la vista y sonrió cuando vio a Juana.

—¡Juana, qué alegría tenerte de nuevo aquí! ¿Qué tal te ha ido por Sevilla?

Juana hizo una reverencia y le devolvió la sonrisa.

—Muy bien, excelencia, muchas gracias.

Inés observó la cara de las dos mujeres.

—¿Qué sucede? Parece que hayáis visto un fantasma.

María le hizo un gesto de ánimo a Juana. Esta se adelantó dos pasos y extendió la mano, con la figurita en la palma abierta.

—Mientras esperaba en la antesala, he encontrado esto en la maceta de uno de esos árboles que tenéis en la puerta.

Inés miró con atención lo que Juana sujetaba. Alargó la mano, lo cogió, se lo acercó y lo observó del derecho y del revés. Su gesto apenas varió, aunque sus ojos traslucían preocupación y, tal vez, algo parecido a la indignación.

—¿En uno de los árboles de la antesala, dices? —preguntó.

—Así es, señora —ratificó Juana.

—Sin duda, es Gaspar. —Inés se levantó y paseó por la estancia sin dejar de mirar aquella cosa envuelta en terciopelos.

—¿Es brujería? —se atrevió a preguntar María.

La condesa asintió.

—Eso parece. Desde luego, no intenta favorecer a mi esposo. Bien, dejádmelo a mí. Sabré cómo contrarrestarlo.

—¿Vos, excelencia? —se le escapó a Juana, y recibió una mirada de Inés que logró intimidarla.

—Por supuesto que yo no —respondió, como si aquella sugerencia fuera una locura—. Pero conozco a quien sabe hacerlo. Gracias por encontrarlo, Juana, nos has hecho un gran favor.

Juana inclinó la cabeza.

—No me lo agradezcáis, ha sido casualidad. Espero que tenga fácil solución.

—¿Quién lo habrá puesto ahí? —se preguntó María en voz alta.

Inés se volvió hacia ella.

—Eso me gustaría saber a mí. Pero lo averiguaré. No hay tanta gente que pase por esta antesala. Y menos desde que Su Excelencia está de viaje.

—Pero no sabemos cuánto tiempo lleva ahí enterrado —observó Juana.

—Es cierto. Pero, aun así, daré con el responsable. Os tengo que pedir otro favor. No le digáis nada de esto a mi esposo cuando vuelva. Es un hombre muy inteligente, pero siente auténtico terror ante la posibilidad de ser objeto de magia negra. No le hará ningún bien saber esto, máxime cuando el peligro estará neutralizado en breve.

Las dos mujeres prometieron guardar silencio.

—María, vete con Juana si lo deseas —añadió Inés—. Voy a estar ocupada y no te necesito.

—¿Estáis segura, prima? —dijo María.

—Sí, no te preocupes. Marchaos. Y abrigaos bien, que hace mucho frío.

Y eso hicieron, aunque apenas hablaron de otra cosa que no fuese el preocupante descubrimiento.

—¿Quién crees que ha podido intentar embrujar al conde-duque? —preguntó Juana.

María negó con la cabeza.

—No tengo ni idea. Cualquiera, tiene muchos enemigos. Entiendo que le preocupe que utilicen esos hechizos.

—Tu prima estaba muy segura de que no iba a pasar nada —dijo Juana, pensativa.

—Tiene sus recursos. Conocerá a alguna bruja a quien encargarle el trabajo.

—Pero quien haya sido ha tenido que estar en esa sala un rato. ¿Quién ha acudido hace poco?

María rio sin alegría.

—Son las habitaciones de los conde-duques de Olivares. Aunque no están tan transitadas como el despacho de Gaspar, todos los días acuden decenas de personas a pedir favores y prebendas. Es imposible saber quién ha sido. Pero esto es muy extraño, en la corte hay un ambiente enrarecido con respecto a la magia.

—¿Qué quieres decir? He estado fuera demasiado tiempo y no me entero de nada.

—No es nuevo que los nobles acudan a adivinos y recurran a la magia blanca para saber su futuro o conseguir beneficios. Todo el mundo lo sabe y todos callan, porque quien más, quien menos alguna vez ha hecho uso de sus servicios. Pero ahora la corte está inquieta. Desde que descubrieron el maleficio del que te hablé en las ropas del príncipe Baltasar Carlos.

Juana se llevó una mano a la boca.

—¿Era un maleficio?

María frunció el ceño, miró a los lados, aunque no había nadie cerca, y asintió.

—Eso parece. Aunque el heredero crece fuerte y sano. El caso es que primero eso y ahora esto.

—Todos hemos oído rumores de que el conde-duque recurre a la magia. Nunca he dado pábulo a estas historias, pero no sé... —dijo Juana, bajando la voz.

María respondió, también en un susurro:

—Eso es absurdo. Consulta a una adivina, sí, como muchos. Lo sé porque los he oído hablar de ella a menudo, pero hasta Felipe II tenía decenas de adivinos a su servicio. Pero nada más, nada de magia. Sin embargo, esto... Esto sí que parece nigromancia. Es muy inquietante.

Diego llegó a la semana siguiente. Esa tarde, Juana estaba en el taller pintando a Francisca, que ya tenía doce años y se había convertido en una jovencita dicharachera y avispada, con una bonita cara afilada, el pelo castaño de su abuela y unos preciosos ojos de color miel.

Juana aprovechaba esos momentos para continuar con la formación de su hija. Para la sociedad, la educación de las niñas no era algo prioritario, ni siquiera deseable, más allá de enseñarles a llevar las cuentas, zurcir o bordar, según la clase social, y tal vez, para las más acomodadas, aprender a leer y a escribir con soltura. Sin embargo, Juana siempre había agradecido que sus padres no tuvieran en cuenta esas limitaciones y le hubieran proporcionado una cultura amplia que incluía las artes, haciendo hincapié en la pintura, como no podía ser de otra manera. Diego llevaba fuera de casa más de un año y en ese tiempo Juana ya había comenzado a llevarla al taller y a enseñarle los fundamentos de la pintura, aunque no mostraba el mismo interés que sus padres en ella.

Francisca estaba posando, mientras escuchaba a su madre, cuando oyeron un carruaje que se detenía en la calle y luego un trasiego de voces y equipaje. Se miraron, dejaron lo que estaban haciendo y echaron a correr hacia la puerta.

—¡Diego! —gritó Juana al ver a su marido, y, aunque estaban en plena calle, se lanzó a su cuello y le dio un abrazo.

—¡Papá! —gritó Francisca, y se abalanzó también sobre ellos.

Diego respondió con entusiasmo al recibimiento. Abrazó a su mujer con fuerza y la besó, y amplió el abrazo a su hija. Los ojos se le humedecieron cuando miró a Francisca de arriba abajo.

—¡Dios bendito! —exclamó—. ¿En qué momento has dejado de ser una niña para convertirte en una mujer?

Francisca se puso roja.

—Has estado mucho tiempo fuera, padre.

—Ya es una mujercita, Diego —dijo Juana, agarrada a la cintura de su marido—, pero verás que sigue siendo igual de cabezota que cuando te fuiste.

—¡Mamá! —se enfurruñó Francisca.

Diego se echó a reír.

—Si en algo se parece a su madre, seguirá igual toda su vida —dijo.

Recibió un pescozón de Juana, aunque fue un gesto cariñoso que acompañó con un beso. Diego la estrechó de nuevo entre sus brazos.

—Cuánto te he echado de menos —le dijo al oído.

Juana sintió un escalofrío y tuvo ganas de quedarse a solas con él, aunque no podían desaparecer así como así.

El resto de la tarde se fue en colocar el voluminoso equipaje y que Diego se sintiera cómodo en casa. Cenaron pronto y él les estuvo hablando de todas las maravillas que había visto y de todo lo que había pintado, que aún estaba empaquetado en el taller.

—¿Cuándo me vas a enseñar *La fragua de Vulcano*? —preguntó Juana—. Tengo muchas ganas de ver lo que has aprendido.

Diego sonrió.

—Mañana, ya no hay luz y quiero que lo veas bien iluminado. Ardo en deseos de saber tu opinión.

—Papá, ¿sabías que ayudo a mamá en el taller cuando va a pintar?

—¿En serio? Eso está muy bien. Eres hija y nieta de pintores, debes conocer al menos lo básico. He estado fuera demasiado tiempo, pero veo que tu madre se ha ocupado de todo.

—¿Lo dudabas acaso? —dijo Juana, con los brazos en jarras.

—Ni por un solo instante —respondió él entre carcajadas.

La velada acabó pronto. Una vez en el dormitorio, Diego y Juana se dejaron llevar por las ganas que se tenían, después de tantos meses alejados el uno del otro.

A la mañana siguiente, les subieron el desayuno a la cama, tal y como había pedido Juana. Y se tomaron el café que había traído Diego, aunque antes tuvo que explicarle a la cocinera cómo prepararlo.

—Este brebaje está bueno, aunque me resulta bastante amargo —dijo Juana, pensativa.

—Cuesta un poco acostumbrarse —afirmó Diego—, pero luego no puedes pasar sin él.

Juana dejó la taza y se desperezó.

—¿Qué vas a hacer hoy?

—Iré a presentarme al conde-duque —dijo Diego—. Después, si le place, acudiré a ver a Su Majestad. Imagino que estará impaciente por que comience ya un retrato del príncipe Baltasar Carlos.

Juana asintió.

—¡Seguro! No se ha hecho retratar por nadie en tu ausencia y ha respetado tu exclusividad. Eso dice mucho del aprecio que siente por ti, Diego.

—Soy consciente. Por eso no quiero hacerle esperar. —Se levantó y retiró las bandejas a la mesita. Luego volvió a la cama—. Pero aún es temprano. Quiero disfrutar un poco más de mi mujer —dijo, y se acercó para besarla de nuevo.

Juana rio y alzó los brazos para estrecharlo contra ella.

—Te he extrañado, esposo mío. No me valen una noche y una mañana para olvidar tu ausencia.

Un rato después, estaban abrazados en la cama disfrutando de la quietud de esa mañana de invierno, calentitos bajo las sábanas.

—Creo que voy a aceptar un aprendiz —dijo Diego.

Juana miró a su esposo.

—Demasiado has tardado. Pero ¿por qué ahora?

—Supongo que, al haber visto tanto en Italia, al haber aprendido tanto, siento que debo transmitir mis conocimientos. Ya he tenido ayudantes, pero quiero buscar a alguien con talento, alguien que pueda continuar mi obra.

—Me parece muy buena idea. Pero no olvides que a mí también me gustaría aprender todo lo que has traído de allí.

Se levantaron y Juana ayudó a Diego a vestirse.

—¿Quieres venir conmigo al Alcázar? —preguntó él.

Juana negó con la cabeza.

—Ve tú. Hoy me quedaré en casa y esperaré a que vuelvas. ¡Tenemos que ponernos al día! Tienes muchas cosas que contarme, no se puede decir que hayas sido muy espléndido con tus cartas. —Juana levantó una mano para callar a su esposo—. No me quejo, que conste. Prometiste escribirme y lo has hecho. Pero ahora quiero que me cuentes hasta el último detalle.

—Lo haré, te contaré cada aburrida anécdota y cada dato absurdo que recuerde, prometido.

Juana puso los ojos en blanco y se echó a reír. Se abrazaron de nuevo. Aunque habían llevado bien la ausencia, en cuanto volvieron a estar juntos se dieron cuenta de cuánto se habían echado de menos. Diego remoloneó, tenía pocas ganas de acudir a la corte y hubiera preferido quedarse con su familia, al menos ese día. Pero el deber era el deber.

Cuando llegó al Alcázar, se enteró de que el conde-duque acababa de regresar de un viaje a Málaga. Por supuesto, pidió verle en cuanto le confirmaron que estaba allí. Diego entró en el gabinete de Gaspar y se fijó en sus ojeras y en su gesto de preocupación, aunque fue sustituido por una ancha sonrisa en cuanto vio al pintor.

—¡Qué maravillosa noticia que estés de vuelta!

Gaspar se acercó a Diego y le palmeó la espalda. Se pusieron al día y pronto el conde-duque agarró su muleta y echó a andar hacia la puerta.

—¡Venga, vamos! Su Majestad se alegrará de verte. Está deseando que retomes el trabajo.

Tal y como había predicho Gaspar, cuando llegaron a la sala del rey, donde este estaba terminando de desayunar acompañado de sus gentilhombres, mandó que lo llevaran ante él de inmediato.

Como ujier de cámara, Diego tenía derecho a estar en la sala del rey, cosa que para un pintor era un honor inusual. Sea como fuere, Diego percibió las miradas incómodas de todos los que le llamaban en tono despectivo «el pintor sevillano», a sus espaldas y también a la cara. Se irguió, orgulloso, y caminó sin mirar a nadie que no fuera el rey, que lo esperaba con una sonrisa sentado a la mesa. Cuando llegó frente a él, hizo una profunda inclinación. Felipe se levantó y le puso la mano en el hombro, provocando los murmullos a su alrededor.

—¡Amigo mío! Os echaba de menos, ¡por fin habéis vuelto! Tenéis muchas cosas que contarme.

Su Majestad hizo un gesto para salieran todos y lo dejaran a solas con Diego y el conde-duque. Los gentilhombres y los nobles que pululaban por allí se marcharon con la indignación bien presente en la cara. Que los echaran para atender en privado a un pintor, ¡qué afrenta! Aunque nadie se atrevería a decirle nada al rey, ni tampoco al conde-duque. Se contentarían con despreciar al Sevillano.

38

5 de enero de 1631, México

Juan retiró el cubo de agua, que ya se había enfriado, y lo llevó a las cocinas. Hacía ocho años que se habían instalado en aquellas tierras y no se acostumbraba al calor pegajoso y al sudor constante. Llegó a las cocinas y se enjugó la frente. Una joven le cambió el cubo por otro con agua recién calentada en el hogar.

Isabel entró y se dirigió a él.

—¿Cómo se encuentra el amo? —preguntó.

Juan se encogió de hombros.

—Muriéndose —dijo.

La joven esclava abrió la boca con sorpresa.

—¡Pero no hables así! Qué irrespetuoso.

—Es que se está muriendo —insistió Juan—. Nada de lo que yo diga cambiará eso.

Isabel y él ya no compartían cama. Al final, los deseos de ella de ser madre habían prevalecido y comenzó una relación con otro de los esclavos de la casa. Los señores incluso les regalaron una cabaña cuando se casaron. Su pequeño tenía ya tres años y crecía sano y bien. Dejaban a los niños jugar y crecer libres hasta la edad de seis años; entonces los ponían a trabajar. Pero hasta ese momento, los hijos de los esclavos domésticos jugarían con los hijos del joven señor, que tenían cuatro y dos años.

—Y tú ¿cómo estás? —preguntó Juan, señalando la abultada barriga de Isabel.

Ella se puso la mano sobre la tripa y sonrió.

—Estoy bien. Ya queda poco para que nazca y el calor me empieza a afectar, pero no me quejo.

Ambos se miraron con cariño. Isabel había llorado mucho porque Juan no quería lo mismo que ella; le costó superarlo, pero entonces era feliz a su manera con Lucas y su creciente familia. Juan la había echado de menos, pero deseaba, ante todo, su felicidad.

—¡Isabel! ¿Cómo vas? ¡Necesito asearme!

Catalina, la nuera del señor, a cuyo servicio directo habían asignado a Isabel, apareció en bata en la puerta. También estaba embarazada, pero su aspecto era menos saludable que el de la criada. Tenía profundas ojeras y estaba muy delgada. Iba descalza, cosa que, de haber visto la señora, hubiera reprobado.

Catalina y la señora no se llevaban bien. La nuera había nacido en el Nuevo Mundo. Era una criolla de buena familia, pero nunca había pisado España, y por eso la señora la despreciaba. Se lamentó amargamente cuando su hijo se mostró inflexible. Además, aquel matrimonio contó con las bendiciones del señor, pues Catalina era hija de un noble emigrado que había hecho una gran fortuna con su hacienda y cuyas tierras lindaban con las suyas. Era un negocio redondo, a pesar de que la señora hubiera preferido una refinada muchacha de la madre patria.

Isabel corrió al lado de Catalina y la tomó del brazo.

—El agua se está calentando, señora. He mandado que la suban a vuestras habitaciones en cuanto esté. ¡Vamos! Os acompaño, podéis tumbaros un rato más.

Oliver salió de la estancia contigua, donde estaba cerrando el menú semanal con la cocinera jefa. Miró a la puerta por donde las dos embarazadas se marchaban y después miró a Juan. Le hizo un gesto con la cabeza.

—Ven —dijo—. Que lleve otro el agua para el señor, él no se va a dar cuenta.

Salieron al exterior. Había amanecido hacía poco y en los campos ya llevaban horas trabajando para aprovechar antes de que el calor apretara. Las viejas canciones que llegaban hasta sus oídos hablaban de tribus perdidas, de ancestros olvidados, de patrias abandonadas. Los capataces no intervenían. Mientras el trabajo saliese como debía, tendían a no meterse.

—Esos desgraciados vivían hace unos pocos años en África, en sus poblados, con sus familias, y ahora están al otro lado del mundo sirviendo a un señor extraño, sin futuro ni el libre albedrío que Dios nos prometió —dijo el viejo esclavo.

Juan lo miró. No era propio de él hablar así.

—No me mires así, muchacho —dijo el anciano, que ya usaba un bastón para poder caminar—. Puede que te sorprenda, pero en el corazón de este viejo esclavo también palpita el ansia de libertad. Lo que pasa es que yo me rendí. Supe ver que esta era una vida aceptable y no quise arriesgarme a perderla y acabar peor de lo que estaba. Pero te admiro. Han pasado años, y veo en tus ojos que tú no te has doblegado. No, tú sigues pensando en la libertad. ¿Estás más cerca de ella que antes, muchacho?

Juan se quedó pensando.

—No lo sé —dijo al fin—. Lo estoy, puesto que este tiempo me ha acercado más a ella. No sé cuándo ocurrirá, pero sé que pasará.

—No creas que no sé lo que haces.

Juan se detuvo y lo miró con el ceño fruncido. ¿A qué se refería?

—Eres joven y apuesto y no te faltan mujeres. No es normal que no hayas tenido hijos hasta ahora. Y como no creo que sea un problema de fertilidad, he llegado a la conclusión de que evitas tener descendencia. No te preocupes —dijo Oliver con una sonrisa, al ver el gesto de sorpresa de Juan—. Ni se lo he contado a nadie ni lo haré. Solo quería decirte que te entiendo. No quieres para tus hijos lo que rechazas para ti.

—No concibo otra manera de ver las cosas —dijo Juan.

—Eso es lo que te hace tan especial, tu absoluto convencimiento de lo que es correcto y de lo que te espera. Escúchame, el señor se muere. Eso lo sabemos tú, yo y hasta el último de esos pobres desdichados que se desloman en los campos. Lo que me extraña es que haya durado tanto.

Juan guardó silencio. Solo se oían sus pasos sobre la hierba reseca y los cantos de los esclavos.

—El joven amo y su esposa, si sobrevive al parto, se quedarán a cargo de todo. Pero la señora... La señora extraña mucho España y no soporta a su nuera, que no es tan mosquita muerta como parece y sabe defender su sitio. Cuando enviude, que será pronto, sé que quiere volver a España con su familia.

Juan se detuvo de nuevo y obligó a Oliver a pararse también.

—¿Volverá a España? ¿Y qué pasará con nosotros?

Oliver suspiró y miró al cielo azul radiante, surcado por nubes blancas con forma de algodón.

—Yo me quedaré. Soy demasiado viejo para hacer el viaje de vuelta y el señorito me necesitará, porque controlo todo lo que sucede en la hacienda. Pero le hablé de ti a la señora. No quiere regresar sola con su doncella y tú no tienes ninguna posibilidad, si te quedas aquí. Sin embargo, en España, si juegas bien tus cartas... Dime, Juan, ¿hay algo que te retenga aquí?

Juan negó con la cabeza.

—No hay nada que me ate a esta tierra. Y en España es más común dar la manumisión a los esclavos, y si no, con lo que tengo ahorrado, en unos años conseguiré comprar mi libertad. Sí, me gustaría volver, si me ayudas.

Oliver asintió.

—Cuenta con ello, muchacho.

Y así fue como, apenas unos meses más tarde, Juan embarcó con la señora y una doncella, en esta ocasión de regreso a España. Dejaba atrás diez años de su vida en México. El nuevo señor lo despidió con pena, puesto que le hubiera gustado mantenerlo a su lado, pero no se vio capaz de negarle a su madre ese capricho. Catalina, que ya había dado a luz a una niña que, aunque débil, parecía sana, le entregó un saquito con monedas como agradecimiento por sus servicios.

Juan le dio algunas de esas monedas a Isabel. A su manera, la seguía queriendo. Sabía que ella no usaría ese dinero para comprar su libertad, pero tal vez pensara en sus hijos y en su futuro. Si ahorraba, y él sabía que la nueva señora era generosa, quizá en unos años esas criaturas pudieran comenzar una nueva vida.

—Adiós —dijo Isabel con los ojos brillantes—. Cuando seas un hombre libre, acuérdate de tu pequeña Isabel al otro lado del mundo, que sigue pensando en ti.

Juan le acarició la mejilla.

—Siempre te recordaré. Espero que la vida sea amable contigo.

También quiso darle una parte de las monedas a Oliver, pero él se negó.

—Ya soy viejo, muchacho, y sé que aquí me cuidarán cuando ya no sea capaz de trabajar tan duro. Quédatelas, a ti te vendrán mejor. Te deseo mucha suerte.

El viaje fue todo lo bien que podía ir. No hubo epidemias a bordo ni ataques piratas, ni huracanes ni tormentas que les hicieran zozobrar; fue como si los cielos protegieran esa travesía.

Cuando Juan volvió a pisar Sevilla, después de tantos años, se sintió en casa.

Pero no quedó ahí la cosa. En Sevilla solo hicieron una breve parada, y pronto alquilaron un coche y se trasladaron a Madrid, donde residía la familia de la señora. Su madre había fallecido, pero su padre, ya anciano, seguía viviendo en la casa familiar. La señora quería cuidarlo en sus últimos años y retomar la relación con sus hermanos y con sus sobrinos y a los hijos de sus sobrinos, y redescubrir la vida en la capital que tanto había echado de menos. Además, su situación económica no era muy boyante justo cuando había abandonado las Américas y necesitaba del respaldo de su padre.

Juan inspiró. «Madrid, allá voy», dijo para sus adentros.

39

Madrid, junio de 1631

Juana y Diego apenas se veían. Diego, que ya antes de su viaje pintaba sobre todo en el Alcázar, puesto que el rey y su familia no se desplazaban, había recibido la orden de trasladar allí de forma permanente su taller. Eso era un gran honor, pero significaba que los encargos particulares también los realizaba allí.

Había aceptado a un alumno, Juan Bautista, un joven de veinte años, algo mayor para entrar en un taller, pero que ya había sido aprendiz durante seis años en otro. Tenía ya la licencia de pintor y quería mejorar, y Diego buscaba a alguien a quien transmitir sus conocimientos sin tener que enseñarle los fundamentos de la profesión.

Juan Bautista era un joven bien dispuesto, educado y agradable, y muy apuesto, algo que no había pasado desapercibido a Juana ni tampoco a Francisca, que tenía ya doce años, una edad en la que era considerada ya más mujer que niña. Se marchaban temprano y regresaban antes de que anocheciera. Cenaban en familia y luego pasaban algún tiempo juntos antes de irse a dormir.

Juana seguía visitando a Diego en el taller, pero menos a menudo que antes, ya que sentía que no tenía mucho que hacer allí.

—Echo de menos mantenerme ocupada —dijo un día que

encontró a Diego repasando uno de los últimos retratos que le había hecho al muy deseado Baltasar Carlos—. Aquí tienes ayudantes de sobra, y también a Juan Bautista.

Diego dejó los pinceles y se volvió hacia ella.

—Aquí siempre serás bienvenida. Es cierto que tengo mucha ayuda, pero tu visión es irreemplazable. Nadie entiende como tú mi pintura ni consigue sacar lo mejor de mí.

—Adulador —dijo Juana con una sonrisa.

Diego sonrió.

—Sabes que lo digo en serio. Por ejemplo, este cuadro. Míralo bien. ¿Qué opinas? Todos dicen que es inmejorable, pero yo no acabo de estar contento.

Juana asintió y se acercó al lienzo.

—Es muy bueno, es cierto. El joven príncipe está muy logrado, se ve luminoso y puro, los reflejos de la tela de su vestido son magníficos y la enana que lo acompaña con ese cetro y la manzana, como si fuera el orbe, tiene una gran simbología. Está claro que todo está muy pensado y, desde luego, muy bien ejecutado.

—¿Pero? —preguntó Diego.

Juana guardó silencio un momento.

—Tienes razón, hay algo que no encaja.

Caminó de un lado a otro ante el lienzo, con la mano en la barbilla, pellizcándose el labio inferior, pensando. De repente se detuvo.

—¡Ya sé qué ocurre!

Diego se acercó con rapidez.

—Fíjate —dijo Juana señalando los rostros de los dos protagonistas de la escena—. Parecen iguales en dignidad. Los dos son luminosos y claros, como si irradiaran luz desde dentro. Y eso es lo esperable en el príncipe, pero resulta extraño en la enana.

—¡Pues claro! —Diego se llevó la mano a la frente y dejó, sin ser consciente, una mancha de oleo amarillo sobre su piel—. Eso es lo que no estaba bien. No puedo darles la misma dignidad. ¡Eres fantástica! —Se acercó y la besó—. ¿Ves como te necesito? ¡Ya sé qué tengo que hacer para arreglarlo!

Juana dejó a Diego trabajando, en el frenesí en el que entraba cuando veía algo claro. Puesto que le había prometido no marcharse hasta que acabara la modificación, aprovechó para hacerle una visita a María. Supuso que la encontraría en su habitación del tercer piso, pero como las estancias de los conde-duques de Olivares estaban a un paso, se detuvo allí primero. Iba a llamar a la puerta de la antesala cuando vio que estaba entreabierta y oyó voces:

—¿Qué haces aquí otra vez?

—Tengo algo para el conde-duque —respondió una voz de mujer—. Se me olvidó dárselo el otro día.

—El conde-duque de Olivares no está disponible. Tenía fuertes dolores de cabeza, así que el rey le ha dispensado y ahora está dormido.

—Esperaré.

—No sé lo que puede tardar Su Excelencia —replicó la voz masculina.

—No importa.

Se oyó el frufrú de la tela y unos pasos.

—No os molestéis, conozco el camino a la salita. Esperaré allí.

Juana dio un paso atrás. No quería escuchar, pero no había podido evitarlo. Alzó la mano para llamar cuando el guardia de la puerta la abrió. Se quedó parado al verla.

—¡Juana! Cuánto tiempo, me alegro de veros. ¿Buscáis a María?

Ella asintió. Miró por encima del hombro del guardia. En la salita había una mujer tapada con un manto, por lo que no le pudo ver la cara. Daba vueltas por la estancia. Se giró hacia ellos y Juana bajó la vista.

—No ha venido hoy por aquí, apenas se deja ver —estaba diciendo el guardia—. Estará en su habitación.

Juana se despidió de él y se dirigió hacia las escaleras.

Como siempre, las dos mujeres pasaban gran parte de su tiempo juntas. Juana lo agradecía, pero María más. Su prima Inés dedicaba todo el día a la reina, sobre todo desde que Luisa Enríquez había abandonado la corte tras contraer matrimonio, a la tardía edad de veintisiete años, con su primo el conde de Paredes de Nava. Inés era entonces la compañía favorita de la reina Isabel, y eso se traducía en una vida solitaria para María, que apenas tenía amigas en el Alcázar ni posibilidades de hacer nada más allá de rezar, leer y, a lo sumo, dedicarse a la caridad.

Cuando Juana llegó a la puerta, llamó y su amiga tardó muy poco en abrir. Se saludaron con un abrazo. La estancia que María tenía asignada era amplia y luminosa, aunque no especialmente lujosa. En aquel nivel se alojaban los nobles menores o las damas de compañía de las nobles. Contaba con una cama sencilla pero de buen tamaño, una butaca y una mesita frente a la ventana, un diván, una mesa con jofaina y jarra de agua y algunos muebles para guardar sus pertenencias.

María le había dado su toque con algunos cuadros y adornos, y también tenía libros apilados en el alféizar de la ventana. Las vistas desde allí eran magníficas: daban a la parte exterior del Alcázar y los campos se sucedían en una secuencia preciosa.

—Estaba escribiendo en mi diario. ¿Quieres un chocolate? —dijo señalando una silla al otro lado de la mesa.

Juana se fijó en la jarra aún humeante que había al lado del montón de papeles.

—¡Claro!

María cogió otra taza de una estantería.

—¿Estás escribiendo un diario? —preguntó Juana.

María asintió.

—Me entero de muchas cosas, así que he decidido ponerlas por escrito. Así ocupo mi tiempo.

—Muy bien, cuéntame los últimos cotilleos —le pidió Juana antes de dar un trago a su chocolate.

—No tengo intención de enseñar mi diario al mundo, al menos mientras yo viva —admitió María—, pero te contaré el último escándalo. ¿Conoces al duque del Infantado?

Juana asintió.

—De nombre nada más.

—Bien. Inés de Mendoza es una de las damas de la reina, la he visto más de una vez en su séquito. Tiene veinte años y es una belleza. Y el duque se encaprichó de ella y comenzó a perseguirla. De lo insistente que era, Inés incluso habló con la reina para que interviniera y que él la dejara en paz.

—En serio, ¿qué les pasa a algunos hombres? Parece que cuanto más imposible ven algo, más les atrae.

—Algo así —continuó María—. El caso es que hablaba tanto de su belleza y sus bondades que el duque de Híjar, un noble demasiado consciente de su posición y acérrimo enemigo del conde-duque, se puso a cortejarla también.

—Pero me suena que el duque de Híjar está casado, ¿no es así? —preguntó Juana.

María asintió.

—Así es, y además es su mujer la que posee el título, pero ese hombre no sabe lo que es el respeto. Comenzó a molestar también a Inés, que se mostraba muy fría con ambos. Entonces los dos pretendientes empezaron a mirarse mal entre ellos, pensando que era culpa del otro que la bella Inés no cayera rendida en sus brazos.

Juana se llevó la mano a la frente. No sabía si reír o indignarse.

—¡No me lo puedo creer! Porque pensar que ella no tuviera ningún interés en ellos no entraba en sus planes, ¿no?

—Por supuesto que no, ya sabes cómo son esos nobles. El caso es que hubo roces entre ellos: que si me has mirado mal, que si tu paje no me ha tratado con el debido respeto..., hasta que la cosa se les fue de las manos y se desafiaron a un duelo sin el permiso real.

—¿Se batieron en duelo?

—Pues no —dijo María, y dio una palmada—. El rey se enteró antes y montó en cólera. Y la reina también se ha enfadado mucho con su dama, no te creas.

—¡Pero si ella no tiene culpa de nada!

—Pero ya sabes que una dama de la reina no solo debe ser honrada, sino también parecerlo, por encima de toda sospecha. Bueno, el caso es que Isabel ha acabado perdonando a Inés y el duque del Infantado también ha salido bien parado, pero el duque de Híjar, al estar casado y ser enemigo de Gaspar, por sugerencia suya ha sido desterrado por el rey a sus tierras.

—Pues casi diría que, si se ha librado de él, Inés de Mendoza le ha hecho un favor al conde-duque.

—Sí, diría que sí —dijo María.

Las dos se echaron a reír. A decir verdad, Juana no era de natural chismosa, pero los entresijos de la corte la entretenían. Ver que aquella gente tan rica y poderosa también tenía aventuras y problemas le daba cierta satisfacción.

—¿Qué más te ha contado tu marido de su viaje?

—Bueno —dijo Juana, con un gesto de resignación—. Ya sabes cómo es. Me ha hablado mucho de técnicas, colores y pinturas, pero apenas presta atención a lo demás.

María sonrió.

—Me lo puedo imaginar.

—Y ha conocido a algunas mujeres pintoras. Eso sí que me da cierta envidia —admitió Juana.

María se puso seria.

—¿Y qué te impide a ti hacer lo mismo aquí?

Juana suspiró.

—España no es Italia. Además, todas eran nobles, siempre lo tienen más fácil. Hasta Sofonisba, la pintora más famosa que ha habido en España, era italiana. No, María, ya me he resignado. Y me gusta mi vida. Si quisiera hacer públicos mis lienzos, no podría tener la familia que tengo. No se hable más, ha sido un momento de debilidad.

Ambas dieron un sorbo a su chocolate y luego Juana comenzó a hablar de cómo miraba Francisca al joven Juan Bautista, el alumno de Diego, cuando creía que nadie se daba cuenta, y la conversación fluyó de nuevo por derroteros menos incómodos.

40

Madrid, 1632

Juana seguía yendo al mercado de vez en cuando si había que hacer compra. No tenía por qué hacerlo, ya que su posición le permitía delegar esas tareas, y, en realidad, la mayoría de los días no iba. Pero le gustaba el bullicio de los puestos, ver el género y asegurarse de que lo que llegaba a su cocina era de buena calidad. Ese día iba con Josefa, la cocinera, que había insistido en acompañarla, y con José, el enorme criado que llevaba con ellos desde que llegaron a Madrid y que velaba por la seguridad de las mujeres cada vez que salían de casa.

José iba cargado con varios cestos, pues ya habían adquirido casi todo lo que necesitaban, y Juana se encaminó hacia un puesto de telas un poco más allá. Quería hacerle un nuevo vestido a Francisca y había visto una tela color verde musgo que le iría genial a su tez. Tanta prisa llevaba que no se fijó en un adoquín levantado, su zapato se enganchó y ella salió volando. Extendió las manos para tratar de frenar el golpe y, al menos, no darse en la cara, cuando una mano fuerte la agarró del hombro y la sujetó.

Ella trastabilló y volvió a erguirse. Entonces miró a su salvador y se encontró con la cara de un hombre de piel oscura y ojos brillantes, que retiró la mano de inmediato y dio un paso atrás, bajando la vista.

—Espero no haberos hecho daño, señora.

—¿Daño? Si no llega a ser por ti, me hubiera quedado sin dientes. ¡Muchas gracias! ¿Cómo te llamas?

—Soy Juan de Pareja, señora.

—¿Eres libre, Juan?

Juana miraba con sorpresa a aquel joven. No era el primer hombre moro que veía, ni el primer mulato o negro. Al fin y al cabo, había vivido toda su vida en Sevilla y el trasiego de barcos y mercancías le había permitido observar gentes de todos los colores. Pero por eso precisamente supuso que sería un esclavo, como lo era Rafik, el turco de su padre.

Sin embargo, nada en Juan proclamaba servidumbre. Era alto y fuerte y llevaba los hombros rectos y la espalda erguida, con un orgullo difícil de encontrar incluso entre los hombres libres. Tenía un rostro agradable y la miraba con preocupación.

—No, soy sirviente de la señora Gutiérrez —dijo, y señaló a una mujer de mediana edad vestida con ostentación.

La mujer miraba en su dirección y se acercó de forma apresurada.

—¿Ocurre algo? Juan, ¿has importunado a la señora?

Juana observó que el mulato apretaba los dientes antes de contestar.

—La señora ha tropezado y he llegado a tiempo de sujetarla.

Aquella mujer se giró hacia Juana, como si quisiera su confirmación. Por algún motivo, aquello la indignó.

—Todo ha sucedido tal y como ha contado vuestro acompañante, señora. De no ser por su rapidez de reflejos, me hubiera dado un buen golpe. Ha sido muy atento. De nuevo, gracias —dijo mirando al mulato—. Me gustaría poder hacer algo para agradecer vuestro gesto.

—No ha sido nada, señora, os lo aseguro.

Se había formado un corrillo en torno al grupo. La cocinera y José estaban justo detrás de su señora, sin intervenir. La señora Gutiérrez torció el gesto, como si no le hubiera gustado que

Juan rechazara la recompensa, pero enseguida se recompuso e inclinó la cabeza con una sonrisa.

—No debéis agradecer nada, por supuesto. Me alegro de que todo haya quedado en un susto. Ahora, si nos disculpáis, debemos seguir nuestro camino.

Tras un intercambio de inclinaciones, se separaron, pero Juana se quedó mirando a la señora. Su vestido, que en un principio parecía lujoso, no soportaba un escrutinio más detallado. No estaba mal, pero la tela en la zona de los codos se veía más fina y los bordes estaban algo gastados. Era evidente que esa ropa tenía ya un tiempo.

—José —llamó Juana a su criado—. Acércate a la señora, dile que me gustaría enviarles un obsequio de agradecimiento y entérate de su dirección, por favor.

Aquella misma tarde, cuando Diego y Juan Bautista regresaron del Alcázar, se sentaron a la mesa dispuestos a tomarse una sopa castellana para reponer fuerzas.

—Hoy he conocido a alguien en el mercado —dijo Juana.

Diego la miró con curiosidad.

—Un esclavo. Me he tropezado y, de no haber sido por él, me hubiera ido de morros al suelo. Él me ha frenado.

—Pues menos mal que estaba cerca —dijo Francisca con cara de susto.

Diego asintió y se quedó esperando. Sabía que su mujer tenía alguna información más que decir.

—Ese hombre, que se llama Juan, me ha parecido educado y amable. No así su señora, que tenía alguna cosa que no me gustaba.

—¿Qué estás sugiriendo? —preguntó Diego.

—Hace tiempo que necesitas más ayuda en el taller. Juan Bautista trabaja mucho y tienes algunos mozos más, pero creo que te vendría bien contar con alguien más de confianza, a quien puedas encomendar tareas más complejas o recados importantes.

—¿Un esclavo? —Diego se rascó la barbilla—. Nunca había pensado en eso. No me gusta mucho la idea, ya lo sabes.

—Parecía capaz e inteligente. Y no me suelo equivocar juzgando a la gente. Me da la sensación de que estará mucho mejor con nosotros que con su señora.

Y así fue como Juan de Pareja pasó a servir en casa de Diego de Velázquez. Tal y como Juana había vaticinado, era muy inteligente y enseguida se ganó la confianza de todos. Diego pronto no supo cómo había podido pasar sin él, e incluso Juana vio superadas sus expectativas.

Se convirtió en la mano derecha del pintor, disponía de un sueldo y comía con la familia, al igual que hacía Juan Bautista. Desde el principio tuvo un estatus especial en aquella casa, más parecido al de aprendiz que al de criado, que no hizo sino acrecentarse conforme fue demostrando su valía.

Una mañana que Diego y los Juanes, como los llamaban con cariño en la familia, se habían ido al taller, Juana estaba pintando en el taller familiar y recibió la visita de María. Cuando Diego se trasladó de forma definitiva al Alcázar, dejaron de utilizar el pequeño taller de su vivienda, que pasó a ser un dormitorio, y Juana comenzó a pintar en el que habían montado en la casa contigua. Era más grande y, puesto que no necesitaban recortar gastos, bien podía permitirse ese capricho. Además, era de utilidad para Diego: guardaba allí algunos de los encargos privados y ciertos materiales que no usaba a menudo.

Juana estaba volcada en un bodegón. La jarra metálica llena de vino refulgía a la luz del sol que entraba por la ventana.

—¡Juana! ¿Estás ahí?

La voz de su amiga la sacó de su estado de concentración.

—¡Pasa! —gritó, y se giró para observar de nuevo el lienzo.

—Buenos días, Juana. Ya sé que es temprano, pero llevo despierta desde antes del amanecer y ya no sabía qué hacer. Me han dicho que estabas aquí ¿Qué estás pintando?

María se acercó y juntas observaron el cuadro.

—Es muy bonito.

—Lo malo de estar casada con mi marido —dijo Juana riendo— es que te hace ser muy consciente de tus limitaciones. No está mal, pero no es gran cosa —añadió.

Cuando Juana estaba en el taller, no tenía a nadie a su disposición. La estancia no se comunicaba con su domicilio y ella tampoco quería tener a un mozo pendiente por si necesitaba algo, así que no pudo avisar en la casa de que les sirvieran algo de beber, más allá de la jarra de agua que siempre tenía consigo. El taller era un espacio de aislamiento para Juana, pero Josefa, que además de cocinera era una mujer muy avispada, mandó a una criada con una bandeja con aperitivos y algo de vino especiado, suponiendo que les vendría bien.

Las amigas se sentaron en sendos taburetes. Juana ofreció a María trasladarse al saloncito de la casa o salir a pasear, pero a la joven vasca le gustaba ese ambiente cargado del olor del óleo, la tela y los productos que se usaban en la pintura. Le resultaba relajante.

Llevaban hablando un rato cuando el sonido de la puerta abriéndose las sobresaltó. Juan entró en el taller y también se sorprendió al ver a las dos mujeres.

—Siento haberos asustado. Diego me envía a por una mezcla concreta para imprimar que no tiene en el Alcázar.

—¡Claro, pasa, Juan! Esta es María, mi amiga.

María inclinó la cabeza y Juan hizo una profunda reverencia. Se quedaron mirándose unos instantes, hasta que Juana intervino:

—¿Qué necesitabas?

Entonces Juan negó con la cabeza, sonrió y se dirigió a un rincón.

—Esto. Vuestro esposo va a comenzar un nuevo retrato y cree que esta pasta actuará mejor que la habitual para la idea que tiene.

Se despidió y se dirigió hacia la puerta. Antes de salir, se giró hacia ellas.

—¿Deseáis algo de la casa?

—Gracias, Juan, tenemos todo lo que necesitamos.
Cuando Juan se marchó, María preguntó:
—¿Es moro?
Juana negó con la cabeza.
—Mulato. Madre negra y padre blanco, según nos contó, pero es cristiano.
Las amigas siguieron hablando de otros temas, y Juana no advirtió el nuevo brillo que se había instalado en los ojos de María.

41

Desde el nacimiento de su heredero, el rey había pasado una temporada más tranquila. Aunque Gaspar le siguió proveyendo de amantes ocasionales, no se había vuelto a encaprichar de nadie en particular desde que la Calderona ingresó en un convento y la reina dio a luz a Baltasar Carlos. Pero ya había vuelto a las andadas. Felipe llevaba una temporada intercambiando miradas, cumplidos y bailes con la duquesa de Alburquerque. Ni siquiera la cercanía de su esposo había conseguido disuadirlo.

El duque de Alburquerque no era tonto y se había dado cuenta de las intenciones de Su Majestad. Y puesto que era harto complicado oponerse a un deseo del rey, había optado por no permitir a la duquesa acudir a más fiestas de la corte, al menos hasta que al monarca se le pasara el capricho.

Pero lo único que había logrado con esa actitud había sido exacerbar aún más el deseo de Felipe, que entonces se quejaba amargamente.

—Hace dos semanas que no la veo, Gaspar. ¡Dos semanas! Me voy a volver loco.

—Señor, me temo que el duque de Alburquerque se ha percatado de vuestras intenciones y ha decidido guardar a su esposa en casa para apartarla de vos.

—¡Será ingrato! Con la de favores que le he hecho. ¡Debería dejar vía libre a su rey! Es lo que cualquier súbdito leal haría.

El conde-duque trató de calmar al monarca, cuyas mejillas se veían muy coloradas.

—Sin duda no lo ha pensado y ha actuado siguiendo el sentido del honor que como marido se le presupone. No hay que culparle por ello, majestad, es un buen hombre.

—Pero yo ya no veo a la duquesa —lloriqueó Felipe.

Gaspar tuvo una idea.

—Eso se puede arreglar, si es lo que deseáis.

Felipe miró con esperanza a su valido. Si alguien podía arreglar aquel asunto, sin duda era él. Lo dejó todo en sus manos y siguió sus indicaciones.

El conde-duque de Olivares acudió a ver a la duquesa en un momento en que sabía que su esposo estaba en la corte. Ella le recibió en el salón principal. Varios criados les atendían, pero, una vez les sirvieron la bebida, se retiraron con discreción hasta un lugar en el que pudieran ver pero no oír.

—Señora, el rey muere de amor por vos —dijo Gaspar, sin más preámbulos.

La duquesa era una mujer en verdad hermosa. De piel muy blanca y pelo muy negro, realzaba su belleza con colorete y ceñía al cuello, largo y esbelto, una tira de terciopelo al más puro estilo francés. Gaspar no tuvo claro si el rubor que mostró en el rostro se debía a sus palabras o al colorete, pero aun así prosiguió.

—Su Majestad os respeta mucho, a vos y a vuestro esposo, y entiende que no debe causar vergüenza ni deshonra a nadie. Sin embargo, no puede dejar de pensar en vos. ¿Creéis que habría alguna manera de que pudiera veros a solas?

La duquesa se mantuvo en silencio, parecía estar debatiéndose entre el deber y lo que le apetecía, pero Gaspar sabía que era una pantomima. Si hubiera querido rechazar al rey habría expresado su negativa de inmediato. Lo único que estaba haciendo al retardar la respuesta era aumentar el valor de su entrega.

—Está bien —dijo al fin con una media sonrisa—. Nada debo negarle a Su Majestad. Es mi deber como súbdita y mi deseo como mujer. Decidle que acepto, lo recibiré cuando él estime, siempre que me garantice que mi marido no se sentirá deshonrado.

—Vuestro marido no se enterará, os lo aseguro. Dentro de dos noches, esperad atenta la señal de Su Majestad.

Gaspar lo preparó todo y el rey se mostró entusiasmado cuando le contó cómo había ido la entrevista.

A la mañana siguiente, el rey saludó con excesiva efusividad al duque de Alburquerque.

—¡Duque, qué placer veros! —dijo con una ancha sonrisa—. Mañana por la noche voy a organizar una partida de naipes en mi cámara. Algo íntimo y discreto, para unos pocos elegidos. Espero poder contar con vuestra presencia.

El duque frunció el ceño por un instante, tal vez confundido por semejante muestra de afecto, puede que sospechando que detrás de aquella sonrisa se ocultaba una estratagema. Sin embargo, nadie podía desairar al rey, así que la mueca fue sustituida de inmediato por una expresión de felicidad desbordante. Se inclinó ante Felipe.

—¡Majestad, me hacéis el hombre más feliz! Por supuesto que acudiré, es un gran honor. Contad conmigo.

A la noche siguiente, tal y como Su Majestad había dicho, se organizó una partida en las habitaciones del rey. Había más nobles de los que los naipes requerían, por lo que el duque de Alburquerque estaba de pie, esperando su turno para entrar en la partida. Gaspar tampoco jugaba. Detrás de la silla del rey, permanecía atento a todo.

Entonces, cuando más interesante estaba el juego, el rey dejó las cartas sobre la mesa y se dio un golpe en la frente con la mano.

—¡Por Dios bendito!

—¿Qué os ocurre, majestad? —El conde-duque de Olivares se acercó solícito.

—¡La misiva del embajador inglés! Prometí que la respondería hoy sin falta.

—Es posible que siga esperando, majestad. Tal vez sería conveniente solventar ese asunto de inmediato.

Felipe asintió con cara de fastidio. Miró las cartas, como si le diera una pena tremenda abandonar el juego en aquel momento. Luego miró a su alrededor y su cara se iluminó cuando vio al duque de Alburquerque.

—¡Ah, duque, sin duda sois mi salvación! ¿Os importaría ocupar mi lugar en la mesa mientras yo me libero de esta urgencia?

El duque se inclinó, así que nadie pudo ver la mueca que, de nuevo, crispó sus facciones.

—Será un honor, majestad. Podéis iros tranquilo.

—Conde-duque, acompañadme —dijo el rey haciéndole una seña a Gaspar.

Ambos abandonaron la sala con cara de circunstancias, apretando los dientes para no dejar escapar la risa.

La casa de los duques de Alburquerque estaba, como solían estar las residencias de los nobles, muy cerca del Alcázar, así que descartaron ir en coche y, para ser lo más discretos posible, se desplazaron a pie, bien embozados y con la espada a la vista para evitar problemas. Los guardias que los vieron pasar no dijeron nada. Reconocieron las figuras del soberano y el valido; estaban acostumbrados a sus escapadas nocturnas y sabían que no debían dar muestras de haberlos descubierto.

Así pues, recorrieron unas pocas calles hasta llegar a la cancela de la casa de los Alburquerque. Tal y como Gaspar había pedido, estaba abierta y no había nadie en el patio interior. Se oyeron unos cascos de caballo en la calle, que retumbaron en las paredes de piedra del patio desierto antes de detenerse. Ellos siguieron adelante, el rey estaba demasiado excitado ante la idea de consumar su febril pasión por aquella mujer. Avanzaron por el patio sin descubrirse las caras todavía. Una luz en una de las alcobas del piso superior marcaba la habitación de la duquesa, que esperaba al monarca.

Los dos se quedaron mirando hacia arriba. Los ojos de Felipe brillaban y su boca entreabierta mostraba la magnitud de su deseo. Gaspar rogó para sus adentros que una noche o dos fueran suficientes para que el fuego del rey se aplacara y evitar así problemas mayores con el muy poco predispuesto duque de Alburquerque.

Su vista se dirigió a la puerta principal. Parecía cerrada, pero un ojo atento podía percibir una finísima raya de luz que se filtraba del interior y que indicaba que estaba entreabierta. Apenas habían dado un paso hacia la entrada cuando una sombra salida del mismo infierno se materializó frente a ellos con un bastón en la mano y comenzó a gritar:

—¡Al ladrón! ¡Al ladrón! ¡Os he pillado, malandrines!

El rey y Gaspar, asustados, echaron a correr y trataron de refugiarse en las caballerizas, pero aquel hombre, que se descubrió como el duque de Alburquerque al resbalarle la capucha, les siguió y comenzó a apalearlos con el bastón, con una fuerza admirable para alguien de su edad.

—¡Al ladrón! ¡Vienen a robarme mis caballos! —gritaba el duque mientras descargaba el garrote con energía.

Los intrusos se protegían la cabeza con los brazos, pero la espalda, los flancos, incluso las piernas recibían los bastonazos del marido indignado. Los criados aguardaban detrás de su amo. «¿No va a ordenar que enciendan las luces?», se preguntó Gaspar entre golpe y golpe. Pero no parecía que el duque tuviera intención de iluminar el patio. Seguía atizando con una furia inaudita a los supuestos ladrones, hasta que el conde-duque se dio cuenta de que ese hombre sabía lo que estaba haciendo.

Estaba descargando su rabia sobre el rey de España, que no podía reconocer quién era sin aceptar al mismo tiempo el engaño y el motivo que le había llevado allí, y aprovechaba la oscuridad para escudarse en su ignorancia y seguir golpeando.

Gaspar oyó gemir al rey. Entonces supo que debía reaccionar o Su Majestad podía tener problemas serios.

—¡Alto! —gritó—. ¡Duque, deteneos! ¡Es al rey a quien estáis golpeando!

Le pareció notar un pequeño titubeo en los movimientos

del atacante. Un segundo de duda antes de que el bastón retomara su ritmo, arriba y abajo.

—¡Ah, insolentes! —gritó el duque—. ¡Es el colmo, que nombréis al rey en vano para tratar de escapar! ¡Qué atrevimiento, qué desfachatez! —Parecía que tuviera cuatro brazos con sendos bastones, y todos los movía con rapidez y fuerza—. Os llevaré al Alcázar para que Su Majestad os mande ahorcar por vuestro descaro. ¡Ya lo creo que sí! ¡Chorizos, maleantes! ¡Venir a robarme lo que es mío, qué osadía!

Gaspar intentó proteger al rey con su corpulento cuerpo y empezó a buscar una salida. Era perentorio encontrar escapatoria si no quería que aquella aventura galante acabara en tragedia.

Gracias a los cielos, la duquesa, alertada por los gritos y el ruido, se apercibió de lo que sucedía y salió al balcón.

—¿Esposo, sois vos? ¿Qué son esos gritos? ¡Me habéis despertado! ¿Qué ocurre?

El conde-duque de Olivares aprovechó esa pequeña distracción y cogió al rey del brazo. Se escabulleron y corrieron hacia la puerta.

Los criados del duque les dejaron pasar. No eran tontos; habían oído rumores por los pasillos de que el rey iba a galantear esa noche con su señora, lo habían visto marcharse de la sala de juegos y habían sido testigos de cómo su señor se levantaba de la mesa, alegando fuertes dolores de barriga, y también se ausentaba del palacio. Una cosa era que el duque de Alburquerque, gentilhombre del rey, se hiciera el indignado y el sorprendido y atacara a Su Majestad al amparo de la noche, y otra muy diferente que los criados siguieran con aquella pantomima: podían salir mal parados.

Así que el rey y el conde-duque alcanzaron la cancela y corrieron, renqueantes, hasta la puerta del Alcázar. Cuando estuvieron en las habitaciones del rey, Gaspar mandó salir a todos los criados y ordenó que acudiera el médico. Ayudó a Felipe a quitarse la ropa y ponerse la camisa de dormir. Tenía contusiones y golpes por todo el cuerpo, algunas ya cambiando de color hacia el púrpura. Gaspar no hizo caso a sus propios dolores, aunque después debería comprobar sus lesiones.

El médico reconoció al rey sin dar muestras de sorpresa. No había heridas abiertas y tampoco daños severos, más allá de los fuertes golpes recibidos. Le recetó tisanas de corteza de sauce, un ungüento y unos días de reposo, y después acompañó a Gaspar a sus habitaciones. La puerta que comunicaba la salita común con el gabinete de su esposa estaba cerrada. Era tarde; ella ya estaría acostada y no quería molestarla, así que aceptó el mismo ungüento y la tisana y despachó al galeno.

Durmió hasta bien entrada la mañana siguiente. Cuando se despertó y fue a levantarse, un intenso dolor le recorrió el costado y se quedó sin aliento. Volvió a echarse.

—No voy a preguntarte qué hiciste anoche, querido, ni con quién estuviste.

La voz de su esposa le sobresaltó. Giró la cabeza y la vio mirando por la ventana.

Ella se dio la vuelta y lo miró a los ojos.

—No voy a hacer referencia al hecho de que Su Majestad se encuentre indispuesto y haya cancelado su agenda para el resto de la semana, ni a que el duque de Alburquerque haya cogido a su esposa y se hayan marchado alegando no sé qué emergencia a sus tierras familiares, ni a que por los pasillos se cuente una divertida anécdota sobre una aventura amorosa fallida del rey.

—Inés —dijo Gaspar en un susurro.

Ella levantó la mano.

—No me interrumpas, esposo —dijo sin levantar la voz. Se acercó a la cama y miró al conde-duque con una frialdad desmentida por la preocupación que reflejaban sus ojos—. No voy a hacer referencia a todo esto, pero espero que reflexiones sobre el honor, la dignidad y la necesidad de mantener nuestro pundonor y decoro.

—Lo siento —dijo Gaspar, abatido—. Las cosas se complicaron.

Inés se sentó en el borde de la cama y acarició la cara de su marido.

—Ya sé que lo lamentas, Gaspar —dijo—, pero debes ser consciente de nuestra posición. Somos grandes de España, y eso no solo conlleva privilegios. La nuestra es una posición de gran poder, y debemos ser guardianes de la fe y de la excelencia.

Gaspar no dijo nada, solo bajó la mirada. Si algo en este mundo podía hacer que se avergonzara de sus acciones era la reprobación de su esposa. Ella suavizó el tono.

—Para los cortesanos, esto solo será una travesura de Su Majestad. Ni siquiera la reina le dará mayor importancia, una vez superado el disgusto inicial de ver que su esposo no ha cambiado lo más mínimo. Pero para nosotros... Todo puede ser usado en nuestra contra por nuestros enemigos, si les damos las armas.

—Lo entiendo, Inés. Seré más cuidadoso en lo sucesivo.

Ella se tumbó a su lado en el lecho y le tomó la mano.

—Nos ha costado mucho llegar aquí y no voy a consentir que los envidiosos nos ataquen por esta chiquillada. Si yo fuera tú, le sugeriría al rey que le hiciera algún regalo al duque de Alburquerque, unas tierras o un nuevo título, y que aprobara su partida, dejándole claro que es bienvenido en cuanto desee regresar. Y que finja una gripe, igual que harás tú, aunque en los corrillos se sepa la verdad. Intentemos mitigar el escarnio.

Gaspar asintió.

—Tienes razón en todo, como de costumbre, querida. No sé qué haría sin ti.

Ella se inclinó y le dio un suave beso en la mejilla.

—Yo tampoco —dijo con una sonrisa, y se levantó—. Y ahora, si me disculpas, voy a ver a la reina. Imagino que necesitará un hombro amigo.

42

Madrid, agosto de 1633

—Qué bonita está Francisca —dijo Juana.

Sacó un pañuelo bordado de su manga y se secó una lágrima que le asomaba por la comisura del ojo.

Diego la miró con ternura y le dio un beso, antes de girarse de nuevo para contemplar a su hija.

—Qué rápido ha crecido nuestra niña.

Catorce años habían transcurrido desde que Juana trajo a este mundo a su pequeña Francisca, y en ese instante la tenía ahí delante, radiante de felicidad, vestida con elegancia para desposarse con Juan Bautista, el alumno de su padre.

—La veo tan niña todavía —dijo Juana.

Diego suspiró.

—Tú tenías casi la misma edad cuando nos casamos —respondió Diego—. Me alegro de que haya puesto sus ojos en Juan Bautista. Es un buen chico y la tratará con amor y respeto.

—Yo también me alegro. Al fin y al cabo, así tendrás a alguien a quien legar tu taller. Lo que no me extraña es que Francisca se case con tu aprendiz, al igual que yo lo hice con el aprendiz de mi padre. —Juana miró a Diego a los ojos con fijeza—. Dime, esposo, ¿a quién habría de elegir como marido nuestra hija, si no conoce a ningún otro hombre ni sale de casa? Las mujeres de nuestra clase no tenemos demasiadas opciones.

Diego la miró frunciendo el ceño, un poco confuso.

—¿Te arrepientes acaso?

Juana negó con la cabeza.

—¡Por supuesto que no! Sigo enamorada de ti como cuando era una chiquilla. Y a Francisca también se la ve prendada de Juan Bautista. Solo digo una verdad, y es que no ha conocido a otro hombre en su entorno que no sea familia. Así es fácil dejarse deslumbrar por un joven apuesto y galante como él. Estoy segura de que serán felices, así que esto en realidad no importa. No me hagas caso, a veces pienso cosas sin sentido.

Diego rodeó con el brazo la cintura de su mujer, la atrajo hacia sí y besó su sien.

—Tú no has pensado nada sin sentido en tu vida, mi amor. Entiendo lo que quieres decir. Pero creo que debemos celebrar que la suerte haya estado de nuestro lado y de la de ellos, al encontrar la felicidad tan cerca de nosotros.

Francisca se acercó a su padre con una sonrisa deslumbrante. Su cara, aunque conservaba aún rasgos infantiles, era ya la de una mujer. Diego la besó en la mejilla y le ofreció el brazo para acompañarla al altar. Ella enlazó el suyo.

—Vamos, papá, no puedo esperar más.

Después de las capitulaciones, las bendiciones y la ceremonia que se llevó a cabo por la tarde, tuvo lugar una fiesta. Los padres de Juana habían acudido desde Sevilla, y también el hermano de Diego, que tenía taller propio en la ciudad andaluza. Asimismo, los ayudantes del taller estaban invitados, y Juan, que se había convertido en alguien imprescindible en la casa, se acercó con una sonrisa a felicitar a los recién casados.

Al darse la vuelta para regresar a su sitio, se chocó con María, a la que le brillaban los ojos por todo aquel despliegue de amor.

—¡Disculpadme, señora! —dijo Juan—. Qué torpeza la mía, cuánto lo siento.

María le quitó importancia.

—No ha sido nada.

Caminaron juntos para salir del grupo que rodeaba a los novios.

—¿Estáis disfrutando de la fiesta? —preguntó Juan.

María sonrió.

—¡Ya lo creo! Es bonito ver gente tan enamorada.

—¿Vos no estáis casada? —En cuanto abrió la boca, Juan se dio cuenta de que no debería haber dicho eso. A veces olvidaba que era un esclavo. Y allí nunca le habían hecho sentir como tal, pero hasta él, con todo su orgullo y su pundonor, sabía que no era apropiado hacer preguntas personales a nadie—. ¡Perdonadme, por favor! No es de mi incumbencia, lamento haber preguntado eso.

Sin embargo, a María no se la vio molesta. Se azoró un poco y bajó la mirada.

—No, no he tenido suerte en el amor. Nunca encontré a nadie que me quisiera.

Juan sintió que su corazón se aceleraba y volvió a hablar, aun sabiendo lo inconveniente de su curiosidad.

—Cuesta creerlo. Sois muy hermosa, ¿quién no se fijaría en vos?

María notó que se ponía colorada. No sabía qué le pasaba. Tal vez el vino fresco con frutas que con tanta alegría se estaba repartiendo tenía algo que ver con ese calor que sentía en su interior. Negó con la cabeza.

—La explicación es sencilla. No tengo fortuna, pero tampoco soy una criada. Mi posición para encontrar esposo ha sido difícil estos años. Por suerte, a estas alturas ya he asumido mi situación y estoy en paz.

—Es triste que alguien con vuestra juventud sienta que ya ha perdido toda oportunidad. El amor llegará si le dais ocasión, estoy seguro.

María levantó la cabeza y lo miró con los ojos muy abiertos y brillantes.

—Hace mucho que dejé de ser joven. Pero os agradezco vuestras palabras.

—¡María, estás aquí!

La voz de Juana hizo que María parpadeara y desviara la vista. También Juan se irguió un poco y se separó, sin darse cuenta, un paso de aquella mujer.

—Estoy aquí, hablando con Juan —dijo María con una sonrisa, sin rastro de la turbación que había mostrado hacía apenas unos momentos.

—Ven, quiero enseñarte una cosa.

María le hizo un gesto de despedida a Juan con la cabeza y este correspondió con una reverencia. La mirada se les quedó prendida unos segundos, antes de que cada uno siguiera su camino.

La vida cambió poco en el hogar de Juana y Diego. Los recién casados dejaron sus habitaciones de solteros y ocuparon una más grande, pero cada uno siguió desempeñando sus tareas como hasta entonces.

Diego llegó un día muy enfadado a casa. Se habían sentado a cenar todos juntos y él levantó la voz más de lo habitual.

—¡Es una vergüenza! No puedo tolerar semejante insulto.

—¿Qué ocurre, padre? —preguntó Francisca.

Diego miró a Juan Bautista, su yerno.

—¿No le has contado nada?

El joven se encogió de hombros.

Juana suspiró.

—Es ese envidioso de Carducho otra vez. No soporta que tu padre tenga un papel tan importante en la corte —dijo.

—¿Y qué ha hecho ahora? —quiso saber su hija.

Fue Diego el que contestó. Estaba tan indignado que parecía que el bigote se le había erizado.

—¡Ha publicado un estudio, como si él fuera alguien! *Diálogos de la pintura*, lo ha titulado el muy presuntuoso.

Francisca miró a su madre sin entender nada.

Juana volvió a hablar.

—Lo indignante es que en ese libro arremete contra los pintores naturalistas, y ya sabes que a tu padre se le considera como tal.

—¡Porque lo soy! Y a mucha honra, además. A esos estirados culteranistas habría que decirles unas palabras bien dichas.

—Carducho menciona a tu padre en su ensayo —aclaró Juan Bautista—. Con nombre y apellidos.

Francisca giró la cabeza de nuevo hacia su padre.

—¿Y va a consentirlo, padre? —dijo con el ceño fruncido.

—¡Pues claro que no! Elevaré una queja ante quien haga falta, ante el rey si es menester, quien, por cierto, me profesa un afecto que está lejos de sentir por ese mequetrefe.

Juana abrió los brazos y movió las manos arriba y abajo, como si quisiera tranquilizar a un niño.

—Vamos a calmarnos un poco, por favor. Diego, no vas a molestar a Su Majestad por una disputa de egos. Ni siquiera al conde-duque. No —reiteró antes de que Diego pudiera intervenir—. Ni se te ocurra, no están para escuchar niñerías. Actúa como si no te importara; has demostrado ya mucho con tu trabajo hasta ahora y lo único que le ocurre a Carducho es que se siente destronado.

—Está viejo y su estilo se superó hace años —refunfuñó Diego, más calmado.

—Eso lo sabes tú, lo sé yo y lo sabe él. Conténtate con eso.

—Madre tiene razón —dijo Francisca, pensativa—. No creo que merezca la pena enzarzarse por eso.

—Carducho aprovecha cualquier oportunidad para insultar a tu padre —apostilló Juan Bautista—. Es normal que pierda los nervios.

—¿Recordáis el enfrentamiento entre Góngora y Quevedo? —intervino Juana de nuevo. Cuando todos asintieron, continuó—: Góngora, pobre hombre, hace pocos años que murió, y no pudo hacerlo en su casa porque Quevedo la compró solo para poder echarlo a la calle. En eso acaban derivando estas tontas enemistades. Lo siento, esposo, pero no estoy dispuesta a dejar que las cosas vayan más lejos.

Diego miró al plato sin decir ni una palabra. No se le había pasado la indignación ni el enfado, pero sabía que era un error actuar en caliente. Lo meditaría.

Una semana más tarde, María visitó a Juana, como era habitual. Le gustaba estar con ella mientras pintaba. Le hipnotizaba el movimiento de los pinceles y cómo aquella masa de pigmentos iba, poco a poco, dando forma a figuras realistas llenas de detalle. En esa ocasión, además, ella era la modelo a la que Juana estaba retratando. Las risas se escapaban por la puerta entreabierta del taller, pues las dos mujeres no paraban de hablar mientras una posaba y la otra pintaba.

—Hay algo menos gracioso que te tengo que contar —dijo de pronto María, con el rostro serio.

—¿Qué ocurre? —Juana no dejó de pintar, pero sus movimientos se hicieron más lentos.

—Han descubierto un nuevo maleficio contra el heredero.

—¡Ay, por Dios, no! ¿Cómo ha sido?

María bajó la voz.

—Lo encontraron bajo su almohada.

—¡Es horrible! —Juana bajó el pincel y miró a María con el horror reflejado en sus ojos—. ¿Quién le desea el mal a un pobre niño? ¿Estás segura de que es un maleficio?

María asintió.

—Lo he escuchado de boca de la encargada de las sábanas del príncipe. Lo abrieron y dentro había restos de uñas, pelo y hierbas. ¿Qué otra cosa podría ser?

—Pues menos mal que lo han encontrado. Qué lástima, pobrecito. —Juana dejó los pinceles en una mesita que tenía al lado—. Creo que está bien por hoy. Ya ha bajado el sol y no hace tanto calor, podemos ir a dar un paseo. ¿No te esperan en el Alcázar?

—No. Mi prima está muy ocupada ahora. Y estos días la he visto muy inquieta y hasta enfadada, diría yo.

—Es normal, es la aya de Baltasar Carlos. Imagina cómo se tiene que sentir después de que se descubriera ese hechizo tan cerca de su pupilo.

—Sin duda —asintió María—. Eso debe de ser. El caso es que apenas pasa tiempo en sus habitaciones y, cuando lo hace, dice que prefiere estar sola.

—Bien, pues vamos.

Ambas se dirigieron hacia la puerta. Antes de llegar, oyeron unos pasos y Juan apareció en el quicio.

—Buenas tardes, señoras —dijo con una reverencia—. Vengo a buscar un pigmento que falta.

—¿No tiene Diego todos los pigmentos que necesita en el taller del Alcázar? —se extrañó Juana.

—La mezcla no ha salido bien y no hay más —explicó Juan. Luego las miró—. Hace muy buena tarde y las calles están muy animadas.

—Lo sabemos. —Juana asintió y sonrió—. Por eso vamos a dar un paseo.

Juan frunció el ceño.

—¿Queréis que os acompañe? No es conveniente que dos mujeres solas se paseen por Madrid —dijo servicial.

Juana no se fijó en la mirada ilusionada de María.

—No es necesario, Juan, muchas gracias. No nos alejaremos mucho.

—¿Estás segura, Juana? —preguntó su amiga— No me gustan las miradas que a veces recibimos cuando nos ven pasear solas.

Juan contuvo el aliento y miró a María de reojo. Se preguntó si era posible que en aquellas palabras se escondiera el secreto deseo de pasar algún tiempo con él. Luego desechó ese pensamiento. Qué absurdo, pues claro que no.

Juana miró a su amiga como si no la conociera.

—¿Desde cuándo te inquieta a ti eso? Siempre hemos ido

solas. No te preocupes, Juan —dijo mirando al esclavo—, seguro que tienes cosas que hacer. Nos las arreglaremos.

Juan se dirigió al interior del taller y las mujeres hacia la puerta. Al cruzarse, las manos de María y de Juan se rozaron sin querer. Ella dio un respingo, como si hubiera sentido un calambre, y se miró la mano desnuda. Él abrió y cerró los dedos y pegó la mano a su pecho, como si quisiera atesorar aquel contacto un poco más de tiempo.

43

Breda, 5 de junio de 1625

—¡Señor, ha llegado el día!
El joven ayudante entró en la tienda de Ambrosio Spínola para despertarle, pero él llevaba en pie desde antes de que despuntara el tímido sol de la primavera de Flandes.

Ese día era la culminación de casi un año de sitio. Cuando Felipe IV ordenó al general Spínola recuperar Breda, este se lo tomó muy en serio. Acudió con sus ejércitos allí, tras amagar un ataque en otra zona que forzó a las fuerzas de la ciudad a desplazarse, y con rapidez levantó un cerco que se había convertido, con el paso de los meses, en una hermosa obra de ingeniería que acudían a visitar desde distintos puntos de Europa. Incluso el rey de Polonia se había personado allí, con la intención de que el general le hiciera una visita guiada.

Oh, sí. Spínola estaba muy orgulloso de su asedio. Era una obra maestra. Desde que en agosto cercaron la ciudad, en solo diecisiete días había conseguido crear un doble cinturón fortificado de parapetos, fuertes y trincheras, de fortines, baterías y efectivos que impedían no solo que nadie saliera de la ciudad, sino que tampoco nadie pudiera entrar.

Spínola sabía que toda Europa estaba pendiente de ellos. Aquel sitio se había convertido en la empresa más importante del Imperio español, y de hecho consumía gran parte de sus efectivos. Isabel Clara Eugenia, tía de Felipe IV y gobernadora de los Países Bajos, se había erigido en su más constante defensora y se había mantenido firme frente a los que creían que era una pérdida de tiempo.

Al fin y al cabo, Breda era considerada inexpugnable. Al principio, los asediados apenas se preocuparon. Luego sí, cuando vieron que aquello no tenía visos de concluir rápido. Después llegó el invierno y las provisiones empezaron a escasear, y cuando Justino de Nassau, el gobernador, liberó a mil ancianos y niños a los que ya no podían alimentar y Spínola los volvió a introducir en la ciudad, entonces sí que se asustaron. Los refuerzos no llegaban y el ejército español estaba en buenas condiciones, pues cuatrocientos carros lo abastecían a diario de todo lo que pudiera necesitar.

Ambrosio Spínola sonrió mientras su ayudante le vestía. No hacía tanto que los habitantes de Breda habían intentado una última treta a la desesperada: desviar el cauce del río que bordeaba el campamento para que las aguas lo anegasen. Pero el general, en un alarde de ingenio poco visto antes, a su humilde entender, había ordenado levantar diques, y todo el esfuerzo de la ciudad quedó en nada.

Llevaban unos días ya en conversaciones para la rendición. Spínola, con el beneplácito de la gobernadora y, por supuesto, del rey, había decidido ser magnánimo. Al fin y al cabo, ellos también estaban agotados y, en honor a la verdad, no habrían podido resistir mucho más. Así que los habitantes de la ciudad iban a quedar exentos de pagar tributo y solo se había exigido que las imágenes católicas volvieran a las iglesias y se eliminase el calvinismo.

Cuando el general salió de su tienda, aspiró el aire fresco de la mañana y miró al cielo, de un azul limpio y puro, donde un sol radiante calentaba lo justo para ser agradable en lugar de molesto. Montó en su caballo y acudió, rodeado de sus lanceros, a las puertas de la ciudad. Allí le esperaba el gobernador y toda la plana mayor. Los soldados que los acompañaban se veían demacrados, pálidos y cansados.

Todos desmontaron. Spínola y el gobernador se acercaron y el segundo le entregó, de forma ceremoniosa, las llaves de la ciudad. Era un signo de rendición, pero el general quería reconocer, de algún modo, el valor que habían demostrado aquellos hombres durante todos esos meses de heroica resistencia. Por eso aceptó las llaves con dignidad y trató en todo momento a su oponente con caballerosidad. También permitió que el ejército vencido abandonara Breda en formación militar, con sus banderas al frente. Los tercios españoles y todo el ejército formaron a lo largo del camino y los vieron pasar en silencio, en señal de respeto.

Cuando desaparecieron de la vista, Spínola se permitió sonreír y le dijo a su segundo al mando:

—Comenzad los preparativos, la gobernadora vendrá en unos días y quiero que entre en la ciudad bajo un arco del triunfo. El mundo entero nos observa con admiración.

Madrid, junio de 1634

Juana acudió al taller del Alcázar. Hacía tiempo que no pasaba por allí, pero Diego le había mostrado unos bocetos de lo que pensaba pintar para el Salón de Reinos del nuevo palacio del Buen Retiro y sentía curiosidad por ver los avances.

Diego no paraba de trabajar. A finales del año anterior había sido nombrado alguacil de la corte y, aunque era una merced, no un cargo con servicio, y había cedido el de ujier de cámara a su yerno como parte de la dote de Francisca, sus tareas como pintor del rey hacían que sus jornadas se alargaran más de lo deseado.

Por suerte contaba con Juan Bautista, que se había convertido en su mano derecha y le ayudaba en todo. Por lo que había podido observar en aquellos años, su yerno no tenía un gran talento como pintor por su cuenta, pero era muy bueno copiando las obras de su maestro e interviniendo en ellas, así que Diego se apoyaba mucho en él y en Juan de Pareja, a quien, para diferenciarlo del otro, llamaban Juanito.

En el taller reinaba una actividad frenética. Juana vio que había más ayudantes que antes, que iban y venían llevando recados y pedidos. Juan Bautista preparaba pigmentos en un rincón y Juanito estaba al lado de Diego, que estudiaba con atención el gigantesco lienzo en el que ya se vislumbraba la que iba a ser su composición más ambiciosa hasta ese momento.

—Así que esto va a ser tu gran obra —dijo Juana al llegar a su altura.

Diego asintió.

—Al menos la más grande. *La rendición de Breda*.

—Es espléndido. Muy complejo. Y creo que transmite fielmente lo que sucedió, ¿no es así?

—Sí, al menos según me lo contó él —dijo Diego señalando con la barbilla la figura de Spínola.

Juana se acercó más y observó con atención al general.

—Está pintado con mucho detalle. Sé que viajaste con él a Italia, pero es que los detalles son increíbles. Tienes muy buena memoria.

Diego rio entre dientes.

—No tanta. Le hice un boceto durante la travesía. No es que tuviera este cuadro en mente, pero sabía que en algún momento me serviría.

—Estoy deseando verlo terminado. ¿Juan ha participado?

Su yerno levantó la vista al oír su nombre.

—Algo —dijo Diego—. Juan y Juanito me están ayudando con algunas partes, como algún tejido o el cielo, pero tengo mucha responsabilidad en este cuadro. Quiero que sea perfecto, así que todo lo termino yo.

Juana miró sorprendida al esclavo. No era habitual que los ayudantes, si no eran considerados discípulos o aprendices, conocieran las técnicas del maestro o participaran en sus obras. Y mucho menos que un esclavo tuviera categoría de aprendiz. De hecho, los esclavos ni siquiera tenían permitido pintar.

Juan le sonrió y Diego se encogió de hombros.

—Me da igual lo que se considere aceptable o no. Juanito me ayuda de muchas maneras y esta es una de ellas. Sabe lo que se hace. Lo demás no importa.

Juana asintió.

—Me alegro mucho. Bien, ya que estoy por aquí, subiré a ver a María, si es que está disponible. Os dejo seguir trabajando.

No se fijó en cómo brillaron los ojos de Juanito cuando mencionó a su amiga.

—¡Es magnífico!

El rey acababa de ver los planos y, eufórico, paseaba arriba y abajo por la sala. Le acompañaban el conde-duque de Olivares, como siempre, y la reina.

—Desde luego, el Salón de Reinos va a ser uno de los salones de audiencias más exquisitos del mundo, majestad.

—Allí recibiréis a los embajadores extranjeros, ¿no es así? —preguntó Isabel.

Felipe asintió, se acercó a ella y, aprovechando que apenas había unos pocos criados alrededor, le dio un beso en la mejilla y puso la mano sobre su barriga.

—Deseo que las obras acaben cuanto antes para llevaros a vos y a nuestro hijo a pasar unos días allí. Es un sitio tan tranquilo, hay tanta paz en comparación con el bullicio del Alcázar...

Isabel sonrió.

—Yo también lo estoy deseando. Y seguro que a Baltasar Carlos le entusiasma la idea.

El príncipe, que el año anterior fue jurado como heredero, había superado hacía poco una crisis de salud y crecía fuerte y sano. Era la esperanza de su casa. Felipe, además, tras el escándalo con la duquesa de Alburquerque, parecía estar más tranquilo y muy centrado en su esposa. Gaspar observó a la real pareja y sonrió para sus adentros. Isabel creía que él la quería mal, pero nada más lejos de la verdad. Estaba muy contento de verlos unidos y de que su hijo saliera adelante. Lo que no deseaba eran interferencias en su poder, pero, mientras la reina se mantuviese en lo que él consideraba su sitio, todos serían felices.

El rey se dirigió a Gaspar.

—¿Creéis que todos los pintores podrán acabar sus obras sin tirarse los pinceles a la cabeza? —preguntó.

La reina se giró también hacia él. Seguía sin soportar su presencia, pero disimulaba lo mejor que podía. Prefería no añadir más inquietud a su marido.

—Solo me preocupan Carducho y Velázquez. Maíno y Zurbarán se dedican a lo suyo, pero esos dos... Carducho siempre está provocando a Diego. Los insulta a él y a su escuela, y el otro acaba saltando también. No sé cuánto tiempo podremos mantenerlos a raya, sin que llegue la sangre al río.

—Pues aseguraos de que eso no ocurra —dijo el rey, muy serio—. Un poco de competencia es buena, pero no quiero que dos de mis mejores pintores anden a la gresca. Al final, eso solo provoca chascarrillos y, lo que es peor, que pierdan la concentración en lo que deben.

—El rey tiene razón, excelencia —dijo Isabel—. Si es Carducho quien ataca, dadle un toque de atención y que se tenga. Las dos veces que he coincidido con ambos, la tensión era tal que me resultó muy desagradable. No quiero ser testigo de algo así. El italiano lleva décadas en la corte y sería una pena que tuviéramos que prescindir de sus servicios por un comportamiento reprobable.

Gaspar se calló lo que opinaba de que Sus Majestades lo creyeran capaz de conseguir que Vicente Carducho dejara a Diego en paz.

—Hablaré con él —dijo, e hizo una inclinación.

44

—Dicen que el Salón de Reinos ha quedado espectacular —comentó María.

Juana y ella jugaban a las cartas al calor del hogar. María observó sus naipes y se descartó. Juana se echó a reír y mostró lo que tenía. Francisca, que estaba con ellas, llevaba las cuentas de los puntos.

—Madre, ha perdido. ¡Me toca!

Juana le cambió el sitio a su hija.

—Así es —le contestó a su amiga—. Es el orgullo del rey. Lienzos de los mejores pintores, todos juntos, mostrando la grandeza del Imperio español.

—Podríamos ir algún día a pasear por los jardines, en primavera —dijo Francisca.

—¡Qué buena idea! Organizaremos una excursión familiar cuando empiece el buen tiempo —dijo Juana. Luego miró a María—. A la que, por supuesto, estás invitada.

Se quedaron en silencio, cada una sumida en sus propios pensamientos y en el juego, hasta que los golpes de alguien llamando a la puerta las sobresaltaron. Cuando el visitante entró en la salita donde estaban las tres mujeres, tendió un papel a Juana. Era un mensajero jovencito que apenas levantó la mirada del suelo. Juana leyó la misiva.

—¿Qué ocurre? —preguntó Francisca.

—Me voy a acercar al palacio del Buen Retiro. Están montando ya el Salón de Reinos y Diego necesita un boceto que se ha dejado aquí.

—Puedo llevarlo yo, señora —dijo el muchacho en voz baja.
—No hace falta, puedes marcharte. Yo lo busco y se lo llevo, gracias.

Se levantó y María la imitó.
—Te acompaño.

Juana miró a su amiga.
—¿Para qué? Puedo ir sola, ya lo sabes. El nuevo palacio está lejos del Alcázar.
—No te preocupes. —María hizo un gesto al aire con la mano—. Luego cogeré un coche. Inés hoy no tenía obligaciones con la reina ni con su pupilo, el príncipe, y me ha pedido que esté al anochecer para acudir juntas a misa.
—¿Y cómo no te has quedado con ella esta tarde?
—Ya conoces a mi prima. —Se encogió de hombros—. De vez en cuando necesita soledad y se queda en sus habitaciones sin compañía. Pero para cuando acabemos en el palacio ya será hora de regresar. Lo dicho, te acompaño y veo cómo avanzan las obras.

Juana la observó con atención. Se le veían las mejillas coloradas, aunque no entendía por qué. ¿Tal vez el chocolate estaba demasiado caliente? En cualquier caso, a ella le daba igual. Siempre le venía bien la compañía de María.
—Yo me quedo aquí —dijo Francisca—. Hace frío y no me apetece salir a la calle.

Así que Juana ordenó que prepararan el coche, buscó el boceto y las dos amigas se dirigieron al palacio. El sol empezaba a bajar ya, pero los pintores aún tenían algunas horas de trabajo por delante a la luz de las velas. Iban retrasados y el conde-duque tenía prisa por terminar.

El palacio del Buen Retiro era, en realidad, una suma de pabellones y edificaciones en el límite oriental de Madrid, extramuros. Llevaba unos años ya construyéndose y, aunque el edificio principal, donde se ubicaba el Salón de Reinos, estaba ya finalizado, seguían levantándose anexos sin parar, en lo que parecía una obra que no iba a acabar nunca.

No obstante, Felipe IV adoraba aquel palacio. Se encontraba a poca distancia en carruaje del Alcázar y le ofrecía un respiro de la corte y del rígido protocolo borgoñón. Además, las tierras que en su día pertenecieron al conde-duque de Olivares, por las que tanto le gustaba pasear a Su Majestad cuando solo era una hacienda anexa al monasterio de los Jerónimos, se habían transformado en unos preciosos jardines que hacían las delicias no solo del rey, sino también de la reina.

El carruaje las dejó en la puerta secundaria del palacio. Se identificaron ante los guardias, entraron y se dirigieron al Salón de Reinos. La actividad allí era frenética. En la gran sala estaban todos los pintores que habían participado con sus obras. Ingenieros y nobles iban de un lado a otro organizando la disposición de los lienzos y los ayudantes de los pintores corrían haciendo los recados que sus señores precisaban.

Juana y María se quedaron paradas en la puerta, abrumadas por el bullicio. Pronto Juana localizó a Diego en una de las esquinas, flanqueado por los Juanes, y se dirigió hacia allí. Maíno y Zurbarán las saludaron de forma amable, pero muy escueta. La luz se estaba yendo y no había tiempo que perder. Una vez encendieran las velas, la iluminación sería muy diferente y ya no serviría para tomar decisiones.

Carducho las vio. Su boca se torció en un gesto que Juana no supo identificar, aunque no era amistoso, e hizo un seco asentimiento de cabeza antes de darse la vuelta.

Diego sonrió y extendió la mano para tomar el boceto. Las mujeres se quedaron atónitas delante de su obra. Juana ya la había visto, pero no terminada, o casi. María, sin embargo, solo sabía de ella de oídas. Miraba hacia arriba con la boca abierta, intentando abarcar toda la escena.

—Es impresionante —susurró.

Diego sonrió y agradeció sus palabras. Pero tampoco tenía tiempo que perder y se acercó, boceto en mano, para terminar de dar unas pinceladas al rostro de Spínola. Juanito, cuya cara se había iluminado al ver aparecer a las dos mujeres, le colocó un taburete para que llegara a la altura cómodamente. Juan Bautista le alcanzó la paleta con los colores.

—¿Francisca no os ha acompañado? —le preguntó a su suegra.

—No, hacía frío para ella y prefirió esperar en casa —contestó Juana—. ¿No habías terminado ya con el general? —preguntó a Diego, confusa.

Diego respondió sin mirarla:

—Ya me conoces. Siempre hay algo que mejorar.

Juana disfrutaba viendo trabajar a Diego. El simple hecho de verle manejar los pinceles, dar sutiles brochazos en unos sitios y otros más gruesos en otros, o combinar los colores, le enseñaba más que muchos maestros. Estaba absorta y no se dio cuenta de que María se había quedado un par de pasos atrás y que Juan acudió pronto a su lado.

—¿Queréis que os enseñe el resto de los lienzos? —le preguntó.

Ella sonrió y asintió.

Alguien que hubiera prestado atención hubiera visto, tal vez, la manera en que María se tocaba el pelo cada vez que Juan la miraba, o cómo él se movía copiando los gestos de ella, como si no quisiera que aumentase la distancia que había entre ellos. Pero todos estaban muy ocupados en sus respectivas tareas y nadie prestó atención a esa hidalga sin fortuna y a ese esclavo mulato que paseaban por la sala hablando y riendo como si fueran familia.

Para cuando Diego terminó y bajó del taburete, ya estaban allí de nuevo.

Aún quedaban muchas cosas por hacer y ellas no querían interrumpir, así que se despidieron. Pero antes de marcharse, Juana se fijó en un detalle. Se acercó al lienzo.

—Diego —dijo, y señaló la esquina inferior derecha—. Esta hoja en blanco, ¿es para tu firma?

—Así es —respondió su marido.

Juana frunció el ceño, como si tratara de comprender.

—¿Y por qué sigue en blanco?

Diego se rio y se acercó a la esquina. El resto del grupo se agolpó alrededor. El brazo de Juan rozó el de María y ambos se miraron de reojo.

—No tengo claro que vaya a firmar —dijo Diego—. En esta sala, *La rendición de Breda* va a estar acompañada de muchas obras de otros pintores reales. No tengo nada en contra de ellos —dijo mientras señalaba con la cabeza a Maíno y a Zurbarán. Miró entonces en dirección a Carducho—, pero él..., él me tiene harto. Todos van a firmar sus obras, pero si dejo esa hoja en blanco, querida, entonces demuestro que mi estilo es tan reconocible que no necesito estampar mi firma.

Juana se tapó la boca para que no se le escapara la risa.

—Así le demuestras a ese presuntuoso que eres mejor que él.

Diego no contestó, solo le guiñó un ojo.

Tras lo cual, Juana y María se marcharon.

Ya era noche cerrada. Madrid dormía, alumbrada por las pocas antorchas, candiles y linternas que ardían en las vías principales. Un coche avanzaba despacio por las desiertas calles. Tras salir del Alcázar, recorrió la calle Mayor y se detuvo al doblar una esquina. Una figura encapuchada se apeó y se acercó a un portal, donde esperaba otra figura que abrió una puerta a sus espaldas. Ambas se perdieron en su interior.

La estancia estaba iluminada con velas y hachones y calentada por un hogar y, aunque repleta de caballetes, lienzos, sillas, mesas, maderas y recipientes, e invadida por un fuerte olor a pintura que lo impregnaba todo, en un rincón había unas mantas y unos cojines en el suelo, unos sencillos vasos y una jarra de vino que creaban un ambiente ajeno al resto del taller.

La figura encapuchada descubrió su rostro.

Juan y María se miraron a los ojos. La mano de María se posó en la mejilla de Juan. Entonces él se acercó y la besó. Ella correspondió. Sus cuerpos se pegaron, los brazos de María le rodearon el cuello y él la estrechó aún más contra sí.

Cuando se separaron, ambos estaban sin aliento.

—Qué duro es verte en público y no poder besarte —dijo Juan apoyando su frente en la de María.

—Lo sé —respondió ella—. Pero ahora estoy aquí y soy toda tuya.

Volvieron a besarse, y el beso fue más urgente, más exigente. Fueron despojándose de sus ropas hasta quedar desnudos uno frente al otro. Entonces Juan, con delicadeza, tumbó a María sobre las mantas y se echó sobre ella, y después se perdieron el uno en el otro, olvidando quiénes eran e incluso el mundo al que pertenecían.

Un rato más tarde, ambos reposaban cubiertos por las mantas para protegerse del frío y bebían vino. Juan besó la mejilla de María.

—Estoy harta de que nadie pueda saber de nuestro amor.

—A mí también me gustaría gritarlo a los cuatro vientos, María, pero sería un desastre. Yo solo soy un esclavo y tú eres noble.

—Soy hidalga —puntualizó ella—. Me da igual quién seas. —Dejó el vaso de vino y cogió las manos de su amante—. Podemos decirlo. Conozco a Diego y a Juana, seguro que les parece bien.

Juan se quedó en silencio. Cerró los ojos, como si estuviera ordenando sus pensamientos, y cuando los abrió, en su rostro había una expresión de infinita tristeza.

—No deberías perder el tiempo con un esclavo, María. —Cogió su cara entre las manos y la miró a los ojos—. Te quiero. Necesito que sepas que te quiero con todo mi ser. Pero nuestros mundos son distintos. Yo puedo vivir con el desprecio de la sociedad, pero ¿tú? ¿Imaginas lo que dirían si te desposases con un esclavo, con un moro, como ellos me llaman, tú que tienes alcurnia y un linaje intachable de cristiana vieja?

—No me importa —dijo María entre lágrimas.

—No llores, por favor. —La abrazó y la acunó como si fuera una niña—. Lo último que quiero en esta vida es verte sufrir.

—Un esclavo puede casarse si tiene el permiso de su amo. Y Diego siempre ha demostrado que confía en ti —dijo María con la voz rota.

Juan tomó aire, aunque su voz también se rompió al hablar.

—Es posible. Incluso puedo aceptar que vivamos de mi sueldo y de todo lo que tengo ahorrado para comprar mi libertad, aunque te daría una vida con muchas menos comodidades de las que mereces. Pero sabes tan bien como yo que no podrás seguir al servicio de tu prima si te casas conmigo. Ellos nunca lo aceptarán.

Se quedaron abrazados. Juan sentía un nudo de angustia en la garganta. No deseaba volver a quedarse solo y con el corazón roto, pero amaba a María y prefería velar por su bienestar, aunque fuera en detrimento de su propia felicidad.

María suspiró, se secó las lágrimas y se incorporó.

—No pienso renunciar a ti —dijo con voz firme y mirada decidida—. Te quiero. Tengo veintisiete años y aún no me he casado. Asumo que no lo haré nunca, así que me da igual seguir como hasta ahora, si esto hace las cosas más fáciles. Al menos de momento. ¿Puedes seguir tú con el secreto?

Juan sintió que el nudo de angustia se disipaba. María lo amaba tanto como él a ella. Con esa certeza podía seguir adelante, por duro que fuera. Asintió.

—Si a ti te vale, a mí me vale. Ven aquí, mi vida.

Y la atrajo hacia su pecho en un nuevo abrazo.

45

Madrid, 1636

María Ana Antonia de Austria había nacido hacía más de un año y, aunque débil, parecía que había pasado el peligro. Sin embargo, la reina apenas le prestaba atención. Había delegado su cuidado en Inés, condesa-duquesa de Olivares, y en las nodrizas seleccionadas con esmero y fuertemente vigiladas, por las sospechas de brujería que se cernían sobre los hijos de Sus Majestades.

Isabel solo tenía ojos para Baltasar Carlos, el único de sus hijos que había superado los dos primeros años de vida. Tenía ya casi siete y era un niño despierto, simpático y lleno de salud y energía, que enamoraba a todo el que lo conocía.

Y no era la única novedad en la corte: Luisa Enríquez había regresado. La otrora dama principal de Isabel, y su mejor amiga, que había abandonado Madrid hacía unos años tras su tardío matrimonio, acababa de reintegrarse a su antiguo puesto tras haber enviudado recientemente. Seis años había durado el matrimonio de Luisa con su primo Manuel, conde de Paredes de Nava. Seis años felices, a tenor de los cuatro hijos que la pareja había tenido en ese tiempo. Aunque solo las dos niñas habían sobrevivido, y Luisa se enfrentaba entonces a la pérdida de su esposo por una fatalidad.

El conde había desafiado en duelo a otro noble, y ambos se batieron delante del Alcázar sin el permiso del rey. Semejante afrenta no se podía tolerar y Felipe decretó prisión para los duelistas. Solo nueve días estuvo el conde en una celda, con la mala suerte de que salió de allí enfermo y nunca se recuperó.

En cuanto Isabel tuvo noticia del desgraciado suceso, le pidió a Luisa que volviera a ser su dama. Así que ella regresó, igual de ingeniosa, igual de leal, pero mucho más piadosa y religiosa. La pérdida de sus hijos y de su marido había templado su carácter divertido y espontáneo y entonces dedicaba mucho tiempo a leer libros devotos y a rezar, a lo que la reina, también herida por las pérdidas y las infidelidades de su esposo, se sumó con fervor.

Inés pasaba muchas horas con ellas y seguía siendo camarera mayor de la reina y aya y tutora del heredero y de la nueva infanta, pero veía que el vínculo de la reina Isabel con Luisa amenazaba su posición.

—No sé cómo contrarrestar su influencia —le dijo un día a su esposo.

Era una de las escasas jornadas en que Gaspar e Inés podían almorzar juntos, puesto que Sus Majestades se habían ido de comida campestre al palacio del Buen Retiro y no necesitaban más compañía que la de los criados para servirles las viandas. Así que ambos disfrutaban de ese pequeño momento de relajación en compañía.

—¿La notas muy cambiada? —preguntó él.

Inés asintió.

—Sí. Antes ya era una mujer muy devota, pero eso se ha exacerbado y viste casi como una monja, practica ayunos y ha hecho voto de celibato. Entiéndeme —dijo al ver que Gaspar levantaba una ceja, como si le extrañara su escepticismo—, sabes que no seré yo quien juzgue a una mujer por ir más allá que la mayoría en su fe, pero Luisa empieza a ser peligrosa.

—Explícate.

—El rey la tiene en gran estima. Siempre se llevó bien con ella, pero ahora, tal vez porque se siente culpable de la muerte de su esposo, o tal vez por el nuevo y monacal estilo de vida de

Luisa, la tiene en un altar. Le pide consejo y escucha todo lo que ella tiene que decir.

El conde-duque se acarició la perilla. No, no era una buena noticia.

—Y no solo eso. A ellas las he oído hablar de política en alguna ocasión.

Gaspar se incorporó en el asiento y se inclinó hacia delante.
—¿Cómo dices, querida?

Inés asintió.

—Sobre la situación de la guerra y sobre algunos de los últimos decretos. Nunca comenta conmigo esos temas. Como no tenéis afinidad el uno por el otro, supongo que prefiere mantener esos asuntos al margen de nuestra relación, para que no haya conflicto de intereses. Pero con Luisa habla de todo. Nada hace sin consultarla. La «valida secreta de la reina», he oído que empiezan a llamarla, y es cierto que el nombre le va como anillo al dedo.

—Eso no me gusta nada.

—Ni a mí. Es peligroso para tu posición. Si la reina comienza a interferir en asuntos de Estado, asesorada por Luisa, que además goza del cariño y el reconocimiento del rey, ¡quién sabe lo que puede pasar! Me da miedo que las dos conspiren en tu contra.

Gaspar se quedó pensativo. A él tampoco le gustaba nada esa situación. Tendría que consultar con Leonor para ver si su ascendencia sobre el monarca seguía intacta.

Esa misma tarde fue a visitar a la adivina.

—No debéis temer, mi señor. —Leonor le estaba leyendo las cartas al conde-duque—. El rey sigue sintiendo por vos el mismo afecto y respeto. Es cierto que veo una sombra cerca, tal vez la mujer que decís, pero no es peligrosa. Aún tenéis muchos años por delante de ser el favorito.

—¿Estáis segura? —dijo Gaspar, que miraba las cartas como si pudiera desentrañar su significado.

La bruja asintió.

—Lo estoy. Sin embargo... —Leonor bajó la voz y miró a los lados, como si no estuviera en su propia casa al resguardo de oídos indiscretos—. Hay algo que quizá pueda dejaros más tranquilo.

—¡Decidme! ¿De qué se trata?

—Tal vez alguna poción de Josefa Álvarez pueda... neutralizar a esa mujer.

Gaspar se quedó en silencio tanto rato que Leonor temió haber sido imprudente al pronunciar esas palabras. Lo cierto era que el conde-duque nunca había mostrado interés por hacer desaparecer a sus enemigos por métodos que no fueran su propio crédito político, pero, si estaba tan preocupado como parecía..., esos servicios especiales valían un buen dinero.

Por fin, Gaspar alzó la cabeza y miró a Leonor.

—No. Nunca he recurrido a esas tácticas y no voy a comenzar ahora. Además, esa mujer no me ha hecho nada, al menos todavía. Eso sin contar con que mi esposa no me lo perdonaría jamás. No, dejémoslo así por el momento.

Lanzó unas monedas sobre la mesa y se levantó. Leonor hizo una reverencia y se volvió a sentar cuando Gaspar desapareció por la puerta. Esperó unos minutos, sacó un pliego, pluma y tinta y escribió unas líneas. Después se asomó a la puerta de la calle. En la acera de enfrente había unos niños jugando. Cuando uno de ellos vio a la bruja, se acercó corriendo. Ella le tendió el pliego.

—Ya sabes lo que tienes que hacer.

El niño asintió con la cabeza y echó a correr calle abajo.

Pocos meses después, en diciembre de ese año, la pequeña María Ana Antonia de Austria dejó este mundo.

El reino entero lloró su muerte, pero sobre todo lloró la pena de la reina. Isabel tenía el corazón destrozado. De sus siete partos, solo un hijo sobrevivía. Ella intentaba mantenerse entera, pero no podía parar de llorar. No era el estado de ánimo adecuado para una mujer que debía ser reina antes que madre.

—¿No consigue sobreponerse? —preguntó Juana a María, sobrecogida.

Acababa de empezar el año 1637 y las calles de Madrid estaban heladas. Las dos mujeres bebían chocolate caliente y comían bizcochos y tostadas de pan candeal espolvoreado con azúcar en la salita de los conde-duques, donde habían dado permiso expreso a María para que recibiera a Juana siempre que quisiera, cuando ellos no estaban. Francisca las acompañaba, como era habitual desde que se había convertido en una mujer casada. Estaba embarazada; le faltaba poco para dar a luz y, por algún extraño motivo, podía beber litros de chocolate sin saciarse.

María negó con la cabeza.

—No. Pero es que tiene que ser muy duro.

—Perder a un hijo, a dos, es algo que por desgracia puede suceder. Todas las mujeres lo sabemos y lo asumimos —dijo Juana, que recordaba a menudo a su pequeña Ignacia, que murió tan pronto—. Pero perderlos a todos, que solo haya logrado salir adelante uno de tus vástagos... No imagino la desolación.

—Pobre mujer —dijo Francisca—. Y encima ha de vivir su dolor delante de todo el mundo, sin poder llorar a gusto.

—Está muy cansada ya, Dios la ayude —dijo María—. Y luego está el asunto ese de los maleficios.

Juana abrió mucho los ojos.

—¿Otra vez?

—Eso se rumorea por los patios del Alcázar —afirmó María—. El mismo saquito de siempre. Los reyes están muy preocupados y el heredero va cubierto de amuletos y protecciones de arriba abajo.

—¿Pero otra vez lo llevaba prendido en el vestido? —preguntó Juana, incrédula.

María negó.

—Uno de los guardias me dijo el otro día que esta vez por poco no lo ven. Estaba pegado a la parte de abajo de la cuna, y si no llega a ser porque la reina, en su dolor, ordenó quemar también la cunita, no lo hubieran encontrado nunca.

—¡Ay, qué lástima! ¿Ordenó quemar la cuna? —preguntó Francisca.

—Así parece que fue. Inés intentó hacerla desistir. Al fin y al cabo, era la cuna de los Austrias desde hacía mucho tiempo. Pero ella insistió, y eso que Luisa coincidía con mi prima y entre las dos trataron de convencerla para que lo dejara estar.

Juana se llevó las manos a la boca.

—Imagino su estupor cuando vieron lo que había debajo.

—¡Desde luego! —coincidió María—. Según me contaron, se quedaron las tres asombradas y muy alarmadas. Al final, la cuna se quemó, tal y como la reina quería. Las investigaciones siguen, pero no sacan nada en claro.

—Deberían averiguar de una vez quién quiere hacer daño a esos pobres niños —dijo Juana, pensativa—. Parece que hoy en día todo el mundo tiene acceso a nigromantes y hechiceras. ¡Qué miedo! Espero que pronto encuentren al responsable.

—Y si no, nos tendremos que poner nosotras a ello —dijo María de broma.

Sin embargo, Juana la miró como si hubiera tenido una idea estupenda.

—Pues no es ninguna tontería. Mira dónde estamos. —Paseó la mirada por el suntuoso salón de los conde-duques—. Tenemos más posibilidades que muchos otros de investigar.

Francisca se rio como si la ocurrencia de su madre fuera de lo más peregrina.

—Necesito ir al retrete —dijo, echándose la mano a su tripa abultada.

Se dirigió hacia una puerta pequeña, casi camuflada al lado de un tapiz, dando por hecho que ahí estaría la letrina, como ocurría en su casa. Sin embargo, se encontró una puerta cerrada con llave.

María, que se había levantado para echar un tronco en la chimenea, se giró y se rio al ver a la joven forcejeando con la puerta.

—¡No, Francisca! Tienes que salir. Los privados están al doblar la esquina.

—Perdón —dijo la joven, avergonzada—, no quería importunar.

—No pasa nada —dijo María.

De repente se puso muy seria y, cuando Francisca estaba a punto de abandonar la estancia, añadió:

—Cuando termines, pasa por las cocinas y trae más chocolate, por favor.

Francisca se marchó y María volvió a sentarse frente a su amiga, que la miraba extrañada.

—Aún queda chocolate en la jarra, ¿por qué la mandas a las cocinas?

María tomó aire, lo soltó y miró a Juana.

—Se me ha ocurrido algo terrible, algo que... —Negó con la cabeza, conmocionada—. No, no es posible. No me hagas caso.

Juana se inclinó hacia delante y la cogió de las manos para darle ánimos.

—¿Qué ocurre? Cuéntamelo, no te lo guardes para ti.

María retiró las manos y agachó la mirada. Se levantó y comenzó a pasearse por la estancia, nerviosa. Intentaba desechar la idea que le había venido a la mente y que, una vez ahí, se negaba a marcharse. ¿Qué había en ese cuarto cuya puerta Francisca no había podido abrir? Ella no lo sabía. Nunca hacía preguntas y jamás había visto esa puerta abierta. La llave la llevaba su prima siempre encima, a buen recaudo. ¿Y si...? Volvió a negar con la cabeza, incrédula. No, era imposible. Su prima era la mujer más noble, leal y piadosa, no podía...

—¡María, por la santa madre de Dios! ¿Qué te pasa?

María tragó saliva. De pronto sintió náuseas y respiró hondo. Se frotó la palma de las manos en la tela de la falda y se sentó de nuevo, con el corazón golpeándole el pecho.

—Juana —dijo en voz muy baja, sin levantar la vista de su regazo—. Dime una cosa, ¿quién tiene acceso al príncipe y las infantas? ¿Quién sabe todo lo que acontece en palacio?

—Bueno, hay pocas personas que tengan esos niveles de confianza, desde luego.

Entonces cayó en la cuenta de lo que María estaba sugiriendo y la miró con la boca abierta.

—Espera. No estarás hablando de tu prima, ¿verdad?

María parpadeó, incómoda, pero siguió hablando:

—Es la tutora de Baltasar Carlos y se entera de todo lo que pasa. No puedo creerlo, no tiene sentido. Pero ¿qué hay en ese cuarto secreto? ¿Y si guarda ahí sus brujerías?

Juana negó con la cabeza.

—Tu prima adora a esos niños. Tú misma lo has dicho en multitud de ocasiones. ¡Nunca les haría daño!

María cerró los ojos, mortificada, mientras el rubor se extendía por su rostro.

—Tienes razón, ¿en qué estaba pensando? Soy la peor mujer del mundo al dudar así de quien me ha acogido y dado tanto. Mi prima nunca sería capaz de algo tan horrible.

Juana intentó quitarle hierro al asunto, aunque sentía la semilla de la duda germinando en su mente.

—Además, el conde-duque nunca lo hubiera permitido. Y él tiene que saber qué hay en esa habitación, ¿no es así?

—¿Él? —María negó con la cabeza—. ¡Qué va! Lo preguntó una vez delante de mí. Inés le dijo que eran cosas de mujeres y no volvió a insistir.

Las dos se miraron, incapaces de verbalizar lo que pensaban. María fue la primera en retirar la mirada.

—No —negó de nuevo—. No puede ser. Mi prima no merece que piense así de ella. No sé de dónde ha surgido la idea, pero tenemos que olvidarla.

Se oyeron pasos en el pasillo.

—Solo hay una forma de solucionar esto —dijo Juana en un susurro, muy rápido—. Veamos qué hay en ese cuarto y salgamos de dudas.

No dio tiempo a que María contestara.

—¡Aquí traigo el chocolate! —exclamó Francisca con una jarra humeante en las manos.

46

María no durmió en toda la noche, debatiéndose entre la lealtad a su prima y su deber hacia Sus Majestades. Repasó todos los motivos por los que era absurdo dudar de Inés. Sin embargo, no se podía negar que era la única que había tenido la oportunidad: Luisa había estado años fuera de la corte y las nodrizas habían ido cambiando. Pero, aun así...

A la mañana siguiente, con la cara más pálida de lo habitual y unas enormes ojeras oscuras, acudió temprano a las habitaciones de Inés para ayudarla a arreglarse. Esa era una tarea que le correspondía a la doncella, pero Inés sabía que María se sentía sola y sin nada que hacer desde que ella pasaba casi el día por completo con la reina y el príncipe, así que le había pedido que la asistiera en el momento de vestirse y peinarse, a primera hora, y también en el de prepararse para dormir. De esa forma, María sentía que hacía algo por ganarse el sustento e Inés disfrutaba un poco de la conversación de su prima.

—¿Te encuentras mal? —le preguntó en cuanto la vio—. No tienes buena cara y te tiemblan las manos.

María trató de sonreír, aunque las náuseas no la abandonaban.

—Estoy bien, descuida. Es solo que esta noche no he dormido bien.

Sabía que Inés escondía la llave del cuarto secreto en un bolsillo interior del corpiño, porque había visto cómo se la guardaba en un par de ocasiones. Así que, cuando la ayudó a ponérselo, con dedos hábiles retiró la llave y se la metió en el escote antes de seguir vistiendo a su prima.

Se sintió fatal, una traidora a la confianza que había depositado en ella, una ingrata por despreciar su generosidad y sospechar de su integridad, pero Juana tenía razón. Era la única forma de salir de dudas.

María estaba convencida de que Inés nunca haría daño a esos niños. Era tan generosa, tan buena… No, esperaría a Juana, abrirían esa puerta, verían que era un cuarto normal y las sospechas que tan injustamente habían concebido se disiparían en el aire. Tragó saliva para deshacer el nudo de angustia que le apretaba la garganta.

Juana apareció a la hora acordada. Llamó a la puerta y María abrió. Cerró en cuanto estuvo dentro. Se dirigieron a la puerta del cuarto y se miraron. María tenía los ojos muy abiertos y los cercos que los rodeaban se veían más oscuros.

—¿Estás bien? —preguntó Juana.

María negó con la cabeza.

—Acabemos con esto. Quiero demostrar la inocencia de mi prima y respirar tranquila de una vez.

Sabían que Inés estaría la mayor parte del día con la reina y con el heredero, y que Gaspar se encontraba con el rey en esos momentos, pero no podían evitar sentirse como unas ladronas, entrando a escondidas en un cuarto privado con una llave robada.

La llave dio dos vueltas y la puerta se abrió. La habitación se encontraba a oscuras, puesto que no había ninguna ventana que dejara entrar la luz. Olía extraño, un olor que Juana no supo identificar y que María reconoció como el aroma que a veces acompañaba a Inés. Parpadearon y la luz que se colaba por la puerta abierta les permitió ver sombras.

Las dos se miraron, mudas. Entonces María fue en busca de un hachón para iluminar la estancia. Era un cuarto pequeño, poco más que un armario, con las paredes desnudas excepto por una estantería. En un rincón había una mesa. En la estantería había cajas de distintos tamaños. Del techo colgaban ramilletes de hierbas secándose.

Ni Juana ni María podían articular palabra: lo que estaban viendo era ni más ni menos que el cuarto de una bruja. María cogió una de las cajas de un estante, con las manos temblorosas, y la abrió. Dentro había huesecillos de distintos tamaños, dientes y tabas. En otra de las cajas, hojas secas atadas en ramilletes.

En la mesa, aunque ordenada y limpia, había utensilios como cuchillos y pinzas. Las dos volvieron a mirarse. Se oyó un ruido seco en la sala de fuera. Se sobresaltaron y se les escapó un grito. Se taparon la boca con las manos y se miraron de nuevo, aterradas de que alguien las encontrara en un sitio tan comprometido.

Cuando sus corazones recuperaron la normalidad, María se asomó. No había nadie, pero un libro había caído desde la mesa camilla. Salieron del cuarto y cerraron con llave. Juana miró el volumen antes de recogerlo del suelo.

—Lo habré dejado mal colocado al coger la vela y se ha caído —explicó María.

—Y ahora ¿qué? —dijo Juana, mirando a su amiga.

María negó con la cabeza.

—No puedo creerlo, Juana. De verdad que no. Inés es la persona más devota, generosa y buena que conozco. Ha sufrido por esos niños casi tanto como su propia madre, yo lo he visto.

—Pero también has visto lo que hay ahí dentro.

María asintió y tragó saliva.

—Sí, pero estoy segura de que hay una explicación.

Juana se llevó la mano a la frente.

—No puedo pensar ahora mismo —dijo—. Vamos a hacer una cosa. Esa llave debe volver a su dueña, ¿podrás hacerlo sin que se dé cuenta? Si no, es tan fácil como tirarla en la alfombra donde se viste, para que parezca que se cayó allí esta mañana.

—Me las apañaré —dijo María con voz ahogada.

Juana se acercó a ella y le tomó las manos. La miró a los ojos.

—Sé lo mal que te sientes haciendo esto con quien te dio

cobijo y un futuro, María. Pero si es ella quien está hechizando a los hijos de los reyes, hay que hacer algo.

María le devolvió una mirada vidriosa por las lágrimas sin derramar.

—Lo sé. Pero mi corazón se niega a creerlo. Sé que hay alguna explicación, lo que no sé es cómo encontrarla. Dame tiempo, deja que investigue más.

—Está bien. —Juana sonrió e intentó transmitirle su fuerza—. Te ayudaré. Pero ahora me voy a marchar, hoy comemos todos juntos y no puedo faltar.

Juana llegó a casa y trató de aparentar que no pasaba nada. Su hija, que la conocía muy bien, indagó, pero ella disimuló como pudo. Cuando Diego y Juan Bautista se sentaron a la mesa, Juana preguntó:

—¿Juanito no ha venido?

Diego movió la cabeza de un lado a otro.

—No, ha dicho que prefería quedarse por allí.

Juana frunció el ceño.

—Qué raro.

Diego se encogió de hombros.

—Él sabrá. Hoy me quedaré trabajando en el taller de casa y no voy a necesitarlo. Tampoco a ti, Juan Bautista —le dijo a su yerno—, así que puedes pasar la tarde con Francisca, si lo deseas. Hay una nueva obra en el corral de comedias que dicen que es muy divertida.

Juana estuvo muy inquieta toda la tarde. Caminaba de un lado a otro y se estrujaba las manos en un estado de nervios fuera de lo normal. ¿Tendría razón María? ¿Habría alguna explicación para que todo lo que habían visto y averiguado no significara que Inés practicaba la magia negra y trataba de dañar a los hijos de los reyes? ¿O la explicación más simple era la correcta y sus temores eran ciertos?

Y si esperaban a que María indagara sobre ello, ¿podía el

heredero correr peligro? Al final no lo soportó más y acudió al taller. Diego sabría darle una visión global, era bueno usando la lógica y no dejándose llevar por las emociones.

Cuando Diego la vio aparecer, supo que se trataba de algo importante. La cara de Juana, como si hubiera visto un fantasma, y su lenguaje corporal gritaban preocupación a los cuatro vientos. Dejó los pinceles y se dirigió a la mesa, junto a la que esperaban dos sillas.

—Cuéntame.

Juana se lo quedó mirando.

—¿Tan evidente es?

Diego asintió.

—Para mí, sí. ¿Qué te preocupa?

Ella respiró hondo y comenzó a hablar:

—María y yo hemos hecho algo, Diego. No sé si está bien y tampoco sé cómo proceder ahora mismo.

Juana le contó a su esposo sus sospechas, sus descubrimientos, cómo se sentía María respecto a su prima y también ella misma, pues al fin y al cabo el conde-duque había sido siempre muy generoso con ellos y no quería traicionar su confianza.

Diego escuchó sin interrumpir, aunque su cara estaba pálida y sus ojos transmitían incredulidad y estupor por lo que habían descubierto. Cuando Juana terminó, se quedaron en silencio.

—Bueno —dijo Diego al cabo. La voz se le quebró y tuvo que carraspear—. Esto es, desde luego, un asunto muy delicado. El conde-duque se sentirá muy dolido si denunciamos a su esposa, pero, por otro lado, ¿no es nuestro mayor deber proteger al rey? Y él siempre me ha mostrado su amistad y un gran afecto.

—Siento haberte metido en esto —dijo Juana con un hilo de voz—, pero es que no sé qué debo hacer. Me siento dividida, incapaz de tomar una decisión.

De nuevo se hizo un silencio entre los dos que acabó por romper Diego.

—Vamos a esperar un par de días, a ver si María consigue

averiguar algo más. Al fin y al cabo, le corresponde a ella dar el paso. Y si no es así, si no consigue exculparla y no se atreve a hablar, hablaré yo con el conde-duque; le diré que tenéis algo que contarle y se lo expondremos a él. Gaspar sabrá cómo actuar.

Juana asintió.

—Me parece una buena idea.

Al día siguiente, Juana y María no se vieron. Diego regresó del Alcázar muy serio y se llevó a Juana a una habitación donde hablar sin que nadie, ni siquiera un sirviente despistado, pudiera escucharlos.

—Ha ocurrido algo en palacio —dijo.

Juana se acercó a él.

—Cuéntame —suplicó con impaciencia.

—Ya sabes que el confesor de la reina es un declarado enemigo del conde-duque de Olivares.

Juana asintió.

—Y muy amigo del duque de Híjar, que también es contrario a Gaspar.

—Su peor enemigo, diría yo. No sé la de veces que le he oído despotricar contra él en mi presencia. Pero a lo que vamos… El confesor le comentó a la reina que muy pocas personas tienen acceso a sus hijos: la condesa-duquesa de Olivares, como su aya y tutora, Luisa Enríquez, porque a veces la sustituye en esos menesteres, las nodrizas y los criados que se ocupan de sus necesidades.

Juana asintió.

—Sí, eso es cierto.

—Por lo visto el confesor quería exponer el nombre de Inés ante la reina, supongo que con idea de desprestigiar a Gaspar, pero no le ha salido bien la jugada.

Juana escuchaba las palabras de Diego como si le fuera la vida en ello.

—¿Y qué ha ocurrido?

—Las sospechas se centraron en los sirvientes —siguió Diego, que se atusó el bigote—. Y han descubierto que una de las nodrizas, al parecer, es prima hermana de aquella a la que detuvieron tras la muerte de una de las infantas.

Juana se llevó las manos a la boca.

—¡Pero es inocente! ¿Qué le van a hacer?

—A su prima la metieron en prisión mientras la Inquisición investigaba, pero murió a los pocos días de unas fiebres fulminantes. Supongo que se encargarán de que esta sobreviva para saber si practica la magia negra y que reciba un castigo ejemplar, si es así.

—En ese caso, ¡una inocente pagaría por un crimen que no ha cometido!

Juana comenzó a hiperventilar y se paseó por la habitación hasta que su respiración se normalizó.

—No podemos quedarnos de brazos cruzados, Diego.

Él asintió.

—Está bien. Mañana por la mañana hablaré con Gaspar.

—No —dijo Juana—. Deja que hable primero con María, por favor. Ella ha sido quien la ha descubierto, debería estar de acuerdo en delatarla.

A la mañana siguiente, antes de que Diego saliera hacia el Alcázar, un sirviente llamó a la puerta de su casa y entregó una nota dirigida a Juana.

Querida Juana:

Ayer por la tarde ocurrió algo terrible. Por favor, te suplico que vengas lo antes que puedas, necesitamos hablar.

MARÍA

Juana levantó la vista y miró a Diego.

—Espera un momento, voy contigo.

47

—Inés, no puedo creer lo que estáis diciendo.

La reina miró a su camarera mayor como si fuera una desconocida. El rey abrió la boca como si fuera a llamar a los guardias en ese preciso momento y Gaspar se adelantó.

—Inés, pero ¿qué tonterías estás diciendo? ¿Cómo vas a ser tú la que colocaba esos hechizos?

Inés negó con la cabeza. Estaba de pie frente a los monarcas, vestida con sencillez, con las manos unidas por delante y la cabeza gacha.

—Nunca he pretendido hacer daño a vuestros hijos. Al contrario, solo quería protegerlos. —Levantó la vista y sus ojos relampaguearon al mirar primero al rey, luego a la reina y, por último, a su marido—. Estaba convencida, y aún lo estoy, de que vuestra descendencia es objeto de algún tipo de magia negra, y eso no era más que un escudo protector.

—Pero no lo entiendo. —Felipe no daba crédito. Siempre había tenido en gran estima a aquella mujer, confiaba en ella y creía que sus hijos estaban en buenas manos a su cuidado—. ¿Protegerlos con un conjuro que parece una maldición?

—¿Y de dónde has sacado tú esos hechizos? —preguntó Gaspar, que estaba tan atónito que no reparó en que acababa de interrumpir al rey.

Inés suspiró antes de hablar.

—Soy consciente de lo poco apropiado que es para alguien de mi posición estar versada en estas materias, pero quería proteger a esos bebés de la manera que fuese. Nadie me dio los amuletos, los creé yo misma.

Una exclamación ahogada de Isabel, una mirada atónita del rey y la evidente incredulidad de su esposo la hicieron continuar con prontitud.

—De todos es sabido que mi padre fue virrey de México gracias a la generosidad de Su Majestad —dijo, y abrió las manos para que todos vieran que no tenía nada que ocultar. Su espalda erguida, los hombros derechos y la mirada un poco baja mostraban, a la vez, humildad y un férreo orgullo—. Más tarde fue nombrado virrey de Perú, pero, para entonces, yo ya estaba más crecida.

—Así es, Inés, pero ¿qué tiene que ver con lo que nos ocupa? —preguntó Gaspar, que no sabía a dónde mirar ni qué pensar.

—Mi madre, mis hermanos y yo nos quedamos en España. Mi padre pensó que era lo mejor para nosotros, y supongo que tenía razón. Mi madre, desde luego, quedó aliviada al saber que no tenía que empaquetar toda su vida y marcharse a un mundo nuevo lleno de misterios y peligros. Disculpad, me estoy desviando —dijo—. El caso es que mi padre, cuando estaba en México, hizo venir un aya azteca desde Veracruz para que me criara aquí, en Madrid. Aquello era muy exótico y confieso que yo estaba encantada con Beatriz, que es como la llamamos, pero cuyo nombre real era Tonanzin, que significa «madrecita» en su idioma.

La reina frunció el ceño. No entendía a dónde quería llegar su camarera mayor, aunque le dio un voto de confianza y esperó. Inés se dio cuenta y agradeció el detalle con una inclinación de cabeza.

—Beatriz me crio con amor y cuidado, pero también hizo algo más. Ella era una mujer sabia en su pueblo y me enseñó muchas cosas sobre sanación azteca, las hierbas y sus usos, y también cómo protegerme, a mí y a los míos.

—¿Te crio una bruja azteca? —preguntó el rey, que no salía de su asombro.

Inés sonrió.

—No era una bruja a ojos de su pueblo, sino una mujer temerosa de Dios. El caso es que lo que aprendí con ella se quedó conmigo y, cuando el Señor la reclamó a su lado, puse en práctica sus enseñanzas. Sabéis que amo a Dios con todas mis fuerzas —dijo, porque vio en el rostro de sus interlocutores que estaban pensando cosas horribles—. Mi fe nunca ha flaqueado. Pero no creo que Dios esté en contra de amuletos que invoquen la protección de los santos y alejen las malas energías. ¡El propio Baltasar Carlos va cubierto de arriba abajo con ellos!

—¡Pues claro! —exclamó la reina, muy pálida—. Todos mis hijos mueren, debemos proteger al heredero.

Inés asintió.

—Así es, majestad. Mis amuletos tienen la misma finalidad. Toda ayuda es poca.

Felipe habló en voz baja, como si estuviera controlando sus sentimientos o, tal vez, como si no quisiera precipitarse.

—Inés —dijo—, sabe Dios que quiero creeros. En todos estos años de servicio nunca he visto un gesto, una mirada que me demostrara que queréis algo diferente al bien para mí y los míos. Pero entenderéis que lo que contáis es muy extraño. Decidme: ¿por qué debería aceptar vuestra palabra?

Ella agachó de nuevo la cabeza en una media inclinación.

—Soy consciente de lo extraño que suena todo esto, majestad. Soy vuestra más humilde servidora y, si decidís castigarme, aceptaré la pena de buen grado. Pero mirad. —Inés se giró para no ser indecorosa y buscó dentro de su corsé. Sacó algo de su escote y volvió a quedar frente a Sus Majestades y su marido. En la mano sostenía un saquito igual a los hallados en los bebés reales—. Yo también llevo uno.

—¿Cómo sabemos que es el mismo? —preguntó la reina, a la defensiva.

Inés abrió el amuleto.

—Porque contiene lo mismo —dijo mostrando el interior.

Todos se acercaron y observaron con detenimiento. Era

cierto: plumas, cabellos, huesecillos y otros elementos se mezclaban con algunas hierbas secas. Los reyes se miraron entre sí. Gaspar no dijo ni una palabra. Él llevaba un relicario de protección que le había dado su mujer hacía años, pero su aspecto era muy diferente y nunca había mirado en su interior, como tampoco se había preguntado de dónde lo había sacado: confiaba en ella y no se separaba de él. Lo que jamás hubiera imaginado es que lo había fabricado ella con sus propias manos.

Los reyes dieron unos pasos atrás.

—Os creo —dijo Felipe—. No recibiréis castigo alguno, puesto que lo hicisteis con vuestra mejor voluntad. Pero debo prohibiros que sigáis con estas... ocupaciones. No son propias de una noble.

—¿Por qué no dijisteis nada, sabiendo lo preocupados que estábamos? —preguntó la reina con la cabeza ladeada.

—Lo lamento muchísimo, majestad —dijo Inés, que volvió a hacer una reverencia con las manos unidas a la altura del corazón—. Me faltó el valor. Esto es tan inapropiado para alguien como yo... y el conde-duque tiene tantos enemigos que pensé que, si esto trascendía, lo podrían utilizar en su contra, porque al desprestigiarme yo lo perjudicaba a él. Así que me decía que la siguiente vez lo haría mejor, que nadie me descubriría, pero no ha sido así.

—Y cuando aquella nodriza fue castigada, ¿tampoco pensasteis en decir nada? —insistió la reina.

Inés se puso muy seria y sus ojos mostraron una profunda tristeza.

—Siempre llevaré esa carga conmigo. Fui cobarde y, cuando reuní fuerzas y decidí confesar antes de que a esa pobre mujer la interrogara la Inquisición, ella ya estaba enferma. Murió enseguida. Dos días bastaron para que el Señor se la llevara, y ahora yo tengo que vivir con esa culpa. Por eso esta vez no he esperado. Era el momento de contar la verdad.

—¿Vos no sabíais nada de esto? —le preguntó Felipe a Gaspar.

Él negó con la cabeza.

—No, majestad. Sabía que tenía cierta habilidad con las hierbas, algo poco apropiado para una aristócrata, pero inofensivo por lo demás. Pero nada sabía de ayas aztecas, amuletos ni ninguna otra cosa.

Sus Majestades reflexionaron.

—Nadie se enterará de esto —dijo el rey al cabo—. Pero no sigáis con estas actividades.

—Confío en vos —dijo Isabel—. Mi corazón me dice que siempre habéis querido lo mejor para mí y para mi familia. Continuad cuidando de Baltasar como hasta ahora y rezad por él y por nuestros futuros hijos —dijo—. Es cierto que toda ayuda es poca, aunque me incomoda el origen pagano de esos amuletos. Mi esposo el rey ha sido justo. Dejad esas actividades y esto quedará así.

Los conde-duques de Olivares se deshicieron en agradecimientos y se despidieron.

Cuando llegaron a sus habitaciones, se mantuvieron en silencio mientras María asistía a Inés y luego, cuando ella se marchó, discutieron por primera vez en mucho tiempo.

—Pero ¡¿cómo se te ocurre?! —gritó Gaspar llevándose las manos a la cabeza—. ¿Eres consciente del peligro en el que nos has puesto?

Inés se levantó de su tocador y se quedó de pie frente a él. Lo miró a los ojos sin perder la calma.

—Soy muy consciente, esposo mío —dijo con serenidad—. Pero también soy consciente de que durante años has llevado mis protecciones y aceptado mis tisanas y hierbas. ¿Creías que no intentaría ayudar a una madre que ve cómo todos sus hijos mueren, uno tras otro, sin poder hacer nada para evitarlo? Tenía la opción de ayudar y fue lo que hice.

Gaspar se calmó un poco al ver a su esposa tan tranquila.

—Ha sido irresponsable por tu parte —insistió.

—Tal vez, pero déjame decirte algo: no creo que esto haya acabado. Creo que alguien quiere el mal para esos pobres niños y, aunque ya no me dejen protegerlos a mi manera, seguiré defendiendo al heredero y los infantes que estén por venir mientras me quede un aliento de vida. Y hay otra cosa que aún me preocupa más, Dios me perdone.

Gaspar frunció el ceño. Le había enfurecido quedar como un idiota ante el rey al no saber nada de las actividades de su esposa, pero ¿cómo iba a estar al corriente? Era lógico que las hubiera mantenido en secreto. Y, más allá de todo eso, seguía confiando en su capacidad para conocer ciertas cosas y para protegerlo de todo mal. No en vano había sido su trabajo conjunto el que los había elevado a la posición que ostentaban en ese momento. Decidió perdonar aquel incómodo secreto y seguir como hasta entonces.

—¿Qué te inquieta? —preguntó.

—Creo que hay una conjura en tu contra —dijo Inés—. No es algo que nos llegue por sorpresa; no hay más que leer los pasquines que se publican de forma anónima.

Gaspar asintió, sin desfruncir el ceño.

—Alguien de mi posición siempre va a tener enemigos.

—Sin duda —asintió ella—, pero me temo que esto va más allá de tratar de manchar tu buen nombre.

Inés se dirigió a su gabinete y abrió un cofre, del que sacó una figurita que mostró a su marido. Cuando este la vio de cerca, la sangre huyó de su rostro.

—¿Qué es esto? —preguntó.

Inés se sentó en un sillón, con la figura entre las manos. Suspiró.

—La encontró Juana Pacheco en aquella maceta —señaló el arbolito de interior—, un día que vino a visitar a María. Tú te habías ausentado. Estabas de camino a Málaga, para ver si ese estafador que te habló de magia negra contra ti decía la verdad. Él resultó ser un charlatán, pero es cierto que hay alguien que te quiere mal, y está muy cerca.

Gaspar se sentó también y se sujetó la frente.

—¿Por qué no me lo contaste?

Inés hizo un esclarecedor gesto con la mano, señalando su porte derrotado.

—¿No es evidente? Tienes muchas virtudes, esposo mío, pero la indiferencia a la magia no es una de ellas. De haber sabido esto, te hubieras hundido, como estás a punto de hacer ahora. No temas —añadió—, puedo neutralizar un conjuro tan básico como este con los ojos cerrados.

Gaspar levantó la cabeza.

—¿Has acabado con la amenaza?

—Con esta sí —dijo ella—, pero cuántas más habrá por ahí que desconozco. Por eso es muy importante, esposo mío, que no te quites nunca el amuleto que te regalé, que no te fíes de nadie, y que estemos atentos para desenmascarar a quien alberga tantos deseos de librarse de ti que no duda en recurrir a la magia negra.

Gaspar inspiró hondo y cerró los ojos, con el rostro tenso.

—A veces me pregunto si todo esto merece la pena.

Inés se levantó y se acercó.

—Pues claro que la merece, amor mío. Somos las personas más poderosas del reino, solo por detrás de Sus Majestades. Es el precio que hay que pagar. Pero no hoy —dijo, y le dio un beso en la frente—. Siento mucho haberte avergonzado delante de los reyes, pero entenderás por qué debía callar.

Gaspar asintió, aún con los ojos cerrados, en silencio.

—Confía en mí como has hecho hasta ahora, querido. Juntos, podemos enfrentarnos a lo que sea.

Cuando llegaron al Alcázar, Diego se dirigió al taller con la promesa de no hablar con el conde-duque hasta saber qué había averiguado María. Juana se encaminó hacia la habitación de su amiga, pues imaginaba que se encontraría allí y no en los aposentos de los conde-duques de Olivares.

En efecto, María abrió la puerta, la hizo pasar, miró a los lados para asegurarse de que estaban solas y cerró tras de sí.

Estaba muy pálida y sus profundas ojeras violáceas mostraban que esa noche tampoco había conseguido dormir de la preocupación.

—No creerás lo que ha ocurrido —dijo—. Ha sido horrible.

—Si te refieres a la detención de la nodriza, sí que lo sé, Diego me lo ha contado. ¡Es terrible, tenemos que hacer algo!

María negó con la cabeza.

—No hace falta, Inés ha confesado.

Juana se sentó en la silla que había junto al escritorio.

—¿Qué? ¿Cómo ha sido?

María se sentó en la cama, frente a ella, y la miró a los ojos.

—Juana, yo no puedo saber qué ha ocurrido, ¿está claro?

Su amiga asintió.

—Todo esto lo sé porque escuché detrás de la puerta mientras mis primos conversaban —explicó—. Llegaron muy tarde y se comportaban de un modo extraño el uno con el otro. Después de desvestir y peinar a Inés, cuando ya iba a retirarme, comenzaron a hablar de forma airada. No debería haber escuchado, pero no pude evitarlo, necesitaba saber qué había pasado. Pero ellos no saben que yo lo sé, y tú tampoco deberías saberlo, así que esto no puede salir de aquí. ¿Lo comprendes?

Juana volvió a asentir.

—Lo comprendo. Cuéntame qué ha ocurrido.

María se levantó y se acercó a la ventana. Miró hacia los campos más allá del Alcázar y respiró varias veces antes de girarse hacia su amiga y comenzar a hablar:

—Ayer, después de que detuvieran a la nodriza, mi prima acudió a la reina y confesó haber sido ella quien puso esos saquitos en el entorno de los niños. Pero también añadió que su intención era protegerlos de todo mal, no hacerles daño.

Juana se llevó las manos a la cara.

—Fue muy valiente confesando. Pero ¿protegerlos? Si esas cosas llevaban dentro símbolos de magia negra, ¿no?

—El caso es que la reina convocó al rey y al conde-duque. Por lo que entendí, estuvieron solos los cuatro y hablaron en un despacho al que nadie tenía acceso. Entonces Inés repitió ante el rey y Gaspar lo que le había contado a la reina.

María desgranó la historia a la que había tenido acceso gracias a sus oídos indiscretos. Al acabar, miró a su amiga, que permanecía en silencio.

Cuando por fin reaccionó, Juana abrió la boca.

—Vaya. —Fue todo lo que alcanzó a decir.

María se sentó enfrente.

—Vaya —asintió.

Juana negó con la cabeza.

—Tu prima, ¿una bruja azteca? No puedo creerlo.

—Por lo que escuché, solo es una entendida. Siempre ha sido una ferviente católica, pero supongo que creía que esos amuletos paganos eran más potentes que los tradicionales.

—Pues no le han servido de mucho —comentó Juana, sin poder evitarlo.

María se encogió de hombros.

—Baltasar Carlos sigue vivo.

Antes de que Juana pudiera rebatirle ese punto, cambió de tema.

—El caso es que, aunque Inés no va a recibir castigo alguno, de la conversación que tuvieron ayer se puede deducir algo muy perturbador.

—La conjura contra el conde-duque, sí. ¿Cómo ha podido pasar desapercibida hasta ahora?

—Bueno, esa figurita que encontraste no auguraba nada bueno.

Juana asintió.

—Eso es evidente, pero de un ataque aislado a una conspiración hay muchos pasos. ¿Quién tendrá tanto empeño en perjudicar a Gaspar?

Las dos mujeres se miraron, pensando que se había resuelto un misterio, pero se había desvelado otro mucho mayor.

48

Madrid, 1638

Había pasado más de un año desde el escándalo de los amuletos y las cosas parecían ir bien para todos. Diego había sido nombrado ayuda de guardarropa antes de todo aquello, en 1636. Aunque sin ejercicio, suponía un reconocimiento más y subir otro peldaño en el escalafón de la corte, pues ya contaba con la vara de alguacil. Pocas semanas después del escándalo, Francisca dio a luz a un precioso niño, llamado Gaspar en honor a su protector, y solo un año después, hacía pocos meses, dieron la bienvenida a Inés Manuela. Sí, parecía que la vida transcurría en absoluta placidez.

Un día, Diego llegó del Alcázar con una noticia.

—Carducho ha muerto.

Lo dijo como quien comenta el tiempo que hace, sin mostrar lástima ni tampoco alegría. La mera información de que su más enconado enemigo, el único en verdad, se había retirado de la liza.

Juana estaba leyendo en compañía de Francisca y levantó la cabeza.

—¿Cómo dices?

—En fin —añadió Diego, como excusándose—, que el hombre tenía ya algunos años.

Juana suspiró.

—Diego, apenas pasaba de los sesenta. No era joven, pero tampoco un anciano decrépito. No parece que lo sientas demasiado.

Él resopló.

—No soy un hipócrita. No voy a decir que me alegre, pero para mí era un grano en el culo y tampoco voy a llorar su pérdida.

—¡Padre! —le recriminó Francisca.

El pintor volvió a resoplar.

—Disculpen las damas, si mi lenguaje os ha ofendido —dijo con sorna—, pero es lo que Vicente ha sido desde que lo conocí. Ahora viviré más tranquilo, eso no hay quien me lo niegue.

Juana cerró el libro y lo apoyó en su regazo.

—Está bien. ¿Cuándo es el funeral?

Diego se encogió de hombros.

—No lo sé, ni me importa. No pienso ir.

Juana se levantó y se situó delante de Diego.

—¡Ah, no! ¡Ni hablar! Pues claro que irás a su funeral. ¡Faltaría más! Es un miembro importante de la corte y acudirás al responso en señal de respeto y reconocimiento. Todos iremos a la misa por su alma: tú, yo y el resto de la familia. Nadie nos acusará de no habernos comportado con una templanza y una educación exquisitas.

—Está bien —suspiró Diego—, al menos me aseguraré de que lo entierran bien hondo y no puede volver al mundo de los vivos.

Juana mantuvo la cara de dignidad y aguantó la risa que pugnaba por escapar de sus labios.

El rey también acudió al responso, acompañado de la reina, que hacía un par de meses que había dado a luz a una niña, María Teresa, que parecía fuerte y sana, y ya había retomado sus obligaciones. Al fin y al cabo, Vincenzo Carduccio, su nombre italiano, había ejercido como pintor real desde los tiempos de su abuelo Felipe II y siempre fue un hombre admirado y respetado. El mundo entero lo consideró el mejor pintor de la corte española hasta que llegó Diego, aunque no fue capaz de aceptar que lo destronara alguien más dotado y talentoso que él y se dedicó a atacarlo.

Esa fue una gran pena para Su Majestad, porque siempre le había gustado visitar el taller de Carducho para verlo trabajar y apreciaba sus conversaciones con él. Sin embargo, fue espaciando sus visitas cuando esas charlas se llenaron de quejas y reproches velados sobre el supuesto trato de favor hacia el recién llegado Velázquez.

Así que frecuentó cada vez menos al italiano y más al sevillano, en parte por eso y en parte porque, en verdad, disfrutaba de la compañía de Diego y sentía una gran simpatía hacia ese hombre sencillo que había ido creciendo en la corte y había sabido labrarse su destino con un talento descomunal.

Admiraba la forma en que lo retrataba, sin concesiones, como si viera más allá de la dignidad real. También le agradaba percibir la ambición que se había despertado en él y la premiaba con pequeños cargos que le hacían ir subiendo peldaños en el muy complicado mundo de la etiqueta cortesana. Y aunque nunca tildaría de amistad una relación tan desigual, sí podía decir que le tenía un aprecio sincero.

Era un poco siniestro pensar en esas cosas, pero el rey no podía evitar sentir cierto alivio porque, una vez desaparecido Carducho, el ambiente en los talleres del palacio sería más cordial.

Fue un bonito funeral. Se cantaron las virtudes del fallecido, exageradas en opinión de Diego, y se rezó por su alma. «Tanta paz lleves como descanso dejas», pensó una vez finalizado el servicio.

Sus Majestades y el conde-duque regresaron al Alcázar tras el responso. Isabel se retiró, pues se sentía muy cansada. Felipe y Gaspar habían confirmado su asistencia a un pequeño convite, cortesía del duque del Infantado, un gentilhombre de cámara de Su Majestad que quería así mostrar su amistad al soberano.

El duque conocía bien las preferencias del rey y había invitado a no demasiada gente, solo algunos allegados con los que la buena conversación estuviera asegurada. Había, además, un cuarteto de música y «gentes de placer», como se conocía a los bufones y enanos que poblaban la corte desde tiempos inmemoriales. Con su presencia divertían a la familia real y tenían gran libertad para expresarse ante los reyes.

Magdalena, la famosa enana del abuelo del rey, hasta le regañaba cuando se pasaba un poco con la ingesta de vino. Felipe IV no tenía un claro favorito en esos momentos, entre otras cosas porque solía variar para que sus favores se repartieran de forma más equitativa.

El rey estaba relajado. Bebía un vino excelente, reía con contención ante las ocurrencias de los bufones e iba de conversación en conversación. Gaspar, conde-duque de Olivares, también estaba allí, por supuesto, y hasta él se mostraba tranquilo. Hablaba con Jerónimo de Villanueva, protonotario de Aragón y un buen amigo, cuando Felipe se acercó a ellos.

—¡Jerónimo, dichosos los ojos! Cuánto me alegra veros, y qué difícil es disfrutar de vuestra compañía en estos tiempos.

El interpelado hizo una profunda reverencia. Al incorporarse, su cara mostró una ancha y cálida sonrisa.

—El placer es mutuo, majestad. Mis ocupaciones me retienen a menudo en Aragón, pero ya sabéis que intento escaparme a la capital siempre que puedo.

El rey asintió.

—Decidme, ¿qué nuevas tenéis?

Jerónimo rio entre dientes.

—Pues justo le estaba comentando al conde-duque un descubrimiento que hice anoche y que seguro que interesa a vuestra majestad.

—¿A qué esperáis? —El rey sonrió y se acercó aún más—. Soy todo oídos.

—Bien, como ya sabéis, soy patrón y valedor del monasterio de San Plácido, aquí en Madrid.

Sus contertulios asintieron en silencio.

—Vuestra majestad y vuestra excelencia conocen el trance por el que hemos pasado durante estos años, desde la acusación de posesión diabólica que nos puso en el punto de mira de la Inquisición.

—Poco pude hacer al respecto —dijo el rey con un suspiro—, un monarca terrenal no es escuchado en un tribunal bajo jurisdicción del Altísimo. Huelga decir que expresé mi descontento acerca de las acusaciones directas a vuestra persona.

—Y os lo agradeceré eternamente, majestad. Sin duda, vuestra enérgica protesta ayudó a que la acusación contra mí quedara en suspenso y yo, en libertad. Sin embargo, no todos corrieron la misma suerte.

—Por fortuna —terció el valido—, logramos que se revisara la condena a la superiora y al resto de las monjas.

Jerónimo asintió y sus ojos se humedecieron, tal vez por el recuerdo de las preocupaciones padecidas.

—Vuestro secretario nos ha procurado una ayuda inestimable, excelencia. Así es, al fin hemos conseguido limpiar el nombre de las religiosas de San Plácido y estas han podido regresar al convento. Tengo proyectada la construcción de una iglesia en el monasterio, con la venia de vuestra majestad, para conmemorar el feliz acontecimiento.

El rey asintió.

—Por supuesto, me parece una idea excelente.

El protonotario se dio cuenta de la impaciencia del rey y siguió hablando:

—El caso es que mi casa, como sin duda sabéis, está separada del convento por una tapia. Estando pues al lado y siendo tan cercano a esa comunidad, me acerqué a visitar a la priora y ver cómo se había retomado la vida allí. Y entonces, cuando paseaba por los jardines en compañía de sor Teresa, pasó frente a mí un ángel.

—¿Un ángel? —preguntó Felipe, que frunció el ceño.

Gaspar, sin embargo, enseguida supo por dónde iban los tiros.

Jerónimo sonrió.

—¡Ya lo creo! Un ángel encarnado, majestad. La mujer más bella que han visto mis ojos, puedo dar fe de eso.

—¿Una monja? —preguntó el conde-duque.

—Sí, lo sé —dijo el protonotario—. Las religiosas están casadas con Dios, pero es que, de verdad os lo digo, es una criatura exquisita. Nuestros ojos solo se cruzaron un instante, suficiente para deslumbrarme con su brillo, y después agachó la cabeza y cruzó por nuestro lado sin apartar la vista del suelo.

—¿Y sabéis cómo se llama esa criatura celestial? —preguntó el rey.

Gaspar supo que esa historia había llamado la atención de Felipe y había despertado su instinto de cazador. Jerónimo volvió a asentir, encantado de haber sido él quien descubriera ese tesoro al monarca.

—Margarita de la Cruz, majestad. No pude evitar preguntárselo a la priora. Aunque debo decir que mi curiosidad no fue de su agrado —dijo entre risas.

Al día siguiente, durante el desayuno, el rey comunicó al conde-duque su intención de colarse en el convento de San Plácido para ver con sus propios ojos si la belleza de aquella monja era tal y como afirmaba Jerónimo de Villanueva. Gaspar tenía sus reservas acerca de hacer una incursión en un lugar sagrado, pero calló y asintió.

Al anochecer, acudieron a casa del protonotario, que les recibió, les dio un vaso de vino y, poco después, los condujo hasta la puerta trasera de su vivienda. Allí vieron el muro divisorio. Era menos imponente de lo que Gaspar esperaba. No sería difícil saltarlo, y menos con ayuda de las barricas y las cajas de madera que Jerónimo había apilado para formar una especie de escalera.

El rey era un hombre todavía joven y ágil y no tuvo mayor problema. Su valido, sin embargo, sufrió bastante en aquella aventura y llegó al otro lado con la frente perlada de sudor y el resuello entrecortado.

—¡Vamos! —susurró con apremio Felipe—. Deben estar terminando de cenar y acudirán a rezar completas en breve.

Fueron al patio del claustro y se ocultaron, aprovechando la oscuridad, al amparo de unos setos. Pronto comenzaron a aparecer las monjas, que salían del refectorio y se dirigían a la capilla. Iban en grupos de dos y tres, pero hete ahí que en ese momento salió una joven solitaria. A la luz que derramaban los hachones colgados de las paredes, los dos intrusos observaron una belleza del todo divina. El perfil era clásico y perfecto, con una nariz recta y fina, piel la blanca y las mejillas sonrosadas.

Otra monja salió después que ella y la llamó:

—¡Hermana Margarita!

Con eso tuvieron la confirmación de que se trataba de la mujer que buscaban. Al girarse para esperar a su compañera, vieron su rostro al completo y Gaspar oyó cómo el rey daba un respingo y luego soltaba el aire despacio.

La belleza de Margarita sobrecogía y dejaba sin aliento, sin duda. Al observarla de frente, vieron unos labios llenos y rojos y unos ojos claros cuyas pupilas reflejaban la luz de la llama que tenía al lado. Cuando la otra monja llegó a su altura, las dos continuaron su camino hablando de Dios sabe qué.

Pronto aquel espacio quedó desierto de nuevo, salvo por las figuras encapuchadas y ocultas en el jardín.

—¡Debemos irnos, majestad! —dijo Gaspar, tomando el camino por el que habían venido—. No nos conviene que nos descubran aquí.

Pero el rey no se movía. Seguía mirando hacia el sitio donde habían visto a Margarita, aunque, por su expresión, más parecía que hubiese vislumbrado a la Virgen María.

—Señor, debemos darnos prisa —apremió el conde-duque.

Gaspar tocó con delicadeza el codo del rey y este sacudió la cabeza como si despertara de un sueño.

—¿La habéis visto, Gaspar?

—La he visto, majestad.

—¿No es, sin lugar a dudas, la criatura más hermosa de todas cuantas existen?

Gaspar respondió:

—Lo es, majestad. Nadie con ojos en la cara puede negar esa verdad.

—Pero es más que hermosa. —El rey seguía mirando embelesado la puerta por la que había desaparecido Margarita—. Es luminosa, como si la gracia de Dios la hiciera brillar desde dentro.

—Estoy de acuerdo —asintió Gaspar—. Pero debemos darnos prisa, majestad. Ya hablaremos de esto en casa de Jerónimo o, mejor aún, en palacio.

El rey por fin se dejó guiar y repitieron el proceso a la inversa. Cuando saltaron el muro, donde Jerónimo les estaba esperando, este se echó a reír.

—¡Por todos los santos, excelencia! Tenéis mala cara, ¿ha sido demasiado esfuerzo para vos?

—Ya no tengo edad para estas aventuras —dijo Gaspar entre jadeos.

El rey no participó en esta conversación, algo muy extraño en él. Pasaron al interior y Jerónimo ordenó que les sirvieran vino.

—¿Y bien? —preguntó con curiosidad.

Felipe miraba su copa como si fuera una piedra preciosa que nunca hubiera visto antes; seguía embobado.

Gaspar encogió los hombros.

—Hermosísima, tal y como asegurasteis. Ha sido una agradable visión.

—Y a vos, majestad, ¿qué os ha parecido? —preguntó el protonotario.

Entonces, después de un breve silencio, el rey levantó la cabeza y abrió la boca.

—Me he enamorado. Esa mujer tiene que ser mía.

Gaspar sabía que el rey se encapricharía de esa bella monja, por supuesto. Y más teniendo en cuenta que, con la reina casi recién parida, las visitas a su lecho se habían reducido muchísimo.

Con lo que no contaba era con que su obsesión llegara a esos extremos. Se había enamorado hasta la médula. Apenas comía y casi ni hablaba más allá de sus obligaciones. Suspiraba a cada instante y pasaba los ratos muertos mirando por la ventana. Pronto su valido se dio cuenta de que no podían seguir así.

Ni siquiera con la Calderona había visto Gaspar al monarca en ese estado. Era un enamoramiento más platónico, menos terrenal. Como si, al presupónersele un alma pura por ser monja, el rey la respetara más. Por supuesto, una cosa no quitaba la otra, y deseaba yacer con ella de forma tan carnal como con el resto de sus amantes, pero no era consciente de lo complicada que era esa misión.

Al convento comenzaron a llegar regalos para sor Margarita de parte de Su Majestad. Cartas de amor, cuadros de arte sacro, donaciones... El rey lo intentó por activa y por pasiva, pero la monja nunca contestó a sus requerimientos. El conde-duque de Olivares acudió a hablar con la madre superiora, la exonerada Teresa Valle de la Cerda, mujer noble que sabía cómo funcionaban las cosas en la corte, pero también ella le dijo que no pensaba presionar a su acólita para que se entregara en pecado a Felipe, por muy soberano que fuera.

Estaban atados de pies y manos.

—Ay, amigo mío —le dijo un día Gaspar a Jerónimo de Villanueva—. En mala hora le hablasteis de sor Margarita a Su Majestad. Se ha obsesionado con ella y no consigue lo que busca, tal vez por primera vez en su vida. La monja no responde a sus cartas ni a sus requerimientos, y vuestra amiga la priora no me ha permitido verla.

El rostro de Jerónimo se ensombreció.

—Lamento oír eso —dijo—. Nunca pensé que desataría tal pasión en el rey, aunque es cierto que sor Margarita posee una belleza celestial.

—¿Tal vez podríais hablar vos con la madre superiora? La conocéis bien.

El protonotario se quedó pensativo.

—La conozco, sí. Aunque es una mujer de ideas claras. ¿Sabéis que quise casarme con ella en mi juventud?

—Algo he oído —respondió el conde-duque.

—Hubiera sido la esposa perfecta. Llena de vida y energía, hermosa, inteligente. Compré el terreno donde hoy se asienta el convento como un regalo para ella. Por desgracia, después de mucho pensar, decidió rechazar mi propuesta, dedicar su vida a Dios y fundar el convento de San Plácido allí. Tras el escándalo de la Inquisición y su reclusión, por fin ha podido volver al que es el sueño de su vida. Con esto quiero decir, excelencia, que no es una mujer a la que se pueda intimidar o presionar.

Gaspar asintió.

—Lo entiendo —dijo, y no insistió más.

Sin embargo, no dejó de darle vueltas a cómo salir de aquella. Felipe se estaba impacientando y eso no era bueno. Finalmente, escribió a la superiora. Le expuso que el rey lo era por la gracia de Dios y que, si él quería tener una entrevista con la monja, no había autoridad alguna, ni terrenal ni divina, que pudiera oponerse a sus deseos.

Al mismo tiempo, Felipe, en su desesperación, le dijo que, en vista de que sor Margarita no contestaba a sus reclamos, llevaría a cabo una locura de amor. Que al día siguiente saltaría la valla del convento e iría a buscarla a su celda, porque no soportaba no volver a ver su rostro.

Gaspar sabía lo que eso significaba. El rey había perdido la paciencia y, si buscaba imponer su voluntad, nadie podría llevarle la contraria. La monja no tenía otra opción.

Al conde-duque se le presentó un terrible dilema moral, y más cuando, al hablar con su esposa, Inés dejó bien clara su postura.

—A una sierva de Dios no se la debe tocar —dijo santiguándose—. Es un pecado y no me gusta que tú participes en él. ¡Dios quiera que esta vez salga todo bien!

Pero no era tan sencillo. No podía decirle a Su Majestad que eso estaba mal y que se buscara otra amante. Ya había intentado que pensara en otras mujeres, que se aliviara en otros cuerpos, y nada de eso había servido. Así que, en última instancia, acudió a Leonor. Se presentó en su casa sin avisar y ella pareció visiblemente nerviosa.

—Os ruego que me disculpéis, excelencia, no os esperaba —dijo—. Dejadme que adecente la sala y podréis pasar.

Gaspar se paseó inquieto arriba y abajo por la antesala y entró como una exhalación en cuanto ella abrió la puerta. Se sentó a la mesa. La bruja tiró las cartas y las observó con atención un buen rato antes de hablar.

—Es una situación complicada, excelencia —admitió—, pero las cartas dicen con claridad que la voluntad del rey debe ser satisfecha.

Eso pareció aliviar en cierto modo al conde-duque de Olivares, que se levantó, dejó una moneda de oro sobre la mesa y se marchó. La bruja recogió la moneda y las cartas. Algo se movió a su espalda y de detrás de un cortinaje apareció una figura encapuchada.

—Ya habéis oído —dijo la adivina, sin mirar hacia atrás.

El encapuchado no contestó. En silencio, salió de la sala y abandonó la casa.

A la noche siguiente, Gaspar y Felipe saltaron de nuevo la tapia desde la casa de Jerónimo, que los ayudó, aunque mantenía el semblante muy serio. Nadie les estaba esperando al otro lado. El monarca y su valido avanzaron en la oscuridad y llegaron hasta el corredor por el que se repartían las celdas.

A esas horas, todas las religiosas tenían que haberse retirado ya, por lo que nadie debería haberlos visto recorrer el pasillo. Sin embargo, conforme se adentraban, una tenue luz los recibió. Parecía derramarse de la puerta abierta de una de las celdas. La de sor Margarita, según tenían entendido.

Felipe miró a su valido con la esperanza reflejada en sus ojos. Tal vez la monja había intuido que el rey iba a su encuentro y lo esperaba ansiosa. Gaspar se encogió de hombros y avanzó primero.

Sin embargo, cuando se asomaron a la celda, lo que se encontraron no fue, ni mucho menos, lo que esperaban: sor Margarita estaba dentro, sí, pero se hallaba tumbada en su lecho, boca arriba, con las manos cruzadas sobre el pecho y los ojos cerrados. Muerta.

Cuatro cirios ardían en las cuatro esquinas de su cama, que habían colocado en el centro del angosto espacio, y la rodeaba toda la congregación, rezando por el alma de su hermana fallecida. Nadie pareció advertir la presencia de los intrusos.

Cuando Gaspar miró al rey, observó que tenía la cara pálida y desencajada y los ojos húmedos y muy abiertos, y decidió llevárselo de allí antes de que alguien los descubriera y se añadiera el escándalo a la pena. Lo tomó con suavidad del codo y volvieron por donde habían venido. Al llegar al oscuro jardín, se detuvieron y Felipe tomó aire.

—¡Está muerta, Gaspar! ¡Muerta! —dijo con voz entrecortada y las lágrimas bajándole por el rostro—. Mi dulce niña ha muerto, y yo empeñado en pasar la noche con ella. ¡Ah, qué cruel destino para una criatura tan bella! Me siento tan mal. ¡Qué terrible pecado he cometido! —Y comenzó a llorar de forma desconsolada.

Gaspar le puso la mano en el hombro y trató de insuflarle tranquilidad y presencia de ánimo.

—Majestad, es una desgracia, sin duda, pero ¿cómo ibais vos a saberlo? No le deis más vueltas. Rezad por su alma, haced una donación al convento en su memoria y así quedaréis en paz con el Altísimo.

—¡Ah, conde-duque! ¡Qué arrepentido estoy! ¡No me siento capaz de enfrentarme a mí mismo!

Gaspar suspiró.

—Majestad, miradme —dijo, y se puso frente al rey. Le miró a los ojos y guio su respiración hasta que se calmó—. Debemos salir de aquí. Saltemos esta valla y mañana, a la luz del día, todo se verá mejor. No habéis hecho nada malo, señor. Habéis sido paciente, comprensivo y muy generoso. Sin duda la bella Margarita hubiera deseado conoceros más a fondo. Es una tragedia que esa vida haya sido segada tan joven. Hagamos que sea recordada.

Y eso hicieron. El rey salió del convento envuelto en lágrimas y, al día siguiente, ordenó a Diego de Velázquez que pintara un cuadro sacro de singular belleza que donaría a San Plácido en memoria de aquella joven y hermosa monja tan tempranamente llamada al lado del Señor.

49

A Su Majestad la melancolía le duró poco. Enseguida otras obligaciones y otros placeres reclamaron su atención y fue relegando el recuerdo de sor Margarita a un rincón de su mente del que solo asomaba de vez en cuando. Sin embargo, seguía recordando a la bella monja.

Pocos meses después de aquel suceso, Gaspar hizo un descubrimiento realmente sorprendente: la monja seguía viva. Al parecer, todo había sido una treta para proteger la virtud de la joven religiosa y que el monarca no se saliera con la suya.

—¡Os juro que yo no sabía nada, excelencia! —exclamó el protonotario cuando el conde-duque de Olivares le pidió explicaciones—. Me marché de vuelta a Aragón a la semana de aquella desgracia y bien sabéis vos que acabo de regresar a la capital.

Gaspar le creyó. Jerónimo siempre había sido un buen amigo y, sobre todo, un hombre sincero que no apreciaba la mentira ni el engaño. El caso es que se le presentó de nuevo un dilema moral. ¿Debía contarle al rey la noticia? ¿O era preferible callar?

Al final ganó su lealtad a la Corona y le contó lo sucedido. Cuando Felipe se enteró, su obsesión, tal y como el valido se temía, volvió a dispararse. Pero en esta ocasión había un punto de indignación en su deseo, como un niño caprichoso al que le niegan un dulce y luego descubre que lo tiene al alcance de la mano. Lo que iba a suceder no podía evitarse, y Gaspar fue a hablar con la madre superiora en otros términos.

Sor Teresa era, como bien dijo Jerónimo de Villanueva, una mujer que sabía cómo funcionaban las cosas. Comprendió de inmediato que nada más podían hacer para contener al rey y asumió lo inevitable. Habló con sor Margarita y, aunque el conde-duque no estuvo presente en aquella conversación, sí que fue el primero en conocer el resultado. La joven accedió a recibir al rey, con la condición de que solo fuera una noche la que pasaran juntos.

Felipe aceptó lo exigido.

Gaspar contuvo la impaciencia del rey a duras penas y, dos noches después, se presentaron en la puerta del convento. Ya no hacía falta saltar la tapia; no eran fugitivos. La superiora condujo al rey hasta la celda de sor Margarita y después se reunió con sus hermanas para rogar el perdón de Dios por lo que estaba a punto de ocurrir entre aquellos sagrados muros. Pero antes instaló al conde-duque en una sala donde podría esperar a Su Majestad durante las horas que él considerase pertinente.

—Disculpad, señora —dijo Gaspar antes de que ella abandonara la sala—. No quiero ser inoportuno, pero me gustaría saber cómo os enterasteis hace unos meses de las intenciones del rey de acudir a la celda de sor Margarita esa noche en concreto.

Sor Teresa se detuvo en el umbral de la puerta, se giró y miró al conde-duque.

—Fue muy extraño. Un hombre encapuchado llamó a nuestra puerta la noche anterior. Insistió en hablar conmigo y me contó los planes de Su Majestad. Ignoro cómo los conocía, pero le estaré eternamente agradecida, aunque a la postre no hayan servido de nada.

—¿Le visteis la cara? —preguntó el conde-duque.

La monja negó con la cabeza.

—No, él no llegó a entrar en el convento. Hablamos a través de la puerta.

Tras lo cual se marchó al oratorio y dejó a Gaspar solo, sumido en sus pensamientos.

El rey apareció poco antes del amanecer, acompañado de su amante. Gaspar se fijó en la cara de sor Margarita: se reflejaba en ella el mismo arrobo que en la de Su Majestad, aunque el valido no sabía distinguir si era verdadero o fingido. Se despidieron con arrumacos y Felipe, por último, besó su mano antes de partir.

La promesa de que solo iba a ser cosa de una noche quedó en nada. Las cartas iban y venían entre el Alcázar y el convento, y muy pronto, por mucho que intentaron mantener aquello en secreto, por toda la corte corrieron los rumores de los impíos amoríos entre el monarca y una religiosa. Gaspar temía que eso les trajera problemas más pronto que tarde, y, en efecto, así fue.

—¿Cómo decís? —exclamó el rey con el rostro rojo de ira.

El conde-duque suspiró.

—La Inquisición, majestad. Os hace llegar una severa amonestación y la exigencia de que esa relación termine de inmediato.

—¿Quiénes se creen que son esos insolentes? —gritó indignado—. ¡Yo soy el rey! ¡Yo! —Pequeñas gotas de saliva escaparon de su boca—. ¡No pueden ordenarme nada!

Gaspar tomó aire y habló en un tono sosegado que pretendía tranquilizar los ánimos.

—Son la Inquisición, majestad. Sois su más grande benefactor, sin duda alguna, pero, nos guste o no, su jurisdicción está por encima de la vuestra. Su amonestación va dirigida sobre todo a mí, para que resulte menos ofensiva, pero se refiere también a vuestra majestad.

—¿Me lo estás diciendo en serio?

Juana escuchaba a María con los ojos muy abiertos. Diego le había contado los rumores de los amoríos del rey y la monja que corrían por el palacio, pero, aún más escandaloso que el hecho de que el monarca no fuera capaz de dominar sus impulsos y deshonrara a una mujer entregada a Dios, era que la Inquisición le pidiera explicaciones.

Amonestar a un rey... Debían de sentirse muy fuertes para morder la mano que les daba de comer. El conde-duque había montado en cólera y, según había escuchado María por boca de su prima, la reacción de Su Majestad no había sido menos vehemente.

—Por supuesto que sí —aseguró María—. Pero de esto hace ya semanas, aunque yo me enteré hace apenas unos días. Como era de esperar, los amantes dejaron de verse y la monjita lloró amargamente.

—Diego dice que el Vaticano se metió por medio.

—Así es, el conde-duque consiguió que el papa exigiera la documentación del caso para emitir un veredicto sobre si era o no censurable. Y hace unos días, el inquisidor general envió a Italia un correo con todas las pruebas de las que disponía.

Juana se inclinó hacia delante.

—¿Y qué crees que pasará cuando el papa haya leído toda la documentación?

María se levantó, caminó hasta la puerta de su habitación, la abrió, miró a los lados para asegurarse de que no había nadie, cerró y se volvió a sentar.

Carraspeó.

—Yo esto no lo sé, Juana, así que no te he dicho nada —dijo en voz baja—. Escuché una conversación que no debería haber oído en los pasillos de palacio. No reconocí la voz, pero aseguraba que ese correo había sido interceptado por los hombres del conde-duque, los papeles se habían destruido y el emisario estaba encerrado en un castillo de su propiedad.

Juana se tapó la boca con las manos.

—¿Crees que Gaspar sería capaz de eso?

—¿Por salvar la reputación del rey? Sin duda —afirmó—. Y no lo critico, yo haría lo mismo si me viera obligada.

—Así que ya no hay rastro del pecado y, por lo tanto, la Inquisición no puede indagar más en el asunto —concluyó Juana.

—En efecto. Pero me pregunto cómo llegaría este rumor a oídos de la Inquisición.

—¿Crees que alguien les fue con el cuento para perjudicarlo?
—Tiene sentido.
Juana asintió.
—Desde luego que sí. No me gustaría estar en la posición del conde-duque, siempre rodeado de enemigos e intrigas. ¿Habrá sido el mismo que puso la figurita en sus dependencias?
María suspiró.
—Quién sabe. Está tan expuesto a conjuras... Tal vez sean enemigos diferentes, o puede que sean los mismos que siguen trabajando en su caída. Las acusaciones de brujería en su contra arrecian y me temo que todo está relacionado. Creo que alguien quiere quitárselo de en medio para tener acceso directo al rey.
Se levantó de nuevo y se acercó a la ventana. Miró al exterior.
—Quizá podríamos hacer algo al respecto.
Juana soltó una suave risa sin rastro de diversión.
—¿Qué podríamos hacer dos mujeres solas, sin posibilidad de acercarnos a la gente importante ni a los espacios de privilegio? Dime, ¿quién nos va a tomar en serio? Si algo he aprendido en todos estos años es que las cosas son difíciles de cambiar, y más para las mujeres. Claro que me gustaría ayudar si alguien está actuando en perjuicio de nuestro mayor benefactor —se vio obligada a aclarar—, y más si, Dios no lo quiera, también conspiran en contra del rey, pero no veo qué podemos hacer en estas esferas.
María no contestó, pero apretó los labios como si no estuviera dispuesta a rendirse y sus ojos refulgieron.

50

Madrid, 1639

El año del Señor de 1639 ya había avanzado unos meses. El invierno se iba alejando poco a poco y una incipiente primavera asomaba en Madrid. Juana estaba muy volcada en su familia. Francisca ya era madre de dos preciosos niños, Gaspar e Inés Manuela, a la que habían bautizado así en honor a la condesa-duquesa de Olivares, que siempre había mostrado su amistad y su apoyo a la familia, al igual que su marido. Ambos protegieron a Diego en sus inicios en la corte y entonces hacían lo mismo con Juan Bautista del Mazo, el esposo de Francisca.

Juana no se había olvidado de las sospechas de María, que también eran las propias, sobre la conjura contra la Casa de Olivares, pero la vida se imponía y hacía tiempo que no pensaba apenas en eso. Con el frío invierno, María y ella se habían visto menos. Además, coincidió con los primeros meses de vida de su segunda nieta, a lo que había que sumar el cuidado de Francisca tras el parto y las atenciones a su nieto mayor; y eso, debía admitirlo, había absorbido gran parte de su tiempo.

Justo en ese momento, la pequeña Inés Manuela, en brazos de Francisca, como casi siempre, entró en la habitación donde desayunaba Juana.

—¿Qué tal está mi niña hoy? —preguntó la orgullosa abuela extendiendo los brazos hacia ella, que mostró una sonrisa deslumbrante y se estiró para que la cogiera.

Juana comenzó a hacerle cosquillas en la tripa y carantoñas, a las que ella respondía con gritos emocionados y gorjeos.

A Juana se le caía la baba, y también a Francisca, que había descubierto en la maternidad su misión en la vida.

—¿Y el pequeño Gaspar?

—Aún duerme —dijo su madre—. Ha pasado una noche inquieta y con calentura, pero ya le ha bajado.

—Esperemos que no sea nada. ¿Juan Bautista se ha marchado ya? —preguntó Juana.

Francisca asintió. Cogió unas frutas secas y se sirvió chocolate caliente de una jarra. Los hombres habían madrugado mucho ese día y salieron sin desayunar siquiera. Algo importante les aguardaba en el palacio del Buen Retiro, algo que no podía esperar.

—Se fue con padre. A quien no he visto es a Juanito. ¿Sabe dónde está?

Juana negó con la cabeza.

—Ni idea. Anoche cenó en casa y se retiró enseguida, pero ya lo conoces. Supongo que estará ya en el taller del Buen Retiro, si quedó en eso con tu padre.

—¿Pero ha dormido aquí?

—Pues imagino que sí —dijo Juana, sin dejar de sonreír y ponerle caras a la pequeña—. Aunque creo que salió temprano, porque tu padre mandó buscarlo al levantarse y no estaba en su habitación. Ya sabes que lleva horarios un poco raros.

Terminaron de desayunar.

—¿Qué va a hacer hoy, madre? —preguntó Francisca.

Juana se levantó, dejó a la niña en brazos de su hija y alisó la falda de su vestido.

—Voy a pintar. Hace días que no paso por el taller y quiero avanzar en un bodegón. Por cierto, en cuanto haga más calor le haré un retrato a esta renacuaja.

Jugó un poco con sus piernecitas y le dio a Francisca un beso en la mejilla antes de marcharse. Después pidió que alguien fuese a encender el fuego en el taller. Aunque las temperaturas en la calle estaban subiendo, las noches seguían siendo frías y aquella estancia tan grande lo acusaba.

Por fortuna, para cuando ella llegó ya habían encendido el hogar y en poco rato se caldeó. Juana preparó el material. La verdad es que hacía mucho que no pintaba. Sus obligaciones en casa la habían absorbido por completo, al igual que el tiempo pasado con su hija y sus nietos. Solo entonces, al destapar el lienzo en el que llevaba trabajando desde antes del invierno, comenzar a moler el pigmento y preparar la paleta de colores, se dio cuenta de cuánto lo había echado de menos.

Se acercó a la mesa donde estaban dispuestos los elementos del bodegón y los colocó: la jarra, el vaso, la silla, la ristra de ajos... Entonces levantó la vista y algo le llamó la atención. Frente a ella, apoyados en la pared, vueltos del revés, había una serie de pequeños lienzos que antes no estaban allí.

Con curiosidad, les dio la vuelta uno a uno. El primero era un bodegón, como el que ella estaba pintando, pero con solo dos elementos. El segundo era apenas una jarra de agua y un vaso. En el tercero, una mano femenina sostenía un abanico que cubría una cara.

Eran buenos. No eran de Diego, eso lo tenía claro. Conocía el estilo de su esposo a la perfección y estaba a años luz de aquellos cuadros. Además, él ya no iba por ese taller casi nunca. Tampoco parecían de su yerno, que no había alcanzado la excelencia y se le daba mejor participar en las obras de Diego. Juana se preguntó de quién sería la mano que había ejecutado esas obras, porque había algo en ellos que le resultaba familiar, aunque no podía identificar qué era. Entonces oyó ruidos en la puerta del taller.

Sin saber el motivo, sintió que la iban a sorprender haciendo algo inapropiado, así que se apartó con rapidez de la pared, cogió su paleta y un pincel y se colocó frente a su lienzo, como si estuviera trabajando en él. Notó la respiración agitada y trató de calmarse. No estaba haciendo nada malo. Al fin y al cabo, aquel era su taller.

En la calle, junto a la puerta, se oyeron murmullos y risitas.

Las voces le resultaban familiares, aunque no logró identificar a quién pertenecían. Lo que tuvo claro es que eran dos, una masculina y otra femenina.

De nuevo, las risas llegaron hasta el interior del taller.

—Adiós, vida mía.

—Adiós, mi amor.

Juana se quedó de piedra, porque en ese momento reconoció la voz femenina. ¡Era María! ¿Qué hacía su amiga allí? ¿A quién llamaba «mi amor»?

Más murmullos y unos pasos que se alejaban. Entonces la cerradura chirrió y la puerta se abrió.

Juan de Pareja entró. Cuando vio luz en el taller, se quedó parado, como sorprendido. Juana también. Parpadeó, incrédula. Fue a decir algo, pero no le salieron las palabras, así que respiró hondo y saludó a Juan. María era una mujer libre y adulta; podía hacer lo que quisiera, incluso aceptar a un esclavo como pretendiente. Y, por su parte, Juan también estaba en su derecho, aunque admitía que se sentía dolida por la falta de confianza de su amiga para hacerle partícipe de sus sentimientos.

—Señora. —Juan le devolvió el saludo.

Se le veía muy incómodo. Sin duda era consciente de que Juana había escuchado la conversación, aunque tal vez pensara que no había reconocido a su acompañante.

—No esperaba encontraros en el taller esta mañana —añadió para llenar el silencio.

Juana señaló con la cabeza los cuadros apoyados en la pared, con el de la cara de la mujer en primer término.

—¿Son tuyos? —preguntó.

Le resultaba más fácil abordar esa conversación que la otra. Aunque hablaría con María en cuanto tuviera ocasión.

Juan asintió.

—Sí, lo son.

Se quedó expectante. Como esclavo, no tenía permitido pintar. Su cometido era asistir a su amo en todo lo que este le pidiera, pero no desarrollar un trabajo artístico. Sabía que no era correcto y que, de alguna manera, Juana y Diego podrían sentir traicionada su confianza por no haberles dicho nada, pero era un artista y no podía evitar expresarse.

Siguió a la espera.

Juana estaba tratando de ordenar sus pensamientos. Demasiados descubrimientos para una mañana. Al final, optó por la verdad.

—Tienes mucho talento —dijo.

Juan la miró a los ojos buscando sinceridad en ellos. Cuando la encontró, sonrió con ilusión e inclinó la cabeza.

—Gracias.

—¿Te enseñó Diego?

Juan negó con la cabeza.

—Ya sabéis que yo no puedo pintar, más allá de algún detalle nimio en sus cuadros. Él no me ha instruido, pero yo he asimilado cada retazo de información que me llegaba, he copiado cada trazo, he observado a cada aprendiz, todo para aprender por mi cuenta.

Entonces Juana suspiró, se giró y retomó lo que estaba haciendo en su propio lienzo.

—Yo tampoco debería pintar —dijo—, y sin embargo aquí estoy, con los pinceles en la mano. Y no solo pinto para mí. Sabes tan bien como yo que he participado en muchos de los cuadros de mi esposo, al menos antes de que su taller se mudara al Alcázar y prescindiera de mi ayuda. Mi trabajo está allí, a la vista de todos; presente, pero no reconocido. Poco más puedo hacer. Podría enfadarme porque no es justo, pero he elegido aceptarlo y seguir pintando, porque esto es lo que me hace feliz. Esto es lo que soy.

—Entiendo. Tampoco para vos ha sido fácil —dijo Juan, acercándose a la mesa del material.

—Si pintar te hace feliz, deberías seguir haciéndolo. Pero no te aconsejo que lo hagas en secreto. Las cosas, todas las cosas —recalcó para dejar claro que no se refería solo a la pintura—, son más sencillas cuando no hay que ocultarlas.

—Tenéis razón. Pero soy un esclavo. ¡Hay tantas cosas que no se me está permitido hacer!

La voz de Juana adquirió el tono que imprime la verdad.

—Y yo soy una mujer. También yo sé de limitaciones y barreras. Pero no creo que te hayamos tratado nunca como otra cosa que un hombre libre. Nunca te hemos visto como un esclavo, creía que eso lo sabías tan bien como nosotros. Siempre has podido hacer tu vida. Incluso puedes casarte con quien tú desees —añadió, en clara referencia a su acompañante.

—Para eso necesito el permiso de mi amo —dijo Juan, con cierto resquemor en la voz.

—Igual que yo necesité el permiso de mi padre para poder desposarme con Diego.

Juana se encogió de hombros, como si eso apenas tuviera importancia. Pero cayó en la cuenta de que, si bien ella siempre había sabido cuál era su posición, que, en términos legales, carecía de autonomía, Juan creció rodeado de hombres libres y siendo más consciente de su falta de independencia.

Ella había aceptado lo que el destino le tenía deparado y había luchado con sus armas para hacerse respetar. Nunca se había sentido obligada a hacer algo que no deseara, ni por su padre, ni por su esposo, y su valía jamás fue cuestionada. Había sido libre, en un sentido tal vez tergiversado del término, pero para ella era suficiente, porque sabía que no podía aspirar a más.

Sin embargo, Juan había sido comprado y vendido, le habían arrebatado toda capacidad de decisión sobre su vida y, por mucho que en su familia lo trataran como a uno más, era demasiado consciente de que, sin un papel firmado que legitimase su libertad, seguiría siendo un esclavo. Juana se prometió que hablaría con Diego.

Juan volvió a hablar.

—Yo..., señora, os agradezco vuestras palabras. Me gustaría explicaros lo que habéis oído antes de que entrara.

—No es necesario —dijo Juana—. Tu vida es tuya y de nadie más.

Aunque no lo dijo, las explicaciones que Juana de verdad quería escuchar no eran las de Juan. Él debió de intuir lo que pensaba, porque no insistió.

Dos semanas después, Juan estaba en el taller del Alcázar con Diego, Juan Bautista y el resto de los ayudantes. Trabajaban en un lienzo monumental cuando un revuelo en la entrada les anunció la llegada de Su Majestad, que acudía, como era habitual en él, para ver cómo avanzaban las obras y charlar con Diego un rato.

Felipe estaba paseando con el pintor por la sala, hablando de arte y de las nuevas perspectivas que Velázquez estaba tratando de imponer en la corte, cuando reparó en un pequeño lienzo apoyado de espaldas en la pared.

—¿Y ese? —dijo señalándolo—. No lo conozco, me gustaría ver qué contiene.

Uno de los ayudantes corrió y se lo acercó al monarca, que lo observó con admiración. Era un Cristo de pequeño tamaño y detalles exquisitos.

—¡Me gusta mucho! —exclamó el rey.

Miró a Diego con una sonrisa en el rostro, pero este negó con la cabeza.

—No es mío, majestad.

El rey miró a su alrededor, confuso, y se hizo un silencio tenso mientras se observaban los unos a los otros. Entonces Juan de Pareja se adelantó y se arrodilló delante del rey, con la cabeza gacha.

—¡Os suplico que me perdonéis, majestad! He cometido una falta imperdonable, lo sé. ¡Yo soy el autor del cuadro!

—¿Tú?

Felipe no daba crédito. Miró a Diego, cuya cara no mostraba sorpresa alguna. Los demás, sin embargo, comenzaron a murmurar.

—Yo, majestad. Asumo mi culpa.

Felipe enarcó una ceja.

—Levántate. Mírame. ¿Me estás diciendo que tú eres el autor de esta obra?

Juan hizo lo que el rey le ordenaba. Bajó la cabeza para asentir, pero no pudo ocultar el orgullo que traspasaba su mirada.

—Es obra mía, sí. Os pido disculpas por mi atrevimiento, majestad. Sé que no debería pintar siendo solo un esclavo, pero rodeado de tanta belleza, de tan grandes maestros, mi alma sintió la necesidad de expresarse por este medio.

Hubo un silencio que nadie se atrevió a romper, denso como la miel. Juan intentó calmar los atronadores latidos de su corazón. Acababa de jugarse la vida a aquella carta.

—Pocas personas pueden presumir de haberme sorprendido, lo confieso —dijo el rey—. No está permitido que los esclavos pinten, es cierto, como también lo es que nadie con semejante talento debería ser esclavo. Esta es nuestra voluntad.

Juan soltó el aire y se inclinó, con la vista nublada. Diego no dijo nada, aceptó la voluntad real y se inclinó también. El rey se marchó.

Juan comenzó a balbucear una disculpa, pero Diego levantó la mano y lo hizo callar.

—No hace falta que digas nada, Juan. Entiendo lo que has hecho, pero hay mucho trabajo por delante. Eres bueno, aunque, si vas a ser pintor, debes mejorar. Fíjate en el trazo mientras lo llevo a cabo, ahora tienes que aprender.

Y cogió el pincel ocultando una sonrisa que no pasó desapercibida para nadie.

51

Tras la conversación con Juan en el taller familiar, Juana estuvo días sin saber de María. Decidió darle tiempo; al fin y al cabo, entendía que necesitara coger fuerzas para ir a visitarla. Por eso se alegró tanto cuando le anunciaron que acababa de llegar.

La recibió en la salita de siempre, donde charlaban tomando limonada o chocolate, según la época del año. María apareció en el umbral de la puerta con una sonrisa nerviosa y las manos entrelazadas. Apenas levantó la vista, pero, cuando Juana se acercó y la abrazó, su amiga se aferró a ella como si hiciera años que no se veían. Sus hombros se sacudieron.

—Lo siento, Juana —dijo entre hipidos—. Siento no haberte contado nada.

Juana acarició la cabeza de María y tragó saliva para intentar disipar el nudo que notaba en la garganta. Era la primera vez que habían tenido una diferencia y se había dado cuenta de cuánto la había echado de menos y cuánto la necesitaba en su vida.

—Tranquila —le dijo. Se separó un poco, limpió sus lágrimas y la condujo hasta la butaca—. No estoy enfadada. Si tú eres feliz, yo soy feliz.

María sonrió mientras seguía derramando lágrimas.

—Siento mucho haberte ocultado esto. Temía que no lo entendieras.

—¿Y por qué no iba a entenderlo?

María carraspeó.

—Bueno, ya sabes, Juan es tu… sirviente. Y yo tu amiga, y de origen hidalgo. Como poco es… inapropiado.

Juana hizo un gesto al aire con la mano.

—No seré yo quien juzgue lo que es apropiado y lo que no. Entiendo que tu posición es un escollo difícil de solventar, pero lo importante es si Juan te hace feliz.

—Mucho —dijo con una sonrisa en la cara.

Juana suspiró. Su amiga no había escogido el camino fácil. Un sirviente era una cosa, pero un esclavo… Aunque fuera manumitido, ese estigma pesaría siempre sobre ellos y sus hijos, si los tuvieran. Y además estaba la cuestión de la raza. Ante un mulato, nadie suponía estar delante de un hombre libre. Una pareja tan desigual en una sociedad tan cerrada tendría que aguantar muchos comentarios desagradables. Sin embargo, si María estaba convencida, ella la apoyaría.

—En ese caso, me alegro. Pero me duele que no te hayas sentido con la confianza de contármelo desde el principio, María. Sabes que siempre puedes contar conmigo. Lo sabes, ¿no?

María agachó la cabeza.

—Es triste decirlo, pero al principio me avergonzaba haberme enamorado de alguien tan inadecuado para mí. Pensé que era una deshonra, para mí y mi familia, por no tratarse de un hombre de mi posición. Luego decidí que me daba igual. No elijo de quién me enamoro y, de todas maneras, ya había aceptado el hecho de que nunca me casaría. Siento mucho no haber confiado en ti antes, Juana. Lo siento de veras. Nuestra amistad es lo que más valoro en este mundo y no querría perderla jamás.

Juana sonrió.

—No me vas a perder. Siempre estaremos juntas.

Alargaron los brazos y se tomaron de la mano, en silencio.

Esa misma tarde, cuando regresaron del taller, Diego y Juana hablaron con Juan.

—Sabes que siempre te hemos considerado un miembro de la familia —dijo Diego con semblante afable—. Pero es cierto que no habíamos pensado en lo importante que podía ser para ti un papel que certificara tu libertad.

—Después de que el rey expresara su voluntad de que sigas pintando y, en consecuencia, de que seas libre, el conde-duque nos visitó —intervino Juana.

Juan los miró con atención, oliéndose problemas.

—Nos pidió que esperásemos un poco. Si se corría la voz de que habías conseguido tu libertad desafiando las normas establecidas, eso podría suponer un problema mayor. Pero queremos que seas tú quien tome la decisión última —explicó Diego.

—¿Qué opciones tengo? —preguntó Juan.

—Depende de tus planes. Si quieres marcharte y continuar con tu vida lejos de esta familia, aunque nos duela, lo aceptaremos —dijo Juana—. Tendrás tu carta de libertad y ya solucionaremos los problemas que puedan venir.

—Y si quieres quedarte con nosotros y continuar en mi taller como hasta ahora, como un ayudante de plena confianza, pero también como aprendiz y pintor, y como parte de nuestra familia, recibirás un buen sueldo, mayor que la asignación actual. Podrás elegir con quién vivir y dónde.

—Es decir —aclaró Juana—, a todos los efectos serás un hombre libre que no necesitará permiso para vivir su vida. Un trabajador de mi marido, y un amigo como has sido siempre.

—Pero no tendré la carta.

—No legalmente —dijo Diego—. Aguardaríamos un tiempo, para que no pudieran relacionar tu libertad con tu supuesta falta. Pero cuando estés bien preparado, cuando seas un pintor completo, entonces la tendrás, para que puedas pasar los exámenes y ser parte del gremio como lo soy yo.

Juan se quedó pensativo, pero se decidió enseguida.

—No tengo ningún interés en marcharme de vuestro lado. Soy feliz aquí y el trabajo me apasiona. Además, por ser el ayudante de Velázquez tengo acceso a colecciones y pintores a los que de otro modo no podría ni soñar ver de cerca.

Más tarde, Juan y María salieron a dar un paseo. Estaban acostumbrados a que las miradas les siguieran dondequiera que fuesen y ya no se fijaban en ellas. Por eso, se sentaron en un banco del parque, sin esconderse. Hacía frío, pero era preferible a que Juan acudiera a la habitación de María. Al fin y al cabo, en el Alcázar todos la conocían y sabían que estaba soltera. No querían desatar un escándalo y que pudieran acusarla de indecente, sobre todo porque aquello afectaría también a la reputación de los conde-duques.

—¿Qué tal ha ido? —preguntó María, impaciente.

Juan tomó su mano.

—Soy un hombre libre. No tendré todavía la carta, pero a efectos prácticos ya lo soy.

María se lanzó a su cuello y lo abrazó. Enseguida se separaron, conscientes de lo inadecuado de su gesto. Ella carraspeó.

—¡Me alegro tanto por ti! Llevas toda la vida deseando esto, ¿cómo te sientes?

Juan se quedó pensativo. Nadie se lo había preguntado, ni siquiera él mismo.

—Si te soy sincero, igual que siempre. Aunque es un alivio pensar que puedo hacer con mi vida lo que quiera y cuando quiera, mi decisión ha sido seguir como hasta ahora, con una excepción.

—¿Cuál?

Tomó las manos de María y la miró a los ojos.

—Entiendo que esto es difícil para ti, mi amor, pero ya puedo considerarme un hombre libre. Sé que nunca estaré a tu altura, ni podré ofrecerte grandes lujos, pero ya puedo intentar darte una familia, si es lo que deseas. ¡Casémonos! Así podremos crear un hogar y no tendremos que ocultarnos para vivir nuestro amor.

María bajó la vista, dudosa.

—Amor mío —insistió Juan—. Después de todos estos años, por fin podemos ser una familia, una de verdad. Tendré un buen sueldo y una casa propia, y dedicaré mi vida a hacerte feliz. Eres todo cuanto quiero. ¿No es suficiente para ti?

María levantó la vista y mostró unos ojos húmedos de lágrimas.

—¡Pues claro que es suficiente! Es más de lo que nunca me atreví a soñar. Me haces muy feliz, Juan, y nada me gustaría más que una vida a tu lado.

—¿Pero? —anticipó él, con una bola de ansiedad y nervios atascada en la boca del estómago.

María negó con la cabeza y su boca esbozó una sonrisa triste.

—Si me caso contigo, no podría continuar al servicio de mi prima y tendría que dejar el palacio. Aunque estoy segura de que ella me apoyaría, le sería imposible mantener a su lado a un familiar de baja alcurnia que se ha unido a un antiguo esclavo, por muy ayudante de Diego de Velázquez que sea.

—¡Pero si ya casi no la ves! Cuando no está con la reina, está con el príncipe o con la infanta.

—Es cierto, pero sé que me necesita. No tiene demasiadas amigas y ese rato que nos vemos, cuando la ayudo a prepararse para acostarse, o cuando está libre y leo para ella, o cuando vamos a misa... Sé que esos momentos le proporcionan solaz, Juan. Ella me ayudó cuando era una niña sin recursos, sola en Madrid. No quiero abandonarla ahora, que es cuando más falta le hago.

Juan agachó la cabeza.

—Lo entiendo. Entonces ¿tu respuesta es no?

María sonrió de nuevo y acarició la cara de Juan.

—Mi respuesta es sí..., cuando llegue el momento. Por lo pronto, podemos seguir un poco más como hasta ahora. ¿Te ves capaz?

Juan sacudió la cabeza a un lado y a otro, como para quitarse de encima malos pensamientos. Aquella mujer había logrado llegar a su corazón como ninguna otra antes. Era pura luz, amor y bondad. Sonrió y le besó la mano.

—Por ti soy capaz de esperar lo que haga falta.

52

Madrid, febrero de 1640

> *Y no temas al diablo,*
> *que es tu amigo, y en nombre de él te hablo.*
> *Conde-duque te llama,*
> *título que ha de darte eterna fama.*

—¡Esto tiene que ser una broma! —vociferó el conde-duque de Olivares mientras daba vueltas, apoyado en su inseparable muleta, por el gabinete de su esposa.

María, que estaba peinando a su prima, se asustó ante la furia del conde-duque.

—¿Deseáis que me retire? —preguntó en un susurro, sin atreverse a levantar la voz.

Inés negó con la cabeza y observó a su marido con mirada preocupada a través del espejo.

—Me inquieta, Gaspar. Aunque no es la primera vez que escriben mentiras escandalosas sobre ti.

Gaspar se detuvo con los brazos en jarras detrás de las dos mujeres. Miró el reflejo de su esposa en el espejo.

—¡Pero no de forma tan flagrante! ¡Es escandaloso! Ah, Quevedo se ha ganado una buena estancia en las cárceles reales; como que me llamo Gaspar, lo juro.

—¿Ha sido él? —preguntó Inés.

—¿Quién si no? Maldito traidor hijo de una judía. ¡Escucha esto!

Llevaba unos papeles en la mano, que agitaba arriba y abajo, y se los acercó a la cara.

> *La sabia Leonorcilla*
> *podrá satisfacerte a maravilla*
> *con el más raro hechizo*
> *que en tiempo alguno creo que se hizo,*
> *para que el rey se entregue*
> *todo a ti, y todo a los demás se niegue,*
> *con tan servil paciencia*
> *que se precie de estar a tu obediencia.*

Inés hizo un gesto a María, que dejó lo que estaba haciendo y dio un paso atrás. Luego se levantó y se situó frente a su esposo. Puso las manos en sus anchos hombros y lo miró a los ojos.

—Lo que me preocupa no es el panfleto en sí, sino lo que significa y el momento en que llega.

Gaspar asintió.

—Exacto. Está tan aceptado calumniarme que ya nadie se contiene. ¡Escribamos todos sobre el conde-duque de Olivares! ¡Es un brujo, aprendió nigromancia en Salamanca, tiene tratos con judíos, en su muleta habita un demonio! —gritó agitando esta última por los aires.

—Últimamente he sorprendido a la reina y a Luisa hablando en voz baja sobre ti. Se callan en cuanto aparezco, pero he llegado a escuchar alguna frase, y lo que dicen no es bueno, Gaspar. Creo que Isabel quiere interferir más en las decisiones del rey y tu presencia le resulta muy molesta.

—Y su confesor, ese desgraciado, no hace más que malmeter contra mí y contarle mentiras escandalosas.

Inés asintió.

—Sí, yo misma lo he oído en alguna ocasión desde el otro lado de la puerta. Lo que no he conseguido averiguar es para quién trabaja, pero desde luego apoya a alguna facción contraria a nosotros.

—Con todo lo que yo he hecho por este reino.

Gaspar se derrumbó sobre un diván y se sujetó la frente con la mano, derrotado. Inés se agachó frente a él, no sin antes hacerle una señal a María para que, entonces sí, se retirara.

—Esperaré en la salita —dijo con voz queda. Hizo una reverencia y salió.

—No te vengas abajo, esposo mío —oyó que decía Inés a sus espaldas—. Hemos podido con todo y seguiremos venciendo a nuestros enemigos. Nadie podrá arrebatarnos el poder.

Pocas horas después, María se encontraba en casa de Juana, donde siempre era bien recibida. Aún no habían comido y las dos mujeres estaban sentadas en la sala.

—¿Tan grave es? —preguntó Juana.

—Peor. Me temo que esta vez van a por el conde-duque en serio, Juana. Creo que han visto una brecha, una debilidad, y están atacando por ahí sin parar.

—Ya hace muchos años que hay acusaciones de hechicería en su contra —dijo Juana—. Aunque es cierto que cada vez son más numerosas y menos disimuladas. ¡Pero si en el último sermón, en la propia iglesia, lo atacaron sin recato!

—El rey es un hombre adulto. Tiene treinta y cinco años y sigue mostrando el mismo interés por reinar que cuando llegó al trono, que es ninguno —añadió María—. Es Gaspar quien gobierna. Al reino le resulta extraño que no tome las riendas él mismo, porque los panfletos siempre se encargan de hacer saber que las decisiones las toma el conde-duque de Olivares, sobre todo las impopulares.

—Tiene muchos enemigos, ¿quién podría ser el que está detrás de esta campaña?

En ese momento entró en la salita Francisca, con Gaspar correteando a su lado, la pequeña Inés Manuela agarrada de su mano y José, el recién nacido, en brazos. Francisca saludó a María y tomó asiento, agotada, mientras Gaspar se lanzaba al regazo de Juana.

—¡Abuela!

Juana lo cogió y le dio un beso. Lo miró. Llevaba el nombre de su gran benefactor, del hombre que hizo posible que llegaran a Madrid, que ayudó a Diego contra viento y marea, que trató siempre a Juana como una persona a la que merecía la pena escuchar. El conde-duque podría tener muchos defectos y seguro que no había sido un santo, pero le debían todo lo que tenían. Se merecía su ayuda.

Por su parte, María recordó lo injusta que fue cuando creyó a su prima capaz de emplear hechizos contra el príncipe y las infantas. La culpa que periódicamente la visitaba volvió a aparecer con una fuerza inusitada. Tragó saliva y apretó los ojos. No podía dejar que destruyeran a su familia así como así. Les debía, al menos, luchar con todas sus fuerzas para evitarlo.

Cuando María abrió los ojos, cada una leyó la determinación en la mirada de la otra, y supieron que no dejarían que las cosas se quedasen como estaban.

Esa noche, Juan Bautista y Juan ya estaban en casa a la hora de la cena. Diego, sin embargo, dio aviso de que no le esperaran. A veces sus ocupaciones cortesanas le dejaban poco tiempo para pintar y le gustaba quedarse en el taller hasta tarde él solo, apenas con un ayudante o dos, para repasar lo que habían hecho durante el día y avanzar en labores que solo él podía realizar. A la luz de las velas, que modificaba los colores y las sombras, no era fácil trabajar, pero para Diego eso no era una dificultad.

Al terminar de cenar, Juana se levantó.

—Tengo que llevarle un mensaje urgente a María.

Francisca y su esposo alzaron la vista.

—¿Ahora? ¡Pero si la has visto al mediodía!

—No son horas de salir a la calle, Juana —le dijo su yerno.

Ella asintió, pero no cedió.

—Es cierto, pero es algo que acabo de recordar y no puede esperar a mañana. No os preocupéis por mí, no iré sola. ¿Me acompañas, Juanito?

Este se levantó como un resorte y cogió la capa. Bien abrigados, se marcharon sin reparar en la mirada estupefacta de Francisca y Juan Bautista.

—¿Está María avisada? —preguntó Juan.

—Por supuesto. Debería estar por...

—Aquí estoy.

La voz de María los pilló desprevenidos. Una sombra apareció por la esquina. A la mortecina luz de la antorcha que alumbraba esa zona vieron que iba vestida de hombre y embozada con la capa. Juan y ella se miraron y sonrieron de un modo tan bonito que el tiempo se detuvo.

—Pero bueno, ¿desde cuándo te vistes de hombre? —dijo Juana rompiendo el hechizo.

Las dos mujeres soltaron una carcajada.

—Si he de moverme por Madrid de noche y sola, es más práctico parecer un varón.

Tenía toda la razón. El pequeño grupo recorrió las calles en silencio. Se acercaron a una zona más concurrida. Allí, tabernas respetables y antros inmundos se alternaban con mesones y mancebías, pero en todos tenían trabajo de sobra.

Esas calles estaban igual de mal iluminadas que el resto, pero había más trasiego de gente. En algunos establecimientos contaban con una antorcha propia en la puerta y, cuando alguien entraba o salía, la luz y el ruido del interior se filtraban al exterior, llenando la noche con su jarana. Juana, María y Juan se detuvieron en una esquina, frente a una taberna concreta. En la puerta, un grupo de cinco soldados cantaban a voz en grito una marcha militar para celebrar que habían vuelto de Flandes, pobres pero de una pieza.

Una prostituta pasó contoneándose frente a ellos, que silbaron y la llamaron. Ella se acercó, sonriente, mostrando más piel de la recomendable en una noche tan fría y unos dientes enteros y blancos que, por poco habituales, eran uno de sus mayores encantos.

Un borracho salió de la taberna que estaban vigilando, seguido por otro hombre. Discutían a gritos y se enzarzaron en una pelea a empujones. Hubo intentos de soltar puñetazos, pero los dos iban tan bebidos que no conseguían acertar. Entonces, de pronto, uno de ellos se puso a vomitar y el otro lo ayudó sujetándole la frente. Cuando el primero terminó, se echaron el brazo por el hombro y se marcharon haciendo eses, tan amigos, como si la disputa nunca hubiera tenido lugar.

—¿Este es el sitio? —preguntó María.

Juan asintió.

—Es aquí.

—Convendría asegurarse de que está ahí dentro —dijo Juana.

Se cruzaron miradas. Era obvio que ni Juana ni María podían entrar en la taberna, así que Juan miró hacia los lados y dijo:

—Pegaos a la pared. No es seguro que os quedéis aquí a la vista, dos mujeres solas, aunque una vaya travestida.

Ellas asintieron. Si alguien se acercaba y las descubría, podían salir mal paradas. Se apartaron del haz de luz de la antorcha y se metieron en un portal, aunque sin perder de vista la entrada a la taberna.

—Ten cuidado —le dijo María.

Un mulato, o un moro, como lo llamaban en Madrid, podría no ser bien recibido allí. Siempre había quienes importunaban al diferente para sentirse superiores, buscando trascender su propia mediocridad. Juan levantó un poco su capa y mostró las dos pistolas que llevaba al cinto. No tenía miedo.

Además, no corría más peligro que cualquier otra persona. Al fin y al cabo, en las tabernas reinaba una extraña igualdad entre todos los que cruzaban sus puertas y no había distinción entre señores y vasallos. Se compartían las mesas, los vasos eran los mismos; solo la diferencia entre el vino barato y el vino precioso marcaba jerarquías. Y si alguien no quería mezclarse con los tunantes, nocherniegos y bebedores de aquellos establecimientos, podía acudir a una de las escasas tabernas de corte que quedaban en la ciudad. Pocas, muy pocas, pero de una categoría que las hacía aptas solo para gente respetable.

Pero aquel a quien habían ido a buscar esa noche nunca había pisado una taberna de corte. Prefería el barro.

Juana y María esperaron en un tenso silencio. Casi no hablaban, para que sus voces femeninas no alertaran de su presencia. Y como Juana no llevaba un vestido llamativo ni demasiado lujoso, confiaba en no ser víctima de cualquier ratero en busca de un botín.

Entonces la puerta de la taberna se abrió y vieron salir a un hombre no muy alto, ni flaco ni gordo, vestido de riguroso negro, con una ondulada melena negra entreverada de gris y unas gafitas redondas de las que nunca se desprendía. Tras él, Juan salió también a la calle.

Las dos mujeres se adelantaron y acudieron a su encuentro. De cerca, el traje negro estaba arrugado y un poco deslucido; las gafas, un poco torcidas, y el bigote, un poco mustio. El hombre las observó.

—¡Qué originales! Dos hembras haciéndose pasar por pareja. No, gracias, no me interesa.

Tenía la voz pastosa y el aliento le olía a vino barato y a tabaco.

María se adelantó.

—No venimos buscando negocio, don Francisco, sino información.

Él se ajustó las gafitas y trató de enfocar la mirada.

—¿Quiénes sois?

—Eso no importa —dijo ella—. Solo queremos pediros, con el mayor respeto, que nos digáis de dónde sacasteis la información para vuestro libelo.

Se llevó una mano al pecho, indignado.

—¿Libelo? ¡*La cueva de Meliso* es mucho más que eso! Es arte contra el abuso de los poderosos, es el pueblo que alza la voz…

—¡Chisss! —dijo Juan, y trató de guiar con delicadeza a Quevedo donde la luz de las antorchas no los alumbrara tanto—. Por favor, no llamemos la atención.

El escritor dio un paso atrás, se irguió y su mente pareció aclararse. Miró a los tres.

—Curioso grupo, he de admitirlo. Mucho habéis de apreciar a ese bastardo del conde-duque, si eso os ha traído hasta aquí a estas horas. Habláis con educación y, sin embargo, no habéis tenido ni la cortesía básica de presentaros.

—Nuestros nombres no vienen al caso, como sin duda comprenderéis —dijo Juana—. Solo queremos saber quién os convenció de que esas patrañas eran ciertas.

Quevedo suspiró.

—No he dicho nada que no se cuente en todos los mentideros de Madrid. El conde-duque de Olivares gobierna este imperio nuestro tan malherido y el rey es su marioneta. ¿Por qué os importa tanto lo que haya escrito en esta obra en concreto, si es que he sido yo el autor?

Juana utilizó su tono de voz más persuasivo.

—Porque, como artista, estáis en vuestro derecho de escribir aquello que el corazón os dicte. Pero sería una pena que os hubierais convertido en la herramienta de otros con peores intenciones que aquel a quien nombráis vuestro enemigo.

Quevedo se quedó pensativo. Luego se irguió y sus ojos relampaguearon.

—¿Creéis que no sé dónde me estoy metiendo? ¿Que no tengo criterio propio? Yo no me oculto ni le cargo el muerto a otro. Preguntádselo, si no, al guardia de la prisión real, que ya me saluda por mi nombre cuando me ve, de todas las veces que allí me han encerrado.

—Cada cual tiene sus opiniones —intervino María—. No nos vamos a meter en eso, pero creo que esta vez, sin saberlo, habéis dado alas a una conjura que va más allá de lo que nuestro entendimiento pueda comprender. Lo que se pretende no es que el rey gobierne, sino que sea otro el que ocupe el puesto del conde-duque, y detrás solo hay un interés personal.

—Eso el tiempo lo dirá. Lo que nunca he hecho, ni pienso hacer, es quedarme callado ante lo que considero intolerable.

—Está bien —concedió Juana—. Veo que no vamos a sacar nada en claro. Disculpad las molestias.

Dieron media vuelta y comenzaron a alejarse.

—Esperad —dijo el escritor. Suspiró y continuó hablando—: No tengo nada que ocultar. Ya que tan interesados parecéis, sí, es cierto que alguien acudió a mí. No sé quién era, porque se cruzó en mi camino de forma tan artera como vuestras mercedes.

Los tres se giraron y regresaron al lado de Quevedo.

—¿Y qué os contó, si no es indiscreción?

Francisco de Quevedo soltó una risa.

—Es bastante indiscreto, sí, pero qué más da. Ya me pareció que era un poco raro, pero me pudo el ansia de una buena historia. Ese hombre dijo que era muy probable que el rey se ausentara de Madrid en breve para atender las revueltas catalanas y que el conde-duque de Olivares, por medio de la magia, estaba intentando neutralizar a la reina, que hace lo posible por participar en el gobierno, para asumir él la regencia en esos momentos. ¡Como si necesitase más poder!

Se miraron entre ellos.

—Sois muy amable —dijo Juan—. ¿Recordáis tal vez algún rasgo que pudiera servirnos para identificar a ese hombre?

El escritor se encogió de hombros.

—Nada reseñable, ya os he dicho que iba embozado. Aunque... —Se colocó bien las gafitas antes de continuar—. Tenía un fuerte acento aragonés, eso sí que lo distinguí. ¿Se puede saber por qué os interesa tanto?

María avanzó un paso.

—Tememos que detrás de esa conjura contra el conde-duque de Olivares haya un deseo de manipular al rey con objetivos poco claros.

Quevedo volvió a encogerse de hombros.

—No es de mi incumbencia. Quien debería gobernar es el rey, nadie más. Que las hienas se peleen por su parte del pastel me causa más asco que otra cosa.

—Os invitaría a un vaso de vino, don Francisco —terció Juan—, pero lo cierto es que no me atrevo a dejar a las damas solas.

—No es conveniente, y menos por estos barrios. —El escritor señaló a un hombre mal encarado que no les quitaba el ojo de encima, apoyado en la esquina de enfrente—. Pueden pensar que les quieren hacer la competencia a las busconas que rondan por aquí y verse en problemas. Os deseo suerte, si lo que buscáis es defender al rey. Un placer.

Quevedo se marchó y ellos se miraron los unos a los otros.

—¿Acento aragonés?

María abrió mucho los ojos.

—El duque de Híjar es aragonés y odia al conde-duque. Gaspar siempre se está quejando de él y de sus intentos de conseguir el favor del rey.

Juan se acercó a ella.

—Pero no es aragonés de nacimiento y ha crecido en la corte, así que no tiene acento y no desentona en la capital. Además, no creo que él se arriesgara a abordar así a un escritor tan reconocido como Francisco de Quevedo. Sería un escándalo.

—Puede haber sido cualquiera de su séquito —apuntó Juana—. Si todos vienen de Aragón, tendrán un acento similar, más fuerte cuanto menos noble sea su dueño.

—Intentaré acercarme a alguno de sus sirvientes —dijo Juan—. En el Alcázar es fácil mezclarse con los criados de los nobles.

Y así fue. Tres días después, Juan llegó del Alcázar bastante alterado. Buscó a Juana y se apartaron a un rincón donde ni familia ni sirvientes pudieran poner la oreja.

—He trabado cierta amistad con un caballerizo del duque de Híjar.

Juana se inclinó hacia delante.

—¿Y qué has averiguado?

—Para empezar, que casi todo su grupo de confianza es de origen aragonés, así que es muy probable que tengan acento.

Juana asintió y se quedó a la espera.

—Además, me ha confirmado que, hace un par de semanas, uno de los hombres de su círculo más cercano tomó un caballo de las cuadras a altas horas de la noche y no volvió hasta bien entrada la madrugada.

—Pudo haber salido a cualquier taberna o mancebía.

—O también pudo acudir al encuentro de nuestro amigo Quevedo. El caballerizo me ha asegurado que no es habitual que esa gente salga por la noche, así que la segunda opción gana fuerza.

—¡Buen trabajo, Juan! ¿María lo sabe?

Juan sonrió, un poco avergonzado.

—Le he escrito una nota en cuanto me he enterado —dijo.

—Bien, pues ya estamos más cerca de averiguar si el duque de Híjar está detrás de esta conjura. Intenta sonsacarle quién era ese hombre.

Juan negó con la cabeza.

—Ya lo he intentado, pero no me dio su nombre. Creo que, después de contarme lo de la escapada nocturna, se arrepintió y subió la guardia. Probaré de nuevo, pero dudo mucho que consiga nada.

53

Tal y como Francisco de Quevedo había pronosticado, poco tiempo después, el rey decidió ponerse al frente de las tropas para sofocar las revueltas catalanas. Eso conllevaba un problema importante: quién asumiría la regencia en su ausencia.

—Felipe, sabes que estoy preparada, puedo hacerlo —dijo la reina.

Él asintió.

—Lo sé. Es cierto que, a lo largo de todos estos años, nunca te he dejado asumir responsabilidades políticas y empiezo a pensar que ha sido un error.

Isabel disimuló la sorpresa que le provocó esta respuesta y se acercó más a su esposo. Estaba embarazada de nuevo y ambos tenían la ilusión de que esa preñez diera un fruto saludable, un varón que terminara de afianzar la dinastía, justo cuando la sucesión estaba asegurada con un Baltasar Carlos de once años fuerte, despierto y ágil, y la infanta María Teresa crecía sana y feliz.

—Felipe —dijo ella—, siempre te he apoyado en todo. Llevo años observando, aprendiendo, y nadie te conoce mejor que yo, ni siquiera ese valido tuyo que tanto presume de ser la persona más cercana a ti, incluso por encima de mí. —Hizo como si no viera el leve fruncimiento de ceño de su esposo—. Confía en mí, no te fallaré.

Felipe paseó por la estancia y luego volvió al lado de la reina.

—Me llevaré al conde-duque de Olivares conmigo a Cataluña —decidió—, y estaré mucho más tranquilo si tú asumes el mando en mi ausencia. —Apoyó la mano en su tripa—. Sé que no siempre te he tratado bien, Isabel, y que has tenido que aguantar muchas cosas. Pero confío en ti más que en nadie. Quiero darte la oportunidad que hasta ahora te he negado. Sé que serás una magnífica regente.

Isabel sabía tan bien como Felipe que no solo se estaba refiriendo al gobierno, sino a sus múltiples aventuras y encaprichamientos, algunos de los cuales habían pasado a ser de dominio público, para mayor humillación de la reina. Había sufrido por esos engaños, y todavía más por los incesantes nacimientos de bastardos sanos, cuando de todos sus embarazos ella no había conseguido que salieran adelante más que dos hijos. Y sí, lo había pasado muy mal, sobre todo mientras duró su relación con la actriz, y también con los rumores de su obsesión por aquella monja. Pero supo mantenerse en su lugar, guardarse su orgullo herido y mostrar toda su dignidad ante los demás.

Y por fin, después de tantos años, aquello comenzaba a dar sus frutos. Además del cariño del pueblo, que había recibido en grandes cantidades y siempre caldeaba su corazón herido, empezaba a recibir la confianza y el respeto del rey. Y que Su Majestad tomara más en cuenta sus opiniones significaba, también, que hacía menos caso a ese arribista del conde-duque de Olivares. Suspiró satisfecha.

—Haré que te sientas orgulloso.

Esa misma tarde, la reina y el valido de Su Majestad coincidieron en una recepción. El conde-duque hizo una profunda reverencia e Isabel inclinó la cabeza, sin disimular su gesto triunfante.

—Esta vez vuestras argucias no han servido de nada, excelencia, y el rey ha decidido confiar en mí.

Gaspar sonrió y encogió los hombros.

—Es el rey quien decide, majestad. Yo solo soy su humilde servidor.

La reina soltó una carcajada muy poco apropiada y se cubrió la boca con las manos.

—Seguro que sí. Solo quería deciros que, a partir de hoy, deberéis tenerme en cuenta. No vais a poder mantenerme apartada más tiempo.

El valido hizo una nueva reverencia.

—Lamento muchísimo si la reina se ha sentido en algún momento así por mi culpa. Siento el mayor de los respetos por la madre de nuestro futuro rey.

Isabel resopló y decidió terminar la conversación.

—Bien, continuad con la pantomima, si gustáis. Pero, os lo advierto, no volváis a subestimarme.

Y se marchó con la barbilla en alto. Al conde-duque la sonrisa se le quedó congelada en la cara unos segundos, pero entonces se dio cuenta de que estaba a la vista de decenas de personas y volvió a colocarse la máscara de la indiferencia para tapar la duda, la indignación y el temor que le embargaban.

Felipe IV, el conde-duque de Olivares y todo su séquito salieron camino a Zaragoza apenas dos días más tarde. La situación en la frontera con Cataluña era muy delicada y convenía que el monarca apareciera por allí para dar ánimos a los soldados que trataban de contener las revueltas. Gaspar se despidió de su esposa con el encarecido ruego de que vigilara a la reina y le escribiera frecuentes y detalladas cartas al frente, poniéndole al día de todo.

El viaje fue tranquilo hasta llegar a Zaragoza, donde se alojaron en el palacio del duque de Híjar. Como principal noble de Aragón, tenía el derecho y el deber de alojar al rey en sus visitas a esas tierras. Rodrigo Sarmiento de Silva de Villandrando y de la Cerda, IV duque de Híjar por matrimonio, reclamó ese derecho de forma tan clara que, por mucho que Gaspar tuviera que masticar bilis, Felipe no se opuso.

Se alojaron en su palacio. Al rey le cedió sus propias habitaciones, las más grandes y decoradas con más riqueza. Para Gaspar preparó otras, de buen tamaño y cómodas, pero más apartadas de las del rey de lo deseable. El conde-duque sabía perfectamente que aquello era una argucia para que Su Majestad no tuviera cerca a su valido y fuera el duque de Híjar quien pudiera estar a su lado en los momentos de necesidad, pero se prometió que dormiría a los pies de la cama de Felipe, si no había otro remedio, con tal de que aquel petimetre con ínfulas no tuviera libre acceso al monarca.

Aquella noche, durante la cena, el duque de Híjar hizo comentarios muy inoportunos y ofensivos sobre el conde-duque, pero rebozados de tal cortesía que Gaspar no pudo exigir reparación alguna. Poco a poco, los ataques se fueron tornando menos discretos.

—En la capital siempre estáis entretenidos, ¡qué envidia! —dijo ya a los postres—. Aquí la vida es más aburrida y me entero de las cosas cuando ya han pasado. Por ejemplo, ese divertido pasquín que corrió hace unas semanas y que me mandó un amigo, *La cueva de Meliso*.

Gaspar torció el gesto, pero no intervino. Felipe, sin embargo, ni se inmutó.

El duque se llevó la copa a los labios antes de continuar.

—¿Será cierto que Quevedo es el autor? Por supuesto, lo que dice es inadmisible y habéis hecho muy bien en recluirlo en el convento de San Marcos, en León. —Extendió los brazos al frente para mostrar una repulsa que no se vislumbraba en su gesto—. Pero hay que admitir que está muy bien escrito. Y quién sabe si no lleva algo de razón en sus acusaciones.

Gaspar dejó la copa en la mesa con tanta fuerza que derramó el vino.

—¡Esto es un insulto! No voy a consentir que se me ofenda de manera impune. Duque, no tenéis ni idea de lo que significa la palabra «hospitalidad».

Rodrigo, duque de Híjar, sonrió como si observara la pataleta de un niño caprichoso.

—¡Oh, cuánto lamento que os hayáis ofendido! Aceptad mis disculpas, pensé que, si lo que cuenta ese libelo es tan falso como aseguráis, os haría más gracia que daño.

El rey resopló.

—Os agradezco vuestra hospitalidad, duque. Pero si faltáis a mi valido, me faltáis a mí, ya que soy quien le ha puesto en la posición que ocupa. No podré seguir siendo vuestro huésped si no medís vuestras palabras.

El rostro del aragonés se ensombreció y sus labios se fruncieron en una mueca, pero enseguida recuperó el semblante amable que siempre mostraba a Su Majestad e inclinó la cabeza.

—Disculpad mi torpeza, majestad, ¡no sabéis cuánto lo siento! No se volverá a repetir, os lo juro por mi honor.

Y los insultos y las amenazas veladas cesaron, al menos en presencia de Felipe. Pero, en cuanto este se ausentaba, volvía a la carga. Llegó un punto en que el conde-duque perdió los papeles.

—Duque, por lo que cuentan, sois una persona inteligente —dijo apretando los puños para contenerse y no hacer uso de la fuerza física—. No sé qué habrán visto en vos quienes afirman eso, pero puedo aseguraros algo: si existe en esa cabeza de chorlito algún rincón pensante, ponedlo a calcular cuán inteligente es ofender de forma continuada al hombre más poderoso de este reino.

Gaspar respiró hondo para controlar su ira y prosiguió:

—No me subestiméis. Con solo decirle al rey que sois un incordio, vuestros días en la corte habrán terminado. No insultéis mi inteligencia haciendo creer que vuestras frases son inocentes y no pretenden ofender. Contened vuestra lengua o no llegaréis a mañana con ella en la boca, eso os lo aseguro.

El duque de Híjar fue a responder, pero apretó los labios e hizo una reverencia. Tras pensárselo mejor, dijo:

—No os daré motivo alguno para libraros de mí, pero tened esto en cuenta: llegará el día de vuestra caída y yo estaré allí, en primera fila, para reír a gusto.

Entonces mostró su sonrisa arrogante, dio media vuelta y se marchó.

Querida Inés:

Ya llevamos unos meses en el frente y no sabes cómo te extraño. Este insoportable, malcriado y niñato duque de Híjar aprovechó cada momento que estuvimos en Zaragoza para faltarme al respeto y malmeter entre el rey y yo. Por fortuna, Felipe no hizo ningún caso de lo que decía, pero temo que algún día le preste oídos y entonces quién sabe.

Estuvimos unas semanas en el frente con él al lado, y luego volvimos a Zaragoza. Después regresamos a Cataluña, aunque él se quedó en Aragón, y aquí seguimos. Conseguí que Su Majestad ofreciera al duque el cargo de general de la caballería de Cataluña, pero este lo rechazó. ¿Te imaginas? ¡Qué desfachatez! Su primera oportunidad de estar al mando y él dice que no porque se niega a estar a las órdenes del conde de Santa Coloma, con cuyo linaje le enfrentan diversos agravios desde tiempos pasados.

Me daría la risa si no fuera tan pesado.

Aun así, cuando volvamos a casa, que ya no debe faltar mucho, trataré de que venga con nosotros. Es un hombre peligroso para mí y más vale tenerlo cerca para poder vigilarlo. Además, no quiero que sea lo único que se interponga entre Cataluña y nosotros. Tiene tantas ansias de poder que a saber en qué intrigas podría meterse.

Poco te puedo decir de la marcha de la campaña. Parece que vamos dominando a los catalanes, pero no terminamos del todo con la resistencia. Creo que falta poco para considerar esto una victoria, pero me pregunto por cuánto tiempo podremos dormir tranquilos. Imaginarme a ese enviado del diablo, el cardenal Richelieu, viendo sus planes truncados, al menos de momento, me provoca una gran satisfacción.

¿Cómo están las cosas por allí? Ya sé que te niegas a actuar como una espía a mi servicio, y lo respeto, pero cuéntame lo que ocurre, si no lo consideras traición a la reina. Sé que se desenvuelve bien en su regencia, según las noticias que llegan hasta aquí. ¿En quién se apoya? ¿Quién la aconseja? Imagino que Luisa Enríquez seguirá siendo su valida. Es una mujer muy inteligente. ¡Qué lástima que sea contraria a nosotros!

Espero que Isabel falle en alguna resolución. Temo que, de no ser así, a nuestra vuelta, Su Majestad se apoye cada vez más en ella y menos en mí.

No puedo escribir más, esposa mía. El rey me reclama a su lado; vamos a pasar revista a las tropas y a debatir nuestro siguiente movimiento táctico. Te echo de menos, a ti y tus tisanas. Los dolores de cabeza me hacen la vida muy difícil y cada vez son más frecuentes. La tensión de mantener al rey a salvo, asesorarle y, además, lidiar con tener al duque de Híjar a nuestras espaldas y a los catalanes enfrente, me está pasando factura.

Espero poder verte en breve.

Te quiere,

Tu esposo

Gaspar entregó la carta lacrada y sellada a un correo y acudió a la tienda del rey. Cuando entró, Su Majestad ya estaba de pie, vestido con armadura, frente a una mesa en la que se representaba la posición de los ejércitos. Contaban con una clara superioridad numérica y táctica, pero no estaba todo ganado. El conde de Santa Coloma se encontraba también allí y saludó al conde-duque de Olivares.

—¡Acercaos! —le dijo—. Estamos estudiando el terreno para la siguiente ofensiva.

Otros tres altos mandos observaban el mapa con concentración. Gaspar se unió, parpadeó para intentar enfocar la vista y puso su cerebro a trabajar.

54

Corría el año del Señor de 1642. La situación en Cataluña estaba controlada, aunque distaba de haberse resuelto. Seguían las tensiones políticas en la zona, pero ya no era necesaria la presencia del monarca, que había regresado a Madrid acompañado, por supuesto, del conde-duque.

El rey había tenido sus aventuras mientras había estado ausente, claro. En Zaragoza había seducido a numerosas mujeres, tanto de la nobleza local como del servicio del palacio del duque de Híjar, pasando por hermosas campesinas y experimentadas cortesanas. Incluso en el frente había gozado de las atenciones de las rameras que, desde el principio de los tiempos, acompañaban a los soldados que iban a la guerra.

Sin embargo, ninguna de ellas había logrado trastornar su corazón ni volverlo loco de amor y deseo. Y cuando llegó al Alcázar, lo primero que hizo fue retirarse a sus aposentos con la reina y demostrarle, durante un día y dos noches, lo mucho que la había echado de menos.

Isabel había perdido a la hija que esperaba tras un parto entre agónicos dolores. Felipe se acababa de marchar cuando aquello sucedió y no pudo dar consuelo a su triste esposa, aunque quienes estaban a su lado, como Inés y Luisa, se percataron de que su duelo había durado menos que en ocasiones anteriores.

Tal vez porque ya estaba resignada a la tragedia de perder a sus hijos, tal vez porque no sentía ya la presión de antaño al tener dos vástagos vivos y sanos, o tal vez, y eso era lo que pensaba la condesa-duquesa de Olivares, porque el gobierno de la nación la absorbía tanto que puso todo lo demás en segundo plano.

—Has hecho un gran trabajo —le dijo Felipe a su esposa en el lecho, después de saciar sus ansias. Mientras le acariciaba la melena, la reina se apoyaba en su pecho con los ojos cerrados y esbozaba una sonrisa—. He seguido muy de cerca tus decisiones y debo decir que todas han sido acertadas y se han demostrado como la mejor opción.

Isabel entreabrió los ojos.

—Me hace muy feliz que pienses eso, Felipe. Aunque estoy segura de que a tu valido no le habrá hecho mucha gracia.

Felipe rio entre dientes. Siempre le había desagradado esa enemistad entre dos de las personas más importantes para él, pero de un tiempo a esta parte hasta disfrutaba viendo esa disputa desde la barrera.

—Incluso él ha tenido que admitir que tu trabajo ha sido magnífico. No negaré que, en alguna ocasión, al aceptar ese hecho más parecía estar chupando un limón, pero, si algo no es Gaspar, es hipócrita. Creo que podríais llegar a llevaros bien.

Entonces la que rio fue Isabel. Apoyó las manos en el pecho de su esposo y alzó la cabeza.

—Eso no ocurrirá jamás, esposo mío. Tu valido es adicto al poder y elimina a cualquiera que le haga sombra. De mí no puede librarse y, ahora que tú me muestras tu confianza en el gobierno, tampoco podrá neutralizarme manteniéndome apartada. Soy una amenaza para él y te aseguro que no cederá el mando con facilidad.

Felipe frunció el ceño.

—El rey soy yo. Las decisiones son mías. Mío es el poder. Mi valido solo me aconseja, y muy bien, por cierto.

Isabel se dio cuenta de que no debería haber dicho aquello. Volvió a apoyarse sobre Felipe y comenzó a juguetear con el vello de su pecho.

—Por supuesto. Y no me cabe duda de que el conde-duque te sirve, a ti y al reino, con todo su corazón. Solo quería decir que no consiente que nadie te ronde con otras ideas en la cabeza.

Felipe suspiró.

—Sé lo que se murmura, Isabel. Ya sé que Gaspar ha acumulado cantidades ingentes de poder, pero ha sido porque yo lo he permitido. ¡No me ha hechizado, por Dios bendito! Siempre ha estado a mi lado, me ha demostrado su lealtad, cuidó de mí cuando era un niño con una corona y sus consejos siempre han resultado ser de gran utilidad. Es cierto que le incomoda que le lleve la contraria y que tome decisiones con las que no está de acuerdo, y que trata de conseguir que se haga lo que él dice, pero es solo porque cree, con sinceridad, que es la mejor opción.

Se quedaron en silencio. Entonces Felipe acarició la cabeza de Isabel y alzó su barbilla con la mano.

—No me gusta que hablemos de estos asuntos en el lecho, esposa mía. Hay otras cosas más interesantes y placenteras a las que dedicar el tiempo.

Isabel fue consciente de que era mejor dejarlo estar, así que sonrió y besó a su esposo. Su victoria durante esa regencia había sido colosal. El tiempo del conde-duque de Olivares se acababa y el suyo comenzaba. Solo tenía que esperar.

Inés había dedicado su tiempo al cuidado y educación del heredero y la infanta. Durante esos meses no había permanecido tan cerca de la reina como era habitual.

—Apenas he estado con ella —le dijo a Gaspar cuando ambos se pusieron al día.

La relación con su esposo hacía tiempo que ya no era carnal. Tenía cincuenta y seis años y ya no estaba para esos trotes, pero lo que no se había perdido eran el cariño y el respeto mutuo. Además de su complicidad en la lucha por el poder.

—Luisa es la que estaba a su lado día y noche, asesorándola en el gobierno, cumpliendo sus órdenes y haciéndole compañía.

Contaba conmigo en ocasiones, las suficientes como para no ofender: algunos paseos, servicios religiosos y obras de teatro. Pero, en el día a día, Baltasar Carlos y María Teresa han sido mi principal ocupación.

—¿Te has sentido relegada por la reina? —preguntó Gaspar, con las cejas juntas.

Inés negó con la cabeza.

—En absoluto. Siempre tiene una sonrisa para mí y me trata con una cortesía exquisita. Sé que me aprecia, Gaspar, a pesar de sus sentimientos hacia ti. Es solo que ahora mis obligaciones son otras y ella tiene menos tiempo de ocio que compartir con sus damas, incluso con su camarera mayor.

—No me gusta —dijo su esposo.

Inés pensó sus palabras antes de responder.

—Lo entiendo. Isabel es ya una mujer de casi cuarenta años que busca ocupar su sitio y no quiere que nadie se interponga. Y tú estás en primera línea. Creo que va contra ti, quiere verte fuera de la corte, pero dudo que busque hacerte daño, ni mucho menos perjudicarme a mí.

—No sé cómo contrarrestar su influencia creciente en el rey.

Inés puso una mano sobre el antebrazo de su marido.

—¿Has pensado siquiera en la posibilidad de no resistirte?

Gaspar la miró como si estuviera loca, y ella se explicó:

—¡Mírate! Tus jaquecas son continuas. Casi no duermes, estás todo el día a disposición de Su Majestad y por las noches debes acompañarle en sus aventuras adúlteras y velar por él. El pueblo se inventa historias sobre ti y ahora la reina quiere reclamar su poder. ¿No sería el momento de retirarnos? ¿De volver a nuestras tierras y llevar una vida tranquila, tú y yo, lejos de calumnias y tantas tensiones?

Gaspar cerró los ojos, como si estuviera valorando esa opción. Luego los abrió y sacudió la cabeza.

—No, Inés. Esta es mi vida. El reino me necesita. Felipe me necesita, aunque él crea que no. No voy a marcharme ni voy a permitir que me echen sin presentar batalla.

Inés suspiró.

—Me temía esa respuesta. Está bien, entonces me tendrás a tu lado.

El rey cuestionaba a menudo a su valido, más a menudo de lo que a Gaspar le hubiera gustado, sobre los asuntos a tratar en el despacho del gobierno. En el consejo, Felipe seguía sin tomar decisiones directas. Decía que debía pensarlo y luego lo debatía con él. Sin embargo, desde su vuelta de Cataluña, el conde-duque se había encontrado con algunas dificultades.

—Creo que lo adecuado sería enviar más hombres a Cataluña, majestad —le aconsejó Gaspar.

Felipe se rascó la barbilla.

—No es mala idea. Sin embargo, la reina opina que debería prestar más atención a Flandes. Con la merma de nuestra armada desde la derrota en la batalla de las Dunas, apenas podemos enviar suministros ni hombres a ese frente.

Gaspar contó hasta diez en silencio.

—La reina es una mujer muy perspicaz —dijo—, pero le falta perspectiva. Flandes está lejos y Cataluña está a un paso. Es mejor atender a lo más cercano primero.

—La situación es desastrosa en el extranjero. El imperio está en peligro, conde-duque. Isabel acierta en eso. Debemos intentar minimizar los daños. Francia gana posiciones, a pesar de nuestra reciente victoria en Honnecourt, y Richelieu financia las guerras de Portugal y de Cataluña para mantenernos ocupados y que no veamos más allá de nuestras fronteras. Hay que hacer algo o perderemos esos territorios por los que tanto hemos luchado.

—Pero... —se interrumpió, tragó saliva y sonrió—. Tenéis razón, majestad. Lo primero es lo primero. La situación en Portugal y en Cataluña está controlada, de momento. Miremos a Europa.

Gaspar salió de aquella reunión con un fuerte dolor de cabeza y un dolor sordo en el pecho. Perdía influencia, lo veía día a día, y lo peor era que no sabía cómo solucionarlo. Así que hizo lo que llevaba haciendo durante años: acudió a Leonor.

La casa de la adivina estaba como siempre. Encontró la puerta abierta, el recibidor oscuro, la sala llena de hierbas colgadas y elementos extraños. Hasta la mesa donde se sentaba para hacer las consultas era la misma que veinte años atrás. Leonor, sin embargo, sí que había cambiado. Había ganado peso y perdido lozanía. Nunca fue una mujer hermosa, pero las arrugas ya surcaban un rostro de mejillas hundidas, igual que las ojeras, que bajaban, violáceas y profundas, más allá de su pómulo marchito.

Solo sus ojos resplandecían con el fuego de antaño, aunque Gaspar hubiera jurado que con un brillo algo apagado. Sin embargo, Leonor sonrió como si no hubiera pasado el tiempo.

—¡Excelencia, qué alegría teneros de vuelta! No sabéis cuánto os he echado de menos. Venid, sentaos, ¿qué deseáis saber?

Gaspar hizo su pregunta y ella sacó las cartas, quemó unas hierbas y miró en la palma de la mano del conde-duque.

—No debéis preocuparos, excelencia. Ningún peligro se cierne sobre vos. El rey os ama como siempre y veo que vuestra influencia no se verá mermada. Contadme un poco más lo que os aflige.

Solo con aquella mujer, aparte de su esposa, se sentía libre para verbalizar sus miedos. Leonor le escuchó, soltó un murmullo de comprensión y volvió a concentrarse.

—Estáis a salvo, esto es algo pasajero. Seguid actuando como siempre, no cambiéis nada; pronto volveréis a ocupar el lugar que os corresponde.

Gaspar suspiró, pero el alivio no hizo acto de presencia.

El conde-duque siguió acudiendo a Leonor, cada vez más a menudo, y se dio cuenta de que ella nunca cambiaba su respuesta.

«Seguid igual, no hay peligro, no temáis». Sus palabras reverberaban en la mente de Gaspar, pero él, por primera vez, tenía dudas.

—No deberías visitar tanto a esa mujer —le dijo Inés.

—Me tranquiliza que me diga lo que está por venir —respondió Gaspar, aunque ya no tenía claro si se estaba engañando a sí mismo.

—Esos tónicos que te da... No me fío, Gaspar. Sabes que no suelo equivocarme, y algo ahí me huele mal.

—¿Crees que me está envenenando? —preguntó entre risas, como si no diera crédito. Sin embargo, se calló cuando vio que Inés se había puesto muy seria.

—Podría ser —dijo ella—. Cada vez tienes más jaquecas, más ataques de ciática. ¡Apenas te puedes mover sin esa muleta! No me gusta. Quizá te hayan echado algún maleficio, o tal vez se trate de mal de ojo. O algo peor. He intentado muchas veces que dejes de tomar sus mejunjes. Yo puedo prepararte revitalizantes, ya lo sabes. Te irán mucho mejor. Pero no veas más a esa bruja, no te conviene.

Gaspar sintió que la ira se apoderaba de él.

—¡Esa bruja me ha dado su apoyo desde hace muchos años! —gritó—. No consiento que te metas con ella. Confío en su criterio, en su visión y en sus hierbas.

Inés no se dejó intimidar por la furia de su marido, un hombre del tamaño de un oso.

—Sabes que yo puedo hacer mejores preparados.

Él bajó el tono de voz, pero no su dureza.

—Tú eres una mujer noble. No es propio de tu condición hacer esas cosas y no quiero que nadie murmure que mi esposa es una bruja, bastante tenemos con lo mío. Si digo que Leonor es de fiar, es que lo es. No hay más que hablar.

—Pero...

—He dicho que no hay más que hablar.

Se marchó cojeando, e Inés se quedó sentada en la silla, consternada, mirando por la ventana el crepúsculo que teñía de añil, rosa, rojo y amarillo el cielo de Madrid. Gaspar y ella siempre habían intercambiado opiniones y a veces habían estado en desacuerdo. Pero nunca le había gritado de esa forma en defensa de aquella bruja. No le gustaba nada el ascendiente que tenía sobre él.

María apareció en aquel momento en la puerta.

—Es tarde ya, ¿queréis que os ayude a prepararos para dormir? —preguntó.

Inés negó con la cabeza.

—Aún no. Pero ven, siéntate y léeme algo, por favor. Necesito distraerme.

María cogió la biografía de santa Teresa de Jesús, cuya copia Inés había conseguido en un convento, y comenzó a leer mientras ella contemplaba el anochecer por la ventana, absorta. María tuvo que encender una vela para seguir con la lectura cuando la luz se extinguió. Una sirvienta entró e iluminó el resto de la habitación.

Inés esperó a que la criada se marchara y miró a María.

—¿Pensarías que estoy loca si te digo que creo que están embrujando a mi esposo?

María dejó el libro en la mesa.

—¡Por supuesto que no! ¿Qué os inquieta?

Inés se sinceró y le contó sus temores. María siempre había demostrado ser digna de confianza y ella necesitaba sacar toda la inquietud que llevaba dentro.

María la escuchó sin interrumpir y, cuando acabó, dijo:

—Sé que esto es muy poco ortodoxo, prima, y que os sorprenderá, pero ¿estaríais dispuesta a dejar que investigara este asunto? No es la primera vez que Juana y yo intentamos desvelar algún secreto. Se nos da bien.

Inés se la quedó mirando.

—¿Juana y tú? ¿Qué habéis investigado?

María se puso colorada y la culpa volvió a morder sus entrañas. Jamás admitiría que indagaron sobre ella y su práctica con las hierbas.

—Han sido tontadas, pero hemos conseguido buenos resultados.

—¿Dos mujeres solas? Es muy arriesgado.

—No vamos solas —puntualizó María—. Juan nos acompaña. —Cuando vio la cara de incomprensión de su prima, lo aclaró enseguida—: Juan, el sirviente de Diego de Velázquez, nos guarda las espaldas.

Inés calló, apretó los labios y luego asintió.

—Está bien. No veo por qué no podéis tratar de averiguar algo. Estoy harta de lo que es correcto y lo que no. No es lo habitual, desde luego, pero confío en ti y confío en Juana. Nunca te ha fallado en todos estos años. Pero tened mucho cuidado, por favor.

55

A la mañana siguiente, María fue a ver a Juana con la impaciencia y la anticipación burbujeándole en el pecho. Por fin podía hacer algo que compensara el haber sospechado de su prima. Necesitaba redimirse, y ayudar a Inés en ese asunto era perfecto. Le contó a su amiga toda la conversación y ella accedió enseguida a investigar. A quien no le gustó tanto la idea fue a Diego. Estaban hablando tras la cena, solos los dos, en la salita, cuando Juana sacó el tema.

—No me gusta —dijo Diego, muy serio—. ¿Dos mujeres solas, recorriendo las calles de Madrid de día y de noche? Nunca te he dicho lo que puedes hacer y lo que no, Juana, pero aquí ya no se trata de reputación, sino de seguridad. ¡A saber lo que podría pasaros!

Juana se armó de paciencia.

—Amor mío, no es la primera vez que investigamos algo, y tú lo sabes. Seremos muy cuidadosas. No temas por mí, soy muy capaz de mantenerme a salvo.

Diego seguía con el ceño fruncido y los brazos cruzados.

—¿Vais a investigar a esa Leonor? Si es verdad que hay algo siniestro detrás, puede ser muy peligroso.

—Tenemos la protección de Inés de Zúñiga. Y seremos muy discretas, te lo prometo.

El pintor gruñó.

—Sigue sin gustarme, pero, si os lo ha pedido ella, no puedo negarme. Por favor, ten mucho cuidado, Juana. Quiero ayudar al conde-duque, pero no a costa de tu seguridad.

Juana le dio un beso.

—¡Sabía que lo entenderías!

—Pero Juan irá con vosotras —añadió Diego—. Me siento más tranquilo si lleváis a alguien que sabe usar las armas, y él tiene mi total confianza.

Ella asintió.

—Ya lo había pensado, esposo mío. No soy tan inconsciente.

Dos días después, María envió un mensaje urgente a Juana. Inés le había dicho que el conde-duque iba a salir esa tarde a visitar a Leonor.

A la hora acordada, Juana, María y Juan, que también se sentía mejor acompañando a las dos mujeres para ofrecerles protección, se dirigieron a la calle donde residía la bruja. Llegaron pronto y se apostaron en una esquina desde la que se veía la puerta. Al poco tiempo, una carroza enfiló la calle, luego se detuvo y una figura grande y robusta descendió y se introdujo en la casa cojeando, asistido por una muleta. Tardó algo más de media hora en salir. Entonces los tres se encaminaron hacia el edificio, pero a mitad de camino una señal de María les advirtió de que se detuvieran: una figura embozada había salido de otra esquina y se dirigía a grandes zancadas hacia la casa de Leonor. Entró sin llamar, como si lo tuviera por costumbre.

Se miraron unos a otros. Aquello era, cuando menos, inusual. Lo más probable era que ese hombre también estuviera siguiendo al conde-duque. El encapuchado tardó poco en salir. En cuanto lo vieron asomar, Juana se ajustó el manto a la cabeza, que le tapaba casi toda la cara, y se encaminó hacia el hombre misterioso, como si fuera a entrar en la casa de Leonor. Al cruzarse, simuló tropezar con él, y la capucha le resbaló con el choque dejándole al descubierto el rostro.

—¡Quita de ahí, buscona! —ladró el hombre, que se apresuró a colocarse de nuevo el embozo. Miró a Juana con fastidio—.

Cómo no, una tapada de medio ojo. ¡Más te valdría quedarte en casa y no ir por la calle provocando!

Juana vio por el rabillo del ojo que Juan se acercaba. Sabía que acudía a defenderla, pero ella negó de forma casi imperceptible para frenarlo, murmuró una disculpa al embozado, hizo una media reverencia y siguió su camino. Se detuvo poco antes de llegar a la puerta y esperó a que sus compañeros la alcanzaran.

—¡Malnacido! —dijo Juan—. No sé por qué no habéis dejado que fuese en vuestro auxilio, señora.

Juana hizo un elocuente gesto.

—Por mucho que tú también vayas embozado, se ve tu piel. Es muy reconocible y es mejor que nadie ate cabos y nos descubra.

—Aun así, he podido verle la cara y sé quién es —dijo él.

Las dos mujeres lo miraron, expectantes.

—Es un agente del duque de Híjar. Lo he visto con su séquito cuando viene a la corte.

—Pero el duque ahora está en Aragón —dijo María.

Juan asintió.

—Así es. Por lo que mucho debe interesarle este asunto para dejar aquí a uno de los suyos.

—Venga, vamos —dijo María, impaciente, y dio un paso en dirección a la casa.

Juana la frenó.

—Es mejor que solo entre una, así la bruja se sentirá más en confianza.

Juan miró a María.

—¿Es posible que Leonor te haya visto en alguna ocasión cuando acude al Alcázar?

María dudó y luego asintió.

—Nos hemos cruzado un par de veces cuando ella llegaba y yo salía. Pero no sé si se habrá fijado en mí.

Juana tomó la decisión.

—Entonces iré yo. A mí no me conoce. No os alejéis, pero

tampoco os quedéis muy a la vista. Veamos qué puedo averiguar.

—No —dijo María—. No quiero que entres sola, a saber qué ocurre ahí dentro. Voy contigo.

Juan las miró, con la duda instalada en los ojos.

—Iremos los tres.

María negó con la cabeza.

—Eso sí que sería sospechoso. Es mejor que nos hagamos pasar por dos mujeres buscando la ayuda de una adivina.

—Además —terció Juana—, alguien tiene que vigilar aquí fuera.

Juan cedió, aunque nada convencido.

—Está bien. Pero si os veis en apuros, gritad y entraré al momento.

Su mano acarició el jubón, donde ambas sabían que escondía un puñal. No podía llevar una espada a la vista, dado que no le correspondía por estatus, pero no iba a salir desarmado. Ellas asintieron.

Entraron en la vivienda con precaución. Parpadearon y miraron a su alrededor hasta que sus ojos se acostumbraron a la escasa luz, pero no había nadie.

—¡Ah de la casa! —llamó Juana.

Entonces oyeron pasos a su izquierda y apareció una mujer que debía de ser Leonor. Llevaba un vestido marrón y una toca, y en su rostro se adivinaba una edad avanzada. Las miró con las cejas juntas.

—¿Quiénes sois y a qué habéis venido? —preguntó.

—Necesitamos ayuda y me han hablado bien de vos y de vuestras artes —respondió Juana.

—Lo lamento, señora, la consulta no está abierta.

—Por favor —rogó Juana—. Nos ha costado mucho venir hasta aquí.

Leonor las miró de arriba abajo y resopló; luego se dirigió a su gabinete.

—Seguidme —dijo.

Cuando estuvieron sentadas, la adivina se fijó en Juana, que era la que había hablado, sin prestar apenas atención a María. Cogió el mazo de cartas.

—Muy bien —dijo—. ¿Cuál es vuestra pregunta?

Juana no llevaba nada preparado, actuaba sobre la marcha. Pensó con rapidez y soltó lo primero que consideró creíble.

—Es sobre mi matrimonio —confesó—. Quiero saber si mi esposo me es infiel.

Leonor rio con una risa hueca y carente de alegría.

—¿De verdad queréis saberlo? Decidme, ¿de qué os serviría conocer si vuestro esposo os engaña? ¿Cambiaría mucho vuestra vida?

Juana asintió.

—La verdad es importante.

Leonor se encogió de hombros y comenzó a sacar cartas. Las observó con atención y miró a Juana con cierta suspicacia. También destapó la bola de cristal y escudriñó en su interior. Entonces levantó la vista.

—No debéis preocuparos por vuestro marido. Os es fiel..., de momento.

Juana alzó las cejas. ¿De momento? ¿Qué demonios significaba eso? Pero Leonor no había terminado de hablar.

—Siento mucho la pérdida de vuestra hija, señora. Fue hace muchos años, pero veo que aún os duele. Si me permitís un consejo, debéis endurecer vuestro corazón para las pérdidas que vendrán más adelante.

Juana sintió un intenso escalofrío. Miró asombrada a la hechicera. ¿Cómo podía saber eso? Iba a preguntárselo cuando la bruja volvió a hablar, con una mueca irónica instalada en el rostro y la vista dirigida hacia María.

—¿Y vos? ¿No queréis saber nada acerca de vuestro futuro? ¿Si podréis desposaros algún día con ese amante vuestro tan inconveniente?

María abrió la boca para contestar, sin dar crédito a lo que sus oídos acababan de escuchar. Sin embargo, sin darle la oportunidad de hablar, Leonor continuó:

—Tal vez vuestro acompañante esté pasando frío. Podéis decirle que pase, si lo preferís.

Juana se levantó de un salto, alarmada. Miró a su alrededor, pero no había nadie más. Volvió a mirar a Leonor, que seguía en su silla sin apartar la vista de ella.

—¿Cómo sabéis que venimos acompañadas?

Leonor sonrió mostrando los dientes.

—¿Pensabais que soy una estafadora? ¿Que no sé leer las señales?

Juana respiró hondo y se sentó de nuevo.

María tomó la palabra:

—Bien, en ese caso no tiene sentido fingir por más tiempo. No sé si vuestras cartas os habrán dicho algo de esto, pero hemos venido a averiguar si formáis parte de una intriga contra el rey y el conde-duque de Olivares.

Leonor palideció. Sin duda, eso sí que no se lo esperaba.

—¡Por supuesto que no! Su Excelencia es uno de mis mejores clientes desde hace muchos años y siempre me ha tratado con respeto y afecto. Nunca haría nada que pudiera perjudicarlo.

Entonces Juana dejó a un lado todo miramiento.

—Sabemos lo de la figurita hechizada que escondisteis en su casa. Y también que el hombre que acaba de abandonar vuestro domicilio es un agente del duque de Híjar, de quien tenemos pruebas que lo involucran en actividades sospechosas. Estáis metida en un buen lío, Leonor.

La hechicera arrastró la silla hacia atrás e hizo ademán de levantarse, aunque no se movió. La sangre había huido de su rostro y parecía hecha de cera.

—¡No es posible! No es...

—La cosa es sencilla —dijo María—. Si colaboráis y nos contáis todo lo que sabéis, es muy posible que no salgáis mal parada. Vuestra detención es inevitable, pero puedo garantizaros un buen trato, la ausencia de torturas y, casi con seguridad, vuestra puesta en libertad en un tiempo prudencial. Pero debéis contarnos la verdad.

—¿Y si me niego? ¡Yo no sé nada!

—Entonces os denunciaremos a la Inquisición y no podré hacer nada por vos. Y si no salimos pronto de aquí, nuestro amigo entrará a buscarnos, no sin antes enviar esa denuncia. Vos decidís, Leonor.

La bruja miró en todas las direcciones, como si fuese a aparecer alguien para salvarla. Se levantó, indignada.

—¿Quiénes sois?

Juana se encogió de hombros.

—No veo qué interés puede tener eso.

—Lo tiene —dijo Leonor, que intentaba mantener la dignidad y el control—, sobre todo cuando habéis hecho una promesa que no sé si estáis en condiciones de mantener.

Las dos amigas se miraron. No querían descubrirse, pero debían presionar a la bruja si querían que colaborara sin demora. Fue María quien habló:

—Ella —dijo señalando a Juana— tiene muchos contactos en la corte y yo pertenezco al servicio de confianza de la condesa-duquesa. Si os digo que puedo garantizar vuestra seguridad, es porque es así. Pero debéis darnos algo a cambio que merezca la pena.

Leonor entrecerró los ojos y pareció sopesar su situación: entre una visita segura de la Inquisición y una posible venganza de sus enemigos, no sabía qué elegir. Cuando por fin tomó una decisión, volvió la vista hacia las dos mujeres, hundió la cabeza entre los hombros y comenzó a hablar en voz queda.

—Yo no sé mucho, señoras. ¡Debéis creerme! Hace años que un hombre apareció en mi puerta y amenazó con hacernos daño a mi familia y a mí si no colaboraba.

—¿Y qué quería de vos? —preguntó Juana.

—Información, al menos al principio. Quería que le contara lo que el conde-duque me revelaba, sus dudas y todo lo que pudiera sonsacarle acerca de su relación con el rey. Debilidades, miedos..., esas cosas.

—¿Y vos accedisteis, después de todo lo que el conde-duque ha hecho por vos?

Leonor la miró con ojos angustiados.

—No tenía elección. Me amenazaron no solo a mí, también a mi hija. Y tampoco me parecía tan grave, solo era un poco de información. Pero luego empezaron a exigirme otras cosas. —Al ver que Juana la miraba en silencio, continuó—: Hace unos años, el conde-duque me pidió algo para que el embarazo de la reina llegara a feliz término. Me obligaron a proporcionarle un tónico, solo que el brebaje en realidad estaba destinado a provocarle horribles dolores de cabeza. Me prometieron que no haría daño al bebé —añadió cuando vio el desprecio en la cara de Juana—. Supe que, si la reina sospechaba que el tónico y su malestar tenían algo que ver, culparía al conde-duque y este se vería en un grave aprieto. No fui capaz. Cambié el tónico por otro inocuo.

—¿Qué otras cosas habéis hecho?

—Desde hace un tiempo, me presionan mucho más. Sus planes deben de estar acelerándose, y hace meses que, en lugar del revitalizante que siempre le proporcionaba a Su Excelencia, le doy uno que provoca dolores y malestar.

—¿Lo estáis envenenando? —preguntó María, con cara inexpresiva.

Leonor negó con la cabeza.

—¡No! Nunca haría eso. Pero supongo que, si se siente enfermo, bajará la guardia y será más fácil de neutralizar.

Juana se levantó.

—¿Sabéis quién está detrás de todo esto? —preguntó.

—No —aseguró la bruja—. Siempre se comunican conmigo por medio del hombre que acaba de salir o envían a críos de la calle que actúan de mensajeros. No sé nada más, ¡lo juro por Dios!

María asintió y se dio la vuelta.

—Diré que habéis colaborado. Es todo cuanto puedo hacer.

—¡Esperad! —Leonor tendió una mano hacia ella, suplicante—. Mi hija, por favor, protegedla.

Juana y María se miraron.

—La Inquisición os detendrá. De este modo vuestros enemigos no sabrán que habéis hablado y vuestra hija estará a salvo. El Santo Oficio no os interrogará, os lo prometo. Y recibiréis un buen trato.

Cuando salieron de aquella casa, ya estaba anocheciendo. Juan aguardaba en la esquina con la vista fija en la puerta. En cuanto las divisó, se acercó a toda prisa.

—¿Os ha contado algo?

—Nos lo ha contado todo. Venga, vayámonos de aquí.

—¿Cómo has sabido que fue ella quien puso la figurita en el gabinete de los condes-duques? —preguntó María a Juana.

Esta sonrió.

—No lo sabía —dijo—. Pero tenía sentido, así que solo lo he dicho con seguridad.

Se marcharon a buen paso. Llegaron a una intersección, donde debían separarse.

—Juan, ¿por qué no acompañas a María al Alcázar? No me gusta la idea de que vaya sola —dijo Juana.

Juan se giró hacia María, pero ella protestó.

—¡Oh, vamos! Está aquí mismo. Vosotros tenéis más camino.

—María, preferiría acompañarte —dijo Juan.

—¿Y dejar sola a Juana? Ni hablar. No merece la pena ni coger un coche, llegaré antes de que se haga de noche. ¡Venga, marchaos de una vez!

Esa noche, cuando Juana y Juan llegaron a casa, Diego ya se encontraba allí. Estaba preocupado y se levantó de un salto cuando vio aparecer a su esposa.

—¿Dónde te habías metido? He llegado a casa y Francisca me ha dicho que hacía rato que te habías marchado. ¿Estabas con el asunto de Gaspar?

Juana asintió y se lo contó todo. Los ojos de Diego se oscurecieron.

—Os habéis metido en algo que creo que os va grande, Juana. Es muy peligroso. Mañana por la mañana iremos a ver al conde-duque y le informaremos de todo esto.

Ella asintió.

—Sí, esa era la idea. Sabemos lo suficiente como para que ordene la detención de varios implicados.

Estaban terminando de cenar cuando un mensajero tocó a su puerta. Un sirviente llevó el recado a Juana. Todos permanecieron expectantes. Ella lo leyó y se quedó pálida.

—¿Qué ocurre? —preguntó Diego.

—Han atacado a María —dijo con un hilo de voz.

Juan se levantó de un salto y tomó una capa.

—Voy al Alcázar.

—Espera —dijo Juana—. Olivares nos pide que acudamos ambos. ¿Vienes, Diego?

Este se levantó también y salieron apresurados, dejando a Francisca y Juan Bautista tan perplejos como mudos. Al llegar a la calle, vieron que el coche del conde-duque los esperaba para llevarlos a toda velocidad al Alcázar.

Corrieron por los pasillos y el soldado que guardaba la puerta de las estancias de los conde-duques se apartó en cuanto los vio aparecer. Entraron como una tromba en la sala, que estaba bien iluminada por una gran cantidad de velas y lámparas.

María estaba sentada en una silla, con la cara amoratada, sangre en la nariz y la boca y los labios hinchados. Inés tenía una mano apoyada en su hombro, para consolarla. El conde-duque caminaba de un lado a otro como un león enjaulado, apoyado en su muleta. Se giró hacia ellos cuando entraron.

Juana corrió hasta su amiga y Juan tuvo que hacer uso de toda su fuerza de voluntad para no hacer lo mismo.

—¿Qué ha ocurrido? ¿Cómo estás?

María se enderezó en la silla con una mueca de dolor.

—Me han atacado cuando ya estaba a un tiro de piedra del Alcázar. No he visto quiénes eran, solo sé que eran tres. Han comenzado a pegarme con palos hasta que he caído al suelo —dijo, y se llevó la mano a la nuca.

—Creo que tenían intención de matarla. —Inés apretó los dientes y la rabia se filtró por su voz—. ¡Malnacidos!

—¿Quién os ha traído hasta aquí? —preguntó Juan, que no podía evitar que la preocupación escapara de sus ojos. Lo único que le hacía contenerse para no acercarse a María y tomar su mano, besarla y derramar lágrimas por su dolor era que ella saldría peor parada de aquella demostración de afecto que él.

—Un grupo de mozos. Llegaron justo a tiempo. Espantaron a esos hombres y me han traído aquí —dijo María—. ¡Agradezco a Dios que pasaran por allí! Si no, ya estaría muerta.

Sus ojos se encontraron con los de Juan y negó con la cabeza de forma casi imperceptible. «No te acerques», decía esa mirada. «Sé lo preocupado que estás, pero ya tendremos tiempo de hablar».

—Bien —dijo el conde-duque, que hasta ese momento se había mantenido en silencio—. ¿Alguien puede explicarme qué está pasando?

Juana se adelantó y le contó toda la historia. No se dejó nada. Cuando acabó, Juan dio un paso al frente.

—Pensaba averiguar el nombre del esbirro del duque de Híjar por la mañana, excelencia, para poder proporcionaros todos los datos.

Gaspar estaba conmocionado.

—¿Leonor está metida en esto? —preguntó.

Juana asintió.

—Así es. Pasa información sobre vos desde hace años.

Gaspar caminó hasta un diván y se sentó. Se sujetó la frente con la mano.

—¿Queda alguien leal a mi alrededor? —preguntó con voz angustiada.

—No creo que puedas fiarte de mucha más gente aparte de los que estamos aquí ahora mismo —dijo Inés. Se acercó a su esposo—. Ya te lamentarás más tarde, ahora hay que decidir qué hacer.

Gaspar levantó la vista. Su porte parecía derrotado, pero en sus ojos ardía una furia que Diego jamás le había visto.

—No esperaremos a mañana. Despertaré a la guardia: quiero que detengan a esa bruja y a la que le preparaba los brebajes, y a todos los aragoneses del Alcázar. Enviaré una orden para arrestar al duque de Híjar en Zaragoza. Que intervenga la Inquisición y se ocupe de las brujas. Tú —le dijo a Juan—, ven por la mañana para identificar al miserable que has reconocido hoy. No daremos opción a que escape ninguno.

—Pero habrá inocentes entre los detenidos —dijo Juana.

—Sin duda —respondió Gaspar—. Los soltaremos a su debido tiempo, pero prefiero encarcelar a cien inocentes antes de que escape un culpable.

Y así se hizo. Juan identificó al sirviente del duque de Híjar. La Inquisición prendió a Leonor, a la que capturaron intentando huir de su casa con un fardo demasiado pesado, y a Josefa Álvarez, la bruja que preparaba los bebedizos y los ungüentos. Al duque de Híjar se le prohibió salir de sus tierras bajo ningún concepto. Y los cobardes que atacaron a María fueron descubiertos y ajusticiados.

El duque fue desterrado. Ya no podía regresar a la corte, aunque no recibió un castigo mayor: privilegios de la nobleza. Leonor comprobó que María era una mujer de palabra: no la torturaron, apenas la interrogaron e incluso le llevaban vino a la celda. Eso sí, no llegaron a soltarla: murió en prisión antes de recuperar la libertad.

El caballerizo del duque de Híjar no sabía mucho. Habló de su señor y dijo que había más gente implicada, pero no fue capaz de dar nombres. A Gaspar le hubiera gustado destapar la conjura completa, pero entendió que solo el duque de Híjar conocía el nombre de los otros cómplices y no tenía pruebas suficientes para interrogarlo bajo tortura.

Así que debió conformarse con eso. Pero tendría bajo estrecha vigilancia al duque de Híjar, por supuesto que sí. No podría comunicarse con nadie sin que Gaspar se enterara. No volvería a Madrid mientras él pudiera impedirlo. Y no creía que el resto de sus compinches llevaran a cabo ninguna acción si no la instigaba ese desgraciado. Lo odiaba desde hacía décadas y él era el cabecilla de aquella conjura, Gaspar no tenía ninguna duda.

La traición de Leonor, en quien él confiaba plenamente, lo hirió en lo más profundo de su corazón. Se dio cuenta de lo solo que estaba. No podía confiar en nadie. En nadie, excepto en su esposa, en María, en Diego y su familia. Solo ellos le habían demostrado su lealtad. No podía fiarse de un solo noble, de nadie que envidiara su poder, y todos lo hacían. Suspiró.

Al menos estaba a salvo. Por el momento.

56

Molina de Aragón, junio de 1642

El campamento estaba montado alrededor de la hacienda donde se alojaban el rey, el conde-duque y los altos mandos. Habían tenido que dejar Madrid para volver al frente de Cataluña y, de hecho, ya llegaban tarde. Deberían haber salido en abril, pero las tropas no estaban preparadas y la operativa se retrasó un mes. En aquella ocasión, Diego acompañó a Su Majestad con idea de realizar algún retrato militar y, por qué no, hacer que el rey disfrutara de su compañía.

Ya estaban en Molina de Aragón, en Guadalajara, y en ese momento Gaspar paseaba en carruaje por las lindes del campamento con su primo el marqués de Leganés, general de los Ejércitos. También iban su secretario y Diego el Primo, enano de la corte, llamado así por la confianza de la que le hacía partícipe Su Majestad al llamarlo por el cariñoso apelativo de «Primo».

El monarca se había quedado en sus habitaciones, en compañía de una cantinera, y había delegado las comprobaciones en su valido y uno de sus militares de mayor graduación. El general le explicaba al conde-duque el número de efectivos que tenía allí acampados y cómo habían solucionado la logística, el abastecimiento y la movilidad del ejército. Gaspar estaba satisfecho con el recuento. Quería una victoria: los catalanes, o más bien los franceses, que usaban Cataluña como un arma más en su guerra contra España, habían ganado varias batallas y necesitaba derrotarlos o la moral podía verse afectada.

Había partido de Madrid con cierta tranquilidad, puesto que la conjura en su contra había sido desmantelada y el duque de Híjar hervía de rabia sin poder salir de sus tierras, pero no totalmente en paz. El rey había vuelto a confiar en su esposa para la regencia y Gaspar sabía que tenía en ella una enconada enemiga.

Pensaba en todo eso al tiempo que trataba de escuchar las explicaciones del marqués de Leganés. Asintió, intentando concentrarse, y entonces el general miró hacia su izquierda y dijo:

—¡Oh, mirad, conde-duque, el marqués de Salinas nos ha visto!

En efecto, en cuanto este divisó a los ilustres visitantes del campamento, ordenó formar una línea de soldados que dispararon una salva de honor. Entonces se desató el infierno.

Oyeron un estallido cercano y Gaspar olió la pólvora: los caballos se encabritaron, el carruaje se bamboleó, el marco de la ventana estalló, las esquirlas se esparcieron por el interior y, sin saber qué estaba pasando, el conde-duque escuchó los gritos de su secretario y notó el pequeño cuerpo del Primo, que antes le estaba abanicando, desplomarse sobre él.

—¡Conde-duque!

Era la voz del marqués de Leganés.

—¡Conde-duque! —repitió—. ¿Estáis herido?

Gaspar respiró hondo y se tomó un momento para evaluarse. No le dolía nada.

—¡Estoy bien! Pero el Primo está herido.

Y su secretario también, a tenor de los gemidos que seguía profiriendo. El marqués miró a su alrededor: por suerte, el cochero había conseguido dominar con premura a los caballos y había detenido el carruaje. Hizo una rápida inspección de lo que veía y, juzgando que lo primordial era la seguridad del conde-duque, saltó del coche.

—¡Agachaos y no os mováis! —gritó.

Se dirigió hacia el tumulto que se veía donde hacía un momento estaban los soldados del marqués de Salinas. Este había ordenado prender a un hombre y lo estaba interrogando. Cuando el marqués de Leganés llegó a su lado, vio que el soldado tenía un ojo hinchado y cerrado, la nariz rota y sangre en la comisura de la boca.

—¿Este es el desgraciado que ha disparado? —preguntó.

El marqués de Salinas se giró. Estaba muy pálido. Se cuadró ante su superior.

—Así es.

El general miró a su alrededor.

—¿Hay más peligro?

—No —dijo el marqués de Salinas—. Me he asegurado de ello.

—Que lleven a este hombre al sótano de mi residencia y lo mantengan custodiado. Iré enseguida a interrogarlo. Vas a lamentar toda tu vida este error —le dijo entre dientes al soldado, que le miró sin expresión alguna en la cara.

Volvió al carruaje e hizo una valoración de los daños. El conde-duque estaba sano y salvo, aunque asustado. El Primo había recuperado la consciencia, pero el proyectil le había impactado en un brazo y precisaba de atención médica. También el secretario del conde-duque, que se sujetaba la pierna: tenía una astilla de buen tamaño clavada en el muslo y, aunque no revestía gravedad, se quejaba de mucho dolor.

Volvieron al interior de las murallas del pueblo y Gaspar acudió raudo a informar al rey. Tomaron la decisión de continuar hacia Zaragoza de inmediato.

Querida Juana:

Te habrán llegado ya las noticias del percance que tuvimos en Molina de Aragón. El conde-duque de Olivares se encuentra bien y no hubo que lamentar daños graves, más allá del tremendo susto y de la cicatriz que tanto el secretario del conde-duque como el Primo portarán con orgullo a partir de ahora.

Es obvio que era un atentado para acabar con la vida de Gaspar. Desmantelasteis una conspiración, pero parece que sigue habiendo enemigos por todas partes, esposa mía. Cuánto me alegro en estos momentos de ser solo un pintor con una carrera cortesana modesta. La tranquilidad que eso nos proporciona es maravillosa.

Tras ese suceso, nos movimos enseguida a Zaragoza. El duque de Híjar había escrito no pocas cartas a Su Majestad para pedir su perdón y suplicarle que nos alojáramos en sus posesiones cercanas a Zaragoza, donde había espacio más que suficiente para todo el ejército. Sin embargo, el rey, haciendo caso de los consejos del conde-duque, decidió pasar de largo y no contestar.

El rey y Gaspar están muy preocupados porque Luis XIII se dirige al Rosellón para ponerse al frente del ejército francés, y eso son pésimas noticias. No sabría decirte cuánto tiempo vamos a estar fuera, Juana. Con Monzón en manos francesas y el rey francés reconocido como soberano por los catalanes, la situación es muy complicada, y por lo que se está batallando aquí es más que por el control de Cataluña. El resultado nos dará la medida de quién es más poderoso ahora mismo, España o Francia. Dios quiera que salga todo bien.

Mientras ellos van y vuelven del frente, yo me quedo aquí en Zaragoza. Estoy retratando a algunas personas de la nobleza local e incluso del séquito de Su Majestad. También tengo proyectado un cuadro de Felipe con armadura, muy épico, que sin duda le gustará. Pero me da la sensación de que me han traído más bien como compañía. Ni mis funciones como pintor ni como cortesano son necesarias aquí, aunque el rey me muestra una confianza y una cercanía que me honran.

Según me ha comentado, quiere nombrarme ayuda de cámara en unos meses. ¿Te imaginas, Juana? ¡Ayuda de cámara! Eso es un salto enorme en mi prestigio y por tanto en el de toda nuestra familia. Pero bueno, aún no es seguro, así que no quiero emocionarme antes de hora.

Espero que las cosas en el taller estén yendo como es debido. Confío en ti plenamente. Te he dejado a cargo de todo por encima de nuestro yerno porque creo que eres superior a él en organización y también en técnica, al menos de momento. No quiero hacerle de menos, aún le queda un largo camino por delante y mejorará mucho, estoy seguro. Ya pagan bien por sus obras, es solo que veo que no ha sacado aún todo su potencial. Revisa sus cuadros, vigila los encargos, supervisa también a Juanito. Le dije que practicara todo lo que le enseñé antes de irme y quiero asegurarme de que se esfuerza.

También deseo que por casa esté todo en orden.

En fin, ya sabes que no soy mucho de escribir. Solo quería decirte que te tengo en mis pensamientos y que espero verte pronto.

Te quiere,

Tu esposo

Juana estaba encantada con su nueva rutina. Echaba de menos a Diego, pero entonces tenía muchas ocupaciones y eso le gustaba. Se levantaba temprano y pasaba tiempo con su hija y sus nietos. Luego acudía al taller, que ya estaba en marcha, donde la reconocían, si no como pintora, sí como quien se encargaba de todo en ausencia de su marido. Revisaba, supervisaba, autorizaba compras y cambios y tomaba los pinceles, aunque fuera para correcciones y bases y no para pintar obras propias. Después, María acudía a visitarla y pasaban la tarde juntas. Luego volvía a casa para cenar con la familia. Era muy agradable y, sobre todo, se sentía útil.

Ya mediaba septiembre y hacía unos días de la llegada de la misiva de Diego. Toda una sorpresa. Juana sonrió; tal vez, con los años, su esposo acabara descubriendo que no era tan difícil escribir cartas. La situación era preocupante, desde luego, pero en Madrid, y en su ámbito de influencia, no se habían visto apenas afectados por la guerra.

Juana llevaba ya un rato en el taller. Su yerno estaba terminando el esbozo de una escena y ella tenía algunas sugerencias con respecto a la perspectiva. Trabajaba en el lienzo, haciendo las modificaciones, cuando la reina Isabel apareció acompañada de Inés y Luisa.

Juana dejó de inmediato los pinceles e hizo una profunda reverencia.

—Majestad, señoras —dijo. Se quedó quieta, con la mirada baja y en silencio. No estaba acostumbrada a tratar con la realeza y nunca había interactuado con la reina.

Isabel la miró con una sonrisa abierta y sincera.

—¡Por favor, continúa con lo que estabas haciendo! Inés ya me ha puesto al día de que supervisas el taller en ausencia de tu marido. No sabes cuánto me agrada ver a una mujer en los talleres. No será habitual, pero es reconfortante.

—En tiempos de guerra, las mujeres asumen papeles masculinos —dijo Luisa.

Y no le faltaba razón. Con el monarca, el valido y el pintor del rey fuera de la corte, ellas habían ocupado sus funciones sin dudar. Y a la reina, al igual que a Juana, se le notaba que disfrutaba de tomar decisiones y tener tareas importantes que acometer. Inés, sin embargo, tenía un semblante serio que disimulaba con una sonrisa cada vez que alguien la miraba, pero que no pudo ocultar a Juana.

La reina se paseó por el taller y estuvo haciendo preguntas sobre los cuadros en proceso. El nivel de actividad había bajado, pero Juan Bautista tenía dos obras de arte sacro bastante avanzadas, además del proyecto en el que Juana estaba trabajando en ese momento.

Isabel y su séquito se marcharon pronto, no sin antes obsequiar a Juana con una cálida sonrisa. Pero ella no se quitó de la cabeza la mirada de Inés, cubierta de unas sombras que no solían estar allí. Cuando decidió que ya era suficiente por aquel día, se quitó el delantal, se limpió las manos de manchas de pintura y se despidió de todos.

Al salir, se topó con María, que acudía en su búsqueda.

—¡Hola! —dijo, contenta de encontrarse con ella—. ¿Quieres entrar a saludar a Juan?

María se ruborizó. A pesar del tiempo transcurrido y de ser consciente de que su amiga conocía la relación que mantenía con Juan, no se acostumbraba a hablar de ello con naturalidad. Llevaban ya muchos años juntos y nadie estaba informado de nada, excepto Juana. María sabía que ella no la juzgaba, pero era evidente que estaban cometiendo pecado carnal y que, al menos de momento, no pensaban casarse para que María no tuviera que abandonar a Inés. Negó con la cabeza.

—No, luego lo veré. Tengo que hablar contigo, es importante.

Estaban a finales de verano y esa tarde hacía calor, pero corría una agradable brisa, así que salieron a pasear por el patio de la reina.

—¿Qué ocurre? —preguntó Juana.

María miró a su alrededor de forma discreta. Después miró a Juana de reojo, volvió de nuevo la vista al frente y comenzó a hablar.

—Creo que las cosas con el conde-duque están peor que antes. —Suspiró—. Conseguimos destapar aquella conspiración, pero hay otras en marcha.

—Hoy la reina ha pasado por el taller acompañada de Inés y Luisa, y me he fijado en que tu prima tenía un aire mucho más preocupado de lo habitual.

María asintió.

—Por la mañana ha atendido a sus obligaciones con el príncipe y la infanta. Después ha vuelto a los aposentos reales, junto a la reina. Ya sabes que tiene todas las llaves, no necesita ser anunciada. El caso es que, al entrar en la antesala, ha oído las voces de Su Majestad y de Luisa y, cosa inaudita en ella, se ha quedado oculta, escuchando.

—¿Cómo sabes tú eso? —preguntó Juana.
María volvió a girar la cabeza y miró a los lados. Se chupó los labios, suspiró de nuevo y continuó:
—Porque luego se ha desahogado conmigo. Estaba muy preocupada y, cuando la reina se ha retirado a descansar después de la comida, me ha pedido que acudiera a sus habitaciones a hacerle compañía. Entonces se ha desmoronado.
—Pero ¿qué se ha dicho en esa conversación?
María negó con la cabeza. Le costaba encontrar las palabras. Abrió y cerró la boca varias veces, pero al final habló:
—La reina le decía a Luisa que debían estar muy contentas, que faltaba poco para neutralizar al conde-duque.
Juana se llevó las manos a la boca y ahogó una exclamación.
María esbozó una sonrisa triste.
—Sí, como lo oyes. Entonces Luisa le ha dicho que debían dar gracias porque el duque de Híjar les había allanado el camino y los rumores que vilipendian al conde-duque ya corren como la pólvora entre el pueblo. Están calando tanto que ya casi nadie piensa que es una burda difamación. Mientras, el rey no hace sino aumentar su confianza en la reina y cederle cada vez más responsabilidades.
—Eso es cierto. E Isabel lo está haciendo muy bien, según dicen todos.
María se encogió de hombros.
—Pero esa no es la cuestión. Todo el mundo sabe que la reina y el valido del rey son enconados enemigos, a nadie le sorprende que ella quiera sacarlo de la corte y de la esfera de influencia del rey. Pero lo que era una disputa política ahora puede convertirse en algo más.
—¿Qué más te ha contado tu prima? —preguntó Juana con el corazón en un puño.
—Luisa le está metiendo a la reina ideas raras en la cabeza.
Juana se detuvo en medio del patio y urgió a Juana.
—Habla, por Dios.
—Le dijo que tuviera mucho cuidado con él, lo llamó ser-

piente y le contó que fuentes de confianza le habían asegurado que el conde-duque preferiría que la corona fuera a parar a don Juan de Austria.

—¿Al bastardo de Su Majestad y la Calderona?

—Así es —asintió María, mirando asustada a todos lados—. Pero baja la voz, por la Virgen. Es un muchacho de trece años sano y vigoroso, de carácter fuerte y alegre y que destaca por su resistencia, valentía e ingenio.

—Pero Baltasar Carlos también es un joven prometedor y tiene una edad parecida.

—Sí, pero, según Luisa, el conde-duque cree que la sangre es más fuerte en el bastardo. El caso es que está metiendo este miedo de forma insidiosa en la mente de la reina, que ya de por sí odia a Gaspar. Su Majestad ha respondido que debían pararle los pies, que jamás permitiría tal cosa y que su hijo sería rey.

Juana notó que su corazón se saltaba un latido. ¿Estaría su familia a salvo si el conde-duque de Olivares caía? Esa acusación podía valerle cargos de alta traición.

—¿Y qué más ha oído tu prima?

María negó con la cabeza.

—Nada más, le pareció el momento oportuno para hacer ruido y salir de su escondite como si acabara de llegar. Pero luego ha hablado conmigo y me ha contado todo esto. Me ha pedido que te lo transmita y te solicita un favor. Ella no se atreve a escribir a su marido; teme que le intercepten el correo. Te suplica que escribas a Diego y le pidas que le entregue esta nota a Gaspar.

María alargó la mano. Juana cogió el pequeño pliego que le mostraba y se lo guardó en el escote, junto a su corazón desbocado. ¿Estaría cometiendo una locura? Ellos no eran nobles. ¿Y si alguien los acusaba de traición? ¿Era su deuda con el conde-duque tan grande como para arriesgarse así? Con el rostro demudado, se marchó del Alcázar sin casi despedirse de su amiga.

Mi muy querido Diego:

Estas no son las líneas que pensaba escribirte esta mañana. Pensaba hablarte de Francisca, de nuestros nietos, de la marcha del taller y de las nuevas comedias que se han estrenado en la capital en tu ausencia, pero ha ocurrido algo que ha hecho que todo diera un vuelco.

Antes de nada, espero que te encuentres bien y que no estés cerca del peligro. Nosotros estamos todos bien, gracias a Dios, por lo que paso directamente a contarte el motivo de mi carta.

La reina y su valida secreta, Luisa Enríquez, están cada vez más empecinadas en provocar la caída de nuestro benefactor el conde-duque. Han llegado a mis oídos historias terribles que dan mucho miedo, Diego. La condesa-duquesa me ha pedido que le entregues a Gaspar este mensaje de forma discreta. No se atreve a escribirle ella, pues teme que su correo esté siendo leído, y asegura que yo, que no soy nadie, estoy por lo tanto libre de sospecha.

Ten mucho cuidado, esposo mío. De todo corazón deseo que el conde-duque pueda salir indemne de estas maniobras. Siempre se ha portado muy bien con nuestra familia y ha abogado por nosotros contra viento y marea. Sin él no disfrutaríamos de la vida que tenemos ni hubieras llegado tan lejos, a pesar incluso de tu enorme talento. Pero temo que, si cae en desgracia, nos arrastre con él.

Y hemos trabajado mucho, Diego. ¡Te has esforzado tanto para ganarte el aprecio de Su Majestad y la admiración del mundo entero! No sería justo perderlo todo por enredarnos en intrigas palaciegas que escapan de nuestro control. Esto no tiene nada que ver con la conjura del duque de Híjar que ayudé a destapar: va mucho más allá y llega a esferas tan altas que para mirarlas debemos inclinar nuestras cabezas hacia atrás.

Así que advierte al conde-duque, sí, y muéstrale tu apoyo, por supuesto. Se lo merece y sería muy ruin apartarse de alguien solo porque temamos su caída. Pero sé discreto, te lo ruego. No te expongas a que, si sus enemigos ganan, se derrumbe todo lo que hemos construido. Sé que suena frío, y puede que hasta calculador, pero nuestra vida entera depende de eso.

Confío en tu buen hacer, esposo mío, y en que pronto vuelvas a mi lado sano y salvo y podamos retomar nuestra vida como hasta ahora.

Te quiere,

Tu esposa

57

Madrid, 2 de enero de 1643

El rey y su séquito regresaron a Madrid en diciembre, hacía apenas un mes. Por lo que Juana sabía, puesto que se contaba por todos los mentideros a un volumen tal que hasta llegaba a oídos de la mujer de un pintor, el conde-duque de Olivares había cometido varios errores militares en la campaña de Cataluña que se habían saldado con la pérdida de Perpiñán en septiembre y la humillante derrota de Lérida en octubre, ante un número muy inferior de tropas catalanas y francesas.

Se hizo responsable al marqués de Leganés de todo el desastre; el conde-duque se alejó de él, le retiró su apoyo y, al cabo, el rey le cesó. Pero la corte y el pueblo seguían muy descontentos y cada vez eran menos sutiles en demostrarlo. Además, no jugaba en favor del conde-duque el hecho de que, por mucho que le costara admitirlo, la reina hubiera hecho un trabajo intachable durante la ausencia del rey y se hubiese ganado la admiración y el respeto de todos.

Los nobles murmuraban al paso del conde-duque, los clérigos lanzaban desde el púlpito proclamas sobre el mal funcionamiento de la corte y Gaspar cada día estaba más deprimido y cabizbajo.

—No entiendo por qué me odian tanto —se lamentó ante su esposa—. Todo lo que he hecho ha sido por el bien del imperio.

Inés puso las manos en sus hombros y los masajeó con suavidad. Le preocupaban esos dolores de cabeza incesantes y su tendencia melancólica, que se veía exacerbada por la sensación de rechazo que percibía a su alrededor.

—El favor del pueblo es cambiante —dijo—. También el de los nobles. Diría que, de hecho, es aún más voluble, porque se arriman a ti cuando estás en la cima y, en cuanto ven que se acerca tu final, son los primeros en tirar la piedra. Siempre ha sido así. Tú mismo te aprovechaste de eso con el duque de Lerma, hace ya años.

—No me gusta que me recuerdes las cosas que tuve que hacer de joven.

—Hiciste lo que debías —dijo Inés, firme—. La pregunta ahora es: ¿somos capaces de cambiar lo que está ocurriendo o debemos aceptarlo y adaptarnos?

—No pienso aceptarlo —gruñó Gaspar.

La suave risa de su mujer le hizo girar la cabeza.

—La tercera vía es empecinarte en conservar el poder hasta que el rey mismo se vuelva en tu contra y acabes preso o, peor, ejecutado.

Gaspar se levantó de un salto y se encaró a su esposa.

—Pero ¿qué dices, mujer?

Ella no se inmutó.

—Digo las cosas como son, esposo mío. Siempre lo he hecho y siempre lo haré. Incluso a ti, el todopoderoso primer ministro de Felipe IV.

Gaspar calló y cerró los ojos, abatido. Ella le acarició la mejilla con suavidad.

—Veamos primero si podemos hacer algo por cambiar las cosas, antes de decidir nada más.

Pero pronto comprobaron que era muy difícil, por no decir imposible, alterar el rumbo de la situación. Las críticas cada vez eran más abiertas y descaradas, tanto en la corte como por parte del pueblo, y el rey, aunque nunca dejó de ser amable con su valido, ya no seguía sus consejos como antes.

En esos mismos días de enero llegó a la corte la noticia de la muerte del cardenal Richelieu, acaecida el mes anterior. Gaspar se alegró de que su viejo enemigo estuviera ya camino del infierno, donde sin duda su alma pertenecía. Su afición por los gatos, esos animales siempre tan cerca de herejes y brujos, no hacía sino confirmar esa creencia. ¿No se llamaba Lucifer uno de los que tenía? El demonio estaría engalanando el averno para la llegada de su más querido acólito.

Sin Richelieu se abría una vía para solucionar el conflicto entre España y Francia. Mazarino era, según sus contactos, un hombre brillante, pero sin una gota del firme carácter de su antecesor. Gaspar tuvo la esperanza de que este hecho los ayudara a recuperar posiciones en la guerra que aún se mantenía abierta.

—¿Tan grave es?

Juana y Diego estaban sentados en la sala después de cenar. También se hallaban allí Francisca y Juan Bautista. La chimenea estaba encendida y bebían vino caliente.

Diego asintió.

—El rey ya apenas pasa tiempo con el conde-duque de Olivares. Pareciera estar viviendo una segunda luna de miel con la reina. Están casi siempre juntos y Felipe ya no toma decisiones sin consultarlas con ella; por lo que dicen, cada vez recibe con más desgana los consejos del conde-duque —dijo Diego.

Juan Bautista asintió.

—Y la corte se muestra muy hostil con él. Ya desde diciembre, los nobles se ausentan de las misas para expresar su descontento, pero es que han dejado de acudir también a los actos cortesanos.

—Y al mismo tiempo —añadió Diego, acariciándose el bigote—, no hacen sino repetir a Su Majestad el gran papel que la reina ha desempeñado durante sus dos regencias. Nuestro soberano ve ahora en ella a su mayor aliada.

—María me ha contado que Gaspar sugirió empezar una campaña en Portugal hace un par de semanas y que Felipe, tras consultar con la reina, decidió no hacerle caso y centrarse de nuevo en Cataluña, ahora que Richelieu no está y pueden aspirar a recuperar terreno —dijo Juana. Sentía una inmensa pena por su protector, aunque una parte de ella no podía evitar pensar que era justo que Isabel tuviera un papel mayor en la política del reino.

Su marido asintió.

—Las cosas van de mal en peor. No me extrañaría nada que el conde-duque acabara por renunciar a su puesto y se alejara de la corte. Su salud se está resintiendo y cuando viene por el taller, lo cual sucede cada vez menos, lo noto alicaído y triste.

Francisca levantó la cabeza del bordado que tenía entre las manos.

—¿Podría afectarnos a nosotros algo de todo esto?

—No —respondió Diego—. El rey se mantiene firme en su afecto por mí. No debemos temer nada.

Isabel había encontrado una aliada en la figura de Margarita de Saboya, virreina de Portugal y prima de su esposo, Felipe IV. Llevaba en España desde poco después del levantamiento portugués de dos años atrás, cuando, tras fracasar en el intento de apaciguar la revuelta, la dejaron salir de Lisboa sin sufrir daño alguno, camino a Toledo. Se había refugiado en el convento de Ocaña desde entonces y mantenía una nutrida correspondencia con los reyes. Margarita había sido una fiel defensora de la eficacia de la reina como gobernante y su mayor valedora ante su marido.

Además de ser una amiga muy influyente para la reina, Felipe tenía en gran estima a su prima y escuchaba sus consejos. Su opinión se sumaba a la de sor María Jesús de Ágreda, abadesa del convento franciscano de Ágreda, en Soria, una religiosa muy inteligente con la que el rey se carteaba con frecuencia desde hacía poco.

De alguna manera, esa monja, a la que nunca había visto en persona, tenía un gran poder sobre el rey, pues Felipe le contaba sus preocupaciones más profundas y ella le daba consejos de forma directa y con una sencillez a la que el soberano no estaba acostumbrado.

—La madre Ágreda me ha escrito —dijo el rey a Isabel.

Acababa de amanecer, pero él había acudido a los aposentos de su esposa en cuanto lo vistieron. De forma poco protocolaria, había tomado la costumbre de desayunar con la reina en sus habitaciones, sin la presencia de sus gentilhombres, damas de la reina ni nobles con cargo alguno. Una pequeña rebeldía para alguien que, por lo demás, estaba atado a las estrictas normas de conducta marcadas por el protocolo borgoñón.

Isabel aún no se había vestido. A Felipe le gustaba ver a su esposa en camisa de dormir, con el pelo suelto esparcido por su espalda y los ojos todavía soñolientos. Sorbía su chocolate en silencio y, cuando sus miradas se cruzaban, sonreían.

Aunque Felipe no hubiera renunciado a los placeres del adulterio, había encontrado una nueva dicha conyugal que le llenaba de satisfacción. Sentía que había redescubierto a Isabel no solo como esposa, sino como mujer y como aliada política.

La reina lo miró.

—¿Y qué te cuenta?

Isabel sabía que sor María abogaba por ella y la defendía, y aprobaba su correspondencia con su esposo. De hecho, ella misma se escribía con la religiosa y recibía sus respuestas con ilusión.

Felipe la tomó de la mano y la miró a los ojos.

—Dice que si Dios me hizo rey fue para que gobernara, y no para que dejara el gobierno en manos de otros.

Isabel asintió.

—A mí me dijo algo parecido en su última carta. Que deseaba, sobre todas las cosas, que el rey y yo formáramos una familia bien avenida que gobernara este reino como se merece.

—Lo cierto es que los nobles están empezando a causar problemas. Insisten en que quieren ser gobernados por los reyes, no por otras personas.

—Es entendible —respondió Isabel.

—No sé qué hiciste en mi ausencia, pero tienes maravillados a la corte y al pueblo —dijo con una sonrisa. Luego se levantó, fue hacia ella y se agachó para depositar un suave beso en su cabeza—. Mi reina, eres mi mejor aliada.

Isabel cerró los ojos y echó la cabeza hacia atrás para apoyarla en su esposo. Después los abrió de nuevo y miró hacia arriba, hasta encontrar los del rey.

—Sé que aprecias a tu valido, y no negaré que ha hecho un muy buen trabajo durante todos estos años. Pero está mayor, lento, y cada vez comete más errores. Además, ya no eres un crío que necesita que le marquen el camino a seguir. Eres rey y sabes reinar: deberías hacerlo.

—¿Y qué sugieres?

Isabel tomó aire. Tres o cuatro años atrás, su atrevimiento al hablar del conde-duque hubiera supuesto que su marido se cerrara en banda. Entonces, sin embargo, pedía su consejo.

—Tal vez haya llegado el momento de despedirse de él, de agradecerle todos sus años de servicio y permitir que se retire a sus tierras a descansar y disfrutar de la vejez. Baltasar Carlos tiene trece años y ya te acompaña a los despachos y las reuniones de la junta. Puedes asumir el gobierno y educar a nuestro hijo pensando en la sucesión.

—No creo que Gaspar quiera retirarse.

Isabel se incorporó un poco.

—Es lógico, está acostumbrado al poder. Pero fíjate en cómo están Cataluña y Portugal por su culpa. Es hora de que tomes el mando, Felipe. Eres el rey —repitió.

El soberano suspiró.

—Es curioso, es lo mismo que me aconseja la madre Ágreda. Y mi prima Margarita, en cuanto tiene ocasión. Incluso Luisa, a la que vi anteayer cuando fui a visitar a la pequeña María Teresa, me lo dijo mientras jugaba con ella.

—Son mujeres muy inteligentes y te quieren bien —dijo Isabel, como si fuera obvio.

Felipe volvió a suspirar.

—Tienes razón. Es lo que debo hacer, y también lo que deseo. No quiero que nuestro hijo vea que necesitamos a alguien para tomar decisiones. Para que él sea un rey fuerte y sabio, debe ver eso mismo en su padre.

Se sentó de nuevo ante la taza de chocolate. Suspiró, y su postura, por lo general erguida y hierática, se encogió un poco.

—Ahora solo tengo que pensar en cómo hacerlo.

Justo en ese momento, el guardia de la cámara anunció que el conde-duque solicitaba entrar. Gaspar podía acceder a casi cualquier parte de palacio, pero las estancias de la reina eran otra cosa. Un reino aparte. Isabel se levantó. Una criada le puso por encima de la camisa de dormir una preciosa bata adornada con encajes y brocados.

—Le diré que espere, esposo. Termina el desayuno tranquilo.

Gaspar hizo una reverencia cuando vio aparecer a la reina, aunque no pudo evitar fruncir el ceño, puesto que era al rey a quien buscaba. Tampoco le gustó la mirada de triunfo que creyó apreciar en los ojos de la soberana.

—Me alegra veros, excelencia —dijo Isabel, que caminó hasta quedar muy cerca de él—. Quería comentaros algo.

—Decidme, majestad.

Isabel tomó aire y miró al valido de arriba abajo.

—Vuestro tiempo ha terminado, señor. No os lo digo con desprecio ni con regocijo, solo es la constatación de un hecho. Ahora es mi momento.

Gaspar se mantuvo en silencio, porque ¿qué se podía contestar a eso?

—Pero deseo tener una deferencia con vos —continuó la reina—, en atención a todos los años que habéis dedicado al reino y a mi esposo el rey. Con más o menos acierto, pero debo admitir que siempre con vocación de servicio. Además, aprecio mucho a vuestra esposa, al igual que el rey y mi hijo, su pupilo, y no quiero que sufra de forma innecesaria.

—Os escucho —dijo Gaspar, con el rostro inexpresivo de quien se esfuerza al máximo por no dejar traslucir sus emociones.

—Renunciad, excelencia —dijo la reina muy seria—. Renunciad antes de ser cesado. Poned como excusa vuestra precaria salud, el cansancio acumulado, lo que queráis, y retiraos a vuestras tierras de Loeches, o a Andalucía, lo que más os plazca. Os ofrezco una salida con dignidad, en la que vuestro nombre no quede en entredicho. Marchaos con nuestro agradecimiento y nuestras bendiciones y dejad que el rey gobierne como debería haber hecho desde hace mucho tiempo, con mi ayuda y la de Dios.

Él quiso responder, pero supo que la voz se le quebraría y no deseaba darle esa satisfacción a la reina. Así que se limitó a hacer una profunda reverencia.

La reina entendió y no hizo leña del árbol caído.

—Aguardad aquí, el rey saldrá enseguida —dijo, y regresó a sus habitaciones.

58

Madrid, 14 de enero de 1643

Los acontecimientos se precipitaron en apenas dos semanas. Gaspar e Inés se dieron cuenta de que la situación era insalvable y el conde-duque decidió seguir el consejo de la reina. Justo después del día de Reyes, pidió a Su Majestad que le concediera el retiro y le presentó su carta de renuncia. Sin embargo, el monarca miró el papel, lo dejó a un lado y se marchó de caza sin aceptar su dimisión.

Esa misma noche, Gaspar acudió a casa de Diego. Se le veía abatido, con grandes ojeras, el rictus tenso y las comisuras de la boca hacia abajo. Hacía tiempo que Juana no lo veía y le impactó su aspecto. Diego le hizo pasar a una sala y el conde-duque avanzó por el pasillo volcado sobre su muleta, como si apenas pudiera caminar. Juana les llevó en persona el vino y, cuando se iba a retirar, Gaspar le pidió que se quedara.

—Habéis sido buenos amigos, los dos —dijo.

Hizo un gesto a Juana, señalando un sofá, y ella se sentó.

—Siempre os he sentido a mi lado y, ahora que mi tiempo ha acabado, sois de los pocos que siguen mostrándome afecto. Eso es algo que nunca voy a olvidar.

Diego habló:

—Vos habéis hecho por nosotros más que nadie. Y os estaremos eternamente agradecidos por ello.

Gaspar miró a Juana.

—Lo que hicisteis María, Juan y tú para desenmascarar a ese malnacido del duque de Híjar fue una muestra de lealtad como pocas, aunque a la postre no haya servido de nada. Y Juana, soy consciente de lo mucho que arriesgaste al escribirme cuando mi esposa te lo pidió. Gracias.

Juana se inclinó hacia delante y ofreció al duque una sonrisa en la que intentó que no se vislumbrara la pena que sentía.

—Fue una tontería al lado de todo lo que vos nos habéis dado. Ojalá hubiera podido hacer más.

Gaspar suspiró.

—Diego, tú y tu familia habéis sido un bálsamo para mí en los tiempos difíciles. Una amistad sencilla y desinteresada, al contrario de lo que suele ocurrir en la corte. Me llevo eso conmigo.

—Entonces ¿ya es oficial? ¿Abandonáis la corte? —preguntó Diego.

El conde-duque asintió.

—He presentado mi renuncia. Su Majestad la ha rechazado, pero solo lo hace para dejarme en buen lugar dando a entender que no tiene ganas de librarse de mí. Lo intentaré un par de veces más y entonces accederá.

—¿Y vuestra esposa? —preguntó Juana.

Gaspar sonrió.

—Ella se queda. Sigue siendo la tutora del príncipe y el aya de la infanta. Los dos le tienen mucho cariño y nadie quiere que ella abandone Madrid, puesto que cuenta con la confianza de los reyes. Aunque —bajó la voz, como si fuera un secreto— tengo la esperanza de que no tarde demasiado en reunirse conmigo. Llevamos tantos años viviendo para otros que se nos ha olvidado hacerlo para nosotros mismos, y creo que ya es hora.

Llamaron a la puerta. Francisca entró con el pequeño Diego Jacinto, su cuarto hijo, en brazos.

—Disculpad, excelencia. Los niños han sabido que estabais en casa y querían saludaros.

Él sonrió y extendió los brazos, y entonces Gaspar, el mayor, que se llamaba así en su honor, echó a correr y lo abrazó. Inés Manuela, de cuatro años, apareció de la mano del pequeño José, que tenía uno y medio y caminaba aún con torpeza.

Diego observó al conde-duque: no le había visto tan relajado desde hacía mucho tiempo. Le gustaban los niños y era con sus nietos con quienes se permitía dejar su dignidad a un lado y sacar a relucir a su niño interior. Diego y Juana cruzaron una mirada y sonrieron.

Tal y como el conde-duque de Olivares había vaticinado, el rey aceptó su renuncia tres días después de esa visita. Le escribió desde la Torre de la Parada, su pabellón de caza en El Pardo, dándole las gracias por los años que había dedicado al reino y a su persona, y lo anunció una semana más tarde a la Cámara de Castilla, alabando su trabajo y diciendo que se había resistido a sus continuas peticiones de que le permitiera retirarse a descansar porque le hacía mucha falta y temía la soledad que le produciría su ausencia.

Hasta el último momento, el rey tuvo palabras de agradecimiento hacia él, aunque todos sabían que era un alivio que se marchara sin oponer resistencia. Así el pueblo se calmaría, la corte volvería a funcionar como la seda y la reina sería feliz. El rey nombró como valido al sobrino del conde-duque, Luis de Haro, aunque este no tuvo jamás, ni por asomo, una fracción del poder que ostentó su tío.

Gaspar se retiró, tal y como había informado, a sus posesiones de Loeches, y cortó todo contacto con la corte y, en consecuencia, también con Diego y Juana.

Todos los temores que Juana pudiera albergar sobre si la caída de su benefactor podría afectarles quedaron en nada. El rey, para demostrar su afecto, su cercanía y su apoyo a Diego, lo nombró ayuda de cámara. Era un puesto muy cercano a Su Majestad. Hacía de enlace entre el encargado del guardarropa y el sumiller de corps, el gentilhombre encargado del cuidado del rey y sus habitaciones. Como ayuda de cámara, Diego tenía acceso directo hasta el gabinete donde se vestía al monarca; era un puesto muy respetado y, en alguien que no tenía título nobiliario, casi impensable de alcanzar.

Un par de meses más tarde, en mayo, aprovechando el buen tiempo, María y Juan salieron a pasear por el prado de San Jerónimo. Ya se habían acostumbrado a las miradas de sorpresa de la gente cuando se cruzaban con una pareja tan diferente y ni siquiera reparaban en ellas. Caminaban por una senda flaqueada de álamos que proporcionaban sombra a los viandantes. Por aquellos paseos se mezclaban la aristocracia y el pueblo llano, y estaban muy concurridos los días de primavera.

—¿Qué piensas hacer ahora? —preguntó Juan.

María sabía muy bien a qué se refería.

—Hablé con mi prima ayer mismo. Le he pedido permiso para casarme contigo y me ha dado su bendición.

Juan sonrió y su cuerpo se contrajo por el esfuerzo de no abrazarla a la vista de todos. Se acercó hasta que su brazo tocó el de ella y se miraron con una promesa en los ojos.

—Pero no podrás seguir a su servicio.

María negó con la cabeza y los ojos se le empañaron.

—No, y eso me mata. De todas maneras, me ha confesado que cree que pronto abandonará la corte para seguir a su marido a Loeches, así que no siento que la esté dejando sola en un momento tan crítico.

Pasaron por una zona adornada con setos recortados. Uno de ellos se unía al tronco de un madroño, ofreciendo un refugio para ocultarse de ojos indiscretos. Juan miró a los dos lados y se metió tras el arbusto tirando de María, que ahogó un grito al verse sorprendida. Él le cogió la cara con las manos y la besó. María se apretó contra él y respondió con sus labios. Se separaron con dificultad cuando se dieron cuenta del riesgo que corrían.

—Vas a ser mi esposa —dijo Juan, como si no pudiera creerlo.

María sonrió.

—Voy a ser tu esposa, sí.

Entonces empezó a reír, sin poder contenerse, dejando salir así los años de disimulo, de ocultar su amor, de verse a escondidas y actuar en público como si fueran casi desconocidos. Las lágrimas brotaron de sus ojos y se mezclaron con su risa, y Juan se contagió y empezó a reír también. Acabaron los dos doblados por la mitad, incapaces de controlar su felicidad.

María fue la primera en incorporarse y tratar de recuperar el aliento.

—Estos corsés no están hechos para grandes alegrías —dijo sofocada.

Juan tomó su mano y la besó.

—Buscaré una casa ya mismo. Y hablaré con Diego esta noche.

—Espera —dijo ella—. Deja que hable primero con Juana, quiero que se entere por mí.

Juana caminaba en dirección al Alcázar. María le había enviado un mensaje y acudía a su encuentro. En la calle Mayor, un folleto abandonado en el alféizar de una ventana llamó su atención. *Nicandro*, leyó en la portada. Tuvo que soltar el mantón con el que se cubría para poder cogerlo. Cuando ojeó su interior, sonrió. Siguió leyendo hasta que se dio cuenta de que estaba llamando la atención. Dobló el papel, se lo sujetó al cinto, volvió a cerrarse el mantón y siguió calle abajo.

Cuando llegó a la puerta del palacio, dejó al descubierto el rostro para identificarse y se dirigió a las habitaciones de María. Ella ya la esperaba en los pasillos y bajaron a pasear por el patio.

—¡Mira lo que he encontrado! —dijo Juana, y le enseñó el pasquín.

María asintió al ver el título.

—Sí, se empezó a distribuir hace dos días y ha generado un buen escándalo.

En febrero había aparecido un folleto muy crítico con el conde-duque de Olivares y, por lo que Juana había podido leer, este otro era todo lo contrario. Defendía las decisiones y las medidas adoptadas por el valido y desmontaba las acusaciones del panfleto anterior.

—No me extraña —dijo Juana—. Pero me alegro de que se le reivindique, aunque ya no sirva de nada.

—En realidad, a estas alturas tal vez haga más mal que bien.

—¿A qué te refieres?

—Ya sabes que el rey levantó el destierro al duque de Híjar —dijo María. Su amiga asintió—. Lleva revoloteando por aquí desde entonces, intentando ganarse el favor del rey. No le ha sentado nada bien que Luis de Haro sea el valido y no él, y sigue mostrando una rabia inmensa hacia el conde-duque.

—Lo supongo —dijo Juana.

—El caso es que ayer, en cuanto se corrió la voz de lo que se afirma en este panfleto, él y otros grandes, como el duque del Infantado y el de Medinaceli, corrieron a llorarle al rey y le dijeron que estaban seguros de que el conde-duque seguía influyendo en la política de la corte por medio de su esposa, mi prima.

—¡Qué bribones! ¿Qué daño puede hacer ella?

María entrecerró los ojos, que brillaban indignados.

—Pues eso mismo digo yo. De todas maneras, Inés desea retirarse a Loeches con su esposo, así que, aunque el rey le pidiera que abandone la corte, le estaría haciendo un favor. Pero esos mezquinos no lo saben y solo pretenden seguir haciendo daño.

—Si yo fuera el rey, vigilaría al duque de Híjar. Parece dispuesto a cualquier cosa por conseguir un poco de poder.

María murmulló un asentimiento. Continuaron caminando en silencio, hasta que ella se sentó en un banco y palmeó el espacio a su lado para que Juana se acomodara también. Le sonrió.

—Te he pedido que vinieras para contarte otra noticia más alegre.

Juana la miró.

—¡Venga, suéltalo! No me tengas en ascuas.

—He pedido permiso a mi prima para retirarme de su servicio y me lo ha concedido.

—Y eso ¿por qué? —preguntó Juana, confundida—. Siempre has estado muy a gusto a su lado y... —Abrió mucho los ojos cuando comprendió—. ¿Es por Juan? ¿Vas a casarte con él por fin?

María asintió, tan emocionada que no podía hablar, y Juana se lanzó hacia ella y la abrazó con fuerza.

—María, ¡qué feliz estoy por ti! Has esperado tanto este momento. ¡Os merecéis toda la felicidad del mundo! ¡Estoy tan contenta! Verás cuando se lo cuente a Diego. ¡Ay, Dios mío!

Se levantó de un salto y se tapó la boca con las manos.

María también se puso en pie, asustada.

—¡¿Qué?! ¿Qué te pasa? ¿Qué ocurre?

—¡Juan no puede seguir siendo esclavo! No ahora, que vais a casaros. Prometimos que esperaríamos para darle su carta de libertad, pero creo que ha llegado la hora. ¡Tengo que hablar con Diego!

María sintió que una alegría inmensa se abría paso en su interior y los ojos se le humedecieron. Se llevó las manos al pecho, tratando de controlar los latidos de su corazón. Estaba dispuesta a usar la dote que Inés sin duda le daría para convertir a su prometido en un hombre libre, pero la hacía muy feliz que sus amigos tomaran la decisión por iniciativa propia.

—Juana, es el mejor regalo de bodas que me podías hacer.

Se abrazaron de nuevo, ajenas a las miradas curiosas de los que transitaban el patio para ver y ser vistos.

Juana se separó.

—Me marcho ya. Ven mañana a merendar y lo preparamos todo. Me siento muy feliz por ti, María, de verdad.

59

Madrid, marzo de 1648

Juana había madrugado mucho. Se despertó con los primeros rayos de sol y se sentó en la sala, en la mesita que estaba al lado de la ventana, a escribir.

Diego entró ya vestido y preparado para marcharse. Desde que era ayuda de cámara de Su Majestad, se iba muy temprano y volvía muy tarde. Juana y él se veían poco y, además, Diego pintaba mucho menos, porque sus labores palatinas le exigían demasiada dedicación. Pero siempre intentaban buscar un rato a lo largo del día para charlar y estar juntos.

—¿A quién escribes?

Juana dejó la pluma y miró a su marido.

—A mi madre. No me gusta que esté sola, aunque tenga allí a sus hermanas y a mis primos.

Diego suspiró. Hacía poco más de tres años que había muerto su suegro y ambos lo echaban muchísimo en falta.

—Dile que se venga a Madrid con nosotros. Siempre será bienvenida.

Juana esbozó una sonrisa triste.

—Llevo diciéndoselo desde que padre murió, pero ya sabes cómo es. Terca como una mula. No quiere abandonar su hogar ni la ciudad donde ha vivido toda su vida. Sé que está acompañada, pero me gustaría tenerla a mi lado.

Diego se acercó a su esposa, se agachó y depositó un beso en su coronilla. Miró por la ventana; aún tenía tiempo antes de que el rey requiriera sus servicios. Se sentó al lado de Juana.

—Cumplir años es un privilegio, pero tiene la contrapartida de que despides a demasiada gente.

Juana asintió con la mirada perdida. En los cinco años que habían pasado desde que el conde-duque de Olivares se había retirado, su vida no había dejado de mejorar, al igual que la posición de Diego en la corte. Pero habían tenido que decir adiós a demasiadas personas. A su padre, al conde-duque, a su esposa poco después. Y no solo ellos: el rey también estaba de luto.

—¿Cómo se encuentra Su Majestad? —preguntó Juana.

Diego negó con la cabeza.

—Está devastado. No levanta cabeza desde la muerte de la reina y, como si no fuera suficiente, también ha perdido a Baltasar Carlos. Demasiadas desgracias juntas.

La reina murió en 1644, el mismo año que el padre de Juana, pocos meses después de sufrir el aborto de un niño que la dejó con la salud muy mermada. Poco le duró la felicidad de que el rey confiara tanto en ella. Aún no había cumplido los cuarenta y dos años cuando Dios la reclamó a su lado y se llevó con ella gran parte de la alegría del soberano.

En su lecho de muerte, prohibió a su hijo Baltasar Carlos que se acercara a despedirla, ante la posibilidad de un contagio, ya que los médicos no se ponían de acuerdo en el mal que la aquejaba. «Reinas de España hay muchas, pero heredero solo uno», dijo.

El rey regresó de Zaragoza, donde se encontraba, en cuanto se enteró de su enfermedad, pero no llegó a tiempo para despedirse de ella. Lloró amargamente la pérdida de, como él la llamó, «su esposa, su amiga, su ayuda». Con el corazón roto por su muerte y el remordimiento de no haberla apreciado como merecía hasta que fue demasiado tarde, se volcó en el gobierno como nunca antes. Diego vivió todo aquel proceso con el corazón encogido.

—Nunca vi a Su Majestad tan hundido como cuando falleció la reina. Pensé que no podía vivir nada peor que eso, pero entonces...

Baltasar Carlos dejó este mundo dos años después, tras ser reconocido como heredero al trono por los navarros en Viana y viajar a Zaragoza para ser investido príncipe de Gerona. Enfermó de una viruela tan violenta que nada se pudo hacer, aunque lo intentaron todo.

—El rey sabe cuál es su deber. ¿Ha elegido ya esposa?

Diego asintió.

—Jamás pensé que sentiría lástima de un soberano, pero así es. Tomar una nueva esposa es lo último que desea, pero necesita dar un heredero a la Corona. Así que ha elegido a su sobrina, la joven Mariana de Austria. Estaba destinada a ser la esposa de su hijo, pero, ahora que ya no está, será la nueva reina.

Juana chasqueó la lengua con desagrado. Cuando Diego la miró con la cabeza ladeada, se vio en la obligación de explicarse.

—Tal vez sería más deseable que buscara a alguien más alejado de su familia.

—¿Y eso por qué, esposa mía?

—Mira qué sanos salieron todos los hijos que Su Majestad tuvo fuera del matrimonio, y no fueron pocos. ¡Pero si todos los ojos están puestos en don Juan de Austria, a quien muchos ven como el heredero perfecto! Y, sin embargo, los pobres hijos que tuvo con la reina... No sé, me pregunto si no le iría bien a su linaje emparentar con alguien menos cercano.

Diego se rio.

—Es una idea interesante, pero absurda. No le des más vueltas. —Se levantó—. Debo marcharme ya. A buen seguro, el rey se habrá despertado y estará reclamando mi presencia.

Llamaron a la puerta. Juana se extrañó, no era habitual que se presentara nadie en su casa a esas horas. Una criada apareció en el umbral.

—Es un mensajero, señora. Pregunta por vos.

Juana se levantó y fue a la entrada. En efecto, un joven bien vestido le alargó una carta.

—Mi esposo está en palacio —dijo, dando por hecho que el recado era para Diego.

El joven no se movió.

—El mensaje va destinado a vos, señora. Debo esperaros aquí.

Juana lo cogió y se extrañó aún más cuando vio el sello del valido. Abrió la carta. Luis de Haro solicitaba su presencia en palacio de inmediato. Juana no entendía nada, pero pidió al mensajero, que resultó ser un soldado, que esperara dentro mientras se preparaba. Al poco ya estaba en la calle, acompañada por aquel hombre, camino al Alcázar.

Juana no conocía al nuevo valido. Según Diego, era un hombre cordial, sobrino del conde-duque de Olivares, que siempre lo había tratado con gentileza cuando habían coincidido. Aun así, a Juana el corazón le palpitaba con fuerza cuando se encontró frente a él. Le intimidaba, sobre todo, no saber la razón por la que la había convocado.

Luis de Haro se levantó en cuanto ella fue anunciada, se acercó y le hizo una cortés inclinación de cabeza. Juana correspondió con una reverencia.

—Me alegro mucho de haberos encontrado disponible, señora —dijo el valido—. Por favor, sentaos.

Juana se sentó en la silla que él le indicó y lo miró, expectante.

—Supongo que os preguntaréis por qué os he hecho llamar.

—Pues sí —asintió Juana—, admito que me ha sorprendido vuestra llamada.

—Veréis, esto que tengo que pediros no es algo muy ortodoxo.

Ella esperó a que continuara, cada vez más nerviosa. Aquel hombre hablaba de una forma tan pausada que iba a provocar que el corazón se le saliera por la boca.

—Soy consciente del papel que jugasteis hace algunos años al destapar un complot contra mi tío, urdido por el duque de Híjar —dijo entonces, de sopetón.

Juana se quedó con la boca abierta. No esperaba que ese hombre le fuera a recordar aquella aventura. Asintió sin decir palabra.

—El caso es que tengo indicios para sospechar que el duque vuelve a estar metido en asuntos turbios, solo que esta vez me temo que apunta aún más alto.

—¿Y por qué no lo interrogáis? —preguntó Juana, confusa.

El valido emitió una risa carente de toda alegría.

—Ya sabéis cómo son los grandes de España. Se les llena la boca con sus derechos y privilegios. No tengo pruebas sobre esto, ni siquiera datos, solo algún comentario al aire que me da muy mala espina. Si le interrogara al respecto desde mi total ignorancia, tendría a toda la alta nobleza en mi despacho ladrando improperios al instante. Necesito al menos un hilo del que tirar.

—Entiendo —dijo Juana.

—Y todo el mundo conoce a mis agentes. No dispongo de una red de espías e informantes como tenía mi tío, desconocida para todo el mundo salvo para él. Ninguno de mis hombres será capaz de sacar nada en claro. Os necesito, Juana.

—Pero ¿por qué yo? La última vez fue cuestión de suerte. Y no estuve sola.

—Me consta —asintió el valido—. Os he llamado a vos porque vuestro esposo se mueve en la corte, por lo que tenéis acceso a ciertas personas y, al mismo tiempo, nadie os relacionaría con ninguna intriga cortesana. Sois la persona ideal. ¿Estaríais dispuesta a hacerle este favor a Su Majestad?

Juana apenas tuvo que pensar. Asintió.

—Decidme todo lo que hayáis oído sobre el asunto y haré lo que esté en mi mano.

Juana se detuvo frente a la puerta de la casa de María y Juan. Su matrimonio había sido un escándalo. Nada que no supieran que iba a pasar, desde luego, pero no por ello menos desagradable. Una hidalga y un esclavo, una blanca y un mestizo, y ambos de edades tan avanzadas. Se murmuró sobre ello durante semanas, aunque pronto surgió un nuevo cotilleo, un rumor más jugoso que desbancó a ese, y la pareja pudo por fin descansar.

Se habían mudado a una casita muy cercana a la de Diego y Juana. Juan seguía trabajando como pintor y era parte indispensable en la marcha del taller, sobre todo entonces que Diego dedicaba menos tiempo a pintar y Juan Bautista asumía cada vez más encargos propios.

Abrió una embarazadísima María.

Las dos mujeres se abrazaron. Juana acarició la tripa de su amiga.

—¿Cómo te encuentras?

Con treinta y nueve años, nadie hubiera esperado que quedara encinta, pero ellos lo habían tomado como una señal de que el cielo les otorgaba su aprobación. Juan estaba tan contento que no podía parar de sonreír. Tenía más de cuarenta años y toda la vida había soñado con formar una familia.

María se puso la mano en el vientre.

—Hoy está muy inquieto. Me va a romper algo por dentro como siga dándome patadas —dijo con una mueca— ¡Pasa, por favor! ¿Quieres tomar algo? Es muy temprano...

Juana vio el ceño fruncido de su amiga y se dio cuenta de que la había preocupado. Sonrió.

—Ya sé que es temprano, pero vengo con noticias interesantes. ¿Se ha marchado ya Juan?

María negó con la cabeza.

—Lleva unos días llegando muy avanzada la noche, porque están con no sé qué proyecto a la luz de las velas, así que va más tarde por la mañana. Está en la sala.

Juana encontró a Juan leyendo un libro sobre el uso del color que Diego le había prestado. Se levantó de un salto cuando advirtió que tenían visita.

—¡Juana! Qué alegría verte. ¿Ocurre algo?

Juana se echó a reír.

—Pues sí que os sorprende que esté aquí tan temprano. Sin embargo, a mí hoy me ha dado tiempo de hacer una visita a palacio y volver.

Sus amigos la invitaron a sentarse y la miraron, expectantes.

—El valido en persona me ha pedido ayuda para investigar la implicación del duque de Híjar en una nueva conjura.

—Ese duque es de lo más ambicioso que hay. —Juan negó con la cabeza e hizo un ruidito con la lengua, disgustado—. Lleva besando el suelo por donde pisa el rey desde que el conde-duque dejó la corte y ni aun así ha conseguido nada. Es muy capaz de tomarse la justicia por su mano.

—¿Qué piensas hacer? —preguntó María—. Esta vez no estoy en condiciones de acompañarte.

Juana rio.

—Eso es evidente. No, tú ahora tienes que quedarte en casa y no correr riesgos. Pero a ti sí te necesito, Juan. Puedes entrar en más sitios que yo y tengo una idea de cómo conseguir información sobre si hay de verdad un complot.

—¿Has hablado con Diego? —preguntó Juan.

Juana negó con la cabeza.

—No, ya se había marchado cuando me llegó el mensaje. Esta noche se lo contaré.

—Bien, entonces mañana hablamos y me detallas tu plan. Yo, mientras tanto, preguntaré con discreción si el duque de Híjar está diciendo cosas raras.

Diego regresó a casa ya de noche cerrada. Estaba agotado. Juana suspiró: su marido era muy feliz como cortesano, pero también adoraba pintar y apenas tenía tiempo ya. Sin embargo, él creía que le merecía la pena. Cuando tenía un buen proyecto, el rey le liberaba de sus funciones para que acudiera al taller.

En los últimos tiempos, de hecho, Diego había empezado a acariciar la idea de ir un poco más allá y conseguir un título de nobleza. Algo que, de manera definitiva, hiciera que el resto de los nobles dejaran de mirarlo por encima del hombro, que dejara de ser el Sevillano para pasar a ser don Diego de Velázquez, caballero. Juana veía en él un orgullo y una dignidad que antes no estaban ahí y que nacían del afecto que Felipe le mostraba y de lo seguro que se sentía en su posición.

Esa noche, Diego le estaba contando que el rey había hecho un comentario que había avivado su esperanza.

—Me ha dicho que le he servido tan bien durante todos estos años que está en deuda conmigo, que siempre tendré su gratitud.

—No me cabe duda de que el rey aprecia mucho tu compañía y que le alivias su tremendo pesar, pero sabes que eso no significa que vaya a hacerte caballero, ¿verdad?

Diego frunció el ceño.

—Pues claro que lo sé. Pero, si de verdad se siente agradecido, querrá distinguirme. Ha hablado de nombrarme aposentador mayor.

—¡Eso es una magnífica noticia!

Diego asintió.

—Lo es. No todavía, pero sí más adelante. Y después de eso, ¿qué queda?

—¿Qué te gustaría a ti?

Se quedó callado y luego habló en un susurro, como si le diera vergüenza expresar sus deseos en voz alta.

—Me gustaría ser caballero de la Orden de Santiago.

—Eso sí que es picar alto —dijo ella con los ojos muy abiertos y las cejas enarcadas por la sorpresa—. Caballero de Santiago, ni más ni menos.

—Es lo que deseo y es lo que merezco. Así al menos lo veo yo.

Juana se levantó y se acercó a Diego. Puso las manos en sus hombros.

—Entonces estoy segura de que lo conseguirás. Pero te aconsejo que tengas paciencia y no presiones a Su Majestad. El camino para entrar en la orden es largo y complicado.

—Lo sé. —Negó con la cabeza y cambió de tema—. ¿Qué tal tu día?

Juana sonrió.

—Pues, ahora que lo preguntas, muy interesante.

Le contó todo lo que el primer ministro del rey le había dicho.

Diego se acarició el bigote.

—No me hace mucha gracia que vayas por ahí investigando. Mira lo que le pasó a María la última vez.

Juana asintió.

—Tienes razón, por eso se me ha ocurrido una idea poco arriesgada; además, me apoyaré en Juan. ¿Qué puedes decirme sobre el duque de Híjar?

Diego resopló, resignado. Sabía que su esposa había tomado una decisión y no podría hacer que cambiara de opinión.

—Desde que volvió de Aragón hace unos meses, siempre está rondando al rey. Es hasta cómico de ver cómo intenta ponerse siempre en su línea de visión, hacer que se fije en él, y los pocos resultados que consigue. Y trata con un enorme desprecio a Luis de Haro, pues envidia su posición y no entiende por qué no la ostenta él mismo.

—¿Se le ve descontento?

Diego asintió.

—Jamás le verás una mala cara delante del rey, pero, en cuanto este se da la vuelta, se pone a murmurar con Carlos de Padilla, maestre de campo de caballería que siempre le acompaña, igual que su hermano Juan y un tal Domingo Cabral. Son gente peligrosa, Juana. Están acostumbrados a hacer su voluntad y no lidiar con las consecuencias. Ten mucho cuidado.

—Te lo prometo —dijo, y le dio un beso en la mejilla antes de sentarse y cambiar de tema.

60

A la mañana siguiente, en cuanto Diego se marchó al Alcázar, Juana acudió a casa de María y Juan y entre los tres perfilaron un plan sencillo, rápido y que podía salir bien.

Juana se dio cuenta de que Diego tenía razón. Era peligroso acercarse directamente al duque, así que se decidieron por Carlos de Padilla, su fiel acompañante. Juan entabló conversación con Barry, uno de sus sirvientes, pues supo, por un ayudante del taller, qué taberna frecuentaba. La primera noche consiguió sonsacarle los horarios de su señor. Así se enteraron de que pasaba gran parte de la mañana con el duque de Híjar y que, después de almorzar con él, solía acudir a una taberna de corte que se ubicaba muy cerca de la entrada del palacio.

Con esta información, al día siguiente pusieron en marcha su plan. Juana envolvió un lienzo con telas, se lo puso debajo del brazo y se colocó en una posición estratégica, cerca de la salida del Alcázar, camuflada tras una esquina. Juan conocía de vista a Carlos de Padilla, así que, en cuanto atisbó que bajaba las escaleras del Alcázar y accedía al patio del rey, echó a correr y le indicó a María, que esperaba cerca de la puerta, cómo iba vestido.

Ella caminó hasta donde estaba Juana y le dio la descripción, así como el aviso en cuanto lo vio asomar por la puerta y salir del palacio. Juana entonces avanzó en dirección al maestre de campo, que solía acudir a la taberna a pie. Cuando se cruzaron, Juana trastabilló, golpeó a su objetivo con el cuadro y cayó al suelo de forma aparatosa. Dio un grito y se agarró la muñeca.

Carlos de Padilla puso cara de fastidio, pero se detuvo a ofrecerle ayuda.

—¿Os encontráis bien, señora?

Juana asintió, pero en su expresión se vio con claridad que no se encontraba bien.

—¡Qué torpeza! Lo siento mucho. No ha sido nada.

Se puso en pie y su criado, Barry, le alcanzó el lienzo. Ella hizo ademán de cogerlo, pero lo soltó con un nuevo gemido de dolor.

—¡Ay, mi madre! Cómo duele. Así no puedo llevar el encargo.

Padilla puso los ojos en blanco. Se veía que tenía prisa por seguir su camino, pero no quería dejar sin socorro a esa mujer. Se dirigió a su sirviente.

—Acompaña a la señora y llévale el cuadro. Espero que os mejoréis, señora —dijo. Hizo una reverencia y se marchó.

El criado cogió el lienzo y se encaminó hacia el Alcázar. Juana lo detuvo con rapidez.

—Por favor, esperad. Preferiría revisar el cuadro primero, no me gustaría que tuviera algún desperfecto.

Le quitó el envoltorio y lo observó con expresión concentrada. Chasqueó la lengua.

—Como me temía, habrá que repasar esto. ¡Qué desastre! ¿Os importaría mucho acompañarme hasta casa? No está lejos de aquí.

Barry estuvo más que dispuesto a ir con ella. Cargó el cuadro y se pusieron en marcha.

—¿Cómo os llamáis? —preguntó Juana, para trabar conversación.

—Barry —contestó él.

—Vuestro amo parece un gran señor.

—Lo es —dijo el criado, e hinchó el pecho con orgullo—. Es Carlos de Padilla, maestre de campo de caballería y buen amigo del duque de Híjar.

—¡Vaya! —Juana se llevó la mano al pecho, sorprendida—. ¿Y cómo es trabajar para él?

Barry titubeó.

—No está mal. Tiene un poco de mal genio, pero ¿quién no? Ella se rio.

—Eso es cierto.

Cuando llegaron, Barry frunció el ceño al ver una casa más rica de lo que esperaba encontrar en un primer momento.

—Pasad, por favor —le dijo Juana—. Dejad que os invite a una copa de vino en agradecimiento.

—Debería irme ya —titubeó el criado.

—Por favor, me habéis ayudado mucho —insistió Juana.

Entonces el hombre accedió y ella le hizo pasar a la sala de las visitas. Barry miraba con disimulo a su alrededor. No parecía una casa noble, pero sin duda era acomodada.

Juana se dio cuenta.

—Mi esposo es pintor del rey —dijo como explicación.

—¿Quién es? —preguntó Barry.

—Diego de Velázquez.

El otro asintió y, justo entonces, Juan apareció en el umbral de la puerta. Ya no vivía allí, pero tenían confianza plena en él y seguía teniendo sus llaves.

—Perdonad, señora, he venido a por un libro que necesito. Vuestro esposo me ha dicho que lo tenía en... ¡Barry! Anda, pero ¿qué hacéis vos aquí?

—¿Os conocéis? —Juana fingió sorpresa y dirigió la mirada a uno y a otro.

—¡Juan! Qué casualidad. Es cierto, me contasteis que trabajabais en el taller del Sevillano. Nos conocimos anoche, con un vaso de vino mediante.

Juan se dirigió a Barry con una ancha sonrisa pintada en el rostro y le palmeó el hombro. Luego miró a Juana, extrañado.

—¿También lo conocéis vos?

Juana se echó a reír.

—¡Qué va! He tenido un percance con su señor hace un rato, cuando me dirigía al Alcázar a entregar un encargo. Barry ha tenido la amabilidad de acompañarme a casa.

—¡Qué caballeroso, muchas gracias! —dijo Juan—. Pues ya que estáis aquí, os informo de que esta noche hay prevista una partida de cartas en la taberna de la Pascualilla. Va a estar divertida, ¿queréis acompañarme?

Barry sonrió.

—¡Claro!

Juana ahogó un suspiro. Dos hombres se emborrachaban juntos una noche y ya eran amigos del alma. Eso les venía muy bien para su plan, pero por la Virgen que no lo entendía.

En cuanto Juan recogió un libro al azar de la nutrida biblioteca de Diego, él y Barry se marcharon y Juana siguió con su jornada.

Al anochecer, cuando Diego regresó, Juana le contó lo que tenían planeado. Él le rogó que tuviera mucho cuidado, pero ella le prometió que no correría riesgo alguno. Diego se acostó pronto porque que tenía que madrugar mucho al día siguiente, y entonces Juana se echó un manto sobre la cabeza. Tenía unos pocos pasos hasta la casa de María, así que no pensó en usar el coche.

Llegó, llamó a la puerta y entró. María y ella esperaron sentadas en la cocina, tomando ese brebaje llamado café que empezaba a ponerse de moda en Madrid, aunque Juana ya lo probó cuando Diego lo trajo de su viaje a Italia. Casi no hablaban: estaban nerviosas. Pronto escucharon unas voces en la calle que entonaban una vieja canción de amor. Apagaron la vela que las alumbraba.

Entre risas y balbuceos, se oyó el forcejeo de una llave que pugnaba por entrar en la cerradura. Las dos mujeres sonrieron: Juan era un actor fantástico. Entraron como dos toros borrachos, trastabillando y riendo.

—Pasad, no seáis vergonzoso. No podéis aparecer así en casa de vuestro amo u os molerá a patadas —dijo Juan con la lengua de trapo.

—Ya os dije que no puedo quedarme, debo estar al amanecer en casa de mi señor para acompañarle a una reunión —contestó Barry, al que casi no se le entendía.

—Mi esposa madruga mucho. Desde que espera el bebé, el amanecer la pilla siempre levantada. Descuidad, ella os avisará. Ha sido una gran noche —dijo Juan.

—Lo ha sido —corroboró su amigo.

Entonces se hizo un silencio. Juan encendió dos velas y cayó sobre una silla con pesadez.

—Me ha gustado hablar con vos de algunos temas. Me agrada saber que hay más gente que piensa como nosotros, ¿no creéis?

—¿A qué os referís?

—A que los Austrias no tienen futuro ya. ¡Mirad al rey! Viudo, viejo y sin un heredero.

—¡Chisss! —Barry lo mandó callar—. Es peligroso hablar de estas cosas, nunca se sabe quién puede estar escuchando.

Juan se echó a reír.

—¡Estamos en mi casa! ¿Quién va a escuchar? Algún noble de rancio abolengo debería tomar las riendas de este reino antes de que sea demasiado tarde.

—Ya lo creo que sí —afirmó Barry, que enseguida se arrepintió—. ¡No he querido decir eso! Soy fiel al rey. Pero esto es un desastre, amigo Juan.

—Si tan siquiera alguien se propusiera hacer algo... Pero, ¡bah!, a los nobles les da miedo el rey. Están muy cómodos viviendo con sus privilegios. No se atreven a tomar decisiones.

—Os sorprendería, amigo —dijo Barry bajando la voz—. Tal vez antes de lo que imagináis, vuestros deseos se hagan realidad.

No necesitaban más pruebas. Estaba claro que aquel hombre sabía algo, así que ya solo tenían que hacerle cantar. Juana y María entraron en la sala. Barry las miró entrecerrando los ojos para ajustar la visión.

—¿Vos? —dijo cuando reconoció a Juana.

Ella asintió.

—Lo lamento, pero estáis en un buen lío.

Juan dejó de fingirse borracho y se enderezó, dispuesto a intervenir si su supuesto amigo decidía hacer uso de la fuerza.

Barry seguía sin entender.

—¿Por qué? Yo no he hecho nada.

—Pero vuestro señor sí, y es evidente que sabéis qué trama. Decidnos todo lo que sepáis y tal vez os consigamos un trato de favor.

Entonces el sirviente sacudió la cabeza y pareció despejarse. Se irguió y su rostro se contrajo en una mueca.

—¡No sé de qué me estáis hablando!

—Desde luego que sí —dijo Juan—. Vais borracho como una cuba, pero ya habéis soltado unas cuantas perlas esta noche. Cualquiera con buen oído ya podría haberos denunciado. Pero tenéis una forma de salir ileso de esto.

Juana asintió. María se sentó y observó la escena con interés, al tiempo que se acariciaba la barriga. Barry miró hacia todos lados y, de pronto, se levantó y echó a correr hacia la puerta. Con lo que no contaba era con que sus reflejos no eran tan buenos como él creía, mermados por la cantidad de alcohol que había tomado sin sospechar que su compañero de juerga no lo probaba. Se pisó a sí mismo, trastabilló y fue de cabeza hacia la silla donde estaba sentada María.

Juan se lanzó como un rayo para sujetarlo. Evitó que cayera sobre su esposa, pero no pudo impedir que ella, del susto, se echara hacia atrás y volcara la silla. Se fue al suelo de espaldas y soltó un grito.

—¡María!

Juana acudió en su auxilio y Juan, furioso, le dio un puñetazo a Barry, que se desplomó como un fardo.

—¿Estás bien?

Corrió al lado de su mujer, pero María le frenó con un gesto.

—Estoy bien —dijo con voz entrecortada—. No pierdas de

vista a ese tunante. Tengo cuerdas en el baúl que hay nada más entrar en la cocina, Juana —le indicó a su amiga. Ya se había puesto en pie y estaba encorvada, tratando de recuperar el aliento.

Juana fue a buscar las cuerdas y Juan ató a Barry a una silla, tan fuerte que estuvo seguro de que no se iba a mover hasta que lo soltaran.

—Juan, debes ir al Alcázar de inmediato. Pide que avisen al valido, está informado de todo. Él mandará a sus hombres aquí. Habla con él directamente, dile que vas de mi parte.

Juan asintió, se echó la capa por encima y se marchó a toda prisa. Juana miró a María, que trataba de contener una mueca de dolor. La tomó de la mano.

—¿Te duele?

Ella asintió, sin poder hablar. Entonces un líquido amarillento se filtró por entre las enaguas de su vestido y formó un charco a sus pies. Las dos mujeres se miraron.

—Necesito a la matrona —dijo María entre dientes.

Juana miró a Barry, que observaba la escena con indiferencia. Fue hasta él y se puso a la altura de su cara.

—Escuchadme —siseó entre dientes—. Estáis muy cerca de perder la oportunidad de salir bien parado de este desastre. Un solo paso en falso más y lo que os ocurra será solo culpa vuestra. ¿Qué trama vuestro señor con el duque de Híjar?

Barry mantuvo la boca cerrada, y solo la abrió para sonreír cuando María gritó:

—¡Juana! Creo que el niño viene ya.

Su voz sonaba muy asustada, y tampoco Juana estaba tranquila. Un parto a tan avanzada edad, sobre todo si era el primero, podía tener muchas complicaciones. Miró a su alrededor sin saber qué hacer. Entonces se incorporó, se aseguró de que Barry estaba bien atado, fue a la cocina, cogió un cuchillo grande, volvió a la sala y se lo puso a María entre las manos.

—Si hace ademán de atacar o se mueve, no tengas piedad. De todas maneras, con lo que sabemos ya pueden seguir investigando, así que no nos es de ninguna utilidad. Voy a por la matrona —dijo, y se marchó corriendo.

María se sentó en una silla frente a Barry, pero lejos de su alcance. Le apuntó con el cuchillo, aunque el prisionero no tenía la más mínima intención de moverse. Solo observaba a María con un interés casi científico y esa media sonrisa que ella le hubiera borrado de la cara de un solo tajo.

Por suerte, la comadrona vivía a dos calles, así que Juana llegó enseguida, tocó la puerta, instó a la mujer, a la que sacó de la cama, a acudir lo más rápido posible y volvió junto a María. La encontró tal y como la había dejado, tan pálida que los labios no se distinguían en su cara y aferrada al acero con toda la firmeza que le permitía su mano temblorosa.

Juana se hizo cargo del cuchillo.

—Ve a la cama, María. La comadrona está de camino, todo saldrá bien.

Poco rato después, la partera y su aprendiza, una jovencita de unos trece años, entraron en la casa. Miraron al hombre atado y amordazado, pero no hicieron ningún comentario; su oficio era discreto por naturaleza.

—Está en el dormitorio. —Juana señaló con la cabeza la estancia contigua—. En la cocina hay baldes con agua, y para cualquier cosa estoy aquí.

No quería dejar a Barry sin supervisión, pero necesitaba saber que todo iba bien en el parto de su amiga. Se levantó y se asomó a la habitación sin dejar de vigilar la sala. María estaba tumbada en la cama y, de pronto, soltó un grito. Juana tuvo que resistir la tentación de correr a su lado.

—¡Aguanta, María! Lo estás haciendo muy bien.

Entonces se oyó jaleo en la calle, el sonido de varias pisadas a paso rápido, y Juan entró seguido de cinco guardias del rey. Señaló hacia el prisionero.

—Ahí lo tenéis. —Se dirigió entonces a Juana—: ¿Ha contado algo?

—Ni una palabra.

—Ya lo habéis oído. Transmitidle al valido que se ha negado a colaborar —dijo Juan, que luego preguntó a su mujer—: ¿Y María?

Ella hizo un gesto hacia la habitación.

—Tu hijo está a punto de venir al mundo, Juan. Ya está con Juana la comadrona.

Juan se retorció las manos. Se moría de ganas de entrar en el cuarto para darle fuerzas a su mujer, pero sabía que ese era ya un terreno femenino y sería mejor esperar fuera. Comenzó a pasearse por la casa con la respiración agitada.

Los guardias entregaron a Juana una nota de parte del valido y se llevaron a Barry. Entonces sí, acudió al lado de su amiga. Tomó su mano justo cuando le sobrevenía una contracción más fuerte que las anteriores.

—¡Empujad! —gritó la comadrona, afanada entre las enaguas de María.

Ella gritó y Juan se asomó a la puerta con la cara desencajada.

—¡María! ¿Va todo bien?

—Todo va bien, Juan. Descuida.

—¡Ya veo la cabecita! —dijo la comadrona. Se giró hacia Juan—. Pronto podréis conocer a vuestro hijo.

María solo tuvo que empujar dos veces más. Al contrario que en el caso de Juana, su parto fue tan rápido y sencillo que apenas perdió sangre. Pronto el grito que anunciaba una nueva vida cruzó la habitación y María extendió los brazos para acoger a su bebé. La partera lo examinó, lo envolvió en una mantita y lo depositó en el pecho de su madre.

Juana miró a su amiga, con el pelo pegado a la frente por el sudor, pálida, pero con una sonrisa resplandeciente en el rostro y el amor desbordante en los ojos al contemplar a la pequeña criatura que sujetaba en el pecho.

—Lo has conseguido. Es una niña preciosa —dijo Juana.

Le acarició el pelo y se levantó para ir a darle la buena noticia a Juan. Después se marchó para que disfrutasen a solas de sus primeros momentos como padres.

De vuelta en casa, Juana subió a su dormitorio y se desplomó sobre el colchón.

—¿Cómo ha ido todo? —Diego se incorporó—. Estaba inquieto.

—Creo que mañana habrá mucho movimiento en la corte —dijo—. Al final ha salido todo bien, y María ya ha dado a luz.

—Ha sido una noche intensa.

Juana se rio.

—¡Ya lo creo! Pero ahora solo quiero dormir.

Se metió en la cama y Diego la rodeó con un brazo para atraerla hacia sí.

—Estoy durmiendo con una espía del rey, qué emocionante —murmuró antes de volver a quedarse dormido.

A la mañana siguiente, Juana acudió con Diego al Alcázar, tal y como el valido le había pedido en la nota que le entregaron los guardias la noche anterior. Llegaron hasta el despacho del rey, donde el mismo Luis de Haro les abrió la puerta.

—¡Pasad, por favor! Sois muy bienvenidos.

Era una amplia sala ricamente decorada. Tenía el suelo cubierto de alfombras, unos ventanales que dejaban pasar la luz del día y una enorme mesa de madera labrada de una exquisitez desmesurada. Hachones preparados con grandes velas ocupaban los rincones, y otra mesa, más grande y menos trabajada, mostraba el lugar donde Su Majestad se reunía con consejeros y funcionarios. Las paredes cubiertas de lienzos, algunos pintados por Diego, el reloj de oro tallado y dos esculturas que representaban a dioses de la Roma antigua terminaban de realzar la riqueza del conjunto. Juana se obligó a cerrar la boca para no parecer una pueblerina.

El rey también se encontraba allí. Juana llevaba mucho tiempo sin verle y le pareció que no tenía buen aspecto. Sus ojos emanaban una inmensa tristeza, tenía la piel muy pálida y el cabello ralo. El bigote se erguía orgulloso, bien encerado, pero los años le habían dotado de una papada que hacía aún más evidentes el mentón y el labio inferior caído tan propios de los Austrias.

Juana hizo una profunda reverencia e intentó no ponerse nerviosa por la presencia del monarca. Pero este se acercó y le correspondió con una sonrisa y una inclinación de cabeza. El talante amable del que siempre hablaba Diego seguía intacto, aunque estuviera velado por la pena.

—Veo que ni mi primer ministro ni vuestro esposo, en quien confío plenamente, mintieron acerca de vuestra valía.

Juana se sonrojó y Diego sonrió.

—No he hecho nada que no hubiera hecho cualquier otra persona, majestad —dijo ella.

—Puede que eso sea cierto —intervino Luis de Haro—, pero esa persona debía ser anónima y de total confianza. Habéis propiciado el desmantelamiento de una conjura contra Su Majestad.

—¿Habló al final ese hombre?

El valido mostró una sonrisa fría como el hielo.

—Todos hablan si se usan los métodos adecuados. Ha sido una noche larga para él y para su señor, Carlos de Padilla.

—Sé que no es de mi incumbencia —dijo Juana con la mirada baja—, pero ¿sería posible saber qué tramaban?

El valido miró al rey, que asintió.

—El duque de Híjar, al cual se está interrogando en estos momentos, encabezaba una conspiración para, en primera instancia, librarse de mí y tomar él el puesto de valido.

—Pero eso no es todo —dijo el rey, que esbozó una mueca de incredulidad—. Si esto no resultaba y yo seguía negándole lo que él considera que le corresponde, estaba dispuesto a despedazar España.

Diego se adelantó.

—¿Cuáles eran sus planes, si puede saberse?

—Eran tan infantiles que darían ganas de reír si su pretensión no fuese tan grave. De no conseguir la posición que exige, el duque quería ser coronado rey de Aragón con la ayuda del rey de Francia.

Juana frunció el ceño

—Pero ¿qué conseguiría a cambio el rey francés?

—Navarra, Rosellón, Cerdeña y una parte de Cataluña, mientras que otra parte sería de Aragón —dijo el valido.

Juana abrió los ojos.

—Y no solo eso —se adelantó el rey—. Pensaba vender Galicia a Juan IV de Portugal y, con el dinero recibido, pagar al ejército catalán como mercenarios para atacar Castilla.

—¡Pero eso es un despropósito! —dijo Diego.

—Lo es —convino el valido—. No tenían ninguna posibilidad de que saliera bien, pero eso no lo hace menos serio.

Felipe se dirigió a Juana.

—Habéis de saber que contáis con la gratitud del rey.

—Yo no hubiera podido hacerlo sola, majestad —dijo Juana—. Juan de Pareja y María, su esposa, me ayudaron.

—Los tendremos en cuenta a ellos también. No obstante, ya que estamos aquí reunidos, quiero comunicarte, Diego, que he decidido financiar ese nuevo viaje a Italia que con tanto ahínco me pides.

—¡Majestad! —Diego no pudo evitar la exclamación. Llevaba años tratando de regresar a Italia y, hasta el momento, el rey nunca se lo había permitido.

El monarca sonrió.

—Ya va siendo hora de que me pierdas de vista por un tiempo. Y a vos, Juana, os pido disculpas, porque al mismo tiempo que os agradezco vuestra ayuda os estoy quitando a vuestro marido. Espero que sepáis comprenderlo.

Juana inclinó la cabeza.

—Le hacéis muy feliz, majestad. Y si él es feliz, yo también. Es suficiente pago volver a mi rutina sabiendo que el rey y la Corona están a salvo.

Pero la cosa no quedó ahí. Aunque todos en esa sala sabían que era imposible agradecer de forma pública a Juana sus acciones, a los pocos días recibió en su casa un regalo de parte del rey. Un conjunto de pinceles y pigmentos que, aunque ella no necesitaba, eran en realidad el visto bueno real para que siguiera pintando sin tener que ocultarse. Y no había nada pudiera hacer más feliz a Juana.

Epílogo

Aquella mañana de enero de 1649 hacía un frío que quebraba los huesos. Era temprano, aunque habían decidido salir más tarde de lo previsto para que el hielo en las calles no entorpeciera la marcha del coche. Juan, María y el bebé acababan de llegar a casa de Juana y Diego.

Poco después de que a Juana se le reconociera su ayuda ante el rey y el valido en los acontecimientos pasados, se les concedió una pensión que mejoró el nivel de vida de la familia. Juan recibió también la promesa por parte de Diego de que, a la vuelta del viaje que entonces iban a emprender, se presentaría a las pruebas del gremio para ser considerado un pintor por derecho propio y poder empezar a recibir encargos con su firma.

Hacía poco que había terminado el juicio a los traidores. Carlos de Padilla, uno de los principales implicados, fue ejecutado junto con Pedro de Silva. El tercer condenado a muerte, Domingo Cabral, falleció en prisión antes de ejecutarse la pena.

¿Y qué pasó con Rodrigo Sarmiento de Silva de Villandrando y de la Cerda, duque consorte de Híjar? Pues que fue hecho prisionero e interrogado, pero no consiguieron que confesara ni bajo la más cruel de las torturas. Por ello, y por ser un grande de España, no fue ejecutado, pero se confiscaron todos sus bienes y lo condenaron a cadena perpetua en la cárcel de León.

Francisca y Juan Bautista también acudieron a despedirse, con todos sus hijos, que por aquel entonces ya eran seis y querían abrazar a su abuelo. Francisca quería darle un beso a su padre y Juan Bautista, desearle un buen viaje a su mentor. La calle estaba casi desierta, de no ser por el grupo que se agolpaba en la puerta del domicilio de Diego y por los sirvientes que se afanaban en cargar el coche con fardos y baúles.

El objetivo del viaje no era el aprendizaje, como lo fue en el caso anterior. En ese, Diego de Velázquez actuaría como agente de Felipe IV a fin de adquirir obras de arte, tanto de la Antigüedad como del momento presente, y vaciados de las esculturas de las que no fuera posible conseguir los originales, para la decoración del Alcázar y del palacio del Buen Retiro. También debía contratar artistas que estuvieran dispuestos a viajar a España para realizar allí sus obras.

Disponía asimismo de muchas invitaciones para acceder a colecciones privadas y obras de arte ocultas, puesto que gozaba de un enorme prestigio en el mundo del arte. También les habían ofrecido alojamiento en embajadas, palacios y villas de grandes nobles que aspiraban a posar para Diego. Había quien decía que incluso el papa Inocencio X estaba muy interesado en dejarse retratar por el maestro Velázquez.

Juan de Pareja era su acompañante en ese viaje. Diego quería que absorbiera todos los conocimientos que le fuera posible, porque veía en él un talento que, aunque había comenzado a desarrollar muy tarde, estaba creciendo a un buen ritmo. Necesitaba nuevos retos. Los dos hombres y los criados que velarían por su bienestar viajarían hasta Málaga para embarcar allí en la flota imperial que navegaría hasta Génova, desde donde luego partiría una embajada hacia Trento con la misión de recoger a la joven Mariana de Austria, futura reina de España, y llevarla al encuentro del que sería su esposo, que hasta hacía unos años estaba destinado a ser su suegro.

Diego se despidió de su hija, su yerno y sus nietos, así como de María.

Juana se acercó a él con la nariz roja por el frío y los ojos brillantes de emoción.

—Mi padre hubiera estado muy orgulloso de ti —le dijo.

Diego pareció hinchar el pecho y en su rostro se dibujó una sonrisa amplia y sincera que poca gente fuera de su familia podía presumir de haber visto. Se acercó a Juana y le dio un tierno beso en la frente.

—También hubiera estado muy orgulloso de ti, no te quepa la menor duda.

—Ojalá pudiera vernos ahora —dijo Juana—. Lo que hemos creado, en qué nos hemos convertido.

Diego asintió.

—Él lo sabía —prosiguió ella—. Desde el principio. Siempre supo que te marcharías de Sevilla, que tu lugar estaba en la corte. Que trascenderías su taller y deslumbrarías al mundo entero.

—También supo que sin ti no llegaría a nada. —Puso las manos en los brazos de su esposa y los frotó para que entrara en calor—. Que tú serías mi fuerza y mi sostén. Y acertó.

Se abrazaron. Al separarse, Juana tenía los ojos húmedos y Diego tragó saliva.

—¡Venga, en marcha! —dijo—. Tenemos un largo camino por delante.

Juan y María se separaron a regañadientes. Se besaron una última vez antes de que Juan subiera al carruaje de un salto. El coche se puso en movimiento y los niños corrieron detrás durante un trecho. Después dobló una esquina y se perdió de vista.

—¿Estará bien, madre? —preguntó Francisca—. Puede venirse a casa si lo desea, ya lo sabe.

Juana asintió.

—Estoy bien, no es la primera vez que se marcha. No te preocupes por mí, te tengo al lado si echo de menos la compañía.

Su corazón se calentó cuando se percató de lo afortunada que era al tener a sus seres queridos tan cerca. Francisca y su familia se marcharon de vuelta a su casa. María se quedó junto a Juana, con su pequeña en brazos.

—Venga, entremos —le dijo tras un suspiro—. Invítame a un chocolate caliente que nos quite este horrible frío de dentro.

Juana observó a su amiga. Tenía los ojos enrojecidos, pero

una sonrisa resplandeciente en la cara. Ella conocía muy bien esa mezcla de tristeza, alegría y orgullo. Sonrió.

—Por supuesto.

Cruzaron el umbral y, antes de que la puerta se cerrara, se oyó la voz de Juana.

—¿Crees que habrá algún nuevo misterio que podamos investigar?

Agradecimientos

La tarea de un escritor, como la de un pintor, es solitaria. Tal vez incluso más la del escritor, puesto que el pintor, al menos en el siglo XVII, podía estar en un taller lleno de gente pululando.

Los escritores, las escritoras, pasamos horas y horas enfrascados en nuestras historias, viviendo a través de nuestros personajes, abducidos por la época en la que nos hemos sumergido de una forma tan profunda que, en ocasiones, nos hace parecer ajenos a la vida real.

Sin embargo, el resultado de este trabajo nunca es solo de quien empuña la pluma. Detrás hay gente sin la que una novela no podría haber visto la luz, al igual que, tras algunos de los cuadros más famosos de la historia, hay bastantes más manos que las del pintor que lo firma. En no pocas ocasiones, manos femeninas, que participaban en los talleres familiares y que nunca vieron reconocida de forma pública su aportación.

En mi caso, tengo que dar las gracias a mucha gente: a la doctora Amorina Villareal Brasca, historiadora experta en la época en que transcurre esta novela, cuya ayuda fue inestimable para conseguir que la ambientación histórica fuera correcta, y que se aseguró de que no hubiera metido la pata en algún punto imperdonable.

Al doctor Carlos Ciriza Mendívil, que me puso en contacto con ella y que también me ayudó mucho con algunas dudas. Da gusto tener un experto en la familia.

A Alicia, mi agente, que confió en mí desde el primer día, y a Clara, mi editora, con la que desde el principio ha sido un placer trabajar.

A las y los correctores, maquetadores y portadistas que han conseguido que esta novela sea lo que tienes ahora entre tus manos.

A Lorena y María Jesús, mis supernenas, que me han aguantado y aconsejado entre copas de vino, me han animado cuando no veía las cosas claras y han celebrado cada triunfo como si fuera propio.

A Nando, que me dio ideas magníficas antes de que fuera demasiado tarde; a Judith y su dedito acusador; a mi madre, que debería haber sido correctora, porque no se le escapa una; a mi padre, que, sin ser lector de novela histórica, se quedó despierto hasta las tres de la mañana para acabar el libro.

A Tania, que lo mismo te corta el pelo que se marca unas fotazas de autora espectaculares.

A Freya, por la compañía. Qué sería de los escritores sin sus gatos.

Seguro que me dejo a mucha gente, pero, si me conocen, saben que mi memoria es deplorable y no me lo tendrán en cuenta.

A ti, lector, que me has dado esta oportunidad.

Gracias.